DIE QUOKKA-INSEL

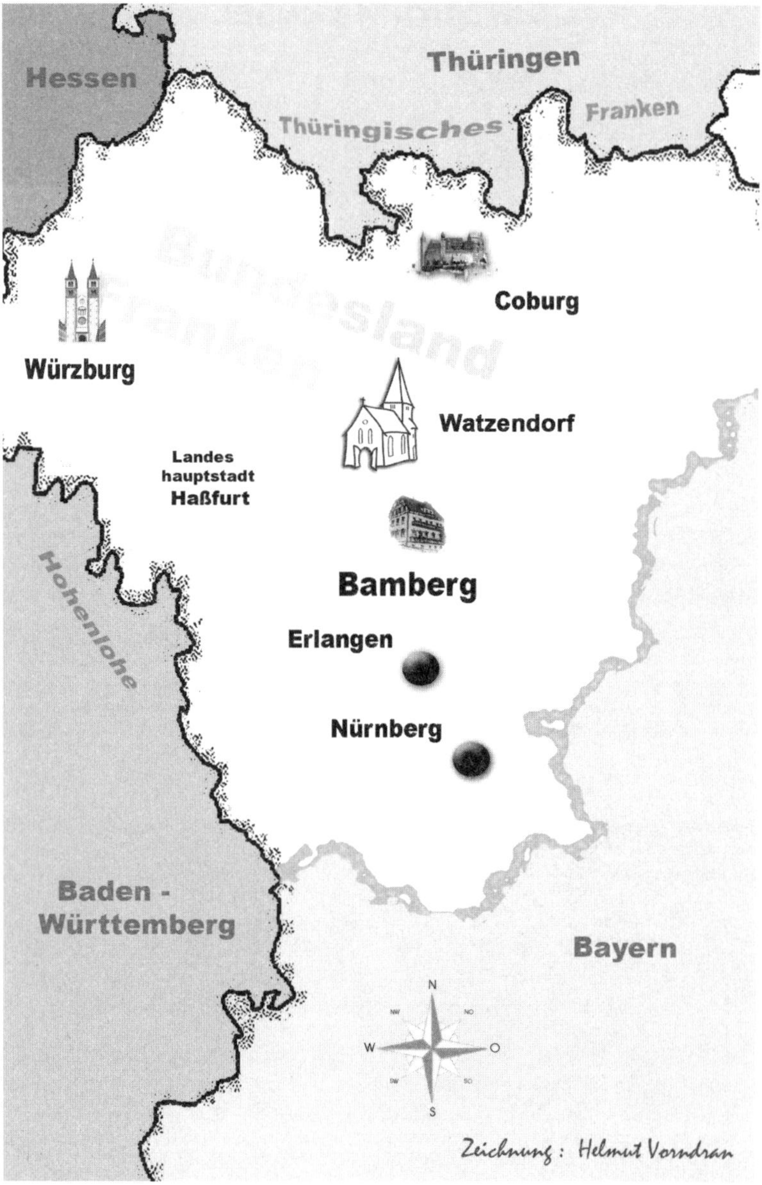
Thüringen
Hessen
Thüringisches
Franken
Bundesland
Franken
Coburg
Würzburg
Watzendorf
Landes
hauptstadt
Haßfurt
Hohenlohe
Bamberg
Erlangen
Nürnberg
Baden -
Württemberg
Bayern
N
NW
NO
W
O
SW
SO
S
Zeichnung : Helmut Vorndran

Canisius
heim
Bamberg
Aufseesianum
Dom
Josefs
heim

Helmut Vorndran, geboren 1961 in Bad Neustadt/Saale, lebt mehrere Leben: als Kabarettist, Unternehmer und Buchautor. Als überzeugter Franke hat er seinen Lebensmittelpunkt im oberfränkischen Bamberger Land und arbeitet als freier Autor unter anderem für Antenne Bayern und das Bayerische Fernsehen. www.helmutvorndran.de

HELMUT VORNDRAN

DIE QUOKKA-INSEL

Franken Krimi

emons:

Bibliografische Information der Deutschen Nationalbibliothek
Die Deutsche Nationalbibliothek verzeichnet diese Publikation in der Deutschen Nationalbibliografie; detaillierte bibliografische Daten sind im Internet über http://dnb.d-nb.de abrufbar.

MIX
Papier | Fördert gute Waldnutzung
FSC® C083411
FSC
www.fsc.org

Umschlagmotiv: stock.adobe.com/Roberto Schettler
Umschlaggestaltung: Nina Schäfer, nach einem Konzept von Leonardo Magrelli und Nina Schäfer
Umsetzung: Tobias Doetsch
Gestaltung Innenteil: DÜDE Satz und Grafik, Odenthal
Lektorat: Marit Obsen
Druck und Bindung: CPI – Clausen & Bosse, Leck
Printed in Germany 2024
ISBN 978-3-7408-2217-0
Franken Krimi
Originalausgabe

Der Mensch hat eine Doppelnatur.
Er ist zum Guten begabt, aber er kann auch
wie kein anderer Teil der Schöpfung
Fürchterliches anrichten.

Wolfgang Schäuble

Prolog

Da hingen sie. Kalt, nackt, am Ende ihres Daseins angelangt. Fast zärtlich strich er mit der Hand über die rasierten Körper, die jetzt einem höheren Zweck dienen würden. Am Boden der halb leere Eimer, mit dem er das Blut aufgefangen hatte, um seine Botschaft auf ihren Leibern zu verewigen. Sie waren seine Fahnen, die er in den Gegenwind dieses Landes hängen würde, um diese Schafe dort draußen endlich zu erwecken. Dafür brauchte er ein starkes Zeichen, eines, das keiner übersehen konnte.

Teil 1

Das Schweigen der Schafe

Homestory

Von der Plötzlichkeit seiner Beförderung einmal abgesehen, lief im Leben von Philipp Schultheiß alles bestens. Nachdem der bisherige Vorstandsvorsitzende der Firma Brosst Mechatronics vor einigen Monaten völlig unerwartet hingeschmissen hatte, war er als Vizechef des Coburger Unternehmens innerhalb weniger Tage zum neuen CEO auserkoren worden. Offiziell übte er das neue Amt zwar nur übergangsweise aus, aber es wäre ja nicht das erste Mal, dass ein Interimstrainer viel länger blieb, als es der ursprüngliche Plan des Vereinsvorstandes vorsah. Und er würde alles dafür tun, dass aus der Zwischenlösung ein »Solidus«, also eine dauerhafte Angelegenheit, bei Brosst wurde. Dazu hatte er in der Kürze seiner bisherigen Amtszeit schon einige zentrale Weichen in der Firma gestellt. Für weniger Filz in der Verwaltung beispielsweise und eine Rückbesinnung auf die Kernkompetenzen der Firma Brosst mit ihren rund zweiunddreißigtausend Mitarbeitern.

Andererseits war er auch ein großer Verfechter von neuen, modernen Wegen. Wer zu spät kam, den bestrafte das Leben. Dieser alte Spruch von Gorbatschow hatte für ihn absolute Gültigkeit, und zwar in jeder Lebenslage. Das hieß für die Firma Brosst: Innovation, Innovation und noch einmal Innovation. Seine Vorbilder waren Firmen wie Apple oder Tesla, die lieber hin und wieder ein paar Millionen in den Sand setzten, als sich von der Technologieführerschaft zu verabschieden. An diese eher progressive Unternehmensausrichtung würden sich jetzt einige gewöhnen müssen, auch die graue Eminenz des Unternehmens, Seine Heiligkeit Michael Brosst persönlich. Der hatte ihn ja letzten Endes auf den Sessel gehievt, auf dem er jetzt saß. Obgleich Michael Brosst, der ihn und seine nach vorne gewandten, manchmal fast radikal zu nennenden Einstellungen ja ziemlich genau kannte, seine progressiven Vorstellungen hinsichtlich der Unternehmensstrategie nicht immer teilte. So zumindest war das aus den diversen Vorgesprächen im Vorstand herauszuhören gewesen, an denen sich der dunkle Herrscher der Firma Brosst natürlich ebenfalls beteiligt hatte. Dunkler Herrscher deshalb, weil der größte und wichtigste Gesellschafter der Firma, die sich komplett im Privatbesitz der Familie Brosst befand, ebenjener Michael Brosst war. Allerdings war Philipp Schultheiß ein mindestens genauso großer Sturkopf wie der alte, mächtige Patriarch – was aus seiner Sicht über kurz oder lang zu einem Hahnenkampf an der Spitze des Unternehmens führen könnte, es wäre ja nun wirklich nicht das erste Mal.

Aber Philipp Schultheiß war nicht gewillt, das Schicksal seiner Amtsvorgänger einfach so zu teilen. Michael Brosst hatte ihn sicher nicht grundlos zum CEO von Brosst Mechatronics gemacht, auch wenn er seine aus Sicht des Patriarchen teils hochriskanten Pläne und Vorhaben nicht vollumfänglich goutierte. Irgendetwas würde er sich dabei schon gedacht haben.

Das war vor einem knappen Dreivierteljahr gewesen, die ersten Duftmarken hatte Philipp Schultheiß bereits gesetzt, jetzt wurde es Zeit, sich einmal um sein Image als CEO zu kümmern. Und zwar in Form einer Homestory über ihn und die Firma Brosst. Auch wenn viele Ältere seiner Zunft noch meinten, die Arbeit eines Managers solle für sich selbst sprechen und dass allein die Zahlen am Ende eines Geschäftsjahres geeignet waren, die eigene Karriere zu befördern, hielt er es eher mit den Vertretern seiner eigenen Generation, die die Unabdingbarkeit der modernen Medien für den beruflichen Erfolg kannten und auch nutzten. »Tu Gutes und rede darüber« war eine alte Binsenweisheit, die in der heutigen Zeit durchaus Bestand hatte und sich hauptsächlich in Fernsehen, YouTube und Social Media abspielte.

Darum saß er jetzt hier in seiner Wohnung in Coburg inmitten von Kameras samt dazugehöriger Technik. Ein kompletter Vormittag würde laut dem Produktionsleiter der Firma »New

Media« für die Aufnahmen und Interviews draufgehen, darauf müsse er sich schon einmal einstellen, hatte man ihm gesagt. Immerhin sollte das ja kein einfacher YouTube-Clip werden, sondern eine professionelle Homestory, die auch höchsten medialen Ansprüchen genügte. Gerade bereitete das Filmteam die Aufnahmen in der Küche vor, nachdem schon sein Büro und der Wohnbereich ausführlich unter die Lupe genommen worden waren. Hier, im Allerheiligsten ihrer Beziehung, sollte gleich ein gemeinsames Interview der beiden Hausbewohner aufgenommen werden, was bei Jeanette, seiner Freundin, wenig Begeisterung auslöste. War die Küche für sie doch mindestens ein ebensolcher Intimbereich wie das Schlafzimmer. Aber da mussten sie jetzt durch, ob Jeanette das nun passte oder nicht.

Ergeben betrachtete Philipp Schultheiß die drei Kameras auf ihren Stativen sowie die Unmenge an sonstiger Technik, welche die Filmleute um ihn herum aufbauten. Das eigentliche Gespräch mit dem Aufnahmeleiter würde nur wenige Minuten dauern, das ganze technische Brimborium drum herum, vor allem bei einem Ortswechsel, verbrauchte ein Vielfaches davon. Seufzend schlug er die Beine übereinander, faltete seine Hände und harrte geduldig der Dinge, die da kommen sollten.

Der Balkon war endlich fertig, das hieß für sie im Umkehrschluss, es war Zeit für den ersten Topf auf dem Geländer. Sie stammte vom Land, aus einem kleinen Kaff in der thüringischen Pampa südlich von Heldburg. Dort war sie aufgewachsen. Idyllisch, abgeschieden, inmitten von Feld, Wald und Wiesen. Und wenn sie etwas an der ländlichen Umgebung geliebt hatte, dann den Duft von Blumen und Kräutern, den die Wiesen verströmten, wenn man im Sommer aus dem Haus ging. Das war auch so ziemlich alles, was sie sich aus ihrer Jugend in Lindenau hierherwünschte und nun Wirklichkeit werden lassen wollte.

Sie stellte den ersten großen Topf, in dem eine Mischung aus Klatschmohn und Kornblumen um einen Platz an der Sonne konkurrierte, direkt vor sich auf das Geländer. Das allein machte noch kein komplettes Landleben, aber immerhin würde es schon bald danach riechen. Sie hatte jetzt schließlich Zeit und konnte es sich leisten, ihr neues Balkongeländer in eine thüringische Wiese zu verwandeln. Unverhofft kam oft, in ihrem Falle in einem extrem positiven Sinne.

Lächelnd zupfte und zog sie an den Kornblumen herum, bis ihr das Stillleben einigermaßen gefiel. Hinter den Bamberger Hügeln war gerade die Sonne untergegangen, aber aus der Wohnung drang noch genug Schummerlicht nach draußen, sodass sie alles gut erkennen konnte.

Sie trat einen Schritt zurück, um den ersten Topfbaustein ihrer Balkonwiese zu betrachten, als sich ein kräftiger Männerarm um ihren Hals legte. Lena Glemm war nicht in der Lage, sich auch nur im Geringsten zu wehren, so schnell passierte das. Jemand musste sich von hinten an sie herangeschlichen haben, ohne dass sie etwas gehört hatte, zerrte sie nach hinten und holte sie fast von den Beinen. Erschrocken versuchte sie mit beiden Händen, den eisenharten Griff von ihrem Hals zu lösen, jedoch vergeblich. Sie wollte schreien, aber der Arm drückte auf ihre Luftröhre, sodass nur ein Gurgeln ertönte. Rücklings wurde sie durch die offene Balkontür in das diffuse Halbdunkel ihrer Dachgeschosswohnung gezogen. Dann presste ihr Angreifer einen Lappen auf ihr Gesicht, der penetrant nach einer süßlichen Chemikalie roch. Ihre Atemluft wurde langsam knapp, und für einen kurzen Moment löste sich der Druck um ihren Hals, sodass sie nicht anders konnte, als das übel riechende Zeug in dem Lappen einzuatmen. Hilflos zappelte sie noch ein wenig herum, verzweifelt bemüht, Arm und Lappen von ihrem Hals und dem Gesicht zu entfernen. Die verbrauchte Luft in ihren Lungen brannte wie Feuer, und sie gierte nach Sauerstoff. Ihr Kopf schien schier zu zerspringen, und schwarze Flecken tauchten vor ihren Augen auf. Noch einmal schnappte sie mit weit aufgerissenen Augen nach Luft, dann verlor sie endgültig das Bewusstsein.

Man hatte es nicht leicht heutzutage, wenn die Herausforderung darin bestand, im goldenen Handwerk den Nachwuchs auszubilden. Die größte aller Aufgaben bestand nämlich zuallererst einmal darin, überhaupt einen Lehrling zu finden, der das Dachdeckerhandwerk erlernen wollte. Die Traumberufe der heutigen jungen Generation waren ja eher »Youtuber« oder »Gewinner irgendeiner Castingshow«. Ein Freiluftberuf mit körperlicher Anstrengung, das war bei den meisten Schulabgängern so ziemlich out. Und wenn es dann doch mal einer wagte, sich diesem Berufsziel zu widmen, konnte man als Ausbilder nicht zwingend davon ausgehen, dass der neue Schützling beispielsweise die Grundrechenarten beherrschte.

»Ey, chill erst mal, Alter«, so die typische genervte Antwort etwa auf die Frage, was denn das Ergebnis der Multiplikationsaufgabe sieben mal zwölf sei. So ähnlich war es auch heute gewesen, als Dachdeckermeister Emil Kotschenreuther seinem jüngsten Untergebenen in grenzenloser Naivität eine scheinbar einfache Aufgabe übertragen hatte. Weshalb er nun auf dem halb fertigen Dachstuhl seiner Baustelle saß, den Kopf in den Händen vergraben, und intensiv damit beschäftigt war, sein Nervenkostüm mit letzter Kraft im grünen Bereich zu halten. Ihm gegenüber, ebenfalls auf einem freigelegten Balken der Kirche sitzend, sein Auszubildender im ersten Lehrjahr Max Fabian.

Kotschenreuther hatte keine Ahnung, was so schwer daran war, eine Dachlatte auf die benötigte Länge, in diesem Fall 2,79 Meter, zu kürzen. Für seinen Stift Max war dies anscheinend eine intellektuelle Herkulesaufgabe, denn von den drei Dachlatten, die er mitgebracht hatte, wies keine die geforderte Länge auf, nicht einmal annähernd. Max' Begründung dieses Sachverhalts: Ohne Handy könne er das nicht, da sei eine Taschenrechner-App drauf, und die bräuchte er, um die Länge der Latte auszurechnen.

Dachdeckermeister Kotschenreuther fasste es nicht. Das Ende war nah, dieses Land stand am Abgrund, endgültig.

Wie sollte die Republik noch gerettet werden, wenn sich in der sogenannten »Generation Z« solche Abgründe auftaten? Aber vielleicht war er auch einfach nur zu streng, womöglich vertrug Max die hohen Temperaturen auf dem Dach nicht, oder Kotschenreuther durfte nicht einfach eins zu eins die Maßstäbe anlegen, die er aus seiner eigenen Ausbildungszeit kannte, so zumindest die Argumentation seiner Frau zu diesem Thema. Wahrscheinlich war die Fähigkeit, eine einfache Dreisatzrechnung zu lösen, heutzutage nicht mehr als Standard vorauszusetzen. Den Dreisatz brauchte man ja auch nicht, um ein Handy einzuschalten und sich auf TikTok auszutoben.

Emil Kotschenreuther knetete zur Beruhigung mit Daumen und Zeigefinger seine Nasenwurzel und beschloss, es einmal mit möglichst viel Verständnis und Einfühlungsvermögen zu probieren, ganz so, wie seine Frau es ihm nahegelegt hatte. Aber das war hier auf dem Dach unmöglich, dafür hatte er jetzt wirklich nicht die Nerven, dazu brauchte es einen sicheren Standort und eine entspannte Atmosphäre. Zumal die tägliche Sonneneinstrahlung inzwischen ein unerträgliches Maß angenommen hatte, was auch bei ihm das Denken erschwerte. Immerhin war es gerade mal Anfang Juni, Pfingsten, und die Höchsttemperaturen lagen bereits bei fünfunddreißig Grad im Schatten. Wenn das so weiterginge, würde im Bundesland Franken der Wasserverbrauch reguliert werden müssen, so zumindest die ersten Warnungen der Regierung.

»Max, mir machen etzerd erschd amal Brodzeid«, eröffnete der erfahrene Dachdecker seinem hocherfreuten Lehrling, was beide umgehend dazu veranlasste, ihren luftigen Arbeitsplatz zu verlassen und sich nach unten zum Kleinlaster der Dachdeckerfirma zu begeben. Dass sie gerade mal eine knappe Stunde gearbeitet hatten, schien den neuen Auszubildenden nicht im Geringsten zu verwundern oder gar zu stören. Der wurde zwar bald achtzehn, konnte aber definitiv besser essen als kopfrechnen. Immerhin war Max Fabian absolut schwindelfrei, und Konditionsschwächen schien er auch nicht zu kennen. Den konnte man den ganzen Tag aufs Dach und wieder runterscheuchen, ohne dass es ihm etwas ausmachte. Nur war der berufliche Mehrwert dieser körperlichen Leistungsfähigkeit natürlich extrem beschränkt, wenn der Junge nicht verstand, was er an seinem jeweiligen Ankunftsort eigentlich machen sollte. Dass Kotschenreuthers Auszubildender aufgrund seines durch schulische Ehrenrunden bedingten Alters bereits im Besitz eines Führerscheins auf Probe war, der ihn zum Fahren des Betriebsfahrzeuges ermächtigte – zumindest, wenn sein Chef danebensaß –, machte die Sache auch nicht besser.

In der Kabine des Lasters angekommen, packte erst einmal jeder seine mitgebrachten Delikatessen aus, und kurz darauf waren nur noch die üblichen Geräusche zu hören, die Männer eben so machten, wenn sie Leberkäsebrötchen mit Mezzo Mix ihrer Verdauung zuführten. Als die erste Charge des Brotzeitklassikers aus der nahe gelegenen Metzgerei vertilgt war, ging der Dachdeckermeister mit Bedacht, aber zielstrebig zum Angriff über. Er hatte sich jetzt ein Brötchen lang überlegt, wie er dem Dreisatzproblem seines Lehrlings beikommen konnte, und sich einen Plan zurechtgelegt. Wenn es mit Dachlatten nicht funktionierte, dann vielleicht mit etwas anderem. Etwas, womit Max mehr anfangen konnte.

»Also, Max, was habt ihr denn zuletzt in der Berufsschul in Bamberch für Fächer kabt? Rechnen, Holzkunde oder Werkstatt?«, erkundigte sich Kotschenreuther freundlich. Leider lag er mit seiner Fächeraufzählung schon einmal daneben.

»Na, Sozialkunde und Religion«, entgegnete sein Lehrling kauend, was Kotschenreuther vor eine schier unlösbare Aufgabe stellte. Religion? Wie sollte er denn vom Fach Religion die Kurve hin zur Dreisatzrechnung kriegen?

»Sozialkunde und Religion, aha, und um was ging's dann da?«, fragte er ein wenig hilflos nach.

»Hexen«, antwortete Max Fabian knapp, während er sich gierig den letzten Rest seines zweiten Leberkäsbrötchens in den Mund schob, um dann mit Limonade nachzuspülen.

»Hexen«, repetierte Emil Kotschenreuther und starrte auf sein eigenes Leberkäsbrötchen, das immer noch geduldig der morgendlichen Verspeisung harrte.

»Ja, Hexen. Nirchendwo sonst sin so viel Hexen verbrannt worn wie in Bamberch, da warn mir Bambercher richtich gud. Inderessand war vor allem, dass die mid dem Verbrenna aach deswechen aufkört ham, weil des Brennholz, mit dem die da gschürt ham, irchendwann zu deuer worn is. Des hat den Bischof nachherd doch irchendwie gereuth. So is übrichens ach der Name vo dem Bambercher Stadtteil entstanden. Gereuth.« Breit grinste Max Fabian seinen Lehrherrn an. Das Thema schien ihm in der Schule tatsächlich gefallen zu haben. Dann schickte er sich an, auch noch ein drittes Leberkäsbrötchen aus seiner Alufolienverpackung zu befreien.

Es dauerte einen Moment, bis bei Kotschenreuther der Groschen gefallen war. Der Geist seines Auszubildenden war eindeutig von eher schlichter Machart, trotzdem wohnte ihm eine Art Bauernschläue inne. Den Kerl brauchte man nicht anzugiften, den musste man einfach nur in die richtige Richtung schubsen.

»Also gud, Max, wenn du dich mit Hexen so gud auskenna dusd, dann rechnen mir halt mit Hexen weider, vielleicht dusd du dir nacherd leichder«, erklärte Kotschenreuther mit einem aufmunternden Lächeln und holte vom Rücksitz des Kleinlasters den DIN-A4-Block, auf dem er immer seine Bauskizzen anzufertigen pflegte. »Folgende Aufgabe. Um eine Hexe zu verbrennen, braucht es, sagen wir mal, drei Ster Holz. Du hast etzerd vom Bambercher Bischof den Auftrach gegrichd, so viel Hexen zu verbrenna wie möglich. Dafür gibd dir der Bischof sechs Ster Holz. Wie viel Hexen zum Verbrenna gibt des?« Erwartungsvoll schaute er seinen Lehrling an, der tatsächlich wie aus der Pistole geschossen antwortete.

»Zwaa«, antwortete Fabian, ehe er in sein letztes Brötchen biss.

Kotschenreuther war versucht, lauthals zu jubeln, verkniff

sich aber vorsichtshalber jegliche Begeisterung, schließlich wollte er Max' neu entdeckte Leidenschaft für das Kopfrechnen nicht stören. Das war tatsächlich richtig, er war auf dem richtigen Weg. Der Dachdeckermeister beschloss, die mathematischen Daumenschrauben gleich mal ein wenig anzuziehen.

»Gud, sehr gud, Max. Am nächsten Dooch sollst du des Gleiche wieder machen, nur had der Bischof dir diesmal sehr viel mehr Holz besorchd, nämlich achtzehn Ster. Wie viel Hexen kannsd du also mit achtzehn Ster Holz verbrenna, Max?« Gespannt wie eine Klavierseite beobachtete er seinen kauenden Auszubildenden, der diesmal etwas länger für den Lösungsweg benötigte, schlussendlich aber trotzdem durchs Ziel gelaufen kam.

»Sechs Hexen?«, fragte er zweifelnd.

»Jawoll, Max, super, des is richtich!«, rief Emil Kotschenreuther begeistert und schlug seinem Lehrbuben so fest auf die Schulter, dass dem fast das Brötchen aus dem Mund gefallen wäre. Vorwurfsvoll schaute er seinen Meister an, der sich aber bereits wieder im Dreisatzmodus befand und neue Aufgaben ersann, um die Grenzen seines Schützlings auszutesten. Es war jetzt genug der Hexerei, er musste Max rechentechnisch in die reale Welt hinüberlocken, um irgendwann, irgendwie bei den harten Fakten, sprich: den Dachlatten zu landen. Im Zuge dieser Überlegungen fiel Emil Kotschenreuthers Blick auf ein Wahlplakat, das nur wenige Meter entfernt an einem Laternenpfahl hing. Die Landtagswahl in Franken war zwar bald ein Jahr her, aber der Kandidat der blauen Partei aus dem Wahlkreis Haßberge hatte es immer noch nicht geschafft, seine Plakate abzuhängen. War wahrscheinlich auch ein bisschen zu viel verlangt, wenn man fast im Knast gelandet wäre. Na, jedenfalls bot sich so eine wunderbare Möglichkeit, den Bogen vom Mittelalter in die Gegenwart zu schlagen. »Siehst du den da, Max?«, fragte er fast beiläufig und deutete auf das HfD-Wahlplakat.

Sein Stift nickte. »Glar, des is der Daniel Lumumba von der

HfD, der Hoffnung für Deutschland, der ausm fränkischen Landdach … warum?«

»Na ja, jetzt vergiss mal des mit die Hexen, des is ja alles scho viel zu lang her. In der heutigen Zeit kann mer ja auch lustigere Sachen verbrennen. Mir ersetzen jetzt einfach die Hexen durch HfDler, des is ja auch viel wirklichkeitsnäher. Also, Max, wie viel Ster Holz brauchst du, um sechs HfDler zu verbrennen?«

Max Fabian glotzte seinen Meister an wie ein Häschen, wenn's blitzt, aber dann fand er doch relativ zügig den Weg vom Mittelalter in die Gegenwart.

»Na … widder achtzehn. Des is ja wohl wurschd, ob ich a Hexe oder an HfDler verbrenn, oder?«, entgegnete er im Brustton der Überzeugung.

Der Dachdeckermeister lächelte seinen Lehrbuben stolz an. »Des stimmt, Max, des is im Prinzip egal. Nur dass die Hexen damals unschuldig warn«, schob er süffisant nach. »Aber egal, so weit, so gut. Im nächsten Schritt muss mer nur noch die Ster Holz durch die Dachfläche und die Lumumbas durch Dachlatten ersetzen, dann hammer's. Aber heut nimmer, des mache mer morchen, Max. So, und etzerd geht's widder aufs Dach, die Ladden schneid ich dir heut noch amal.«

Sprach's und warf seinem Auszubildenden einen auffordernden Blick zu, woraufhin dieser sich mit sanfter Gewalt seinen restlichen Leberkäsweck in den Mund stopfte und dem Meister nach draußen folgte.

Die Aufnahmen in der Küche waren beendet, was Jeanette Kasiske umgehend dazu nutzte, sich von dem Trubel in ihrer Küche zu entfernen und ins Schlafzimmer im ersten Stock zu flüchten. Sie stand nicht gern im Mittelpunkt des Interesses. Dass sie dieses Schicksal nun auch noch mit ihrer heiß geliebten Küche teilte, machte die Sache nicht besser. Sie war gespannt, was Philipp sich einfallen lassen würde, um sie für den ganzen Stress, der ja nur aufgrund seiner Karriereabsichten entstanden war, irgendwie zu entschädigen. Ein gemeiner Blumenstrauß reichte da jedenfalls nicht, so viel stand fest.

»Alles in Ordnung, Schatz?«, hörte sie ihn da auf einmal fragen. Als Jeanette sich umdrehte, stand ihr Freund im Türrahmen und schaute sie besorgt an. Sie kannten sich ja erst ein paar Monate, da war noch nicht jedes Detail in ihrer Beziehung erforscht und ausgelotet. Er hatte diese Homestory unbedingt gewollt, wusste aber nicht, ob Jeanette ihm das Ganze nicht doch nachhaltig krummnehmen würde. Die war im Moment allerdings einfach nur erleichtert, dass ihr Part in der Geschichte vorbei war.

»Ja, alles in Ordnung«, antwortete sie knapp, was ihren Freund dazu veranlasste, sicherheitshalber das Ende der Filmarbeiten im Haus anzukündigen.

»Ich gehe davon aus, dass die Hauptarbeit jetzt getan ist, Schatz. Wir machen noch ein letztes Interview vor dem Haus, dann ist der ganze Spuk vorbei, versprochen.«

»Verschwinde einfach«, meinte Jeanette Kasiske lachend und warf ein Kopfkissen nach ihrem Supermanager. »Aber wenn du mit deinem Chef fertig bist, erwarte ich dich hier in diesem Zimmer zur Wiedergutmachung, verstanden?«, ergänzte sie mit einem Funkeln in den Augen und ergriff drohend das nächste Kissen.

»Verstanden!«, bestätigte Philipp Schultheiß mit gespielter Furcht, dann schaute er sie mit einem seltsamen Ausdruck in den Augen an. »Du weißt, die Arbeit ist mir heilig, Jeanette. Aber was immer auch passiert, du musst wissen, dass ich dich wirklich liebe. Zweifle niemals daran.« Ein schmales Lächeln huschte über sein Gesicht. Dann wandte er sich um und eilte die Treppe hinunter, um sich um die Filmcrew und deren finale Aufnahme zu kümmern. Jeanette grübelte noch kurz über seine Worte nach, dann sammelte sie das geworfene Kissen wieder ein.

Noch ungefähr eine halbe Stunde lang konnte Jeanette Kasiske Stimmen draußen vor dem Haus und im Erdgeschoss der Wohnung vernehmen, dann fiel die Haustür ins Schloss, und es herrschte Stille, endlich. Seit unzähligen Stunden war endlich wieder Ruhe in ihrem Heim hoch oben am Festungsberg in Coburg. Eine Ruhe, die die Hausherrin jetzt ausgiebig genießen würde.

In der Dienststelle der Bamberger Kriminalpolizei herrschte geschäftiges Treiben, was nicht nur dem gewöhnlichen Arbeitsaufkommen geschuldet war. Oder vielleicht doch, denn nur in dieser Dienststelle pflegte man sich bei Dienstantritt mit frisch geschmierten Honigbroten zu verlustieren, welche die propere blonde Dienststellensekretärin Marina Hoffmann alias »Honeypenny« herzustellen pflegte.

Einer der hier beschäftigten Honigbrotesser, Kriminalkommissar Bernd Schmitt alias »Lagerfeld«, tat für seinen Teil das, was alle anderen Kollegen auch taten – auf seinem Honigbrot herumkauen, welches er schluckweise mit Marinas Kaffee abrundete. Außerdem beteiligte er sich am momentanen Dienststellen- und Stadtgespräch, nämlich der Auszählung der Stimmen nach der Abstimmung in Franken zum Wasserverbrauch. Sämtliche Bürger des noch jungen Bundeslandes waren dazu aufgerufen gewesen, darüber zu entscheiden, wie das knappe Wasser in Stadt und Land künftig verteilt werden sollte. Genauer gesagt, wo demnächst als Erstes das Wasser abgestellt werden musste, wenn es mit dieser außergewöhnlichen Hitze und dazugehörigen Trockenheitsphase so weiterging.

Abgesehen von der Wasserknappheit waren die steigenden Temperaturen mit beständigen dreißig Grad im Büro der Beamten größte Sorge. Das wurde irgendwann jedem zu viel. Im Urlaub gerne, aber nicht bei der Verbrechensbekämpfung in der kriminalpolizeilichen Dienststelle. Dreißig Grad am Meer und dreißig Grad am Schreibtisch waren nämlich zwei völlig unterschiedliche Dinge.

So diskutierten die Bamberger Kriminologen, Lagerfeld

eingeschlossen, ebenso engagiert darüber wie ganz Franken. Die Diskussion war aber nur das sehr vordergründige Tun, sein eigentliches Augenmerk lag neuerdings ganz woanders, nämlich auf der neuen Kollegin Kira Sünkel beziehungsweise dem Ansinnen, sein sehr spezielles Interesse an besagter Dame möglichst nicht offenbar werden zu lassen. Er praktizierte diese kollegiale Verdunkelungsmethode der ziemlich privaten Art jetzt schon seit fast einem halben Jahr, und bis jetzt hatte das mit der Heimlichtuerei auch ganz gut geklappt. Niemand hier in der Dienststelle war der Auffassung oder hatte auch nur den Anflug einer Idee, der Kollege Schmitt und die nagelneue Kollegin im Team könnten amourös aneinanderhaften.

Ihre Beziehung vor den anderen zu verheimlichen war auch nicht ganz so schwer, wie es sich vielleicht anhörte, denn so richtig wusste Kriminalkommissar Bernd Schmitt ja selbst nicht, ob Kira und er jetzt offiziell ein Paar waren oder nicht. Das war eine Frage des Standpunktes, der Perspektive oder der Einstellung, je nachdem, welchen Maßstab der geneigte Betrachter an das Zusammensein von Mann und Frau legte. In ihrem Fall waren die Grenzen durchaus fließend – auf gut Neudeutsch: Es war kompliziert, so zumindest hätte man die Beziehung auf Facebook in den persönlichen Einstellungen zur Person markiert.

Bei der Arbeit an ihrem letzten großen Fall hatte er Kira kennengelernt. Wenn man das überhaupt so bezeichnen konnte. Sie war gerade wieder in ihre Heimatstadt Bamberg zurückgezogen, hatte aber übergangsweise weiterhin für die BFU gearbeitet, die Bundesanstalt für Flugunfalluntersuchung. Es war bestenfalls eine Sache von Stunden gewesen, da hatte er sich auch schon in die Frau verknallt. Seiner letzten Beziehung hatte er zuvor jahrelang hinterhergetrauert, doch das war von jetzt auf gleich vorbei, und er wurde von Amors Pfeil getroffen. Nein, eigentlich hatte Amor ihn in diesem Fall mit einer Art großem Wurfspeer erledigt, zumindest fühlte es sich so an. Wie es sich für Kira anfühlte, konnte er bedauerlicherweise nicht sagen, denn die Ex-Bundeswehrkommandantin mit Hochschulabschluss war ihrem Verhalten nach ein Buch mit sieben Siegeln, wenn nicht sogar einer ganzen Reihe Siegel mehr. Mal fiel sie regelrecht über ihn her, dann wieder erweckte sie den Eindruck, ein frisch gefangener toter Hering zu sein, der in einer großen Kiste voller Eiswürfel lag.

Den offiziellen Grund für ihr wankelmütiges Verhalten hatte sie ihm an ihrem denkwürdigen ersten Date im Greifenklau in Bamberg mitgeteilt. Bei Kira war bereits im Kindesalter das sogenannte Asperger-Syndrom diagnostiziert worden. Asperger war nach ihrer Schilderung eine Art milder Autismus, der für Außenstehende kaum oder gar nicht erkennbar war. Da Menschen mit Asperger über ein gutes Sprachverständnis und eine normale, oft sogar überdurchschnittlich hohe Intelligenz verfügten, waren ihre Schwierigkeiten im sozialen Bereich leicht zu übersehen. Hauptsächlich fehlte es ihnen an Empathie und sonstigen sozialen Fähigkeiten, was es für die Betroffenen oft sehr schwer machte, soziale Bindungen aufzubauen. Insbesondere Asperger-Menschen mit hohen intellektuellen Fähigkeiten lernten daher früh, ihre Schwierigkeiten so zu kompensieren, dass der Autismus selbst für Fachleute schwer zu erkennen war. Dennoch litten viele an ihrem Anderssein. Sie sehnten sich danach, so wie alle zu sein, fühlten sich aber gezwungen, eine Rolle zu spielen.

Es gab Menschen mit Asperger-Syndrom mit hohen Begabungen im mathematisch-naturwissenschaftlichen Bereich, andere wiederum hatten massive Lernschwierigkeiten. Kira war eindeutig der ersten Gruppe zuzuordnen. Außerdem führte der Umstand, dass Menschen mit Asperger-Syndrom häufig bestimmte Situationen nicht einordnen konnten, dazu, dass viele von Grund auf ehrliche Menschen waren und ungeachtet möglicher sozialer Nachteile ihre Meinung einfach kundtaten, ohne jegliche Hemmung. Das konnte durchaus zu Problemen führen, sowohl allgemein als auch in intimen Beziehungen, war aber ja eigentlich eine positive Eigenschaft.

Das war zumindest Bernd Schmitts Meinung, auch wenn die schonungslose Offenheit, die Kira gerne an den Tag legte, den einen oder die andere hin und wieder vor den Kopf stieß.

Dieser Umstand war auch dem dienstältesten Kommissar der Bamberger Kripo, Franz Haderlein, bewusst. Die Kollegen hier in der Dienststelle schienen sich so langsam an Kiras gnadenlose Art zu gewöhnen, trotzdem hatte er seine Vorstellungsrunde mit der neuen Kollegin bei den Kontaktpersonen außerhalb der Dienststelle bisher hinausgeschoben, denn er war sich nicht so ganz sicher gewesen, ob er ihre spezielle Art jedem sogleich zumuten konnte. Aber heute würde es endlich so weit sein. Kira sollte die Menschen kennenlernen, mit denen sie im Laufe der Zeit noch des Öfteren zu tun haben würde. Die ersten sechs Monate hatte sie ja vorwiegend im Innendienst verbracht, nur sporadisch war sie zu Tatorten oder Befragungen mitgenommen worden. Aber das hat jetzt ein Ende, dachte Haderlein zufrieden. Die Frau war wirklich schlau, hatte keine Angst vor Herausforderungen, und durchsetzungsfähig war sie ohne Zweifel ebenfalls. Es gab keinen Grund, ihr nicht mehr Freiraum zu gewähren. Haderlein war sich inzwischen sicher, dass Kira ein absoluter Gewinn für die Bamberger Dienststelle war.

»Und, was maanst, is scho a Feecher, unner Kira, odder?«, raunte ihm just in diesem Moment der Kollege Schmitt ins Ohr.

Haderlein beschloss, den anzüglichen Unterton in Lagerfelds Stimme einfach zu überhören, eine Methode, die er in der Zusammenarbeit mit seinem jüngeren Kollegen schon sehr früh hatte erlernen müssen. »Wenn du damit ausdrücken willst, dass Kira eine Kollegin mit außerordentlichem Potenzial ist, dann magst du wohl recht haben, Bernd. Ansonsten müsstest du mir das mit dem Feecher noch einmal näher erklären«, entgegnete er förmlich, was Lagerfeld aber nur ein müdes Grinsen abnötigte.

Das war er von Franz Haderlein gewohnt. Der eingewanderte Oberbayer aus dem Chiemgau hatte sich trotz der vielen Jahre in Bamberg immer noch nicht vollständig »frankiert«. Außerdem war er nun mal ein paar Jahre älter und hin und wieder so dermaßen steif und konservativ, dass ihm der gebürtige Bamberger Lagerfeld gern das eine oder andere Mal aufs Pferd geholfen hätte. Aber so war er halt, da konnte der gute Franz nicht aus seiner Haut.

»Ich werde Kira heute einpacken und mit ihr zu Siebenstädter in die Rechtsmedizin fahren«, äußerte Franz Haderlein beiläufig, woraufhin Lagerfeld fast die Kaffeetasse aus der verkrampften Hand gefallen wäre. Entsetzt blickte er seinen erfahrenen Kollegen von der Seite an.

»Äh, Franz, is des net a weng früh? Du weißt scho, wie des damals mit der Andrea und Seiner Eminenz Herrn Professor Siebenstädter geendet hat, des brauch ich fei net noch amal«, stellte er fest, während er unter Aufbietung sämtlicher motorischer Fähigkeiten versuchte, den verschütteten Kaffee aus der Untertasse zu schlürfen.

Franz Haderlein nahm die aufgeregte Reaktion seines jüngeren Kollegen amüsiert zur Kenntnis und ebenso zum Anlass, die schwierige Aufgabe mit der Erlanger Rechtsmedizin vielleicht besser an Bernd zu delegieren. Immerhin schien er sich mit Kira ziemlich gut zu verstehen, auch wenn er das stets zu verbergen versuchte, so zumindest Haderleins Eindruck. Während Honeypenny und der eloquente César Huppendorfer in Bezug auf Kira immer noch ein wenig fremdelten, war es bei ihrem Chef und Lagerfeld genau andersherum gewesen. Die beiden waren von ihrer Persönlichkeit her ja eher so gestrickt, dass sie ab und an schlichte, klare Ansagen brauchten, um ihren Beruf und das Leben im Allgemeinen zu bewältigen. Und da waren sie bei der neuen Kollegin Kira Sünkel an der richtigen Adresse.

Zwar dürfte das Aufeinandertreffen von Kira und Siebenstädter ziemlich interessant werden, trotzdem hatte Haderlein nur wenig Lust auf den Spontanbesuch in der Erlanger

Rechtsmedizin. Wer wusste denn schon, mit welchen Widerwärtigkeiten der Professor diesmal aufwarten würde? Möglich, dass er in typisch ätzender Weise über die Bamberger Neukommissarin herfiel. Andererseits war Kira durchaus verteidigungsfähig, das hatten die letzten sechs Monate bereits gezeigt. Und sie hätte einen gewissen jüngeren Kollegen an ihrer Seite, sofern der die undankbare Aufgabe übernahm.

Bei dieser Gelegenheit ließ sich auch gleich einmal feststellen, überlegte sich Haderlein mit einem säuerlichen Grinsen, ob er sich das mit Lagerfelds kläglich verhohlenem Interesse an der neuen Kollegin nur einbildete oder ob er richtiglag. Wenn er Bernd nämlich jetzt fragte, ob er nicht anstelle seiner Wenigkeit mit Kira in die Erlanger Höhle des Löwen fahren wolle, könnte er die Antwort auf diese Frage an dessen Reaktion ablesen. Ein Bernd Schmitt in Normalform würde sich vehement wehren und winden, damit dieser Kelch an ihm vorüberging. Sollte Haderlein aber richtigliegen mit seiner Vermutung, fiele Lagerfelds Gegenwehr garantiert ziemlich bescheiden aus. Vielleicht druckste er der Form halber noch ein bisschen herum, jedoch nur kurz, dann würde er sich dazu bereit erklären, da war sich Haderlein ziemlich sicher. Also winkte er den sich betont unauffällig in der Dienststelle umschauenden Lagerfeld noch einmal zu sich.

»Was gibt's, Franz, kann ich dir helfen?«, säuselte Bernd Schmitt übertrieben lässig, während er die Sonnenbrille auf seiner Nase zurechtrückte.

Haderlein musste sich eine harsche Bemerkung verkneifen, dann brachte er sein Anliegen aber doch noch adäquat an den Mann. »Ja, kannst du in der Tat, Bernd. Ich wollte ja eigentlich heute mit Kira nach Erlangen fahren, aber ich hab so viel zu –«

»Klar, mach ich«, kam es wie aus der Pistole geschossen vom Kollegen Schmitt. »Ich bin zwar heut mit dem Roller da, aber ich hab für die Kira einen Helm, der passt genau. Bis später, Franz.« Lagerfeld tätschelte noch kurz und aufmunternd die Backe seines dienstältesten Kollegen, dann drehte er sich um und eilte zur Kollegin Sünkel.

»Ääh …«, machte Franz Haderlein verblüfft, ehe er den Mund wieder schloss und wortlos zusah, wie Lagerfeld die völlig überraschte Kira am Arm aus der Dienststelle zerrte.

Der Mann stand über der regungslosen Frau und betrachtete sie einige Sekunden lang still und unbewegt. Dann erwachte er urplötzlich zum Leben und begann, die Wohnung abzusuchen. Regale, Schubladen, Schrankfächer und so weiter. Er sammelte all das ein, was einen Hinweis auf ihn geben konnte, Handy, Laptop, Speicherplatten, und machte sich mit großer Sorgfalt daran, seine Spuren zu verwischen.

Streng genommen war dies kein Einbruch, da es ihm nicht ums Geld ging, sondern um das große Ganze. Was die Polizei dahinter vermuten würde, das zu steuern lag nicht in seiner Macht. Aber die Kurve zu dem wirklichen Grund ihres Verschwindens würden sie sowieso niemals kriegen. Irgendwann würden sie die Frau wieder präsentiert bekommen, allerdings anders, als sie sich das vielleicht vorstellten. Sie war jetzt jedenfalls mal weg, und er hatte alles, was er brauchte.

Aus den Tiefen seiner Manteltasche zog er einen schwarzen Sack hervor. Es war eines jener Behältnisse, in denen Bestatter ihre Leichen abzuholen pflegten. In diesen Sack legte er die bewusstlose Frau, die immer noch ihre Handschuhe und die Gärtnerschürze trug. Einige Sekunden lang ruhte sein kalter Blick auf ihr. Es hatte begonnen, die Dinge nahmen nun ihren unwiderruflichen Verlauf. Dann zog er entschlossen den Reißverschluss zu und warf sich den schwarzen Sack ohne große Mühe über die Schulter.

Im Hinausgehen warf er noch einen letzten kontrollierenden Blick über die Schulter, dann verließ er die Wohnung, ohne auch nur einen einzigen weiteren Gedanken daran zu verschwenden.

Michael Brosst saß an seinem Tisch im »La Villa« in Bamberg, dem französischen Restaurant, das er selbst mit nicht wenigen eigenen finanziellen Mitteln aufgebaut hatte, und wartete auf seinen neuen CEO, Philipp Schultheiß, um ein ernstes Wörtchen mit ihm zu reden.

Ja, natürlich, es war am Ende des Tages seine Entscheidung gewesen, den jungen Manager übergangsweise an die Spitze von Brosst Mechatronics zu stellen. Aber er hatte Schultheiß wohl doch ein wenig falsch eingeschätzt. Nicht dass er plötzlich an dessen Fähigkeiten zweifelte, davon konnte keine Rede sein. Jedoch hatte Philipp in der Firma innerhalb kürzester Zeit ein paar höchst diskutable und für seinen Geschmack allzu radikale Entscheidungen getroffen, um es vorsichtig auszudrücken. Es wurde langsam Zeit, den jungen Mann etwas einzufangen, sonst war dessen Zeit als Geschäftsführer bald genauso plötzlich vorbei, wie sie begonnen hatte. Dass er nicht alle seine Entscheidungen schätzte, hatte er ihm bei ihrem letzten Gespräch zwar schon mitgeteilt, aber im Kreise der versammelten Vorstandsmitglieder war er wohl nicht deutlich genug gewesen. Wenn Philipp horrende Summen zum Fenster hinauswerfen wollte, dann sollte er das in einer anderen Firma tun, aber nicht bei Brosst Mechatronics.

Sein neuer CEO schien sich allerdings massiv zu verspäten. Er war jetzt schon seit bald dreißig Minuten überfällig, was normalerweise überhaupt nicht seine Art war. Zumindest hätte er sich kurz gemeldet, dass er nicht pünktlich sein konnte, aus welchen Gründen auch immer. Also tat Michael Brosst etwas, das er ansonsten hasste wie die Pest, nämlich jemandem hinterherzutelefonieren.

Am anderen Ende der Leitung klingelte es lang und ausdauernd, aber es ging niemand ran. Also probierte Michael Brosst es in Schultheiß' Büro bei dessen Sekretärin, aber auch die konnte ihm nicht sagen, wo sein CEO war, wähnte sie ihn doch beim Geschäftsessen mit ihm, Michael Brosst, im »La Villa« in Bamberg. Sie beteuerte, dass ihr Chef eigentlich jeden

Moment eintreffen müsse, aber sie werde sicherheitshalber einmal bei ihm zu Hause anrufen, vielleicht wisse ja seine Freundin Jeanette etwas Näheres.

Die graue Eminenz legte auf und steckte das Mobiltelefon in die Jackentasche zurück. Wie auch immer, er würde jetzt erst einmal die vorzügliche Bouillabaisse essen, die das »La Villa« auf der Speisekarte hatte, danach sah die Welt bestimmt ganz anders aus.

Jeanette Kasiske legte den Hörer des Telefons zurück und machte sich jetzt doch allmählich Sorgen. Unpünktlichkeit war überhaupt nicht Philipps Art, ganz im Gegenteil. Wenn es um seine Karriere ging, war er akkurat wie ein preußischer Offizier, da konnte man ihm nichts nachsagen. Und nun ließ er ausgerechnet Michael Brosst eine halbe Stunde warten? Sie probierte, ihn auf dem Mobiltelefon zu erreichen, aber es ging niemand ran. Nervös geworden, eilte sie zur Tür und ging nach draußen, um sich kurz umzuschauen. Vielleicht hatte sich Philipp ja einfach mit den Fernsehleuten verquatscht. Das war zwar unwahrscheinlich, aber es gab für alles ein erstes Mal.

Draußen prallte sie gegen die Wand aus stehender Hitze, die sich jetzt bereits seit vielen Wochen in Deutschland breitmachte. Umgehend traten ihr feine Schweißperlen auf die Stirn. Die Fernsehleute waren inzwischen aber zweifellos weg, die beiden schwarzen Busse, in denen sie ihr Equipment verstaut hatten, verschwunden, und auch Philipp war nirgendwo zu sehen. Das war schon mal gut, denn er hätte wie gesagt längst in Bamberg sein sollen. Aber wo steckte er dann?

Sicherheitshalber ging sie zu den Garagen und drückte den roten Knopf, woraufhin sich das Rolltor mit einem leisen Brummen nach oben in Bewegung setzte. Jeanette Kasiske erstarrte, als sie sah, was dahinter zum Vorschein kam. Der BMW ihres Freundes stand frisch gewaschen in der Garage, genau so, wie er ihn gestern Abend hineingestellt hatte. An sich ein beruhigender, fast beschaulicher Anblick. Nur dürfte der Wagen eigentlich gar nicht mehr hier sein. Statt in Bamberg vor dem Restaurant stand er unangetastet hier in der Garage. Philipp aber war fort und von niemandem mehr zu erreichen.

Es dauerte einige Sekunden, bis sich Jeanette aus ihrer Starre löste und mit einer unheilvollen Vorahnung zurück ins Haus rannte.

Die südfranzösische Fischsuppe war mal wieder ganz ausgezeichnet gewesen, das war überhaupt nicht das Problem. Ursächlich für Michael Brossts sich verschlechternde Laune war die Abwesenheit seines CEOs. Zum wiederholten Male versuchte er, ihn telefonisch zu erreichen, aber inzwischen bekam er nicht einmal mehr ein Freizeichen, sondern die sonderbare Auskunft, die angerufene Person sei vorübergehend nicht erreichbar. Bei allem Ärger mogelte sich unter diesen Umständen auch der eine oder andere sorgenvolle Gedanke in Michael Brossts Überlegungen. Schultheiß würde doch wohl nichts passiert sein, ein Autounfall oder etwas in der Art? Das Ganze wurde langsam unkontrollierbar, eine Situation, die Brosst nicht ausstehen konnte. In der Regel war er derjenige, der alles und jeden steuerte. Noch dazu wusste er nicht einmal genau, was da gerade schieflief und warum.

Wenn sich nicht bald etwas tat, würde er die staatlichen Organe einschalten müssen, um den Verbleib von Philipp Schultheiß zu eruieren. Aber das war nur die Ultima Ratio, vorher wollte er noch alle Hebel in Bewegung setzen, die helfen konnten, seinen Geschäftsführer aufzuspüren. Vielleicht gab es ja letztendlich eine ganz einfache Erklärung. Zuallererst würde er höchstpersönlich die Kliniken zwischen Bamberg und Coburg abklappern, vielleicht war Schultheiß ja inzwischen in einer davon eingeliefert worden.

Mit einer entschlossenen Bewegung schob Michael Brosst seinen Stuhl nach hinten, schnappte sich sein schwarzes Jackett und stürmte nach einer knappen Verabschiedung aus dem »La Villa«. Draußen holte er ob der ihm entgegenschlagenden Hitze einmal tief Luft und eilte zur Tiefgarage Geyerswörth, wo er seinen Lancia Stratos geparkt hatte. Allerlei Varianten und Variablen den Verbleib von Schultheiß betreffend gingen ihm durch den Kopf, die ihm jedoch allesamt missfielen. Entsprechend unaufgeräumt erreichte Michael Brosst seinen Lancia, wo er sich auf der Stelle hinter das Steuer schwang und den Gurt anlegte.

Obwohl es sich bei dem Wagen um ein sündhaft teures Einzelstück handelte, vollgestopft mit neuester Technik, musste man das edle Teil tatsächlich noch mit einem gewöhnlichen Zündschlüssel starten. Den Schlüssel ins Schloss stecken, rumdrehen, fertig. Ganz ordinäre Technik aus den siebziger Jahren, da stand Michael Brosst drauf. Der Schlüssel steckte bereits im Schloss, er wollte nur noch gedreht werden, da bemerkte der ungeduldige Autobesitzer, dass eine kleine Schachtel unter dem rechten Scheibenwischer klemmte. Überrascht starrte Brosst das rechteckige Teil an, als wäre es eine Hunderterpackung XL-Kondome, dann, nach einigen Sekunden der inneren Sortierung, nahm er den Zündschlüssel wieder aus dem Schloss, öffnete die Fahrertür und stieg aus dem Wagen. Er ging um die Motorhaube des Stratos herum und zog den Gegenstand vorsichtig unter dem Scheibenwischer hervor. Das war keine Schachtel, sondern eine kleine, fest zusammengefaltete dunkelgrüne Plastiktüte ohne Aufdruck, deren Inhalt er jetzt mit spitzen Fingern aus der Tüte fummelte.

Bei dem, was er sodann in Händen hielt, handelte es sich mitnichten um Verhütungsmittel aus dünnem Latex. Der formgebende Inhalt war ein Mobiltelefon der Firma Apple. Auf dem dunklen Display klebte ein gelber Notizzettel mit einer getippten Botschaft.

Entsperren: 11121947

Diese Zahlen kannte Michael Brosst natürlich, das war sein Geburtstagsdatum, verdammt. Eine kalte Wut kroch in ihm hoch. Wer zum Teufel spielte dieses seltsame Spiel mit ihm? So unauffällig wie möglich sah er sich in der Tiefgarage um, es war aber nirgends jemand zu entdecken. Da klingelte auf einmal das Mobiltelefon. Wobei Klingeln nicht gerade der passende Begriff war, das Handy schmetterte laut und inbrünstig die Arie eines Opernsängers an die Betonmauern der Tiefgarage. Dieser sang sich einige Sekunden lang wacker die Seele aus dem Leib, bis Michael Brosst schließlich beschloss, mit einem Tippen seines linken Zeigefingers das Gespräch anzunehmen.

»Brosst«, meldete er sich mit energischer Stimme und lauschte auf eine Antwort.

Die Arbeiten auf dem Kirchendach wurden allmählich zur Zumutung. Bei solchen Temperaturen war es auch für den abgebrühtesten Dachdecker unmöglich, sich auf dem Dach zu bewegen, ohne sich einen Sonnenstich einzufangen. So langsam musste sich die Firma Kotschenreuther wohl mit dem Gedanken anfreunden, wie die Kollegen in den südlichen Ländern Europas über Mittag eine mehrstündige Siesta einzulegen und dafür abends länger zu arbeiten. Wahrscheinlich war das mit der Klimaerwärmung doch nicht so an den Haaren herbeigezogen, wie der Dachdeckermeister bislang dachte. Dieses Jahr war das wärmste, das er in seinen bald sechzig Jahren je erlebt hatte. So wie jetzt ging es jedenfalls nicht weiter.

Seinem Auszubildenden, auch wenn er nicht die hellste Kerze auf der Torte war, schien die Sonne indes gar nicht so viel auszumachen. Er trank zwar hektoliterweise Limonade, damit schienen seine Grundbedürfnisse aber auch schon befriedigt zu sein. Kein Klagen, kein Gejammer über die brutale Hitze. Max Fabian arbeitete mit dem Gleichmut einer Planierraupe vor sich hin, während sein Chef bereits das elfte Hemd durchgeschwitzt hatte. Darum trat Kotschenreuther, von der

Sonneneinstrahlung zermürbt, um kurz vor zwölf Uhr auch endgültig auf die Bremse.

»Max, Schluss, mir machen Middach, des häld ja kaa Sau aus bei dera Hitz, ich muss raus aus der Sunna!«, keuchte er und blickte zum wiederholten Male nach oben in die flirrende Hitze am blauen Himmel.

Sein Auszubildender wischte sich zwar auch mit dem Handrücken den Schweiß von der Stirn, machte aber nicht den Eindruck, als würde er gleich zusammenbrechen. Von den mathematischen Unzulänglichkeiten einmal abgesehen, war Max Fabian ein biologisches Wunder. Ein Berg von einem Kerl mit knapp einem Meter neunzig und ausgestattet mit der körperlichen Konstitution eines fränkischen Zuchtochsen. So ungefähr hatten sich die alten Griechen sicher den Titanen Atlas vorgestellt, der das Himmelsgewölbe der Welt auf seinen Schultern zu tragen hatte. Nur dass Max Fabian den Himmel wahrscheinlich immer noch stützen würde, wenn Atlas schon längst mit Bandscheibenvorfällen kämpfte.

Wie auch immer, der Latten waren genug genagelt, es war an der Zeit, ein schattiges Plätzchen zu finden, das in ihrem Fall die Kabine des Betriebslasters war. Kotschenreuther hatte in weiser Voraussicht eine zweite Batterie in das Fahrzeug einbauen lassen, sodass die Klimaanlage in der Fahrzeugkabine auch ohne laufenden Motor betrieben werden konnte, ein absoluter Segen bei Temperaturen wie diesen.

Der Ventilator der Lüftung begann, leise surrend zu laufen, und bereits nach wenigen Minuten hatte sich die drückende Luft auf ein erträgliches Maß abgekühlt, sodass Emil Kotschenreuther wieder einigermaßen klar denken konnte. Das war heute definitiv der letzte Tag mit klassischen Arbeitszeiten, stellte er resigniert fest. Ab einer bestimmten Tageszeit war es für Normalsterbliche einfach unmöglich, unter diesen Bedingungen dem Beruf eines Dachdeckers nachzugehen. Es musste eine andere Lösung her, jedenfalls bis die aktuelle Hitzeperiode in Franken vorüber war.

Apropos Franken. Kotschenreuther schaute auf seine Armbanduhr. Gleich kamen ja die Nachrichten im Radio, da würde das Abstimmungsergebnis der Volksbefragung im Bundesland Franken darüber, wie das Wasser im Extremfall rationiert werden sollte, bekannt gegeben werden. Und der Extremfall schien nun schon bald einzutreten, denn die Talsperren und Stauseen im Bundesland waren bereits jetzt, Anfang Juni, zu drei Vierteln geleert. Also war das Abstimmungsergebnis womöglich eine direkte Vorlage für die Entscheidung, die von der fränkischen Landesregierung in Kürze verkündet werden musste. Mit einem leichten Druck auf das entsprechende Icon auf dem Touchscreen des Transporters aktivierte er das Radio, und die Stimme einer Reporterin von Franken 3 war zu hören. Kotschenreuther hatte gerade rechtzeitig eingeschaltet, denn die Dame, eine gewisse Dagmar Luchs, machte sich soeben daran, die Details der Abstimmung zu verkünden. Gespannt lauschte er ihren Schilderungen, während sein Azubi Max bereits wieder geflissentlich mit Brotzeitauswickeln beschäftigt war.

»Hier also das offizielle Endergebnis der frankenweiten Dürreabstimmung. Wie Sie, liebe Zuhörer, ja sicher alle wissen, sollten die jeweiligen Maßnahmen ihrer Dringlichkeit entsprechend drei aufeinanderfolgenden Phasen zugeordnet werden. Nach dem Willen der fränkischen Bevölkerung soll es in der ersten Phase nicht mehr erlaubt sein, den heimischen Garten zu bewässern, Fahrzeuge zu waschen, Poolanlagen und Sportanlagen zu betreiben sowie Rasenflächen in öffentlichen Parks zu sprengen. Sollte sich der Wassernotstand fortsetzen, tritt ab einem Zeitpunkt, der von den Landkreisen und kreisfreien Städten weitestgehend selbst bestimmt werden kann, Phase 2 in Kraft. Dem Abstimmungsergebnis nach sollen dann alle öffentlichen Schwimmbäder geschlossen werden, auch die landwirtschaftliche Bewässerung wird eingestellt, und in der Gastronomie werden alle Speisen verboten, die große Mengen Wasser enthalten wie beispielsweise italienische Suppen, holländische Tomaten und thüringische Klöße. Weiterhin erlaubt bleiben fränkische Spezialitäten wie Schäuferla und die Rostbratwurst, während das Verzehren von veganen Gerichten als Straftatbestand zu bewerten ist. Es ist außerdem strengstens verboten, Flüssigkeiten jeglicher Art zu verschwenden. Das heißt, es ist nicht mehr erlaubt, den Scheibenwischer am Auto zu benutzen, öffentlich auszuspucken sowie Wäsche zu waschen, und es herrscht in ganz Franken von sechs Uhr morgens bis einundzwanzig Uhr abends ein strenges Toilettenverbot beziehungsweise ein Verbot des Spülens derselben. Im Extremfall tritt schließlich flächendeckend im ganzen Bundesland Franken Phase 3 der Wassernotverordnung in Kraft. Sie sieht vor, die Ernährung der fränkischen Bevölkerung gänzlich auf ein einziges Lebensmittel zu reduzieren, nämlich das regional gebraute Bier, da Bier als einziges Grundnahrungsmittel sämtliche lebenswichtigen Stoffe sowie genug Wasser enthält, um die Bevölkerung satt und bei guter Gesundheit zu halten. Brauereien wie Patrizier, Mönchshof oder Leikheim werden in Phase 3 verstaatlicht, damit auch diese Biere endlich den geschmacklichen Mindestanforderungen genügen. Die Regelungen aus allen drei Phasen bleiben so lange in Kraft, bis die jeweiligen Wasserwirtschaftsämter für die Grundwasserspiegel beziehungsweise die Tiefbrunnen in Franken wieder grünes Licht geben. So viel hierzu von mir, live aus dem fränkischen Landtag.« Dagmar Luchs verabschiedete sich und übergab an ihren Kollegen Charly Holpert im Studio Franken in Nürnberg.

»Ach du Scheiße, Kloverbot. Weißt du was, Max, des dauert nimmer lang, dann treffen mir uns alle wie früher bei den alten Germanen im Wald und graben Löcher für die tägliche Notdurft. Is übrigens auch a schöner Dreisatz zum Üben: Wie viele Löcher braucht mer, um einmal so richtig …« Kotschenreuther verstummte, als er den Gesichtsausdruck seines Auszubildenden bemerkte.

Max Fabian, den eigentlich nichts aus der Ruhe brachte,

hatte das Kauen eingestellt und schaute seinen Meister leicht verstört an.

»Vergiss es«, meinte der daraufhin ernüchtert und startete den Motor. »Hoff mer derweil einfach, dass es net zum Äußersten kommt. Und jetzt fahrn wir erst einmal heim, wir brauchen neue Dachlatten.« Ohne einen weiteren Kommentar lenkte er den Kleinlaster rückwärts aus der Ausfahrt der Baustelle.

Kurz herrschte am anderen Ende der Leitung Stille, dann meldete sich eine klare, kräftige Stimme.

»Falls Sie Ihren Geschäftsführer vermissen, wir haben ihn. Es macht wenig Sinn, nach ihm zu suchen, Sie werden ihn nicht finden. Versuchen Sie es also besser gar nicht. Wir werden uns in den nächsten Tagen wieder melden, warten Sie auf Nachricht per WhatsApp auf diesem Handy. Ich wünsche noch einen schönen Tag.«

Das war's, der Anrufer hatte aufgelegt. Michael Brosst starrte sekundenlang unschlüssig auf das Mobiltelefon, bis schließlich in sein Hirn einsickerte, dass der CEO von Brosst Mechatronics entführt worden war. Etwas, das unter anderem auch ihm selbst hätte widerfahren können, zumindest war ihm von fachkundigen Menschen bereits mehrfach eingeschärft worden, wachsam zu sein und keine Risiken einzugehen, sich vielleicht sogar einen Personenschützer zuzulegen. Eigentlich hielt sich der altersweise Manager ja für ziemlich cool und abgebrüht, aber die Tatsache, dass jemand aus seinem direkten geschäftlichen Umfeld entführt worden war, focht auch einen Michael Brosst an. Natürlich verfiel er deswegen nicht gleich in Hysterie oder gar Panik, dennoch verspürte er ein Gefühl des Ausgeliefertseins, das er so noch nicht kannte. Sicher, er hatte damit rechnen müssen, dass irgendwann einmal jemand versuchte, ihn oder ein Mitglied seiner Familie zu entführen, sie besaßen einfach zu viel Geld, um keine Neider auf den Plan zu rufen. Aber jetzt hatte es jemand auf seinen Interimsgeschäftsführer abgesehen, was irgendwie befremdlich war, da von dem Mann ja weit weniger Geld zu erpressen war als von Mitgliedern der Familie. Es sei denn, die Entführer nahmen an, dass die Firma Brosst beziehungsweise Seine graue Eminenz Michael Brosst himself für Philipp Schultheiß' Unkosten, sprich: das Lösegeld aufkommen würde.

Nun, das war ein Kopf, den er sich nicht jetzt zerbrechen würde, immerhin war ja noch gar kein Lösegeld gefordert worden. Nicht einmal vor der Hinzuziehung der Polizei war gewarnt worden. Was auch immer dahinterstecken mochte, die Entführer machten ob dieser scheinbaren Gleichgültigkeit gegenüber der polizeilichen Einmischung einen ziemlich abgebrühten Eindruck. Ohnehin wollte sich Michael Brosst diesen letzten Schritt einstweilen noch vorbehalten, er gab das Heft des Handelns ungern aus der Hand. Darum würde er sich jetzt zuerst einmal im kleinen Kreis mit der Familie und der Firmenleitung beraten, um zu entscheiden, wie mit der Situation weiter verfahren werden sollte. Noch einmal blickte er zornig auf das nun wieder stumme Fremdhandy, dann schwang er sich auf den Fahrersitz seines Sportwagens. Das Mobiltelefon schmiss er mit einer verächtlichen Geste auf den Beifahrersitz, startete den Motor und raste wenig später mit nicht mehr erlaubter Geschwindigkeit in seinem Lancia Stratos auf der Autobahn in Richtung Coburg davon.

Das war ja mal ein wirklich guter Tag gewesen. Die Stimmung bei den Kollegen wurde immer angespannter, und das schlug sich allmählich auch in den Umgangsformen nieder. Aber das focht Erich Seubert nicht an, denn er war heute, trotz der schwierigen Einsätze in der letzten Zeit, völlig unerwartet befördert worden. Es lohnte sich also doch noch, wenn man etwas leistete. Die Beförderung brachte ihm mehr Gehalt, was gut war, vor allem aber Anerkennung. Das war ihm persönlich viel wichtiger. Trotzdem saß er nun bei einem doppelten Whisky an seinem Küchentisch und betrachtete äußerst wohlwollend den virtuellen Haufen Geld, den er, kaum dass er zur Tür hereingekommen war, vor seinem geistigen Auge auf dem Tisch platziert hatte. Anschließend war er zum Schrank mit den Spirituosen geeilt, um den teuren Single Malt zu holen. Ein Glas Whisky zur Feier des Tages war heute mehr als angemessen.

Eigentlich hätte Erich Seubert heute noch so einiges im Haushalt erledigen sollen, bevor seine Freundin von der Nachtschicht nach Hause kam, aber ihre zu erwartende Missbilligung seiner unterlassenen Pflichten würde mit Sicherheit wie Eis in der Sonne dahinschmelzen, wenn er ihr von dem unerwarteten Einkommenszuwachs erzählte. Da würde sie aber Augen machen. Der standardmäßige Anschiss bezüglich seiner Arbeitsmoral im gemeinschaftlichen Zusammenleben wäre vergessen, und sie würde sich selbst auch ein alkoholhaltiges Getränk genehmigen. Vielleicht keinen Whisky, aber stattdessen vielleicht einen Batida oder Baileys oder irgendetwas mit Aperol.

So langsam sollte sie aber auch erscheinen, sonst riskierte sie, dass Erich Seubert seinerseits angepisst reagierte und eine Erklärung verlangte, wo sie denn die ganze Zeit gesteckt hatte.

Der hämische Gedanke war noch nicht ganz zu Ende gedacht, da vernahm er das quietschende Geräusch der Schranktür aus dem Schlafzimmer. War Kriemhild doch schon nach Hause gekommen und hatte ihn einfach ignoriert? Das konnte er zwar nicht glauben, aber bei Frauen wusste man ja nie; besser, er schaute mal nach. Nicht dass sie ihn nachher noch beschuldigte, er habe sie nicht begrüßt oder sich nicht um ihre Gefühle geschert oder irgendwas in der Art.

»Kriemhild, bist du da?«, rief Erich Seubert laut, bevor er sich in Richtung Schlafzimmer in Bewegung setzte.

Die Tür war seltsamerweise geschlossen, was sie eigentlich niemals war, es sei denn, einer von beiden hatte Schlaf nachzuholen und machte sie deswegen zu. Als Erich Seubert die Klinke hinunterdrückte und eintrat, blieb er ob des Anblickes, der sich ihm bot, abrupt stehen. Kriemhild lag rücklings auf dem Bett, den Kopf in einer absolut unnatürlichen Haltung abgewinkelt. Die weit aufgerissenen Augen starrten leblos an die Zimmerdecke. Eine große Blutlache hatte sich unter ihr ausgebreitet und war in die Bettdecke und die Matratze eingesickert. Als er genauer hinsah, konnte er das kleine Einschussloch erkennen, das sich am Ansatz des Dekolletés zwischen ihren Brüsten befand.

»Kriemhild?«, entfuhr es ihm leise, und er trat entsetzt einen Schritt näher, als sich ein kräftiger Arm um seinen Hals und ein dicker Lappen auf sein Gesicht legte.

Erich Seubert war wahrlich kein unsportlicher Mensch, ganz im Gegenteil, beruflich bedingt hatte er vor Jahren sogar eine Nahkampfausbildung erhalten, aber gegen diese Bärenkräfte hatte er nicht den Hauch einer Chance. Er konnte ziehen, drücken, hebeln oder auch kratzen und strampeln, so viel er wollte, er war im eisenharten Griff des Mannes gefangen wie in einem Schraubstock. Es dauerte nicht lange, dann erstarben seine Bewegungen, und sein Körper erschlaffte.

Der Mann behielt seinen Klammergriff noch eine Weile bei, bis er sicher sein konnte, dass Seubert bewusstlos war. Dann legte er ihn neben die tote Kriemhild aufs Bett. Sie war heute ausnahmsweise vor Seubert nach Hause gekommen. Das allein besiegelte ihr Schicksal, denn sie hatte gar nicht auf seiner Liste gestanden. Aber bitte, es war jetzt nicht mehr zu ändern und womöglich auch besser so. Bedachte man, was ihrem Freund bevorstand, sollte sie ihm eigentlich dankbar sein, dass es schnell gegangen war.

Ohne sich weiter um die beiden zu kümmern, ging er zurück ins Wohnzimmer. Dort verfuhr er genauso wie in der vorherigen Wohnung. Handy, Laptop und so weiter nahm er mit, die Wohnung an sich wurde in einen Zustand versetzt, der keinen Rückschluss auf ihn zuließ. Eine Person mehr war nicht eingeplant gewesen, weswegen er die Frau hier liegen lassen musste. Für sein eigentliches Ziel hatte er einen schwarzen Sack mitgebracht. Mit einem leisen Surren öffnete er den ersten Reißverschluss und machte sich ans Werk.

Eigentlich hätte Lagerfeld es vorgezogen, mit seinem dreirädrigen MP3 nach Erlangen zu fahren, was bei dem durch den Roller eruierten Fahrtwind in der brütenden Hitze durchaus hätte angenehm sein können. Kira hatte aber auf die Fahrt mit ihrem elektrischen Fiat 500 bestanden, da sie bei ihrem Antrittsbesuch in einem wichtigen Institut Wert auf eine einigermaßen stabile Frisur legte. Was sollte denn sonst der Professor von ihr denken? Auch wenn ihr strenger Bürstenhaarschnitt relativ pflegeleicht war, ein Rollerhelm hatte im Sommer, bei so einer Hitze, durchaus das Potenzial, auch die stabilste Frisur regelrecht hinzurichten. Also fuhren sie nun in Kiras Wagen auf dem Frankenschnellweg der Erlanger Rechtsmedizin entgegen – natürlich nicht, ohne erneut über missverständliche Details ihrer immer noch nicht näher ausgehandelten Beziehungsvereinbarung zu diskutieren. Während Lagerfeld das äußere Erscheinungsbild ihres Zusammenseins – vielmehr dessen Nichtvorhandensein – schwer im Magen lag, beschäftigten Kira ein paar eher grundsätzliche Fragen. Besonders im sexuellen Bereich hatte sie einige Unzulänglichkeiten ausgemacht, die sie gerne behoben sehen wollte. Der Weg zur Perfektion in allen Lebenslagen war, wie sie wusste, ein durchaus steiniger, vor allem wenn man mit einem so ausgeprägten fränkischen Wurschtigkeitsgefühl dahinvegetierte wie dieser Kommissar.

»Du, Bernd, sagt dir eigentlich das Kamasutra was, ist dir das bekannt?«, wollte sie von ihrem Bamberger Kollegen wissen.

Eine Frage, die Lagerfeld wie schon einige zuvor in die Kategorie der eher lästigen Erkundigungen verwies. Das Kamasutra, landläufig als Buch der tausend Sexstellungen bekannt, war ihm bisher tatsächlich noch nicht über den Weg gelaufen. Er hatte den Begriff zwar schon einmal gehört, er wusste auch, dass es irgendwie mit Erotik zu tun hatte, aber was war das jetzt wieder genau? Überhaupt, wenn er gerade über irgendwas nicht reden wollte, dann war es Sex. Das machte man einfach, fertig. Da musste man doch wirklich keine Wissenschaft draus machen. Außerdem kam er sich immer, wenn sie mit ihren Fachbegriffen daherkam, und das meistens gehäuft, ziemlich blöd vor. Er hatte inzwischen begriffen, dass diese Frau so eine Art wandelndes Intelligenzsilo war, aber das musste sie doch wirklich nicht andauernd heraushängen lassen. Einfach so zugeben, dass er keine wirkliche Ahnung hatte, wollte er allerdings auch nicht, also versuchte er es mit einer Zwischenlösung, einer Art Halbeingeständnis.

»Kamasutra … ja, hab ich schon einmal irgendwo gehört. Is was Indisches, glaub ich. A Tee vielleicht?«

Kira Sünkel zuckte mit keiner Wimper, war sie die fundamentalen Wissenslücken ihres Sexualpartners doch inzwischen gewohnt. Immerhin zeigte Bernd eine unglaubliche Bereitschaft und auch Fähigkeit, schnell dazuzulernen, was einige seiner prinzipiellen Schwachstellen in Bezug auf das Allgemeinwissen ausglich. So honorierte sie prinzipiell sein Engagement, blieb aber weiterhin irritiert von dem teilweise extrem unlogischen Verhalten dieses Mannes. Hinzu kam, dass ein Mann für Kira in erster Linie ein Sexualpartner war, kein Mensch, mit dem man unbedingt andauernd reden musste. Aber Bernd wollte genau das, vor allem wollte er ständig über für sie so befremdliche Dinge wie Gefühle und Befindlichkeiten reden. Das verwirrte und stresste sie, daher brauchte sie einfach in regelmäßigen Abständen eine Pause von ihm, das ganze Gerede und Getue war sie schlicht nicht gewohnt. Außerdem gestaltete sich etwas so Kompliziertes wie das Empfinden von Empathie mit Asperger eher schwierig. Das verstand er offenbar nicht, immerhin schien er es aber zu akzeptieren. Das mochte sie auch an ihm.

Ansonsten war es vor allem das Thema Lustzufügung, das sie an ihm interessierte und das mit diesem Mann ganz hervorragend funktionierte. Weshalb genau, konnte sie nicht sagen. Bernd war weder exorbitant gut aussehend, noch hatte er einen besonders männlichen Körper. Noch dazu rauchte er wie ein Schlot. Aber er machte einfach immer das Richtige mit ihr, in dieser Hinsicht war er schon etwas Besonderes. Nichtsdestotrotz war auch der Sex ein Bereich, in dem man sich weiterbilden konnte, statt mit der Lagerfeld'schen »Bassd scho«-Mentalität wieder und wieder das gleiche Prozedere abzuspulen. Es war an der Zeit für eine umfassende Unterweisung.

»Nein, das Kamasutra ist kein Tee, Bernd. Die indische Lehre über die Sexualität wurde vor rund zweitausend Jahren von Vatsyayana Mallanaga verfasst, über dessen Leben nur wenig bekannt ist. Viele denken, es wäre einfach nur eine Auflistung verschiedener Stellungen beim Sex, aber es ist tatsächlich eng verbunden mit der Liebeskunst Tantra, die die Transformation von Sexualität meint. Kamasutra bedeutet übersetzt so viel wie ›Verse des Verlangens‹. Neben den Liebesstellungen finden sich darin nämlich auch Abhandlungen über eine ethische Erotik und Lebensweise.«

»Aha«, warf Lagerfeld frustriert ein, der schon geahnt hatte, dass ihm jetzt wieder ein längerer Vortrag von Kira blühte.

»Der Verfasser des Kamasutras wurde auch Muni, der Schweigsame, genannt. Im Altertum gaben Inder bedeutenden Personen, für die sie Respekt empfanden und die sie verehrten, diesen Beinamen. Über sich selbst sagte Vatsyayana Mallanaga, er habe das Kamasutra in strenger Enthaltsamkeit und höchster meditativer Konzentration geschrieben, und zwar für den Fortbestand der Welt und nicht für die blinde Leidenschaft.«

Das war nun eine These, der Kommissar Bernd Schmitt rein gar nichts abgewinnen konnte. Ein Buch über Sex schreiben und dann die ganze Zeit enthaltsam bleiben, das war ja wohl lächerlich. Man musste doch eine Ahnung von dem haben, was man predigte, das konnte einem jeder katholische Dorfpfarrer bestätigen.

»Ja klar, Kira, des kann er seinem Tee erzählen. Wenn nicht für die Leidenschaft, wofür denn nachert dann, frag ich dich? Oder soll des heißen, mir müssen alle tausend Stellungen in deinem Kambodscha durchexerzieren, um damit nachert die Welt zu retten? Wieso überhaupt mir zwei, kann das nicht jemand anders machen? Außerdem, der Schweigsame, aha. Die Inder ham des also auch schon gewusst, dass mer net so viel reden soll beim Sex. Bloß du fängst andauernd damit an.« Lagerfeld tat sich so schon schwer, offen über dieses Thema zu reden, und jetzt sollte er auch noch in einem Buch lesen. Ja, war er denn hier im Schulunterricht, oder was, am besten noch mit Abschlussprüfung? Er war eher ein Verfechter der spontanen Ausübung und ganz bestimmt kein Anhänger generalstabsmäßiger Vorbereitung. Wollte Kira jetzt allen Ernstes jedes Mal eine dieser indischen Turnübungen abarbeiten? Das widersprach vehement seinem fränkischen Selbst- und Kulturverständnis. »Du, horch amal, Kira. Ich bin fei kein Inder, ich bin Franke. Mei Hauptnahrung sin Bratwörscht, Schäuferla und Bier. Also so indisch, ab und zu, als Abwechslung, des könnt ich mir noch eingehen lassen. Aber doch net jeden Tag, na.« Verbissen skalierte er den vorausfahrenden Verkehr.

Kira hatte sich seine Ausführungen schweigend angehört und dabei mit den Augen gerollt. Sie hätte noch einiges anzumerken, jedoch fand die Diskussion ein jähes Ende, als der Fiat kraft seiner Ankunft am gewählten Ziel auf einen freien Parkplatz am Eingang der Erlanger Rechtsmedizin rollte. Wenig später betraten die beiden Kommissare die dunklen Katakomben des Institutes auf ihrem Weg zum Herrn der hiesigen Unterwelt Professor Thomas Siebenstädter.

Der Laster

Der Leiter der Dienststelle der Bamberger Kriminalpolizei wurde nicht selten von höhergestellten Persönlichkeiten des öffentlichen Lebens behelligt. Meist handelte es sich dabei um führende Personen aus Politik oder Wirtschaft, deren Kinder irgendetwas angestellt hatten, was im Normalfall strafrechtliche Konsequenzen nach sich zog. Dann schlugen die Herren Väter hier auf, um auf verschiedenste Art und Weise zu versuchen, ihrem pubertierenden Filius den üblichen Werdegang eines straffälligen Sünders zu ersparen. Nur in ganz wenigen Fällen hatte sich Robert Suckfüll tatsächlich breitschlagen lassen, und das auch nur unter der Voraussetzung, dass er sich dabei keiner Rechtsbeugung schuldig machte. Bedauerlicherweise konnte es schon mal zu Anfeindungen, Drohungen oder gar wüsten Beschimpfungen kommen, wenn Menschen meist männlichen Geschlechts, die im realen Leben keinen Widerspruch mehr gewohnt waren, überraschend selbigen erfuhren. Auf genau so ein Szenario stellte sich Robert Suckfüll jetzt also ein, als ihm der Besuch des in ganz Franken bekannten Firmenmoguls Michael Brosst angekündigt wurde.

Nun wusste Robert Suckfüll nicht wirklich viel über den Hauptgesellschafter der Firma Brosst Mechatronics, auch wenn er seinerzeit zur Eröffnung des neuen Firmengebäudes draußen am Berliner Ring eingeladen gewesen war und zusammen mit seiner Frau Eleonore eine ausgiebige Führung durch das imposante Gebäude genossen hatte. Bei dieser Gelegenheit durfte er ein paar kurze Höflichkeitsfloskeln mit dem Hausherrn wechseln, das war es dann aber auch schon gewesen. Zeit, sich auf den prominenten Besuch einzustellen, blieb ihm indes nicht, denn besagter Firmeninhaber kam bereits durch die Tür der Dienststelle geschritten, im Schlepptau einen Mann in dunklem Anzug und mit nach hinten gegelten grauen Haaren, den Fidibus auf Anhieb als Juristen identifizierte. Da er selbst einer war, roch er seine Artgenossen bereits auf etliche Kilometer Entfernung, wobei er in der Regel bestrebt war, diese Abstände beizubehalten. Das ging im vorliegenden Fall nun nicht mehr, denn Honeypenny führte die beiden Besucher an den Kollegen Haderlein und Huppendorfer vorbei direkt zu seinem gläsernen Büro, dessen Tür er jetzt öffnete, um die beiden illustren Herrschaften in sein Allerheiligstes zu bitten.

Michael Brosst gab sich mit festem Händedruck und ernstem Gesicht als führender Kopf des Brosst-Familienunternehmens zu erkennen, dann stellte er Robert Suckfüll seinen Anwalt und Firmenjuristen Dr. Ludwig Vogel vor, dessen Haarpomade intensiver roch als jede kubanische Zigarre, die Fidibus jemals zu Tode gerollt hatte. Als die beiden Herrschaften auf den Sesseln vor seinem Schreibtisch Platz genommen hatten, wollte Fidibus eigentlich den Gesetzen der Höflichkeit Genüge tun und ihnen Wasser, Kaffee oder beides anbieten, jedoch hatte der ihm gegenübersitzende Michael Brosst offenbar keinerlei Interesse an solchen Nebensächlichkeiten. Eher schon daran, das Heft des Handelns in der Hand zu behalten. Er legte ein Mobiltelefon auf den Schreibtisch des Chefs der Bamberger Kriminalpolizei, um sodann kurz und knapp, ohne erkennbare Emotion, sein Anliegen vorzutragen.

»Herr Suckfüll, der Geschäftsführer der Firma Brosst, Herr Philipp Schultheiß, ist allem Anschein nach von Unbekannten entführt worden. Ich habe dieses Mobiltelefon auf der Windschutzscheibe meines Wagens gefunden. Kurz darauf erhielt ich einen Anruf von einer männlichen Person, die mir mitteilte, sie – er benutzte den Plural – hätten Philipp Schultheiß in ihrer Gewalt. Das ist der Sachstand, wie gehen wir jetzt vor?«

Fidibus schaute seinen prominenten Besucher überrascht an, aber Brosst machte nicht den Eindruck, als würde er bloß mutmaßen oder womöglich unter einem traumatischen Schock stehen, der ihn zum Fabulieren animierte. Nein, der Mann klang eher so, als würde er gerade eine Gesellschafterversammlung befehligen. Wenn Michael Brosst eine Aussage tätigte, handelte es sich um Tatsachen, da waren Zweifel völlig unangebracht.

Als Folge dieser unerwarteten dramatischen Botschaft erhob sich Robert Suckfüll aus seinem Sessel, öffnete seine gläserne Bürotür und rief: »Mein lieber Franz, kommen Sie doch einmal zu uns herein. Und seien Sie besser darauf gefasst, dass es länger dauern könnte.«

In der Firma Brosst Mechatronics, und zwar sowohl am Standort Coburg wie auch im Gebäude am Berliner Ring in Bamberg, begannen sich erste Gerüchte auszubreiten, irgendetwas Ungewöhnliches sei in den oberen Etagen der Firma im Gange. Nichts Genaues wusste man nicht, jedoch wurde gemunkelt, dass es dabei irgendwie um den neuen Geschäftsführer Philipp Schultheiß ging, der schon den ganzen Vormittag mit Abwesenheit glänzte. Wahrscheinlich war es nur mal wieder einer dieser berühmten Nachrichtenirrläufer, die sich in großen Firmen gerne einmal verselbstständigten, etwa nachdem eine Küchenkraft in der Kantine eine vollkommen nebensächliche Bemerkung über jemanden aus der Führungsriege gemacht hatte. Das war zumindest die Auffassung von Uwe Schierling, dem stellvertretenden Chef-Informatiker im Bamberger Hochleistungsrechenzentrum der Firma. Auch wenn die Verspätung des CEOs im Rechenzentrum für eine Außergewöhnlichkeit sprach. Denn eigentlich stand in wenigen Minuten ein Besprechungstermin mit Schultheiß und dem Leiter des Rechenzentrums, seinem Chef Gerald Wozniak, sowie seiner bescheidenen Wenigkeit an.

Der Termin war anberaumt worden, um die fundamentale Neuausrichtung der IT in der Firma zu erörtern. Der neue CEO schien etwas Großes mit ihnen vorzuhaben. Von Investitionen in Millionenhöhe war hinter vorgehaltener Hand die Rede, allerdings auch von fundamentalen Misstönen in der Chefetage zwischen Schultheiß und Seiner Eminenz Michael Brosst persönlich, das hatte zumindest Wozniak angedeutet. Der stand mit Michael Brosst schon seit Jahren auf Kriegsfuß. Das Rechenzentrum war nicht gerade das Lieblingsprojekt des Firmengründers, um es einmal vorsichtig auszudrücken. Für den alten Fuchs waren Informatiker nur verrückte Nerds, die ihr Geld mit Arbeiten verdienten, für die noch vor ein paar Jahrzehnten ein Taschenrechner ausgereicht hätte.

Der vorherige Geschäftsführer hatte sich an dieser Thematik bereits die Zähne ausgebissen und deswegen letztendlich seinen Hut nehmen müssen. Ob der Neue sich auch so engagiert und risikofreudig zeigte, musste sich erst noch herausstellen. Jedenfalls sollte es heute zunächst ein persönliches Treffen der beiden Alphatiere der Firma in einem Bamberger Restaurant geben und danach den gemeinsamen Termin im Rechenzentrum. Aber da Gerald Wozniak auch noch nicht hier war, nahm Uwe Schierling an, dass sich dieses Geschäftsessen wohl einfach noch etwas hinzog.

Nun gut, vielleicht war an Brossts Abneigung den hier arbeitenden Informatikern gegenüber auch sein Vorgesetzter Gerald Wozniak nicht ganz unschuldig. Er selbst kam einigermaßen mit ihm klar, die meisten anderen in der Firma aber eher nicht, die anderen Abteilungsleiter eingeschlossen. Das war nicht wirklich verwunderlich, denn der Leiter des Rechenzentrums war nicht besonders umgänglich, von diplomatisch ganz zu schweigen. Gerald hatte es eben nicht so im Umgang mit Menschen, die verstanden ihn meistens nicht. Er konnte dafür umso besser mit seinem Rechner.

Uwe Schierling hielt seinen Vorgesetzten für regelrecht genial. Abgedreht, ja vielleicht sogar ein wenig verrückt, aber genial. Fast hatte er den Eindruck, Gerald Wozniak sei eine menschgewordene Rechenmaschine, die aus Versehen in einen biologischen Körper gesteckt worden war. Entsprechend ruppig fielen dann auch manche Besprechungen aus. Wenn Wozniak mit der Außenwelt kommunizieren sollte, was bei Terminen mit dem aus seiner Sicht niederen Volk wie Vorständen und Firmeninhabern zweifelsohne der Fall war, konnte man nie wissen, wie das ausging. Für Wozniak waren diese Manager alle eingebildete Halbaffen, die wie eine Kuh das Uhrwerk betrachteten, das er ihnen zu erklären versuchte. Leider benötigte er gewisse Summen Geld, um dieses Uhrwerk namens Rechenzentrum zu modernisieren, das ihm die Kühe aber nicht geben wollten, vor allem wenn es nach dem namensgebenden Firmenchef ging, der ja noch an die Wunderwaffe Taschenrechner glaubte. Heute sollte es also unter anderem wieder um das leidige Thema Budgeterhöhung gehen, und Schierling war gespannt, wie dieses Meeting ausgehen würde, das nun quasi jeden Moment beginnen musste.

Das glaubte er noch ungefähr zwei Stunden, bis ihn eine allgemeine Nachricht für die leitenden Angestellten der Firma erreichte. Es handelte sich um eine kurze, knappe Mitteilung aus der Firmenzentrale in Coburg. Uwe Schierling las die Mail mehrere Male, konnte er doch absolut nicht glauben, was dort geschrieben stand.

Der Auszubildende der Dachdeckerfirma Kotschenreuther, Max Fabian, war kurz vor Feierabend damit beschäftigt, als letzte Aufgabe des heutigen Tages das Werkzeug aus der Doppelkabine des Pritschenwagens zu räumen. Vorsicht war die Mutter der Porzellankiste, sagte der Chef immer, man wisse nie, wer heutzutage so alles im Dorf herumschleiche. Dass in der Nacht Dachlatten vom Hof geklaut wurden, kam immer mal wieder vor, war aber ehrlich gesagt zu verschmerzen. Bei einer Handkreissäge oder einer Flex sähe die Sache aber bereits wesentlich kostspieliger aus, das gäbe dann schon richtig Ärger, wenn solche Maschinen über Nacht verschwänden. Das galt es durch Verräumung in die abschließbare Werkstatt zu verhindern, und dafür war heute Max zuständig.

Eigentlich war die ganze Auf- und Abladerei ein Witz, denn zur Baustelle in Watzendorf waren es von der Werkstatt und der angrenzenden Lagerhalle der Firma bestenfalls siebenhundert Meter. Trotzdem musste alles, was sie auf der Baustelle benötigten, tagtäglich aufgeladen, zur Baustelle geschafft und abends wieder zurückgebracht werden. Ob es sich um einen Kilometer oder einhundert englische Meilen handelte, war da im Prinzip egal, Baustelle war Baustelle, und das Zeug musste sicher verstaut werden.

So war er heute der Letzte, der noch in der Firma herumwerkelte. Sein Chef war aufgrund der hohen Temperaturen auf dem Dach der Kirche fix und alle, schließlich war er mit siebenundfünfzig nicht mehr der Jüngste. Sie hatten deswegen extra eine verlängerte Mittagspause eingelegt und dafür am Nachmittag länger gearbeitet. Sein Chef war platt, also sollte Max alles verräumen und danach die Firma abschließen. Genau genommen erledigte Max diese betuliche Arbeit sogar gern, denn dabei musste man wenigstens nichts denken. Solche Jobs waren ihm am liebsten, da konnte er innerlich abschalten. Eine Art meditative Übung für Auszubildende. Nach Hause fahren musste er ja nicht, sein Elternhaus, in dem er immer noch wohnte, befand sich nur ein paar hundert Meter den Berg hinauf in der Ortsmitte. Eigentlich alles ziemlich praktisch hier in seiner Lehrzeit in der Dachdeckerfirma Kotschenreuther.

Wenn da nur nicht die Berufsschule, die Rechenaufgaben und die irgendwann drohende Gesellenprüfung wären. Ihm graute schon davor, auch wenn ihm sein Chef mit der Hexenverbrennerei erheblich weitergeholfen hatte. Das war anschaulich, das hatte er kapiert. Vielleicht hatte er ja Glück, und bei der Gesellenprüfung kam genau diese Aufgabe mit dem Hexenholz dran, da war er nämlich total fit. Selbst dann, wenn was anderes verbrannt wurde, wie etwa dieser HfDler vom Plakat. Weil, das war ja völlig egal, wer da verbrannt wurde, egal ob Hexe oder andere, die es verdient hatten. Das Holz blieb immer das Gleiche.

Während der groß gewachsene Lehrling ein letztes Mal zum firmeneigenen Pritschenwagen schritt, um zum guten Schluss die Abdeckplane wieder über die Ladefläche zu spannen, ging er im Geiste spaßeshalber noch all die Personen durch, die er persönlich am liebsten verbrannt hätte. Da wären zum einen sämtliche Spieler des FC Bayern München. Er war Clubberer und würde sich nach bestandener Gesellenprüfung als Erstes eine Dauerkarte des 1. FC Nürnberg kaufen. Die Bayern, diesen Reichenverein, hasste er wie die Pest. Brennen sollten sie. Als Nächstes standen die Lehrer von der Berufsschule auf seiner Liste, und zwar alle, ohne Ausnahme. Na ja, eventuell würde er bei Frau Streunig eine Ausnahme machen, die hatte neulich Milde walten lassen und ihm keinen Verweis auf dem Pausenhof erteilt, obwohl er es wirklich verdient gehabt hätte. Man stopfte einem Schulkameraden nicht den kompletten Inhalt einer Tüte ultrascharfer Kartoffelchips in die Unterhose, das gehörte sich einfach nicht. Und wenn der noch so oft behauptet hatte, dass er, Max Fabian, die blindeste Nuss im ganzen Lehrjahr in der Berufsschule in Bamberg sei. Aber bitte, dafür war der Arsch für mindestens einen Tag zeugungsunfähig gewesen. Ach ja, Noah Jensch, der ihm in der Grundschule immer in schöner Regelmäßigkeit das Pausenbrot weggefressen hatte, wäre auch noch ein zwingender Kandidat für den Scheiterhaufen. Aber für den brauchte man auf jeden Fall mehr Holz, weil der so fett war, da ging die normale Rechnung nicht mehr auf.

Mit einem breiten Grinsen im Gesicht zog Max Fabian die halb zusammengerollte graue Abdeckplane hoch und stockte. Darunter lag etwas, das hier absolut nicht hingehörte. Und zwar nicht etwa ein vergessenes Werkzeug oder Utensil, nein. Unter der Plane kauerte ein kleiner, verstörter Junge, der ihn völlig verängstigt ansah. Der kleine Kerl war an allen Ecken und Enden seines Körpers voller Schrammen, und Jeans wie T-Shirt waren einigermaßen verdreckt. Eigentlich sah der Knilch genauso aus wie er, als er mit zehn Jahren den ganzen

Tag auf dem Bolzplatz verbracht hatte und dann dreckig und reumütig zu seiner Mutter heimgeschlichen war. Irgendwie kam ihm der blinde Passagier auch bekannt vor, aber er kam nicht so wirklich drauf, woher. Außerdem war das ja auch herzlich egal. Er hatte jetzt Feierabend, und dieser dreckige Knilch hielt ihn davon ab.

»Runter da!«, herrschte Max den Jungen an, aber der gab keinen Mucks von sich, schaute ihn nur unverwandt an. »Ich hab Feierabend, und ich muss die Werkstatt abschließen. Ich hab ka Zeit für so an Scheiß!«

Die Ansage war eigentlich unmissverständlich. Aber der junge Unbekannte, der sich nun aufgesetzt und mit beiden Armen seine Füße an sich gezogen hatte, schüttelte nur schweigend den Kopf, während ihm erste Tränen aus den Augen rannen. Max war völlig überfordert. Er war alles andere als ein herzloser Mensch, und er wollte dem Jungen überhaupt nichts Böses. Dabei wäre es ihm ein Leichtes gewesen, das Kerlchen einfach mit einer Hand zu packen und am ausgestreckten Arm von der Ladefläche zu befördern. Aber irgendetwas hatte er an sich, was ihn zutiefst anrührte. Max war der älteste von drei Brüdern in der Familie und hatte sich immer um die anderen beiden kümmern müssen, wenn die Eltern nicht da waren. Das steckte in ihm drin, das konnte er nicht einfach abschalten. Man warf kleine Kinder nicht einfach so von der Ladefläche eines Lastwagens, egal wie lästig sie gerade waren.

»Oh Mann.« Max Fabian stöhnte auf und lehnte, um besser denken zu können, die Stirn an das kühle Metall der Bordwand des Betriebsfahrzeuges. Eigentlich war er doch schon fast zu Hause in seinem Zimmer bei Netflix und Bier. Da konnte er so was überhaupt nicht gebrauchen, der Junge machte doch bloß Ärger, so wie der aussah. Bestimmt hatte er was angestellt, war von zu Hause abgehauen und traute sich jetzt nicht mehr heim. Aber das war doch nicht sein Problem, verdammt noch mal!

»Ey, du kannst da fei net bleiben, des is der Laster vo meim

Chef. Auf dem wird net gspielt und sich auch net versteckt, klar? Am besten, du schleichst dich etzerd und gehst heim, kapiert? Wo wohnst du denn überhaubt?« Max wollte einfach nur, dass sich der verdreckte Bengel trollte, damit er endlich seinen Frieden mit diesem Tag machen konnte. Aber der schaute ihn weiter mit großen Augen an, dann schien er zu überlegen, streckte zögerlich den Arm aus und deutete ins Dorf hinunter.

»Ganz unten … ich will nicht heim«, erklärte er mit weinerlicher Stimme, woraus Max Fabian schloss, dass der kleine Kerl aber so richtig Scheiße am Stiefel hatte. Zumindest war das bei ihm früher so gewesen, wenn er Panik vor seinen Eltern schob.

»Deine Leute machen sich doch bestimmt schon große Sorgen, wo du bleibst, oder nicht? Die werden dich doch bestimmt schon suchen?«, versuchte er zu vermitteln.

Aber sein Gegenüber schaute ihn nur wortlos an.

»Aha. Und was ist mit deinen Eltern, dass du dich hier auf der Ladefläche verstecken musst?«

Wieder schaute der Knabe ihn aus großen Augen verängstigt an und nahm erst jetzt langsam seinen Arm nach unten. Mit leiser Stimme antwortete er: »Tot.«

Der kleine Junge begann zu schluchzen und hielt sich gleich darauf den Mund mit der Hand zu, als würde er die Worte am liebsten wieder zurückholen. Fast konnte man meinen, dass er glaubte, irgendwer werde ihn für das gerade eben Gesagte ganz fürchterlich bestrafen.

Max Fabian meinte, sich verhört zu haben. Das durfte doch wohl nicht wahr sein. Der Kerl war jetzt auch noch verrückt – oder er hatte einen brutalen Film gesehen, den er nicht verkraften konnte. Genau, wahrscheinlich hatte er sich was Brutales im Fernsehen angeschaut, das weit über seiner Altersklasse angesiedelt war, und drehte jetzt ein bisschen durch, phantasierte sich in seinem kleinen Gehirn irgendwas Schlimmes zusammen.

»Okay, von mir aus. Wenn du solche Angst hast, wovor auch immer, dann fahr ich dich jetzt heim. Ich glaube nicht, dass deine Eltern tot sind, die machen sich nur große Sorgen, ganz bestimmt«, teilte er dem blinden Passagier entschieden mit. Er hatte den Tonfall seines verstorbenen Vaters aufgelegt, wenn der keinen Widerspruch duldete, und auch bei dem Jungen fruchtete die strenge Ansage, denn der Kleine nickte.

Max Fabian packte den Jungen mit beiden Händen und hob ihn in hohem Bogen von der Ladefläche des Kleinlasters. »Wie heißt du eigentlich?«, wollte er wissen, während er ihn vorsichtig auf dem Betonboden des Firmenhofes abstellte.

»Aleks«, nuschelte der kleine Aleks und schaute seinen groß gewachsenen Retter, der sich so um ihn kümmerte, dankbar an.

»Na gut, Aleks. Eigentlich darf ich gar nicht allein mit dem Laster fahren. Aber des Dorf nunner wird mich scho kaaner anhalten«, meinte Max und strich seinem Kleinen durch die kurzen blonden Haare, dann verstaute er ihn mitsamt Sicherheitsgurt auf dem Beifahrersitz. Wenig später rollte der Kleinlaster der Firma Kotschenreuther zuerst den Berg hinunter, dann in die Dorfmitte, um einen ausgerissenen Bengel nach Hause zu bringen.

Im Büro von Robert Suckfüll hatte sich Franz Haderlein die Ausführungen von Michael Brosst genau angehört. Eine Entführung war für den Kriminalhauptkommissar kein völlig neues Pflaster, in seiner nunmehr schon viele Jahre andauernden Dienstzeit in Bamberg allerdings schon. Vor seiner Umsiedelung nach Franken hatte er bei der Kripo in München gearbeitet und war dort auch schon einmal Mitglied in einer Sonderkommission gewesen, die sich mit einer Entführung zu beschäftigen hatte, daher wusste er ungefähr, was in so einem Fall zu tun war. Das war zwar lange her, an der Herangehensweise der Polizei hatte sich aber nicht viel geändert. Lediglich die technischen Neuerungen musste man mit einbeziehen. Damals hatte es noch keine Smartphones gegeben, und Social Media waren gänzlich unbekannt gewesen. Insofern beurteilte der Kriminalhauptkommissar die Sachlage mit gebührender Vorsicht.

»Also nur, dass ich das jetzt richtig verstehe, Herr Brosst: Der Anrufer stellte keine Forderungen, und auch die Polizei hat er mit keinem Wort erwähnt?«, fragte Haderlein sicherheitshalber nach, denn er konnte es nicht so richtig glauben. Andererseits hatte er nicht den Eindruck, dass sich ein Mann wie Michael Brosst irgendwelche fahrlässigen Ungenauigkeiten leisten würde. Der nahm die Nachfrage aber nicht persönlich, hatte er doch bereits die gleichen Überlegungen angestellt.

»Nein, Herr Kommissar, der Mann hat nichts dergleichen erwähnt. Ehrlich gesagt ist mir die ganze Sache ein Rätsel, denn es hat nach meiner Kenntnis weder im privaten Bereich noch in der Firma irgendwelche Vorfälle oder sonstige Anzeichen gegeben, dass Herr Schultheiß sich in Gefahr befinden könnte. Und um es gleich vorwegzunehmen, Herr Kommissar, nein, ich kenne keine Feinde oder Gegner der Firma Brosst, denen ich eine solche Tat auch nur ansatzweise zutrauen würde. Wie gesagt, der ganze Vorgang ist für mich unerklärlich. Ich hege sogar insgeheim die Hoffnung, dass es sich vielleicht nur um eine Art fehlgeleiteten Scherz eines Firmenmitarbeiters handelt, der mir dadurch persönlich schaden will. Es wäre nicht das erste Mal, die Belegschaft in dieser Firma ist auch nicht mehr dieselbe wie früher«, schloss er ein wenig giftig.

Franz Haderlein und Robert Suckfüll schauten einander leicht verblüfft an, denn auf die Idee einer Gag-Entführung waren sie bisher noch nicht gekommen. Auch der bisher schweigsame Anwalt, den Michael Brosst mitgebracht hatte, strich sich betont nervös mit der Hand durch das gegelte Haar. Michael Brosst schien nicht besonders viel von seinen Angestellten zu halten.

»Nun, Herr Brosst. In Paragraf 239 Strafgesetzbuch heißt es: Wer einen Menschen einsperrt oder auf andere Weise der Freiheit beraubt, wird mit einer Freiheitsstrafe bis zu fünf Jahren oder mit einer Geldstrafe belangt«, sagte Robert Suckfüll zweifelnd. »Kommt noch ein Erpressungsversuch dazu, erhöht sich das Strafmaß entsprechend. Ich kann mir nicht vorstellen, dass sich jemand wegen eines Scherzes diesem Risiko aussetzt. Wir sollten also besser davon ausgehen, dass wir es hier mit einem ernst gemeinten Entführungsfall zu tun haben. Natürlich könnten wir zunächst zurückhaltend agieren und abwarten, ob Herr Schultheiß vielleicht doch noch unvermutet wieder auftaucht. Womöglich gibt es für sein heutiges Verschwinden eine plausible Erklärung. Wenn er diese dann mit einer Narrenkappe auf dem Kopf und einem lockeren Scherz auf den Lippen vorbringt, soll uns das nur recht sein, nicht wahr? Da müssen wir jetzt einfach mal schauen. Das Ziel ist weg, wie der alte Konfetti schon sagte, nicht wahr?«

Brosst und sein Anwalt Vogel schauten Robert Suckfüll verständnislos an, hatten sie doch keine Ahnung, was ihnen der Chef der Bamberger Kripo mit dem letzten Satz genau mitteilen wollte. Wer war denn bitte dieser Konfetti, von dem der Mann da redete? Nur Franz Haderlein hatte verstanden, dass sich sein Chef grammatisch wie semantisch wieder einmal völlig vergaloppiert hatte. Der alte Konfuzius würde sich im Grab herumdrehen, wenn er seinen berühmten Sinnspruch dermaßen verbogen wiedergegeben wüsste. Aber egal, es lag jetzt an ihm, die Konversation wieder auf ein fachliches Niveau zu heben.

»Nun, da für Sie noch Hoffnung besteht, dass sich diese mutmaßliche Entführung vielleicht doch noch als etwas anderes, Harmloses entpuppt, sollten wir tatsächlich erst einmal keinen großen Wind darum machen und bis morgen abwarten«, erklärte er. »Trotzdem würde ich darum bitten, dass wir einige Daten, Telefonnummern und so weiter austauschen, damit wir vorbereitet sind, sollte sich die Entführung bewahrheiten, was ich, bei allem gebotenen Respekt, für das wahrscheinlichere Szenario halte.«

Michael Brosst, der immer noch über die Identität des zitierten Konfetti nachgrübelte, wurde bei dieser Antwort von seinem Anwalt vertreten, der sogleich pflichteifrig einen dünnen Ordner hervorholte und ihn Haderlein über den Tisch reichte. Ganz offensichtlich hatte er auf diesen Moment gewartet. »Hier, Herr Kommissar, das sind, so denke ich, alle Adressen und Kontaktinformationen der Firma Brosst Mechatronics, die Sie brauchen werden. Vielleicht gehen wir sie kurz zusammen durch, dann gibt es später keine Missverständnisse«, meinte er in gepflegtem Hochdeutsch.

Haderlein nickte zustimmend, dann öffnete er die dünne Mappe.

Der Weg durch die Gänge des Erlanger Instituts zu Siebenstädters Räumlichkeiten war irgendwie länger als beim letzten Mal, zumindest kam es Lagerfeld so vor. Vielleicht lag es aber auch an der seltsamen Diskussion über indische Stellungsbücher, die noch in ihm nachhallte und eine gewisse Unruhe, ja fast Unkonzentriertheit in ihm erzeugte. Es rumorte gewaltig in seinen geistigen Innereien. Als sie schließlich vor dem berühmt-berüchtigten Sezierraum standen, fiel durch die kleine Milchglasscheibe in der Tür ein schales Licht nach außen in den Gang. Siebenstädter schien also anwesend und bei der Arbeit zu sein. Lagerfeld holte tief Luft, dann nickte er Kira zu, und sie traten ein.

Nun, egal, was sich Kira Sünkel ausgemalt hatte hier vorzufinden, es trat nicht ein. Das mochte unter anderem daran liegen, dass ihre kreativen Fähigkeiten im Gegensatz zu ihrem logischen Verständnis eher begrenzt waren, aber selbst das wurde hier an die Grenzen des Begreifbaren gebracht. In der Mitte des Raumes sah sie einen einzelnen Seziertisch aus Edelstahl, auf dem eine männliche Leiche auf dem Rücken lag. An den frischen Nähten, die sich auf Brust und im Bauchbereich des Abgelebten befanden, war zu erkennen, dass der Professor diesen Mann erst kürzlich obduziert und dann fein säuberlich mit einem schwarzen Faden wieder zugenäht hatte. Das allein stellte für Kira Sünkel jetzt noch keine besonders ungewöhnliche Situation dar. Dass allerdings auf der zugenähten Bauchdecke des Verstorbenen ein hölzernes Schachbrett mit opulent gearbeiteten Figuren stand, die vom Professor mit hoch konzentrierter Miene und gerunzelter Stirn betrachtet wurden, entsprach nicht gerade dem Standardbild, das sie von einer Rechtsmedizin im Kopf hatte. Den denkwürdigen Anblick komplettierte eine akustische Untermalung, die von einem Kassettenrekorder aus den Siebzigern erzeugt wurde, der leicht leiernd, aber dennoch lautstark irgendwelche klassischen Ouvertüren wiedergab.

Lagerfeld wunderte sich bei Siebenstädter inzwischen über gar nichts mehr, also auch nicht über die seltsame Szene, die ihnen hier geboten wurde. Allerdings war selbige denkbar ungeeignet, um dem Professor eine neue Mitarbeiterin der Bamberger Kriminalpolizei vorzustellen. Er räusperte sich vernehmlich, während Kira mit unbewegter Miene neben ihm stand.

Der Professor würdigte Bernd Schmitt trotz dessen wiederholtem polizeilichen Räuspern jedoch keines Blickes. Ungerührt verschob er weiter die Schachfiguren auf seinem hölzernen Spielbrett. Bis Lagerfeld mit einem lauten »Pling« der berühmt-berüchtigte Geduldsfaden riss. Mit zwei langen Schritten war er bei dem Kassettenrekorder und drückte kurzerhand die Stopptaste. Schlagartig verstummte Maria Callas, die leiernden Musiker hörten auf zu spielen, und eine ohrenbetäubende Stille legte sich über Schachbrett, Leiche und Professor. Bernd Schmitt schritt gemächlich zu seiner neuen Kollegin zurück und stellte sich mit vor der Brust verschränkten Armen neben sie. Sollte er aber gehofft haben, dass sich die Aufmerksamkeit des Professors nun vom Schachspiel auf die beiden Bamberger Kommissare verlagern würde, so hatte er sich getäuscht. Professor Thomas Siebenstädter betrachtete weiter wortlos seine komplexe Spielsituation.

Obwohl die psychologisch wirksamen Machenschaften des Professors bei der Bamberger Kripo hinlänglich bekannt waren, begann Lagerfeld allmählich der Kamm zu schwellen. Er packte Kira an der Hand und schritt mit ihr auf den Seziertisch zu, bis sie direkt vor dem Professor und der zugenähten Leiche standen. Selbst jetzt, als sie mit ihren Häuptern die Deckenbeleuchtung verdunkelten und einen veritablen Schatten auf das Schachbrett warfen, reagierte Siebenstädter zuerst nicht. Um dessen Konzentration zu stören, brauchte es dann doch einen Vorfall der unvorhergesehenen Art. Dafür sorgte unerwarteterweise die Neukommissarin.

»Schwarz ist schachmatt in sieben Zügen. Das Endspiel mit Turm, Läufer und Bauer gegen Turm, Springer und Bauer wird auch als ›Fischer-Endspiel‹ bezeichnet. Nach dem Schachweltmeister von 1972 Bobby Fischer, der immer die gleichen Eröffnungen verwendete, aber zu den besten Endspieltechnikern der Welt gehörte. Und genau deswegen wird Schwarz hier verlieren, unausweichlich.« Kiras Einschätzung den aktuellen Spielstand betreffend kam in ihrer nüchternen Vortragsweise ein wenig oberlehrerhaft rüber, was Lagerfeld nicht im Geringsten wunderte. Im Gegenteil, er fand es ausgesprochen erbaulich, dass auch einmal jemand anders etwas von Kiras ewiger Klugscheißerei abbekam. Und wenn das jetzt Siebenstädter war, der ja eigentlich aus dem gleichen Holz geschnitzt war, traf es sogar den Richtigen.

Zuerst sagte der Professor nichts, dann hob er ganz langsam seinen Kopf, bis sein Blick den langen Weg nach oben gemeistert und das Gesicht dieser ihm fremden Frau erreicht hatte. Einen Moment lang wirkte er unschlüssig, wie er sich verhalten sollte, dann erhob er sich von seinem Drehhocker, richtete sich zu voller Größe auf und schaute aus der Höhe auf die kleine weibliche Person vor seinem Seziertisch hinab.

»Darf ich vorstellen, Kira Sünkel, die neue Kommissarin

der Bamberger Kriminalpolizei«, begann Lagerfeld betont höflich, aber Siebenstädter hob nur abwehrend eine Hand, ohne ihn dabei auch nur ansatzweise anzusehen, weshalb Lagerfeld den Mund rasch wieder schloss und besser erst einmal nichts mehr sagte. Kira hatte sich das eingebrockt, dann sollte sie es auch ausbaden.

»Schau an, was haben wir denn da?«, züngelte der Professor missgünstig. »Ist im Nest der Bamberger Dilettanten ein neues Küken geschlüpft? Ein weibliches Polizistchen, das auch noch vorgibt, von irgendetwas irgendeine Ahnung zu haben? Ich habe keinen blassen Schimmer, Mädchen, wo du deine Weisheiten über den großen Bobby Fischer ausgegraben hast, aber das berechtigt dich noch lange nicht, einem erfahrenen Schachspieler und Großmeister der Herzen, einem überlegenen Intellekt, noch dazu hier, in den heiligen Hallen seiner Berufsausübung, irgendwelche minderbemittelten Vorträge zu halten. Wie alt bist du eigentlich, Mädchen? Siebzehn oder tatsächlich schon achtzehn? Ich habe schon Schach gespielt, du Polizistenengelchen, da hast du noch als Quark im Schaufenster gelegen. Darf ich darauf hinweisen, dass dieses Spiel vor über tausendvierhundert Jahren in Indien als Chaturanga erfunden wurde, und zwar von weisen Männern? Ich wiederhole: Männern. Damals hießen die Türme noch Streitwagen und der König Radscha. Die Dame hieß Mantri und war sicher nichts Gutes, denn sie durfte pro Zug nur ein Feld weit gehen. Was der intellektuellen Leistungsfähigkeit des weiblichen Geschlechtes auch weit mehr entspricht als die heutigen wirklichkeitsfernen Regeln des modernen Spiels. Dessen Name kommt aus der persischen Sprache, er heißt übersetzt ›König‹. Und nicht etwa ›Königin‹ oder gar ›von irgendwoher frisch zugewanderte Klugscheißerpolizistenschnecke‹!« Siebenstädters Gesicht hatte sich in seiner Erregtheit rot gefärbt. Er war noch nicht fertig mit seinem pseudohistorischen Vortrag, wurde aber von Lagerfeld unterbrochen, der um des lieben Friedens willen das Thema wechseln wollte.

»Entschuldigung, Herr Professor, wieso spielen sie denn auf diesem armen Toten hier? Wäre ein Tisch oder so nicht viel bequemer?«

Siebenstädter schaute Bernd Schmitt an, als wäre der Kommissar ein totgeglaubtes abscheuliches Ungeziefer, das im Frühling doch wieder aus seinem Versteck gekrochen war. »Dieser ›arme Tote‹ ist beziehungsweise war mein langjähriger Schachpartner im Erlanger Schachclub. Er hat mich unerlaubterweise in Richtung Jenseits verlassen, und ich wollte wissen, warum. Ihm zu Ehren spiele ich jetzt, sozusagen zum Abschied, unsere letzte Partie, die er wie immer verlieren wird. So, und jetzt seien Sie still, Sie Bamberger Polizeiknilch. Hören Sie besser mal zu, dann können Sie noch was lernen. Ungefähr so, wie wir es heute kennen, spielt man Schach erst seit etwa fünfhundert Jahren. Das Spiel wurde jedoch verhunzt, als man entschied, dass die Dame beliebig weit gezogen werden darf. Das macht die Partien an sich zwar lebendiger, hat mit dem geistigen Horizont des weiblichen Geschlechts jedoch herzlich wenig zu tun. Keine Ahnung, wem das eingefallen ist, ich vermute mal, irgendeiner intriganten blonden Braut, die so einem notgeilen Herrscher in einem Harem in der Alhambra den Kopf verdreht hat. Seitdem macht die Dame auf dem Schachbrett, was sie will. Und wir Schachspieler haben jetzt den Salat und müssen mit dem blonden Weibsstück irgendwie klarkommen!«

Schwer atmend stand Siebenstädter da, während sein Blick durch den Raum irrlichterte, und Lagerfeld wurde auf einmal klar, dass der Professor den Abgang seiner hübschen blonden Fast-Verlobten Andrea Onello immer noch nicht verkraftet hatte. Das war nun wirklich überdeutlich.

Kira Sünkel für ihren Teil hatte sich den Vortrag des Rechtsmediziners mit unbewegter Miene, und ohne mit der Wimper zu zucken, angehört. Sie war weder blond, noch konnte sie von sich behaupten, irgendwann einmal eine Haremsdame gewesen zu sein. Siebenstädters frauenfeindliche Tiraden ließen sie völlig kalt, es war schließlich nicht das erste Mal, dass sie sich so ein testosterongesteuertes Geschwafel anhören musste. Davon hatte es in ihrer Zeit bei der Bundeswehr wahrlich genug gegeben. Allerdings war der Typ da doch eigentlich Professor, er hatte also habilitiert und sollte es besser wissen. Zudem hatte er keinen Grund, sich so aufzuführen. Was also trieb einen Mann von verbrieftem Intellekt dazu, solchen Mumpitz zu verzapfen? Das konnte letztlich nur an irgendwelchen tiefenpsychologischen Ursachen in der Kindheit, der Beziehung zu Mama und Papa, liegen. Es war daher wohl am besten, nicht daran zu rühren, sondern schlicht und einfach sachlich zu bleiben und seinen Einlassungen so emotionslos zu begegnen, wie es nur ging. Was das anbelangte, war Kira Sünkel ja eine wahre Meisterin.

»Ihrer geschichtlichen Retrospektive stimme ich durchaus zu, Herr Professor, die Stellen mit den kognitiven Fähigkeiten des weiblichen Geschlechts einmal ausgenommen. Trotzdem muss ich auf meiner Spielanalyse bestehen. Schachmatt für den schwarzen König in sieben Zügen.«

Professor Thomas Siebenstädter beugte sich vor, stützte sich mit den Handknöcheln auf den Oberkörper seiner erst kürzlich zugenähten Leiche und näherte sich dem Gesicht dieser neunmalklugen Neukommissarin, bis er ihr Auge in Auge gegenüberstand.

»Spielst du in einem Verein, Mädchen?«, presste er zwischen zusammengebissenen Zähnen hervor.

Kira schüttelte den Kopf.

»Spielst du sonst irgendwo regelmäßig Schach?«

Wieder antwortete sie wortlos, diesmal mit einem gelassenen Nicken.

»Hast du jemals, irgendwo, irgendwie, irgendeinen Preis im Schach gewonnen, und sei es nur im Kindergarten Forchheim-Süd?«, ätzte der Professor, dessen Fingerknöchel sich jetzt regelrecht in den toten Leib seiner aufgebahrten Leiche bohrten.

»Wir haben während meiner Studienzeit immer im Studentenwohnheim gespielt, deswegen habe ich mich damals auch schachhistorisch schlaugemacht. Seitdem spiele ich aber eigentlich nicht mehr«, antwortete Kira.

Siebenstädters Gesicht verzog sich zu dem extrabreiten Haifischgrinsen, das er immer dann zeigte, wenn er sich seiner Überlegenheit auch wirklich ganz gewiss war. Und im vorliegenden Fall wäre die Offensichtlichkeit seiner intellektuellen Dominanz ja selbst für eine derart naive Neukommissarin zu erkennen gewesen, hätte sie sich nicht in einem Akt der grenzenlosen Selbstüberschätzung mit einem Meister seines Fachs angelegt. Er, Professor Thomas Siebenstädter, war mehrfacher Gewinner der Meisterschaften im Schach der Stadt Erlangen. Sein Schrank im Wohnzimmer war voller Pokale und Siegerurkunden. Darüber hinaus war er seit vielen Jahren Ehrenvorsitzender des Erlanger Schachclubs, dessen Name in den Schachkreisen im nordwestlichen Mittelfranken wie ein Donnerhall erklang. Und jetzt kam dieses einfältige Bürstenhaarschnittchen daher und wollte ihn, den Garri Kasparov des fränkischen Sprachraumes, über das königliche Spiel belehren? Ja, ging's denn noch? Das war ja an Lächerlichkeit nicht zu überbieten. Es wurde Zeit, hier ein Exempel zu statuieren und dieser neupolizeilichen Ulknudel zu zeigen, wo der Schachhammer hing.

»Also gut, Kira Wieauchimmer. Du behauptest also, Weiß gewinnt in sieben Zügen. Das ist zwar absolut lächerlich, der ausgemachte Blödsinn einer anmaßenden Bamberger Polizistin, die sich in ihrem Denkvermögen einigermaßen überschätzt hat. Aber ich bin ja gar nicht so, ich bremse auch für Tiere.« Er hielt kurz inne und betrachtete sein weibliches Gegenüber. Er fixierte Kira in etwa so wie eine Schlange ein Karnickel, bevor sie es mit Haut und Haaren verschlang. Aus seinen Augen sprühten kalte Blitze. Dann hob er die Hand und machte eine gönnerhafte Geste. »Nun denn, ich sage nur: Schwachheit, dein Name sei Weib. William Shakespeare,

Hamlet. Um dir zu zeigen, was ich meine, biete ich dir hiermit eine kleine Wette an. Wenn ich es schaffe, dieses Spiel nicht in sieben Zügen zu verlieren, was bekomme ich dann als Trophäe für mein glorreiches Tun? Ich meine, so eine eigentlich unlösbare Aufgabe muss doch mit einem angemessenen Preis einhergehen.« Der Haifisch bleckte siegessicher seine Zähne, gespannt, was er von diesem anmaßenden Weib angeboten bekommen würde. Einen Wein, eine Flasche Sekt, eine Tafel Schokolade? Aber die Antwort fiel ganz anders aus als gedacht, und zwar für alle Beteiligten, Lagerfeld eingeschlossen.

»Wenn Sie nicht in spätestens sieben Zügen schachmatt sind, Herr Professor, dann dürfen Sie mit mir schlafen. Hier, im Kühlraum, bei Ihnen zu Hause, egal. Wo Sie wollen. Das ist der Preis«, erklärte Kira Sünkel nonchalant. Eine Ankündigung, die bei den beiden anwesenden Männern sogleich einiges an spontanem inneren wie äußeren Tumult auslöste.

Siebenstädters Atem und Armmuskulatur verhärteten sich so schlagartig, dass seine Handknöchel den Halt auf dem vernähten Leichenkörper verloren und nach unten auf den Edelstahl des Seziertisches rutschten, wo sie ziemlich unsanft aufkamen.

Bernd Schmitt, der sich die Konversation bislang genüsslich, jedoch weitestgehend schweigend angehört hatte, zuckte heftig zusammen und starrte seine Angebetete entsetzt an. Die Augen traten ihm schier aus den Höhlen, nur sagen konnte er nichts. Sie wollte *was*? Er traute Kira ja einiges zu, im Schach und anderswo, aber dem Leiter der Erlanger Rechtsmedizin, der mangels jedweder beziehungstechnischer Erfahrung sicher tagein, tagaus nichts Besseres zu tun hatte, als sich mit den schwierigsten Winkelzügen vergangener Schachgroßmeister zu beschäftigen, diesem arroganten Sack derartig frivol den eigenen Körper als Pokal anzubieten, das ging entschieden zu weit. Da hatte er doch auch noch ein Wörtchen mitzureden, oder nicht? Denn egal, wie Kira ihren Beziehungsstatus auch definierte, zumindest darüber, dass ein Beziehungsstatus bestand, musste doch Einigkeit bestehen. Und zwar einer, bei dem interaktive Vorgänge im erotischen Bereich tunlichst in der Familie zu verbleiben hatten, also zwischen ihnen beiden. Ein Dritter hatte da nach Lagerfelds Verständnis überhaupt nichts verloren, selbst wenn er habilitiert hatte. Kira war sein Mädchen, verdammt noch mal, und er wollte nicht, dass der Professor sich über sie hermachte, egal, wie gut der Mann Schach spielen konnte. Er musste sie unbedingt von dieser wahnwitzigen Idee abbringen, und zwar schnell.

»Du, Kira, das mit dem Spieleinsatz würde ich mir lieber noch einmal überlegen, das könnte sich als ganz großer Fehler herausstellen. Ich meine, vielleicht war das eben etwas vorschnell, findest du nicht?«, flüsterte Lagerfeld seiner Angebeteten, die er heftig an einem Arm zu sich zog, mit heiserer Stimme ins Ohr.

Siebenstädter rieb sich mit schmerzverzerrtem Gesicht und leisem Stöhnen die verbeulten Handknöchel und konnte sich zu Kiras Angebot somit noch nicht umfassend äußern. Die womöglich einzige Gelegenheit für den nervösen Bernd Schmitt, die Sache zu seinen Gunsten umzudrehen. Es mussten alternative Angebote her, auch wenn diese ihm vielleicht ebenfalls nicht besonders passten.

»Okay, ich geb auf. Ich mach dir jetzt einen Vorschlag, Kira. Ich mach des mit dem Kamasutra. Aber ich mach a eigenes, okay? A fränkisches, eins, das zu mir passt. Also quasi a Bassd-scho-Kamasudra. Wirst sehen, des is viel besser als des originale. Aber nur, wenn du des vielleicht a wenig vorschnelle Angebot an den Professor zurückziehst. Na, was meinst?« Hoffnungsfroh blickte er seine Freundin an, aber die schob ihn sanft zur Seite.

»Mach dir keine Sorgen, Bernd. Es ist zwar schon fast zwanzig Jahre her, aber ich kann mich noch gut erinnern, was das Bobby-Fischer-Endspiel anbelangt. Ich habe es selbst noch nie gespielt, aber ich weiß ziemlich sicher, wie es gespielt wird.«

Lagerfeld zuckte erneut zusammen, und seine sowieso

schon rudimentäre Zuversicht sank bleiartig gegen null. Ziemlich sicher? Was sollte das denn heißen? Ziemlich sicher waren keine hundert Prozent, ganz und gar nicht. Ziemlich sicher klang eher so wie: Könnte klappen. Könnte klappen war aber eindeutig sehr weit weg von beispielsweise: Kann nicht schiefgehen. Oder besser noch: Kann unmöglich schiefgehen. Von ihm aus auch: Das ist eine gemähte Wiese, Bernd, mach dir keine Sorgen, hab ich schon hundertmal gemacht. Damit hätte er leben können. Aber ziemlich sicher? Warum nicht gleich: Doch, ich kann mich erinnern, aber hol besser schon mal Kondome für den Professor. Unwillkürlich malte er sich bereits aus, wie sich der knochige Professor mit seinem bleichen Körper auf einer provisorischen Matratze im Kühlraum über seine Kira wälzte. Ein Szenario, das ihm die eine oder andere Schweißperle der Verzweiflung ins Gesicht trieb. Aber es war zu spät für weitere Interventionen, denn Dr. Thomas Siebenstädter hatte sein beidhändiges Schmerzempfinden wieder im Griff und Kira gegenüber auf seinem Drehstuhl Platz genommen. Das Haifischlächeln war zurück, und er deutete einladend mit einer Hand auf das Spielbrett.

»Ich nehme das Angebot an. Bitte, Weiß ist dran«, erklärte er generös und wartete breit grinsend auf den ersten Zug seiner nach seinem Dafürhalten bemitleidenswerten Gegnerin. Aber ebendiese hatte noch eine klitzekleine Sache zu klären.

»Nur zur Klarstellung. Ich bin bei dieser Wette nicht die Einzige, die einen Einsatz anzubieten hat. Falls dieses Spiel so endet, wie ich es prognostiziert habe, werden Sie, Herr Professor, einen Tag lang in der Bamberger Dienststelle der Kriminalpolizei Dienst schieben und unserer chronisch überlasteten Sekretärin Marina Hoffmann bei ihren Arbeiten zur Hand gehen. Einverstanden?«

Diese Forderung rang dem Leiter der Erlanger Rechtsmedizin nur ein müdes Lächeln ab. Dieses eingebildete Bürstenköpfchen hätte von ihm aus auch fordern können, dass er barfuß nach Rom laufen solle. Es war völlig egal, denn dass er dieses Spiel verlor, lag außerhalb jeder Wahrscheinlichkeit. Er hatte alle Möglichkeiten, alle Variablen durchgespielt, teilweise sogar zehn Spielzüge im Voraus, er kam immer wieder zum gleichen Ergebnis. Matt für den weißen König, Schwarz gewinnt, das war völlig offensichtlich. Dass in ein paar Minuten der weiße König besiegt auf dem Brett lag, war so sicher wie der heutige Sonnenuntergang. Da konnte sie mit ihrem Bobby Fischer herumhantieren, wie sie wollte, es würde am Ergebnis nicht das Geringste ändern.

»Akzeptiert«, meinte er nur beiläufig, woraufhin Kira kurz zu Lagerfeld blickte, der sich mit panikartigen Gefühlswallungen in der Bauchgegend vor einen der gefliesten Tische an der Wand des Sezierraumes auf den Boden gesetzt hatte. Er konnte das, was nun folgte, keinesfalls mitansehen, deswegen würde er sich mit Denksportaufgaben auf dem Handy abzulenken versuchen. Seine Quasi-Freundin stand derweil schon in den Startlöchern, konnte sich vor dem Beginn des Duells eine Bemerkung jedoch nicht verkneifen.

»›Die meisten Ehemänner sind der beste Beweis dafür, dass Frauen Humor haben.‹ Donna Leon«, rezitierte Kira, dann machte sie mit Weiß ihren ersten Zug.

Als Aleks auf das Haus seiner Eltern zeigte, war Max auf einmal klar, woher er den kleinen Kerl kannte. Es war das Haus direkt neben ihrer Baustelle, der Kirche, auf deren Dach sie jetzt bereits seit Wochen herumturnten. Er hatte den Jungen schon des Öfteren gesehen, wie er unten zwischen den Balken herumstöberte. Für einen Bub in dem Alter war so ein großes Holzsortiment natürlich ein sagenhaftes Abenteuerland, in dem es haufenweise Sachen zu entdecken gab, da war er selbst früher nicht anders gewesen. Trotzdem hatten Kinder eigentlich nichts auf einer Baustelle verloren. Aber das war jetzt egal, er würde Aleks bei seinen Eltern abgeben und sich dann auf den Heimweg machen. Die sollten ihren Stress, den sie miteinander hatten, gefälligst untereinander klären.

Er stieg aus dem Pritschenwagen, hob Aleks vom Sitz, der jetzt total still und vor allem ziemlich blass im Gesicht war, nahm ihn an der Hand und zerrte ihn regelrecht in Richtung Haus. Dabei fiel Max der dunkelblaue Transporter einer Reinigungsfirma auf, der am Rande des Grundstückes parkte, sowie der Umstand, dass die Haustür nicht abgeschlossen war, sie stand sogar einen ziemlichen Spalt offen. Trotzdem trat er nicht einfach ein, sondern drückte mehrmals auf die Türklingel.

Ein leises Ding-Dong war aus dem Inneren des Hauses zu vernehmen, mehr nicht. Niemand meldete sich, kein Hausbewohner kam herbeigelaufen und erkundigte sich, was er denn wolle. Fragend schaute er zu seinem jungen Begleiter hinunter, aber Aleks stand nur bleichgesichtig da und umkrampfte mit seinen kleinen Fingern Max' rechte Hand.

Langsam wurde auch dem angehenden Dachdecker klar, dass hier irgendetwas nicht mit rechten Dingen zuging. Die Tür des Gebäudes stand offen, aber es war allem Anschein nach niemand im Haus, das machte doch keiner, zumindest nicht freiwillig. Wobei, dachte er dann, vielleicht sind Aleks' Eltern ja gerade im Dorf unterwegs, um ihren Sprössling zu suchen. Aber das hätte er doch auf dem Weg hierher mitbekommen müssen, so groß war Watzendorf schließlich nicht. Er drückte die Tür ein wenig weiter auf, aber im Flur des alten Fachwerkhauses war niemand zu sehen.

»Hallo!«, rief er in das Haus hinein, aber auch der akustische Testballon verhallte ungehört. Na gut, wenn sich keiner meldete, dann musste er wohl oder übel unaufgefordert eintreten und nach dem Rechten sehen, denn der kleine Aleks sollte ja bitte zeitnah zurück zu seinen Eltern. Aber wo waren die denn, verdammt? Max war jetzt gleichzeitig nervös und ungeduldig. Er war allein mit dem Auto vom Chef unterwegs, obwohl er das streng genommen gar nicht durfte, und hatte dazu noch einen kleinen Jungen am Bein, den er nicht haben wollte. Es spielten sich also gerade lauter Dinge ab, die er nicht wollte und sollte, das brachte seinen wohlverdienten Feierabend gehörig durcheinander und verstörte ihn zutiefst. Er wollte doch eigentlich nur sein Feierabendbier und seine Fernsehserie, Herrgott noch mal. Das Leben war mit seinen Berufsschulen und verbrannten Hexen schon kompliziert genug, da brauchte er nicht noch verschwundene Eltern von entlaufenen Kindern. Noch einmal rief er ein lautes »Hallo« in den Flur, aber es tat sich immer noch nichts, nur Aleks' Finger griffen immer fester seine Hand.

Vorsichtig löste er sie, bückte sich und schaute dem Jungen in die Augen. »Du wartest jetzt hier, Aleks, bis ich wieder da bin, kapiert? Vielleicht sind dei Eltern ja im Keller oder im Garten, ich guck einfach amal, dass ich sie find, okay?«

Ohne eine Antwort abzuwarten, richtete er sich wieder auf und ging entschlossen in das Haus hinein. Wie in solchen alten Gebäuden üblich betrat er durch die Haustür einen Flur, von dem rechts und links die Zimmer abzweigten. Ein paar Wände waren offenbar zwecks Modernisierung herausgerissen worden, denn der Flur öffnete sich zu einem großen Raum, in dem sich eine moderne Wohnküche befand. Die rückwärtige Wand war zum Garten hin verglast worden, sodass man über eine Schiebetür nach draußen auf die ebenerdige Veranda gelangte, die ringsum von einer kopfhohen Buchsbaumhecke begrenzt wurde. Auch die Schiebetür stand offen. Und dahinter, draußen im Garten, sah Max Fabian einen menschlichen Körper liegen. Er rannte zu der Person, kniete sich neben sie und drehte den leblosen Kopf nach oben. Es war eine Frau, die leicht verkrümmt auf dem Rücken im Gras lag. Stumpfe, leblos wirkende Augen blickten ihn an, und sofort stellten sich ihm die Nackenhaare auf. Auch ohne nähere Untersuchung war ihm klar, dass diese Frau höchstwahrscheinlich tot war. Trotzdem versuchte er, den Puls zu fühlen, wie er es einmal in einem Erste-Hilfe-Kurs gelernt hatte, aber seine Finger zitterten zu sehr, als dass er sich darauf hätte verlassen können.

Der kleine Aleks hatte womöglich recht gehabt, zumindest was seine Mutter anbelangte. Diese Erkenntnis traf Max Fabian wie ein Schlag. Bewegungsunfähig vor Entsetzen, verharrte er neben der regungslosen Frau. Sein Herz raste, und in seinem einfach gestrickten Geist fuhren die Gedanken in einem Höllentempo Achterbahn, jedoch ohne befriedigendes Ergebnis. Das Einzige, was irgendwann aus ihm herausdrang, war ein hilflos herausgepresstes »Scheiße, so eine verdammte Scheiße«, das er in regelmäßigen Abständen wiederholte, bis auf einmal ein langer Schatten über ihn fiel und ein kräftiger Arm seinen Hals umschloss.

Im ersten Moment war der junge Dachdecker eher verblüfft als erschrocken, als aber die Luft, die er normalerweise einzuatmen pflegte, nicht mehr den gewohnten Weg in seine Lungenflügel nahm, erwachte er aus seiner Lethargie und begann, sich nach Leibeskräften gegen den erbarmungslosen Griff zu wehren. Dem Unbekannten hinter ihm mangelte es zwar nicht an Muskeln, aber in seinem aufgezwungenen Überlebenskampf erwachten in Max unerwartete Kräfte. Außerdem war er jung und ebenfalls mit einer außerordentlichen körperlichen Konstitution gesegnet, die durch seine Dachdeckerausbildung zudem täglich trainiert worden war. Langsam, aber sicher schaffte er es unter Aufbietung all seiner Kräfte, die Hände unter den Arm des hinter ihm stehenden Mannes zu schieben und diesen mit einem kurzen, kräftigen Schwung und einer halben Drehung seiner Hüfte über die Schulter auf den Boden zu werfen. Das hatte zur Folge, dass der Unbekannte seinen Hals losließ, um sich auf der Veranda liegend ächzend erst einmal selbst zu sortieren. Max sah seinerseits im Moment allerdings auch nur Sternchen und musste sich, während er laut keuchend nach Luft rang, mit beiden Armen auf dem Boden abstützen. Das nutzte der Fremde, um sich von seiner Überraschung ob der unerwarteten Gegenwehr zu erholen.

Es dauerte nur Sekunden, dann war der Angreifer wieder bei ihm, und das Spiel begann erneut. Wieder umschloss ein muskelbepackter Unterarm den Hals des Lehrlings. Max stöhnte laut auf, dann griff er mit der freien Hand ins Haar des Mannes und riss dessen Kopf zu sich nach vorne, bis er dessen Ohr direkt vor seinem Mund hatte und hineinbiss, so fest er nur konnte. Mit einem unterdrückten Aufschrei ließ der Mann ihn los, und Max schnappte erneut laut keuchend nach Luft. Die Sternchen vor seinen Augen hatten sich inzwischen auf wunderbare Art und Weise vermehrt, trotzdem schaffte er es, sich aufzurichten und zu seinem unbekannten Gegner umzudrehen. Bevor es ihm jedoch gelang, dem Mann ins Gesicht zu blicken, traf ihn aus dem Nirgendwo der ihn umwabernden glitzernden Sternenwelt ein gewaltiger Schlag an der Schläfe. Sein Kopf wurde herumgeschleudert, und Max landete mit dem Gesicht voraus im von der Hitze verdorrten Gras. Über sich hörte er einen undeutlich gemurmelten Fluch, dann war der Schraubstock wieder da und fühlte sich an, als wollte man ihm den gesamten Kopf abreißen.

Pfeifend drang ein letzter dünner Luftstrahl aus Max Fabians Lunge, die keine Gelegenheit mehr bekam, ihre Arbeit zu verrichten. Was sein Gegner in seinem Leben auch machte, diese Unterarme waren trainiert, wie Max es noch bei keinem Mann erlebt hatte. Im Augenwinkel bemerkte er auf dessen linkem Arm ein kleines schwarzes Tattoo, aber Max war zu sehr mit Überleben beschäftigt, als dass er es näher betrachtet hätte. Seine Hände tasteten in heller Panik durch das Gras neben der Veranda, bis sich seine Finger um etwas schlossen, das er ziemlich gut kannte: Holz. Was er da fühlte, war ein Holzscheit, damit konnte er umgehen.

Mit aller Kraft, die er noch aufbieten konnte, packte er das gehackte Stück Buchenholz und schlug damit nach oben, dorthin, wo er seinen Widersacher vermutete. Ein dumpfes »Pock« war zu hören, als das Holzscheit auf etwas Hartes traf, und sofort lockerte sich der brutale Griff um seinen Hals. Vom lauten Fluchen einer dunklen Männerstimme begleitet, versuchte Max Fabian erneut, sich aufzurichten, dann ergab sich sein Metabolismus dem Übermaß auf ihn einwirkender Kräfte, und Max Fabian versank in einer tiefen Bewusstlosigkeit.

Aleks hatte sich neben der Eingangstür auf den Boden gesetzt, um auf Max zu warten. Er verstand nicht, was sich heute hier abgespielt hatte, so wie er sowieso vieles von dem, was in seinem Leben geschah, nicht verstand. Er kam beinahe um vor Angst. Aber von allen schrecklichen Dingen, die er bisher miterleben musste, war das heute noch nicht einmal das Schlimmste gewesen. Zum Glück hatte er Max gefunden. Max war jemand, dem man vertrauen konnte, das hatte er sofort gemerkt. Er kannte diesen Dachdecker ja schon seit Langem. Zwar hatte der größere Junge ihn schon ein paarmal von seinem Privatspielplatz im Erdgeschoss der Baustelle nebenan verscheucht, aber besonders streng wirkte er nicht. Vor allem nicht gemein oder gar boshaft. Max war außerdem groß und stark genug, um ihn beschützen zu können. Und er brauchte jemand Großes und Starkes zu seinem Schutz, so viel war sicher. Darum würde er einfach hier warten, bis Max wieder herauskam. Bei ihm konnte er sich bestimmt erst einmal verstecken, bis der böse Mann weg war.

Was machte Max denn so lange da drin? Er musste doch schon längst herausgefunden haben, dass sich dort niemand Lebendes mehr aufhielt.

Aleks' Kopf ruckte hoch, als er auf einmal Schritte vernahm. Schwere, langsame Schritte, die sich dem Ausgang, also ihm, näherten. Er sprang auf, lugte vorsichtig um die Ecke – und schaute dem Mann direkt ins Gesicht. Es war zwar schon ziemlich dunkel, doch er erkannte ihn sofort. Auf der Schulter trug er einen schweren schwarzen Sack, und er blutete heftig aus einer Wunde am Kopf, die er mit schmerzverzerrter Miene betastete. Dann hob der Mann den Blick und bemerkte ihn. Aleks wich einen Schritt zurück. Der Mann hatte stahlgraue, kalte Augen, die ihn aus kürzester Entfernung überrascht fixierten, ehe er blitzschnell nach ihm griff. Aleks gelang es zwar, sich reflexhaft unter seinem Arm wegzuducken, trotzdem erwischte ihn der Mann mit zwei Fingern am T-Shirt. Für einen kurzen Augenblick war der Unterarm des Mannes direkt vor seinen Augen, und ein kleines schwarzes Tattoo brannte sich in Aleks' Gedächtnis ein. Voller Entsetzen drehte er sich einmal um die eigene Achse, das T-Shirt entglitt den Fingern, und Aleks rannte, so schnell er nur konnte, davon.

Also auch Max, dachte er. Der Mann hatte seinen großen, starken neuen Freund erwischt und in einen seiner schwarzen Säcke gesteckt. Ihn würde er jedoch nicht bekommen. Er war zwar klein, aber auch schnell. Er musste sich vor diesem Mann verstecken, und diesmal gründlich.

Kriminalhauptkommissar Franz Haderlein hatte sich nach dem Abgang von Michael Brosst noch eine ganze Weile mit seinem Chef Robert Suckfüll besprochen, und sie waren übereingekommen, die getroffene Vereinbarung vorerst einzuhalten, auch wenn ihnen diese seltsame Theorie von der Belegschaftsvergeltung an einem ausgesprochen dünnen Haar herbeigezogen zu sein schien. Aber trau, schau, wem. Man konnte ja trotzdem gewisse Vorarbeiten leisten, ohne gleich sämtliche Pferde scheu zu machen. Eine war zum Beispiel die, sich mit der Person zu unterhalten, die den CEO der Firma Brosst zuletzt gesehen hatte, und das war Brosst zufolge Jeanette Kasiske, die Freundin des Abgetauchten. Vielleicht konnte sie ja ein wenig Licht in die Sache bringen. Also war Franz Haderlein nach Coburg aufgebrochen, um sich einmal unverbindlich mit der Dame zu unterhalten.

Als er die angegebene Adresse erreichte, staunte Haderlein nicht schlecht. Der CEO von Brosst Mechatronics hatte es hier aber so richtig krachen lassen. Er bewohnte ein großes Anwesen am oberen Ende des Festungsberges. Das war schon einmal eine Ansage, da konnte man als Polizist, egal in welchem Dienstalter, keinesfalls mithalten. Nach Haderleins Informationen war der Festungsberg mit Abstand die begehrteste Wohnlage in Coburg und somit vom Preisniveau her das Maß aller Dinge.

Die Augen des Kommissars waren auf den Eingangsbereich des Anwesens gerichtet, wo sie am Türschild hängen blieben. Auf einer kleinen Aluminiumplatte über dem Schlitz eines integrierten Briefkastens waren die Namen »Philipp Schultheiß & Jeanette Kasiske« eingraviert. Als er den Klingelknopf neben dem Schild drückte, summte es wenig später an der Gegensprechanlage, und das Tor rollte langsam zur Seite, sodass Haderlein mit seinem Land Rover in den hell gekiesten Innenhof fahren konnte.

Wenigstens mein Auto kann stilmäßig mit der feudalen Bude hier mithalten, dachte Haderlein, als er aus seinem Wagen stieg und sich umschaute. Obwohl sich der Tag bereits dem Ende zuneigte, war es immer noch ungewöhnlich warm. Eine schwüle Hitze, die durch den Kies noch verstärkt wurde, indem er sie nach oben reflektierte. Die hohen Hecken, die das hochmoderne Wohngebäude von fremden Blicken abschirmten, warfen bereits ihre langen Schatten in den Hof, auf dessen gegenüberliegender Seite in diesem Moment die Eingangstür des Hauses geöffnet wurde. Eine schlanke junge Frau trat heraus.

»Kommissar Haderlein?«, fragte sie.

»Ja genau, Kriminalhauptkommissar Haderlein aus Bamberg, wir hatten telefoniert.«

Die Frau, deren Blick, wenn überhaupt, nur eine undefinierte, kühle Besorgnis ausstrahlte, nickte und strich sich mit der rechten Hand die langen Haare nach hinten. Als Haderlein nach ein paar Schritten an der Haustür war, reichte sie ihm die Hand und bat ihn herein.

»Jeanette Kasiske, schön, dass sich mal jemand bei mir meldet. Treten Sie ein, Herr Kommissar, ich bin wirklich froh, dass Sie da sind.«

Haderlein fand sich in einem großen klimatisierten Foyer

wieder, was bei der immer noch fast unerträglichen Temperatur draußen eine Wohltat darstellte. Die Hausherrin ging ihm voraus ins Wohnzimmer, wo er sich in einem weißen Ledersessel niederließ, ehe Jeanette Kasiske aus der Küche eine große Flasche Wasser und zwei Gläser holte, die sie auf den modernen Glastisch zwischen ihnen abstellte. Sie schenkte die beiden Gläser gut zur Hälfte voll, dann strich sie sich ihren weißen Hosenanzug glatt und setzte sich ihm gegenüber auf die ebenfalls weiß belederte Couch.

»Haben Sie schon gehört, Herr Kommissar, ab morgen Mittag, zwölf Uhr, soll bereits die erste Stufe der Wasserregulierung in Kraft treten. Anscheinend ist die Lage doch ernster als bisher angenommen. Wenn Sie mich fragen, zeugen diese Maßnahmen allerdings von übertriebener Hysterie. Kein Auto mehr waschen, keinen Pool mehr betreiben? Wo kommen wir denn da hin, Herr Kommissar! Das ist der Anfang vom Ende jeglicher Zivilisation. Haben Sie auch einen Pool, Herr Haderlein?«, erkundigte sich Jeanette Kasiske beiläufig.

Dem Bamberger Kommissar war es vergönnt, zusammen mit seiner langjährigen Lebensgefährtin Manuela in einem denkmalgeschützten Haus in der Bamberger Innenstadt zu wohnen. Ab und an gesellten sich noch zwei Ermittlerschweine der Bamberger Kripo dazu, aber er beschloss, diesen Umstand heute und hier besser nicht zu erwähnen. Ein solcher Einwurf könnte bei einer autowaschenden Poolbesitzerin am Coburger Festungshügel womöglich eine gänzlich unnötige hygienische Verwirrung auslösen.

»Nein, Frau Kasiske, ich habe keinen eigenen Pool, aber eine Wertkarte für die Obermaintherme in Bad Staffelstein. Da ist das Becken größer und zudem im Winter beheizt«, entgegnete er daher freundlich und betrachtete die Hausherrin, die ihm mit übereinandergeschlagenen Beinen gegenübersaß, den rechten Arm auf dem Oberschenkel abgelegt und das halb gefüllte Wasserglas lässig in der Hand balancierend. Haderlein bemerkte jedoch, dass der Fuß des Beines, welches über

Kreuz auf dem anderen ruhte, alles andere als Gelassenheit ausstrahlte. Er wippte permanent auf und ab, bei weiblichen Gesprächspartnern in der Regel ein untrügliches Zeichen seelischer Unausgeglichenheit.

Jeanette Kasiske versuchte offenbar, cool rüberzukommen, was aber nicht wirklich klappte, da musste man an keiner polizeilichen Schulung teilgenommen haben, um das zu bemerken. Unter diesen Umständen war es Haderleins Meinung nach besser, den Small Talk sein zu lassen und ohne weitere Umschweife zum Anlass für seinen Besuch zu kommen, statt über Grundfragen der globalen Klimaerwärmung zu diskutieren.

»Frau Kasiske, es wäre vielleicht am besten, wenn Sie mir einmal schildern, wie der heutige Vormittag abgelaufen ist. Und zwar bitte alles, bis zu dem Moment, da Sie zum letzten Mal Kontakt zu Ihrem Lebensgefährten hatten.«

Jeanette Kasiske nickte und stellte das hektische Wippen ihres Fußes umgehend ein. Fast erleichtert begann sie, von den stundenlangen Filmaufnahmen in ihrem Heim zu erzählen. Dabei fuchtelte sie wild mit ihren Händen in der Luft herum, und zwar so heftig, dass mehrmals Wasser aus ihrem Glas herausschwappte und von ihr sofort mit einem Tempotaschentuch vom Leder der Couch gewischt wurde.

Die Frau kam Haderlein bei Weitem nicht so abgebrüht vor, wie sie anscheinend vorgeben wollte zu sein. Sie war ganz offensichtlich durcheinander, machte auf ihn aber einen erfrischend ehrlichen Eindruck, und mit ihren Erlebnissen hinter dem Berg halten wollte sie eindeutig auch nicht. So manches Mal hatte man es als Polizist ja bei einer Befragung mit einem regelrechten Buddha zu tun, der wie versteinert auf seinem Platz hockte und dem man jedes einzelne Wort aus der Nase ziehen musste. Das war in diesem Fall gottlob anders, half ihm aber bei der Suche nach einer Antwort auf die Frage, wo der Hausherr inzwischen abgeblieben war, erwartungsgemäß nicht weiter.

»Also das heißt, Frau Kasiske«, fasste er noch einmal zusammen, »dass direkt nach dem Ende der Dreharbeiten, etwa gleichzeitig mit der Abreise der Filmcrew, Ihr Lebensgefährte Philipp Schultheiß spurlos verschwunden ist?«

Jeanette Kasiske nickte, und ihr Fuß nahm erneut seine wippende Tätigkeit auf. »Ja, so könnte man das sagen, danach war er weg, und zwar ohne sein Auto zu benutzen und ohne sich noch mal von mir zu verabschieden. Ich habe also keine Ahnung, auf welchem Weg Philipp das Grundstück verlassen hat. Mit dieser albernen Filmcrew wird er ja wohl nicht mitgefahren sein, oder?«, bemerkte sie fast schnippisch, dann sprang sie auf, um für einige Sekunden zu verschwinden.

Haderlein runzelte die Stirn, als sie wenig später mit einer halb geleerten Flasche eines ziemlich teuren Talisker Single Malts zurückkehrte und sich ein Glas davon einschenkte. Dass sie ihm von dem edlen Tropfen nichts anbot, war für den Kommissar ein weiteres Zeichen, dass die gute Frau ihr Nervenkostüm nur noch notdürftig im Griff hatte. Er begann, erste Vermutungen und Spekulationen anzustellen. Was er gerade gehört hatte, hieß ja, dass Jeanette Kasiskes Lebensgefährte entweder von jemandem abgeholt worden war, und das womöglich unfreiwillig. Oder aber er war freiwillig zu Fuß gegangen. Beziehungsweise ebenso freiwillig mit dieser Filmcrew mitgefahren. Gegen die beiden letzteren Möglichkeiten spräche allerdings, dass er sich weder bei seiner Lebensgefährtin noch bei seinem Brötchengeber abgemeldet hatte. Es sei denn, das war von ihm so beabsichtigt. Dann hieße das aber im Umkehrschluss, dass Philipp Schultheiß ein sehr seltsames Spiel spielte, das konnte Haderlein irgendwie nicht glauben, nicht bei einem Mann in dieser Position. Er brauchte jedenfalls noch einiges mehr an Informationen, um dieses Feld zu beackern, stellte Haderlein ernüchtert fest.

»Nur einmal angenommen, Frau Kasiske: War Philipp womöglich in irgendwelche illegalen Geschäfte verwickelt? Übt er gefährliche Hobbys aus oder andere Tätigkeiten, die sein

Verschwinden irgendwie erklären könnten? Oder gab es in Ihrer Beziehung gerade größere Differenzen? Ich muss Sie das leider fragen, ich habe in meinem Job schon die unmöglichsten Sachen erlebt«, erklärte Franz Haderlein vorsichtig.

Das Glas mit dem Whisky war inzwischen geleert, und Jeanette Kasiske schenkte großzügig nach, während sie auf seine Frage erst einmal nicht reagierte. Hoffentlich denkt die gute Frau nicht darüber nach, heute noch ein motorisiertes Fahrzeug zu lenken, überlegte Haderlein, der immer mehr das Gefühl bekam, dass sie es hier tatsächlich mit einem Fall für die Polizei zu tun hatten, auch wenn er sich auf Jeanette Kasiskes Schilderungen noch keinen wirklichen Reim machen konnte. Wenn es für den heutigen Tag nicht diese vom Firmenpatriarchen erbetene Bedenkzeit gegeben hätte, würde er jetzt Presssack oder Riemenschneider hierherbeordern, damit sie dem entlaufenen CEO in Haus und Hof einmal hinterherspürten. Aber so waren ihm erst einmal die Hände gebunden, und er musste die Umstände von dessen Verschwinden mit dieser angetrunkenen Hausbesitzerin klären.

»Das ist doch alles Quatsch, Herr Kommissar«, sagte Jeanette Kasiske jetzt. »Wir führen hier ein glückliches Leben, Philipp und ich. Da gab und gibt es nichts Besonderes zu erzählen, außer dass mein Freund mehr mit seiner Firma liiert ist als mit mir. Er ist ein absolut gewissenhafter und genauer Mensch, er hat keine Untiefen, falls Sie das vermuten. Wenn es überhaupt Stress gab, dann mit Michael Brosst, dem Oberboss, mit dem ist Philipp schon das eine oder andere Mal wegen ein paar Personalentscheidungen aneinandergeraten. Aber das gehört in dieser Coburger Firma anscheinend zum Geschäft. Ich bin mir sicher, Philipp ist entführt worden, Herr Haderlein. Das ist doch sonnenklar. Da will irgendwer etwas von der Firma erpressen, und zwar von Michael Brosst persönlich. An den trauen sie sich nicht ran, also haben sie Philipp entführt. Warten Sie nur mal ab, irgendwann melden die sich und verlangen ein Lösegeld, jede Wette, und der

Brosst, dieser oberfränkische Mafioso, soll's zahlen. Wenn's nach mir ginge, könnten Sie jetzt schon in vollem Umfang mit Ihren Ermittlungen loslegen, aber der Oberboss weiß es natürlich wieder besser. Ich habe von ihm für den heutigen Tag Hausarrest bekommen, um über die Sache den ›Mantel des Schweigens‹ zu legen, seine Worte. Wenn ich mit irgendwem über Philipps Verschwinden spreche, außer mit der Polizei natürlich, werde ich wahrscheinlich ausgepeitscht, das können Sie mir glauben.«

Jeanette Kasiske fiel das Sprechen immer schwerer, und Haderlein erkannte, dass seine Befragung an ihrem natürlichen Ende angelangt war. Da ihm der Einsatz von olfaktorisch ermittelnden Schweinebeamten vorerst verwehrt blieb, machte es relativ wenig Sinn, noch länger hierzubleiben. Eine Sache lag ihm aber noch auf der Seele.

»Gibt es hier vielleicht eine Überwachungskamera, die die Geschehnisse im Hof aufgezeichnet hat?«

Jeanette Kasiske nickte, erhob sich und führte ihn zur Eingangstür, wo rechts neben dem Eingang ein Monitor mit ein paar altertümlichen Tasten in die Wand eingelassen war. Sie drückte eine davon, der Monitor schaltete sich ein, und das Kamerabild des Eingangsbereichs sowie ein Teil des Hofes waren zu sehen. Jeanette Kasiske spulte zurück, bis die Filmcrew und ihr Freund in dem Ausschnitt auftauchten. Sie passte den Beginn der Szene ab, ließ die Taste los, und Haderlein konnte sehen, wie Schultheiß sich von der Crew verabschiedete, ehe er nach rechts in Richtung der Garagen ging und aus dem Bild verschwand. Alles genau so, wie Jeanette Kasiske es ihm geschildert hatte.

Mehr gab es nicht zu tun, und auch Schultheiß' Lebensgefährtin schien keine Lust auf weitere Gespräche zu verspüren. Eigentlich wollte Haderlein sie noch nach den Kontaktdaten dieser Produktionsfirma fragen, aber das ließ er mal besser, schließlich gab es ja die strikte Anweisung, keinen Staub aufzuwirbeln. Also verabschiedete er sich von der aufgelösten

Hausherrin, die dem schottischen Talisker im Laufe dieses Abends sicher noch auf den Grund gehen wollte.

»Ich habe mir das jetzt reiflich überlegt, Bernd. Ich finde die Idee mit dem fränkischen Kamasutra gar nicht so schlecht. Wenn du dir die Mühe machen willst, eine fränkische Nomenklatura für dieses Meisterwerk der erotischen Kunst zu schaffen, dann bin ich dabei. Ich hoffe nur, dass dich diese Aufgabe nicht überfordert. Vielleicht nimmst du einfach die bereits bestehenden Werke und variierst die Benennungen ins Fränkische. Eintausend neue Bezeichnungen auf Fränkisch, das ist schon ein Wort. Aber wenn es dir hilft, dich weiterzubilden, dann bin ich damit durchaus einverstanden, Bernd.«

Lagerfeld, der mit seiner Geliebten durch die Katakomben der Erlanger Rechtsmedizin dem Ausgang entgegenschritt, verstand die Welt nicht mehr. Kira hatte noch während des Schachspiels über diese Frage nachgedacht? Vielleicht wäre es hilfreicher gewesen, sich über das Bobby-Fischer-Endspiel Gedanken zu machen, das sie »ziemlich sicher« noch im Gedächtnis hatte. Aber bitte, gesagt war gesagt, und jetzt musste er seinen Vorschlag, den er natürlich nur als Akt des Selbstschutzes für ihre junge Beziehung, als panikartige Reaktion auf ihr unüberlegtes Angebot an den Professor gemacht hatte, auch umsetzen. Das fränkische Kamasutra. Alle eintausend Stellungen auf Fränkisch. Na, da hatte er sich ja was eingebrockt.

»Mit welcher Figur fangen wir denn übrigens heute Nacht an? Und hast du auch schon einen passenden Namen dafür?«, wollte Kira jetzt wissen. Eine Frage, die Lagerfeld schon geraume Zeit umtrieb, ihn also nicht wirklich überraschte. Kira sollte nicht meinen, er nahm die Sache nicht ernst.

»Kloß mit Soß«, antwortete er, dann fuchtelte er mit drohend erhobenem Zeigefinger vor Kiras Nase herum. »Und frag mich jetzt bitte nicht, was das sein soll, das wirst du dann schon mitkriegen, Schneggla«, ergänzte er dunkel, was bei

Kriminalkommissarin Kira Sünkel ein durchaus erwartungsfrohes Gefühl auslöste.

Währenddessen saß Professor Thomas Siebenstädter über seiner frisch vernähten Leiche, den Kopf in den Händen vergraben. Vor ihm, in seinem unmittelbaren Sichtfeld, ein umgestürzter schwarzer König. Schachmatt.

Er hatte verloren, in genau sieben Zügen. Dieses neue Bamberger Polizistenhuhn hatte ihn tatsächlich geschlagen. Natürlich nicht, weil sie besser im Schach war oder gar intelligenter als er, nein. Sie hatte nur zufällig für diese Situation das richtige Endspiel parat gehabt. Wahrscheinlich kannte dieses kriminale Landei nur diese eine Zugfolge, die sie sich, warum auch immer, irgendwann einmal gemerkt hatte. Er war überzeugt, dass sie nur darauf gewartet hatte, dieses Endspiel von Bobby Fischer irgendwann in ihrem irdischen Dasein präsentieren zu dürfen. Und er war dämlich genug gewesen, ihr diese Bühne zu bieten und darauf hereinzufallen.

Aber bitte, dann sollte sie doch ihren kleinen Platz an der Sonne haben, der Gegenschlag würde unweigerlich folgen. Vorher musste er allerdings noch irgendwann das tun, was ihn am meisten wurmte, nämlich seinen Wetteinsatz absolvieren. Das war zwar eine unerträgliche Vorstellung katastrophalen Ausmaßes, die den Professor innerlich schaudern ließ, aber ein Siebenstädter hielt immer sein Wort, auch wenn die Konsequenzen schwer zu ertragen waren. Wobei, vielleicht ließ sich seine momentane Niederlage dadurch ja in einen umso größeren Triumph umwandeln. Einen Triumph, der den Dilettanten von der Bamberger Kriminalpolizeidienststelle endgültig vor Augen führte, wo ihr Platz war.

Aber alles zu seiner Zeit, jetzt musste Professor Thomas Siebenstädter, Stadtmeister im Schach der Megacity Erlangen, erst einmal herausfinden, wie er dieses Spiel trotz seiner massiven intellektuellen Überlegenheit hatte verlieren können, Bobby Fischer hin oder her. Die heutige Nacht würde sowieso schon eine sehr unruhige für ihn werden; gelang es ihm jedoch nicht, den Grund für seine desaströse Niederlage zu eruieren, bliebe sie gänzlich schlaflos.

So saß Professor Thomas Siebenstädter in stiller Andacht vor seinem verstorbenen Schachpartner und hielt mit ihm ein stummes Zwiegespräch darüber, wie er diese vernichtende Niederlage hätte abwenden können. Leider konnte ihm Lothar von Dechsendorf, Abkömmling eines verarmten mittelfränkischen Landadelsgeschlechts, keine tiefschürfenden Erkenntnisse vermitteln, denn im Gegensatz zum Professor war er kommunikationstechnisch sehr eingeschränkt. Sein langjähriger Schachfreund war tot, von ihm kam nichts Hilfreiches mehr. Professor Thomas Siebenstädter verspürte ein Gefühl des Verlustes, das er nicht einordnen konnte. Bei entsprechender frühkindlicher Erziehung und nachfolgender Sozialkompetenz hätte er dieses Gefühl wohl als Trauer diagnostizieren können. Aber er war, wie er war, weshalb er in seinem Sezierraum vor seinem Schachbrett auf dem Bauch des toten von Dechsendorf saß und weiter ergebnislos vor sich hin grübelte.

Der Clip

Träumte er? Wenn ja, war das ein ziemlich dämlicher Traum. Er hatte Unmengen Holz gestapelt, Brennholz, um genauer zu sein. Das war in der unbarmherzigen Hitze verflucht anstrengend gewesen, und er würde sich nicht wundern, wenn er sich bei dieser Schinderei einen sauberen Sonnenstich zugezogen hätte. Ihm war schwindelig ohne Ende, und der Kopf tat ihm so richtig weh. Man darf es eben nicht übertreiben mit solchen Arbeiten, dachte er, während er, dennoch mit sich zufrieden, den exakt viereckigen Holzstoß betrachtete, aus dessen Mitte seltsamerweise ein langer Holzpfosten herausragte. Das obere Ende dieses Pfostens war von hier unten gar nicht mehr zu sehen, der ging so hoch, wahrscheinlich reichte er bis in die Wolken, was eine absolut phantastische Vorstellung war.

Während er so dastand und über diese rekordverdächtige Holzpfostenlänge grübelte, kamen die Ritter. In Rüstungen gekleidet und mit Schwert und Hellebarde bewaffnet, führten sie einen gefesselten Mann geradewegs zu seinem Holzstoß. Er erkannte den ganz in Blau gekleideten Mann sofort, es war Daniel Lumumba, der fränkische Landtagsabgeordnete der HfD, der nun ohne weiteres Federlesen an den überlangen Pfahl gebunden wurde. Dann entrollte einer der Ritter, der ein wenig größer war als die anderen, eine Schriftrolle und verlas laut die Urteilsverkündung, nach der Lumumba wegen Volksverhetzung und Tragens einer gotteslästerlichen Brille durch Verbrennen hingerichtet werden sollte.

Gesagt, getan: Schon zündeten die Gesandten des Königs sein säuberlich aufgestapeltes Holz an, aus dem wenig später hohe Flammen schlugen. Lumumba verbrannte unter fürchterlichem Wehklagen, Heulen und Zähneknirschen, jedoch nicht ohne bis zum Schluss zu beteuern, dass seine Mutter ihm diese Brille aufgezwungen habe.

Als die blaue Hexe schließlich zu Asche zerfallen war, kam der etwas größere Ritter, der das Urteil verlesen hatte, auf ihn zu und fragte, ob er Max Fabian sei, der Dachdecker, der dieses Holz aufgestapelt habe. Fabian nickte, und der Ritter zückte einen prall gefüllten Lederbeutel, in dem sich eine ganze Menge Gulden befinden mussten, so schwer schien er zu sein.

»Das waren sechs Ster Holz, und es waren sieben Gulden für den Ster ausgemacht. Sprich schnell, Bursche, und rechne richtig, wenn du deinen Lohn erhalten willst.«

Aber Max dröhnte der Kopf, und der Sonnenstich tat sein Übriges, sodass er die Rechnung nicht zusammenbekam. »Dreiundvierzig?«, antwortete er unsicher, woraufhin der Guldenbeutel flugs wieder im Gewand des großen Ritters verschwand.

»Das ist falsch, Bursche, da werden wir in der Berufsschule noch einmal nacharbeiten müssen, nicht wahr? Das war nur eine einfache Multiplikation. Was machst du, wenn es einen Dreisatz zu berechnen gibt? Das wird deinem Meister nicht gefallen. Aber verzage nicht, schon morgen bringen wir die nächste blaue Hexe. Dann kann bei richtiger Rechnung der verdiente Lohn eingefordert werden. Bis dahin gehab dich wohl, mein Freund.« Der Ritter gab seinen Mitrittern ein Zeichen, und die Gesellschaft ritt klappernd von dannen.

Max Fabian war sehr unglücklich über den verpassten Lohn, was seine Kopfschmerzen noch einmal verstärkte. Sein Meister würde ihm so richtige Vorhaltungen machen, denn das Holz war weg und das Geld auch.

Aber halt, ein Scheit Holz schien sich noch in seiner Hand zu befinden, zumindest fühlte es sich so an. Aber das konnte nicht sein, denn alles Holz war von ihm aufgestapelt worden und inzwischen zu Asche verbrannt. Wo also kam dieses Scheit jetzt so plötzlich her?

Das Rätsel war für seine momentane geistige Kapazität allerdings eine Nummer zu groß, und Max Fabian beschloss, sicherheitshalber aufzuwachen. Als er seine Augen langsam öffnete, sah er, dass er fast nichts sah. Es war dunkel, und er lag auf dem Bauch, das Gesicht im Gras. Nachdem er sich mühsam aufgerichtet hatte, schärfte sich sein Blick, und er stellte fest, dass er das ominöse Holzscheit tatsächlich noch immer in seiner Hand hielt. Es gehörte zu einem ganzen Haufen weiterer Holzscheitkollegen, die sich direkt vor ihm an der Heckenumrandung des kleinen Gartens stapelten.

Es dauerte ein paar Sekunden, bis Max Fabian begriff, wo er sich befand und was geschehen war. Aber dann fiel es ihm wie Schuppen von den Augen, und er fuhr herum, um sich umzusehen. Der Mann, mit dem er gekämpft hatte, war fort. Das war erst einmal beruhigend. Weniger beruhigend war jedoch das Fehlen der leblosen Frau, von der er annahm, dass es sich um Aleks' Mutter handelte, die lag nämlich nicht mehr da.

Aleks! Es durchfuhr ihn wie ein Blitzschlag. Der Junge war nicht hier, wartete er womöglich immer noch draußen vor der Haustür auf ihn, oder hatte ihn der unbekannte Mann erwischt? Max Fabian sprang auf, fasste sich stöhnend an den Kopf, weil ihm sofort wieder schwindelig wurde, dann rannte er ins Haus und wieder hinaus, um Aleks zu suchen. Aber als er sich draußen vor der Tür umschaute, war da kein Aleks mehr. Er rief leise nach ihm, schlich einmal ums Haus herum und durchstöberte anschließend innen alle Räume, in denen es aussah, als ob die Berserker darin gewütet hätten. Es war aber kein Aleks zu finden. Entweder war der Kleine abgehauen, als er nicht zurückgekommen war, oder, viel wahrscheinlicher, dieser unbekannte Kraftprotz hatte den Kleinen einkassiert und mitgenommen. Keine besonders schöne Vorstellung. Ohnehin wurde Max die mutmaßliche Dimension des Ganzen allmählich zu viel, es überstieg einfach seinen Begriffshorizont. Was war mit Aleks' Eltern passiert, was war mit Aleks, wer war dieser unbekannte Mann, und wieso hatte er versucht, ihn zu erwürgen?

Hektisch blickte Max sich um, als er erneut aus dem Haus

schlich, aber in der Nachbarschaft rührte sich nichts. Er wurde Gott sei Dank nicht beobachtet, soweit er das beurteilen konnte. Was hier auf dem Land nicht selbstverständlich war. Da wusste jeder alles von den Nachbarn im Dorf, früher oder später. In diesem speziellen Fall war Max ein Später wesentlich lieber, denn er musste jetzt erst einmal nachdenken, sich sortieren und überlegen, was er als Nächstes tun sollte. Dazu war es nötig, sich irgendwohin zu begeben, wo er allein war, wo ihm niemand in die Quere kam und dazwischenquatschte, vor allem niemand, der versuchte, ihn umzubringen.

So begab er sich eiligen Schrittes zum Pritschenwagen der Firma Kotschenreuther und pflanzte sich hinter das Steuer. Bevor er losfuhr, schaute er noch rasch nach hinten auf die Rückbank der Doppelkabine, aber dort hatte sich kein Aleks verkrochen, es wäre auch zu schön gewesen. Dann startete er den Motor, legte den ersten Gang ein und steuerte den Wagen aus dem kleinen Ort Watzendorf hinaus in die freie Flur.

Es dauerte nur ein paar Minuten, dann war er an seinem Ziel angelangt. Es war nichts Besonderes, eigentlich nur ein kleiner Hügel mit Stufen darin. Oben, auf der abgeplatteten Fläche, lagen ein paar große, alte Steine, auf die man sich setzen konnte. Hier hatte man eine gigantische Aussicht. Der Hügel war das Herzstück des sogenannten Steinlegendenweges, der »Gerichtsplatz«, auf dem die drei ehemals selbstständigen Gemeinden Gossenberg, Watzendorf und Neuses einstmals an den Eichen Gericht gehalten haben könnten. Gegenüber befand sich die Thiereller Hütte, die in mittelalterlicher Bauweise aus Holzbalken errichtet worden war und in der man bei Regen Schutz finden konnte. Max hatte das schon unzählige Male getan, vor allem in der Zeit, als er noch heimlich geraucht hatte.

Er parkte den Kleinlaster, stieg auf den kleinen Hügel und setzte sich auf einen Stein. Zu rauchen hatte er zwar nichts dabei, aber um sich innerlich abzuregen, reichte ihm der alte Gerichtshügel voll und ganz. Und er würde hier erst wieder weggehen, wenn ihm etwas Gescheites zu seiner Allgemeinsituation eingefallen war.

Die Tür zur Abteilung ging auf, und der Chef des Rechenzentrums der Firma Brosst Mechatronics in Bamberg kam herein. Gerald Wozniak sah aus wie immer, das war zumindest Uwe Schierlings erster Eindruck. Mürrischer, leicht vergeistigter Blick, auf dem Kopf die bunte gehäkelte Regenbogenmütze, von der Wozniak behauptete, es sei eine Fischermütze aus dem südlichen Tansania. Als Oberbekleidung sein brustoffenes weißes Hemd mit den weiten Pluderärmeln, dazu die übliche naturfarbene Leinenhose und die uralten Birkenstocksandalen, auf die in der Firma schon seit Jahren gewettet wurde, wann sie denn endlich auseinanderfielen. Kurz gesagt, Gerald Wozniak sah aus wie Mozarts linksalternativer kleiner Bruder, der sich aus Versehen in ein modernes Rechenzentrum verirrt hatte.

Was hatte es wegen seines speziellen Outfits nicht schon alles für lautstarke Auseinandersetzungen mit Michael Brosst gegeben, der Wozniak gern etwas von Außenwirkung und Corporate Identity erzählte und ihm deswegen mit Kündigung drohte. Bislang ohne entsprechende Konsequenzen. Anscheinend traute sich Michael Brosst letzten Endes nicht, diesen Schritt zu gehen. Wozniak war einfach zu gut. Brosst hielt nicht viel von ihm, wusste aber ganz genau, so einen fand er kein zweites Mal. Nicht in dieser Gehaltsklasse und schon gar nicht in Deutschland. Außerdem hatte Wozniak im neuen CEO Philipp Schultheiß einen glühenden Fan und Unterstützer gefunden, der ihn schon in seiner Funktion als Vizechef gefördert hatte und ihn gegen den alten Brosst in Schutz nahm. Wahrscheinlich hatte er ihm sogar das eine oder andere Mal den Kopf gerettet.

Davon abgesehen hielt Uwe Schierling, der selbst ja auch nicht gerade eine Niete in seinem Job war, Wozniak für ziemlich durchgeknallt, auf gut Fränkisch: Der war nicht ganz sauber im Hirn. Mit Wozniak zu diskutieren gestaltete sich meistens sehr schwierig, weil nicht jeder ihm fachlich folgen konnte, worauf er aber in der Regel überhaupt keine Rücksicht nahm. »Friss oder stirb« war seine Devise, und es waren dann auch nicht wenige Mitarbeiter der Abteilung beruflich verhungert, weil sie schlicht nicht kapierten, wovon er eigentlich redete.

Das war im Übrigen auch Brossts Problem. Er war Chef und Anwender. Das Rechenzentrum musste funktionieren und Leistung abliefern, Punkt. Wie und warum es das schaffte, war ihm am Ende des Tages ziemlich egal, zumal er die Materie nur bedingt durchschaute. Wozniaks Einlassungen diesbezüglich verstand er meist nicht. Also musste er sich auf das verlassen, was andere ihm über die Leistungen seines obersten Rechenmeisters berichteten. Zu seinem größten Bedauern hielten so ziemlich alle in der Firma viel von Gerald Wozniak, da dieser der Firma Brosst in Sachen Programmierung jetzt schon mehrfach den Arsch gerettet hatte.

Schierling registrierte mit einem inneren Kopfschütteln die eingefallenen Augenhöhlen seines Chefs, und abgenommen hatte er offenbar auch schon wieder. Wozniaks großes Hobby war ja der Rudersport, auch wenn das mit seinen siebenundvierzig Jahren allmählich an ihm zehrte. Aber bitte, das musste er ja selber wissen. Ohne den Sport würde er es hier bei Brosst niemals aushalten, behauptete Wozniak immer wieder, und Schierling glaubte ihm das sogar. Er verstand auch nicht, warum Wozniak überhaupt noch hier war. Meta und Microsoft hatten beide versucht, ihn abzuwerben, ihm ein weitaus höheres Gehalt und traumhafte Konditionen angeboten, aber Wozniak war bei der kleinen fränkischen Firma Brosst Mechatronics geblieben. Das konnte er sich eigentlich nur mit der seltsamen Rivalität zwischen den beiden Alphatieren Brosst und Wozniak erklären. Aus irgendeinem Grund, so vermutete Schierling, wollte Wozniak seinem Firmenchef beweisen, dass ihr Rechenzentrum zu weit mehr fähig war, als der alte Patriarch ihm zugestand. Und so bestand diese seltsame Privatfehde schon viele Jahre, ohne dass sich in diesem firmeninternen Stellungskrieg irgendetwas geändert hätte. Das würde es erst, wenn Michael Brosst irgendwann Nägel mit Köpfen machte und Wozniak kündigte.

»Na, das mit dem Treffen gestern hat ja nicht wirklich geklappt«, begann Wozniak, nachdem er sich zu Schierling an dessen Bürotisch gesetzt hatte. »Hast du schon was von den Gerüchten gehört, unser neuer CEO sei entführt worden?«

»Wie bitte? Also ich weiß davon nichts, ich kann nur wiedergeben, was in der Rundmail stand, die gestern Nachmittag kurz vor Schluss von der Zentrale verschickt wurde. Hast du die nicht gelesen?«, fragte Uwe Schierling, der wieder einmal nicht verstand, wie sein Chef den Vorgängen in der Führungsetage gegenüber so gleichgültig sein konnte.

»Seit wann juckt mich denn eine Rundmail aus Coburg, Uwe. Sag mir einfach, was drinstand, aber bitte nur das Wesentliche.«

»Na ja, dass es Gerüchte gebe, Schultheiß sei verschwunden. Aber das seien alles bloß Gerüchte, tatsächlich habe er sich nur auf unbestimmte Zeit krankgemeldet.«

»Auch gut, dann fällt unser Treffen mit Herrn Schultheiß wohl vorerst komplett aus«, stellte Wozniak ungerührt fest, erhob sich und schlurfte in seinen vom Leben gezeichneten Birkenstocks in Richtung seines Büros davon.

Uwe Schierling schaute ihm verwundert hinterher. Seit wann redete Wozniak denn den Philipp mit Sie an, die waren doch inzwischen per Du? Aber er dachte nicht länger darüber nach, war er doch leicht verunsichert ob des besorgniserregenden Stichworts, das Gerald soeben von sich gegeben hatte. Schultheiß entführt? Also doch. Die Mail gestern ließ ja schon einiges in der Richtung erahnen, auch wenn er das Ganze für haltlose Spekulationen gehalten hatte. Uwe Schierling war kein Freund von Klatsch und Tratsch, aber das wollte er jetzt doch genauer wissen. Er hob den Hörer von seinem Bürotelefon und begann damit, ein paar Leute in der Firma anzurufen.

Michael Brosst hatte zur Krisensitzung in den kleinen Konferenzraum auf dem Coburger Firmengelände geladen. Inzwischen war genau ein Tag vergangen, seit er die Nachricht vom Verschwinden seines obersten Angestellten erhalten hatte. Alle Nachforschungen, die er seither initiiert hatte, waren im Sande verlaufen, sie hatten absolut nichts ergeben. Philipp Schultheiß war und blieb verschwunden. Und das ominöse Mobiltelefon, das man ihm gestern zugespielt hatte, war die letzten vierundzwanzig Stunden stumm geblieben. Michael Brosst musste einsehen, dass er momentan absolut machtlos war, was diese Sache anging. Ein Umstand, der ihn maßlos wütend machte, und das sollte ruhig jeder hier am Tisch merken. Entsprechend hatte sich bedrücktes Schweigen im Raum ausgebreitet. Niemand gab einen Ton von sich, schon gar nicht irgendeine sinnstiftende Idee. Der Erste, der es schließlich wagte, sich zur Sachlage zu äußern, war der Anwalt der Firma, Dr. Ludwig Vogel.

»Herr Brosst, mal ganz im Ernst, ich rate wirklich dringend dazu, die ganze Angelegenheit offiziell der Kriminalpolizei zu übergeben. Wir haben jetzt alle Personen befragt, die wissen könnten, wo Philipp Schultheiß sich aufhält. In der Firma wie auch privat. Freundin, Geschwister, Eltern, niemand hat auch nur einen blassen Schimmer.« Er deutete auf das iPhone, das Brosst hinter seinem Scheibenwischer gefunden und in der Mitte des Tisches platziert hatte. »Wir haben das Handy durchleuchten lassen, von unseren Leuten und einem externen Spezialisten. Nichts. Es gibt nur die eine unbekannte Telefonnummer. Ich denke, wir müssen einsehen, dass wir nicht –«

Mit einem lauten »Ping« meldete das Mobiltelefon den Eingang einer Nachricht. Erschrocken starrten alle einen Moment lang mit großen Augen das Handy an, ehe Michael Brosst es mit einer entschlossenen Bewegung an sich nahm. Er betrachtete die Vorschau der WhatsApp-Nachricht auf dem Sperrbildschirm. Da das Mobiltelefon inzwischen keinen Code zum Entsperren mehr benötigte – Brosst hatte alle Sicherheitsmaßnahmen beseitigen lassen –, konnte er sich die vollständige Nachricht mit einem Fingertippen direkt anzeigen lassen.

Es war eine Filmdatei, die Brosst sogleich abspielte. Seine ursprüngliche Idee, das Ganze könnte nur ein Scherz sein, hatte er inzwischen begraben. Sie war der ersten Überraschung und Unsicherheit geschuldet gewesen. Was er nun sah, räumte mit jeglicher Scherzvermutung endgültig auf.

Zu sehen ein Strand an einem dahinterliegenden Gewässer. Dem ersten Eindruck nach schien es sich um ein größeres zu handeln, denn es waren verschwommene Wellenbewegungen zu sehen, akustisch untermalt vom Rauschen einer Brandung. Außerdem hingen die Blätter von irgendwelchen Palmen ins Bild, die vom Wind leicht bewegt wurden. Das tropische Stillleben wurde vom Auftauchen eines Mannes gestört, der nur wenige Meter von der Kamera entfernt von kräftigen Männerhänden ins Bild geschoben und nach unten in den Sand gedrückt wurde. Seine Augen waren verbunden und das weiße Businesshemd vorne an der Brust aufgerissen. Dieser Mann war Philipp Schultheiß, der CEO seiner Firma, mit dem er sich gestern zum Essen in Bamberg hatte treffen wollen, das konnte Michael Brosst unschwer erkennen. Dann trat ein anderer Mann ins Bild, der vollständig in Camouflage gekleidet war und eine schwarze Gesichtsmaske trug. Er stellte sich hinter den am Boden Knienden. In der Hand hielt er eine Pistole, deren Lauf er auf Philipp Schultheiß' Kopf richtete.

»Wir haben ihn, warten Sie auf weitere Anweisungen.«

Das war alles, was der Unbekannte sagte. Dann nahm er seinem Entführungsopfer die Augenbinde ab, und Philipp Schultheiß blinzelte, geblendet von der sonnenhellen Umgebung, mit weit aufgerissenen Augen in die vor ihm stehende Kamera.

In der Bamberger Dienststelle der Kriminalpolizei war die erste Hälfte des Tages absolviert, als die Kommissare Sünkel und Schmitt zum Dienst erschienen. Marina Hoffmann alias

Honeypenny bemerkte schon seit Längerem die kleinen, aber feinen Unterschiede im Erscheinungsbild insbesondere Bernd Schmitts. Dass ein Beamter zufrieden in die Weltgeschichte schaute, war an sich nichts Ungewöhnliches, wenn man von Lehrern einmal absah, die jammerten immer. Aber bei Lagerfeld und der neuen Kollegin stimmte irgendetwas nicht – oder vielmehr alles, das spürte Honeypenny. In den letzten Wochen hatte sie schon mehrfach den leisen Verdacht gehegt, dass da irgendetwas lief zwischen den beiden, und jetzt verstärkte sich dieser Eindruck noch. Da war nichts, was sofort darauf hingewiesen hätte, nein, es war mehr dieser Gleichklang, in dem sich frisch verliebte Paare bewegten, anschauten oder auch sprachen. Genau das hatten die beiden an sich, und zwar nicht erst seit heute. Einer lebensgereiften Dame von Welt, wie Marina Hoffmann eine war, entging so etwas natürlich nicht. Zwischen den beiden lief irgendetwas Amouröses, davon war sie fest überzeugt. Es wurde Zeit, das Terrain diesbezüglich einmal etwas zu sondieren.

»Na, ihr zwei Hübschen, hattet ihr gestern einen schönen freien Abend? Womit habt ihr ihn denn verbracht, wenn ich fragen darf?«, wollte die Dienststellensekretärin unverblümt wissen, während sie mit verschränkten Armen und lauerndem Blick in ihrer Miniküche stand und die beiden Ankömmlinge genau beobachtete.

Lagerfeld stutzte, schaute Kira einen Moment lang fragend an und entgegnete: »Ja tatsächlich, Marina, Volltreffer. Ich habe mir gedacht, ich lade Kira mal zum Essen ein, so zur Einführung.«

Honeypennys Antennen fuhren jetzt komplett aus und richteten sich mit voller Empfangsstärke auf ihren Dienststellenkollegen. Der erzählte ihr doch Mist, Lagerfelds Märchen roch sie schon aus zehn Metern Entfernung, mit Verlaub. Aber verarschen konnte sich Marina Hoffmann allein, deswegen würde sie das auch so nicht stehen lassen.

»Zur Einführung, aha, und was gab's dann so, zur Einführung?« Der Sarkasmus troff nur so aus ihrer Stimme, während ihr Blick permanent zwischen Bernd und Kira hin- und herhüpfte.

»Wir waren bei Bernd zu Hause, und er hat für mich gekocht, Marina. Kloß mit Soß, um genau zu sein«, erwiderte Kira und schob dann noch anerkennend hinterher: »Zur Einführung war das echt optimal, muss ich schon sagen, kochen kann er, der Bernd.«

Auf Marinas Stirn erschienen zwei steile Falten, Anzeichen wachsender Skepsis, während sich beim Kollegen Lagerfeld eine gewisse Grundrötung der Gesichtshaut bemerkbar machte. Das klang zwar alles einigermaßen plausibel, war für Marina aber noch lange kein Grund, ihre Verdachtsmomente einfach so an den Nagel zu hängen.

»Kloß mit Soß, soso. Und lass mich raten, Kira. Weil's so gut war, bist du gleich einmal dageblieben, und Bernd hat dann auch noch Frühstück gemacht, richtig?«

Zu Honeypennys Erstaunen fühlte Kira Sünkel sich jedoch keineswegs bemüßigt, diese impertinente Unterstellung abzustreiten, ganz im Gegenteil. Sie nahm sie zum Anlass, den Ball wieder zu Bernd zurückzuspielen.

»Das Frühstück, genau. Aber da bin ich gerade überfragt, Bernd. Wie hieß das noch mal, was du mir da serviert hast?« Mit einem fast theatralisch zu nennenden Augenaufschlag erteilte sie Lagerfeld das Wort, der dadurch unter kreativen Erfolgsdruck geriet. Jetzt musste er tatsächlich improvisieren, was aber eine seiner stärkeren Seiten war.

»Das Frühstück? Ach so, das war fränkischer Spargel.«

Honeypenny glotzte Lagerfeld ungläubig an, was zur Folge hatte, dass Kira die Gesprächsführung erneut an sich riss.

»Ja, Spargel. Nur zur Info, Marina. Die ersten Nachweise für den Anbau von fränkischem Spargel stammen aus dem frühen 18. Jahrhundert. Im ›Oeconomus prudens et legalis‹ vergleicht Franciscus Philippus Florinus Spargel aus Nürnberg mit dem aus Genua und lobt dessen ›Wohlgeschmack‹.

Weitere Dokumente aus dem 19. Jahrhundert belegen den Anbau in der Region Bamberg, Kitzingen und Eggolsheim. Das Ganze ist jedoch nur ein Saisongeschäft für maximal drei Monate im Jahr, und die Spargelzeit ist somit bald vorbei. Trotzdem ist von April bis Juni immer reichlich Nachschub vorhanden, denn bei optimalen Bedingungen wächst der Spargel bis zu einen Zentimeter pro Stunde.« Kira warf Bernd einen prüfenden Blick zu. »Na ja, manchmal geht's auch schneller ... und sind die Stangen dann ausgewachsen, werden sie vorsichtig geerntet. Das ist bis zum heutigen Tage übrigens Handarbeit.« Ende der Durchsage. Kira schaute Marina Hoffmann mit dem Blick eines eben zur Welt gekommenen Unschuldslammes in die Augen, während sich Lagerfelds Grundröte im Gesicht zu intensivieren begann.

Honeypenny schwankte zwischen inquisitorischer Fortführung der Fragerunde und taktischem Rückzug. Sie hatte das untrügliche Gefühl, hier vergackeiert zu werden, konnte die Beweise dafür aber nicht so richtig greifen.

»Handarbeit, aha. Und woran, du selbst ernannte Spargelprofessorin, erkennst du, dass der Spargel reif ist?«, erkundigte sie sich giftig.

»Ganz einfach. Frischer Spargel quietscht, wenn man an der Stange reibt. Wenn er quietscht, ist er fertig.«

Lagerfeld wischte sich mit dem rechten Hemdsärmel erste Schweißperlen aus dem Gesicht, während Honeypenny es jetzt endgültig aufgab. Spargel war nun wirklich nicht ihre Domäne. Sie war Honigspezialistin und würde das auch bleiben. Sie würde schon noch herausbekommen, was sich da zwischen den beiden genau abspielte. Bis dahin konnten die zwei gerne so viel Spargel ernten, wie sie wollten, sie musste sich jetzt wieder um ihre Arbeit hier kümmern. Stumm schüttelte sie ihren Kopf mit den dicht gelockten blonden Haaren, dann wandte sie sich wieder ihrer Kaffeemaschine zu. Quietschender Spargel – was es nicht alles gab.

Franz Haderlein hatte die Diskussion an der Küchenzeile nur am Rande mitbekommen. Jetzt, da der agrarökonomische Disput beendet schien, begab sich Kira an ihren Schreibtisch, und Bernd kam zu ihm.

»Hallo, Franz, hast du es schon gehört? Die fränkische Landesregierung hat seit heute Mittag Stufe eins der Wassernotfallverordnung in Kraft gesetzt. Es wird langsam ernst mit dem Klima, glaub ich, selbst in Franken.«

Haderlein schaute ihn leicht genervt an, hatte er genau diese Ankündigung doch schon gestern von Jeanette Kasiske zu hören bekommen. Was juckten ihn Wasserverordnungen, ihn interessierten eigentlich mehr verschwundene Geschäftsführer. Aber in der Sache hatte sich bisher nichts weiter getan – was vermuten ließ, dass die firmeninternen Ermittlungen noch nicht an ihrem Ende angelangt waren. Natürlich wäre es besser gewesen, wenn irgendjemand aus der Firma Brosst die Bamberger Polizei über den Stand der Dinge informiert hätte, anstatt weiter eigenmächtig Nachforschungen anzustellen. Das überließ man besser den Profis. Aber bitte, wo kein Kläger, da kein Richter. Wenn niemand Ermittlungen wollte, gab es auch keine. Haderlein ärgerte so etwas, und irgendjemand musste jetzt den Blitzableiter für seinen Zorn spielen.

»Hast du eigentlich einen privaten Pool, Bernd?«, fragte er Lagerfeld, der ihn verwundert anblickte.

»Was soll die blöde Frage, Franz, du weißt doch ganz genau, dass ich keinen habe«, stellte Bernd Schmitt irritiert fest.

»Natürlich weiß ich das. Deswegen weiß ich ja auch, dass dich diese Wassernotfallverordnung nicht im Geringsten betrifft. Oder hast du einen großen Garten hinter deiner Wohnung, von dem ich nichts weiß und der bewässert werden muss?«

Lagerfeld schnallte spätestens jetzt, was die Stunde geschlagen hatte, und zählte eins und eins zusammen. Von dem seltsamen Vielleicht-vielleicht-auch-nicht-Verschwinden des

Brosst-CEO hatte er schon gehört, also war ihm völlig klar, welche Laus seinem älteren Kollegen über die Leber gelaufen war. Ihm würde es auch nicht anders gehen, wenn er an seiner Stelle wäre. Er wollte gerade ein paar verständnisvolle Worte an Haderlein richten, so von Kommissar zu Kommissar, da wurde die Tür der Dienststelle geöffnet, und Michael Brosst stürmte herein. Er hielt sich nicht mit irgendwelchen Begrüßungen auf, sondern eilte mit langen Schritten an Honeypenny vorbei, die nur ein verblüfftes »He« zustande brachte. Auch Haderlein wurde auf dem Weg zu Suckfülls Glastür nicht weiter beachtet, die der Coburger Firmenpatriarch ohne jeglichen Verzug regelrecht aufriss, bevor er zum Schreibtisch des konsterniert dreinschauenden Dienststellenleiters vorstieß. Er legte das gestern erhaltene Smartphone vor Robert Suckfüll auf die Tischplatte und setzte sich dann ungefragt in den Besuchersessel.

Erschöpft saß Max Fabian in dieser immer noch sehr warmen Sommernacht auf seinem Stein, das Gesicht in die Hände gestützt, und bemitleidete sich zunächst einmal selbst. Das alles war ihm verdammt noch mal viel zu kompliziert. Eigentlich war sein erster Impuls der gewesen, zur Polizei zu fahren und denen alles zu erzählen. Aber dann war ihm eingefallen, dass ja inzwischen gar keine Frau mehr im Garten lag, Aleks verschwunden und er illegal mit dem Kleinlaster seines Chefs unterwegs war. Wahrscheinlich hielt man ihn also für geistesgestört, und er verlor unter Umständen seinen Führerschein, weil er ohne Begleitung durch die Gegend gefahren war. Wenn aber in dem Haus ein Verbrechen geschehen war, wovon er ausgehen musste, und er meldete das nicht, machte er sich ebenso strafbar, wegen unterlassener Hilfeleistung oder so etwas. Egal, wie er es drehte und wendete, er hatte in jedem Fall die Arschkarte, so oder so.

Je länger er drüber nachdachte, umso mehr reifte in ihm die Entscheidung, einfach nichts zu tun. Wer nichts unternahm, machte auch nichts verkehrt, mit dieser Einstellung kam man im Leben meistens irgendwie weiter, so zumindest seine Erfahrung.

Reflexhaft griff Max Fabian sich an den Hals, wo sich normalerweise ein Lederband befand, an dem ein silberner Anhänger baumelte. Aber seine Finger fassten ins Leere, die Lederkette war verschwunden. Bei dem Kampf mit dem Unbekannten musste sie verloren gegangen sein. Kurz stieg Panik in ihm auf, weil die verlorene Lederkette ihm möglicherweise Schwierigkeiten bereiten könnte, aber dann fiel ihm ein, dass sie ja gar keinen Rückschluss auf ihn zuließ. Sie bestand schließlich nur aus dem Lederband und einem Anhänger, der eine Axt darstellen sollte. Eigentlich ein Wikingersymbol, aber ihm hatte es gefallen, weil die Axt ja quasi auch zum Dachdeckerhandwerk gehörte. Jedenfalls hingen nicht seine Initialen oder so dran. Sollte sich der Finder halt mit dem Ding vergnügen, er würde schon irgendwann einen anderen Talisman finden.

Er hob den Kopf und hätte in seiner Erleichterung jetzt am liebsten eine geraucht. Eine Art Siegeszigarette, da er ja endlich eine Entscheidung getroffen hatte, eine sehr gute noch dazu, wie er meinte. Dann fiel ihm ein, dass hinter dem Beifahrersitz ja eigentlich noch eine halbe Packung Zigaretten herumliegen musste, auch wenn die bestimmt schon ein halbes Jahr alt waren. Es lag seines Wissens allerdings kein Feuerzeug im Wagen, aber da würde er sich schon zu helfen wissen, und wenn er den Glimmstängel mit der Zündkerze des Motors zum Brennen brachte. Im Improvisieren war er richtig gut. Also stand Max Fabian von seinem Stein auf, schlurfte die Treppen zum Pritschenwagen hinunter und begann, hinter dem Sitz nach der Zigarettenpackung zu suchen. Sein Vorhaben war allerdings zum Scheitern verurteilt, da die Zigarettenschachtel zwar genau dort lag, wo er sie vermutete, sich aber als absolut leer herausstellte.

Das war's dann, Max Fabian hatte endgültig keine Lust

mehr. Er schwang sich kurzerhand auf den Fahrersitz, startete den Motor und fuhr zurück zur Firma. Er würde den Laster jetzt auf dem Firmengelände abstellen und dann heimgehen, um sich das eine oder andere Bier zu gönnen. Das hatte er sich nach so einem gequirlten Tag wirklich verdient.

Da hingen sie. Kalt, nackt, am Ende ihres Daseins angelangt. Fast zärtlich strich er mit der Hand über die rasierten Körper, die jetzt einem höheren Zweck dienen würden. Am Boden der halb leere Eimer, mit dem er das Blut aufgefangen hatte, um seine Botschaft auf ihren Leibern zu verewigen. Sie waren seine Fahnen, die er in den Gegenwind dieses Landes hängen würde, um diese Schafe dort draußen endlich aufzuwecken. Dafür brauchte er ein starkes Zeichen, eines, das keiner in diesem Land übersehen konnte.

Natürlich bestand bei so einer Sache immer die Gefahr, dass man den Bogen überspannte, zu viel wollte. Andererseits würde er es sich nie verzeihen, wenn er seine Überzeugung einfach so sausen ließe. Man musste sich wehren, sonst ging die Welt, wie er sie kannte, den Bach runter. Und wenn man darüber dann auch noch nonstop belogen wurde, dann mussten diejenigen, die das zu verantworten hatten, jetzt die Konsequenzen tragen. Das war nur recht und billig, und die Maßnahmen waren seiner Meinung nach mehr als angemessen.

Gut, vielleicht war er ein bisschen sehr konsequent, aber wenn er seinem Anliegen nicht einen gewissen Nachdruck verlieh, dann wurde es von den Verantwortlichen nicht ernst genommen, das war doch die ganzen letzten Jahre schon so gewesen. Aber jetzt würde das anders werden, dafür hatte er gesorgt. Auch wenn er eigentlich ein Neuling in diesem Geschäft war. Aber neu musste ja nicht gleich blöd bedeuten. Nein, blöd war er sicherlich nicht. Im Gegenteil, er hatte endlich erkannt, dass er verarscht worden war. Und er war nicht der Einzige, der nun das Schlimmste zu verhindern suchte.

Das war eine wirklich lange Phase des Nachdenkens und

der Beschlussfassung gewesen, weswegen er nun genussvoll an seiner Zigarre saugte und danach gekonnt und zufrieden einen runden Kringel kubanischen Tabaknebels nach oben in den Nachthimmel blies. Apropos Nachdenken. Sollten sich doch ab und an Zweifel in seine Gedanken mischen, so musste er sich nur an die vielen anderen erinnern, die der gleichen Meinung waren wie er. Allerdings redeten die ja nur, palaverten. Er war als Einziger und Erster bereit, zu handeln.

Er lächelte dem Kringel, der gemächlich den Sternen entgegenwaberte, hinterher. Dann schickte er den nächsten Ring aus Rauch auf die Reise.

»Verlogene Arschlöcher«, murmelte er verhalten. Seine einzige Chance war die brutale, aber klare Aktion, dann würden ihn alle verstehen, dann würden sich alle hinter ihm versammeln. Dazu hatte er nur noch einen Besuch in Watzendorf zu absolvieren, dann waren sämtliche Vorarbeiten erledigt.

Ein hartes Lächeln legte sich um seinen Mund. Watzendorf, natürlich. Das Beste sollte man sich ja immer bis zum Schluss aufheben.

César Huppendorfer hatte das Video vom Handy auf seinen Laptop geladen, damit sowohl alle Kommissare als auch der prominente Besucher aus Coburg das Filmchen im Großformat ansehen konnten. Die Qualität war nicht besonders gut, da WhatsApp die Dateigröße automatisch verkleinerte oder erst gar nicht annahm. Wieder und wieder spielten sie den Clip ab. Unwiderruflich endete er immer an derselben Stelle, nämlich dem Moment, in dem Philipp Schultheiß von der Sonne geblendet direkt in die Kamera blickte. Dieser Moment vermittelte alles, was sie wissen mussten. In seinem leeren Blick lagen Hilflosigkeit, Erschöpfung und der stumme Schrei nach Hilfe. Die Location auf dem Video wiederum löste unter den Zuschauern einiges an Diskussionen aus.

»Also das ist definitiv eine ziemlich warme Gegend mit Palmen am Strand, das ist ja nicht gerade um die Ecke«, analysierte Kira Sünkel. »Das würde bedeuten, dass unser Mann höchstwahrscheinlich mit dem Flugzeug in die Karibik oder zu einem anderen Fernziel transportiert worden ist. Seit seinem Verschwinden sind rund achtundzwanzig Stunden vergangen, damit könnte er rein theoretisch überall auf der Welt sein.«

Huppendorfer nickte und fügte hinzu: »Ohne Flugzeug geht da nichts, das wäre meines Erachtens der erste Ansatzpunkt. Ich meine, so einfach ist es in Deutschland nicht, jemanden mit Gewalt in einem Flugzeug außer Landes zu bringen.«

Robert Suckfüll stimmte den Wortbeiträgen prinzipiell zu. Es half aber alles Analysieren nichts, zunächst mussten Entscheidungen getroffen werden, was Fidibus denn auch tat.

»Nun, da wir es im Angesicht dieser Filmbotschaft zweifellos mit einem Entführungsfall zu tun haben, werden Sie, mein lieber Haderlein, die Sache ab jetzt federführend in die Hand nehmen. Sie bilden umgehend eine Sonderkommission und nehmen sich dafür so viele Mitarbeiter, wie Sie brauchen. Herr Brosst, es tut mir leid, aber das Mobiltelefon werden Sie ab sofort uns überlassen müssen. Außerdem ist es wohl besser, wenn künftige Nachrichten, welche das auch sein mögen, direkt bei uns, der Polizei, landen. Sollten sich grundlegende Dinge ereignen, werden wir Sie informieren.«

Diese Anordnungen fanden bei ausnahmslos allen Anwesenden Zustimmung, selbst Michael Brosst hatte ausnahmsweise nichts Gegenteiliges beizusteuern. Robert Suckfüll bereitete den Firmenboss außerdem darauf vor, dass die Bamberger Beamten der Kriminalpolizei in der nächsten Zeit den einen oder anderen Mitarbeiter der Firma Brosst würden befragen müssen, was in der Firma dann natürlich Fragen aufwerfen könnte. Aber Michael Brosst erwartete gar keine Geheimhaltung mehr. Dieser Drops war längst gelutscht, da machte er sich keinerlei Illusionen.

»Herr Suckfüll, Sie bekommen selbstverständlich jegliche Unterstützung, die Ihnen die Firma Brosst gewähren kann. Wegen der Befragung machen Sie sich mal keine Gedanken, der Geist ist bestimmt schon längst aus der Flasche und schwirrt als wildes Gerücht durch meine Firma, da brauchen wir uns nichts vorzumachen. Trotzdem wäre es mir recht, wenn Sie Ihren Aufgaben so diskret wie möglich nachgehen würden. Offiziell wird die Firmenleitung Gerüchten über eine Entführung vehement entgegentreten. Herr Schultheiß hat sich bis auf Weiteres krankgemeldet, das bleibt vorerst der Stand der Dinge.«

Franz Haderlein nahm Brossts Kooperationsbereitschaft mit einem Nicken zu Kenntnis und das Heft des Handelns, wie von seinem Chef angeordnet, in die Hand. Der grobe Plan bestand der aktuellen Sachlage entsprechend darin, auf die nächste Nachricht der Entführer zu warten, die sicherlich irgendwann offenbaren würden, worin denn nun genau ihre Forderungen bestanden. Bis dahin konnten sie aber nicht einfach untätig herumsitzen, sondern mussten die Standards abarbeiten, die in einem solchen Fall nötig waren.

»César, du bleibst hier in der Dienststelle und koordinierst das Ganze, während Bernd, Kira und ich uns ab jetzt hauptsächlich mit diesem Entführungsfall befassen. Was in der nächsten Zeit sonst noch bei uns aufläuft, musst du erst einmal mit Marina allein bearbeiten, verstanden?«

Huppendorfer nickte und wechselte einen bestätigenden Blick mit Honeypenny. Bernd Schmitt hingegen verzog das Gesicht und ergänzte mit sarkastischem Unterton in der Stimme: »Na ja, da wäre noch ein ganz wichtiger Punkt, eigentlich der wichtigste von allen.«

Aller Aufmerksamkeit richtete sich auf den Kommissar mit der Sonnenbrille, der es sichtlich genoss, im Zentrum des Interesses zu stehen.

»Diese Sonderkommission, die wir jetzt sind, die bräuchte noch einen passenden Titel«, kam er schließlich auf den Punkt. »So wie im Fall Dagobert damals. Ich meine, wir leben in einem Medienzeitalter und müssen der Presse schließlich was zu fressen geben, wenn die hier aufschlagen, oder? Immerhin wird man noch in Jahrzehnten von dem berühmten Entführungsfall in Bamberg reden. Und da brauchen wir einen gescheiten Namen dafür.« Triumphierend schaute Lagerfeld sich um, bis sein Blick auf den von Haderlein traf, der sich wie glühendes Eisen in seine Augen bohrte. Sofort schaltete er einen Gang hoch, nicht dass bei den Kollegen der Eindruck aufkam, er würde hier lediglich einen dummen Scherz reißen. Die Sache war ihm durchaus ernst. »Wie wär's denn mit ›Fensterheber‹? Sonderkommission Fensterheber. Das würde doch gut zur Firma von Herrn Brosst passen, meint ihr nicht?«

Die Begeisterung über Lagerfelds Vorschlag hielt sich sichtlich in Grenzen. Haderleins glühendes Eisen im Blick verwandelte sich gar in eine Art virtuelle Hand, die den jungen Kollegen permanent von rechts nach links und wieder zurück ohrfeigte. Marina Hoffmann hatte den Mund geöffnet, als wollte sie etwas sagen, brachte am Ende aber doch nichts heraus, César Huppendorfer hatte die Augen geschlossen, und Kira wirkte so erstarrt, als müsste ihr System einen Neustart machen. Michael Brosst wiederum schaute Lagerfeld an, als würde er ihn gleich in die Psychiatrie einweisen lassen wollen. Dieser Schuss war wohl in die rückwärtige Richtung abgefeuert worden.

»Ja, oder was Fränkisches halt«, versuchte sich Lagerfeld an einer Art Notrettung seiner Idee. »Soko ›Rauchbier‹ zum Beispiel – oder vielleicht ›Wischkästla‹?«

Niemand sagte ein Wort, bis César Huppendorfer sich der Form halber dazu herabließ, nachzufragen. »Bernd, was ist denn bitte ein ›Wischkästla‹?«

Das triumphierende Grinsen kehrte in Lagerfelds Gesicht zurück. »A Wischkästla ist der oberfränkische Ausdruck für ein Smartphone. Passender geht's ja wohl nimmer.«

Der Kopf des Coburger Firmeninhabers ruckte zum Leiter der Bamberger Kriminalpolizei herum und schaute diesen ungläubig fragend an. Fidibus, der innerlich eigentlich schon drei Schritte weiter war, konnte und wollte sich keiner Diskussion über seinen laissez-fairen Mitarbeiter hingeben, das hatte noch nie etwas gebracht. Allerdings war der Coburger Besucher zu prominent, als dass man seinen Blick einfach so ignorieren konnte. Vielleicht würde es ja eine kleine semantische Umschreibung schaffen, Kommissar Bernd Schmitts unbestrittene Leistungen im Polizeidienst der charakterlichen Grundeinordnung seiner Person durch die Außenwelt, in diesem Fall Michal Brosst, gegenüberzustellen. Und in semantischen Beschreibungen war er, Robert Suckfüll, unglaublich begabt, wie jeder hier in der Dienststelle wusste.

»Wissen Sie, Herr Brosst, unser Kollege Schmitt ist manchmal etwas unorthodox, sowohl in seinem Auftreten als auch in seiner Sprache. Oder um es mit einem kleinen deutschen Sinnspruch auszudrücken: Er hat des Öfteren nicht alle Latten im Schrank, das ist halt so. Aber was soll ich da sagen, ich habe mich ja über Jahre an meine Mitarbeiter und ihre kleinen Ecken und Kanten gewöhnt. Nicht jeder versucht, sich Tag für Tag, Stunde für Stunde der Perfektion so zu nähern wie ich, aber meine Mitarbeiter lernen dazu, immer und überall. Also, Herr Brosst, um es zusammenzufassen, wenn Sie mit der Bamberger Kriminalpolizei zusammenarbeiten wollen, müssen Sie die Dinge ab und an einfach einmal so ignorieren, wie sie sind«, verkündete Fidibus feierlich, dann irrte sein suchender Blick in Richtung seines gläsernen Palastes, denn er verspürte das dringende Bedürfnis, eine Trockenzigarre zu malträtieren, während Michael Brosst, Hauptgesellschafter der Firma Brosst Mechatronics, wirklich glauben sollte, was er da hörte.

Der Motor des Kleinlasters erstarb, und Max Fabian rieb sich den Hals. Jetzt, da sich bei ihm eine gewisse Entspannung einstellte, meldete sich seine schmerzende Halsmuskulatur, die von dem fremden Angreifer ziemlich eingequetscht worden war. Der Kampf mit dem Unbekannten, der mit seinem Schlag mit dem Holzscheit, mutmaßlich auf den Kopf des Mannes, geendet hatte, kam ihm wieder in den Sinn, und ein leichtes

Zittern durchlief seinen Körper. Er hätte tot sein können. Der fremde Typ hatte zweifelsohne versucht, ihn umzubringen, verdammt. Aber er hatte es ihm ganz schön gezeigt, er war am Leben.

Das war's dann aber auch schon mit seinen positiven Bewertungen dieses Abends. Max Fabian rieb sich ein letztes Mal verstört über den schmerzenden Hals, öffnete die Fahrertür und stieg aus. Der Laster stand wieder genau da, wo er vor etwa zwei Stunden gestanden hatte. Max Fabian warf einen kurzen Blick in Richtung des dunkel daliegenden Wohnhauses seines Chefs. Nicht dass sein Ausbildungsleiter mitbekam, dass er unerlaubt und vor allem allein mit dem Betriebslaster durch die Gegend gefahren war. Aber dort war alles ruhig, und das Ende dieses turbulenten Tages war nahe. Nah, aber eben noch nicht da. Es sollte auch noch eine Weile dauern, bis es so weit war.

Als Max sich abwandte und den Heimweg antreten wollte, vernahm er auf einmal ein leises Geräusch. Es kam von der Ladefläche des Pritschenwagens und hörte sich an, als würde sich ein kleines Tier, beispielsweise ein Marder, unter der Abdeckplane bewegen. Max Fabians Muskeln verkrampften sich. Das durfte doch wohl nicht wahr sein! Mit einer entschlossenen Bewegung ergriff er die Plane und schlug sie abrupt zur Seite. Darunter schauten ihn mit panischem Blick zwei wohlbekannte Kinderaugen an.

»Aleks?«, entfuhr es Max in einer Mischung aus Freude und Entsetzen. Einerseits war er total erleichtert, dass der dunkle Unbekannte den Jungen nicht erwischt hatte, andererseits war sein goldener Feierabend erneut dahin. Gerade hatte er sich noch mit einem Bier in der Hand auf der Couch sitzen sehen, jetzt steckte er wieder mitten in dem eigentlich schon abgehakten Schlamassel des heutigen Tages.

»Du mich verstecken«, flüsterte Aleks atemlos. Max war etwas überrascht, hatte sich der kleine Kerl doch bisher als eher maulfaul erwiesen. Offenbar konnte er sich aber verständlich machen, wenn auch in etwas gebrochenem Deutsch. War Aleks am Ende gar nicht von hier? Aber verstecken, das war natürlich Quatsch. Verstecken? Ja wo denn und warum überhaupt?

»Verstecken, aha. Vorher müssen mir aber noch was klären. Wieso hockst du scho widder auf meim Lasder? Willst du da jetzt einziehen, oder was?«

Der Junge stockte, kämpfte er doch selbst mit reichlich gemischten Gefühlen. Zuallererst war er natürlich froh, dass Max noch lebte und nicht etwa von dem schwarzen Mann in einem Plastiksack weggeschleppt worden war. Andererseits hatte er Angst, jetzt wieder dorthin gebracht zu werden, wo er gerade hergekommen war.

»Verstecken«, erwiderte er leise, während er sich vorsichtig umschaute, ob nicht doch wieder dieser Mann irgendwo auftauchte. »Bitte, mich verstecken, vor Mann. Hast du Mann nicht gesehen?«

Max wusste nicht so recht, was er sagen sollte. Der Junge war definitiv nicht in Deutschland geboren. Aber das war jetzt erst mal egal, dieser Mann war das Problem. Gesehen hatte er den Typen eigentlich nicht, der war ja immer über oder hinter ihm gewesen, dafür hatte er dem Arschloch mit seinem Holzscheit wahrscheinlich einen neuen Scheitel gezogen. Womöglich wusste der kleine Junge aber mehr über den Kerl, als er bisher dachte.

»Also gut, Herr Aleks. Hast du den Mann denn gesehen? Weißt du, wie der Typ aussieht?«

Aleks nickte stumm. Niemals würde er das Gesicht und vor allem den Blick dieses Mannes vergessen. »Ja, deswegen du musst mich verstecken.«

Max überlegte krampfhaft, denn sein Plan, aus dieser Nummer irgendwie herauszukommen, war nun zwar zum wiederholten Mal in weite Ferne gerückt, es widerstrebte ihm jedoch komplett, sich mit diesem Youngster hier zu behängen, auch wenn er dessen Angst natürlich verstehen konnte. Es wäre doch für sie beide am einfachsten, Aleks bei der Polizei abzuliefern. Sollten die sich um den Jungen und am besten auch gleich um den fremden Mann kümmern, er hatte nun wirklich keine Lust dazu. »Weißt du was, ich bring dich zur Polizei. Das ist, glaube ich das Beste. Wir erzählen denen alles, dann sollen die sich drum kümmern.«

Eigentlich hatte Max mit erfreuter Zustimmung gerechnet, aber Aleks reagierte überraschenderweise genau gegensätzlich. Er rutschte auf seinem Hosenboden reflexartig ein ganzes Stück auf der Ladefläche zurück, bis er mit seinem Rücken an den geladenen Holzbalken stieß. Seine Augen waren geweitet, das blanke Entsetzen stand darin. »Keine Polizei!«, presste er verkrampft hervor. »Keine Polizei, nicht.«

Jetzt blickte Max Fabian überhaupt nicht mehr durch. Was war denn nun bitte wieder an der Polizei verkehrt? Die konnten sich doch am besten um die ganze Angelegenheit kümmern und vor allem auch um Aleks. Der arme Kerl musste doch wissen, was in dem Haus mit seinen Eltern geschehen war, und auch irgendwo bleiben, das musste er einsehen.

»Ja, aber der Polizei kannst du dann alles erzählen und ich auch, und dann kriegen sie den Kerl bestimmt, ganz einfach«, argumentierte er aus seiner Sicht absolut überzeugend. Allein es nutzte nichts. Die Aussicht, auf einer Polizeiwache zu landen, löste bei Aleks offenbar eine regelrechte Panik aus. Sein Gesicht war leichenblass, und seine Hände zitterten ebenso wie seine Stimme.

»Nein, bitte nicht, keine Polizei, mich verstecken«, wiederholte er so flehentlich, dass Max sein Vorhaben auf der Stelle einstampfte. Er kapierte zwar nicht, was an der Polizeiidee so falsch war, ohne Aleks' Mithilfe war die aber natürlich zum Scheitern verurteilt. Man würde sie sofort wieder rausschmeißen, wenn es ihm überhaupt gelänge, Aleks dorthin zu schaffen, und der nicht vorher wieder abhaute, so panisch, wie er da gerade vor ihm saß. Also hob er beide Hände als Zeichen seines Einlenkens und ergab sich deprimiert seinem unabänderlichen Schicksal.

»Okay, okay. Wenn du mit der Bolizei so schlechte Erfahrungen gemachd hast, nacherd lassen mir des. Aber verstecken, wie stellst du dir des vor? So einfach is des fei ned«, knurrte er, woraufhin Aleks sich sofort wieder etwas entspannte, auch wenn er sicherheitshalber noch ein bisschen an seinem Balken sitzen blieb.

Max Fabian gingen derweil allerlei Gedanken durch den Kopf, insbesondere dachte er an seine Mutter und seinen Bruder, mit denen er zusammen in seinem Elternhaus wohnte. Dorthin konnte er Aleks unmöglich mitnehmen. Seine Mutter würde ihm zuerst den Kopf abreißen und danach die Polizei rufen. Dann war er an genau dem Punkt, den es zu vermeiden galt, zumindest wenn es nach Aleks ging. Etwas anderes fiel ihm im Moment aber nicht ein, seine Denkleistung für den heutigen Tag war vollkommen ausgeschöpft, da ging nichts mehr. Er folgte also in seiner Not der einzigen Idee, die er noch zustande brachte. Er würde Aleks dort unterbringen, wo er sich als kleiner Junge selbst oft versteckt hatte, wenn er irgendwas angestellt hatte. Kein Ort, an dem man sich wochenlang einquartieren wollte, aber fürs Erste der beste Platz, den er sich für Aleks vorstellen konnte.

»Okay, ich weiß, wo wir hinkönnen. Warte hier, ich bin gleich wieder da«, gab er dem Jungen bekannt, wandte sich um und joggte davon.

Wenige Minuten später kehrte er mit einer prall gefüllten Plastiktüte zurück und hob Aleks mit seinem freien Arm von der Ladefläche des Lasters.

»So, du willst a Versteck, du kriegst eins. Aber mir fahrn net, mir laufen, den Laster will ich lieber nimmer nehmen um die Zeit. Es is ja auch net wirklich weit.« Er wies in Richtung der Ausfahrt und marschierte los. Aleks, der froh war, dass Max eine Lösung für die Versteckfrage gefunden hatte, trottete dem großen Dachdeckerlehrling einfach hinterher, irgendwo würde ihn Max schon sicher unterbringen, Hauptsache, er ließ die Polizei aus dem Spiel.

Max Fabian ging voraus, wobei er tunlichst darauf achtete, dass sie von niemandem gesehen wurden. Deswegen benutzte er den einen oder anderen Schleichweg, den er zuletzt als Kind gegangen war, wenn er von Erwachsenen nicht erwischt werden wollte. Sie benötigten gut zehn Minuten, dann standen sie vor dem Versteck, und Aleks erkannte, wohin Max ihn gebracht hatte. Sie standen an einer der Seitenpforten der evangelischen Marienkirche in Watzendorf. Das Gerüst, über das man das Dach erreichen konnte, auf dem Max Fabian tagsüber arbeitete, stand auf der anderen Seite. Im Gebäude war Aleks noch nie gewesen, denn für die Dauer der Bauarbeiten hatte man die Kirche geschlossen. Was er nicht wusste, war, dass die Firma Kotschenreuther einen Schlüssel erhalten hatte, falls sie aus irgendwelchen baulichen Gründen einmal den Innenraum der Kirche betreten mussten. Das war bisher nicht vonnöten gewesen und würde nach Lage der Dinge wohl auch nicht mehr passieren. Sie waren bald fertig mit dem Dach, noch maximal einen Monat Bauzeit hatte der Dachdeckermeister Emil Kotschenreuther dafür veranschlagt.

Max Fabian holte den Schlüssel für die Tür aus seiner Hosentasche und steckte ihn ins Schloss. Die Pforte aus massivem Eichenholz schwang mit einem leisen Schnarren auf, und sie konnten eintreten. Natürlich war im Inneren nicht viel zu sehen, schließlich war es Nacht und dunkel. Aber als ihre Augen sich an das fahle Mondlicht gewöhnt hatten, das durch die alten Fenster fiel, war der Innenraum dann doch relativ gut zu erkennen.

Von der Orgel, die auf der obersten Empore stand und zu den herausragendsten Barockorgeln Oberfrankens zählte, sah Max in der diffusen Dunkelheit allerdings nur wenig. Die Kanzel am südlichen Triumphbogenpfeiler ruhte auf einer Figur, von der er wusste, dass sie Johannes den Täufer darstellte. In der rechten Hand hielt er ein Kreuz und in der linken eine hölzerne Taufschale, auf die eine halbovale zinnerne Taufschale mit einem Engelsgesicht aufgelegt werden konnte. Der

Kanzelaufgang war mit einer Tür verschlossen. Das alles war von hier mehr zu erahnen, als klar zu erkennen, aber deswegen waren sie ja auch nicht hier.

Max stellte die schwere Papiertüte auf einer Kirchenbank ab und holte als Erstes eine dicke Kerze plus Zündhölzer heraus, die er umgehend anzündete und auf die Sitzfläche stellte. Um das flackernde Licht der Kerze herum legte er dann die weiteren Sachen, die er für Aleks eingepackt hatte. Ein paar Früchteriegel, Bananen, drei Tafeln Schokolade, eine halbe Salami und eine große Packung Toastbrot. Als Letztes zog er noch zwei Literflaschen Mineralwasser aus der Tüte und stellte sie auf den Boden neben dem hölzernen Betgestühl.

»So, Aleks. Etzerdla kannst du vo mir aus erscht amal dableiben. Klo gibt's keins, da musst vor die Tür, da kann ich dir net helfen. Wennst mich suchst, ab morgen tagsüber bin ich widder aufm Dach. Also, wenn was wär – einfach rufen, kabierd?« Halb erleichtert, halb besorgt sah er zu, wie Aleks die Sachen auf der Kirchenbank sortierte. »Hast du eichentlich a Handy?«, fragte er, doch Aleks schüttelte den Kopf.

»Schon, aber liegt noch in Haus, weißt schon.«

Der Blick, den Max Fabian von ihm zugeworfen bekam, legte nahe, dass Aleks bestimmt zu allem bereit war, aber sicher nicht in das Haus zurückgehen würde, um das Handy zu holen. Nun gut, dachte Max, dann muss es eben ohne gehen, irgendwie.

»Sag mal, wie alt bist du eichentlich?«, wollte er noch von dem Jungen wissen, denn bis jetzt hatte er dessen Alter in der ganzen Aufregung nur geschätzt.

»Sieben«, antwortete Aleks, während er bereits versuchte, eine der Wasserflaschen zu öffnen.

Sieben, aha, er hätte ihn glatt älter geschätzt. Egal, es war jetzt wirklich an der Zeit, hier die Segel zu streichen. »Also gut, hier haste den Schlüssel für die Pforte. Am besten, du schließt ab und öffnest bloß, wenn ich an die Tür klopf, in Ordnung?«

Aleks nickte eifrig und wirkte dabei angesichts der ganzen Situation eigentlich schon ziemlich erwachsen für einen Siebenjährigen, das fand zumindest Max Fabian. Dann schob er den Gedanken beiseite und klopfte Aleks noch einmal aufmunternd auf die Schulter, bevor er durch die Seitenpforte der Marienkirche nach draußen verschwand.

Er hatte seinen dunkelblauen Kastenwagen etwas seitlich vor dem Haus geparkt. Es war kurz vor Beginn der Dämmerung, das war seine liebste Zeit für diese Zwecke. Immerhin musste man sich auf so ein Vorhaben ja auch innerlich vorbereiten, und die Dämmerung an den längsten Tagen des Jahres hatte für ihn etwas Feierliches. Was er tat, war schließlich ein feierlicher Akt, das würden schon noch alle begreifen. Er erfüllte eine Aufgabe, eine Pflicht im Dienst der Allgemeinheit. Und heute, hier in Watzendorf, sollte der vorläufig letzte Akt dieser Pflichterfüllung stattfinden. Ein Akt, der sich als Schritt in ein neues Zeitalter entpuppen würde. Denn man konnte nichts Neues bauen, bevor nicht konsequent aufgeräumt und das morsche Fundament gründlich entsorgt worden war. Manchmal mussten einfach schreckliche Dinge geschehen, um etwas Gutes zu erzwingen.

Das Schöne an diesen späten Nachmittagsstunden war für ihn auch der Umstand, dass sich viele Menschen, oft nach der Arbeit, in ihre Häuser zurückzogen, um dort die Kühle oder zumindest geringere Hitze zu genießen. Von kühlen Abenden konnte man zurzeit wirklich nicht sprechen, wenn die Anzeige des Thermometers selbst nachts nicht unter die Dreißig-Grad-Marke sank. Ergo war kaum jemand draußen auf der Straße, im Garten oder sonst wo im Freien, um irgendwelche Arbeiten zu verrichten. Es war einfach zu heiß. Später, nach Sonnenuntergang, wenn es etwas erträglicher wurde, war immer noch Zeit, sich auf die Terrasse, auf den Balkon oder in den Garten zu setzen.

Er stieg aus dem Wagen und ging um das Grundstück

herum, das sich nicht weit von der Watzendorfer Kirche befand. Auf dem Dach des Gotteshauses hampelten noch ein paar Handwerker herum, die aber gerade beim Zusammenpacken waren, wie es schien. Er musste warten, bis sie ihren Arbeitsplatz in luftiger Höhe verlassen hatten, dann konnten sie auch nicht sehen, was in dem alten Watzendorfer Fachwerkhaus, das nicht allzu weit von ihrem Arbeitsplatz entfernt lag, vor sich ging. Er wunderte sich ein wenig, dass die beiden Handwerker sich um diese Zeit überhaupt noch an ihrem Arbeitsplatz aufhielten. Aber vielleicht war es hier wie in vielen anderen Outdoorberufen auch, und Arbeiten in der prallen Sonne waren zurzeit einfach nicht möglich, weshalb die Firmen vermehrt die Abendstunden nutzten. Die ungewöhnliche Hitze der letzten Jahre sollte ja auf diese angeblich menschengemachte Klimaerwärmung zurückzuführen sein. Das war natürlich lächerlich, es hatte schon immer ungewöhnlich heiße und trockene Sommer gegeben, das wusste doch jeder. Er selbst hatte als Kind viel öfter hitzefrei bekommen, als es heutzutage der Fall war. Diese Behauptung mit der Klimaerwärmung war nur dazu da, die Leute zu verarschen. Keine drei Tage das Wetter voraussagen können, aber behaupten, wie in fünfzig Jahren das Klima sein sollte.

Er schaute nach oben und konnte sehen, dass die beiden Handwerker just in diesem Moment das Kirchendach verließen und über das Baugerüst abstiegen. Sekunden später waren die beiden potenziellen Beobachter aus seinem Blickfeld verschwunden – und er aus ihrem. Die hatten sicher Feierabend, also widmete er sich jetzt wieder seinem eigentlichen Vorhaben und beendete seinen Rundgang um das Grundstück.

Der Haupteingang des Hauses befand sich in einer kleinen Nebenstraße, die auf direktem Weg zur Kirche führte, war aber von den Nachbarn nur schwer einzusehen. Hinter dem Haus lag ein kleiner Garten, der von einer etwa zwei Meter hohen Buchsbaumhecke umgeben war. Ob sich dort jemand aufhielt oder nicht, konnte er nur erahnen, da es selbst größeren Menschen wie ihm nicht möglich war, über die Hecke zu blicken. Also entschied er sich, den Haupteingang in der Nebenstraße zu benutzen, dort waren etwaige Beobachter am unwahrscheinlichsten.

Er begab sich zur Haustür, holte aus seinem Rucksack einen vierfach gefalteten grauen Stofflappen aus Baumwolle und beträufelte diesen mit einer farblosen Flüssigkeit, die er in einer kleinen Aluminiumflasche mit sich führte. Ein süßlicher Geruch breitete sich aus. Er steckte die Flasche wieder in seinen Rucksack zurück, setzte ihn auf und klingelte. Es war egal, ob er oder sie die Tür aufmachte, er hatte für beide Eventualitäten einen einfachen, aber effektiven Plan.

Er musste noch ein weiteres Mal klingeln, bevor die Tür geöffnet wurde und ein leicht untersetzter Mann erschien, der mindestens einen Kopf kleiner war als er selbst.

»Hallo, bitte schön, wie kann ich helfen?«, fragte der Mann freundlich. Statt eine Antwort zu erhalten, wurde er von einem brutalen Faustschlag mitten ins Gesicht getroffen und fiel benommen zu Boden. Aus seiner gebrochenen Nase quoll das Blut in seine vorgehaltenen Hände, mit dem er gleich darauf hilflos die ziegelroten Terrakottafliesen des Hausflurs beschmierte. Bevor der Hausherr noch begriff, wie ihm geschah, packten ihn zwei tellergroße Hände, zogen ihn nach oben, und ein muskelbepackter Arm legte sich um seinen Hals und drückte ihm die Luft ab, sodass er keinen Ton mehr von sich geben konnte. Dann spürte er einen feuchten Lappen auf seinem Gesicht, und etwas süßlich Riechendes drang unaufhaltsam mit der Atemluft in seine Lungenflügel. Er zappelte verzweifelt mit seinen in der Luft hängenden Füßen, und obwohl er mit aller Kraft versuchte, sich gegen den brutalen Griff seines Angreifers zu wehren, gab dieser keinen Millimeter nach, bis seine Bewegungen schließlich erschlafften und er betäubt zu Boden glitt.

Mit emotionslosem Blick betrachtete der Eindringling sein Opfer, dann ging er den langen Hausflur entlang. Er schaute rechts und links in die angrenzenden Zimmer, in denen aber niemand zu sehen war. Erst als er das Ende des Flurs erreichte, das zu einer Art Wohnküche umgebaut worden war, entdeckte er die Frau. Sie war draußen im Garten und stapelte Brennholz neben der Hecke auf. Es war *die* Frau, das konnte er sogar von hinten erkennen. Lautlos setzte er seinen Rucksack an der Schiebetür ab, betrat den Garten und schlich näher, bis er direkt hinter ihr stand. Erst jetzt bemerkte sie ihn und fuhr erschrocken herum. Ihre Augen weiteten sich in einer Mischung aus Entsetzen und Wut.

»Du?«, stieß sie überrumpelt hervor, dann drückte er ihr auch schon den Lappen aufs Gesicht und presste unnachgiebig ihre Luftröhre zusammen. Es dauerte nicht lange, bis die Bewegungen der Frau ebenfalls erlahmten und er ihren leblosen Körper achtlos ins Gras fallen ließ.

Es war nun getan, dies waren seine beiden letzten Zielobjekte gewesen und zugleich die aus seiner Sicht wichtigsten. Erleichtert, am vorläufigen Ende seiner Mission angekommen zu sein, drehte er sich um, und wollte zurück ins Haus gehen, um die schwarzen Säcke aus seinem Rucksack zu holen, der noch in der Wohnküche stand. Er blickte zur Schiebetür, über die er in den Garten gelangt war, und erstarrte. Dort, direkt neben seinem Rucksack, stand ein Junge und sah ihn aus angstvoll geweiteten Augen an. Beide verharrten sie in einem Moment der Verblüffung, dann drehte sich der Junge blitzschnell um und verschwand im Inneren des Hauses.

Er begann zu laufen, um in einem kurzen Sprint den ungebetenen Beobachter zu erwischen, aber der Junge war schneller als erwartet. Als er die Wohnküche erreichte, war das Kind schon nirgendwo mehr zu sehen. Er hielt inne und lauschte, ob vielleicht irgendwo ein verräterisches Geräusch zu hören war, aber es rührte sich nichts. Also ging er langsam den Flur entlang und blickte in jedes Zimmer, das vom Gang abzweigte, jedoch ohne Erfolg. Er überlegte noch einmal kurz und gründlich, dann öffnete er die Haustür, um zu sehen, ob der kleine Satansbraten vielleicht draußen herumlief und die Nachbarschaft rebellisch machte, aber auch vor dem Haus war alles ruhig. Sicherheitshalber ging er noch die paar Schritte bis zur Dorfstraße, doch weit und breit war nichts von einem Kind zu sehen, lediglich der Pritschenwagen der Dachdeckerfirma verließ soeben die Baustelle an der Kirche und fuhr in Richtung Ortsmitte davon.

Fluchend ging er wieder zurück ins Haus, setzte sich in der Wohnküche in einen dieser Ökostühle, fuhr sein gesamtes System herunter und überlegte in Ruhe, was zu tun war. Wieso war da überhaupt ein Kind im Haus gewesen? Er hatte doch im Vorfeld gründlich recherchiert, die ganze Aktion genauestens vorbereitet. Die beiden, die hier wohnten, waren kinderlos, das hatte er schwarz auf weiß. Wo also kam auf einmal dieses vermaledeite Kind her? Wenn er den Bastard nicht fand, konnte der ihm richtige Schwierigkeiten bereiten, also musste er nach ihm suchen. Mit hoher Wahrscheinlichkeit war der Kleine noch im Haus und hatte sich irgendwo verkrochen. Er machte sich keinerlei Illusionen über das Schicksal des Kindes. Der kleine Drecksack hatte ihn gesehen, ihm direkt ins Gesicht geblickt. Der würde ihn bei jeder Gegenüberstellung sofort wiedererkennen. Also war er zu eliminieren. Der Krieg hatte begonnen. Und er würde nicht nur das Gefecht in diesem Haus hier gewinnen, er würde auch den Krieg für sich und die Sache entscheiden.

Er erhob sich entschlossen von seinem Stuhl und machte sich daran, das Haus systematisch von oben nach unten zu durchkämmen. Er inspizierte jedes Zimmer, jede Tür, jeden Schrank ganz genau. Er drehte alles um, was auch nur irgendwie als Versteck für den kleinen Bastard dienen könnte. Aber der Junge war wie vom Erdboden verschluckt. Seine Zuversicht, ihn zeitnah zu finden, schwand mit jeder Minute, die ersten Zweifel machten sich in ihm breit. War er vielleicht doch abgehauen? Oder gab es in dieser alten Hütte hier einen so raffiniert verborgenen Winkel, dass er das Bürschchen ums Verrecken nicht finden konnte?

Einigermaßen verunsichert, vor allem aber wütend stand er im Hausflur, bis sein Blick auf den regungslos am Boden liegenden Hausherrn fiel. Er sah auf die Uhr. Er musste seine beiden Beutestücke allmählich in den Kastenwagen schaffen, denn ewig hielt die Wirkung des Chloroforms nicht an. Also ging er zu seinem Rucksack, holte einen der schwarzen Säcke heraus und verstaute den Mann fein säuberlich darin. Dann schloss er den Reißverschluss und warf ihn sich mit einer Leichtigkeit über die Schulter, als hätte er es mit einem nassen Handtuch zu tun. Draußen schmiss er den schwarzen Sack achtlos in den Kastenwagen, schloss die Tür und ging sofort wieder ins Haus zurück.

Bevor er sich jetzt auch noch um die Frau im Garten kümmerte, brauchte er aber erst einmal etwas zu trinken. Er ging in die Küche und füllte ein Glas mit Wasser aus dem Wasserhahn an der Spüle. Er hatte es gerade zur Hälfte geleert, als das helle »Ding-Dong« der Türklingel im Hausflur erklang. Das Geräusch war gleich darauf noch mehrmals zu vernehmen, und zu allem Überfluss hörte er nun auch noch eine männliche Stimme laut rufen.

»Hallo!«, schallte es laut durch den Hausflur.

Verdammt, diese Störung konnte er jetzt überhaupt nicht gebrauchen. Unter anderen Umständen hätte er den ungeplanten Besucher einfach klingeln lassen, aber er hatte die Haustür nur angelehnt, da er das Haus mit dem zweiten Paket sowieso gleich wieder verlassen wollte, und zwar endgültig. Darum musste, wer auch immer gleich durch diese Tür kam, leider die Konsequenzen tragen. Es durfte keine weiteren Verzögerungen und womöglich zusätzlichen Zeugen geben.

Mit drei schnellen Schritten war er hinter der mannshohen Kühl-Gefrier-Kombination, dann konnte er auch schon hören, wie jemand vom Flur in die Wohnküche lief, nur knapp an ihm vorbei, und dann hinaus in den Garten. Als er hinter dem Kühlschrank hervorlugte, konnte er durch das Panoramafenster einen jungen Kerl im Garten ausmachen. Er hatte die Frau, die ja immer noch draußen neben der Veranda im Gras lag, bereits bemerkt. Ohne zu zögern, verließ er seine Deckung und stürmte nach draußen. Als er hinter dem Unbekannten stand, der vor ihm im Gras kniete, packte er ihn blitzschnell am Hals und drückte zu. Seinen Stofflappen mit dem Chloroform hatte er dummerweise bereits wieder im Rucksack verstaut, also musste er die Nummer diesmal bis zum bitteren Ende durchziehen.

Eine stille Wut baute sich in ihm auf, denn so langsam hatte er die Nase voll von der ungeplanten Betriebsamkeit in diesem Haus. Wer dieser Schlaks auch war, der ihn bei seiner Arbeit störte, er würde es nicht mehr lebend verlassen.

Michael Brosst hatte die Dienststelle der Bamberger Kriminalpolizei soeben verlassen, ein wenig kurz angebunden ob der kryptischen Einlassungen, die Robert Suckfüll in Bezug auf den Umgang mit dem Kollegen Schmitt vorgebracht hatte. Oder vielleicht grübelte er noch darüber nach, ob die Soko denn nun tatsächlich den Namen »Wischkästla« erhalten sollte. Franz Haderlein störte sich nicht an der Verunsicherung des Firmenbosses. Er war froh, dass das seltsame Hin und Her mit diesem Brosst nun ein Ende hatte, war ihm doch von Anfang an klar gewesen, dass sie es hier mit einem Entführungsfall zu tun hatten. Nun galt es, die durch interne Ermittlungen der Firma verlorenen vierundzwanzig Stunden aufzuholen.

»César, du bist doch hier bei uns der Computerversteher. Kümmere dich also bitte um das Handyvideo. Vielleicht kannst du irgendetwas über den Drehort dieses Machwerks in Erfahrung bringen.« Er reichte Huppendorfer das Smartphone, auf dem die Nachricht eingegangen war. Dann wandte er sich an Lagerfeld. »Und du, Bernd, wirst César dabei helfen. Dieses Filmchen hat jetzt bis auf Weiteres Priorität. Wir müssen herausfinden, wo Schultheiß von den Entführern festgehalten wird. Und wenn sich irgendetwas in der Sache tut, sprich, wenn die Entführer weitere Nachrichten schicken, will ich das sofort wissen, verstanden?«

Lagerfeld nickte und begab sich auf der Stelle zu Huppendorfers Schreibtisch, wo der Kollege bereits mit der Untersuchung des iPhones begonnen hatte.

Haderlein gedachte, auch seine neueste Mitarbeiterin mit einer speziellen Aufgabe zu betrauen, wollte sie in diesem Fall jedoch erst einmal bei sich haben. Zwei Augenpaare sahen mehr als eines. Zudem hatte Kira als Frau vielleicht eine andere Herangehensweise und brachte bei einer erneuten Vernehmung seiner derzeit besten Zeugin mehr aus Jeanette Kasiske heraus als er.

»Kira, du kommst mit mir, wir werden in Coburg noch einmal den letzten Aufenthaltsort unseres Entführten besuchen und dessen Freundin befragen, dieses Mal aber gründlich. Und wenn wir damit fertig sind –« Eine Hand legte sich auf Franz Haderleins Schulter und unterbrach seinen engagierten Redefluss. Als er sich umdrehte, sah er, dass sie seinem Chef gehörte, der ihn mit sorgenvoller Miene betrachtete.

»Mein lieber Franz, Sie wissen hoffentlich, dass wir es hier mit einem heiklen, also äußerst delikatösen, delikaten … einer Delikatesse zu tun haben, nicht wahr, einer Angelegenheit also, die mit äußerster Diskreti… Diskrepanz zu behandeln ist. Sagen Sie Ihren Mitarbeitern doch bitte, sie möchten darauf achten. Solange wir nicht genau wissen, wer die Entführer sind und welche Forderungen sie stellen, haben wir der Presse, sollte sie denn irgendwann an unsere Tür klopfen, nichts zu sagen. Also bitte …« Robert Suckfülls Blick wanderte zu Lagerfeld und blieb schwer und bedeutungsschwanger an ihm kleben. »Versuchen wir doch, so verschwiegen und seriös wie möglich zu erscheinen, und halten wir uns vor allem«, sein Blick wurde noch ein paar Pfund schwerer, »an die Dienstvorschriften, auch wenn das einigen hier in meiner Obhut manchmal Probleme bereitet.« Als er gewahr wurde, dass Lagerfeld und Huppendorfer aufmerksam geworden waren und zu ihnen herübersahen, ergänzte er: »Ich weiß, mein lieber Schmitt, Sie können das. In Ihrem tiefsten Inneren wollen Sie sich ja benehmen, auch wenn es immer so viele andere Optionen gibt. Denken Sie stets daran, mein lieber Schmitt, dass man es nicht bereuen muss, wenn man einen guten ersten Eindruck hinterlässt, auch wenn man den vielleicht nicht aufrechterhalten kann. Ansonsten wünsche ich Ihnen, meinen Untergebenen, viel Erfolg, Mut und Kraft, und vergessen Sie nicht, wenn einem das Wasser bis zum Halse steht, sollte man den Kopf nicht hängen lassen.« Mit den abschließenden Worten »Mein lieber Franz, die Dienststelle gehört Ihnen« klopfte er Haderlein auf die Schulter und verließ seine andächtig lauschende Mannschaft in Richtung seines gläsernen Büros.

Franz Haderlein musste sich nach diesem Wort zum Sonntag erst einmal wieder sammeln und seine Gedanken sortieren. Bevor er aber seinen verloren gegangenen Gesprächsfaden wiederfand, hatte der Kollege Huppendorfer eine Idee.

»KI«, rief César laut und schlug ob der von ihm angenommenen Vortrefflichkeit seines Gedankens begeistert mit der Handfläche auf seinen Schreibtisch. »Wie wäre es, wenn wir diesen Film einmal professionell untersuchen lassen? Ich meine, wir leben schließlich im Zeitalter der künstlichen Intelligenz. Vielleicht findet ja irgend so ein Algorithmus heraus, wo dieser Strand ist.«

Alle blickten Huppendorfer sprachlos an, denn die Logik seines Vorschlags war nicht von der Hand zu weisen. Erst letzte Woche hatte es eine Rundmail vom Bundeskriminalamt zu dem Thema gegeben, in der dazu aufgerufen wurde, sich stärker mit der Thematik KI und deren Nutzung zu beschäftigen. In den USA oder Großbritannien zum Beispiel war der Einsatz von KI-Systemen in der Polizeiarbeit längst Standard. Insbesondere das »Predictive Policing«, die vorbeugende Datenanalyse, ermöglichte die Erkennung möglicher Kriminalitätsschwerpunkte, auffälliger Aktivitäten oder die Erkennung von Mustern, sodass Einsatzkräfte gezielt unterstützt werden konnten. In Deutschland kam KI nur in Teilen im Bereich der Strafverfolgung und der Gefahrenabwehr zum Einsatz, etwa bei der Auswertung von Kinderpornografie, intelligenter Videoüberwachung von öffentlichen Räumen oder der Schuhspurenanalyse. Trotzdem entbehrte Huppendorfers Vorschlag nicht eines gewissen Charmes, dem sich selbst Haderlein, der mit Computern eher auf Kriegsfuß stand, nicht entziehen konnte. Normalerweise lehnte er in seinem Leben ab, was er nicht verstand. Aber in diesem Fall kam er zu der Einsicht, dass Huppendorfer vielleicht recht haben könnte, da der Heuhaufen, in dem sie die Nadel dieses Strandes suchen mussten, doch außerordentlich groß war.

»Ich finde, César hat recht«, pflichtete Lagerfeld seinem Kollegen bei und setzte zu weiteren Erläuterungen an, was bei seinem ältesten Kommissarskollegen sofort ein leichtes Bauchgrimmen auslöste.

Sinnstiftende Vorschläge ja, aber bitte keine weiteren Ansätze zur Namensgebung von Sonderkommissionen, dachte Haderlein und hob mahnend den Finger.

»Bernd, bitte reiß dich zusammen, ja? Die Tragik deines Lebens besteht darin, dass du theoretisch weißt, wann du besser nichts sagen solltest – aber dann höre ich dich reden«, erklärte er streng.

Lagerfeld blickte indigniert in die Runde. Was war denn heute bloß los? Erst Fidibus und jetzt auch noch Franz? Na gut, dann würde er diesen Bedenkenträgern mal seinen geballten Sachverstand um die Ohren wickeln.

»In Ordnung, dann eben ausnahmsweise ganz seriös«, kündigte er an. »Mit künstlicher Intelligenz, sprich: spezieller Software führt ja zum Beispiel das Landeskriminalamt Bild- und Videoauswertungen nach bestimmten Inhalten wie Waffen oder Drogen durch. Bei Serverdaten im Terabyte-

Bereich, wie sie damals in unserem russischen Cyberbunker-Verfahren in den Eberner Katakomben angefallen sind, lassen sich so locker Wochen an Arbeit einsparen. Einfach, indem die künstliche Intelligenz statistische Methoden und Analyse-Algorithmen auf bereits vorliegende Informationen anwendet. Diese Technik ist somit prädestiniert für unsere Sache. Angenommen, jeder verfickte Strand auf dieser Welt ist mit all seinen speziellen Daten, was weiß denn ich, Farbe, Breite, Länge, Sandkorngröße, in einer Datenbank gespeichert, dann kann eine Software mit ihren Algorithmen arbeiten und den einen, bestimmten finden.«

Beifallheischend blickte Lagerfeld sich um, und tatsächlich schien sein Wissen auf diesem Gebiet auf fruchtbaren Boden zu fallen. César Huppendorfer nickte eifrig, und Kira, die ja selbst nicht gerade unwissend auf diesem Gebiet war, sprang ihm argumentativ zur Seite.

»Wenn künstliche Intelligenz also unseren Strand finden könnte, und das auch noch zeitnah, dann lasst es uns wenigstens versuchen. Im Übrigen, da uns dieser Brosst explizit seine Hilfe angeboten hat, sollten wir die Möglichkeiten auch nutzen, die sich uns dadurch bieten. Bei Brosst in Bamberg haben sie doch dieses große Rechenzentrum. Vielleicht sollten wir denen einmal unser Filmchen vorbeibringen. Ich meine, genau das hat uns der Seniorchef angeboten, die Ressourcen der Firma zu nutzen, oder etwa nicht?« Kira Sünkel beendete ihre Unterstützungsrede, und Lagerfeld schmachtete sie jetzt regelrecht an.

»Was für eine Frau.«

Franz Haderlein sah die ganze Sache etwas nüchterner. Er überlegte nur kurz, dann beschloss er, den Tagesplan kurzerhand zu ändern. »Also gut, dann machen wir das so. Wir anderen machen weiter wie besprochen, aber du, Bernd, kriegst eine Sonderaufgabe. Anstatt hier mit César Büroarbeit zu verrichten, fährst du zu Brosst und lässt in deren Rechenzentrum dieses Filmchen überprüfen. Um ehrlich zu sein, ich habe keine Ahnung von künstlicher Intelligenz und ihrer Funktion. Aber ich verlasse mich einfach mal auf eure Expertise, ihr scheint ja mehr Kenntnis von der Materie zu haben als ich. Aber …« Er erhob mahnend den Zeigefinger. »Bernd, du machst denen dort bitte unmissverständlich klar, dass sie den Inhalt des Films gefälligst mit Diskretion zu behandeln haben, verstanden? Du hast unseren Chef gehört, in dieser Angelegenheit herrscht absolute Schweigepflicht, klar? Ich möchte morgen nicht in meiner geliebten Heimatzeitung lesen ›CEO von Brosst in die Südsee entführt‹ oder etwas in der Art.«

Lagerfeld grinste einmal breit, dann griff er sich seine Jacke und hatte die guten Vorsätze von wegen guter erster Eindruck und so weiter, die ihm Fidibus nahegelegt hatte, bereits wieder vergessen. »Is klar, Franz, hab schon verstanden. Is ja eine Delikatesse, die ganze Angelegenheit«, meinte er schnippisch, dann machte er sich auf den Weg.

Schwer atmend kniete er im Gras und hielt sich mit einer Hand die klaffende Wunde, die dieser Jüngling mit dem Holzscheit in seine Kopfhaut geschlagen hatte. Zum ersten Mal in seinem Leben war ihm jemand über den Weg gelaufen, der ihm körperlich mindestens ebenbürtig war. Er war am Ende seiner Kraft, benommen von diesem brutalen Treffer, den er abbekommen hatte, und blutete wie ein Schwein. Ein paar Sekunden verstrichen, bevor er wieder einigermaßen klar denken konnte. Alles in ihm schrie: Weg hier und die Frau mitnehmen. Dieses Haus wurde ihm langsam zu heiß, und damit war nicht die Temperatur im Garten gemeint. Der Typ, der jetzt bewusstlos im Gras lag, war zwar ein potenzieller Zeuge, ging ihm aber gerade am Arsch vorbei, denn er hatte sein Gesicht während ihres Kampfes nicht sehen können, also wäre er später auch nicht in der Lage, eine Beschreibung von ihm abzugeben. Da war das Kind, das ihn gesehen hatte, eine viel größere Gefahr. Es wurde Zeit, dass er von hier verschwand, bevor sich noch weitere Mitmenschen bemüßigt fühlten, dieses Haus zu besuchen.

Er erhob sich ein wenig zu schnell, was bei ihm prompt einen kurzen Schwindelanfall auslöste, aber er konnte sich mit einiger Mühe stabilisieren. Er musste allerdings noch mehrmals tief durchatmen und sich konzentrieren, ehe er die Frau in einen seiner schwarzen Säcke packen konnte, und auch das Hochheben war ihm schon mal leichter gefallen. Trotzdem schaffte er es, das schwarze Paket auf seine Schulter zu wuchten und Richtung Ausgang zu tragen. Der Weg durch den Garten und den langen Hausflur schien kein Ende zu nehmen. Ihm war immer noch schwindelig, und die freie Hand musste er auf die blutende Wunde pressen, da ihm ansonsten andauernd das Blut in die Augen lief.

Er hatte die Haustür fast erreicht, als auf einmal jemand im Eingang auftauchte. Es war der Junge. Der kleine Junge, der ihn schon einmal bei seinem Tun beobachtet hatte. Wieder schaute ihm dieses Kind direkt ins Gesicht. Geistesgegenwärtig versuchte er, nach dem Kleinen zu greifen, und er erwischte ihn sogar mit den Fingern am Kragen seines T-Shirts, aber leider nur kurz, dann wand sich der Junge unter ihm weg, machte kehrt und rannte davon. Diesmal definitiv nach draußen.

In jeder anderen Situation hätte er den Sack Sack sein lassen und sich den kleinen Dreckskerl geschnappt, aber zu einer wilden Verfolgungsjagd zu Fuß war er nun wirklich nicht mehr in der Lage. Also zog er seine Baseballkappe aus der Hosentasche und stülpte sie sich unter schmerzvollem Stöhnen über den Kopf. Ohne diese Kappe ging er nicht aus dem Haus. Erstens half sie sehr effektiv dabei, nicht so schnell erkannt zu werden, und zweitens hoffte er, dass die Mütze die Blutung am Kopf stoppen würde. Schließlich setzte er noch die obligatorische Sonnenbrille auf, und dann ab zum Auto.

Am Transporter angelangt, schmiss er auch den zweiten schwarzen Sack in den Laderaum seines Kastenwagens, dann öffnete er die Reißverschlüsse und drückte den beiden noch einmal einen frisch beträufelten Lappen mit Betäubungsmittel aufs Gesicht. Das Chloroform wirkte maximal zwanzig Minuten, und dem Risiko eines randalierenden Passagiers während der Fahrt konnte und wollte er sich nicht aussetzen. Dann setzte er sich hinter das Steuer und schloss die Fahrertür. Einen Moment lang überlegte er, ob er nicht doch noch einmal in den Garten zurückkehren und den bewusstlosen Kerl dort mit einem der Holzscheite einfach erschlagen sollte. Aber er verwarf diesen Gedanken sofort wieder, denn wenn der womöglich aufwachte, war er ihm in seinem jetzigen Zustand ganz sicher nicht mehr gewachsen. Also war es wohl am besten, einfach nach Hause zu fahren und die ganze Angelegenheit erst einmal auf sich beruhen zu lassen. Um den kleinen Zeugen würde er sich ein andermal kümmern müssen.

Er startete den Motor seines Kastenwagens und fuhr wütend, dazu noch reichlich angeschlagen, aus der kleinen Gasse. Wenig später hatte er die kleine Ortschaft Watzendorf im Coburger Land hinter sich gelassen und schlug den Weg zurück zu seiner Ausgangsbasis ein. Wenn er dem heutigen Tag noch etwas Positives abgewinnen konnte, dann war das der Umstand, dass er jetzt alle beisammenhatte, die er haben wollte. So gesehen war eigentlich alles nach Plan verlaufen, und sein großes Projekt, die Verkündung der Botschaft, konnte beginnen. Allerdings würde er wohl oder übel eines seiner Prinzipien über Bord werfen müssen, nämlich das, Kinder bei seinem Vorhaben komplett aus dem Spiel zu lassen. Für den Zwerg machte er eine Ausnahme, und noch dazu würde er etwas weit Wirkungsvolleres einsetzen als bloße Muskelkraft.

Obwohl ihm immer noch der Kopf schmerzte und das Blut auf seine Hose tropfte, schlich sich ein dünnes, energisches Lächeln auf sein Gesicht.

Teil 2

Die Botschaft

Kojote Karl

Das Don Bosco Jugendwerk Bamberg, eine Einrichtung der weltweit tätigen katholischen Ordensgemeinschaft der Salesianer Don Boscos, war darauf ausgerichtet, junge Menschen auf ihrem Lebensweg ganzheitlich zu fördern und zu begleiten. Dazu gab es verschiedene Einrichtungsbereiche: ambulante Dienste, teilstationäre und stationäre Angebote, die organisatorisch und inhaltlich zusammenarbeiteten, um die fachlichen, materiellen und räumlichen Ressourcen auf den Hilfsbedarf des jeweiligen Kindes abzustimmen. Die Leistungen des Jugendwerks reichten von Hilfen zur Erziehung über Tagesstätten und Schulen bis hin zur Inobhutnahme von Kindern und Jugendlichen in akuten Krisen oder Notsituationen.

Egidius Hartmann war schon seit vielen Jahren der Leiter der beiden Kinder- und Jugendeinrichtungen Canisiusheim und Josefsheim, von denen das Josefsheim jedoch immer eine hervorgehobene Rolle eingenommen hatte. Vor allem bei Kindern, die als Problemfälle angesehen werden mussten, war das Josefsheim in Bamberg die erste, weil beste Adresse. Auf verschiedenste Weise traumatisierte Kinder fanden hier einen sicheren Ort, an dem sie zur Ruhe kommen konnten und ein stabiles Beziehungsnetz vorfanden, das ihnen Orientierung, Hilfen und Raum für persönliche Entwicklung bot. So war es auch mit Aleks gewesen, der als ukrainisches Kind ohne Erwachsenenbegleitung auf einem langen Irrweg aus der Ukraine nach Deutschland gekommen und schließlich im Josefsheim in Bamberg gelandet war. Seine Eltern waren seiner Aussage zufolge während der Flucht von russischen Soldaten erschossen worden. Er selbst hatte sich wohl durch einen Zufall anderen Flüchtlingen anschließen können. Wie er es letztendlich genau geschafft hatte, den vorrückenden russischen Truppen zu entkommen, hatte Aleks nie erzählt, da schwieg er sich beharrlich aus. Aber das war auch nicht der Don-Bosco-Ansatz, dass ein Kind wie Aleks sich sofort für alles und jeden öffnen sollte, das war nicht das Ziel. Vielmehr beabsichtigten sie mit ihrer Arbeit, dem Jungen wieder Sicherheit und Vertrauen ins Leben zu vermitteln, und das hatte bisher auch ganz gut geklappt. Aleks fühlte sich sehr wohl im Josefsheim, hatte auch ziemlich schnell und gut die deutsche Sprache gelernt. Außerdem hatte sich inzwischen herausgestellt, dass er ein ziemlich cleveres Kerlchen war, den meisten seiner Altersgenossen intellektuell weit voraus. Und jetzt hatten sie das Experiment gewagt, Aleks tageweise bei einer Familie unterzubringen, die sich als richtige Pateneltern seiner annehmen wollten. Mit positivem Ergebnis, jedenfalls bis heute Morgen, als Aleks nicht im Heim erschienen war.

Egidius Hartmann hatte schon mehrfach versucht, Aleks' Pateneltern zu erreichen, aber es ging niemand ans Telefon. Die Kehls waren kinderlos und hatten den Jungen im letzten halben Jahr schon öfter zu sich genommen, jetzt in den Pfingstferien sogar mehrere Tage hintereinander. Sonst hatten sie ihn jedes Mal zuverlässig wiedergebracht. Sie hatten nicht zum ersten Mal die Patenschaft für ein Kind übernommen, kannten also die Regeln, an die sich alle zu halten hatten. Egidius Hartmann hielt die Kehls auch für absolut vertrauenswürdig. Aber wenn ein Kind überfällig war, dann schrillten bei ihm sofort die Alarmglocken. Dazu hatte er in diesem Job schon zu viel erlebt. Familientragödien, Krankheitsfälle und Straftaten bis hin zur Kindesentführung.

Genervt blickte er auf seine Armbanduhr, dann auf seinen »Terminator«, wie er seinen Terminkalender gerne scherzhaft nannte. Um zehn hätte Aleks zurück sein sollen. Das war jetzt schon eine Stunde her, und nach den Regeln des Gesetzes hätte er streng genommen bereits die Polizei informieren müssen. Er hatte heute eigentlich keine Zeit, um sich um so etwas zu kümmern, doch im Heim war gerade niemand verfügbar, den er nach Watzendorf schicken könnte, um nach Aleks' Verbleib zu fragen. Und den Kehls ohne ein persönliches Wort die Polizei ins Haus zu schicken, das brachte er dann doch nicht übers Herz, Vorschriften hin oder her.

Also gut, dann blieb es wieder einmal an ihm hängen, nach einem abgängigen Kind zu suchen. Er tätigte noch zwei dringende Telefonate, dann verließ er sein klimatisiertes Büro, um sich in die mörderische Hitze des Tages zu begeben und nach Watzendorf zu fahren, wo er den Jungen hoffentlich wohlbehalten samt einer plausiblen Erklärung antreffen würde. Einmal Idealist, immer Idealist.

Egidius Hartmann hatte kein wirklich gutes Gefühl, als er am Ortsschild von Watzendorf vorbeifuhr, und bisher hatte er sich noch immer ziemlich gut auf seine Intuition verlassen können. Wenig später parkte er seinen VW Bus am Grundstück der Familie Kehl und stieg aus. Auf den ersten Blick schien alles in Ordnung zu sein. Der etwas verdellte grüne Fiat der Kehls parkte wie immer am Straßenrand, anscheinend waren die Kehls also sogar zu Hause. Hatten sie einfach verschlafen, oder was?

Als er die kleine Gasse betrat, die zum Haupteingang führte, sah er oben im Gebälk der benachbarten Kirche einige Handwerker, die das Dach des alten Gebäudes reparierten. Nun, das war auch nicht gerade ein Beruf, den er bei solchen Temperaturen unbedingt ausüben wollte, da war er für sein Studium der Sozialpädagogik einigermaßen dankbar.

Als er vor der Haustür stand, drückte er die Klingel und wartete. Jedoch vergebens, nichts rührte sich im Inneren des Hauses. Probehalber betätigte er die eiserne Klinke, allerdings ohne große Hoffnung, dadurch etwas erreichen zu können. Moderne Haustüren hatten ja keine Klinken an der Außenseite, dieses alte Prachtstück allerdings schon. Zu seiner Überraschung schwang die Haustür nach innen auf, sie war nicht abgeschlossen. Ein Hoch auf das fränkische Fachwerkhaus.

»Hallo, ist jemand zu Hause?«, rief Egidius Hartmann

laut in den langen Flur, doch sein Ruf verhallte ungehört, auch nachdem er ihn mehrfach wiederholt hatte. Sein ungutes Bauchgefühl verstärkte sich massiv, und er trat kurz entschlossen in den Hausflur, blieb jedoch nach nur wenigen Schritten abrupt stehen. Auf den Bodenfliesen waren ganz eindeutig Blutspuren, die teilweise verwischt worden waren. Das gleiche Bild an der linken Wand, auf der sogar der blutrote Abdruck einer menschlichen Hand zu erkennen war.

Der Leiter des Bamberger Josefsheims zögerte jetzt nicht länger, sondern griff zum Mobiltelefon. Das hier lag außerhalb seines Zuständigkeitsbereiches, das war ein Fall für die Polizei. Und zwar nicht für die Streife, hier musste die Kripo ran, so viel war ihm klar. Er hatte kraft seines Amtes ein paar Kontakte bei der Polizei, die im Handy gespeichert waren, und eine dieser sehr speziellen Nummern rief er jetzt an.

Kriminalhauptkommissar Franz Haderlein wollte sich gerade mit Kira nach Coburg aufmachen, um endlich offiziell und ohne gebremsten Schaum die Ermittlungen in der Causa CEO Schultheiß aufzunehmen, als Honeypenny wild fuchtelnd auf den Telefonhörer deutete, den sie in der Hand hielt.

»Dringender Anruf vom Josefsheim«, erklärte sie und drückte Haderlein energisch den Telefonhörer in die Hand. Und niemand, nicht einmal Haderlein, konnte Marina Hoffmann widersprechen, wenn sie energisch unterwegs war.

Also legte sich der Kommissar das Telefon ans Ohr und vernahm eine bekannte Stimme. Es war Egidius Hartmann, der Leiter des Josefsheims in Bamberg, in dem es in den vergangenen Jahren schon den einen oder anderen Fall für die Kriminalpolizei zu regeln gegeben hatte. Dieses Mal war die Sache aber anscheinend anders gelagert, denn Hartmann vermutete eine Gewalttat im Haus von Pateneltern, dort sei überall Blut. Die Bewohner waren außerdem verschwunden, ein Zögling aus dem Josefsheim inklusive.

Schon wieder waren Menschen verschwunden, allerdings

in einem gänzlich anderen Zusammenhang. Da er Egidius Hartmann für einen äußerst seriösen Menschen hielt, fackelte Franz Haderlein nicht lang. Der Leiter des Josefsheimes war zwar ein fröhlicher Zeitgenosse, in solcherlei Dingen beliebte er allerdings nicht zu scherzen. Das hieß für Haderlein nun aber, eine zusätzliche Tagesaufgabe bewältigen zu müssen. Nachdem er aufgelegt hatte, übertrug er den Vermisstenfall in Watzendorf notgedrungen seiner neuen Mitarbeiterin, da Lagerfeld und César ja bereits anderweitig verplant waren. Normalerweise hätte er ihr aufgetragen, Presssack oder die Riemenschneiderin mitzunehmen, aber Haderlein hatte schon bemerkt, dass Tiere und Kira Sünkel nicht so recht zusammenpassen wollten. Wenn er oder Bernd dabei war, funktionierte das mit den beiden Ermittlerferkeln ganz wunderbar. In der trauten Zweisamkeit von Ferkel und Kira fehlte es jedoch irgendwie an Empathie. Aber bitte, vielleicht war das in Watzendorf auch gar nicht nötig, dafür beorderte er lieber einmal die Spurensicherung dorthin, mit denen kam Kira weitaus besser klar.

Was die Ermittlerschweine anging, war heute der kleine Presssack im Dienst, was im Grunde nichts anderes bedeutete, als dass der Nachwuchsermittler in Ausbildung den ganzen Tag von Honeypenny mit Kartoffeln und Apfelstücken versorgt wurde. Riemenschneider befand sich bei ihren restlichen Kindern auf dem Ebensfelder Bauernhof von Bauer Sporath, wo sie und ihr Nachwuchs im Schatten eines Apfelbaumes der Hitze entgingen. Dort wurde es allerdings dieser Tage ziemlich eng, denn die Riemenschneiderkinder waren nahezu ausgewachsen und hatten eine ihrer Mutter ebenbürtige Größe erreicht. Das Geschwisterchen Presssack vermisste dort keiner, denn bei dessen Leibesfülle hätte man glatt einen kompletten zweiten Baum gebraucht, um mit allen Geschwisterkindern im Schatten zu liegen.

Wie dem auch sei, Haderlein beschloss, den Auszubildenden Presssack von der Hausarbeit zu befreien und auf eine

Dienstreise nach Coburg zu verpflichten. Kira musste wohl oder übel allein nach Watzendorf fahren und sich die Geschichte dort anschauen, auch wenn Watzendorf ja im Prinzip auf Haderleins Weg, nämlich direkt an der Strecke nach Coburg, lag. Doch es galt, keine Zeit zu verlieren.

Kira trug die Planänderung mit Fassung, Presssack mit Leine, sodass sich wenig später zwei Autos auf den fast gleichen Weg machten.

Haderlein parkte dieses Mal außerhalb des Grundstücks, direkt am Festungsberg, denn im Hof waren zwei Mitarbeiter der Spurensicherung damit beschäftigt, im Kies nach irgendwelchen Hinweisen zum Hergang der Entführung zu suchen. Da wäre eine Durchfahrt im Land Rover doch einigermaßen hinderlich gewesen. Dem ersten Eindruck nach verrichteten die beiden Kollegen da eine ziemlich stupide Aufgabe, bei der Menge Kies. Am liebsten hätte er den Spurensicherern Presssack beziehungsweise dessen Leine in die Hand gedrückt, um die Sache etwas zu beschleunigen, aber sein Azubi hatte vorher noch Aufgaben im Haus zu erledigen, bei denen er ja vielleicht etwas weit Wichtigeres finden konnte als beispielsweise ein weggeworfenes Papiertaschentuch im Hof. Also ging Haderlein samt Schwein an den Kriminaltechnikern vorbei zur Haustür und klingelte. Die Eile war nicht nur seinem Pflichtbewusstsein geschuldet, sondern ganz gewiss auch der Hitze in diesem gekiesten Hof, die ja fast nicht zum Aushalten war. Jedenfalls beneidete er die Männer von der Spurensicherung im Moment nicht gerade um ihren Job, wirklich nicht.

Zu seiner großen Erleichterung wurde die Tür der Villa schon nach kurzer Zeit von der Hausherrin geöffnet, die allerdings etwas angeschlagen wirkte. Obwohl bereits Mittag war, trug Jeanette Kasiske immer noch ihren Pyjama, außerdem schwenkte lässig ein Sektglas in der linken Hand, in dem sich nach Haderleins Vermutung ein Aperol Spritz oder etwas Ähnliches befand. Jedenfalls wirkte die junge Dame nicht mehr sehr standfest, und auch ihre Artikulationsfähigkeit ließ nach Haderleins Auffassung doch einiges zu wünschen übrig.

»Allo, liebe Polisei, immer herein in die gute Sube«, beschied sie ihn, wobei sich ihre Zunge mehrmals verhedderte.

Als sie eingetreten waren, warf Jeanette Kasiske die Tür mit einer nicht mehr ganz so eleganten Handbewegung ins Schloss, ehe sie nach unten blickte und Presssack entdeckte.

»Wassn das? Solln der Scheiß?«, würgte sie einigermaßen benebelt hervor und starrte das kleine Ferkel, das irritiert zu der großen Frau vor seinem Rüssel hochsah, vorwurfsvoll an.

Haderlein war mindestens so irritiert wie Presssack, denn damit hatte er nun wirklich nicht gerechnet, dass die gute Frau so dermaßen die Fassung verlor. Das schränkte seine Möglichkeiten natürlich erheblich ein, um es einmal vorsichtig auszudrücken. Spontan entschloss sich der Kommissar dazu, die Befragung für heute besser hintenanzustellen und sich stattdessen auf die Spurensuche zu konzentrieren. »Das ist ein polizeilicher Mitarbeiter, und keine Sorge, Presssack ist stubenrein«, rechtfertigte Haderlein die Anwesenheit des kleinen Schweines, was bei Kasiske aber nur bedingt verfing.

»Das isn Polsist?«, lallte Jeanette Kasiske amüsiert und hob ihr halb leeres Sektglas, als wollte sie einen Toast ausbringen. »Na dann, du Polisist, seh su, dass du mir nicht die Bude vollscheißt«, trompetete sie und lachte einmal schrill auf, bevor sie den Inhalt ihres Glases in einem Zug austrank.

Presssack schaute fragend zu seinem Herrchen, der ihm aber auch nicht weiterhelfen konnte, da er der ganzen Situation selbst ziemlich ratlos vis-à-vis stand. Das Nervenkostüm der guten Frau schien so richtig parterre zu sein, was einen angesichts der Entführung ihres Lebensgefährten ja auch nicht weiter verwundern musste. Dazu noch der Druck vonseiten der Polizei und bestimmt auch der Firma Brosst, das musste frau erst einmal verkraften.

»Und, sson was gehört vom liebn Flipp?«, erkundigte sich die Dame des Hauses betont lässig, was bei Haderlein aber eher so rüberkam, als ob Jeanette Kasiske kurz vor einem Nervenzusammenbruch stand.

Obwohl die Erfolgsaussichten eher gering erschienen, bat Haderlein Jeanette Kasiske nun doch um ein Gespräch – und darum, es im Sitzen durchzuführen, weshalb sie wenig später wieder im teuren weißen Lederfauteuil im Wohnzimmer saßen.

»Der Polisist nicht!«, ordnete Kasiske an und deutete mit ihrem Sektglas auf Presssack, der sich denn auch brav neben das Sofa auf seinen Hosenboden setzte.

»Frau Kasiske. Ich weiß, die Situation ist sehr belastend, und es ist auch sehr schwer, mit dem psychischen Druck umzugehen. Trotzdem würde ich Ihnen gerne ein paar Fragen stellen, wenn es Ihnen nichts ausmacht«, näherte sich der Kommissar vorsichtig seinem Anliegen.

Jeanette Kasiske rollte übertrieben mit den Augen, betrachtete wehmütig das leere Sektglas und stellte es schließlich resigniert auf den gläsernen Couchtisch. Dann ließ sie sich demonstrativ nach hinten ins Polster des Sofas fallen und starrte Presssack drohend an.

»Also gut«, begann Haderlein, »diese Produktionsfirma, die kurz vor dem Verschwinden Ihres Freundes im Haus war, gibt es da eine Adresse, eine Anschrift oder wenigstens eine Telefonnummer?«

Der Blick der Hausherrin verfinsterte sich signifikant. »Glar gibs die, aber da mussichja aufstehn«, gab Jeanette Kasiske missmutig von sich. Dann schien ihr eine Möglichkeit einzufallen, wie sich eine unangenehme Ortsveränderung vermeiden ließ, dann wieder nicht. »Warten Sie, New Media hießen die, glaub ich, hat Flipp gesachd, New Media aus Forchheim. Finnen Sie im Innernet, gar kein Bolem«, lallte sie. »Aber ich hol Ihnen die Karte, lieecht aufm Schrank«, erklärte sie nun doch einigermaßen entschlossen. Sie erhob sich, steuerte zielstrebig eine Kommode an, von der sie etwas herunternahm, und kam zu ihm zurück. »Bidde schön.« Sie überreichte Haderlein feierlich eine Visitenkarte, ehe sie nach ein paar unbeholfenen Sidesteps mit einem lauten Schnaufer wieder im Sofa landete.

Franz Haderlein steckte die Karte kommentarlos ein und schob sofort die nächste Frage nach, bevor die unerwartete Auskunftsfreudigkeit der Hausherrin womöglich abebbte. »Sehr schön, Frau Kasiske, herzlichen Dank. Und gibt es im Haus vielleicht noch weitere Überwachungskameras, am besten an der Hausaußenseite, auf denen man die Vorgänge im Hof oder vor dem Tor sehen könnte?«

Hoffnungsvoll schaute er Kasiske an, aber die schüttelte den Kopf. »Kameras ja, sinaber kaputt, vollommen kaputt, seit einer Woche schon. Pech gehabt«, meinte sie mit einem Schulterzucken und brach in ein wildes Kichern aus, das schier nicht enden wollte.

»Entschuldigung, eine Frage hätte ich noch«, warf Franz Haderlein ein, um den humoristischen Anfall der Frau zu beenden, allerdings mit eher mäßigem Erfolg. Das Kichern ebbte zwar tatsächlich ab, bis nichts mehr zu hören war, dafür schien sich Jeanette Kasiske endgültig verabschiedet zu haben. Ein leises Schnarchen zeigte Haderlein an, dass die Freundin des entführten CEOs von Brosst Mechatronics eingeschlafen war. Haderlein rief noch mehrmals ihren Namen, aber da war nichts mehr zu machen. Fragend betrachtete er seinen schweinischen Mitarbeiter, der mindestens genauso fragend zurückblickte. Eigentlich ging es ja immer zur Arbeit, wenn er mit einem Kommissar aus der Dienststelle unterwegs war, aber das hier bei dieser Frau auf dem weißen Sofa hatte Presssacks Meinung nach nicht viel mit Arbeit zu tun, jedenfalls mit keiner, die er bisher verrichtet hatte. Positiv an dem ganzen Ausflug war bislang lediglich die angenehme Raumtemperatur in diesem Haus, draußen war es wesentlich unangenehmer.

»Also gut, mein Kleiner, dann müssen wir halt improvisieren«, meinte Haderlein und steckte seinen Notizblock in die Jackentasche zurück. Er stand auf und schaute sich im

Wohnzimmer um. Das, was er suchte, war hier aber nicht zu entdecken, also nahm er Presssacks Leine und ging mit ihm zurück in Richtung des Hauseingangs, wo er dann auch tatsächlich fündig wurde. An einer ziemlich teuer aussehenden Designergarderobe hingen diverse Kleidungsstücke, darunter ein dünnes Leinenhemd, das definitiv in einer Männergröße gefertigt worden war. Vielleicht hatte Philipp Schultheiß es hierhin gehängt, weil er sich für die Homestory hatte umziehen müssen, letztendlich war der Grund aber egal, Hauptsache, es erfüllte seinen Zweck.

Franz Haderlein nahm das Hemd und hielt es Presssack direkt vor die Nase. »Such, Presssack, such«, forderte er das Ferkel auf, und sogleich schaltete sein Auszubildender in den Arbeitsmodus, den er die ganze Zeit schon schmerzlich vermisst hatte. Er presste seine kleine, feuchte Nase auf die kühlen Fliesen des Eingangsbereichs und sog vernehmbar die Umgebungsluft ein. Sein Herrchen des heutigen Tages öffnete die Tür, und sofort schwallte die aufgeheizte Luft von draußen herein, um sich des heruntergekühlten Innenraumes zu bemächtigen. Presssacks Rüssel beziehungsweise dessen hochsensibler Innenraum hatte schon längst die Geruchsstoffe herausextrahiert, die mit denen des Leinenhemdes geruchstechnisch kollaborierten. Und diese Botschaften der olfaktorischen Art sagten ihm, dass er den angenehm kühlen Innenraum, in dem er sich jetzt noch aufhielt, leider verlassen musste, um der Duftspur zu folgen, die eindeutig in den heißen gekiesten Hof hinauswies. Also lief er los, die Leine spannte sich, und Franz Haderlein zog die Haustür der Villa hinter sich zu.

Für Kira Sünkel war dies der allererste Einsatz bei der Bamberger Kriminalpolizei, bei dem sie alleinverantwortlich unterwegs war. Bisher war immer einer der Kollegen dabei gewesen, da sie ja noch so etwas Ähnlichem wie einer Probezeit unterlag. Sie vermutete, dass Franz sie nun vornehmlich aufgrund der plötzlichen Personalnot zur vollwertigen Kommissarin befördert hatte, allerdings hatte sie in dem halben Jahr, das sie inzwischen bei der Bamberger Kripo arbeitete, hinlänglich bewiesen, dass ihre Bundeswehrzeit sie für diesen Job hier ziemlich gut vorbereitet hatte. Wenn sie im Moment noch Stolpersteine sah, dann waren die eher privater Natur und hatten hauptsächlich mit dem Kollegen Schmitt zu tun. Eigentlich wollte sie sich in diesem Leben nicht mehr dauerhaft an einen Mann binden, aber dieser hier ließ einfach nicht locker und war dazu auch noch ziemlich überzeugend. Vielleicht nicht in jeder Hinsicht, jedoch in so manchem sehr wichtigen Punkt. Trotzdem würde sie fürs Erste nicht damit aufhören, nach seinen Schwachstellen zu fahnden, denn einen Mann, der ihrem komplexen Anforderungsgefüge genügte, den gab es ihrer Meinung nach gar nicht. Entsprechend hielt sie es für besser, wenn sie diese Beziehung auf Probe, so ließ sich ihr derzeitiges Verhältnis Kiras Meinung nach am besten beschreiben, noch nicht an die große Glocke hängten. Und sollte sich der Kollege Schmitt berufen fühlen, ihre amouröse Verbindung irgendwie öffentlich zu machen, wäre der ganze Spaß sofort vorbei, das hatte sie ihm gegenüber auch so kommuniziert.

Mit diesen Überlegungen beschäftigt, bog sie von der Hauptstraße ab und folgte der Beschilderung nach Watzendorf, einem Ort, von dem Kira Sünkel vor einer Stunde zum ersten Mal gehört hatte. Als sie das Ortsschild passiert hatte und wenig später die Kirche in der Dorfmitte erreichte, erkannte sie, dass sie hier in den Tiefen der fränkischen Pampa angelangt war. Wenn auch in einer sehr schönen. Egal, wohin sie schaute, massenweise Gegend, sonst nichts. Natürlich hatte sie sich vor ihrer Abfahrt in Bamberg noch kurz über diesen Ort schlaugemacht, das tat sie immer, wenn sie irgendwo neu war. Und viel neuer als hier ging es ja kaum.

Vor vielen Jahrhunderten hatten die Dörfer Gossenberg, Neuses a. d. Eichen und Watzendorf hier gönnerhaft Kaiser und Tross mit Speis und Trank versorgt. Aus Dankbarkeit soll ihnen der Kaiser dafür die eigene Gerichtsbarkeit zugebilligt haben. Dieses Recht wurde von den drei nunmehr als »Eigensdörfern« bezeichneten Ortschaften auf der damals noch heideähnlichen Fläche Thiereller bei Watzendorf, auf dem sogenannten Gerichtshügel, ausgeübt und auch direkt vollzogen. Sollte beispielsweise ein Verurteilter mit dem Tode bestraft werden, musste der jüngste Ehemann aus den drei Gemeinden die Stelle des Nachrichters versehen und den von den Gerichtsschöppen getanen Ausspruch an dem Verurteilten vollziehen. Er empfing ein Paar neue Handschuhe, zog sie an, erledigte seine blutige Tat und befreite sich von seiner Blutschuld, indem er die Handschuhe wieder auszog und von sich warf. Im Jahr 1337 schenkte Kaiser Ludwig der Bayer dem Kloster Langheim bei Lichtenfels alle Rechte des Reiches an den drei Eigensdörfern. Spätestens damals musste deren gerichtliche Selbstständigkeit aufgehört haben. Nach der Säkularisation gehörten die drei Dörfer Gossenberg, Neuses a. d. Eichen und Watzendorf ab 1803 zu Sachsen-Coburg, zunächst als selbstständige Gemeinden des Landkreises Coburg, seit der Gebietsreform 1978 waren sie Teil der Gemeinde Großheirath. Geblieben waren ihnen der Ordensstab des Klosters Langheim im Gemeindewappen von Großheirath sowie die Bezeichnung »die drei Eigensdörfer«.

Was so ein Eigensdorf jetzt genau war, erschloss sich Kira Sünkel nach der kurzen Recherche zwar nicht, immerhin hatte sie nun aber eine Ahnung von den sehr speziellen politischen Verhältnissen hier im Coburger Land.

Kira hatte auf Befehl ihres Navis direkt neben der Kirche hinter dem Pritschenwagen einer Dachdeckerfirma geparkt. Dort stand auch bereits ein Wagen der Bereitschaftspolizei, neben dem sie Heribert Ruckdeschl entdeckte, den Chef der Bamberger Spurenermittler, in seinem weißen »Ganzkörperkondom«, wie er seine Arbeitskleidung bisweilen titulierte. Als sie ausstieg, winkte Ruckdeschl sie sogleich zu sich.

»Na, mal allein im Dienst? Hat dich Haderlein, der alte Knurrhahn, endlich von der Leine gelassen?«, begrüßte er sie jovial. Das war zwar als Scherz gemeint, aber sein verbal ausgerollter Teppich der humorvollen Art wollte vom Neuzugang der Bamberger Kripo partout nicht betreten werden.

»Von der Leine gelassen? Sie meinen, wie eines seiner kleinen Schweine?«, empörte sie sich, und Ruckdeschls breites Grinsen gefror ihm im Gesicht. Nun ja, dass diese neue Kommissarin keine wirklich witzige Ader hatte, war ihm schon des Öfteren aufgefallen. Für eine in Franken Geborene ein wirklich seltener Umstand. Aber bitte, dann eben Dienst nach Vorschrift, lachen konnte er ja später im Keller.

»Nein, war nur ein Witz, komm einfach mit, dann kann ich dir ja zeigen, was hier los ist.«

Ruckdeschl drehte sich um und ging Kira voraus in eine kleine Gasse. Schon nach wenigen Metern standen sie vor der geöffneten Haustür eines alten Fachwerkhauses. Hier machte er die Kommissarin mit dem Leiter des Josefsheimes in Bamberg, Egidius Hartmann, bekannt. Hartmann, eigentlich ein durchaus fröhlicher und lebenslustiger Mensch, wartete mit bleichem Gesicht neben der Tür und war bis gerade von einem Streifenpolizisten befragt worden. Das Fragen übernahm nun Kira Sünkel, die sich nicht mit einer langen Vorrede aufhielt, sondern zunächst mal eine Kurzfassung dessen hören wollte, was hier vorgefallen war. Zumindest das, was einigermaßen gesichert angenommen werden konnte. Bei Egidius Hartmann rannte sie damit offene Türen ein, denn der trug sein Herz auf der Zunge und hatte gerade einiges loszuwerden.

»Frau Kommissar, ich bin ehrlich gesagt entsetzt. Ich mache meinen Job als Heimleiter nun schon bald vierzig Jahre, aber so etwas ist mir noch nicht untergekommen. Sonja und Uwe Kehl waren in den ganzen Jahren, seit ich sie kenne, ein Ausbund an Fürsorge und Zuverlässigkeit. Beide sind sehr engagierte Menschen, und zwar beruflich wie privat. Sie sind nicht zum ersten Mal Pateneltern für Kinder aus dem

Josefsheim, sondern haben schon mehrfach mit uns zusammengearbeitet, um unseren Schützlingen wenigstens ab und zu das Gefühl einer Familie zu geben. Aktuell ist das der siebenjährige Aleks Kovalenko, ein aus der Ukraine geflohener Junge, der während der letzten Tage bei den Kehls zu Besuch gewesen war. Und jetzt ist in diesem Haus, in dem Aleks sich mittlerweile so ausgesprochen wohlgefühlt hat, womöglich ein Verbrechen geschehen! Wer in Gottes Namen hat denn ein Interesse daran, dieser Familie ein Leid zuzufügen? Ich kann es nicht fassen.«

Egidius Hartmann wirkte regelrecht verzweifelt, hatte aber in Bezug auf das angenommene Verbrechen keine Details genannt, weshalb Kira sich zu Ruckdeschl umdrehte, der sich die Ausführungen des Heimleiters schweigend, mit verschränkten Armen, angehört hatte.

»Ja, also, im Grunde hat Herr Hartmann recht. Irgendetwas ist in diesem Haus vorgefallen, die Spurenlage lässt auf eine Gewalttat schließen, so viel kann ich schon sagen. Aber bevor ich hier draußen lange Vorträge halte, komm einfach mit rein und schau es dir selber an.«

Sie gingen in den Hausflur, wo Kira sofort die Blutspuren am Boden und an der Wand bemerkte. Ruckdeschl zeigte auf die Blutspritzer und den Handabdruck, dann wies er den Gang entlang nach hinten. »Was in diesem Flur genau passiert ist, lässt sich zum jetzigen Zeitpunkt nur schwer nachvollziehen, dafür müssen wir erst die Laboruntersuchungen und die Bestimmung der Blutgruppen abwarten. Was ich aber sagen kann, ist Folgendes: Irgendwer hat sich mit seiner blutverschmierten Hand hier an der Wand abgestützt und irgendetwas über den Boden gezogen, darauf deuten die verschmierten Blutspuren dort auf den Bodenfliesen hin. Aber wer und warum, kann ich überhaupt nicht einschätzen. Nur eines weiß ich.« Ruckdeschl deutete auf den blutigen Handabdruck, der knapp oberhalb von Kiras Schulter an der Wand prangte. »Das ist eine Männerhand, da geh ich jede Wette ein. Der Größe nach zu urteilen, war das auch keine kleine Person, denn diese Hand ist ja fast doppelt so groß wie meine.« Um seine These zu untermauern, hielt Ruckdeschl seine doch eher zierliche Hand demonstrativ neben den Abdruck. »Hier hat sich also mit ziemlicher Sicherheit eine Gewalttat abgespielt, die meines Erachtens teilweise hinten im Garten stattgefunden oder zumindest dort begonnen hat.«

Der Chef der Bamberger Spurensicherung reichte Kira ein Paar Plastiküberzieher für ihr Schuhwerk. Dann gingen sie durch den Hausflur, an dessen Wänden weitere Abdrücke der blutigen Hand zu erkennen waren, mit der sich der große Unbekannte, offenbar aus Richtung des Gartens kommend, in regelmäßigen Abständen abgestützt hatte. Aus irgendwelchen Gründen schien es dem Mann schwergefallen zu sein, sich aufrecht zu halten.

Der Flur öffnete sich zu einer modernen Wohnküche mit einer großen Glasschiebetür, durch die sie in den Garten gelangten. Dort schlug Ruckdeschl einen Bogen zum hinteren Ende des Grundstückes, wo ein Haufen Brennholz lag, den jemand bereits etwa zur Hälfte zu einem Holzstoß aufgeschichtet hatte. Ruckdeschls besonderes Interesse schien sich jedoch auf eine Stelle ein paar Meter abseits zu konzentrieren. Er winkte Kira Sünkel zu sich und deutete auf ein einzelnes Holzscheit, das vor ihnen im kurz geschnittenen hellbraunen Gras lag.

Die Kommissarin hatte zwar ziemlich gute Augen, trotzdem musste sie sich weit nach unten beugen, um zu erkennen, was Ruckdeschl ihr da zeigen wollte. Dann sah sie es. An einer relativ schmalen Kante des Holzscheits haftete Blut, allerdings nicht besonders viel. Das Blut war auch nicht das wirklich Sensationelle an diesem Stück Holz, sondern das, was daran kleben geblieben war. Es waren Haare, etwa einen Zentimeter lang und blond. Kiras Ansicht nach handelte es sich um Kopfhaare, und zwar von einer ziemlich kurzen Frisur.

»Interessant, nicht?« Ruckdeschls Frage war eindeutig rhetorischer Natur, denn er wartete Kiras Antwort nicht ab, sondern gab nun ohne weitere Umschweife seine Theorie des Tatherganges zum Besten. »Für mich sieht das aus, als ob es hier im Garten zu einer handgreiflichen Auseinandersetzung gekommen ist, in deren Verlauf einer oder eine der Beteiligten seinem oder ihrem Gegenüber mit diesem Scheit eine größere Verletzung zugefügt hat, höchstwahrscheinlich am Kopf. Wenn das Blut mit dem im Flur übereinstimmt, hat hier jemand einen ziemlich üblen Treffer abbekommen, der auch die große Menge an Blut im Hausflur erklären würde. Die Kürze der Haare deutet für mich auf eine Art Igelfrisur hin, zumindest an der Stelle am Kopf, von der sie stammen. Für eine DNA-Analyse reichen sie locker aus, sodass wir bald wissen dürften, ob das Opfer der Holzattacke einer der Hausbewohner war oder nicht. Zu diesem Zweck haben wir oben im Bad des Hauses aus Haarbürsten und Kämmen Proben entnommen, um sie mit denen hier zu vergleichen.« Ruckdeschl blickte Kira beifallheischend an und wartete offensichtlich auf eine Belobigung oder etwas in der Art. Er glich dabei einem Hotelpagen, der auf sein üppiges Trinkgeld wartete, weil er gerade die Tür des gebuchten Hotelzimmers geöffnet hatte.

Kira Sünkel, die solche nonverbalen Botschaften nicht kapierte, weil ihr die Antennen für derart feine Zwischentöne fehlten, dachte aber gar nicht daran, ihm diesen Wunsch zu erfüllen. Sie stand da und wartete einfach ab, denn der Leiter der Spurensicherung wirkte auf sie so, als wollte er gleich noch etwas sagen. Woraufhin Heribert Ruckdeschl einsah, dass belobigungstechnisch von dieser Frau einfach nichts zu holen war. Also spielte er seinen letzten Trumpf aus. Seine linke Hand fuhr in eine unscheinbare Tasche seines weißen Arbeitsanzuges und förderte eine durchsichtige Plastiktüte ans Licht der heißen Mittagssonne. Darin befindlich ein durchgerissenes Lederband mit einem silbernen Amulett.

»Das haben wir in etwa einem Meter Entfernung von unserem Holzstück gefunden«, verkündete Ruckdeschl stolz.

Kira nahm die Tüte in die Hand, um das Fundstück aus der Nähe zu betrachten. »Ging wohl bei der wie auch immer gearteten Auseinandersetzung verloren, würde ich sagen.« Sie hatte so einen Anhänger schon mal gesehen, und zwar während ihrer Bundeswehrzeit in einer Kaserne. Einer der Unteroffiziere hatte etwas sehr Ähnliches getragen und ihr auch erklärt, was es darstellen sollte. Eine stilisierte Axt, wie sie die Wikinger in vorchristlicher Zeit gern als Schmuckstück getragen hatten. Sehr interessant. Die Fakten sprachen aus ihrer Sicht eine immer klarere Sprache. Drei Menschen waren im Zusammenhang mit einer Gewalttat verschwunden, die eindeutige Spuren in diesem Haus hinterlassen hatte. Mindestens eine Person war im Zuge der Auseinandersetzung schwer verletzt worden.

Kira gab Ruckdeschl die Plastiktüte mit dem zerrissenen Lederband zurück, dann machte sie das, was sie in der Regel immer tat: Sie ging ganz penibel Schritt für Schritt vor. Das war in ihrer Zeit bei den Feldjägern so gewesen und ebenso bei der Bundesstelle für Flugunfalluntersuchung. Je mehr Informationen vorhanden waren, umso genauer ließen sich die Vorgänge rekonstruieren. »Ich muss noch einmal mit dem Heimleiter sprechen«, erklärte sie und machte sich grußlos auf den Weg nach draußen.

Als Lagerfeld am Komplex der Firma Brosst am Berliner Ring eintraf, dauerte es eine ganze Weile, bis der Pförtner am Eingangsbereich wusste, was er mit ihm anfangen sollte. Aber schließlich kam der stellvertretende Chef des Rechenzentrums zum Tor, um den Gast von der Bamberger Polizei persönlich abzuholen. Auf dem Weg dorthin ließ sich Lagerfeld den ganzen pompösen Bau erst einmal von Uwe Schierling erklären. Wie er erfuhr, lenkte der Automobilzulieferer von Bamberg aus einen nicht unerheblichen Teil seines weltweiten Geschäfts. In dem modernen Bürokomplex kümmerten sich rund sechshundert Beschäftigte um den weltweiten Einkauf, die Entwicklung, Elektronik und die Informationstechnologie der Unternehmensgruppe. Erweiterungen waren nicht ausgeschlossen, ganz im Gegenteil, so Schierling. Da die Firmenleitung, speziell der Seniorchef, mit der Stadt Coburg schon seit einigen Jahren über Kreuz lag, wurde der Schwerpunkt mittels weiterer Neubauten immer mehr nach Bamberg verlegt. Ergänzend zum Bürokomplex war im Sozialtrakt der Firma ein modernes Gesundheitszentrum entstanden. Die medizinischen und physiotherapeutischen Angebote für die Angestellten wurden durch einen Fitnessbereich mit Sauna komplettiert. Ziel war es, die Leistungsfähigkeit der Mitarbeiterinnen und Mitarbeiter zu erhalten und das Bewusstsein für eine gesunde Lebensweise im Alltag zu fördern. Bei Kriminalkommissar Bernd Schmitt wäre die Firma Brosst damit ganz sicher auf wenig Gegenliebe gestoßen, denn Sport war etwas, das er direkt nach seiner Polizei-Aufnahmeprüfung eingestellt hatte. Rauchen und Sport vertrugen sich nicht, weswegen er den Glimmstängeln in seinem Leben den uneingeschränkten Vorzug eingeräumt hatte.

Schierling steuerte mit ihm auf ein Büro zu, das dem von Fidibus in der Bamberger Dienststelle glich. Es war komplett verglast, allerdings war bis auf Hüfthöhe eine blickdichte Mauer eingezogen. Darüber konnte man aber alles erkennen, was sich in dem großzügig bemessenen Raum abspielte. Auf einem abgewetzten Ledersessel räkelte sich ein großer, anscheinend frisch geduschter muskulöser Mann mit nacktem Oberkörper, der sich wie ein kleines, verspieltes Kind mit Hilfe des Sessels langsam im Kreis drehte. Ein Handtuch lag um seinen Hals, auf dem Kopf trug er ein buntes Käppi, das aussah wie eine bunte gehäkelte Regenbogenmütze. Als Lagerfeld und Uwe Schierling, ohne zu klopfen, eintraten, schaute der Mann nicht einmal überrascht.

»Gerald, ich habe dir jemanden von der Bamberger Polizei mitgebracht, für die wir unser Rechenzentrum einsetzen sollen«, sagte Uwe Schierling. »Darf ich vorstellen, Bernd Schmitt, Kriminalkommissar.«

Erst jetzt stellte Gerald Wozniak seine Karussellbewegungen ein, stellte die nackten Füße auf den Büroboden und betrachtete den Neuankömmling genauer. Dann geschah etwas Unerklärliches, eine Art Wunder der menschlichen Natur.

Jeder kennt das ja bisweilen aus seinem eigenen Leben: Mit manchen Leuten wechselt man nur wenige Sätze und bemerkt sofort, das wird nichts. Mit dem oder der kann ich noch stundenlang reden, wir werden uns nicht verstehen. Der eigenen Persönlichkeit ist es aus irgendwelchen unerklärlichen Gründen unmöglich, sich mit der anderen zu verzahnen. Im Normalfall stellt man dieses sinnlose Unterfangen also baldmöglichst ein, akzeptiert die vorhandene Inkompatibilität und sucht sich schleunigst ein anderes Gegenüber. Manches Mal treffen sich aber auch zwei Persönlichkeiten, die sich niemals zuvor begegnet sind und dennoch auf Anhieb wissen, dass sie irgendwie miteinander verbunden sind. Man findet rasch ins Gespräch, lacht und scherzt miteinander, die Zeit vergeht wie im Flug. Man hätte kein Problem damit, sofort zusammen in Urlaub zu fahren oder zusammenzuziehen. Warum das so ist, weiß kein Mensch, doch Letzteres passierte im Augenblick ihres Aufeinandertreffens mit den Persönlichkeiten Wozniak und Schmitt. Die beiden ähnlich alten Männer sahen sich nur an und wussten sofort, sie waren aus dem gleichen Holz geschnitzt, Brüder im Geiste.

»Ja, alles klar, ich bin im Bilde«, erklärte Wozniak an seinen Stellvertreter gerichtet und bot dem Kommissar einen Stuhl an seinem Schreibtisch an, der aus zwei billigen Böcken aus dem Baumarkt und einer sechs Zentimeter dicken unlackierten Echtholzplatte bestand. »Uwe, du kannst dich verpissen, das Ganze is irgendwie geheim oder so, zumindest stand das in der Anweisung von oben.«

Eine Aufforderung, die Uwe Schierling emotionslos mit einem Schulterzucken quittierte, ehe er das gläserne Büro verließ.

Wozniak betrachtete sein seltsames Gegenüber schweigend. Das sollte ein Polizist sein? Jeansklamotten, die man bei eBay wahrscheinlich geschenkt bekam, eine scheißteure Ray-Ban-Sonnenbrille, die der Typ selbst hier im Büro nicht abnahm, und, das musste er neidvoll anerkennen, verdammt coole Krokodillederstiefel, die wahrscheinlich noch aus den Achtzigern stammten. Echt lässige Teile. Wenn das wirklich ein Bamberger Polizeiangestellter war, dann musste der echt Eier haben, in so einem Outfit herumzulaufen.

Der Betrachtete für seinen Teil musste innerlich grinsen, als er so offensichtlich gescannt wurde. War dieser halb nackte Rechenvogel etwa scharf auf seine Stiefel? Das hatte Lagerfeld ja noch nie erlebt, es machte ihm den Mann sogleich sympathisch. Aber da war ja noch die knifflige Problemstellung, wegen der er hergeschickt worden war. Er fummelte das iPhone der Entführer aus seiner Jeansjacke und legte es vor dem Käppiträger auf die verschrammte Holzplatte. Dann reichte er dem Sesseldreher erst einmal die Hand und stellte sich vor.

»Also ich bin der Bernd. Da auf dem Handy ist ein Film per WhatsApp eingegangen, von dem wir nicht wissen, wo er gedreht worden ist und von wem. Und bitte nicht erschrecken, es ist jemand aus dem Laden hier involviert, den ihr kennt. Meine Frage wäre jetzt die, ob ihr das mit eurer Rechenmaschine womöglich herausfinden könntet.«

Gerald Wozniak erwiderte den Händedruck, griff nach hinten an die Rückwand des Büros, zog eine Schublade auf und fingerte nach kurzem Suchen ein langes Kabel heraus, an dem ein kleines, ziemlich selbst gebastelt wirkendes gelbes Kästchen hing. Er wunderte sich nicht im Geringsten über die schnoddrige Ansprache, war das doch genau der Tonfall, mit dem er selbst zu kommunizieren pflegte. Das lose Ende des Kabels stöpselte Wozniak in den Anschluss des Mobiltelefons und drückte eine Taste auf dem Kästchen etwa fünf Sekunden lang, bis eine rote LED zu blinken begann und ein kleiner Monitor aufleuchtete.

»Gerald. Geht klar, aber das dauert jetzt ein paar Minuten, das Gerät prüft erst mal, ob da gefährliche Software drauf ist, schließlich wollen wir uns ja keinen bösen Virus von irgendwelchen hinterhältigen Menschen einfangen, nicht wahr?« Er begann wieder damit, sich mit seinem Sessel im Kreis zu drehen, und summte leise vor sich hin.

Lagerfeld war etwas irritiert, dass hier tatsächlich jemand noch eine Ecke lässiger daherkam als er selbst. Den Chef eines Rechenzentrums hatte er sich weitaus seriöser vorgestellt. Mehr so mit Anzug und Krawatte, bestenfalls noch die Steve-Jobs-Nummer mit gebügelter Jeans und schwarzem Rollkragenpullover. Dieser Gerald hingegen sah bestenfalls aus wie ein Surflehrer, der gerade seine Bretter gewaschen hatte. Außerdem konnte man seine Zeit doch weitaus produktiver verbringen, als sich andauernd im Sessel zu drehen. Na egal, Lagerfeld hatte es nicht wirklich so mit Zahlen, er war eher auf der sprachbegabten Seite. Daher lagen ihm ein paar Fragen zu diesem Rechenzentrum auf der Zunge. »Was kann denn euer Supercomputer eigentlich so? Ich meine, so eine künstliche Intelligenz muss doch inzwischen mehr können als Rechenaufgaben lösen.«

Die Sesseldreherei endete abrupt, und Gerald Wozniak schaute den coolen, aber ahnungslosen Polizisten mit schräg gelegtem Kopf skeptisch an. »Echt jetzt? Das ist ja wohl die dämlichste Frage, die ich in der letzten Zeit gehört habe. Eine Maschine wie unsere kann so ziemlich alles, nur brauchen manche Dinge halt ihre Zeit. Wenn ich beispielsweise den Crashtest von einem Autounfall durchrechnen lasse, dann hängt Kojote Karl da locker zwei Wochen drüber, bis er fertig gerechnet hat. Ist manchmal ein Geduldsspiel. Deswegen will ich ja schon seit Langem ein größeres, schnelleres Teil, aber der Alte hat's jedes Mal abgelehnt, war ja klar. Trotzdem, im Prinzip kann Kojote Karl alles, was du willst – außer Basketball spielen und Gänsebraten zerteilen.«

»Kojote Karl? Ihr nennt euren Computer Kojote Karl?

Wer hat sich denn diesen bescheuerten Namen ausgedacht? Heißen solche Supercomputer in der Regel nicht sehr viel geheimnisvoller, Deep Blue oder so ähnlich?«

Gerald Wozniak verzog seinen Mund zu einem schiefen Grinsen, dann nickte er zustimmend. »Ja, das stimmt. Aber was die Namensgebung anbelangt, nun, das ist schon lange her. Der schnellste Computer der Welt war damals, als das Rechenzentrum eingerichtet wurde, der ›Roadrunner‹ von IBM. Mit einer Rekordleistung von 1,026 PetaFLOPS landete er im Juni 2008 auf Platz 1 der TOP-500-Liste der schnellsten Supercomputer. Den behielt er bis November 2009. Das US-Energieministerium, für das er gebaut wurde, hat den Roadrunner für Simulationen bezüglich der Alterung radioaktiver Substanzen verwendet, unter anderem auch bei Atomwaffen. So wurde überprüft, ob das alternde Nuklearwaffenarsenal der Vereinigten Staaten noch sicher und zuverlässig ist. Er wurde auch für Simulationen und Berechnungen auf den Gebieten Wissenschaft, Finanzwirtschaft, Automobilindustrie und Luft- und Raumfahrt eingesetzt. 2013 ging Roadrunner wegen seiner schlechten Energieeffizienz zwar schon wieder außer Betrieb, er war aber einfach um Welten schneller als unser mickriges Rechenzentrum hier. Und um die Geschwindigkeitsunterschiede auch vom Namen her deutlich zu machen, fand ich Kojote Karl ziemlich passend. Falls dir das zu lang ist, hier im Haus nennt ihn jeder nur K&K.«

Lagerfeld hatte aufmerksam zugehört und konnte die Namensgebung vor diesem Hintergrund nachvollziehen. Trotzdem gab es Bereiche im menschlichen Dasein, die ein Computer, mochte er Roadrunner, Kojote Karl oder Speedy Gonzales heißen, niemals beherrschen würde.

»Witzig kann der nicht, jede Wette. Ich hab noch keinen Computer erlebt, der gute Witze erfinden konnte. Das Geschwafel von Siri auf dem iPhone zum Beispiel, das ist ja auch alles nur auswendig gelernt, irgendwo vorher abgespeichert. Schach spielen? Vielleicht. Texte erfinden? Von mir aus. Aber euer Kojote Karl kann garantiert keine Witze. Oder hältst du dagegen? Ich bräuchte nämlich grad welche.«

Gerald Wozniaks Grinsen wurde immer breiter. Der Typ gefiel ihm. Ehrlich gesagt war er sich keineswegs sicher, ob Karl dazu in der Lage war. Einen Witz konnte er definitiv erfinden, aber ob man über den auch wirklich lachen konnte, stand auf einem anderen Blatt. Außerdem musste man die Aufgabe schon etwas konkretisieren, eingrenzen, sonst müllte er sie mit Tausenden Ergebnissen zu, und so viel Zeit hatten sie ja nun auch wieder nicht.

»Okay, ich nehme an. Es geht um 'nen Kasten Bier. Sobald du lachen musst, hast du verloren, Bulle, und der Computer hat gewonnen. Wenn Kojote Karl permanent nur langweiliges Zeug ausspuckt, muss ich blechen.«

»Abgemacht«, stimmte Lagerfeld zu und musste nun ebenfalls grinsen. Das war ja mal ein Außentermin nach seinem Geschmack.

Wozniak warf einen kontrollierenden Blick auf sein gelbes Kästchen, aber das prüfte immer noch fröhlich blinkend vor sich hin. »Also gut, was für Witze?«

Lagerfeld überlegte kurz, dann machte er klare Vorgaben. »Keine langen Witze, sondern kurze, die man sich gut merken kann. Ich persönlich steh ja auf so dämliches Zeug, unlogische Witze, sinnloser Quark. Man lacht, weiß aber gar nicht, warum, weil sie so widersinnig sind. Kannst du mir folgen?«

»Absolut«, bestätigte Wozniak und tippte bereits ein paar Befehle in seine Tastatur. Nicht einmal zwei Minuten später war er schon fertig. »Männliche oder weibliche Stimme?«

»Männliche Stimme, Frauen können keine Witze erzählen«, antwortete Lagerfeld wie aus der Pistole geschossen, und zum ersten Mal musste Wozniak laut lachen.

»Ah, ich sehe, ein Kenner der Materie. Na schön, ein Bier?«

Lagerfeld war zwar eigentlich im Dienst, aber erstens war das Treffen hier ja geheim, und zweitens konnte man bei so einem heißen Wetter gar nicht genug trinken. Also nickte er, und Gerald Wozniak holte aus einem kleinen Kühlschrank zwei gekühlte Flaschen Bier. Eine reichte er Bernd Schmitt, dann öffneten sie im Gleichklang ihre Bierflaschen an der dicken Schreibtischplatte und stießen an.

»Es geht los«, meinte Wozniak und drückte eine Taste auf seiner Tastatur. Die superteuren Synapsen des Rechners Kojote Karl sprangen an, und dann präsentierte ihnen das Rechenzentrum von Brosst Mechatronics mit einer sonoren Männerstimme die Ergebnisse der KI-gesteuerten Witzfindung.

»Wie lange muss eine Katze trainieren, um einen Muskelkater zu bekommen?«

»Sind nymphomane Hündinnen zwangsläufig?«

»Wenn Schwimmen schlank macht, was machen Blauwale falsch?«

»Wenn die Stiftung Warentest Vibratoren testet, ist dann ›befriedigend‹ besser als ›gut‹?«

»Wenn ein Schäfer seine Schafe verhaut, ist er dann ein Mähdrescher?«

»Welche Farbe bekommen Schlümpfe, wenn man sie würgt?«

»Ist eine Gesichtscreme, die zwanzig Jahre jünger macht, lebensgefährlich für Neunzehnjährige?«

»Darf sich jemand, der im Ruhestand ist, nachts hinlegen?«

»Warum ist ein Kreiskrankenhaus nicht rund?«

»Wie viele Jahre Knast gibt es für einen Wintereinbruch?«

»Darf man in einem Schaltjahr auch Automatik fahren?«

»Wenn Katholiken auf eine Demonstration gehen, sind sie dann Protestanten?«

Hier machte die wohlklingende Männerstimme zum ersten Mal eine kleine, aber bedeutungsvolle Pause, bevor sie im gleichen Tonfall abschließend fortfuhr: »Und natürlich die wichtigste aller Fragen: Ist Lattenrost eine Geschlechtskrankheit? Ende der Berechnung, ich danke Ihnen.«

Kojote Karl hatte fertig, während sich die beiden Männer mit ihren Bierflaschen in der Hand vor Lachen bogen. Unterdessen leuchtete die LED auf dem bunten Kästchen plötzlich dauerhaft grün. Der Scanvorgang war abgeschlossen.

Presssacks Arbeitsmoral befand sich im freien Fall, und der beschleunigte sich noch bei jedem Meter, den er auf diesem aufgeheizten Kies in diesem glühenden Hof zurücklegen musste. Kies, so was konnte auch nur Menschen einfallen. Der geeignete Untergrund auf dieser Welt waren Dreck und Schlamm, das wusste doch jeder. Aber bitte, Polizeidienst war kein Ponyhof, das hatte er im Laufe seiner Ausbildung schon kapiert. Also versuchte er, die brutale Hitze einfach zu ignorieren und dem Duft, den Herrchen Haderlein ihm da vor die Nase gehalten hatte, bis zu dessen unausweichlichem Ende zu folgen. Aber dann wollte er unbedingt wieder zurück ins Kühle oder was zu trinken oder ein paar Apfelstücke, irgendwas in der Art. Ansonsten konnten ihm diese Menschen vor die Nase halten, was sie wollten, die Spuren würden immer wieder in dem gekühlten Haus dort hinten enden, ob das jetzt

Sinn machte oder auch nicht. Irgendwann war auch mal gut mit Sonnenschein, nicht wahr?

Derlei verdrießliche Gedanken wälzend, trottete er brav, die Nase immer knapp über dem Boden, quer über den Hof, bis er die kleine Eingangstür neben dem großen Rolltor an der Straßenseite erreichte. Presssack schnüffelte an der Tür, dann blickte er erwartungsvoll nach oben, und sein Herrchen öffnete sie bereitwillig. Das Ermittlerferkel drängte durch den Spalt, der sich vor seinem kleinen Rüssel auftat, noch bevor Haderlein reagieren konnte. Als Ergebnis hätte der Kriminalhauptkommissar beinahe einen unfreiwilligen Salto hingelegt.

Haderlein war immer wieder baff, welch immense Zugkraft ein so kleines Ferkel entwickeln konnte, wenn es einmal in Fahrt war. Mit dem tierischen Vorwärtsdrang war es aber bereits wenige Meter später wieder vorbei, denn der Auszubildende im dritten Lehrjahr der Bamberger Kriminalpolizei blieb am Bordstein des Gehweges stehen, schnüffelte noch kurz in alle Richtungen und setzte sich dann auf seinen ziemlich umfangreichen Hosenboden. Von unten herauf schaute er sein Herrchen mit dem üblichen treudoofen Blick an, der nichts anderes aussagen sollte als: Das war's, die Spur endet hier, ich will was zu trinken.

Franz Haderlein betrachtete ihren Standort ein paar Sekunden lang, dann kam er zu dem unvermeidlichen Schluss, dass der entführte CEO hier wohl in ein Fahrzeug gestiegen oder gestiegen worden war. In welches Fahrzeug, stand jedoch in den Sternen, solange er keine Zeugen dafür fand.

Er schaute sich um und sondierte erst einmal die Umgebung. Hier am Festungsberg war wahrscheinlich die High Society von ganz Coburg sesshaft geworden, denn ohne einen gewissen Reichtum konnte man ganz sicher kein Haus in diese feudale Gegend bauen. Und wenn er zum Beispiel das nächste Anwesen, vor dem Presssack jetzt gerade saß und auf die Straße hinausblickte, genauer betrachtete, war mit einiger Wahrscheinlichkeit anzunehmen, dass dessen Bewohner einen erklecklichen Betrag investiert hatten, um ihr Haus mittels moderner Technik vor irgendwelchen Ganoven zu schützen. Haderlein lenkte seinen Blick in die Einfahrt des Hauses und konnte weiter hinten am Garagentor doch tatsächlich etwas entdecken, das einer Überwachungskamera ziemlich ähnlich sah.

»Komm, du Schlingel, du kriegst jetzt erst einmal etwas zu trinken«, smalltalkte er mit seinem Auszubildenden und ging samt Ferkel zurück in den Hof, wo die beiden Kriminaltechniker immer noch nach Spuren und Hinweisen suchten.

Er trug ihnen auf, sich selbst eine Erfrischung und Presssack eine Schale Wasser zu gönnen, danach sollten sie mal probehalber mit ihm über den Hof laufen, vielleicht fand ja das kleine Ferkel etwas, das die beiden übersehen hatten. Die bisherige Ausbeute war eher als dürftig anzusehen. Zwei Kronkorken, eine Spax-Schraube und der verrostete Bitaufsatz für einen Akkuschrauber.

Offenbar deuteten die Kollegen Haderleins Angebot aber als Abwertung ihrer Fähigkeiten. Einer der beiden wies mit erkennbarem Missfallen auf die ebenmäßig gekieste Fläche und meinte grimmig: »Na, da bin ich aber gespannt, was Ihr Superferkel hier noch finden will, Haderlein. Wir suchen jetzt schon seit über zwei Stunden alles ab und haben im Prinzip nichts gefunden, gar nichts. Aber Ihr Spürschwein hier, das wird natürlich eine Sensation nach der anderen zutage fördern, nicht wahr?«

Haderlein sagte nichts weiter dazu, sondern drückte dem Mann Presssacks Leine in die Hand. Eine weitere Nörgelei schien nicht mehr zu folgen, also ließ er seinen Auszubildenden hier und machte sich auf den Weg zum Nachbaranwesen. »Dr. Hilmar Braun und Elfriede Braun«, stand auf dem Türschild vorne an der Straße. Von dort kam er ohne weitere Klingelmaßnahmen in die Auffahrt, die zum Hauseingang führte.

Das Haus war völlig anders gestaltet als die Schultheiß'sche Villa, eher rustikal, im alpenländischen Stil. Allerdings ließ die

Arbeit der hier mit der Gartenpflege betrauten Personen einiges zu wünschen übrig, waren doch etliche der Anpflanzungen geknickt oder wirkten zumindest stark verwüstet. Überall lagen Vogelfedern, so als hätte hier vor Kurzem ein Habicht zugeschlagen, sogar die Spuren von Autoreifen waren im Gras zu sehen. Auf Haderlein wirkte es, als hätte ein betrunkener Autofahrer versucht, das Anwesen der Brauns als Abkürzung zum nächsten Grundstück zu befahren, und wäre dabei von einem wild gewordenen Greifvogel angefallen worden.

Von dem floralen Desaster einmal abgesehen, hätte das Anwesen auch am Fuß der berühmten Hahnenkammabfahrt Streif in Kitzbühel stehen können, es wäre dort nicht im Geringsten aufgefallen. Neben und über der Tür waren farbig lackierte Figuren urwüchsiger Zwerge zu erkennen, die den Kommissar sofort an norwegische Trolle erinnerten. Von alledem etwas irritiert, betätigte er die Klingel an der Haustür, die wenig später von einem leicht gebeugt stehenden älteren Herrn geöffnet wurde, der ihn misstrauisch musterte.

»Sie wünschen?«, fragte der Alte vorwurfsvoll, offenbar betrachtete er es als mittlere Straftat, die Haustür einem Fremden öffnen zu müssen.

Haderlein ignorierte die widerborstige Begrüßung, nahm seinen Dienstausweis und hielt ihn vor die wässrigen Augen seines Gegenübers. »Franz Haderlein, Kriminalpolizei Bamberg. Ich hätte da ein paar Fragen zu Ihrer Kamera an der Garage. Dürfte ich vielleicht kurz hineinkommen?«

Dr. Hilmar Brauns Gesichtszüge wechselten schlagartig vom unwirschen ins neutrale, fast freundlich zu nennende Spektrum. Ein Vertreter der Staatsgewalt hatte in diesem Haus anscheinend ein weitaus besseres Standing als der Stromableser vom Überlandwerk.

»Bitte, gern, treten Sie doch ein«, forderte er den Kommissar höflich auf, und Franz Haderlein begab sich hinein in die gute Alpenstube.

Die nochmalige Befragung des Bamberger Heimleiters hatte wenig Erhellendes zutage gefördert. Ein kinderloses Ehepaar, er selbstständiger Schreinermeister, sie Erzieherin und Leiterin des Kindergartens in Untermerzbach. Sonja und Uwe Kehl waren sehr engagiert, sowohl was ihr Engagement in ihre Patenschaft für Aleks anbelangte als auch in Bezug auf ihre sonstigen Tätigkeiten. So waren beide im Vorstand diverser Dorfvereine wie Sportverein und Gymnastikgruppe, was in einer fränkischen Dorfgemeinschaft gang und gäbe war. Alles keine augenfälligen Gründe, warum sie samt ihrem Patenkind verschwinden sollten.

Kira Sünkel bedankte sich bei Egidius Hartmann und entließ den immer noch geschockten Leiter des Josefsheimes nach Hause, ohne ihm eine befriedigende Auskunft über den Verbleib der Kehls und seines Schützlings geben zu können. Die Spurensicherung unter der Leitung von Heribert Ruckdeschl gab sich inzwischen wieder ihrer Arbeit hin und versuchte, an diesem Tatort weitere Hinweise zu generieren, wobei Kira nicht stören wollte.

Während sie sich noch über die seltsamen Vorgänge hier im Haus ihren Kopf zerbrach, kam einer der beiden Streifenpolizisten, die den Tatort gesichert und weiträumig abgesperrt hatten, mit einer älteren Frau am Arm auf sie zu. Anscheinend war die betagte Dame nicht mehr so gut zu Fuß. Kira nahm an, dass es sich um die Bewohnerin des Hauses schräg gegenüber handelte. Von dort konnte man zwar den kleinen Weg, der zum Hauseingang der Kehls führte, nicht direkt einsehen, trotzdem war sie räumlich betrachtet die nächste Nachbarin.

»Frau Sünkel, das ist Beatrice Alice von Orlamünde. Sie wohnt in dem alten Anwesen dort drüben und hat meines Erachtens ein paar interessante Beobachtungen gemacht. Frau von Orlamünde, bitte wiederholen Sie doch noch einmal, was Sie mir gerade erzählt haben.«

Kira gab der alten Dame die Hand und stellte sich vor,

während sie Beatrice Alice von Orlamünde verstohlen etwas genauer musterte. Etwa siebzig Jahre oder auch älter, genau war das bei dieser Altersklasse ja nie zu sagen, und eine Dame von Welt, so Kiras Eindruck. Aus welchen Gründen auch immer sie in dieser abgelegenen Ortschaft gelandet war, zu wirken verstand sie. Gekleidet in ein schimmernd geblümtes hellblaues Kostüm mit großen cremeweißen Knöpfen an der Jacke, einer edel aussehenden Handtasche am Arm und einem dazu passenden Hut mit einer Federboa, als wollte sie heute noch auf einer Pferderennbahn ihre Wetten abgeben.

»Entschuldigen Sie die Frage, Frau von Orlamünde, entstammen Sie vielleicht irgendeinem Adelsgeschlecht? Ich bin da leider nicht so bewandert«, versuchte sich Kira Sünkel in Small Talk. Eine Gesprächsform, die ihr normalerweise überhaupt nicht behagte, aber hier fiel ihre Frage auf fruchtbaren Boden. Die alte Dame lächelte fast etwas verlegen und zupfte kurz an ihrer Boa herum, bevor sie antwortete.

»Nun, die Frage ist durchaus berechtigt, Frau Kommissarin. Die Grafen von Orlamünde oder auch Weimar-Orlamünde waren vom 10. bis zum 12. Jahrhundert ein bedeutendes Hochadelsgeschlecht im heutigen Thüringen. Sie herrschten über die Grafschaft Weimar-Orlamünde mit den territorial nicht verbundenen Zentren Weimar an der Ilm und Orlamünde an der Saale. Es wird eine Verwandtschaft der Grafen von Weimar-Orlamünde mit den fränkischen Babenbergern vermutet, die ursprünglich aus dem Grabfeldgau stammen, benannt nach der einstigen Babenburg auf dem Bamberger Domberg. Der erste bekannte Babenberger hieß amüsanterweise Poppo, weshalb man die Babenberger auch als Popponen bezeichnete, nur mal so nebenbei bemerkt. Ich bin heute die Letzte derer von Weimar-Orlamünde, aufgrund einer Schenkung meiner Vorfahren aus dem 18. Jahrhundert hat es mich vor über vierzig Jahren hierher nach Watzendorf verschlagen, wo ich seither ein glückliches und zufriedenes Leben führe. Da ich kinderlos geblieben bin, wird die Linie mit meiner Person endgültig aussterben, fürchte ich, aber das braucht Sie ja nicht zu beschweren, mein gutes Kind.«

Sie lächelte Kira freundlich an, bis ihr einfiel, dass sie ja aus einem ganz anderen Grund hier war, als dem, ihre adelige Abstammung zu erläutern.

»Ach so, ja, Sie wollten ja wissen, was ich gesehen habe. Nun, Sie müssen nicht denken, mein gutes Kind, dass ich den ganzen Tag an meinem Fenster sitze und die Leute draußen beobachte. Nein, so etwas liegt mir wirklich fern. Was andere Menschen so treiben, geht mich nichts an, leben und leben lassen, das ist schon immer mein Motto gewesen. Allerdings war ich aufgrund der hohen Temperaturen in den letzten Wochen dazu verdammt, meine Tage in der kühlen Abgeschiedenheit meines Hauses zu verbringen. In meinem Alter verträgt man diese Hitze einfach nicht mehr so gut. Zu meiner Kurzweil habe ich viel Zeit an meinem Fenster verbracht und den Baufortschritt auf dem Dach unserer schönen Marienkirche beobachtet. Auch deswegen, weil ein nicht unerheblicher Betrag zur Renovierung des Dachstuhls von mir gespendet wurde. Nun hat gestern zum späten Nachmittag hin vor dem Haus der Kehls, sehr nette und zuvorkommende Nachbarn übrigens, ein großer dunkelblauer Wagen einer Reinigungsfirma gehalten. Kurz darauf kam dieser nette kleine Junge, Aleks, glaube ich, heißt er, aus dem Haus gelaufen und rannte davon.«

Kira Sünkel wurde hellhörig. »Tatsächlich? Wissen Sie noch, wann das war und wohin er gelaufen ist?«

Beatrice Alice von Orlamünde überlegte einen Moment und antwortete dann ziemlich präzise: »Ich denke, das wird so ungefähr eine Viertelstunde nach der Ankunft des Transporters gewesen sein, und er ist in Richtung Kirche gelaufen. Ich habe dem zunächst keine Bedeutung beigemessen. Merkwürdig war jedoch, dass nicht einmal eine halbe Stunde später der Firmenwagen der Dachdecker, die drüben inzwischen Feierabend gemacht hatten, angefahren kam und ein junger Mann den kleinen Aleks wiederbrachte. Die beiden sind in der Gasse zum Haus verschwunden, bis wenig später der kleine Junge erneut aufgetaucht und hinten auf den Pritschenwagen der Dachdeckerfirma geklettert ist. Dann kam zuerst der Mann von der Reinigungsfirma aus der Gasse und hat zwei große Teppiche oder etwas in der Art in den Transporter geladen, so genau habe ich das nicht gesehen. Ein großer, kräftiger Kerl war das, mit so einer amerikanischen Kappe auf dem Kopf und einer dicken Sonnenbrille auf der Nase.«

Kira Sünkel hob kurz die Hand, um den Redefluss der alten Dame zu unterbrechen. »Die Autonummer, haben Sie sich vielleicht die Autonummer gemerkt? Oder den Namen der Firma, der stand doch bestimmt auf dem Auto?«, fragte sie, aber die Gräfin schüttelte bedauernd den Kopf.

»Nein, mit Zahlen habe ich es nicht so, müssen Sie wissen. Ich bin schon froh, wenn ich mir meinen eigenen Geburtstag merken kann. Und für Buchstaben, so weit weg, sind meine Augen sowieso zu schlecht. Aber ich glaube, es war eine Bamberger Nummer. Jedenfalls ist der Mann von der Reinigung dann weggefahren, und schließlich kam auch der junge Mann von der Dachdeckerfirma aus dem Haus, stieg ins Auto und fuhr weg, der kleine Aleks hintendrauf. Nun waren alle weg, und soweit ich es beurteilen kann, kam niemand mehr wieder. So, das war's. Können Sie damit etwas anfangen, mein gutes Kind?«

Kira schaute die sie mit erwartungsvoller Miene anlächelnde Gräfin von Orlamünde einen Moment lang ratlos an, dann erinnerte sie sich an den mit Bernd trainierten Verhaltenskodex: Wenn man angelächelt wurde, sollte man dieses Lächeln besser erwidern. Als Aspergerin wäre ihr das niemals eingefallen, aber Bernd hatte höchstwahrscheinlich recht, also lächelte sie freundlich zurück. »Ja, doch, allerdings hätte ich noch die Frage, ob Sie den Mann, der die Teppiche getragen hat, vielleicht wiedererkennen würden, sollten wir ihn finden?« Hoffnungsfroh blinzelte sie die Gräfin an, aber die schüttelte erneut den Kopf.

»Nein, beim besten Willen nicht. Das war ja doch recht weit weg, und wie gesagt, der Mann trug eine Mütze und eine Sonnenbrille. Das müssen Sie einer alten Frau schon verzeihen, mein liebes Kind.«

Kira verzieh und war froh, überhaupt so viel von der alten Dame erfahren zu haben. »Frau Gräfin, herzlichen Dank, Sie haben mir wirklich geholfen. Aber ich möchte nicht, dass Sie in Ihrem Alter noch länger in dieser Hitze herumstehen. Der junge Mann hier wird Sie sicher gern zu Ihrem Haus zurückbegleiten.«

Die Gräfin nickte dankbar und sagte mit einem fast schelmischen Unterton zu dem Streifenpolizisten: »Dann, junger Mann, geben Sie Ihr Bestes, eine dreiundneunzig Jahre alte Schachtel wie mich nach Hause zu bringen. Aber keine Anzüglichkeiten bitte, aus dem Alter bin ich raus.« Sie ergriff den ihr dargebotenen Arm des Polizeibeamten, verabschiedete sich von Kira und trat den Heimweg an.

Einen kurzen Moment lang schaute die Kommissarin den beiden staunend hinterher. Dreiundneunzig Jahre. Im Leben hätte sie die Frau nicht auf über achtzig geschätzt, Donnerwetter. Ganz schön fit für ihr Alter, die Gute. Na, hoffentlich schaffte es der Polizeibeamte wieder zurück zum Dienst, bevor die rüstige Gräfin sich das mit den Anzüglichkeiten noch mal überlegte und ihn in ihr Haus zerrte. Ein wirklich witziger Gedanke, aber dann erinnerte sich Kira Sünkel an das, was sie gerade zu hören bekommen hatte. Sie fuhr herum und sah hinauf zum Dach der Marienkirche, wo zwei Dachdecker in der Nachmittagshitze ihre Arbeit verrichteten. Ein älterer, erfahrener und ein junger Mann. Vermutlich ein Geselle oder Lehrling.

Genau so ein Mitarbeiter der Dachdeckerfirma war mit dem Kind aus dem Josefsheim auf der Ladefläche des Firmenwagens davongefahren, nachdem ein großer Kerl mit Schirmmütze und Sonnenbrille den dunkelblauen Transporter der Reinigungsfirma mit irgendetwas beladen hatte. Keinen

Augenblick lang glaubte Kira Sünkel dabei an Teppiche. Da hatte jemand die Kehls abtransportiert, allerdings ohne den kleinen Jungen. Ob der Mann ihn mit Absicht laufen ließ, stand in den Sternen, ebenso, ob die beiden Hausbewohner noch am Leben waren oder nicht. Zumindest gab es diese Hoffnung. Um das Rätsel um die Kehls zu lösen, musste sie aber erst einmal den kleinen Aleks finden, und der Weg zu dem Knaben führte ganz unzweifelhaft über diesen Mann dort drüben auf dem Dach.

Entschlossen steckte Kira Sünkel ihren Notizblock in die Beintasche ihrer Bundeswehrhose, blickte noch einmal prüfend hinauf zu den Handwerkern auf dem Dach und machte sich dann auf den kurzen Weg zur Marienkirche von Watzendorf.

Er saß auf einem halb verrosteten Hocker und hielt sich den Kopf, obwohl der inzwischen nicht mehr blutete. Dafür schmerzte die etwa einen Zentimeter breite und circa sieben Zentimeter lange Wunde, die von seinem Blut dick verkrustet war. Natürlich wäre es aus medizinischer Sicht besser gewesen, er hätte das Ganze von einem Arzt behandeln lassen, aber das könnte ihn in noch größere Kalamitäten stürzen, wenn die Polizei sämtliche Ärzte und Krankenhäuser in der Umgebung abklapperte, um zu erfragen, ob vielleicht jemand mit einer Kopfverletzung aufgetaucht war. Und das würden die Bullen früher oder später tun, denn das Verschwinden der beiden Kehls bliebe nicht ewig unbemerkt, und er hatte in deren Hausflur ja zudem genug Blut hinterlassen. Darum ließ er die Wunde Wunde sein, sie würde schon verheilen. Er musste in der nächsten Zeit lediglich als Standardausstattung eine Kopfbedeckung tragen, sonst würde es zu viele Fragen zu dieser Verletzung geben. Vielleicht nicht privat, da er fast keinen Kontakt zu irgendjemandem pflegte, aber an seinem Arbeitsplatz kamen ja andauernd Leute vorbei, die dann ziemlich sicher ihre saudummen Bemerkungen machten. Also nein, die Wunde war kein Problem. Damit kam er klar. Das Kind war ein Problem. Der verdammte kleine Bastard würde ihn jederzeit wiedererkennen, da war er sich ganz sicher, das hatte er in seinem Blick gesehen. Also würde er sich in Kürze seiner annehmen müssen. Aber noch nicht jetzt, erst einmal galt es, sein Werk zu vollenden, es gab nichts Wichtigeres. Heute Nacht sollte es so weit sein, und wenn morgen die Sonne aufging, würde das ganze Land seine Botschaft sehen. Dann würden die dort oben wissen, dass sie es übertrieben hatten mit ihrer Zwangsherrschaft und dass es jetzt einen gab, einen Ersten, der bereit war, es mit ihnen aufzunehmen. Noch einmal tastete er mit der rechten Hand über die verkrustete Wunde auf seinem Kopf, dann erhob er sich von seinem Hocker und nahm das große Schlachtermesser vom Tisch, um die letzten Vorbereitungen zu treffen.

Die nackten Körper der Kehls hingen, an ihren Füßen aufgehängt, kopfüber neben den anderen an der Eisenstange. Ihre Arme baumelten knapp über dem feuchten Estrich des Bodens, dazwischen jeweils ein Blecheimer, sauber und akkurat ausgerichtet. Noch einmal strich er fast liebevoll mit der rechten Hand über einen der warmen Körper. Dann setzte er das Messer an der Kehle des Mannes an und öffnete mit einem schnellen, geübten Schnitt den Hals. Mehrere Blutbahnen sowie die Luftröhre wurden durchtrennt, und ein breiter Blutschwall ergoss sich in den exakt an der richtigen Stelle platzierten Blecheimer. Im menschlichen Körper befanden sich im Schnitt ungefähr fünf Liter Blut. Zufrieden schaute er auf den nicht enden wollenden Strom roten Blutes, das bereits den Boden des Eimers bedeckte, dann ging er zu der Frau und vollführte sein Werk ein weiteres Mal. Kein Laut der Klage, der Not oder des Entsetzens hallte durch den Raum, lediglich das leise Plätschern des Blutes war zu hören.

Der Mann legte das Messer wieder zurück auf den Tisch, nachdem er es mit einem Tuch sauber gewischt hatte. Dann ging er zu einem etwas entfernt stehenden Schrank und holte einen Kasten heraus, der optisch an ein professionelles Ausrüstungsset für einen Angelausflug erinnerte. Aus dem Inneren dieses Kastens beförderte er jedoch kein Zubehör, welches dem Fischfang gedient hätte, sondern einen Pinsel. Einen sehr speziellen Pinsel, handelte es sich bei diesem Malwerkzeug doch um ein ziemlich teures Exemplar, einen sogenannten Kolinsky. Er wurde aus Haaren des sibirischen Feuerwiesels gefertigt. Von so einem Pinsel hatte er schon in seiner Jugend geträumt, als er noch ein berühmter Maler hatte werden wollen. Der teuerste Feuerwiesel-Pinsel kostete um die tausendzweihundert Euro, und auch für diesen Kolinsky in Größe 18 hatte er stolze fünfhundertzwanzig Euro hinlegen müssen. Aber der war für seine Zwecke gerade gut genug, er bestand nämlich aus feinstem elastischem Naturhaar von wild lebenden Kolinskys. Naturhaar musste man sich von der Oberfläche her vorstellen wie Schlangenhaut. Weil es rau war, saugte es sich nicht nur besonders gut mit Farbe voll, sondern, und das war die wichtigste Eigenschaft, es gab sie auch sehr langsam wieder auf den Malgrund ab. Synthetikhaare dagegen waren glatt, sie gaben die Farbe schnell wieder ab und ließen beim Malen daher Präzision vermissen. Mit Naturhaaren konnte man einfach genauer malen, und das hatte er jetzt vor. Frisches Blut war von seinem viskosen Verhalten her nichts anderes als eine Art Farbe, und mit diesem Pinsel würde er daraus ein Kunstwerk entstehen lassen.

Mit dem Kolinsky in der Hand ging er zurück zu seinem ersten Eimer, in den das Blut inzwischen nur noch tropfte, und tauchte den Pinsel in die Farbe ein. Er ließ ihn kurz abtropfen, bevor er ihn zum Bauch seines Opfers hob und sauber ansetzte. Er wusste, wie er den Pinsel führen musste, denn er hatte zuvor mit einem Fettstift jedem seiner Opfer eine Art Schablone auf die Haut gezeichnet. Jetzt musste er mit dem feinen Rotmarderhaar nur dieser Schablone folgen, um ein einwandfreies Ergebnis zu erzielen.

Er arbeitete langsam und präzise, Schablone für Schablone, Körper für Körper, bis er viermal die gleiche Arbeit verrichtet hatte. Als sein Werk schließlich vollendet war, richtete er sich auf und trat ein paar Schritte zurück, um seine künstlerische Arbeit zu betrachten. Er war sehr zufrieden mit dem Ergebnis, dieser Pinsel war wirklich jeden Cent wert, den er gekostet hatte.

Auf jedem der ausgebluteten Körper prangte jetzt in exakt gleicher Form und Größe blutrot eine ganz bestimmte Zahl.

28

Er nickte und ging zu einem alten Ausguss an der Wand, in dessen verdreckte, emaillierte Rundungen er den verunreinigten Pinsel hielt und unter fließendem Wasser auswusch. Er legte das teure Teil auf den Rand, damit die Naturhaare trocknen konnten. Später würde er ihn wieder in das Kästchen packen, man konnte ja nie wissen, ob man diesen Pinsel nicht noch einmal irgendwann für eine andere Arbeit brauchen konnte.

Nun blieb eigentlich nicht mehr viel zu tun, lediglich die aufgetragene Farbe wollte er noch bei der Trocknung unterstützen. Er holte aus dem Schrank an der Wand einen gewöhnlichen Haarföhn und blies sein Werk sorgfältig trocken, bis die Gefahr einer möglichen Verschmierung endgültig gebannt war. Danach nahm er einen der mit Blut gefüllten Eimer und schüttete dessen Inhalt in den in der Mitte des Raumes befindlichen Gully, wo die rote Brühe auf Nimmerwiedersehen verschwand. Dies wiederholte er noch dreimal, bis jegliches Blut, das einstmals vier Menschen am Leben erhalten hatte, in der Kanalisation des Gebäudes entsorgt worden war.

Dr. Hilmar Braun wollte von Haderlein zuerst einmal wissen, worum es hier eigentlich ging, diese Information musste er dem Mann mit dem Hinweis auf die Geheimhaltungspflicht aber leider vorenthalten. Als pflichtbewusster Staatsbürger akzeptierte der pensionierte Allgemeinmediziner die Erklärung natürlich und ging dem Kommissar voraus zu einer Tür, die hinunter in den Keller führte.

So ordentlich das Haus in seiner wilden Berghüttenromantik von außen daherkam, so unordentlich und unaufgeräumt sah es im Keller von Dr. Braun aus. Anscheinend hatten er und seine Frau hier so ziemlich alles entsorgt, was in ihrem Leben irgendwann einmal eine Rolle gespielt hatte, dann aber ausgemustert worden war. Von alten Fahrradteilen über Kleiderschränke, angefüllt mit Textilien aus den vergangenen Jahrzehnten, bis hin zu ungenutztem Baumaterial wie Fliesenpaketen und zerbrochenen Gipskartonplatten. Garniert und umrahmt von zahlreichen Geweihen und Hörnern deutscher Waldbewohner, deren ehemaliger Kopfschmuck nun an den Wänden in diesem Kellerloch ein trostloses Dasein fristete.

Im rückwärtigen Teil der Braun'schen Unterwelt lag dann aber schließlich ein Raum, der sich zu Haderleins Überraschung vom Zustand des übrigen Kellers fundamental unterschied. Als Dr. Hilmar Braun das Licht in dem Raum anknipste, musste Haderlein, von den grellen Neonröhren geblendet, zuerst einmal die Augen schließen. Als er sie wieder öffnete, staunte er nicht schlecht. Hier gab es rein gar nichts Unaufgeräumtes mehr, es herrschte sozusagen Zucht und Ordnung, im Wesentlichen hervorgerufen von einer riesigen Modelleisenbahn der Firma Märklin, die auf ihrer Installation aus unzähligen dicken, auf Holzböcken lagernden Spanplatten fast den gesamten Raum einnahm. Haderlein konnte nur schätzen, wie viele tausend Euro hier miniaturmäßig aufgebaut standen.

Wie in diesem Anwesen nicht anders zu erwarten, bewegten sich die Züge und Waggons im Miniaturformat durch eine zum Haus über dem Keller passende alpenländische Geografie, von der aber nicht mehr viel zu sehen war. Die unbemannten Alpengipfel waren im Grunde nur die Garnitur, ein angedeutetes Beiwerk, das landschaftliche Feigenblatt für die ausgeuferten Phantasien eines Stellwerkfetischisten.

Haderlein war sprachlos ob der Unmenge an Eisenbahntechnik, die sich ihm offenbarte. Als Kind hatte er natürlich gern mit einer Eisenbahn gespielt, aber als erwachsener Mann fand er einen solchen Wahn dann doch ein wenig irre. Gut, jeder Modellbahn-Fan war gewissermaßen ein Fetischist, und jeder Märklin-Liebhaber hatte seine ganz persönlichen Zug-Götzenbilder. Das Hobby besaß, so viel war unbestritten, eine emotionale Komponente. Zudem war es ja gar nicht mal so selten, dass Menschen sich in einen Gegenstand verliebten. Manche von ihnen sogar unsterblich. Eine Psychologin hatte ihm unlängst, ausgehend von einem ähnlichen Fall in der Welt der seltsamen Begierden, ein paar interessante Dinge über diese sogenannte Objektsexualität erzählt.

Objektophilie, so der wissenschaftliche Begriff, war Frau Dr. Lieberknecht zufolge eine Form der sexuellen Anziehung oder des Fetischismus, bei der sich eine Person zu unbelebten Objekten hingezogen fühlte. Sie war nach ihrer Schilderung bei Miniatureisenbahnern zu finden. Und wenn er sich den guten Dr. Braun so ansah, der, kaum dass er das Licht angeknipst hatte, wie paralysiert seine bahntechnische Welt betrachtete, war der unter Garantie ein Kandidat für Dr. Lieberknechts Diagnose. Ganz sicher übte der Miniaturkomplex hier im Keller auf den lieben Hilmar eine größere sexuelle Anziehung aus als seine Frau oben im Wohnzimmer.

Zugegeben, diese Art der sexuellen Anziehung war laut Lieberknecht relativ selten und wurde in der Psychologie auch nicht als sexuelle Orientierung anerkannt. Aber ein Märklin-H0-Modell, beispielsweise eine Großdiesellok vom Typ V200, war mit ein bisschen Phantasie einem Dildo auf Drehgestellen nicht unähnlich. Und für den Spitznamen der Diesellok V160, die im Miniatureisenbahner-Jargon gern als »Lollo« bezeichnet wurde und im Übrigen auch hier auf dieser Platte zwischen angedeutetem Großglockner und Ortler verkehrte, stand eine andere erotische Assoziation Pate. Die Abkürzung verwies auf die ehemals sehr populäre italienische Schauspielerin Gina Lollobrigida und ihre körperlich kurvenreiche Ausstattung.

Haderlein hatte jetzt aber genug von dem in innerer Erregung erstarrten Dr. Hilmar Braun und räusperte sich, was zu einem eklatanten Zusammenzucken des märklinophilen Kellermeisters führte. Haderlein war sich sicher, dass Braun ihn inzwischen vergessen hatte und bereits über die Anschaffung einer weiteren Lollobrigida nachdachte. Wenig überraschend reagierte der Hausherr dann auch so wie ein Pubertierender, der von Mama mit der Bravo und den aufklärerischen Geschichten eines gewissen Dr. Sommer unter der Bettdecke erwischt worden war: Hilmar Braun errötete, und das nicht zu knapp. Dann entschuldigte er sich mit fahrigen Worten und Gesten und deutete schließlich mit schweißnasser Hand auf einen kleinen Schreibtisch an der Wand. Darauf stand ein Monitor neben einem kleinen Rack, das unverkennbar moderne Festplatten beherbergte.

»Ähem, ich kann hier sowohl fernsehen als auch über den Monitor die Einfahrt einsehen, die Festplatten zeichnen zudem alles auf, was im Eingangsbereich geschieht. Also, was genau wollten Sie sich jetzt anschauen, Herr Kommissar? Die Aufnahmen einer Woche habe ich da; was älter ist, wird automatisch gelöscht.«

Haderlein vermutete, dass die Sucherei auf den Festplatten einiges an Zeit in Anspruch nehmen würde, da sie im Zweifelsfall auch die Aufnahmen der Tage vor der Entführung ansehen mussten. »Es tut mir leid, Herr Braun, aber ich werde die Festplatten mitnehmen müssen. Wenn wir sie durchgesehen haben, bekommen Sie sie natürlich umgehend zurück.«

Der Doktor nickte, denn das hatte er sich schon gedacht. Sein Bedauern über das Fehlen der Überwachungstechnik hielt sich zudem in Grenzen, denn in den letzten elf Jahren, seit er die Kamera besaß, hatte es nicht einen einzigen Vorfall gegeben, der irgendwie relevant gewesen wäre. Ohne weiteren Kommentar zog er die drei Platten eine nach der anderen heraus, steckte sie in eine kleine Plastiktüte mit einem Werbeaufdruck der Firma Märklin und übergab diese mit feierlichem Gesichtsausdruck dem Kommissar. »Hier, bitte schön, ich hoffe, es hilft Ihnen, wobei auch immer«, sagte er, und sein Blick wanderte sehnsuchtsvoll zurück zu seiner Modelleisenbahn.

Haderlein, der die fast magnetisch zu nennende Wechselbeziehung zwischen Bahn und Braun bemerkte, verspürte den immer stärker werdenden Drang, die aufgeladene Atmosphäre in diesem Raum zu verlassen und sich seinen weiteren Ermittlungen hinzugeben. Dr. Hilmar Braun hingegen schien es wirklich sehr schwerzufallen, sich von seinem Allerheiligsten zu trennen. Die Eisenbahnlandschaft schien ihn, ähnlich wie Frodos Ring, ganz langsam in Besitz zu nehmen und komplett zu vereinnahmen. Seine rechte Hand schwebte jetzt nur noch wenige Zentimeter über einem roten Knopf am Fuße des Großglockners.

»Soll ich's mal einschalten?«, fragte Braun mit fiebrig glänzenden Augen und lechzte förmlich nach einer offiziellen Bestätigung durch den Kommissar. Haderlein konnte sich allerdings gut vorstellen, dass der Druck auf den Knopf, der dieses Monstrum an Eisenbahnlandschaft zum Leben erweckte, bei Braun Empfindungen hervorrufen würde, die einem Orgasmus nicht unähnlich waren. Und das war ganz sicher nichts, was er sich ansehen mochte. Haderlein beantwortete die Frage also mit einem kompromisslosen, keinen Widerspruch duldenden »Nein«, was bei dem Fragesteller zu einer Art Coitus interruptus führte. Die Gesichtszüge des Doktors verkrampften sich, sein Oberkörper sackte nach vorne, als ob er einen Schlag in die Magengrube erhalten hätte, und er musste sich mit der schweißnassen rechten Hand an der Wand abstützen.

»Ich finde allein raus, herzlichen Dank erst einmal«, erklärte Haderlein, der das unheilvolle Drama nicht mehr mitansehen konnte, und verließ fluchtartig erst den Keller und dann das Haus des Ehepaares Braun.

Draußen empfing ihn wieder die unbarmherzige Tagestemperatur, die er in dem kühlen Eisenbahnkeller der Brauns schon fast vergessen gehabt hatte. So machte er sich schleunigst auf den Weg zurück zum Haus von Schultheiß und Kasiske, wo sein Auszubildender bestimmt schon mit vorwurfsvollem Blick und dampfendem Kopf auf ihn wartete. Es war seiner Meinung nach eher unwahrscheinlich, dass Presssack im Hof etwas Nutzbares aufgespürt hatte, denn die Bamberger Spurensicherer gingen in der Regel gründlich vor, vor allem wenn sie wie hier inzwischen mit Metalldetektoren und ähnlichem Suchgerät zur Sache gingen. Daher staunte der Kommissar nicht schlecht, als er das kleine Tor hinter sich geschlossen hatte und zu dem kleinen Grüppchen in der Mitte des Hofes eilte. Die beiden Kollegen standen mit reichlich desillusioniertem Gesichtsausdruck neben Presssack, der sich soeben zu ihren Füßen in den Kies gelegt hatte, und betrachteten das Ermittlerschwein mit regelrechter Ehrfurcht. Neben dem erschöpft wirkenden kleinen Ferkel lag seine Fundausbeute, und zwar in Form eines mittelgroßen Haufens von etwa fünfundzwanzig Zentimetern Höhe, in dem einer der Spurensicherer nun höchst interessiert mit einem Stift herumstocherte. Laut seiner Auskunft handelte es sich um eine Vielzahl unterschiedlicher Kleinstgegenstände, darunter Münzen im Wert von über dreißig Euro. Ein Betrag, der locker für eine abendfüllende Schafkopfrunde im Sternla, dem ältesten Lokal in Bamberg, gereicht hätte. Das absolute Glanzstück von Presssacks Spürarbeit war aber eine ganz besondere Münze, die Presssack hinten in der Ecke des Hofes gefunden hatte, wo die Mülltonnen standen. Nämlich eine silbern glänzende Fünf-Mark-Münze mit dem geprägten Antlitz von König Ludwig II., König von Bayern, aus dem Jahr 1874.

»Ach, du lieber Himmel«, entfuhr es Haderlein, der nicht sicher war, ob er diese Fundsache als Beweisstück behandeln oder sie als Privateigentum an die Hausbesitzerin zurückgeben sollte. Er entschied sich für Ersteres und ordnete an, die Münze samt Presssacks übrigen Fundsachen in eine Tüte zu packen, um sie in der Dienststelle gründlich zu obduzieren. Einen längeren Aufenthalt in der Sonne wollte er Presssack nicht zumuten, der Kerl hatte für heute schon genug geleistet. Er dankte den Kriminaltechnikern, ergriff Presssacks Leine und machte sich umgehend auf den Weg zurück zu seinem Wagen.

Sie hatten den Hof noch nicht einmal zur Gänze überquert respektive das Eingangstor erreicht, als sein Mobiltelefon klingelte. Es war Lagerfeld, den er zur Filmuntersuchung ins Rechenzentrum der Firma Brosst geschickt hatte, um dort vielleicht etwas über den Aufenthaltsort von Philipp Schultheiß herauszufinden.

Sein jüngerer Kollege hatte auch tatsächlich etwas zu erzählen, allerdings bezogen sich die Informationen nicht auf die Untersuchungen an der Filmdatei. Das, was Lagerfeld ihm berichtete, setzte ihren Fall in ein völlig neues, dramatischeres Licht. Anlass, schleunigst in die Dienststelle zurückzukehren und erneut einen Kriegsrat abzuhalten. Er steckte das Telefon wieder ein und zog Presssack dann mit Nachdruck in Richtung des Land Rovers. Es galt, keine Zeit zu verlieren.

Achtundzwanzig

Die Zeit in Wozniaks Büro war vergangen wie im Flug, sodass sie zuerst gar nicht bemerkt hatten, dass das Überprüfungsprogramm, das der Computerspezialist über das Handy hatte laufen lassen, seinen Dienst treusorgend zu Ende verrichtet hatte. Allerdings ohne jegliches Ergebnis, das iPhone war sauber. Kurz darauf ließ Wozniak auf einem der großen Bildschirme in seinem Büro das Handyvideo ablaufen, während Kojote Karl rechnete. Vorher hatte er sein Büro verdunkelt, damit niemand Unbefugtes die Entführung von CEO Philipp Schultheiß mitbekommen konnte.

Nebenbei erfuhr Lagerfeld von Wozniak so einiges an Interna aus der Firma Brosst Mechatronics. Laut Wozniak war schon seit Monaten ein heftiger Streit zwischen ihm, Schultheiß und auf der anderen Seite Michael Brosst entbrannt, und zwar über das Thema künstliche Intelligenz. Nach Wozniaks Ansicht lag die Zukunft der führenden Automobilzulieferer, zu denen Brosst Mechatronics seit Langem gehörte, ganz eindeutig im Softwarebereich, genauer in der Entwicklung intelligenter Systeme für moderne Elektrofahrzeuge. Im momentanen CEO Philipp Schultheiß hatte Wozniak einen überzeugten Unterstützer seiner Ideen und Vorstellungen gefunden, deren Umsetzung aber einen neuen Computer, eventuell sogar ein gänzlich neues Rechenzentrum erforderte. Mit Kojote Karl, so rechenstark er einmal gewesen sein mochte, war heutzutage kein großer Staat mehr zu machen. Aber Rechenleistung kostete Geld, viel Geld. Nach Ansicht von Wozniak und Schultheiß mindestens dreißig Millionen Euro, eine Summe, die Brosst jedoch nicht bereitstellen wollte. Deswegen war es schon kurz nach der Ernennung zur Schieflage zwischen dem CEO und Michael Brosst gekommen, und es stand zu befürchten, dass dieser sich bald wieder von dem jungen Manager trennen würde. Womöglich war das Geschäftsessen in Bamberg, zu dem der CEO nicht mehr erschienen war, bereits als Abfindungsdiskussion gedacht gewesen, aber nichts Genaues wusste Wozniak auch nicht, das war reine Spekulation. Was er allerdings mit Sicherheit sagen konnte, war, dass es bei ihm womöglich auch nicht mehr lange dauerte, bis der alte Brosst ihn endlich rausschmiss, denn auch er war von diesem bereits angebrüllt worden, dass es nicht mehr feierlich war. Allerdings ließ ihn das Gezeter reichlich kalt, er war einfach zu gut, zu unersetzlich, als dass Brosst sich seinen Rausschmiss leisten könnte, und die potenziellen neuen Arbeitgeber standen ohnehin längst Schlange.

Kaum hatte Wozniak das gesagt, klopfte es an der Bürotür, und der erwähnte Michael Brosst betrat das Büro. Beim Anblick der seltsamen Konstellation, die ihn hier erwartete, erstarrte er. Sein Chef des Rechenzentrums saß mit nacktem Oberkörper und einem Handtuch um den Hals vor einem riesigen Computerbildschirm, daneben dieser seltsam anmutende Bamberger Kommissar, der ihm schon in der Dienststelle unangenehm aufgefallen war, eine Bierflasche in der Hand und die abgenutzten Krokodillederstiefel auf dem Schreibtisch. Das entsprach gelinde gesagt nicht seinen Vorstellungen vom Auftreten am Arbeitsplatz. Der Kommissar mit dem albernen Zopf und der Sonnenbrille nahm angesichts seines Erscheinens wenigstens diese unmögliche Fußbekleidung vom Tisch, während Wozniak nur kurz zur Begrüßung nickte.

»Sagen Sie mal, Wozniak, sind Sie von allen guten Geistern verlassen? Das hier ist immer noch ein Arbeitsplatz mit einer gewissen Kleiderordnung und kein Wellnessurlaub!«, schrie Michael Brosst, was bei seinem Angestellten nur das Übliche auslöste, nämlich nichts. Er ignorierte den Tobsuchtsanfall geflissentlich, ein Verhalten, das bei Brosst eine Eruption auslöste, die der des Vesuvs, als dieser Pompeji vom Erdboden tilgte, nicht ganz unähnlich war. Lagerfeld verzog sich mit seinem Stuhl sicherheitshalber in die hinterste Ecke des Raumes, um von diesem Tornado im Miniformat nicht in Mitleidenschaft gezogen zu werden. In seinem ganzen Leben hatte er noch niemanden so schreien gehört oder auch nur geahnt, dass jemand dazu in der Lage wäre.

Draußen vor dem Büro stand Uwe Schierling, der seinem Chef eigentlich ein paar Kalkulationen bringen wollte, aber sofort davon Abstand nahm, als er hörte, was in Wozniaks Büro abging. Brossts Gebrüll war so laut, dass Schierling spüren konnte, wie die Glaswände vibrierten, als er die Hand darauflegte. Er überlegte nicht lange und kehrte wieder um. Die Kalkulationen konnte er auch später noch zustellen, wenn er nicht mehr Gefahr lief, zwischen die Fronten zu geraten.

»Ich habe es langsam satt, dass Sie sich hier andauernd aufführen wie ein Affe im Urwald, unser hochmodernes Rechenzentrum permanent schlechtreden und sich schlicht nicht im Sinne der Firma verhalten! Sie machen uns doch zum Gespött unserer Konkurrenz, Wozniak!« Michael Brosst befand sich immer noch im apokalyptischen Modus, als sein oberkörperfreier Rechenmeister auf einmal mahnend den Finger hob.

»Entschuldigen Sie, Herr Brosst, dass ich Sie unterbreche, aber haben Sie da eben gesagt, das hier wäre ein hochmoderner Computer? Gut, dann will ich Ihnen mal etwas erzählen über Kojote Karl.«

Wozniak setzte sich in seinem Drehsessel in Positur, während Michael Brosst vor Empörung, dass dieser impertinente Rechenschieber es wagte, ihn zu unterbrechen, um ihn in den Räumlichkeiten seiner eigenen Firma zu belehren, der Mund offen stehen blieb.

»Es gibt da ein paar erschütternde Details in der Familiengeschichte unseres altehrwürdigen Rechenzentrums, von denen Sie, so glaube ich zumindest, noch gar nichts wissen. Was ich Ihnen nicht verdenken kann, eine Firma wie Brosst Mechatronics zu leiten kostet viel Zeit, da hat man sicherlich keinen Sinn für Einzelheiten. Es ist nämlich so, Herr Brosst, Karls Großvater, ein einfacher Taschenrechner, musste sich die Zahlen für die Familie mit simplen Hausaufgaben vom Munde absparen, damit seine Kinder es einmal besser haben würden als er. In der Schule hat er damals so lange geschuftet, bis er zum Commodore befördert wurde. Das reichte dann immerhin, um seinem ältesten Sohn ein Studium bei Microsoft zu finanzieren, wo der Junge es wirklich weit gebracht hätte – wenn, ja wenn er nicht irgendwann von einem iMac gelöscht worden wäre. Mit Apple hatte er nicht gerechnet, niemand bei Microsoft. Wissen Sie eigentlich, wie brutal das ist, Herr Brosst, in der Hochphase seiner Leistungsfähigkeit von einem iMac gelöscht zu werden?«

Brosst wusste es nicht, er wollte es auch gar nicht wissen. Er wollte seinem arroganten, selbstgefälligen, respektlosen Leiter des Rechenzentrums an den Kragen und ihm sämtliche Gliedmaßen einzeln herausreißen. Aber nicht einmal das war ihm möglich, denn Gerald Wozniak war locker einen Kopf größer als er und durch das Rudern dermaßen fit, dass er bei einer körperlichen Auseinandersetzung in jedem Fall den Kürzeren gezogen hätte. Das wusste Gerald Wozniak natürlich auch, also machte er ungerührt weiter mit seinem Vortrag.

»Nach der Löschung seines ältesten Stammhalters erlitt auch Karls Opa einen Systemabsturz und musste fortan von zwei polnischen Programmiererinnen gepflegt werden, die ihm jeden Tag die Festplatte geputzt haben, und zwar bis zu seiner Verschrottung, Bill Gates habe ihn selig. Immerhin hatte es sein Enkel, unser Kojote Karl, zu einer gewissen Stellung gebracht und genoss internationale Reputation. Aber wenn er sich nicht weiterbildet, seine Kapazitäten massiv erweitert, unser Kojote Karl, dann wird auch er bald enden wie sein Großvater, mit polnischen Festplattenputzerinnen, die ihn pflegen, verstehen Sie? Also, Herr Brosst, bevor Sie hier wieder –«

Mit einem lauten »Ping« meldete das vor dem Monitor

liegende iPhone den Eingang einer Nachricht, und aller Augen richteten sich auf das Handy, weshalb Michael Brosst, der mittlerweile puterrot angelaufen war, nicht mehr zum Zug, sprich: zu einem allumfassenden Anschiss kam. Er war so dermaßen verblüfft, dass er glatt vergaß, weiterzuschreien.

»Das ist eine neue Nachricht von unseren Entführern, ich lade sie gleich mal herunter«, gab Wozniak diensteifrig bekannt. Wenige Sekunden später erschien die Filmdatei auf dem großen Bildschirm, und Wozniak klickte sie an. Lagerfeld war mit seinem Stuhl vor den Bildschirm zurückgekehrt, und Brosst, der beschlossen hatte, seine Maßregelungstirade vorerst zu verschieben, stellte sich mit abwartend vor der Brust verschränkten Armen hinter ihm auf, während der Film startete.

Offenbar hatten die Entführer die Örtlichkeit gewechselt, denn im Hintergrund war nun eine flache Dünenlandschaft zu sehen, die mit zahlreichen kleinen Büschen und Bäumchen bewachsen war. Die Kamera stand dieses Mal auf einer Art ebenerdiger Veranda aus grobem Holz, die am unteren Bildrand zu sehen war, davor kniete in immer noch gleicher Kleidung Philipp Schultheiß, der von einem vermummten, in der Hand ein ziemlich martialisch aussehendes Messer haltenden Mann bewacht wurde. Der CEO machte einen erbärmlichen Gesamteindruck. Schultheiß sah aus, als hätte er schon sehr lange nicht mehr geschlafen. Außerdem hatte es nicht den Anschein, als behandelten ihn seine Entführer besonders zuvorkommend, ganz im Gegenteil. Allzu viel Zeit, um Mitleid zu entwickeln, hatten Lagerfeld, Brosst und Wozniak jedoch nicht, denn schon nach wenigen Sekunden begann der Vermummte zu sprechen.

»Hallo, Herr Brosst. Sie haben genau vierundzwanzig Stunden Zeit, fünfzig Millionen Dollar an uns zu überweisen, die Kontonummer wird im Anschluss eingeblendet. Wenn Sie das nicht tun oder versuchen, Zeit zu schinden, sich irgendwelche Ausreden einfallen lassen, wird Ihr Geschäftsführer sich von einem entbehrlichen Körperteil trennen müssen, das wir Ihnen dann selbstverständlich als Souvenir aus der Ferne zukommen lassen werden. Und damit Sie auch merken, dass wir es bitterernst meinen, hier ein kleiner Vorgeschmack.«

Der Vermummte packte mit einem brutalen Griff das ehemals teuer frisierte Haupthaar des Geschäftsführers und riss dessen Kopf regelrecht nach hinten, bevor er mit einem schnellen Schnitt seines großen Messers Schultheiß' rechtes Ohr vom Kopf abtrennte. Der fasste sich mit einem lauten, gequälten Aufschrei an die blutige Stelle, während seine Ohrmuschel von dem Vermummten wie eine Trophäe in die Höhe gehalten und dann achtlos in die angrenzenden Büsche geworden wurde.

»So viel dazu. Zahlen Sie fristgerecht, dann kriegen Sie Ihren Mann an einem Stück wieder, ansonsten in einzelnen, vierundzwanzigstündigen Raten.« Die Kamera zoomte an das schmerzverzerrte Gesicht des Entführten heran und fokussierte auf die Hand an der Schnittstelle. Zwischen den Fingern quoll das Blut hervor und lief an Schultheiß' Unterarm herab. Dann wurde der Bildschirm schwarz, und für etwa zehn Sekunden wurde eine Bankverbindung eingeblendet, ehe das Video endete.

Die Stimmung in Wozniaks Büro war nun eine gänzlich andere als noch vor zehn Minuten. Niemand brüllte mehr, es wurden auch keine computergenerierten Witze gerissen und kein Bier getrunken. Stattdessen blickten die drei Männer einander äußerst betroffen ins Gesicht. Bis Kriminalkommissar Bernd Schmitt aus seiner Schockstarre erwachte, sein Mobiltelefon herausholte und zu telefonieren begann.

Kira hatte beschlossen, es gar nicht erst mit Rufen zu versuchen, sondern lieber gleich selbst das Baugerüst hinaufzuklettern. Als sie auf dem Dach ankam, erntete sie zunächst ungläubige Blicke, dann einen kernigen Anschiss von Emil Kotschenreuther, der sie darüber belehrte, dass Privatpersonen nichts, aber auch wirklich gar nichts auf diesem Gerüst verloren hatten. Als er sich wieder abgeregt hatte, zeigte Kira Sünkel ihm zuerst ihren Dienstausweis, dann auf seinen Auszubildenden und machte dem Dachdeckermeister klar, dass sie dringend mit seinem Lehrling reden musste.

Kotschenreuther hatte keine Ahnung, was das sollte, allerdings bemerkte er am schuldbewussten Gesichtsausdruck von Max, dass da irgendetwas im Busch war. Max nickte denn auch sofort, als die Kommissarin ihn bat, mit hinunterzukommen, da es ihr auf dem Kirchendach für eine Befragung eindeutig zu heiß war. Max Fabian warf seinem Meister noch einen zerknirschten Blick zu, bevor er zusammen mit der Bamberger Kommissarin vom Dach stieg und einen nachdenklichen Emil Kotschenreuther zurückließ.

Unten angekommen, wurde Max von Kira ohne Umschweife die Zeugenaussage der Gräfin von Orlamünde präsentiert, was den jungen Mann während ihrer Schilderung fast sekündlich immer kleiner und schuldbewusster werden ließ. Kira hatte nicht wirklich den Verdacht, dass Max Fabian in das Gewaltverbrechen verwickelt war, aber irgendwas musste er über die Vorgänge in diesem Haus wissen. Und da es ihr Naturell war, Probleme direkt anzugehen, hielt sie es auch mit diesem jungen Zeugen so.

»Also, Max, erzähl mir, was im Haus der Kehls vorgefallen ist. Ich will keine Ausreden, ich will keine Beschönigungen, und ich will auch nicht, dass du irgendetwas weglässt. Ich möchte nichts als die Wahrheit von dir hören. Vor allem möchte ich wissen, ob du weißt, wo sich der Junge aufhält, der mehrfach mit dir gesehen wurde. Also?«

Max Fabian war nur noch ein Häufchen Elend, denn seine stille Hoffnung, die ganze Angelegenheit würde eine kurze Episode ohne weitere Nachwirkungen in seinem Leben bleiben, hatte sich hiermit gründlich zerschlagen. Jetzt war alles noch viel komplizierter. Die Polizei hatte ihn vom Dach geholt, womöglich wurde er bestraft, und am Ende verlor er noch seinen Ausbildungsplatz und den Führerschein. Allein die Vorstellung machte ihn fix und fertig. Und egal, was er dem kleinen Aleks versprochen hatte, er konnte ihn nicht mehr beschützen, das war jetzt endgültig eine Sache der Polizei.

»Ja, ich weiß, wo Aleks ist. Ich habe ihm gleich gesagt, dass wir zur Polizei gehen sollten, aber er wollte nicht hören«, verteidigte er sich mit hochrotem Gesicht, aber das war nicht das, was die Kommissarin von ihm hören wollte.

»Na schön, Max, das glaube ich dir ja. Aber wo ist er denn nun?«

Er hob die Hand und deutete auf die Watzendorfer Kirche. »Da drin«, antwortete er, und man konnte förmlich sehen, wie eine immense Last von seinen Schultern abfiel.

»Na, dann wollen wir mal«, meinte Kira entschlossen und bedeutete ihm, vorauszugehen.

Max tat wie ihm geheißen und führte die Kommissarin zum Nebeneingang des eingerüsteten Kirchenbaus, holte tief Luft und klopfte dreimal an die hölzerne Tür. Es dauerte nicht lange, dann war das Geräusch eines alten Eisenschlüssels im Schloss zu vernehmen, die Tür wurde einen Spalt geöffnet, und ein Kinderauge linste misstrauisch hinaus. Erst war ein erfreutes Leuchten, dann das Erschrecken zu sehen, als Aleks die Frau hinter seinem großen Beschützer bemerkte. Die Tür fiel wieder ins Schloss, und von Aleks Kovalenko war nichts mehr zu sehen.

Max Fabian sah hilfesuchend zu Kira Sünkel, die keinerlei pädagogische Skrupel hatte, das Kaninchen aus dem Bau zu holen. Sie drückte die Türklinke nach unten, und die Tür schwang auf. Im Innenraum der Marienkirche war der Junge auch nicht zu entdecken, offenbar hatte er sich wieder einmal versteckt, eine Fähigkeit, die er in den vergangenen zwei Tagen des Öfteren unter Beweis gestellt hatte.

»Aleks!«, rief Max und fügte etwas leiser hinzu: »Komm raus, die Frau ist von der Polizei und will dir nur helfen. Sie weiß, was passiert ist, und will einfach nur mit dir reden, okay?«

Suchend blickten sich Max und Kira in der Kirche um, aber es rührte sich nichts. Na, das kann ja heiter werden, dachte Kira, als sie nach oben blickte. Ein hoher, runder Triumphbogen verband den Chorraum mit dem Langhaus, das von einer Flachdecke überspannt wurde und an den Längsseiten eine dreigeschossige sowie an der Querseite eine zweigeschossige Empore besaß. Die Brüstungen waren mit Rokokoschnörkeln bemalt, die Putzdecke in den Ecken abwechselnd mit sächsischen Rautenkranzwappen und den ineinander verschlungenen Initialen der Herzöge von Sachsen-Coburg-Saalfeld. In der Mitte stellten zwei ovale Felder mit Gemälden Moses auf dem Berg Sinai und die Verklärung Jesu auf einem Berg dar. Alles überwiegend in einem blauen Farbton gehalten und wunderschön, aber auch reich an Verstecken. Der Junge konnte schlicht überall sein.

Max Fabian steuerte derweil auf die eindrucksvolle Kanzel mit der verschlossenen Tür am südlichen Triumphbogenpfeiler zu, die wie das Äußere der Kirche bis zum Deckengewölbe eingerüstet war, was die Kommissarin nicht so ganz verstand, denn dort ging es schließlich nicht weiter, und eigentlich hätte sie sich jetzt gern mit ihm besprochen, wie sie bei der Suche auf den drei Emporen am besten vorgehen sollten, damit ihnen der kleine Aleks nicht wieder ausbüxte. Aber Max Fabian beugte sich kurz über die etwa brusthohe Absperrung, die dem gemeinen Gottesdienstbesucher den Weg hinauf zur Kanzel verwehrte, denn dieser Ort war ausschließlich dem Pfarrer vorbehalten, packte beherzt zu und hob mit nur einem Arm den gesuchten Delinquenten aus seinem Versteck.

Wild zappelnd und in einer Mischung aus Deutsch und Ukrainisch lautstark fluchend, versuchte sich Aleks Kovalenko aus dem Griff seines großen Freundes zu befreien, aber der hielt ihn eisern fest und brachte den Findling, der permanent fünfzig Zentimeter über dem Boden schwebte, zu Kira Sünkel. Auf ihren fragenden Blick entgegnete er: »Wenn ich mich verstecken gewollt hätt, wär ich aach genau da nei verschwunden.«

Das leuchtete ein, und die Kommissarin nickte, ehe sie sich dem Jungen zuwandte, der sie mit feindseliger Miene beäugte. »Also gut, Aleks. Du und Max, ihr kommt jetzt mit mir nach Bamberg. Auf der Dienststelle könnt ihr mir in Ruhe erzählen, was hier in Watzendorf eigentlich genau vorgefallen ist. Anschließend darfst du wieder ins Josefsheim und Max zurück auf sein Dach, verstanden?«

Max Fabian nickte eifrig, während der kleine Aleks Kovalenko keinerlei Bereitschaft signalisierte, auch nur irgendwie zu kooperieren.

»Und wenn ich nicht will, vid'ma!«, schrie er erbost und versuchte weiterhin nach Leibeskräften, sich aus dem Griff des Lehrlings zu befreien.

Kira kannte das ukrainische Wort nicht, mit dem er sie titulierte, aber sie machte sich keinerlei Illusionen über die Bedeutung, es war mit Sicherheit nichts Positives. Sie nahm es nicht persönlich, wer wusste denn schon, was Aleks während seiner Flucht aus der Ukraine alles erlebt hatte. Trotzdem beschloss sie, besser einmal durchzugreifen, sonst demolierte der rabiate Kovalenko noch auf der Heimfahrt den Streifenwagen.

»Wenn nicht, mein lieber Aleks, kommst du ins Kinderbergwerk nach Strullendorf. Und glaub mir, da willst du nicht hin«, drohte sie, und sofort war es vorbei mit der Strampelei. Max stellte seinen kleinen Schützling auf den Kirchenboden, wo Aleks brav stehen blieb und Kira furchtsam ansah.

»Kinderbergwerk?«, fragte er entsetzt.

»Kinderbergwerk«, wiederholte sie. Der Spruch stammte von Lagerfeld, und sie hatte sich total gewundert, dass die dämliche Behauptung bei Kindern tatsächlich funktionierte.

Aber so war es. Aleks Kovalenko wirkte sichtlich eingeschüchtert, derart archaische Erziehungseinrichtungen hätte er hier in Deutschland niemals vermutet. Da schien Kooperation doch bei Weitem die bessere Lösung zu sein.

»Also gut, Abmarsch, alles Weitere in der Dienststelle«, gab Kira kurz und knapp bekannt, und die kleine Gruppe verließ die Kirche.

Franz Haderlein traf kurz nach Lagerfeld in der Dienststelle in Bamberg ein, wo er Presssack sofort kommentarlos an Honeypenny übergab, die ihrem kleinen Liebling ob seines dehydrierten Gesamteindrucks sogleich eine große Schale frischen Wassers vor den Rüssel stellte.

»Mein Gott, der Kleine hat ja einen Sonnenbrand, Franz«, beschwerte sie sich bei Haderlein, der allerdings gerade nur sehr wenig Verständnis für solche schweinischen Kosmetikproblemchen aufbringen konnte. Er drückte César Huppendorfer die Plastiktüte in die Hand, in der sich die Braun'schen Festplatten befanden, und bat ihn, diese nach verdächtigen Aktivitäten vor der Hauseinfahrt zu durchforsten. Der Halbbrasilianer machte ein Gesicht, als hätte ihm Haderlein eine entsicherte Handgranate übergeben. Die Aufnahmen von einer Woche, das roch ziemlich stark nach Überstunden, na super. Ohne Kommentar, aber missmutiger Stimmung pflanzte er sich vor seinen Computer und machte sich an die Arbeit.

Haderlein war unterdessen schnurstracks zu Lagerfeld weitergegangen und sah sich mit ihm die neueste Videobotschaft der Entführer an.

»Die Kontonummer haben wir bereits verifiziert, sie gehört zu einer Bank auf den Cayman Islands«, berichtete Lagerfeld, der schon die ersten Recherchen angestellt hatte. »Die Inseln gelten gemeinhin als weltgrößtes Steuerparadies und als einer der größten Finanzplätze der Welt überhaupt. Kein Wunder, dass das Geld dorthin überwiesen werden soll, dort ist es nämlich sicherer als in Fort Knox. Und in Anbetracht der Fakten würde es mich sehr wundern, wenn Philipp Schultheiß nicht irgendwo dort in der westlichen Karibik gefangen gehalten wird, entweder direkt auf den Caymans oder auf einer Nebeninsel. In dem Fall wird die ganze Sache für uns noch einmal komplizierter, dort haben wir nämlich keine Zugriffsmöglichkeit und auch kein Auslieferungsabkommen.« Lagerfeld legte den Kopf schief und verzog bedeutungsvoll das Gesicht. »Wenn du mich fragst, Franz, entweder der Brosst zahlt, oder der gute Schultheiß kommt nur scheibchenweise hierher zurück.«

Haderlein war der gleichen Ansicht. Mochte Bernds Ausdrucksweise auch wieder einmal eine Spur zu schnoddrig ausgefallen sein, an seinen Schlussfolgerungen war nichts auszusetzen. Im Grunde konnten sie hier zwar noch ihre Erkenntnisse sichern, etwa durch die Festplattenauswertung aus dem Hause Braun, aber der Ball lag jetzt im Spielfeld von Michael Brosst, der entscheiden musste, ob er das Lösegeld zahlen wollte oder nicht. Fünfzig Millionen wären nach Haderleins Kenntnis kein neuer Rekord in der Entführungsgeschichte, da gab es ganz andere Zahlungen, die auch gern mal bei polizeilichen Weiterbildungen erörtert wurden.

»Du hast vollkommen recht, Bernd, das sieht für unsere Ermittlungen nicht gut aus. Ich tendiere dazu, den Entführungsfall Interpol zu übergeben, mit unseren bescheidenen Mitteln kommen wir auf den Cayman Islands nicht weiter. Was hat denn eigentlich der Brosst zu der Forderung gesagt, hat er sich irgendwie dazu geäußert?«

»Nein, Franz, keinen Ton. Er stand nur stumm da, hat sich die Kontonummer notiert und ist dann einfach gegangen. Überhaupt, wenn du mich fragst, Franz, brennt bei dieser Firma die Hütte unter dem Dach. Was ich so unter der Hand erzählt bekommen habe, steht der Leiter des Rechenzentrums, ein ziemlich cooler Typ übrigens, schon seit Längerem auf der Abschussliste Seiner Eminenz Michael Brosst. Und auch Philipp Schultheiß scheint zum Zeitpunkt seiner Entführung kurz vor dem Rauswurf gestanden zu haben, weil er es sich wegen Wozniak mit dem Brosst verdorben hat. Ich meine, dass Wozniak dem Seniorchef ein Dorn im Auge ist, das wundert mich nicht gerade. Schon nach fünf Sekunden hab ich gemerkt, dass der Probleme mit Autoritäten hat«, erzählte Lagerfeld im Brustton der Überzeugung.

»Ach, der auch? Das ist ja lustig, denn hier in der Dienststelle haben wir auch so ein Exemplar«, rutschte es Haderlein heraus.

»Wie, auch so ein Exemplar? Wer soll denn das bitte …?«

Kriminalkommissar Bernd Schmitt sprach nicht weiter, denn in diesem Moment kam die Kollegin Sünkel in Begleitung von zwei weiteren Personen zur Tür herein. Dabei handelte es sich um einen großen, kräftigen, jedoch eingeschüchtert wirkenden jungen Mann und ein noch jüngeres Kind, das ziemlich misstrauisch die Menschen in diesem Büro musterte.

»Honeypenny, ich brauche jemanden vom Jugendamt zur psychologischen Betreuung und einen gewissen Egidius Hartmann, den Leiter des Josefsheims, ich habe hier eine Befragung von zwei Minderjährigen.«

Marina Hoffmann, die gerade damit beschäftigt war, Presssacks sonnenverbrannten Rücken mit Aloe vera einzuschmieren, trennte sich widerwillig von ihrem kleinen Patienten, der inzwischen schon die dritte Schüssel Wasser leer getrunken hatte. Sie nahm Aleks Kovalenko an die Hand, musterte ihn und warf Kira einen vorwurfsvollen Blick zu. »Der junge Mann hier sieht ja völlig verhungert aus. Bevor irgendwer von wem auch immer befragt wird, müssen die beiden erst einmal was essen. Honigbrot?«, fragte sie Aleks und Max, die beide nach kurzem Zögern dankbar nickten.

Kira wollte etwas zu Honeypennys Eigenmächtigkeit sagen, aber Marina Hoffmann bedachte sie mit einem dermaßen entschlossenen Blick, dass sich der Kollege Lagerfeld bemüßigt fühlte, seinerseits Kira an die Hand zu nehmen und sie vorsichtig zur Seite zu ziehen.

»Aber …«, brachte Kira gerade noch hervor, ehe Lagerfeld ihr einen Finger auf den Mund legte.

»Nichts, ›aber‹, Kira. Lass Marina einfach mal machen. Nicht alles auf dieser Welt lässt sich mit Vorschriften und Regeln erklären, verstehst du?«

Kommissarin Kira Sünkel verstand nicht, aber dafür gab es ja Bernd, der ihr die normale Welt erklärte. Also würde das mit den Honigbroten schon seine Richtigkeit haben, zumindest vorerst.

»Jetzt lass die beiden erst einmal essen und sich ein wenig mit Presssack beschäftigen, und du wirst sehen, was das nachher für eine entspannte Vernehmung wird.«

Kira Sünkel hatte wirklich keine Ahnung, wovon Bernd da redete. Wie sollte denn bitte schön ein Ferkel dazu beitragen, dass Zeugen die Wahrheit sagten? Das war ihre Pflicht und Schuldigkeit, und im Zweifel gab es Mittel und Wege, sie dazu zu bringen. Aber wenn Marina und Bernd das besser wussten, bitte schön.

»Wie wär's denn heute mit einem ›Mamaladnamala‹?«

Kira schaute Lagerfeld an, als wäre er gerade mit einem Raumschiff auf der Erde gelandet. Das, was er da eben von sich gegeben hatte, war ihr als gebürtiger Bambergerin natürlich geläufig. Allerdings hatte sie keinen Schimmer, was sie hier und jetzt mit einem Glas voll Marmelade anfangen sollte. Daher fiel ihr auch nichts Besseres ein, als ein leicht genervtes »Hä?« von sich zu geben.

Ihr Lebensgefährte in Wartestellung grinste wissend, war ihm doch völlig klar gewesen, dass diese durch und durch logisch strukturierte Schnecke die Bemerkung nicht schnallen würde. »Tja, Schätzchen. Nach unserer minderjährigen Vernehmung haben wir ja nachher Feierabend. Das heißt, im Zuge unserer gemeinsamen Weiterbildungsmaßnahme werde ich dir das nächste Kapitel aus meinem fränkischen Kamasutra präsentieren, namentlich das ›Mamaladnamala‹.«

Es dauerte einen Moment, bis bei Kira der Groschen gefallen war, dann hatte auch sie verstanden.

Es war Nacht, und die Temperaturen hatten sich deutlich nach unten bewegt. Es war zwar gemeinhin nicht gerade so, dass man neunundzwanzig Grad als kühl bezeichnen konnte, aber im Vergleich zu dem, was sich zurzeit tagsüber abspielte, war der Temperaturabfall eine große Erleichterung – und für sein Vorhaben sowieso. Die Tage waren zurzeit am längsten, also war die Zeitspanne, in der er im Dunkeln agieren konnte, begrenzt. Aber er war gut vorbereitet, er hatte mehr Kraft als alle anderen, und er war entschlossen. Mehr brauchte er nicht, um das zu tun, wovon er jetzt schon so lange träumte.

Sein Blick wanderte hinauf zu den beiden Querbalken des Kreuzes, das einstmals ein gewisser Adolf Geuß gebaut haben sollte, ein bekannter deutscher Zimmerer und Handwerker aus Bad Staffelstein. Tja, das mit den deutschen Handwerkern war lange her. Zum allgemeinen Verfall gehörte auch, dass man selbst hier bald nur noch dunkelhäutige oder arabisch sprechende Typen antreffen konnte. Wie tief war dieses Land nur gesunken. Aber dieses Kreuz, hier an diesem hochheiligen Platz, war noch rein, frei von ausländischen Einflüssen.

Er hob die Leiter vom Dach seines Transporters und stellte sie an den massiven Mittelbalken, stieg hinauf und bohrte auf Höhe des oberen, kürzeren Querbalkens ein zehn Zentimeter tiefes Loch in das Holz, in das er einen massiven Haken für den Flaschenzug schraubte. Wenig später war der Flaschenzug daran befestigt, und er stieg die Leiter wieder hinunter. Noch einmal schaute er sich auf dem Plateau um, aber es war nichts zu sehen, nur der laue Wind wehte sanft über die Hochebene.

Der Mann ging zum Wagen, öffnete die Flügeltüren am Heck des Kleintransporters und hob einen der schwarzen Leichensäcke heraus, den er dann um den Transporter herum und bis zum Fuß des Holzkreuzes schleifte. Dort öffnete er vorsichtig den Sack und befreite den darin liegenden blutentleerten Körper von der schwarzen Kunststoffhülle. Als das geschafft war, breitete er die Arme des Toten aus und band eine genau abgemessene Holzlatte daran fest.

Der letzte Teil seiner Arbeit bestand nun darin, die entstandene Konstruktion mit Hilfe des Seilzuges nach oben zu ziehen, bis die ausgebreiteten Arme sich mit dem unteren, längeren Querbalken des Wetterkreuzes deckten. Er musste das Werk genau so vollenden, wie es schon vor über zweitausend Jahren geschehen war. Als Opfer und Mahnung an die Menschen zugleich. An die Deutschen, damit sie endlich die Augen öffneten und das Verderben erkannten, das ihnen drohte, dem eigenen Volk. Er befestigte die beiden Haken des Flaschenzugs an der Holzlatte und begann, den präparierten Körper nach oben zu ziehen.

Die Befragung von Max Fabian und Aleks Kovalenko hatte sich länger hingezogen als vermutet. Das lag nicht so sehr an der Bereitschaft der beiden, auszusagen, die war dank Marina Hoffmanns kulinarischer Beihilfe ziemlich ausgeprägt. So konnte ein ungefähres Phantombild von dem Unbekannten angefertigt werden, und Aleks hatte mit schwarzem Filzstift eine Zeichnung von dem Tattoo auf dem Unterarm des Gesuchten gemacht. Ein kleines, stilisiertes Boot, auf dem sich zwei noch kleinere Paddel kreuzten. Das Phantombild, beruhend auf den Aussagen eines Siebenjährigen, war mit Vorsicht zu genießen und leider nicht für eine Fahndung zu gebrauchen. Es zeigte ein markantes, raues Gesicht mit tief eingegrabenen Falten. Immerhin würde er ihn sicher wiedererkennen, wenn er erneut vor ihm stand, so weit war sich Aleks Kovalenko sicher.

Max Fabian konnte in Bezug auf das Phantombild keine ergänzenden Angaben machen, er hatte den Mann nie von vorne gesehen, bestätigte aber das Aussehen des Tattoos. Lagerfeld hatte zudem eine leise Ahnung, dass er dieses Tattoo schon einmal irgendwo gesehen hatte, aber er kam nicht drauf, wo das war. Vielleicht handelte es sich ja um ein allgemeines Schifffahrtssymbol, das es öfter gab, als er dachte. Wie auch immer, es war ein Anfang.

Leider hatte keiner der beiden mit Sicherheit sagen können, ob die Eheleute Kehl noch am Leben waren oder nicht. Sie blieben verschwunden, ohne jeglichen Hinweis auf ihren Aufenthaltsort, was ziemlich unbefriedigend war. Insgesamt hatte das alles nicht übermäßig viel Zeit gekostet. Die war vergangen, weil Aleksander Kovalenko im Zuge der Vernehmung seine Flucht aus der Ukraine geschildert hatte. Seine Geschichte hatte die erwachsenen Zuhörer ziemlich erschüttert. Ein wahrer Höllentrip für einen Jungen in seinem Alter.

Die Familie hatte sich von einem Moment auf den anderen in einem fürchterlichen Krieg wiedergefunden und zur Flucht entschlossen, geweckt von Explosionen im heimatlichen Cherson. Draußen heulten die Sirenen, während Aleks und seine Eltern hektisch ein paar Sachen packten und losfuhren. In seinem kleinen Rollkoffer hatte der Junge Kleidung und ein paar Habseligkeiten mitgenommen. Neunundzwanzig Stunden sollte die Autofahrt dauern, überall gab es Staus. Die Hoffnung auf einen »warmen Platz«, an dem man sich ausruhen konnte, sie war meistens vergebens. Unterwegs wurde ihr Fluchtwagen von einer russischen Granate getroffen, seine Eltern waren sofort tot. Aleks war von nun an völlig allein, wie viele andere Kinder, die nicht mehr über Fußball oder sonstige Hobbys nachdachten, sondern nur noch an das Überleben. Er verbrachte Tage voller Angst in einer Autoschlange, die sich unerträglich langsam auf die polnische Grenzstadt Przemyśl zubewegte. Inmitten von Menschen, die gezwungen worden waren, innerhalb weniger Tage ihre Heimat zu verlassen, und eine Zuflucht vor dem Krieg suchen. Eltern mit ihren Kindern, aber auch unbegleitete Kinder und Jugendliche wie er.

Aleks fuhr in wechselnden Autos durch Polen bis nach Berlin, danach mit dem Zug und einem Bus weiter bis nach Süddeutschland, wo er schließlich in einem Auffanglager in Bamberg landete. Auch dort hatte er es nicht leicht, und als ihn das Jugendamt an das Josefsheim überstellte, hielt er es zunächst für eine Art Gefängnis. In seiner Verzweiflung flüchtete er erneut, aber die Polizei fing ihn wenig später wieder ein. Inzwischen versuchte er, so schnell wie möglich dazuzulernen, die fremde Sprache zu verstehen. Er schrieb mit großem Eifer Wörter auf, die neu für ihn waren, und lernte sie. Das funktionierte ganz gut, er sprach gebrochen, konnte sich aber stets verständlich machen und verstand auch nahezu alles. Trotzdem hatte er es immer noch sehr schwer nach der langen und traumatisierenden Reise und dem Verlust seiner Eltern, wie Egidius Hartmann berichtete. Zuletzt wirkte er jedoch ziemlich stabil, wohl auch durch den Einfluss der Eheleute Kehl aus Watzendorf, die sich seiner angenommen hatten und ihm ein so stabiles Umfeld bieten wollten, wie er es bei seiner Flucht aus Cherson verloren hatte. Das Einzige, was im Heim als auffällig beurteilt wurde, war die für sein junges Alter bemerkenswerte Bereitschaft zur Gewalt. Schon mehrfach hatte er sich gegen andere Kinder aus dem Heim massiv zur Wehr gesetzt und beispielsweise einem drei Jahre älteren Jungen einen Bleistift mehrere Zentimeter tief in dessen Allerwertesten gerammt, als er ihn hänselte. Mit gerade mal sieben Jahren hatte er bereits gelernt, sich gegen andere zu behaupten, wenn nötig, mit improvisierter Waffengewalt.

Die Polizisten hatten Aleks schließlich in Egidius Hartmanns Obhut entlassen, zuvor wurde er jedoch gefragt, wessen Telefonnummer er denn gerne haben wolle, falls ihm noch etwas einfalle. Zur Überraschung aller deutete er sofort auf Kira. Wirkte die Kommissarin auf ihre erwachsenen Kollegen auch des Öfteren kühl und unnahbar, dem kleinen Flüchtlingsjungen war sie anscheinend ans Herz gewachsen. Auch die Nummer von Max Fabian wollte Aleks haben, was weit weniger verwunderte. Inzwischen war Aleks wieder im Josefsheim, und eine Streife hatte Max Fabian zurück auf seine Baustelle gebracht, wo er seinem Meister sicherlich einiges zu erklären hatte. Kira und Bernd wiederum hatten im gläsernen Büro von Robert Suckfüll ihrem Chef berichtet, was sie über den Fall bisher in Erfahrung bringen konnten. Jetzt räusperte er sich und drehte nachdenklich an seiner Zigarre.

»Nun, wenn ich das alles richtig verstanden habe, hat ein unbekannter großer und sehr starker Mann die Eheleute Kehl aus ihrem Haus in Watzendorf entführt, sie vielleicht sogar umgebracht. Dabei kam es zum Kampf mit dem Dachdeckerlehrling, und der unbekannte Mann hat eine Kopfverletzung davongetragen, von der mutmaßlich das Blut im Hausflur des Hauses stammt. Was der Grund für das alles sein soll, weiß bis jetzt allerdings niemand, auch nicht Meister Ruckdeschl von der Spurensicherung, richtig?«

»Im Prinzip könnte man das so sagen, Chef«, antwortete Lagerfeld und erhob sich, denn seiner Meinung nach war der Arbeitstag hiermit zu Ende. Mehr gab es nicht hinzuzufügen oder zu tun, und er freute sich auf den Abend mit Kira. Eine Auffassung, die der seines Chefs diametral zuwiderlief.

»Was soll das denn werden, mein lieber Schmitt? Wir haben zwei ungelöste Fälle. Eine Entführung und eine …«, Fidibus stockte, »… ungelöste … was auch immer.«

»Chef, für Bernd und mich ist jetzt erst mal Schicht im Schacht«, sprang Kira Sünkel Lagerfeld bei, machte jedoch einen Vorschlag zur Güte. »Aber wir haben ja morgen früh wieder Dienst, dann reden wir weiter, okay?«

Lagerfeld nickte und blickte seinen Chef bittend an. Der war nicht wirklich damit einverstanden, hatte aber auch keinen konkreten Arbeitsauftrag, wegen dem die beiden jetzt unbedingt Überstunden schieben sollten, es war für alle ein wirklich langer Tag gewesen. Seine Zigarre, die er zur Nervenberuhigung wie immer unangezündet zwischen seinen Fingern drehte, rotierte etwas schneller, als er in der Manier eines römischen Kaisers, einen Fuß nach vorne gestellt, seinen Beschluss qua Gesetz dem römischen Senat verkündete.

»Nun gut, von mir aus. Dann berufe ich alle meine Mitarbeiter zu einer Generalbesprechung morgen früh um sechs Uhr dreißig in die Dienststelle ein, so sei es.«

Das schmeckte seinem Tribun Lagerfeld allerdings gar nicht. »Wie bitte, wann, sechs Uhr dreißig? Das ist ja mitten in der Nacht«, regte er sich auf, während Kira Sünkel keine Miene verzog.

Als ehemaliger Offizier bei der Bundeswehr konnte sie Lagerfelds Aufregung nur milde belächeln. Hatte der liebe Bernd eigentlich schon einmal etwas von einem Morgenappell gehört?

Und auch Fidibus sah sich genötigt, seine Anordnung etwas deutlicher zu untermalen. Dies tat er wie üblich mit Hilfe alter deutscher Sinnsprüche. »Nun, mein lieber Schmitt, wie heißt es doch so schön, das frühe Geflügel fängt den … der Wurm … frisst die Vögel in der Frühe, äh nein, ich meinte natürlich, jetzt hab ich's endlich, das frühe Vögeln entspannt den Wurm.«

Kira Sünkel starrte Robert Suckfüll fassungslos an, während Lagerfeld zu Fidibus' Erstaunen in lautes Gelächter ausbrach.

»Also gut, Chef, dann fangen Kira und ich gleich damit an. Ich sag nur: Mamaladnamala.« Er nahm seine kamasutrataugliche Kollegin an der Hand und zog sie zur Tür. Es galt, keine weitere Zeit zu verlieren, damit ihr Chef nicht auf die Idee kam, noch so eine Neuschöpfung zu generieren.

Nichts war schöner, als die Wanderung so früh zu starten, dass die Wegstrecke nicht mit anderen Wandersleuten geteilt werden musste, welche mit ihrem Gerede oder, noch schlimmer, Gesängen das morgendliche Erwachen der Natur vergifteten. Nein, da stand Hildegard Bergmann lieber zeitig auf, damit sie einigermaßen sicher sein konnte, das Gipfelplateau des Staffelberges unbehelligt von anderen Menschen zu erklimmen. Besonders jetzt, da sich die Temperaturen im Laufe des Tages denen der Sonnenoberfläche anzunähern schienen, was für sie persönlich kaum mehr auszuhalten war. Gerade hatte sie im Radio in den Sieben-Uhr-Nachrichten gehört, dass die fränkische Landesregierung ab heute Schlag Mitternacht Stufe zwei der Wassernotverordnung in Kraft setzte, was zahlreiche Konsequenzen bezüglich der geforderten Wassereinsparung nach sich ziehen würde. Das musste sie aber noch einmal genauer nachlesen, dazu hatte sie bis jetzt keine Zeit gehabt. Wenngleich sie sicher war, dass der fränkische Rundfunk heute den ganzen Tag ausführlich darüber berichten würde.

Sie war in Bad Staffelstein am Friedhof losgelaufen, ihrem üblichen Startpunkt für eine Wanderung auf den Staffelberg. In ihrem siebzigjährigen Leben war sie diesen Weg schon so oft gegangen, dass sie gar nicht mehr darauf achtete, wo sie ihre Wanderstiefel auf den Boden setzen musste, um möglichst kraftsparend die zweihundertachtzig Höhenmeter bis zum Gipfelkreuz zu erklimmen. Ihre Füße fanden den Weg von ganz allein, während sie ihren Gedanken nachhing. Ab und an sah sie etwas Interessantes am Wegesrand liegen, das sie mit ihrem Wanderstock bearbeitete. Meist waren es von anderen weggeworfene Sachen, denn nicht jeder, der hier hinaufstieg, ging so verantwortungsvoll mit der Natur um wie sie. Es war ein wunderschöner Morgen mit einem strahlend blauen Himmel, so wie jeden Tag seit mehreren Wochen. Ein extrem stabiles Hoch, wie es die Meteorologen über Mitteleuropa noch nicht beobachtet hatten, und es war immer noch kein Ende abzusehen.

Dann hatte sie es wieder einmal geschafft, und das Gipfelplateau des Staffelberges war erreicht. Linker Hand lag die Staffelbergklause, allerdings war sie noch nicht geöffnet, das würde erst um Mittag herum geschehen. So ein fränkischer Hüttenwirt war ja schließlich irgendwann auf der Arbeit und nicht auf der Flucht. Sie wurde einstmals als Einsiedlerklause zur Betreuung der Adelgundiskapelle errichtet, die nur wenige Meter daneben in den Morgenhimmel aufragte. Wobei sich die Betreuung mehr auf das leibliche als das geistliche Wohl bezog.

Die heilige Adelgundis, Namensgeberin des weithin bekannten Gotteshauses, war eine Grafentochter aus dem Hennegau gewesen. Sie starb um 684 als Äbtissin in ihrem selbst gegründeten Kloster Maubeuge in Frankreich. Eine erste Wallfahrtskapelle zur Verehrung der Adelgundis war im 15. Jahrhundert auf dem Staffelberg über den Resten eines heidnischen Kultbaues errichtet, aber später in den Bauernkriegen zerstört worden, und die jetzige Kapelle hatte man im Jahr 1654 eingeweiht. Aber das war nun nichts wirklich Neues für Hildegard Bergmann, die sich nach rechts wandte, um den von den vielen Besuchern kahl getrampelten Pfad hinauf zum beleuchteten Staffelsteiner Kreuz, dem höchsten Punkt des Staffelberges, zu nehmen.

Wie schon vermutet, war sie die Allererste auf dem Berg, niemand störte sie bei ihrer friedvollen Wanderung. Ihre schon so oft gelaufene Hausrunde endete an diesem Tag jedoch bereits auf dem halben Weg nach oben, am sogenannten Romansthaler Kreuz. Hildegard Bergmann war an dem bekannten Wetterkreuz mit seinen beiden charakteristischen Doppelbalken schon fast vorbei, als sie aus den Augenwinkeln etwas bemerkte, das dort nicht hingehörte. Als sie sich umdrehte und zu dem Kreuz hinaufschaute, glaubte sie, ihren Augen nicht zu trauen. Dort hing mit durchschnittener Kehle und ausgebreiteten Armen wie Jesus bei seiner Kreuzigung ein nackter männlicher Körper. Es fehlte nur die Dornenkrone, und sie hätte an die Vorbereitung von Passionsspielen geglaubt. Diese Illusion wurde aber spätestens beim Anblick der großen 28 obsolet, die in roter Farbe auf dem Torso des Toten prangte.

Es dauerte einen Moment, bis Hildegard Bergmann begriff, dann löste sich ein lauter Schrei aus ihrer Kehle, und sie rannte davon, so schnell es ihre siebzigjährige Konstitution zuließ, einfach nur weg vom Kreuz, hin zur Mitte des Plateaus. Schwer atmend blieb sie stehen und blickte voller Entsetzen zurück zu der grausigen Installation. Als sie sich einigermaßen beruhigt hatte und ihr Atem wieder etwas flacher ging, beschloss sie, auf gar keinen Fall ihren gewohnten Weg zum Gipfel fortzusetzen, sondern auf der gegenüberliegenden Südseite zurückzulaufen. Sie musste unbedingt die Polizei verständigen, hatte aber kein Handy. Sie besaß zwar ein sogenanntes Rentnertelefon, das ihr von ihren Kindern geschenkt worden war, aber sie hielt dieses neumodische Teil für ziemlich unnütz. Was für ein Trugschluss, denn jetzt hätte es sich zum ersten Mal richtig bewähren können. So musste sie erst einmal nach unten laufen und in Romansthal Hilfe holen. Sie drehte sich um, ging drei Schritte und erstarrte erneut. In etwa zwanzig Metern Entfernung hing am dort befindlichen Horsdorfer Kreuz ebenfalls ein toter Mensch. Dieses Mal handelte es sich unzweifelhaft um eine Frau, die aber der gleichen Behandlung unterzogen worden war wie der Mann auf der Nordseite des Plateaus.

Das war zu viel, die Siebzigjährige übergab sich an Ort und Stelle. Dann versuchte sie noch, ein paar Schritte zu gehen, um dem ungeheuerlichen Geschehen hier irgendwie zu entkommen, aber es war zu spät, ihr Kreislauf spielte nicht mehr mit. Hildegard Bergmann sackte in sich zusammen und fiel in eine tiefe dunkle Ohnmacht.

Wie lange sie ohne Bewusstsein gewesen war, konnte sie im Nachhinein nicht sagen. Sie erinnerte sich lediglich an männliche Stimmen, die an ihr Ohr drangen, und das geschockte Gesicht eines jungen Mannes mit einem Fahrradhelm auf dem Kopf, der ihr vorsichtig die Wange tätschelte. Wie sich herausstellte, waren er und sein Freund Mountainbiker, die heute ihre frühe Runde auf den Staffelberg hinauf gedreht hatten. Die beiden jungen Männer hatten aber wenigstens Mobiltelefone zur Hand, mit denen sie bereits die Polizei verständigt hatten, die in genau dem Moment, als sie das Bewusstsein wiedererlangte, mit Blaulicht und Sirene den Zufahrtsweg zum Staffelberg heraufgefahren kam.

Hildegard Bergmann setzte sich auf, vermied es aber, den Blick auf eines der Wetterkreuze zu richten, denn das war kein Anblick, den sie sich noch mal antun wollte. So blieb sie mit gesenktem Kopf einfach sitzen, bis ihr einer der Polizeibeamten, ein gewisser Elias Webhan, wieder auf die Beine half und sie auf den Rücksitz seines Streifenwagens verfrachtete. Mehr und mehr Fahrzeuge der Polizei fuhren vor und entließen etliches an Personal, welches zuerst einmal das gesamte Gipfelplateau inklusive der Zufahrt sperrte. Hildegard Bergmann hatte den Kopf in den Händen vergraben, unfähig, diese schauerlichen Vorkommnisse zu begreifen. Zeit ihres Lebens war der Staffelberg ein Ort des Friedens und der Beschaulichkeit gewesen. Eine Vorstellung, die mit dem heutigen Tag zu Ende gegangen war.

Robert Suckfülls Dienstbesprechung zum Stand der Dinge hatte gerade für eine allgemeine Kenntnis der fundamentalen Informationen in ihren aktuellen Fällen gesorgt, als zwei Dinge geschahen. Zum einen meldete sich der Chefinformatiker und Leiter des Rechenzentrums von Brosst Mechatronics und teilte mit, dass er ziemlich aufschlussreiche Details auf der Videobotschaft der Entführer gefunden habe. Dieser Kommissar Schmitt möge doch bitte noch einmal vorbeikommen, um sich das mit ihm anzuschauen. Also verließ Lagerfeld das traute Beisammensein in der Dienststelle und machte sich umgehend auf den Weg zum Rechenzentrum der Firma Brosst. Haderlein hatte überdies den starken Eindruck, dass sein Kollege ganz froh darüber war, allein zur Firma Brosst fahren zu dürfen, da zwischen ihm und Kira heute eine gewisse Animosität zu herrschen schien, auf die er sich keinen Reim machen konnte. Vor Dienstbeginn hatte er jedoch eine hitzige Diskussion zwischen den beiden mitbekommen, in der immer wieder das Wort »Mamaladnamala« gefallen war, offenbar in keinem sonderlich positiven Zusammenhang. Nun, jetzt konnten sich Kira und Bernd an getrennten Tatorten etwas sammeln und beruhigen.

Kaum dass sich die Tür hinter Lagerfeld geschlossen hatte,

klingelte das Telefon erneut, und die Nachricht von den grausamen Funden auf dem Staffelberg wurde durchgegeben. Ein ziemlich mitgenommener Polizeibeamter beschrieb in deutlichen Worten, was sie auf dem Staffelberg vorgefunden hatten, und verband seine Schilderung mit der dringenden Bitte, dass doch so schnell wie möglich jemand von der Kriminalpolizei die Sache in die Hand nehmen möge. Ganz offensichtlich war der Beamte mit der dortigen Situation überfordert und benötigte fachkompetente Unterstützung. Haderlein war das natürlich auch klar, und er ließ sich angesichts der Schwere der Tat nicht lange bitten. César sollte in der Dienststelle bleiben und weiter die Festplatten aus Coburg auswerten, während Franz und Kira sofort in Richtung Bad Staffelstein aufbrachen, um sich vor Ort persönlich ein Bild über die Vorgänge zu machen. Eine Rollenverteilung, die César Huppendorfer überhaupt nicht passte, allein sein Widerspruch verhallte ungehört. Es dauerte nur wenige Minuten, dann stand Marina Hoffmann alias Honeypenny allein und verlassen mit einem Teller frisch geschmierter Honigbrote in ihrer Miniküche und betrachtete frustriert das entleerte Büro. Nicht einmal Presssack war heute da, denn er hatte wegen seines massiven Sonnenbrands eine Krankschreibung vom Tierarzt erhalten und ließ sich bei Franz Haderlein zu Hause von dessen Lebensgefährtin Manuela Rast mit Aloe vera eincremen.

Honeypenny überlegte nicht lange, schritt zu Césars Schreibtisch und stellte ihm den Teller mit den dreizehn Honigbroten vor die Nase. Sie brauchte gar nichts zu sagen, César wusste, dass er diesen Arbeitstag nicht zu beenden brauchte, bevor der Teller nicht leer gegessen war. Aber der hatte ja gerade erst begonnen, und der beruflichen Herausforderungen gab es viele. Die Überlebenschancen für die beliebten Imkereiprodukte waren also als eher gering einzustufen. Die Kameraaufnahmen einer Woche genauestens zu überprüfen war langwierig, weitestgehend stupide und somit appetitanregend.

Huppendorfer hatte sich denn auch widerspruchslos das erste Honigbrot gegriffen und bereits einen maßgeblichen Teil von der süßen Köstlichkeit abgebissen, als nach den gestern ergebnislos vor dem Computer verbrachten Stunden endlich einmal etwas Bemerkenswertes auf dem Bildschirm zu erkennen war. Das Tor zur Einfahrt der Brauns war weit geöffnet, da der Doktor kurz zuvor den Wagen in die Garage gefahren hatte. Nun stand er mit ein paar Schachteln auf dem Arm, die allesamt die Aufschrift »Märklin« zierte, an der Haustür und fummelte am Schlüsselbund nach seinem Haustürschlüssel. Gleichzeitig musste auf der Straße irgendetwas akustisch Relevantes passieren, denn Hilmar Braun fuhr herum und blickte fast panisch in Richtung Tor. Über den Grund konnte Huppendorfer zunächst nur spekulieren, Sekunden später zeigte sich jedoch in der korrespondierenden zweiten Kameraperspektive auf dem Bildschirm, was den guten Dr. Braun so in seinen Bann zog. Auf der Straße erschien das erschöpfte, völlig verschwitzte Gesicht eines Radfahrers, der offenbar mit seinem altertümlichen Drahtesel in der glutheißen Tageshitze den steilen Gustav-Freytag-Weg heraufgestrampelt war und nun vor der Hofeinfahrt der Brauns anhielt. Dazu hatte er es auch noch fertiggebracht, auf der linken Schulter einen mittelschweren Kassettenrekorder, einen sogenannten Ghettoblaster aus den späten Siebzigern, den Berg hinaufzutransportieren. Leider war die Aufzeichnung der Kamera nur schwarz-weiß und ohne Ton, aber Huppendorfer hatte den starken Verdacht, dass der Mann, obwohl von der steilen Anfahrt fix und fertig, irgendetwas sang. Der Typ war mit seiner Krachmaschine den ganzen steilen Weg hinaufgestrampelt und sang auch noch dabei. Über die Qualität seines Vortrages war der gute Hilmar, der die Märklin-Schachteln inzwischen in der Einfahrt auf den Boden gestellt hatte, wohl nicht sonderlich erbaut, denn er presste mit schmerzhaft verzogener Miene eine Hand auf sein Ohr, die andere hielt er wie zur Abwehr von bösen Geistern dem Rad fahrenden Sänger entgegen. Der war inzwischen abgestiegen, hatte seinen Ghettoblaster auf die Straße gestellt und schien jetzt tatsächlich auch noch anzufangen zu tanzen. Die von Braun verbal und gestisch vorgebrachten Abwehrmaßnahmen schienen ihn nicht wirklich einzuschüchtern, ganz im Gegenteil, sie stachelten ihn eher noch an. Das ging so einige Sekunden lang, bis Dr. Hilmar Braun entweder der Geduldsfaden oder das Trommelfell riss, und er in einem Akt der absoluten Verzweiflung den Kassettenrekorder des Sängers mit dem Fuß umstieß. Dies bewirkte zweierlei: Der Mann hörte tatsächlich auf zu singen, allerdings nur für einen kurzen Moment. Dann eilte er, ohne zu zögern, zur Eingangstür der Brauns und verpasste den dort aufgestapelten Märklin-Produkten im Gegenzug einen so heftigen Tritt, dass die Schachteln in hohem Bogen auf dem Rasen neben der Einfahrt landeten.

Der völlig geschockte Hausbesitzer rannte, Panik in den Augen, an dem Sänger vorbei zu dem Rasenstück und warf sich mit seinem Rentnerkörper schützend über seine Schachteln. Bei diesem Rettungsversuch zermalmte er mit seinem barocken Körper allerdings reihenweise Blumen und Pflänzchen, die den Garten bisher recht hübsch eingefasst hatten. Mit wildem Blick stand der unbekannte Sänger über ihm und schien bereits wieder voller Inbrunst irgendwelches Liedgut zu schmettern, das César Huppendorfer zu seinem außerordentlichen Leidwesen nicht genauer benennen konnte, da es ja wie gesagt keine Tonaufzeichnung des Kamerasystems gab.

Der Triumph des Gesangskünstlers währte jedoch nicht lange, denn am unteren Bildrand betrat nun eine rüstige, aber wütende Rentnerin, mutmaßlich Elfriede Braun, die Ehefrau des Doktors, mit einem hocherhobenen Gartenrechen, der seine besten Jahre auch schon hinter sich gelassen hatte, die Szene. Ehe sich der Sänger versah, traf ihn der Rechen der Rasenden mit voller Wucht im Schritt, woraufhin die Gesangsstunde auf der Stelle ihr Ende fand und der Schachteltreter spontan in die Knie ging. Dies geschah weniger aus Dankbarkeit der Hausbesitzerin gegenüber, sondern war dem stechenden Schmerz geschuldet, der plötzlich von der Unterhosengegend aufwärts durch seinen Körper loderte. Einem zweiten Schlag der Rachegöttin entging er nur durch geschicktes Davonrollen in die Hofeinfahrt, dann hinaus auf die Straße.

Erst als es der unbekannte Mann bis zu seinem Fahrrad geschafft hatte, seinen Kassettenrekorder vom heißen Teer klaubte und in gebückter Haltung bergab davonschlich, schien sich Elfriede Braun etwas zu entspannen. Sie legte den Gartenrechen beiseite und lief zu ihrem Mann, der immer noch wie ein aus dem Leim geratener Mantarochen über seinen Schachteln lag. Sie half ihm wieder auf die Füße, klopfte ihm Gräser und Staub aus der Kleidung, während Dr. Hilmar Braun gleichzeitig seine Eisenbahnschätze sorgfältig aufeinanderstapelte. Ein regelrecht friedlicher Anblick, der Huppendorfer dazu animierte, sich den Rest des angebissenen Brotes in den Mund zu stopfen. Ein durchaus passender Moment, schien sich die Lage im Hause Braun doch wieder zu beruhigen. Elfriede Braun wollte ihren Ehemann in einem Anflug von Zärtlichkeit allem Anschein nach gar küssen, was dieser aber mit einer brüsken Handbewegung zurückwies, bevor er stattdessen nach seinen verpackten Eisenbahnen griff. Im selben Moment, seine Fingerspitzen erreichten eben die oberste Schachtel, schoss wie aus dem Nichts ein Fahrzeug zur Einfahrt herein. Mit einem angerosteten Fahrrad und einem altertümlichen Kassettenrekorder auf der Motorhaube raste der hellgraue Opel Corsa mit Vollgas in den Braun'schen Garten, wo er schließlich in der Gartenhecke zum Stehen kam. Hilmar und Elfriede Braun konnten sich in letzter Sekunde zur Seite werfen, platt gefahrene Eisenbahnschachteln flogen frisbeescheibenähnlich durch die Gegend, und Federn stoben auf, als hätte ein Jäger mit seiner Schrotflinte ein Kopfkissen zerschossen, während ein aufgeregt flatternder Vogel fast senkrecht in den Himmel stieg.

César Huppendorfer saß ob des zu beobachtenden Wahnsinns wie paralysiert vor seinem Bildschirm, während die empörte Flussregenpfeiferin aus circa zehn Metern Höhe ihr matschgewordenes Gelege beäugte und die beiden verwirrten Hausbesitzer mühsam zu verstehen suchten, was soeben passiert war. Derweil stiegen aus dem Corsa zwei ältere Herrschaften aus, die ungefähr in die gleiche Altersklasse einzusortieren waren wie die Brauns. Der Fahrer, ein hagerer Herr mit Brille und Hut, wurde sogleich von dem wild gewordenen Flussregenpfeifer attackiert und fing an, auf die Frau zu schimpfen, die mit einer weit auseinandergefalteten Straßenkarte in ihren Händen aus der Beifahrertür kroch, was wiederum die Flussregenpfeiferin animierte, nun auch sie mit ihren Sturzflügen zu behelligen.

Elfriede Braun, bereits mit etlichen Schürfwunden versehen, musste sich erst einmal völlig erledigt auf ihrer Gartenbank niederlassen, während ihr Mann des absoluten Desasters im Märklin-Bereich gewahr wurde. Alle seine Schachteln waren platt wie die vom Aussterben bedrohte Sandflunder im norddeutschen Wattenmeer. Absolute Raritäten, etwa eine Zugmaschine der Ausführung »Lollobrigida« in Altrosa, hatten nur noch Schrottwert und mussten zum Abdecker. Dr. Hilmar Brauns Hormone wallten auf, sein Mund öffnete sich zu einem für César Huppendorfer stummen, wenngleich wilden Schrei, und er riss in einem Anfall von Raserei das Nummernschild von der Front des havarierten Fahrzeugs, sodass Huppendorfer endlich dessen Provenienz eruieren konnte. HAS, so las er auf dem Blechschild, ehe Dr. Hilmar Braun, dessen Hände den Rest des Kennzeichens verdeckten, mit dem Nummernschild und all seiner verbliebenen Kraft auf den bebrillten Hutträger eindrosch.

Die ganze Situation entspannte sich erst wieder, als das Haßfurter Autofahrerpärchen es schaffte, in den vermeintlich sicheren Innenraum ihres Opels zu entkommen, rückwärts ausparkte und das Grundstück verließ. Die Flussregenpfeiferin verlagerte ihre Angriffe jetzt auf Dr. Braun und Elfriede Braun auf ihrer Bank, woraufhin Letztere zu weinen anfing. An dieser Stelle beschloss César Huppendorfer, eine Pause einzulegen, um sich von dem eben Gesehenen erst einmal zu erholen.

Womöglich hatte die Kleiderpredigt seines Chefs doch etwas bewirkt, oder aber er war ganz von selbst darauf gekommen, jedenfalls war Gerald Wozniak heute gänzlich anders gekleidet, regelrecht tugendhaft für seine Verhältnisse. Beige Stoffhose, weißes Hemd, lediglich die seltsame Kopfbedeckung und die Jesuslatschen waren geblieben. Trotzdem machte der große, durchtrainierte Mann heute einen ganz anderen Eindruck auf den selbst zu gelegentlicher Lässigkeit neigenden Kriminalkommissar. Aber was den neuen Aufzug auch hervorgerufen hatte, Bernd Schmitt war froh, jetzt erst einmal weg von der Dienststelle und damit von Kira zu sein, mit der er eine historische Nacht verbracht hatte. Wobei die historische Bedeutung ungefähr der Schlacht von Azincourt gleichkam, in der das eigentlich überlegene französische Heer mit seinen unzähligen adeligen Rittern von Heinrich V. von England und seinen Langbogenschützen besiegt worden war. Genauso wie ein besiegter französischer Ritter kam sich Lagerfeld auch gerade vor. Angetreten im Glauben an die eigene Unbesiegbarkeit, den Triumph direkt vor Augen, war die Unternehmung »Mamaladnamala« aber so was von in die Hose gegangen, dass er sich eine weitere Betätigung im Bereich des fränkischen Kamasutras erst einmal verkneifen würde. Sein englischer Langbogen, um einmal im Bild zu bleiben, hatte eine eingeschränktere Reichweite als ursprünglich gehofft. Ein Umstand, der im Zusammenspiel mit Kiras überhöhten kamasuträren Erwartungen, zu denen er ja leider beigetragen hatte, zu einer massiven Rezession im erogenen Bereich geführt hatte. Aber so war das halt mit Anspruch und Wirklichkeit, der französische Ritter war schwer getroffen.

Und hoffte nun, auf dem Feld der beruflichen Schlachten ein paar Erfolgserlebnisse für sein Ego zu generieren. Also öffnete er die Tür zu Wozniaks Büro, der gerade äußerst intensiv auf seinen übergroßen Monitor starrte.

»Setz dich«, meinte Wozniak und winkte den Kommissar fast geistesabwesend zu sich heran. Lagerfeld nahm dankend auf dem bereitstehenden Besucherstuhl Platz, dann schaute auch er auf den Bildschirm, auf dem eine ihm wohlbekannte Szene zu sehen war. Es war der Moment, in dem der Vermummte dem unglückseligen Philipp Schultheiß ein Ohr abschnitt und es mit einer achtlosen Handbewegung in die Landschaft warf. Alles sah aus wie immer. Hatte der Leiter ihn nicht herbestellt, um ihm etwas Unerwartetes, eine videotechnische Entdeckung zu präsentieren? Fragend schaute er zu Gerald Wozniak hinüber, der daraufhin mit ausgestrecktem Finger in das Gebüsch hinter Schultheiß deutete.

»Da«, meinte er, und Lagerfeld beugte sich näher an den Monitor heran, um zu erkennen, was Wozniak mit seinem Fingerzeig meinte. Aber irgendwie sah er immer noch nichts, nur ziemlich viele Büsche und Gräser vor noch mehr Büschen. Natürlich war die Qualität des WhatsApp-Videos nicht sehr gut und das Bild somit unscharf, was die Sache nicht unbedingt vereinfachte.

Gerald Wozniak, der die Ratlosigkeit des Kommissars bemerkte, lehnte sich zurück und zeigte ein leicht spöttisches Lächeln, als wollte er sagen: Ach, was seid ihr computerfremden Erdlinge doch naiv und ahnungslos. Aber natürlich wollte er den Bamberger Kommissar nicht dumm sterben lassen.

»Pass auf, ich habe mir das Video einige Male angesehen und dann ein paar technische Aktionen initiiert, sprich, künstliche Intelligenz zu Hilfe genommen, ein paar Filter drüberlaufen lassen, die Pixel interpoliert, Kantenschärfung, Kontraste angehoben und so weiter, um die Bildqualität dieses Videos, so gut es ging, zu verbessern.« Wozniak verschränkte die Arme hinter dem Kopf, während er Lagerfelds Reaktion auf seine

Ausführungen beobachtete. Allem Anschein nach konnte der mit den genannten Begriffen nicht besonders viel anfangen. Also versuchte er es noch einmal mit einer aus seiner Sicht einfacheren Erklärung. »KI-gestützte Video-Hochskalierung ist eine Technik, die mit Hilfe von künstlicher Intelligenz die Strukturen im Video erkennt und sie dann automatisch wiederherstellt. Auf diese Weise muss man nicht stundenlang versuchen, dic Unschärfe selbst zu beseitigen. Ich kann einfach die Logarithmen meines Programmes verwenden, um in Sekundenschnelle Clips in besserer Qualität zu erhalten. Es gibt inzwischen mehrere sehr gute Tools für das KI-Upscaling von Videos, darunter auch das, das ich verwendet habe, einen AI-Video-Enhancer. Ich habe mir erlaubt, das Programm noch etwas zu optimieren. Als Ergebnis bekommt man dann das hier.«

Wozniak drückte eine Tastenkombination auf seiner Computertastatur. Mit einem Schlag wechselte das gezeigte Standbild von einer verwaschenen Darstellung zu einer gestochen scharfen Fotografie. Es waren auf einmal viel mehr Details zu sehen, insbesondere solche, die Lagerfeld gar nicht sehen wollte. So erkannte er etwa die ausgefransten Hautränder am abgeschnittenen Ohr des Entführten. Auch die heftige Blutung konnte jetzt in aller Ausführlichkeit betrachtet und diagnostiziert werden. Alles sehr imposant, aber so richtig begriff der Kommissar noch immer nicht, warum er so schnell zu Wozniak hatte eilen sollen. Er sah doch immer noch das Gleiche, nur einfach viel schärfer.

Wozniak hatte sich erneut mit verschränkten Armen hinter dem Kopf zurückgelehnt und wartete offenbar auf Lob und Anerkennung. Als beides ausblieb, rollte er eben selbst den roten Teppich für sich aus. »Ja, das sind dann schon die höheren Weihen, Bernd, nur etwas für Spezialisten wie mich. Es gibt eigentlich zurzeit nichts Komplizierteres, was noch anspruchsvoller und komplexer ist als das Programmieren von künstlicher Intelligenz.«

»Anspruchsvoller als KI? Doch, gibt es«, entgegnete Lagerfeld düster. »Kamasutra auf Fränkisch.«

Gerald Wozniak, der von Computerlaien schon so einige abstruse Behauptungen gehört hatte, war von dieser hier so irritiert, dass er sein inneres System ratlos herunterfuhr und einen kompletten Neustart initiierte. Das dauerte seine Zeit und wurde von Lagerfeld dazu genutzt, seine sehr spezielle Erkenntnis näher zu erläutern.

»Dazu vielleicht ein Beispiel, das ich kürzlich in Angriff genommen habe. Und zwar die Stellung ›Zwetschgabames‹. Dafür braucht man eine Wand in der Nähe. Der Mann steht nahe der Wand, während die Frau sich mit einer Hand auf dem Boden befindet, mit der anderen Hand hält sie sich an der Hand des Mannes fest. Die Beine werden an beiden Seiten der Hüfte des Mannes vorbei an der Wand abgestützt. Wie der Name schon sagt, muss der Mann für diese Stellung einen Bogen machen, das heißt, sich sowohl mit einem Arm als auch den Beinen von Wand und Boden abdrücken, sodass er dann, je nach Kondition und Biegungsgrad, seine Scheiben schneiden kann. Sehr kompliziert und extrem anspruchsvoll – vor allem in meinem Alter. Und glaube mir, Gerald, mit Logarithmen und künstlicher Intelligenz kommt man da nicht sehr weit.«

Eine Erläuterung, die dem inzwischen wieder hochgefahrenen und betriebsbereiten Gerald Wozniak ein gerüttelt Maß Respekt abverlangte. Das mit dem fränkischen Kamasutra musste ihm Bernd irgendwann noch einmal genauer erklären. Er war zwar begeisterter Single, aber das hieß ja nicht, dass ihn das andere Geschlecht nicht interessierte, ganz im Gegenteil. Doch das war eine andere Frage für einen anderen Tag, sie hatten hier ja etwas weit Wichtigeres zu erledigen. Er löste die Verschränkung der Hände hinter seinem Kopf und deutete erneut auf den Punkt, auf den er schon bei Lagerfelds Ankunft gezeigt hatte. Nur mit dem Unterschied, dass sich aus dem ehemals verwaschenen Dunkel der Büsche nun die Umrisse eines Tieres herausschälten. Trotz der aufwendigen Bildaufbereitung war dieses Tier immer noch schwer zu erkennen, aber es war definitiv da, schaute Lagerfeld sogar direkt in die Augen.

»Aha. Was ist das? Eine Ratte, ein Biber, ein Hermelin?«, wollte Bernd Schmitt wissen und lehnte sich etwas zurück, um das seltsame, aber putzige Wesen aus der Entfernung zu betrachten.

Wozniak schüttelte vehement den Kopf. »Nein, nichts dergleichen. Ich dachte zuerst auch an eine überdimensionierte Ratte, aber inzwischen glaube ich, es ist etwas gänzlich anderes.«

»Also keine Ratte. Sondern was?«, wollte Lagerfeld wissen, der immer noch meinte, eine große Ratte vor sich zu haben, die ihn von diesem Gebüsch aus frech angrinste. Auch so ein Aspekt, der ihn ein wenig verunsicherte, denn Ratten grinsten in der Regel nicht, dieses Vieh dort allerdings schon. Er ließ sich in diesem Fall aber gern eines Besseren belehren.

»Um das herauszufinden, habe ich auch hier die Möglichkeiten der künstlichen Intelligenz genutzt und sowohl den Screenshot als auch ein paar Bewegungsabläufe der vermeintlichen Ratte von meinen selbst erstellten Programmen analysieren lassen. Als Ergebnis bekam ich mit einer Trefferwahrscheinlichkeit von siebenundachtzig Prozent Folgendes präsentiert.«

Wozniak ließ den aufbereiteten Film ohne Ton weiterlaufen, und Lagerfeld konnte sehen, wie die Ratte sich zwischen den Sträuchern bewegte. Dabei stellte er fest, dass die hinteren Füße erstaunlich lang waren und das Tier mehr hüpfte, als dass es lief. Also, eine Ratte war das wohl doch nicht, eher eine Mischung aus Biber und Hausmaus. Eine Kreuzung, die aber seines Wissens nicht existierte, zumindest nicht in Oberfranken.

Das Video stoppte, und auf dem Bildschirm erschien eine Internetseite, auf der das Tier beschrieben wurde, das sich hinter Philipp Schultheiß im Gebüsch versteckte, ein sogenanntes Quokka. Interessiert begann Lagerfeld, den Artikel zu lesen, denn von einem Quokka hatte er sein Lebtag noch nie etwas gehört.

Das Quokka gehört zur Familie der Kängurus, ist also ein Beuteltier, und wird auch Kurzschwanzkänguru genannt. Die Kopf-Rumpf-Länge beträgt 48–60 cm, hinzu kommen 25–35 cm Schwanzlänge. Es wiegt 2–5 kg und kann bis zu 15 Jahre alt werden. Das kurze und raue Fell ist graubraun. Der Schwanz hingegen ist kaum behaart. Die kleinen Ohren sind abgerundet und stehen gerade vom Kopf ab. Das Quokka ist ein reiner Pflanzenfresser und hat als solcher einen mehrkammerigen Magen. Um an Nahrung zu gelangen, klettert es bis zu 1,5 m hoch. Es lebt im Südwesten von Australien und auf den vorgelagerten Inseln. Als der niederländische Seefahrer Willem de Vlamingh 1696 das erste Mal diese Tiere sah, hielt er sie für Ratten und betitelte die Insel entsprechend als »Rottnest Island«, Rattennest.

Lagerfeld musste schmunzeln, da es anderen vor ihm offenbar auch so ergangen war. Dann las er den Rest der Beschreibung.

Das Quokka ist nachtaktiv und legt eigene Trampelpfade an. Auf Rottnest Island, und nur dort, hat es sich teilweise auf einen Tagesrhythmus umgestellt, weil es so leichter Nahrung von Touristen erbetteln kann. Aufgrund eingeschleppter Füchse und Katzen nach Australien ist die Population auf dem Festland deutlich zurückgegangen. Aber auch die Zerstörung des Lebensraums und Nahrungs- und Lebensraumkonkurrenz durch eingeschleppte Wildschweine tragen dazu bei.

Lagerfeld richtete sich ruckartig auf und schaute Gerald Wozniak mit funkelnden Augen an, denn wenn das mit dem

Quokka im Gebüsch stimmte, war das für ihre Ermittlung eine geradezu sensationelle Neuigkeit.

»Also das heißt, unser CEO ist gar nicht auf den Cayman Islands, sondern in Australien?«

»Allerdings, so sieht's aus«, antwortete Wozniak mit dem gleichen Leuchten in den Augen. »Und zwar genau hier«, rief er mit Nachdruck, drückte eine weitere Kombi auf der Tastatur, und die Umrisse von Terra Australis, dem australischen Kontinent, erschienen auf dem Bildschirm. Wozniak zoomte die Westküste Australiens näher heran, bis nur noch die Stadt Perth und deren nähere Umgebung zu sehen war, und deutete mit dem Finger auf eine kleine, vorgelagerte Insel. Rottnest Island, die Rattennestinsel.

»Ja, aber Moment mal«, protestierte Bernd Schmitt, dem zwar eine lässige Grundeinstellung innewohnte, jedoch nicht, wenn es seine Arbeit betraf. »Diese Quokkas leben der Beschreibung nach zwar hauptsächlich auf Rottnest Island, aber ein paar gibt's ja doch noch auf dem Festland, und andere Inseln wurden außerdem erwähnt. Also könnte der Aufenthaltsort unserer Entführer auch dort liegen und nicht auf der Rattennestinsel, oder sehe ich das falsch?«

Der Chef des Rechenzentrums schien diesen Einwand erwartet zu haben. »Da hast du durchaus recht, Bernd, und ich habe mir genau die gleiche Frage gestellt. Der Hintergrund des Videos schien zunächst nichts Verwertbares mehr herzugeben. Aber als ich das Programm die kleinen Bäumchen spezifizieren ließ, zwischen denen unsere mutmaßliche Ratte herumläuft, kam das da heraus.« Erneut holte er per Tastendruck eine Internetseite auf den Bildschirm. Auf dieser wurde aber kein Tier, sondern eine sehr spezielle Baumart beschrieben.

Rottnest-Kiefer, Callitris preissii. Eine Nadelbaumart aus der Familie der Cupressaceae, die auf Rottnest Island, Australien, endemisch ist. Zu den gebräuchlichen Namen gehören Rottnest-Island-Kiefer, Murray-Kiefer,

Maroon, Südliche Zypressen-Kiefer oder Schlanke Zypressen-Kiefer. Die Noongar-Völker kennen den Baum als Marro.

Wozniak war jetzt aufgesprungen und fuchtelte aufgeregt mit seinen Händen in der Luft herum. »Die Büsche beziehungsweise kleinen Bäume, zwischen denen das Quokka in unserem Video herumhüpft, sind ebendiese Rottnest-Kiefern, die es nur auf Rottnest Island gibt. Das kann ich inzwischen mit absoluter Bestimmtheit sagen. Ergo lässt sich mit diesen beiden Funden im Bildmaterial, dem Quokka und der Rottnest-Kiefer, belegen, dass sich Philipp Schultheiß auf Rottnest Island, einer kleinen, vorgelagerten Insel bei Perth in Australien, befindet.«

»Und diese spezielle Kiefer hast du auch mit künstlicher Intelligenz und deinen selbst entwickelten Programmen gefunden?«, fragte Lagerfeld, obwohl er sich die Antwort bereits denken konnte.

Er bekam auch keine, zumindest nicht verbal, denn Wozniak lächelte ihn nur mitleidig an. Das tat er so lange, bis Lagerfeld aufgab.

»Okay, Gerald, dann werde ich das meinem und deinem Chef mal genau so vortragen. Und ich will ja nicht zu viel versprechen, aber meines Wissens sehen die Dinge dadurch eine ganze Ecke anders aus. Mit Australien gibt es meines Erachtens ein Auslieferungsabkommen, eine polizeiliche Amtshilfe ist also möglich. Danke, Gerald, das war wirklich gute Arbeit. Ich habe zwar überhaupt keine Ahnung von dem, was du mit deinen Computern da genau machst, aber ich bin echt vollkommen geplättet.«

Lagerfeld meinte es ehrlich mit seinem Lob, verabschiedete sich nun aber umgehend vom Leiter des Rechenzentrums, der ihm mit einem nachdenklichen Blick hinterhersah. Dann setzte Gerald Wozniak sich zurück in seinen Drehsessel, betrachtete noch ein letztes Mal das aufbereitete Standbild und schaltete den Monitor aus. Er war bei der Vorführung für den Kommissar tatsächlich etwas ins Schwitzen geraten. Schauspielerei war nicht so sein Ding und strengte ihn weitaus mehr an als eine ganz normale fachliche Präsentation, das hätte er gar nicht gedacht. Aber der Aufwand hatte sich gelohnt, dieser Bamberger Polizist hatte alles gefressen, was er ihm aufgetischt hatte, ohne mit der Wimper zu zucken. Na gut, Polizeibeamte. Selbst die von der Kripo hatten keine wirkliche Ahnung von Computertechnik, geschweige denn künstlicher Intelligenz. Trotzdem hatte ihn dieser Termin ins Schwitzen gebracht. Heute Abend, nach der Arbeit, musste er sich unbedingt den ganzen Stress aus dem Körper trainieren, damit er für die Aufgaben der nächsten Tage die nötige Konzentration aufbringen konnte.

Er rollte die Ärmel seines weißen Hemdes über die muskulösen Unterarme nach oben und betrachtete nachdenklich die Tätowierung auf seinem rechten Arm. Ein kleines Ruderboot mit zwei gekreuzten Paddeln. Er lächelte in stiller Vorfreude. Es wurde wieder einmal Zeit, mit dem Boot ein wenig Strecke zu machen.

Schon von Weitem grüßte der fünfhundertneununddreißig Meter hohe Staffelberg, anerkanntes Wahrzeichen Frankens, mit seinen unverwechselbaren Felsenklippen. Für jeden Einheimischen war er unbestritten die größte Attraktion im fränkischen Land, ein unumstößlicher Fakt. Seine fast mystisch zu nennende Faszination war nicht wirklich zu erklären, sondern einfach da und wurde von so ziemlich jedem Franken mit Ehrfurcht aufgesogen. Vielleicht verdankte der Berg seinem einzigartigen Hochplateau dieses Phänomen, vielleicht der gigantischen Aussicht. Womöglich hatten auch die Kelten, die hier vor über zweitausend Jahren ihre große Stadt Menosgada bauten, dem Berg seine besondere Seele eingehaucht. Aus welchen Gründen auch immer, jeder Franke musste einmal im Leben auf dem Staffelberg gewesen sein. Und so führten viele Wege hinauf, von denen heute allerdings bis auf Weiteres keiner mehr benutzt werden konnte. Denn oben auf dem markanten Gipfelplateau, von dem man an manchen Tagen bis zum Rennsteig, zu den Bergen der Rhön und dem Frankenwald sehen konnte, war, gelinde gesagt, der Teufel los. Das gesamte Areal war von einem Rekordaufgebot an Polizeikräften, die Wanderer und Besucher am Aufstieg hinderten, regelrecht umzingelt.

Das Wegeverbot traf für Franz Haderlein und Kira Sünkel natürlich nicht zu. Sie fuhren ungehindert mit dem Land Rover über das Löwental den Weg zum Staffelberg hinauf. Unterwegs hatte Haderlein noch überlegt, ob er in Ebensfeld bei Bauer Sporath vorbeifahren sollte, um Ihre Heiligkeit der Spürnasen, die Riemenschneiderin, zu einem Arbeitseinsatz einzuladen, aber da ihr dicklicher Sohn Presssack sich gestern bereits einen Sonnenbrand und er sich dafür einen Anschiss von Honeypenny eingehandelt hatte, wollte er es vorerst bei den menschlichen Möglichkeiten der Spurenermittlung belassen. Nicht dass Riemenschneider auch noch UV-verseucht heimkehrte und er sich dadurch unverhofft den Ruf eines Schweineschänders einhandelte.

Auf der üblichen Route über den Parkplatz Romansthal hatten sie es erst gar nicht versucht, da sich nach Auskunft der Bereitschaftspolizei dort bereits die Fahrzeuge stauten und ein Durchkommen nur noch schwer möglich war. Natürlich war auch die Strecke von Loffeld über das Löwental von Polizeikräften gesperrt worden, aber nachdem die Beamten ihr Einsatzfahrzeug für Haderlein zur Seite gefahren hatten, war der Weg frei. Beziehungsweise er wäre es gewesen, wenn sie nicht auf halber Strecke hinter dem Wagen des Bestattungsinstituts Sachse hängen geblieben wären, der sich mit seinem untermotorisierten Mercedes-Benz mit Vorderradantrieb den Berg hinaufquälte. Immerhin, er schaffte die Steigung, auch wenn er mit seinen durchdrehenden Rädern nicht gerade wenige Vertiefungen in die ausgetrocknete Fahrspur grub, die sich weiter hinten als feine Staubschicht auf Haderleins Land Rover legte. Und so sah das Dienstfahrzeug des Kriminalhauptkommissars bei Ankunft an der Adelgundiskapelle aus, als hätte es soeben ohne Stopp die Namib durchquert.

Im Gegensatz zu Leonhard Sachse, der sogleich weiter zum Gipfelkreuz fuhr, stellten sie ihr Fahrzeug an der Kapelle ab und gingen zu Fuß zum Romansthaler Kreuz, das ihnen auf der rechten Seite am nächsten stand. Was sie dort erblickten, schockierte sogar den erfahrenen Kriminalhauptkommissar. Da hing ein nackter Mann mit aufgeschnittener Kehle am untersten Doppelbalken des Wetterkreuzes, und als Haderlein sich umsah, konnte er in der Ferne an den anderen Kreuzen die gleiche gruselige Installation erahnen. An jedem der vier Kreuze waren Spurenermittler zugange, welche die jeweils vorgefundene Situation genau untersuchten und an den gekreuzigten Leichen nach Indizien fahndeten. Passenderweise handelte es sich bei dem Kriminaltechniker, der hier am Romansthaler Kreuz mit einem seiner Mitarbeiter nach etwaigen Spuren suchte, um Ruckdeschl höchstselbst. Haderlein wollte ihn jedoch nicht stören, sondern sich zunächst selbst ein Bild machen. Er gab Kira ein Zeichen, und sie machten sich auf, das Plateau des Staffelberges einmal zu umrunden.

Was in normalen Zeiten eine touristische Attraktion darstellte, war zu einem Panoptikum der Grausamkeit geworden. Es gab genau vier Wetterkreuze auf dem Staffelberg. Das Romansthaler Kreuz, welches sie soeben als Erstes besucht hatten, dann, am höchsten Punkt, das Staffelsteiner Kreuz, auf ihrem Rundgang gefolgt vom Horsdorfer Kreuz und schließlich, am anderen Ende des Berges, dem Loffelder Kreuz. Allesamt weithin sichtbar, zierten sie mit ihren markanten Doppelbalken die Ränder des Gipfelplateaus. Von Zierde konnte momentan aber wirklich nicht die Rede sein, hing doch an jedem dieser Wetterkreuze ein nackter Mensch, dem die Kehle aufgeschnitten worden war, mit ausgebreiteten

Armen am unteren, breiteren Querbalken. Auf jedem prangte die gleiche Zahl, die außerordentlich sauber und genau auf die ausgebluteten Körper gezeichnet worden war.

Franz Haderlein und Kira Sünkel absolvierten diesen Rundweg des Schreckens mehr oder weniger schweigend, bis sie die Rückseite der Adelgundiskapelle erreichten. Dort hing ein Kruzifix, das im Volksmund gern als »Blechjesus vom Staffelberg« betitelt wurde. Das darf doch wohl nicht wahr sein, dachte Haderlein, als er zum Blechjesus an der Kirchenmauer hinaufschaute, der mehr an einen Krieger aus den Star-Wars-Filmen erinnerte als an den gekreuzigten Sohn Gottes auf Golgatha. Ebenjenem Jesus aus Metall hatte jemand die alte deutsche Reichsflagge umgehängt sowie ein Schild um den Hals, auf dem stand:

Das Urteil wurde
vollstreckt

Auch hier stand bereits ein Mitarbeiter der Spurensicherung auf einer Leiter und ging seiner Arbeit nach. Franz Haderlein schüttelte nur fassungslos den Kopf, während Kira Sünkel wie zuvor an den Kreuzen ein paar Fotos mit ihrem Handy machte. Die Reichskriegsflagge in der von 1867 bis Ende 1921 benutzten Version war zwar nicht von einem Verbot betroffen, aber das galt auch für die von 1933 bis 1935 im NS-Unrechtsstaat benutzte Variante mit dem Eisernen Kreuz auf schwarz-weiß-rotem Grund, denn sie enthielt kein Hakenkreuz.

Ein Stück weiter saß in einem Streifenwagen die Zeugin, welche die gruselige Anordnung toter Körper als Erste entdeckt hatte. Allerdings war Frau Hildegard Bergmann laut dem Arzt, der sie inzwischen versorgt hatte, in einem Schockzustand, der eine Vernehmung im Moment unmöglich machte. Was nach Haderleins Ansicht nicht ganz so tragisch war, denn direkt daneben standen zwei jugendliche Mountainbiker, die kurz nach ihr auf dem Plateau gewesen waren und die bewusstlose Wanderin gefunden hatten. Laut Auskunft des Streifenpolizisten Webhan konnten die beiden aber nichts wirklich Sachdienliches berichten, sie hatten die Situation genauso vorgefunden, wie sie sich immer noch darstellte. Nur waren sie jetzt um zwei Strafzettel reicher, die ihnen der Kollege Webhan verpasst hatte, da Mountainbiken auf dem Gipfelplateau verboten war. Es hielt sich zwar niemand daran, aber wenn ein Elias Webhan in der Nähe war, unterließ man solche Sachen besser. Er hatte auch gewissenhaft die Profiltiefe ihrer Reifen überprüft, aber die war vollkommen in Ordnung.

Haderlein bedankte sich bei den beiden jungen Männern für die geleistete Hilfe und versprach, sich um die Sache mit dem Bußgeld zu kümmern. Dann beendete er mit Kira seinen Rundgang, und kurz darauf standen sie wieder vor dem Romansthaler Kreuz, an dem Heribert Ruckdeschl immer noch hoch konzentriert seine Untersuchungen anstellte.

»Was soll das denn mit dieser Zahl? Ist es das, was ich denke?«, fragte die Kollegin Sünkel. Eine absolut berechtigte Frage, auch wenn der Kollege Haderlein natürlich nicht wusste, was sie gerade dachte. Aber da sie ja wohl eher rhetorisch gemeint war, schien Kira zumindest eine Idee zu haben, was sich dahinter verbergen konnte. Nur dass sie es hier mit einer Botschaft zu tun hatten, war Haderlein klar. Aber welche? Wer waren die Opfer, und in welcher Beziehung standen sie zueinander, was verband sie mit der Zahl 28, und warum in Gottes Namen hatte man sie hierhergehängt?

Kira hatte sich ein wenig nach vorne gebeugt und die Zahl auf Bauch und Brust des Ermordeten genau studiert, bevor sie sich nun wieder aufrichtete, Franz Haderlein am Ärmel griff und ihn ein Stück zur Seite zog. Von der Menagerie an Grausamkeiten hier war sie offenbar weit weniger beeindruckt, als er es von einer Berufsanfängerin vermutet hätte. Kira jedoch wirkte völlig gelassen, wenn auch hoch konzentriert. Entweder ließ sie ob des fürchterlichen Anblickes hier keine

Emotionen zu, und die Sache holte sie später noch ein, oder aber sie war tatsächlich so abgebrüht, dass sie sich einfach nicht beeindrucken ließ. Eine Eigenschaft, die in diesem Beruf einen absoluten Wettbewerbsvorteil darstellte, wie Haderlein aus eigener Erfahrung wusste. Ihn selbst ließ dieser Tatort hier auf dem Staffelberg jedenfalls nicht kalt, ganz im Gegenteil. Er war geschockt und wütend. Vier Tote, zwei Männer, zwei Frauen, dazu noch übelst zugerichtet. Selbst nach so vielen Dienstjahren schafften es irgendwelche Wahnsinnigen immer wieder, ihn an dieser Welt zweifeln zu lassen. Wer in Gottes Namen war in der Lage, dermaßen abscheuliche Verbrechen zu begehen, und vor allem – warum?

»Hör zu, Franz. Ich hatte in meiner Zeit als Feldjäger bei der Bundeswehr eine interne Ermittlung wegen rechtsradikaler Umtriebe. Da ist mir die Zahl 28 schon einmal über den Weg gelaufen«, informierte ihn Kira Sünkel leise. »Rechtsextreme benutzen nämlich relativ häufig Zahlencodes, sowohl als Wiedererkennungszeichen als auch zur Verschlüsselung strafrechtlich relevanter, sprich: verbotener Inhalte. Die Codes sind nicht wirklich kompliziert, dazu sind die Beteiligten intellektuell meist zu schlicht veranlagt. Grundlage ist in den meisten Fällen die Position der Buchstaben im Alphabet, also eine ziemlich einfache Rechnung, mehr eine Art Abzählreim. Der in der rechtsextremen Szene wohl bekannteste Code ist die 88. Die Acht repräsentiert den achten Buchstaben des Alphabets, 88 steht also für ›HH‹, ›Heil Hitler‹. Ebenfalls populär sind die Zahlencodes 18, also ›AH, für ›Adolf Hitler‹ oder eben die 28. Die steht für den zweiten und achten Buchstaben im Alphabet: ›BH‹, ›Blood and Honor‹, auf Deutsch ›Blut und Ehre‹. Das war das Motto der nationalsozialistischen Hitlerjugend und wird heutzutage besonders gerne von Reichsbürgern verwendet, welche die Bundesrepublik als Staat ablehnen. Die 28 ist auch ein beliebtes Motiv für Aufnäher, Aufdrucke auf Textilien und Aufkleber an Fahrzeugen gewaltbereiter Rechtsextremisten.

Sehr verbreitet ist außerdem noch die 14, eine Anspielung auf das vierzehn Wörter umfassende rassistische Glaubensbekenntnis des US-Neonazis David Lane: ›Wir müssen die Existenz unseres Volkes und die Zukunft für unsere weißen Kinder sichern.‹ Derartige Zahlencodes sind in der Regel nicht illegal, daher können sie strafrechtlich nicht verfolgt werden, selbst wenn man genau weiß, was wirklich damit gemeint ist. Also wenn du mich fragst, Franz, haben wir es hier mit mutmaßlich rechtsradikalen Tätern zu tun. Die armen Schweine an den Kreuzen haben eine ganz bestimmte Rolle zu spielen. Sie sollen uns eine Botschaft überbringen. Eine verschlüsselte Botschaft, die wir übersetzen müssen. Erst dann haben wir eine Chance, diese Irren, die das hier angerichtet haben, zu finden und dingfest zu machen. Und nur damit das mal klar ist.« Kira Sünkel hob mahnend den Zeigefinger. »Nazis, Querdenker, Reichsbürger. Das ist inzwischen eine absolut skrupellose, gewalttätige Szene, von der ich da rede, mit nicht selten völlig durchgeknallten Tätern. Einsame Wölfe, die womöglich ihr Leben lang so viel Wut und Hass gegen alles und jeden in sich aufgestaut haben, dass sie es als ihre persönliche Erlösung und Aufgabe betrachten, hier in Deutschland einmal so richtig aufzuräumen und sogar zu morden, damit eine aus ihrer Sicht bessere Welt entstehen kann. Glaube mir, Franz, das ist ein tiefer, brauner Abgrund, der vor uns liegt.«

Kira Sünkel hatte ihre Analyse ruhig und sachlich vorgetragen, ohne jegliches Zeichen von Emotion. Dafür, dass sie sich während der Fahrt zum Staffelberg und auf ihrem Rundgang ziemlich maulfaul gegeben hatte, war das soeben eine ziemlich lange Rede gewesen. Das meiste davon war für Haderlein tatsächlich neu gewesen. Allerdings waren ihre Ausführungen so detailliert und stichhaltig, dass er keine Sekunde daran zweifelte, dass Kira wusste, wovon sie sprach. Und mit ihrer Vermutung hatte sie womöglich exakt ins Schwarze getroffen. Aber eine Theorie war und blieb erst einmal eine Theorie. Und Theorien galt es zu beweisen. Dazu mussten die Fakten gesichert werden, dann konnten sie weiterreden. Oder um in Kiras Duktus zu bleiben: Es musste eine Übersetzung her. Und dafür war es ganz bestimmt am besten, sich erst einmal mit denen zu unterhalten, die ihm etwas über ihre Erkenntnisse den Tatort betreffend erzählen konnten.

»Heribert!«, rief Franz Haderlein laut in Richtung seines langjährigen Kollegen und winkte dem Leiter der Spurensicherung auffordernd zu.

Als César Huppendorfer von seinem Toilettengang zurückkehrte, wartete immer noch das schwarz-weiße Standbild auf ihn, das er vor wenigen Minuten zum Zwecke der persönlichen Erleichterung verlassen hatte. Es zeigte die Einfahrt und den von Autoreifen zerwühlten Vorgarten der Brauns, in dem schwer schnaufend der Hausherr stand, ein Haßfurter Nummernschild zum Schutz gegen einen wild gewordenen Vogel erhoben, und Elfriede Braun heulend und erschöpft auf ihrer Gartenbank saß.

Als Huppendorfer die Aufzeichnung weiterlaufen ließ, kehrte nur schleppend Ruhe in die Szene ein. Die Angriffe der frustrierten Flussregenpfeiferin, die ja ständig ihr zu gelbem Matsch zusammengefahrenes Brutergebnis vor Augen hatte, hörten erst auf, als sie, nach einem Volltreffer von Hilmar Brauns Nummernschild betäubt, in Spiralen in den Nachbargarten segelte. Erst jetzt ließ Dr. Braun das Nummernschild fallen, wurde nun aber der anderen Sachen gewahr, die so gar nicht in seinen Garten passten. Dazu gehörten auf jeden Fall dieses verbogene und verbeulte Fahrrad und erst recht der Kassettenrekorder, aus dem das Magnetband der zertrümmerten Kassette einen halben Meter weit heraushing. Braun packte die lädierten Gerätschaften mit letzter Kraft, schleifte sie über seine Einfahrt zum Tor und warf, wütende Bemerkungen ausstoßend, die Huppendorfer mangels Tonaufnahme leider nicht verifizieren konnte, Fahrrad sowie Musikabspielgerät hinaus auf die Straße. Dann schloss er mit außerordentlicher Heftigkeit das Hoftor, trat noch einmal wütend gegen das am Boden liegende Nummernschild und sammelte sorgfältig und zartfühlend seine geliebten Märklin-Schachteln ein, die pizzaartig verformt im Garten herumlagen. Anschließend wurde er von seiner Frau ins Haus begleitet, und kurz darauf war fast alles wie zuvor.

Das Material auf dieser Festplatte war sehr interessant und mitunter auch ziemlich unterhaltsam, wie César Huppendorfer zugeben musste, aber zu einer Aufklärung im Fall des entführten Geschäftsführers trug der ganze Tumult nicht bei. Und so spulte er langsam weiter vor, bis die Nacht hereinbrach. Auch am Abend tat sich zunächst nichts mehr, bis gegen Mitternacht plötzlich eine Bewegung am Tor der Brauns zu erkennen war. Es waren die Umrisse eines Mannes, der sich sorgfältig nach allen Seiten umsah. Zuerst erkannte Huppendorfer ihn gar nicht, da sich der nächtliche Besucher eine Mütze über die Ohren gezogen hatte, aber dann fielen ihm die humpelnden Bewegungen auf, und auch das mitgebrachte Fahrrad, das er jetzt entdeckte, sprach eine eindeutige Sprache. Das war der seltsame Fahrradsänger, der etliche Stunden zuvor von Hilmar Braun verprügelt und dann von dem Haßfurter angefahren worden war. Was zur Hölle wollte der um diese Uhrzeit hier? Das konnte nichts Gutes bedeuten. Das Braun'sche Haus anzünden, das Eingangstor verbiegen oder gar irgendetwas stehlen? Aber nichts dergleichen geschah. Stattdessen öffnete der Sänger seinen Hosenstall, um sein bestes Teil hervorzuholen. Größe und Qualität des Gemächtes konnte der überraschte Kommissar zwar nicht erkennen, sehr wohl aber den im fahlen Licht einer Straßenlaterne glitzernden Strahl warmen Abwassers, der zielgenau die Türklinke des Eingangstores benetzte. Es schienen genug Reserven vorhanden zu sein, denn es dauerte etliche Sekunden, bis der Mann seinen Schlingel wieder wegpackte, sich noch einmal verstohlen umsah und dann auf seinem eiernden Drahtesel den Berg hinunterrollte.

César Huppendorfer, der sich als äußerst gepflegter Mensch durch die Welt bewegte, war entsetzt. Sowohl über die Tat als auch über deren Ergebnis. Was in diesem Fall auch passieren mochte, er würde den Brauns keinesfalls jemals die Hand geben, geschweige denn die Türklinke dieses Hoftores anfassen. Da war ihm die schlimmste Bluttat ja fast noch lieber als das hier. Nahezu panisch spulte er vorwärts, nur weg von dieser grässlichen Untat, dieser billigen, ordinären Racheaktion eines offensichtlich fäkalophilen Mitbürgers.

In César sträubte sich alles dagegen, diese Aufzeichnungen noch länger zu betrachten, aber das gehörte nun einmal zur Arbeit eines Polizisten. Augen auf bei der Berufswahl, dachte er frustriert, als auf dem Bildschirm endlich etwas Sinnstiftendes passierte. Inzwischen war er an dem Zeitabschnitt angelangt, in dem sowohl die Medienfirma als auch Philipp Schultheiß das Grundstück des CEOs verlassen haben mussten. Also verlangsamte Huppendorfer die Geschwindigkeit und starrte auf die Aufnahme, bis von der rechten Seite, also vom Grundstück des Geschäftsführers, ein Fahrzeug auftauchte. Da das Grundstück des CEOs das letzte in der Sackgasse war, konnte es nur von dort kommen. Es war der Bus der Firma »New Media« aus Forchheim, so zumindest die Aufschrift auf dem schwarzen Transporter, der zur großen Zufriedenheit Huppendorfers direkt vor der Kamera an der Hofeinfahrt der Brauns anhielt. Was nicht weiter verwunderlich war, denn nun stand er genau vor Philipp Schultheiß' Grundstück, und das Tor konnte geschlossen werden. Leider konnte César das Nummernschild nicht erkennen. Was ihn aber stutzig machte, war das Verhalten, das der Fahrer, ein kleiner, etwa vierzig Jahre alter blonder Mann, danach an den Tag legte. Nach dem Schließen des Tores zündete er sich nämlich erst einmal eine Zigarette an und schaute sich um, als würde er auf jemanden warten. Und diese Einschätzung erwies sich als goldrichtig, denn wenig später erschien kein Geringerer als Brosst-CEO Philipp Schultheiß persönlich und stellte sich grinsend und scherzend neben das Mitglied der Produktionsfirma. Nicht nur das. Als der Blonde ihm eine Zigarette anbot, nahm er dankend an und rauchte sie, während er weiterhin fröhlich mit dem Mann plauderte. Dann stieg er hinten, der Blonde vorne in den Bus ein, und das Firmenfahrzeug fuhr nach links aus dem Bild, also den Berg hinunter.

César Huppendorfer drückte die Pausentaste, lehnte sich zurück und verschränkte beide Arme hinter dem Kopf. Er war verwirrt, aber auch elektrisiert. Irgendetwas stimmte hier nicht. Offiziell war der CEO doch auf dem Weg zu einem Geschäftsessen mit seinem Chef gewesen. Dort war er aber niemals angekommen, angeblich entführt. Das, was er da eben gesehen hatte, passte jedoch weder zum nahenden Geschäftstermin noch zu einer Entführung. Es hatte eher die Anmutung eines Gruppenausfluges ins Grüne. Hier war etwas oberfaul.

Teil 3

Blut und Ehre

Das Rattennest

Lagerfeld hatte es ausnahmsweise ziemlich eilig. Dies vor allem deswegen, weil es wichtige Neuigkeiten bezüglich Philipp Schultheiß' Aufenthaltsort gab. Und so stürmte er, kaum dass er sein Auto vor der Dienststelle geparkt hatte, die Treppe in den ersten Stock hinauf, wo er die Tür zum Büro aufriss, als hätte er seine Tochter beim Sex mit einem Haßfurter erwischt. Nichts gegen Haßfurter, aber so was ging gar nicht. Sein Auftritt blieb weitestgehend unbeachtet, denn im Moment war nur César anwesend, der eben noch wie paralysiert seinen Computerbildschirm betrachtet hatte, jetzt aber erschrocken von seinem Stuhl aufsprang. Selbst Marina war abwesend, sie hatte einen Zahnarzttermin.

»César, komm mit. Wir müssen zum Chef, ich habe sensationelle Neuigkeiten«, erklärte Lagerfeld und zog seinen halbbrasilianischen Kollegen am Ärmel. Der wehrte sich nicht wirklich dagegen, hatte er doch ebenfalls ein paar seltsame Dinge zu berichten. Und so klopften sie an die Glastür ihres Vorgesetzten und traten kurz darauf ein.

»Ja nun, was haben mir denn die Herren so Wichtiges anzudienen?«, fragte Fidibus, der sich gerade mitten im Studium einer äußerst wichtigen Akte befunden hatte, und Kriminalkommissar Schmitt legte sofort los mit seinen australischen Erkenntnissen.

Als er fertig war, herrschte Stille im Raum, bis César als Erster die Stimme wiederfand.

»Und da seid ihr euch wirklich absolut sicher? Ich meine, Australien ist ja nicht gerade um die Ecke. Die müssten ja mit dem Schultheiß sofort in ein Flugzeug gestiegen und nonstop ans andere Ende der Welt geflogen sein, sonst wäre das zeitlich doch gar nicht zu machen?«, warf er ein, und Robert Suckfüll nickte zustimmend.

»Das war dann wohl ziemlich gut geplant, mit Anfängern hätten wir es demnach nicht zu tun. Aber wenn die Annahmen von Herrn Wozniak zutreffen, gibt es eine gute Chance, die Täter samt ihrem Entführungsopfer auf dieser Insel zu finden und festzunehmen. Warten Sie mal …« Fidibus erhob sich von seinem Schreibtisch und ging nach hinten zur Schrankwand, aus der er wenig später einen dicken Aktenordner zog, auf dem gut lesbar »Auslieferung« stand. Er blätterte eine Zeit lang darin herum, bis er schließlich innehielt und ein zufriedenes Gesicht machte. »Ah, sehr fein, jetzt hab ich's. Auslieferungen zwischen Australien und Deutschland erfolgen nach den Vorgaben des deutsch-australischen Auslieferungsabkommens von 1987. Die Vertragsparteien verpflichten sich, einander nach Maßgabe dieses Vertrags jede Person auszuliefern, die im Hoheitsgebiet einer der Vertragsparteien angetroffen und wegen einer im Hoheitsgebiet der anderen Vertragspartei begangenen Straftat von einer zuständigen Behörde verfolgt wird oder verurteilt worden ist. Ist die Straftat außerhalb des Hoheitsgebiets des ersuchenden Staates begangen worden, so bewilligt der ersuchte Staat die Auslieferung nach den Vorschriften dieses Vertrags, wenn eine solche unter gleichartigen Umständen begangene Tat nach seinem Recht geahndet werden könnte.«

Robert Suckfüll hob den Kopf und betrachtete seine beiden Untergebenen mit einem zufriedenen Lächeln.

»Nun, das sieht juristisch ja schon mal deutlich vielversprechender aus, würde ich sagen. Australien ist nicht die EU, aber bei Weitem besser als diese Cayman Islands. Nun, dann schlage ich vor, ich kontaktiere einmal Interpol und kümmere mich um das weitere Vorgehen. Im Übrigen hatte ich heute schon ein etwas längeres Gespräch mit Herrn Brosst, der mir mitteilte, dass die Firma Brosst bereit ist, das Lösegeld zu zahlen. Wie sich diese Entscheidung im Lichte der neuesten Erkenntnisse darstellt, vermag ich natürlich nicht zu beurteilen, ich werde Herrn Brosst aber sofort informieren. Noch irgendwelche Wortbeiträge, die Herren?«

Auffordernd blickte Fidibus von einem zum anderen, während er den dicken Ordner laut hörbar zuklappte und auf seinen Schreibtisch plumpsen ließ. Er rechnete mit der allumfassenden Zustimmung seiner anwesenden Kommissare, stattdessen hob Kriminalkommissar César Huppendorfer ganz vorsichtig seinen Zeigefinger.

»Na ja, alles schön und gut. Ich weiß, das klingt jetzt ein wenig seltsam, aber ich habe beim Studium der Aufzeichnungen aus dem Hause Braun einen seltsamen Vorgang entdeckt. Und ich weiß jetzt nicht so recht, wie das ins Bild passt, ehrlich gesagt.« Fast schuldbewusst blickte er Lagerfeld und Fidibus an, die allerdings nur Bahnhof verstanden.

»Mein lieber César, bitte erklären Sie sich näher, ich kann Ihnen beim besten Willen nicht folgen«, stellte Robert Suckfüll fest und setzte sich lieber wieder hin. Auch der Kollege Schmitt wirkte irritiert, waren die Beweise in Bezug auf den Aufenthaltsort des Entführten doch glasklar und stichhaltig.

César, der keine Lust auf lange Erklärungen hatte, erhob sich und forderte seinen Chef und den Kollegen auf, ihm doch bitte zu seinem Arbeitsplatz zu folgen, dort könne er ihnen ja zeigen, was er meinte. Gesagt getan, wenig später saßen die drei vor Huppendorfers Computer und schauten sich die Szene an, in der Philipp Schultheiß sichtlich guter Dinge in den Bus stieg und mit dem Filmteam davonfuhr, so richtig schlau wurde allerdings keiner daraus. Weshalb das Betrachten der Aufnahme eine klare Schlussfolgerung mit sich brachte, ausgesprochen von dessen Chef Robert Suckfüll.

»Ja nun, mein lieber César, was soll ich da sagen? Das ist kein Akt der Entführung, eher ein fröhliches Beisammensein und muss geklärt werden. Dann sind Sie hiermit von Ihren Büropflichten entbunden, mein lieber César, und reden einmal mit dieser Filmfirma. Sie wissen ja, alle Wege führen nach, äh, Forchheim, dann machen Sie mal, und zwar gleich. Fühlen Sie denen dort einmal so richtig auf den Keks. Sie, mein lieber Schmitt, übernehmen solange das Büro, Sie hatten für heute schon Ihren Spaß. Ich für meinen Teil werde mich um die Causa Interpol bemühen und Herrn Brosst informieren. Ist so weit alles geklärt?«

Beide Kommissare nickten und machten sich an die Arbeit.

Mit seiner altehrwürdigen Mappe in der Hand, die seit ewigen Zeiten die jeweils aktuellen Ergebnisse der Spurensicherung am Tatort enthielt, kam Heribert Ruckdeschl auf sie zu und machte ein so ernstes Gesicht, wie Haderlein es bei seinem langjährigen Kollegen nur selten gesehen hatte. An ihm war dieser Tatort also ebenfalls nicht spurlos vorübergegangen.

»Frag mich jetzt bitte nicht, was hier los ist, Franz, ich weiß es auch nicht. Ich kann dir nur sagen, dass heute Nacht ein ziemlich krankes Arschloch auf dem Staffelberg unterwegs gewesen ist. Wie weit ist es mit dieser Welt gekommen, dass den Menschen so gar nichts mehr heilig ist? Tu mir einen Gefallen, Franz, und finde diesen Irren möglichst schnell, ich brauch so was nicht noch mal. Das sind die schlechten Nachrichten. Dann kommen wir mal zu den guten, wenn man so will«, erklärte Heribert Ruckdeschl und schlug seine Mappe auf. »Um es gleich vorab zu sagen, es gibt haufenweise Spuren. Der oder die Täter haben sich nicht die geringste Mühe gegeben, irgendetwas zu verwischen. Fast könnte man meinen, es ist ihnen egal, ob sie erwischt werden. Oder da ist jemand ziemlich von sich überzeugt und meint, dass er sowieso nicht erwischt wird. Ich würde dringend vorschlagen, diesem Menschen zu beweisen, dass genau das Gegenteil der Fall ist. Aber fangen wir mal von vorne an.«

Heribert Ruckdeschl atmete noch einmal tief durch, bevor er seinen fachlichen Vortrag startete.

»Zuerst einmal konnten wir bereits die Identitäten der Ermordeten feststellen, was nicht wirklich schwer war, da man sie uns auf dem Präsentierteller gereicht hat. Unter jedem Kreuz stand ein kleiner Beutel mit den Habseligkeiten des jeweiligen Opfers und dessen Ausweispapieren. Fast könnte man meinen, die Täter hätten zuerst die Personalien überprüft, nicht dass sie noch die Falschen umbringen. Klingt irgendwie pervers, ist aber eine reelle Möglichkeit, zumindest kann ich es mir noch nicht anders erklären. Bei den Toten handelt es sich im Uhrzeigersinn, ausgehend von diesem Kreuz hier, um Uwe Kehl, Schreinermeister aus Watzendorf, Sonja Kehl, Erzieherin aus Watzendorf, Erich Seubert, Polizeibeamter aus Erlangen, und Lena Glemm, Mitarbeiterin des Landratsamts Bamberg aus Bamberg. Das Haus des Ehepaares Kehl in Watzendorf hatten wir ja gestern schon untersucht, Näheres kann dir Kira berichten, Franz«, erklärte Ruckdeschl, woraufhin die Kommissarin Haderlein wissend zunickte.

Aber der Leiter der Bamberger Spurensicherung war noch lange nicht fertig mit der Schilderung seiner Erkenntnisse. »So, jetzt zu den Details. Man hat den Opfern die Kehle aufgeschnitten und sie dann ausbluten lassen. Die Tötungen fanden aber allesamt nicht hier statt, sondern an einem anderen Ort. Das schließe ich aus dem Umstand, dass wir an den Kreuzen und in der näheren Umgebung bislang keine Spur von irgendwelchem Blut gefunden haben, nicht einen Tropfen. Erst danach hat man die Leiber hierher auf den Staffelberg gebracht und an die Kreuze gehängt. Interessant ist, dass die Täter dazu an jedem Kreuz ein Loch in den oberen Querbalken gebohrt haben, vermutlich um dort irgendeine Hebevorrichtung anzubringen. Was darauf hindeuten könnte, dass wir es mit einem Einzeltäter zu tun haben, der handwerklich geschickt genug ist. Die Zahl 28, die wir auf den Körpern der Opfer sehen, wurde mit einem Pinsel aufgemalt, wir haben ein entsprechendes Haar auf einem der Körper gefunden, es muss aber noch genauer untersucht werden. An allen vier Wetterkreuzen wurden Reifenspuren sichergestellt. Was das für Reifen sind und ob wir sie einem bestimmten Fahrzeug zuordnen können, wird sich zeigen. Aber ich vermute mal, es war ein eher größeres Fahrzeug, da sich die Spuren tiefer als bei einem Pkw in den trockenen Boden gegraben haben.

Außerdem wird für vier Personen ein Laderaum benötigt. Ich gehe daher bis auf Weiteres von einem mittelgroßen Transportfahrzeug aus. So, dann noch eine kleine, aber feine Sache, die uns zugegebenermaßen auch nicht sofort aufgefallen ist …« Ruckdeschl deutete nach oben zum Gipfel, jedoch nicht auf das Gipfelkreuz, sondern dorthin, wo normalerweise etwas südlich davon die Frankenfahne wehte.

Und jetzt sah Haderlein es auch. Dort oben hing eine Fahne, allerdings war es nicht die rot-weiße Frankenfahne, sondern die deutsche Reichskriegsflagge aus dem Ersten Weltkrieg. Das hatte Haderlein bei seinem Rundgang mit Kira gar nicht bemerkt, da die Fahne in der herrschenden Windstille relativ unscheinbar nach unten hing.

»Zusammenfassend möchte ich sagen, dass der oder die Mörder mit einer unglaublichen Akribie vorgegangen sind«, fuhr Ruckdeschl fort. »Angefangen bei den Schnitten am Hals. Da gleicht eine Schnittwunde nahezu exakt der anderen, so als hätte ein Automat im Schlachthof die Arbeit ausgeführt. Dann die Malerarbeiten auf den nackten Körpern. Der Mörder hat mit einem Fettstift die Umrisse der Zahlen vorgezeichnet, um sie dann fein säuberlich mit einem Pinsel auszumalen. Und die Löcher oben in den Kreuzen befinden sich alle auf den Zentimeter genau an der gleichen Stelle, als hätte jemand eine Schablone angelegt.«

Das war der Moment, in dem Haderlein zum ersten Mal das Bedürfnis verspürte, Ruckdeschl zu unterbrechen. »Okay, Heribert. Das heißt, wir haben es mit einem Pedanten zu tun, einem, der eine ziemlich genaue Vorstellung von Ordnung hat und diese auch bei seinen blutigen Taten umsetzt.«

Heribert Ruckdeschl nickte, und auch Kira Sünkel wusste genau, wovon Haderlein da redete. Als Aspergerin waren ihr solche Bedürfnisse durchaus geläufig. Auch sie tat sich schwer damit, ein größeres Ausmaß an Unordnung in ihrem näheren Umfeld zu ertragen. Ein Charakterzug, der gestern Abend zu massiven Unstimmigkeiten zwischen ihr und Bernd geführt hatte. »Irgendwie« und »Bassd scho« waren nicht in jedem Fall die angemessene Vorgehensweise, vor allem nicht dann, wenn es um die exakte Umsetzung eines Mamaladnamala aus dem fränkischen Kamasutra ging. Aber sie würde einen Teufel tun und dieses Beispiel als Bestätigung für Franz Haderleins These gebrauchen. Nichtsdestotrotz musste sie dem dienstälteren Kollegen beipflichten, da hatte jemand einen großen Sinn für Genauigkeit.

»Ja, da hast du wohl recht«, sagte nun auch Heribert Ruckdeschl. Wir haben es mit einem Kniefiesler allererster Ordnung zu tun, wenn du mich fragst. Auch deswegen tendiere ich eher zu einem Einzeltäter. Jemand, der so viel Wert auf Genauigkeit legt, arbeitet nur ungern mit anderen zusammen. Ich kenne solche Typen. Die denken, wenn sie es nicht selbst machen, ist es nicht richtig. Also erledigen sie die Sache lieber allein.«

Haderlein nickte, und auch Kira wusste, dass der Chef der Spurensicherung wahrscheinlich recht hatte. Ihr stellte sich in diesem Zusammenhang aber noch eine ganz andere Frage. Sie blickte nach oben zu der sorgfältig verknoteten Leiche und meinte: »Dann haben wir es aber mit einem ziemlichen Kraftpaket zu tun. Der Mann hätte die gleiche anstrengende Arbeit genau vier Mal gemacht, ohne sich auch nur die geringste Nachlässigkeit zu leisten. So einer steht voll im Saft und muss absolut durchtrainiert sein.«

Auch dieses Argument war für Franz Haderlein absolut stichhaltig, wenngleich noch nicht bewiesen. Die neue Kollegin, für die ein regelmäßiges Training zur wöchentlichen Routine gehörte, wusste durchaus, wovon sie redete. Trotzdem mussten sie Schritt für Schritt vorgehen und durften keine voreiligen Schlüsse ziehen. Was auch immer die Motivation für den oder die Täter war, ob ein Kraftpaket dahintersteckte oder ein schlaues Köpfchen mit der richtigen Technik und passendem Werkzeug, Haderlein hoffte inständig, dass es mit diesen bestialischen Morden nicht so weiterging.

»Ei, horcht amal, kann ich den scho mitnehma?«

Kira Sünkel drehte sich verwundert um, und auch Franz Haderlein wandte sich dem Fragesteller zu. Vor ihnen stand ein mittelgroßer, schmaler blonder Mann, gekleidet in einen dunklen Anzug und Krawatte.

»Im Prinzip ja, Leonhard«, antwortete Ruckdeschl, »mit dem hier sind wir im Prinzip fertig, nimm ihn mit«, was bei Bestattungsunternehmer Leonhard Sachse ein zwiespältiges Gefühl auslöste.

»Ja schö, herzlichen Dank, Heribert. Und wie soll ich den da runterkriegen? Ich bin allaans, und es is scho widder brühwarm«, beschwerte er sich. Was dazu führte, dass die ermittelnden Beamten von der Spurensicherung fürs Erste damit beschäftigt waren, mit vereinten Kräften den ausgebluteten Leichnam vom Kreuz zu heben und Leonhard Sachse zu übergeben.

Franz Haderlein betrachtete schweigend das Tun der Männer, vor allem aber das leblose Gesicht des Toten, der mit geöffneten Augen scheinbar fassungslos in die Unendlichkeit blickte, als hätte er Probleme, zu begreifen, warum ihm dieses schreckliche Schicksal widerfahren war.

Es war eigentlich eine Freude, mal wieder aus der Dienststelle herauszukommen und den langweiligen Innendienst hinter sich lassen zu dürfen. Eigentlich. Die Freude hielt sich jedoch in Grenzen, wenn die Außentemperaturen so derart nach oben stiegen, wie sie es gerade taten. Und nicht jeder hatte ein Cabrio zur Hand oder einen dreirädrigen Roller wie der Kollege Schmitt. Der litt zwar dafür im Winter mit seinem undichten Dach umso mehr, jetzt aber war er der König der Landstraße, worum ihn César bisweilen sehr beneidete. Man hätte ja vermuten können, dass die brasilianischen Gene in ihm den Aufenthalt in überhitzter sommerlicher Umgebung signifikant erleichterten, allein er merkte davon nichts. Es war ihm um etliches zu warm, so wie den meisten anderen

Franken auch. Und er hatte heute noch eine ziemliche Tour vor sich. Zuallererst sollte er die gesichteten Festplatten nach Coburg zurückfahren. Danach musste er nach Forchheim, um mit dieser Produktionsfirma über deren seltsame Mitfahrgelegenheit für Philipp Schultheiß zu sprechen. Das war mit Sicherheit weitaus spannender als diese Rückgabeaktion in Coburg, aber auch die langweiligen Sachen in der Arbeitswelt der Kriminalpolizei mussten erledigt werden.

So stand Huppendorfer in der größten Mittagshitze vor der Einfahrt des Braun'schen Anwesens, welches er ja schon von der Videosichtung her kannte. Fast hätte er den Fehler begangen und mit der Hand das kleine Tor geöffnet, aber dann erinnerte er sich gerade noch rechtzeitig an die nächtliche Racheaktion des Coburger Sängers und flankte stattdessen lieber über den flachen Metallzaun. Er mochte sich gar nicht ausmalen, wie oft die Hausbesitzer die Türklinke seither schon angefasst hatten, ohne sich darüber im Klaren zu sein, was es mit ihrem Türchen auf sich hatte. Es galt also, ein Händeschütteln oder ähnliche Begrüßungsfloskeln unbedingt zu vermeiden. Kurz rein, Eigentumsrückgabe erledigen, schnell wieder raus, so der Plan. Mit seiner sportlichen Torüberquerung hatte er das Problem zumindest fürs Erste elegant gelöst und klingelte am Hauseingang. Wenig später erschien Hilmar Braun persönlich in der Haustür und schaute ihn groß an.

»Ja bitte?«, bekam der Kommissar vom Hausbesitzer zu hören.

»Entschuldigung, Huppendorfer, Kriminalpolizei Bamberg. Herr Haderlein hat mich gebeten, Ihnen diese Festplatten wieder zurückzubringen, die er sich ausgeliehen hatte.« Mit einer energischen Handbewegung hielt er Braun die Plastiktüte mit den darin befindlichen Datenträgern hin.

Sogleich erhellte sich die mürrische Miene des Hausherrn, und er nahm Huppendorfer dankbar die Tüte ab. Als César schon dachte, das sei es jetzt gewesen, und sich bereits wieder verabschieden wollte, hob der Doktor im Ruhestand allerdings mahnend den Finger.

»Moment, Herr Kommissar, ich möchte etwas zur Anzeige bringen. Als Ihr Kollege gestern hier bei mir war, hatte ich das in der Eile ganz vergessen. Und zwar ist vor zwei Tagen so ein Wüstling mit seinem Auto in meinen Garten gefahren, hat diverse Pflanzen vernichtet und diese Kostbarkeiten hier irreparabel beschädigt.« Mit diesen Worten griff er nach etwas, das hinter der Tür auf einer Anrichte stand, und hielt Huppendorfer drei kleine Märklin-Eisenbahnwaggons und eine rosa Zugmaschine der Ausführung »Lollobrigida« vor die Nase. Alle vier waren mehr oder weniger platt gefahren und taugten mehr als Reliefbild denn als Teil einer Modelleisenbahn. »Und ich kann es auch belegen. Hier das Beweisstück«, er streckte Huppendorfer nun auch noch das abgefallene Nummernschild entgegen. »Das hat der Rowdy in unserem Garten verloren. Ich möchte hiermit Anzeige erstatten. Ich verlange Schadenersatz und Schmerzensgeld für meine Frau.«

Der Bamberger Kommissar konnte Hilmar Brauns Beweggründe zwar verstehen, allerdings hatte er überhaupt keine Lust, für den Mann den Streifenpolizisten zu spielen. Er musste nach Forchheim, sprich: hier weg. Also sollte er dem guten Mann seine Absichten besser irgendwie ausreden, sonst war der Tag gelaufen.

»Herr Braun, das ist ein Haßfurter Nummernschild, das wird schwierig. Ich vermute mal, dass Sie in so einem Fall selbst nach einer polizeilichen Anzeige keine Regressansprüche geltend machen können, tut mir leid.«

Brauns Augen verengten sich zu kleinen Schlitzen, und er deutete mit wilden Handbewegungen auf seine geplätteten Waggons. »Was, wie bitte? Sagen Sie mal, wissen Sie eigentlich, was das hier wert ist? Das ist eine Lollo in Pink, die musste ich bei einem Sammler in Argentinien bestellen. Das war ein Einzelstück, die kriege ich nie mehr!« Seine Augäpfel quollen schier aus den Höhlen, und endlich konnte Huppendorfer sehen, wie die Gesichtsröte in natura wirkte.

»Das tut mir ja wirklich leid, Herr Braun, aber das sollten Sie besser lassen, glauben Sie mir, das wird zu teuer für Sie.«

»Zu teuer, für mich?« Die Augen des pensionierten Doktors weiteten sich jetzt bis auf Straußeneigröße. »Ja, wer hat denn hier den Unfall gebaut? Wozu gibt's denn in Deutschland eine Haftpflichtversicherung?«, würgte er hervor, unfähig, sich das Unfassbare begreiflich zu machen.

Aber César kannte keine Gnade. Entweder der oder er. »Ja, schon, da haben Sie natürlich prinzipiell recht, Herr Braun. Aber meines Wissens sind Haßfurter Autofahrer gar nicht mehr versicherbar, jedenfalls nicht außerhalb ihres Landkreises. Aufgrund der hohen Unfallzahlen finden sich ja kaum noch Versicherungsunternehmen, die eine Verkehrshaftpflicht für Haßfurter Fahrzeughalter anbieten, nicht einmal die HUK macht das. Und falls doch, ist diese Versicherung teurer als die für einen Containerfrachter, der durch den Suezkanal will. Ich meine, es ist natürlich Ihr Geld. Aber an Ihrer Stelle würde ich erst einmal meinen Versicherungsagenten zurate ziehen und die Lage gründlich besprechen. Wobei, der wird Ihnen bestimmt das Gleiche sagen.«

Das hatte gesessen. Die Aussicht auf einen langwierigen, aussichtslosen Prozess, bei dem er am Ende auf den Anwalts- und Gerichtskosten sitzen blieb, war so abschreckend, dass Hilmar Braun die ausgestreckten Arme samt Eisenbahnschrott und Nummernschild langsam, ganz langsam sinken ließ. Ein Anblick des Jammers und der Verzweiflung, den sich Huppendorfer nicht länger antun wollte.

»Nichts für ungut, Herr Braun, ich muss leider weg. Sollten Sie noch juristische Fragen haben, melden Sie sich gern jederzeit bei uns in der Dienststelle in Bamberg und fragen Sie nach Herrn Suckfüll, der kann Ihnen das dann genauer erklären.« Er nickte Hilmar Braun noch einmal aufmunternd zu, ging zum Tor, flankte über den Zaun und trat hinaus auf die Straße.

»Nichts wie weg und ab nach Forchheim« hieß jetzt die Devise, bevor er wegen seiner gewagten Haftpflichttheorie noch Nachfragen beantworten musste.

Die australische Bundespolizei, kurz AFP, war für die Bereitstellung internationaler Strafverfolgungsdienste auf dem australischen Kontinent verantwortlich. Sie arbeitete eng mit einer Reihe anderer Strafverfolgungs- und Regierungsbehörden auf lokaler sowie staatlicher/territorialer, nationaler und internationaler Ebene zusammen, darunter Interpol, die mit hundertfünfundneunzig Mitgliedsstaaten größte Polizeibehörde der Welt, und beherbergte in ihrem Polizeipräsidium in der australischen Hauptstadt Canberra das australische INTERPOL National Central Bureau, das dreihundertfünfundsechzig Tage im Jahr rund um die Uhr im Einsatz war.

Insofern war es für Superintendent Sarah Cromwell erst einmal wenig überraschend, dass sich am Abend Interpol aus Europa bei ihr meldete. Eigentlich war es eine direkte Anfrage der Interpol-Zweigstelle in Singapur, es handelte sich aber offenbar um einen Entführungsfall in Deutschland. Im Interpol-Beamtendeutsch hatte sie es mit einer sogenannten »Yellow Notice« zu tun, also einem Hilfeersuchen bei der Ortung einer vermissten oder entführten Person. Dabei handelte es sich um den Geschäftsführer einer bekannten deutschen Firma, der nach Angaben der deutschen Kriminalpolizei mit hoher Wahrscheinlichkeit auf Rottnest Island, einer kleinen Insel vor Perth, festgehalten wurde. Interpol hatte ihr außerdem eine Filmdatei der Entführer übermittelt, die laut den deutschen Kollegen mutmaßlich auf Rottnest Island aufgenommen worden war, das hätten erste Ermittlungen ergeben. Die Anfrage kam mit der höchsten Prioritätsstufe, also mussten sich die Kollegen in Deutschland schon ziemlich sicher sein. Nachdem sie sich das Video und die begleitenden Informationen mehrfach angeschaut hatte, und zwar inklusive Ohrverlust und Quokka, hatte sie selbst auch keine Zweifel mehr. Allerdings konnte sie von Canberra aus nur wenig ausrichten, denn Rottnest Island lag knapp viertausend Kilometer weit weg auf der anderen Seite des Kontinents, in Westaustralien. Nach Lage der Dinge war es also am besten, die Angelegenheit an die AFP in Perth weiterzuleiten, damit vor Ort umgehend die nötigen Schritte eingeleitet werden konnten.

Sie musste kurz überlegen, denn Perth war im Vergleich zu Canberra drei Stunden hinterher, und hier in Canberra war es bereits zweiundzwanzig Uhr. Dann nahm sie den Hörer in die Hand und hatte wenig später einen Commissioner namens Brad Bowman in der Leitung. Der hörte sich ihr Anliegen ruhig an, dann bat er darum, ohne Verzug das Videomaterial und sonstige Informationen geschickt zu bekommen. Das Gespräch dauerte keine fünf Minuten, dann war es auch schon wieder zu Ende.

»Alles klar, ich habe so weit alles verstanden. Wenn dieser Deutsche auf Rottnest ist, werden wir ihn auch finden«, erklärte Commissioner Bowman, und Sarah Cromwell hegte keinerlei Zweifel an seiner Aussage.

Auf der Fahrt nach Forchheim musste César Huppendorfer mehrfach grinsen. Er hätte ja so gern Mäuschen gespielt, wenn Dr. Hilmar Braun mit seinem Versicherungsvertreter zusammentraf und diesem seine hanebüchene Geschichte über die Haßfurter Haftpflichtmisere vorheulte. Immerhin hatte er es durch seine Geistesgegenwart ohne größeren Zeitverzug und, was noch viel wichtiger war, ohne Urinkontakt geschafft, Aufgabe Numero uno in Coburg zu erledigen. Wenn sich die zweite Sache auch so schnell abhaken ließ, konnte er ja anschließend noch in die Dienststelle zurück und sich weiter mit der Entführung beschäftigen.

Und so folgte er frohgemut seinem Navi, das ihn kurz vor der Zieladresse am Hausener Weg 13 durch das Forchheimer Industriegebiet lotste. Er war schon gespannt, was er auf die Frage nach dem Verbleib des CEOs, den sie an dem Tag ja so ausgiebig in seinem Haus gefilmt hatten, für eine Antwort bekommen würde.

Es ging einmal quer durch das gesamte Industriegebiet, dann an einem Kreisverkehr um eine Bäckerei namens »Brothaus« herum, bis endlich ein Schild am Straßenrand auftauchte, Hausener Weg.

»Ihr Ziel befindet sich am Ende der Straße auf der linken Seite«, quäkte das Navigationsgerät, das César zum wiederholten Mal nervte. Es wurde wirklich Zeit, endlich eine männliche Stimme für die Sprachausgabe zu wählen. Er war Single und hatte keine Lust, von einer weiblichen Person, mochte sie auch noch so virtuell sein, Befehle entgegenzunehmen. Und das Ergebnis der Navigationsaufgabe bestärkte ihn in diesem Vorhaben nur noch. Erst groß rumkommandieren und dann die Adresse nicht finden. Oder, genauer gesagt, ihn einfach mal in die Pampa schicken: »Sie haben Ihr Ziel erreicht.«

Huppendorfer saß in seinem Wagen und konnte es nicht glauben. Das sollte die Adresse dieser Produktionsfirma sein? Er stieg aus und schaute sich um, ob er nicht vielleicht irgendetwas übersehen hatte, aber da war nichts. Nichts außer Gegend. Er stand mit seinem Wagen direkt an einem Baggersee, umrahmt von Büschen und Sträuchern, das war's. Hier gab es nichts, gar nichts. Hier war Land's End, ein Paradies für Angler, Modellbootkapitäne und illegale Pärchen. Aber von einer Produktionsfirma namens New Media keine Spur. Die Adresse war gefakt, so viel stand fest. Aber warum druckte jemand Visitenkarten mit einer falschen Adresse und verteilte sie?

Die Sonne stach unbarmherzig vom Himmel, und die Gedankenwelt des Kommissars kam ein wenig in Turbulenzen. Hatte ihn das Verschwinden von CEO Philipp Schultheiß schon irritiert, so war er jetzt alarmiert. Ihn beschlich das untrügliche Gefühl, ganz gewaltig verarscht zu werden. Aber von wem und zu welchem Zweck, war ihm vollkommen schleierhaft. Das hier hatte jedenfalls keinen Sinn, er fuhr jetzt unverrichteter Dinge zurück in die Dienststelle und würde sich dort mit Bernd besprechen. Mal sehen, was der dazu meinte.

Huppendorfer strich sich mit Hilfe seines Hemdsärmels den Schweiß von der Stirn, dann stieg er wieder in sein Automobil und ließ sich von der verhassten weiblichen Stimme zurück auf die Autobahn lotsen.

Die Arbeit der Spurensicherung an den vier Wetterkreuzen war weitestgehend abgeschlossen, und Leonhard Sachse lud soeben den letzten Körper in den Leichenwagen. Franz Haderlein und Kira Sünkel hatten sich in die Staffelbergklause zurückgezogen, da der Hüttenwirt inzwischen eingetroffen war. Der war auf sie als Vertreter der Staatsgewalt nicht unbedingt gut zu sprechen. Zum einen war er verärgert, dass durch die polizeilichen Sperrungen nun kein Mensch mehr auf den Staffelberg kam. Und das am ersten Tag von Stufe zwei der Wassernotverordnung. Wie in Funk und Fernsehen bereits mehrfach verkündet, hatten nun alle öffentlichen Schwimmbäder geschlossen, auch die landwirtschaftliche Bewässerung wurde eingestellt, und in der Gastronomie waren ab sofort alle Speisen verboten, die sowieso fast nur Wasser enthielten, unter anderem auch Thüringer Klöße. Na super, was sollte er jetzt machen? Der Teig für über einhundert Klöße stand hinten in seinem Auto. Sollte er den an seine Enten verfüttern? Es war außerdem ab sofort strengstens verboten, Flüssigkeiten jeglicher Art zu verschwenden, und in ganz Franken herrschte von sechs Uhr morgens bis einundzwanzig Uhr abends absolutes Toilettenverbot. Also durfte er im Prinzip nichts mehr verkaufen, was einen Gast dazu animieren konnte, später die Toilette zu benutzen. Im Grunde könne er dann auch gleich zumachen, maulte er Franz Haderlein an, der für ihn als Vertreter der Exekutive irgendwie schuld an den Machenschaften der Politik war. Da konnte ihm Kira Sünkel zehnmal erzählen, dass die Maßnahmen das Ergebnis einer Volksabstimmung waren, ihn tangierte das nicht. Er hatte nicht mit abgestimmt, also betraf es ihn auch nicht. Und die Komplettsperrung des Staffelbergs hatte ihm jetzt gerade noch gefehlt. Eigentlich bräuchte er wegen des Toilettenverbotes gerade einen massiven Stimmungsheber, stattdessen war ein Irrer auf seinem Berg unterwegs und machte alles nur noch schlimmer.

Irgendwann zog sich der frustrierte Mann mit einem angestochenen Fass Bier in seine Küche zurück und war fortan selbst sein bester Kunde. Immerhin bot sich den beiden Kommissaren durch diesen Rückzug der alkoholischen Art nun die Gelegenheit, die ganze Situation einmal in Ruhe zu bewerten. Haderlein war einigermaßen angefressen, denn unter dem Strich hatten sie nicht allzu viel Erhellendes aufzuweisen. Sie hatten zwar eine Täterbeschreibung samt grob skizziertem Phantombild, aber keinerlei Hinweise auf die Identität des Mannes. Außerdem war ja noch nicht geklärt, ob es sich um einen Einzeltäter oder eine ganze Gruppe handelte, Haderlein war sich da weiterhin ziemlich unsicher. Kira Sünkel hingegen hatte sich mittlerweile festgelegt und war fest davon überzeugt, es mit Rechtsradikalen zu tun zu haben. Sie hatte auch schon eine ziemlich klare Vorstellung davon, welche genau.

»Du hast die Flagge am Blechjesus doch selbst gesehen, Franz. Sie wird gern von selbst ernannten ›Reichsbürgern‹ benutzt, also Personen und Gruppierungen, die die Existenz der Bundesrepublik leugnen und sich stattdessen auf das Fortbestehen des Deutschen Reichs in den Grenzen von 1937, mitunter auch jenen von 1914 oder 1871 berufen. Sie erkennen nicht nur die BRD nicht an, sie halten auch das Grundgesetz, bundesdeutsche Gesetze, Bescheide und Gerichtsurteile allesamt für nichtig und beanspruchen für sich eine eigene Gerichtsbarkeit, Todesurteile inbegriffen. Na, klingelt da was?«

Kira Sünkel schaute Haderlein herausfordernd an, der aber nichts dazu sagte, sondern nur schweigend und nachdenklich nickte.

»Die Reichsbürgerszene als solche ist sehr heterogen, feste Strukturen gibt es allenfalls in Form von sogenannten Reichsregierungen, aber seit den tödlichen Schüssen eines ›Reichsbürgers‹ auf einen Polizisten in Mittelfranken im Jahr 2016 sollte doch bei allen Behörden langsam der Groschen gefallen sein. Die sind brandgefährlich und nicht selten in der rechtsextremistischen Szene verankert, volksverhetzende Äußerungen und Holocaustleugnung inklusive. Und was steht groß und breit auf unserem Schild am Blechjesus? ›Das Urteil wurde vollstreckt.‹ Ich sage dir, Franz, alle Ermordeten haben sich aus der Sicht dieser Irren mit ihrer erfundenen Rechtsordnung irgendeines Vergehens schuldig gemacht. Denn die Phantasiewelt, in der diese Leute leben, ist nicht liebenswert skurril, sondern geprägt von Verschwörungstheorien und rechtsradikalem Gedankengut, und das bedeutet immer auch bösartig und aggressiv. Diese Reichsbürger glauben, uneingeschränkte Handlungsfreiheit gegenüber unserem Staat und seinen Behörden zu haben, und viele sind bewaffnet und gewaltbereit. Die leben in einer Geisterbahn und wähnen sich im Krieg mit dem Staat, also mit uns. Das zeigt die Flagge, die dort hinten über dem Kruzifix an der Kapelle hängt, die steht nicht nur für die Ablehnung unseres politischen Systems, sondern für die Überzeugung, dass sie sich mit uns im Krieg befinden. Und die offizielle Kriegserklärung hängt draußen an den vier Kreuzen, Franz.«

Haderlein war einerseits begeistert vom Sachverstand seiner neuen Mitarbeiterin, andererseits auch schockiert von der zwingenden Logik ihrer Ausführungen. Ein Funkeln trat in seine Augen, denn Kiras letzter Satz hatte sich bereits bei ihm eingebrannt. *Die Kriegserklärung hängt draußen an den Kreuzen.*

»Na gut, wenn sie Krieg haben wollten, dann sollen sie ihn auch bekommen«, versprach er laut und nickte seiner jungen Kollegin energisch zu.

Der Computerspezialist der australischen Bundespolizei in Perth betrachtete gespannt den Bildschirm, während ihm sein Chef, Commissioner Brad Bowman, über die Schulter sah. Er hatte ein Programm aktiviert, das mit Hilfe künstlicher Intelligenz herausfinden sollte, welcher Ort auf Rottnest Island wohl als Schauplatz für dieses Video gedient hatte, das ihnen aus Deutschland übermittelt worden war. Dazu nutzte das Programm sämtliche Landschaftsdaten für Westaustralien, Rottnest Island inklusive, die von diversen Satelliten zur Verfügung gestellt wurden. Das Programm brauchte ungefähr fünfzehn Minuten, bis es ein Ergebnis ausspuckte. Angezeigt wurde mit 79,8-prozentiger Wahrscheinlichkeit ein Ort auf Rottnest Island knapp oberhalb des südlichsten Punktes der Insel.

»Ich werd verrückt, das ist die alte Lodge bei Parker Point!«, entfuhr es dem Computerspezialisten. Er zoomte das Satellitenbild auf dem Monitor näher heran. Zu sehen war das Dach eines kleinen Häuschens mit Veranda, ziemlich versteckt gelegen in einem kleinen Wäldchen.

Auch Brad Bowman kannte die alte Lodge, er hatte sie sogar noch besucht, kurz bevor das Areal zum Naturschutzgebiet erklärt worden war. Der Eigentümer war großzügig entschädigt worden, und das kleine Anwesen ging in den Besitz der Stadt Perth über. Seitdem blieb das Anwesen weitestgehend unbeachtet.

Der Commissioner brauchte nur ein paar Sekunden, dann stand sein Entschluss fest. Das, was die Kollegen in Deutschland ermittelt hatten, schien sich zu bewahrheiten. Mit ziemlich hoher Wahrscheinlichkeit hatten die Entführer den Mann tatsächlich nach Rottnest Island gebracht und ihn dort versteckt. Wenn Bowman es sich recht überlegte, war das eigentlich eine ziemlich clevere Idee. Rottnest lag quasi am Ende der Welt und war im Süden fast menschenleer. Niemand würde je auf die Idee kommen, dort nach einer in Deutschland entführten Geisel zu suchen.

Die Entführer wiederum mussten sich ziemlich gut hier in der Gegend auskennen, denn die alte Lodge war eigentlich nur aus der Luft zu sehen, in der Realität konnte man fünfzig Meter entfernt daran vorbeilaufen, ohne etwas von dem kleinen Anwesen zu bemerken. Noch dazu rauschte kurz hinter Parker Point das Meer gegen die Küste, sodass etwaige Geräusche verschluckt wurden. Aber jetzt, da das Versteck enttarnt worden war, entpuppte sich das Anwesen natürlich als vorzügliche Falle. Nur ein paar Kilometer entfernt befand sich ein kleiner Flughafen, auf dem man das Einsatzkommando absetzen konnte. Wenn der kleine Flughafen dann gesperrt und der Fährverkehr vorerst eingestellt war, saßen diese Typen auf Rottnest fest, und sie mussten sie nur noch einkassieren. Das natürlich so professionell wie möglich und ohne Schaden für die Geisel, weswegen er jetzt die entsprechenden Spezialisten vom SASR anfordern würde, dem Special Air Service Regiment.

Die Spezialeinheit war nach Vorbild des britischen SAS aufgebaut, und ihr Hauptquartier lag passenderweise ganz in der Nähe, nämlich in den Campbell Barracks in Swanbourne. Das Motto der Einheit lautete genauso wie das ihres britischen Gegenstückes »Who Dares Wins« – Wer wagt, gewinnt. Er fand dieses Motto ja ein wenig albern, andererseits hatte sich die Spezialeinheit dieser Devise schon mehrfach als würdig erwiesen.

Neben der Aufklärung gehörten Terrorismusbekämpfung und die spezielle Rückführung von gefangenen Soldaten oder Zivilisten zu den Hauptaufgaben des australischen SASR. Geiselbefreiungen wurden von der Tactical Assault Group durchgeführt, die 1972 nach den Attentaten in München aufgestellt worden war, um eine Einheit für die Terrorismusbekämpfung zu haben. So gesehen genau die richtigen Männer, um diesen Deutschen von der Insel zu holen.

Commissioner Brad Bowman bedankte sich bei seinem Computerspezialisten, ließ sich noch einen Ausdruck der

Satellitenaufnahme anfertigen und ging zurück in sein Büro. Dort wählte er die Nummer des SASR, das er jetzt schon mehrere Jahre lang nicht mehr kontaktiert hatte. Aber nun war es an der Zeit, die Spezialeinheit hatte einen Auftrag. Keiner konnte sagen, wie gefährlich diese Typen waren, die den Deutschen in ihrer Gewalt hatten.

Nach dem Telefonat informierte er Interpol, dass sie die Geisel lokalisiert hatten und ein Einsatz von Spezialkräften kurz bevorstand. Dort musste entschieden werden, ob jemand aus Canberra anreisen und der Aktion als Zuschauer beiwohnen sollte oder nicht.

Er schaute auf seine Uhr, es war jetzt bald einundzwanzig Uhr in Westaustralien, und die Dunkelheit war schon längst hereingebrochen. Im Moment herrschte Winter auf der Südhalbkugel der Welt, da machte sich die Sonne ziemlich zeitig aus dem Staub. Brad Bowman wartete nur noch auf das »Go« der Spezialeinheit, dann konnte die Party steigen. Er war jetzt ziemlich angespannt, denn selten hatte ein Arbeitstag mit derartigen Herausforderungen geendet.

Als Huppendorfer wieder in der Dienststelle in Bamberg eintraf, war der Kollege Schmitt anwesend, ebenso Honeypenny, die mit missmutig verzogenem Gesicht an ihrem Platz hockte. Offenbar hatte der Zahnarztbesuch unter keinem besonders guten Stern gestanden. Ihr abweisender Blick ließ zudem erkennen, dass sie auf absehbare Zeit nicht angesprochen werden wollte. Wahrscheinlich hatte sie eine Betäubungsspritze erhalten, was ihre Kommunikationsfähigkeiten natürlich erheblich einschränkte. Für die sprachgewaltige Dienststellensekretärin, die sich im Moment ausschließlich durch vehementes Hämmern auf ihrer Computertastatur akustisch bemerkbar machte, eine mittlere Katastrophe.

César nickte ihr daher lediglich kurz zu und begab sich zum Arbeitsplatz des Kollegen Schmitt, der nicht gerade überarbeitet wirkte. Dafür, dass sie zurzeit zwei Megakriminalfälle am Bein hatten, hockte Lagerfeld ziemlich relaxt und entspannt an seinem Schreibtisch und beschäftigte sich statt mit Büroarbeit mit seinem Handy. Nun gut, dann wollte er den Kollegen mal aus seiner Komfortzone holen.

»Hi, Bernd, ich hab Neuigkeiten zu unserem Entführungsfall. Und wenn ich dir die erzähle, wirst du sie mir vermutlich nicht glauben.«

Bernd Schmitt sah überrascht von seinem Handy auf, denn er hatte den Kollegen Huppendorfer gar nicht hereinkommen hören. Er war darauf konzentriert gewesen, die aktuellen Bierpreise zu vergleichen, die im Zuge der fränkischen Wassernotstandsverordnung rasant im Steigen begriffen waren. Und bei drei Euro fünfzig und mehr für ein Seidla Bier hörte der Spaß ja wohl auf. Aber das würde er später klären, jetzt wollte er sich erst einmal anhören, was für Neuigkeiten der Kollege Huppendorfer ihm mitzuteilen hatte.

César setzte sich an Lagerfelds Schreibtisch, verschränkte die Arme vor der Brust und verkündete dann mit süffisanter Stimme das Ergebnis des unerquicklichen Ortstermins am Baggersee in Forchheim. »Also, Bernd, das wirst du nicht glauben. Diese Firma ›New Media‹, die gibt's überhaupt nicht, jedenfalls nicht unter der angegebenen Adresse in Forchheim. Da, wo dies sein sollte, ist absolut nichts. Nur grüne Wiese und ein paar Baggerlöcher. Ich habe also den Namen gegoogelt und das Internet durchforstet, ob die vielleicht umgezogen sind oder sich einfach auf ihrer Visitenkarte verschrieben haben, aber auch hier Fehlanzeige. Diese Firma gibt es nicht, nicht in Forchheim und auch sonst nirgendwo. Die Telefonnummer ist zudem laut Telekom nicht vergeben und die Website ein totaler Fake. Und jetzt erklär mir das einmal, Bernd. Wieso steigt unser entführter CEO in das Auto einer Firma, die es überhaupt nicht gibt, noch dazu freiwillig?« Huppendorfer schaute Lagerfeld herausfordernd an.

Der hatte so auf die Schnelle allerdings auch keine wirklich logische Erklärung parat. »Na ja, vielleicht wusste Schultheiß das nicht, dass diese Firma gefakt ist. Die hatten doch zuvor stundenlang Aufnahmen mit ihm gemacht. Vielleicht war das die Masche der Entführer, sich als Produktionsfirma auszugeben und ihn dann unter irgendeinem Vorwand ins Auto zu locken.«

César nickte, so abwegig war dieser Gedankengang gar nicht. Und eine weit logischere Variante als die Möglichkeit, die er sich überlegt hatte, dass Schultheiß nämlich gar nicht entführt worden war, sondern alles vorgetäuscht hatte. Was ja auch eine Vermutung des Hauptanteilseigners Michael Brosst gewesen war. Aber daran glaubte eh niemand. Außerdem hatte Gerald Wozniak den CEO ja bereits auf dieser australischen Insel gefunden. Und warum hätte Philipp Schultheiß freiwillig mit so Typen mitgehen sollen, die ihm dann später Körperteile abschnitten. Absoluter Blödsinn. Nein, Bernd hatte schon recht. Die Hauptverdächtigen in diesem Entführungsfall waren ab sofort die vermeintlichen Mitarbeiter dieser nicht existenten Produktionsfirma. Bloß befanden die sich höchstwahrscheinlich gar nicht mehr in Deutschland, sondern auf dieser australischen Insel.

Lagerfeld schien sich mit ähnlichen Gedanken zu beschäftigen, denn er kam zum selben Ergebnis. »Also meiner bescheidenen Meinung nach ist es müßig, nach dieser Produktionsfirma zu fahnden, weil die Kerle doch eh längst nach Australien abgehauen sind. Warten wir lieber erst einmal ab, was die australische Eingreiftruppe zustande bringt, die, wie ich eben vom Chef erfahren habe –«

Lagerfeld konnte seinen Satz nicht vollenden, denn die Tür der Dienststelle schwang auf, und die Kollegen Haderlein und Sünkel betraten das Büro. Die beiden sahen ziemlich mitgenommen aus, was entweder von der heftigen Sonneneinstrahlung auf dem Staffelberg herrührte oder aber von dem, was sie dort oben vorgefunden hatten. Allem Anschein nach waren sie dort oben auch nicht verköstigt worden, denn der Kollege Haderlein begab sich sofort zu ihrer aller Dienststellensekretärin, um sich bei Honeypenny um Kaffee und ein Honigbrot zu bemühen. Das Ganze mal zwei, denn Kira ging es auch nicht viel besser. Ein Ansinnen, welches bei Marina Hoffmann auf wenig Gegenliebe stieß, war sie doch von ihrem Zahnarztbesuch noch massiv gehandicapt.

»Honimpbodimpf nimbf möbiff, weben bibfe«, bekam Haderlein zu hören, ohne dass er auch nur den geringsten Dunst hatte, was das seltsame Gebrabbel zu bedeuten hatte. Vielleicht machte Honeypenny gerade eine Art Kommunikationstraining und hatte Gummikugeln im Mund? Er schaute sie reichlich hilflos an, was Marina Hoffmann noch fuchsiger machte. Sie schüttelte den Kopf und versuchte nach Kräften, mit ihrer ohnmächtigen Oberlippe einen einigermaßen vernünftigen Satz herauszubekommen. »Bein Honimpbod, weben bibfe, Hebott. Bar beim Bahnabfd.« Dann winkte sie einfach ab und setzte sich mit vor Anstrengung puterrotem Kopf wieder an ihren Platz.

Zurück blieb ein vollkommen ratloser Kommissar Haderlein. Immerhin beschlich ihn die dunkle Ahnung, dass er bei Marina heute keine Honigbrote gewinnen konnte und mit seinem Unterzucker allein bleiben würde.

Lagerfeld bemerkte Franzens stille Verzweiflung und wollte gerade ansetzen, um ihm zu erklären, dass die gute Honeypenny eine regelrechte Zahnoperation hinter sich hatte, als sich die Glastür zum Büro ihres Chefs öffnete und Fidibus den Raum betrat. Wirkte er sowieso stets ein wenig unkonzentriert, so war sein äußeres Erscheinungsbild jetzt noch ein wenig diffuser. Irgendetwas schien in ihm zu wühlen und ihn zu beschäftigen.

»Ja, schön, dass alle hier in meinem Namen versammelt sind, ich hätte da einiges bekannt zu geben«, eröffnete Fidibus sein Anliegen. Er stand breitbeinig vor der gläsernen Wand seines Büros, eine teure Havanna zwischen den Fingern der rechten Hand, die er bereits jetzt, am Beginn seiner Verlautbarung, mit deutlichen Rotationsbewegungen an die Grenzen ihrer Belastbarkeit trieb. Alle, auch Franz und Kira, setzten sich flugs auf einen Stuhl, um der Bekanntmachung ihres Chefs zu lauschen. Allzu oft kam eine solche Generalversammlung in diesem Büro gar nicht vor, denn Fidibus redete eigentlich lieber mit den betroffenen Ermittlern unter vier bis sechs Augen, und wenn überhaupt, war der Anlass meist der erfolgreiche Abschluss eines Falls.

Dass er jetzt das Wort an alle seine Kommissare richtete, war also ziemlich ungewöhnlich.

»Ja, nun, also. Die Menschen werfen alle ihre Dummheiten auf einen Haufen, konstruieren ein Ungeheuer und nennen es Schicksal«, dozierte Robert Suckfüll und schaute gedankenverloren von einem zum anderen. Ein wirklich außerordentliches Zitat, welches er als fundamentalen Teil des menschlichen Wissensschatzes erachtete. Da jedoch niemand so richtig etwas damit anfangen konnte, geschweige denn wusste, von wem es war, versickerte der Spruch still und leise im Raum.

Robert Suckfüll bemerkte natürlich, dass sein kostbares Zitat auf keinen fruchtbaren Boden gefallen war, was vielleicht auch am fehlenden Herkunftsnachweis liegen konnte. Nun, das konnte man ja nachholen.

»Von Thomas Hobbes, englischer Philosoph«, fügte er hinzu, was zwar ebenfalls zur Kenntnis genommen, aber mangels Kenntnis der Person nicht weiter kommentiert wurde.

Wieder versickerte die Information im Nirwana des polizeilichen Alltagslebens, und der Leiter der Bamberger Polizeidienststelle kam sich nicht zum ersten Mal vor wie in einer kulturellen Gummizelle. Egal was er von sich gab, egal mit welcher Vehemenz und Absicht, seine Umgebung verschluckte alles, als wäre es niemals gesagt worden. Robert Suckfüll musste zu seinem außerordentlichen Verdruss feststellen, dass er mit sprachlichen Bonbons der Weltliteratur hier nur seine Zeit verschwendete.

»Also gut, dann zur Quintessenz meines Anliegens«, vermeldete er resigniert und blickte seine Kommissare bedeutungsschwanger an. »Ich erhielt heute im Laufe des Tages drei Anrufe, die ich Ihnen nicht vorenthalten möchte, da sie für den Fortgang diverser Ermittlungen nicht uninteressant sein dürften. Da war zum einen die telefonische Nachricht von Herrn Michael Brosst, dass seine Firma die geforderte Lösegeldsumme in Höhe von fünfzig Millionen Euro auf das angegebene Konto auf den Cayman Islands überwiesen hat. Er bat mich, sofort darüber informiert zu werden, ob und wie die Entführer auf diese Zahlung reagieren, soll heißen, ob eine umgehende Freilassung von Herrn Philipp Schultheiß erfolgt oder nicht.«

Die Anwesenden hielten unisono die Luft an, denn fünfzig Millionen Euro, das war mal ein Wort. Damit, dass der Chef der Firma die Summe lockermachen würde, um seinen CEO freizukaufen, war ja nicht unbedingt zu rechnen gewesen, es ließ aber einen glimpflichen Ausgang der Entführung erwarten. Die körperliche Unversehrtheit des Entführungsopfers durfte damit jedenfalls erst einmal gesichert sein. Das war aber nur der erste Teil der zu verkündenden Neuigkeiten, Suckfüll war noch lange nicht fertig.

»Des Weiteren erhielt ich eine Nachricht von Interpol, dass die Kollegen in Westaustralien die Position unserer Geisel auf besagter Insel ausmachen konnten und eine Spezialeinheit um vierzehn Uhr unserer Zeit eine Befreiungsaktion durchführen wird. Die moderne Technik macht es möglich, dass wir über eine speziell gesicherte Leitung von Interpol das Geschehen live mitverfolgen können. Ich möchte Sie also alle bitten, sich um spätestens vierzehn Uhr in meinem Büro einzufinden, damit wir am Fortgang der Befreiungsaktion teilhaben können.«

Das war nun wirklich eine aufregende Neuigkeit und versprach spannend zu werden. In circa zwei Stunden konnten sie also live am Bildschirm mitverfolgen, wie das Drama um den CEO der Firma Brosst ein glückliches Ende fand, sofern der von den Entführern nach Bezahlung des Lösegelds nicht schon vorher freigelassen wurde. Die Belegschaft wechselte ein paar erstaunte, freudig erregte Blicke, denn eine solche Liveübertragung passierte ja auch nicht alle Tage und bedeutete eine Premiere in der Bamberger Dienststelle.

»Na, das sind doch einmal wirklich gute Nachrichten«, meinte Lagerfeld und patschte mit der flachen Hand seinem Stuhlnachbarn César Huppendorfer auf die Schulter, was dieser mit einem genervten Blick quittierte. Trotzdem war er wie alle in der Dienststelle froh, das wahrscheinliche Ende dieser unerquicklichen Entführung mitverfolgen zu können. Allerdings blieb Fidibus immer noch ungerührt stehen und hob mahnend den Zeigefinger.

»Da wäre noch etwas, bevor hier alle auf Lichtspiel umschalten. Ich möchte ja keinen Wein in das Wasser schütten, aber vor wenigen Minuten hat mich Herr Brosst erneut angerufen, um mir mitzuteilen, dass die angewiesenen fünfzig Millionen Euro vor ungefähr einer Stunde wieder zurücküberwiesen wurden. Ich wiederhole, zurücküberwiesen. Sie können sich vorstellen, dass man in der Firmenzentrale in Coburg äußerst besorgt und verunsichert über diese Entwicklung ist.«

Stille. In der Dienststelle war auf einmal kein Laut mehr zu vernehmen. Man konnte sehen, wie es in den Köpfen der Kommissare ratterte. Dann stellte Lagerfeld die unnützeste aller Fragen, wahrscheinlich aber auch nur, weil die Verarbeitung des soeben Gehörten eine Übersprungshandlung erforderlich machte.

»Zurücküberwiesen? Die haben den ganzen Betrag einfach wieder zurückgebucht? Wer will denn bitte fünfzig Millionen Euro nicht haben, wenn sie ihm direkt vor die Nase gelegt werden?« Lagerfeld war fassungslos.

Fidibus nickte. »Ja, mein lieber Schmitt, zurücküberwiesen. Und niemand kann das ehrlich gesagt nachvollziehen, ich am allerwenigsten. Sollte also einer von Ihnen eine plausible Erklärung für diesen Vorgang haben, so wäre ich gerne der Erste, der es erfährt. Ansonsten machen wir einfach weiter wie gehabt und versammeln uns um Punkt vierzehn Uhr bei mir im Büro, um der hoffentlich glücklich endenden Geiselbefreiung beizuwohnen, mit oder ohne geleistete Lösegeldzahlung. Ich hatte übrigens auch Herrn Brosst und Herrn Wozniak eingeladen, aber beide haben dankend abgelehnt, das nur zu Ihrer Information.« Fidibus warf noch einen letzten Blick in die Runde, dann ging er mit langen Schritten in sein gläsernes Büro zurück. Kaum war er drin, kam er auch schon wieder heraus und deutete mit ausgestrecktem Arm auf seinen dienstältesten Mitarbeiter Franz Haderlein. »Die Kollegen Haderlein und Sünkel bitte einmal zu mir ins Büro. Außerdem bitte ich um einen Kaffee, wenn's beliebt«, rief er in Honeypennys Richtung, dann war Fidibus endgültig in seinem Büro verschwunden, die Tür hatte er aber vorsorglich offen gelassen.

Honeypenny murmelte irgendetwas Unverständliches in ihren nicht vorhandenen Bart, während Franz und Kira zum Rapport bei ihrem Chef antraten.

»Scheibf-Kabfe, lepf mipf doof am Aapf«, hörten die Kommissare, eine Bemerkung, deren semantischer Sinn aber keinem der Anwesenden einleuchtete, ergo wurde sie ignoriert.

Franz und Kira nahmen auf den Stühlen vor dem großen Schreibtisch ihres Chefs Platz, der sie mit erwartungsvollem Blick musterte.

»Staffelberg? Mir kamen da Gerüchte über eine größere Untat zu Ohren? Vielleicht möchten Sie mich ja vor dem wohlverdienten Arbeitsschluss auf den neuesten Stand bringen«, offerierte Robert Suckfüll.

Haderlein kam Fidibus' Bitte gerne nach und beschrieb den Tatort und die dort gewonnenen Erkenntnisse. Dann übergab er das Wort zu Kiras Überraschung an sie, damit sie dem Dienststellenleiter ihre Theorie über die Urheber dieses grausamen Verbrechens darlegte. Das kam zwar etwas plötzlich für die junge Kommissarin, aber Kira fing sich sogleich wieder und schilderte in der ihr eigenen unterkühlten Art, inwiefern die Hinweise auf Täter aus der rechtsradikalen Szene im Allgemeinen beziehungsweise Reichsbürger, Querdenker und sonstige Staatsfeinde im Speziellen hindeuteten. Allerdings hatte sie keine genaue Kenntnis der örtlichen Szene und somit keine Antwort auf die Frage, welche Vertreter der genannten Gruppen für eine solche Tat in Frage kommen könnten. Aber da hatte Robert Suckfüll sofort eine sinnstiftende Idee.

»Ach, da fällt mir ein, hatte nicht der Kollege Schmitt vor zwei Jahren Kontakt mit der rechten Szene hier in Bamberg? Meines Wissens hat er sich doch damals nach den Vorfällen am Bahnhof mit den Herren vom Staatsschutz unterhalten und sich diesbezüglich schlaugemacht. Vielleicht sollten wir unseren lieben Schmitt einmal dazubitten.« Sprach's, erhob sich und klopfte laut an die Scheibe.

Draußen in der Dienststelle fuhren zwei Kommissare und eine Sekretärin erschrocken zusammen. Als Fidibus auf Lagerfeld zeigte und ihn in sein Büro winkte, atmeten alle drei erleichtert auf. Gott sei Dank wollte ihr Chef nicht wieder einen seiner berüchtigten literarischen Vorträge halten, sondern nur ein Gespräch mit Lagerfeld führen, der nun ebenfalls vor dem Schreibtisch seines Chefs Platz nahm. Dort wurde er von Kira und Franz erst einmal auf den neuesten Stand gebracht. Nach seiner Expertise und Meinung bezüglich Kiras Theorie gefragt, hatte der Kommissar dann auch tatsächlich etwas zu ergänzen.

»Na ja, so wie ich das sehe, ist Kira mit ihren Schlussfolgerungen schon auf dem richtigen Weg. Wir haben hier ein ziemlich ausgeprägtes rechtsradikales Umfeld, und zwar von Bamberg bis Coburg. Eine wüste Mischung aus strammen Nazis, die sich teilweise unorganisiert in der rechtsradikalen Szene tummeln, teilweise aber auch in der HfD organisiert sind. Und dann gibt's ja noch die einsamen Wölfe, die sich heimlich, still und leise allein daheim radikalisieren und dann ganz plötzlich auftauchen und zuschlagen. Harmlos erscheinende Mitbürger, die sich in ihrem dem Wahnsinn verfallenen Geist eine ganz eigene Verschwörungstheorie zusammenbasteln und dann urplötzlich mit ihrem verstümmelten Weltbild auf die Bühne treten, um ihr persönliches Recht durchzusetzen. Nicht selten endet das dann so wie seinerzeit in Norwegen. Ihr erinnert euch vielleicht noch. Der Rechtsextremist Breivik setzte 2011, nachdem er im Regierungsviertel von Oslo bereits acht Menschen durch eine selbst gebaute Bombe getötet hatte, als Polizist verkleidet zu der kleinen Insel Utøya in der Nähe von Oslo über, auf der gerade das alljährliche Feriencamp der Jugendorganisation der sozialdemokratischen Arbeiterpartei Norwegens stattfand, rief die fünfhundertsechzig teilnehmenden Jugendlichen zusammen und eröffnete das Feuer auf sie. Rund eineinhalb Stunden wütete er und erschoss gnadenlos einen Jugendlichen nach dem anderen. Neunundsechzig Menschen starben dort, etwa die Hälfte war unter achtzehn Jahre alt. Die damalige norwegische Ministerpräsidentin Gro Harlem Brundtland hatte die Insel kurz zuvor nach einem Vortrag verlassen, Breivik hatte eigentlich auch sie ermorden wollen, denn er machte sie für die aus seiner Sicht viel zu großzügige Immigrationspolitik Norwegens verantwortlich. In einem vor seinem Massaker versendeten Manifest ›begründete‹ der Massenmörder seine Taten mit dieser Politik. Er präsentierte sich selbst als Retter der christlich-europäischen Ordnung und bekannte sich zu Nationalismus und christlichem Fundamentalismus. Und wenn ihr mich fragt, geht diese Sache auf dem Staffelberg in eine ganz ähnliche Richtung, auch wenn ihr kein Manifest gefunden habt, sondern nur dieses sogenannte Gerichtsurteil.«

Lagerfeld hatte fertig und damit ein beeindruckendes Statement abgegeben. Fast andächtig hatten die anderen seinen Ausführungen gelauscht, selbst Kira war hin und weg. So hatte sie Bernd bisher noch gar nicht kennengelernt. Der Bassd-scho-Kommissar war einem knallharten Analysten mit detaillierter Sachkenntnis gewichen.

»Okay, so weit, so gut und einleuchtend«, resümierte Haderlein, der bereits versuchte, einen Schritt weiter zu denken.

»Aber wenn wir es hier mit einer Art Breivik zu tun haben, mit einem einsamen Wolf, wie du sagst, wird es extrem schwer, den Mann zu finden, es sei denn, er hört nicht damit auf, sondern macht immer weiter, was wir nicht hoffen wollen. Nach dem, was er auf dem Staffelberg angerichtet hat, werden wir einen verdammt hohen Erwartungsdruck von den Menschen da draußen verspüren, die möglichst bald eine Erfolgsmeldung haben wollen.«

Damit sprach Haderlein seinem Chef aus der Seele. Der Fall war nur wenige Stunden alt gewesen, da hatte Robert Suckfüll schon den ersten Anruf von der fränkischen Landesregierung erhalten. Leider konnte er nichts Erhellendes zu Protokoll geben, das durfte aber nicht lange so bleiben.

»Ich würde Folgendes vorschlagen«, sagte Lagerfeld. Er beugte sich auf seinem Stuhl nach vorne und fuchtelte engagiert mit seinen Händen in der Luft herum, als wollte er seine Idee in die Luft malen. »Meines Erachtens müssen wir als Erstes die Verbindung zwischen den Ermordeten finden. Sie ist für uns noch nicht erkennbar, aber der Mörder hat diese Menschen aus einem ganz bestimmten Grund ausgewählt. Er hat ihr Urteil vollstreckt, wie er sich auszudrücken pflegt, also müssen wir das Leben dieser Menschen so lange durchleuchten, bis wir wissen, wofür er sie bestrafen zu müssen meinte. Ich bin mir ziemlich sicher, wenn wir dieses unsichtbare Band ans Tageslicht fördern, haben wir die Spur, die uns zu diesem Irren führt.«

Wieder fiel sein engagierter Vortrag auf fruchtbaren Boden, und nach kurzem Nachdenken meldete sich abschließend Robert Suckfüll zu Wort. Mochte er auch der untalentierteste Poet der Welt sein, in seiner Eigenschaft als Jurist und Dienststellenleiter war er unübertroffen und somit auch hochgeachtet. Und was war die wichtigste Aufgabe eines Fachgebietsleiters? Das Talent zur Delegation, mit einem dicken Zeigefinger zur rechten Zeit die richtigen Menschen zusammenbringen. Das war in der Regel der Schlüssel des Erfolges und einer erfolgreichen Aufklärungsarbeit.

»Alea iacta est, die Regnitz ist überschritten«, proklamierte Fidibus cäsarisch und rollte seine Zigarre. »Dann werden Sie, mein lieber Schmitt, sich ab sofort quasi als Sonderermittlungsarbeit um genau diese Frage kümmern. Und zwar zusammen mit der Mitarbeiterin Sünkel, die uns ja mit ihrer Expertise auf die richtige Spur gebracht hat. Ich gehe recht optimistisch davon aus, dass sich unser Entführungsfall in circa einer Stunde erledigt hat, sodass die restliche Ermittlungsarbeit im Fall Schultheiß von den Kollegen Haderlein und Huppendorfer erledigt werden kann. Ich erwarte in Kürze eine Erfolgsmeldung, deswegen jetzt husch, husch an die Arbei–«

Die Tür zum Glaskasten von Robert Suckfüll wurde aufgestoßen, und Marina Hoffmann betrat mit einer Tasse Kaffee sowie einem kleinen Teller, auf dem ein Honigbrot lag, das Büro. Ihr äußeres Erscheinungsbild war ehrlich gesagt gottserbärmlich. Blass im Gesicht, die Augen gerötet, und ihre Oberlippe sah aus, als hätte ein winziger Kobold einen Teil davon nach oben gezogen und an ihrer Wange festgetackert. Sie stellte Tasse und Honigbrot vor ihrem Chef auf den Schreibtisch und sagte mit drohendem Gesichtsausdruck: »Depf ipf def lepfte Onibbod, daf ich heub bemaffd hab, kabied?«

»Hä?«, stieß Lagerfeld mit verständnislos zusammengekniffenen Augen hervor, aber Honeypenny hatte nicht die Absicht, sich in Erklärungen zu ergehen.

»Hald bof bie Glabbe, Bemd, fonft fängft aane.«

Kommissar Bernd Schmitt hatte immer noch nichts verstanden, aber durchaus kapiert, was Honeypenny meinte, und sagte besser mal nichts mehr.

Die Demonstration startete wie immer am Bamberger Bahnhofsvorplatz, um sich dann über Umwege in Richtung Stadtmitte zu bewegen, wo sie in der Regel am Gabelmann endete. Die Teilnehmer hielten nicht mit ihren Ansichten und Forderungen hinter dem Berg, die sie auf großen, selbst gebastelten Plakaten und Fahnen durch die Luft schwenkten. Da wurde die Aufklärung über eine stille Enteignung der Bürger und Unternehmen gefordert, wie auch die Beendigung einer künstlich herbeigeführten Inflation, die Verhinderung der »Neuen Weltordnung« und ein Verbot von digitaler Überwachung unbescholtener Bürger. Außerdem sollte die drohende Abschaffung des Bargeldes verhindert werden, und es sollten alle Politiker zurücktreten, die dem deutschen Volk Schaden zufügten, womit hauptsächlich die Grünen gemeint waren. Es gab Fahnen mit aufgemalten Friedenstauben, direkt daneben sah man die russische Flagge und entsprechende Sympathiebekundungen auf handbemalten Transparenten. Manche Demonstranten forderten die Beendigung der sogenannten Klimahysterie, andere endlich freie und unabhängige Medien ohne Zensur und Diffamierungen, wieder andere gleich die komplette Abschaffung der verlogenen Medien und der Regierung und zum guten Schluss noch die sofortige Beendigung der verfehlten Corona-Politik in Deutschland, vor allem aber die Verhinderung einer drohenden Impfpflicht. Die Veranstalter der einmal wöchentlich stattfindenden Demonstration nannten sich und ihre Anhänger die »Stay stupid«-Bewegung und marschierten je nach Witterung und Temperatur mit circa einhundert Personen und viel Lärm, Getöse und Getrommel durch die Bamberger Innenstadt.

Er selbst lief schon seit Anbeginn der Zeit bei diesen Demonstrationen mit, seit man von ihm verlangt hatte, sich dieses Gift spritzen zu lassen, mit dem sie ihn versklaven wollten. Als es mit der erfundenen Pandemie anfing, war er endlich aufgewacht und hatte auch all die anderen perfiden Maßnahmen und Lügen erkannt, mit denen er und alle anderen Deutschen von ihnen unterjocht werden sollten. Die erfundene Klimaerwärmung und die Verteufelung des Russen, obwohl es doch für jeden offensichtlich war, dass die Amerikaner diesen Krieg vom Zaun gebrochen hatten. Jahrelang hatte er an dieser Demonstration teilgenommen, ohne sich je direkt mit einer Rede oder einem Plakat beteiligt zu haben. Er fand das es albern und kindisch, diese Schilder hochzuhalten, damit veränderte man seiner Meinung nach gar nichts. Die Menschen reagierten nur auf handfeste Taten, radikale Aktionen, die sie erschreckten und die ihnen die unabänderlichen Konsequenzen ihres Handelns vor Augen führten. Nein, die Themen der Demonstranten hier waren gut und richtig, nur ihre Methoden waren geradezu lächerlich.

Dennoch lief er jedes Mal mit, denn die Gruppe gab ihm ein Gefühl der Geborgenheit, das er sonst nicht erfuhr. Es war fast so wie ein wöchentlicher Familienbesuch. Doch niemand kannte ihn hier persönlich, mit niemandem hatte er sich je direkt ausgetauscht. Die »Stay stupid«-Demonstration war für ihn nur eine Art emotionale Dusche. Echte Familie hatte er nicht mehr. Es existierte nur noch ein Bruder, mit dem er sich früher gut verstanden hatte. Regelrecht unzertrennlich waren sie gewesen, er hatte ihm sogar seinen jetzigen Job verschafft, aber dann hatten sie sich auseinandergelebt.

Er war auch eines dieser Schlafschafe, die den Mist glaubten, den die Politiker verzapften. Auch wenn er ihm zugutehalten musste, dass er ihn, ohne es zu wissen, zu seinem Plan inspiriert hatte, als er ihm ein Zitat von Albert Einstein unter die Nase rieb: »Eine Idee, die nicht verrückt genug klingt, ist es nicht wert, weiterverfolgt zu werden«, oder so ähnlich. Für sein Brüderchen war das – ein wenig verrückt zu sein – schon immer der Maßstab gewesen, aber der hatte ja auch Begabungen, mit denen er nicht aufwarten konnte. Bis jetzt. Sein Bruder würde schon irgendwann erfahren, was er für eine verrückte Idee umgesetzt hatte. Damit würde er mehr Aufhebens verursachen, als es sein Bruder jemals vermocht hätte. Dann würde er vielleicht endlich begreifen, wovon er sprach. Aber da im Moment sowieso jedes Gespräch zwischen ihnen im Streit endete, sollte er ruhig noch weiter der Lügenpresse glauben.

Was nötig war, um diese Diktatur zu beenden, war mit Leuten wie seinem Bruder nicht zu machen. Genauer gesagt war es mit niemandem zu machen, den er kannte. Er hatte die persönlichen Kontakte zur Außenwelt daher eingestellt und kommunizierte nur noch über seine Kanäle in den sozialen Medien. Dort waren die Gleichgesinnten zu finden, nach denen er sich immer gesehnt hatte. Menschen, die so waren wie er und so dachten wie er. Mit ihnen hatte er die Lage in Deutschland diskutiert und war zu dem Schluss gekommen, dass gehandelt werden musste. Und wenn es außer ihm niemanden gab, der den ersten Schritt tun wollte, dann würde er die Last dieser Verantwortung gerne tragen. Es half nicht, über die Dunkelheit der Diktatur, in der sie lebten, zu lästern, irgendwer musste auch mal ein Licht anzünden.

Und genau das hatte er jetzt getan. Heute mussten sie die Verurteilten auf dem Staffelberg gefunden haben, und morgen würde es bundesweit in jeder Zeitung stehen. Das Urteil war vollstreckt worden, sodass es jeder sehen konnte. Die Zeit der Knechtung war vorbei, denn es gab noch aufrechte Bürger, die sich zu wehren wussten. Und er bezweifelte nicht, dass es von jetzt an immer mehr werden würden, die sich ihm anschlossen und wie er das deutsche Volk nicht im Stich ließen.

Der Demonstrationszug bog um die letzte Kurve, in Kürze sollten sie den Gabelmann erreicht haben. Heute sollte es einen Redner geben, einen Apotheker aus Nürnberg, der beweisen konnte, dass auf den Ampullen, in denen sie diese Drecksimpfung aufbewahrten, satanische Botschaften aufgedruckt waren, man musste die Angaben nur richtig übersetzen. Ein weiterer kleiner Puzzlestein im großen Bild der Wahrheit, der bisher geheim gehalten worden war.

Im Grunde war er gerade mit sich und der Welt im Reinen, wäre da nicht dieser kleine Junge aus Watzendorf. Der machte ihm wirklich Sorgen. Zwar hatte er überall seine Fingerabdrücke und persönliche DNA, Fußabdrücke und Reifenspuren hinterlassen. Das focht ihn aber nicht an, er war polizeilich nicht bekannt und in seinem Leben auch sonst völlig unauffällig. Mit einem ganzen Sack voll Indizien würden sie ihn nicht kriegen. Aber ein Augenzeuge, das war schlecht, selbst wenn es nur so ein kleiner Knirps war. Also würde seine nächste Aufgabe darin bestehen, den kleinen Bastard zu finden und zu beseitigen. Es würde nicht einfach werden, aber was war schon einfach, wenn man sich der Rettung der Welt verschrieben hatte. Außerdem gab es für ihn erst einmal nichts weiter zu tun. Die halbe Republik würde von heute an hinter ihm her sein, da war es besser, die einzige Schwachstelle in seinem Vorgehen zügig zu beseitigen.

Er stopfte die Hände tief in die Taschen seiner Lederjacke und lauschte aus der Entfernung noch kurz dem Vortrag über die satanischen Impfungen, versteckt hinter einer Säule. In die vorderste Reihe wagte er sich nicht, das war ihm im Moment zu gefährlich. Sowohl wegen seiner Aktion auf dem Staffelberg als auch wegen der Volksfeinde, die rund um den Gabelmann wohnten und die er schon kennenlernen durfte. Damals hatte er es vorgezogen, einfach zu gehen, denn er konnte niemanden auf offener Straße einfach hinrichten. Noch nicht. Aber es sollte die Zeit kommen, da würde genau das geschehen.

Rottnest Island oder auch Wadjemup, so der Name, den die südwestaustralischen Whadjuk Aborigines der Insel gaben, lag weitestgehend im Dunkel der Nacht, denn außer ein paar wenigen Hotels und Lodges in Thomson Bay auf der Ostseite der Insel war das Eiland unbewohnt. Der Fährverkehr war inzwischen eingestellt worden, und da auf Rottnest Island keine motorisierten Fahrzeuge erlaubt waren, lag alles in einer Art Dämmerschlaf, aus dem die Insel erst wieder am nächsten Tag, bei Ankunft der ersten Fähre vom Festland, erwachen würde.

Doch jetzt war plötzlich das langsam anschwellende Geräusch von Rotoren zu hören, die zu zwei im Anflug auf den kleinen Flugplatz befindlichen Hubschraubern des SASR gehörten. Die Piloten flogen am Südende der Landebahn, wo ihre Anwesenheit weitgehend unverdächtig erscheinen musste, so nah wie möglich an die Lodge heran, um kurz zu landen, die Männer der TAG blitzschnell aussteigen zu lassen und dann wieder aufzusteigen, ehe sie wenige hundert Meter entfernt auf dem nördlichen Teil der Landebahn landeten, um dort auf das Ende der Befreiungsaktion zu warten.

Die Spezialeinheit ging genau so vor, wie sie es mit dem Einsatzleiter besprochen und in endlosen Trainingseinheiten geübt hatten. Da war kein langes Briefing erforderlich, jeder musste nur das abrufen, was er sich angeeignet hatte.

Ohne jegliche Schwierigkeit näherten sich die Männer der Lodge und beobachteten erst einmal das Anwesen und die nähere Umgebung, ob sich dort etwas rührte oder irgendwelche Gemeinheiten installiert waren. Sprengfallen etwa oder Kameras, die einen Befreiungsversuch beeinträchtigen konnten. Dabei setzten sie alle Mittel ein, die sie zur Verfügung hatten, vom Nachtsichtgerät bis zu hochempfindlichen Mikrofonen. Aber es war nichts zu erkennen, die Lodge lag dunkel und ruhig zwischen Bäumen und Büschen, nur das Rauschen des nahen Meeres war zu hören.

Als die Männer die Umgebung gesichert hatten, bezogen sie in kleinen Gruppen Position am Gebäude. Das betraf zum einen den Haupteingang, aber auch die Rückseite des Gebäudes. Außerdem wurde an einer strategisch günstigen Stelle ein Scharfschütze zwischen den Bäumen positioniert. Schließlich kam das Zeichen zum Zugriff, und Sekunden später explodierte an der Haupteingangstür ein Sprengsatz. Der gewaltige Knall schallte über Rottnest Island, schreckte sämtliche Tiere in der Umgebung auf, und die Tür der Lodge zerlegte sich in ihre Einzelteile. Zeitgleich wurden an der Hausrückseite die Fenster eingeschlagen und Blendgranaten durch alle gewaltsam erzeugten Öffnungen in die Lodge geworfen. Wieder waren Explosionen zu hören, und helle Blitze erleuchteten die Nacht. Dann bewegten sich die Männer der australischen Spezialeinheit routiniert durch das dunkle Hausinnere und sicherten einen Raum nach dem anderen. Als sie schließlich das gesamte Haus durchkämmt und gesichert hatten, war jedem Beteiligten klar, dass diese Geiselbefreiung ein grandioser Schlag ins Wasser gewesen war. Die Lodge war menschenleer und, der dicken Staubschicht nach zu urteilen, seit ihrer Schließung nicht mehr benutzt worden. Hier gab es keine Entführer und auch keine Geisel, hier gab es nur Dreck und Staub.

Der Einsatzleiter gab das frustrierende Ergebnis ihres Einsatzes an Commissioner Brad Bowman durch, obwohl der aufgrund der Live-Verfolgung bereits wusste, was die Stunde geschlagen hatte. Diese Lodge hatte den Entführern zu keinem Zeitpunkt als Unterschlupf gedient. Fragte sich nur, wo sich die Geisel denn dann befand. Hielt man Philipp Schultheiß irgendwo anders auf Rottnest Island fest? Oder war er doch auf dem Festland? Fragen, die im Moment nicht zu beantworten waren, weswegen Brad Bowman beschloss, die ganze Angelegenheit nach Deutschland zurückzuverweisen. Die Spezialeinheit bekam den Befehl abzurücken, und wenig später flogen zwei Hubschrauber Richtung Osten über das offene Meer zurück nach Perth.

In Robert Suckfülls Büro herrschte ein mehr oder weniger lautes, ratloses Schweigen, hatte doch wirklich jeder hier damit gerechnet, dass im Zuge des nächtlichen Einsatzes auf der australischen Insel Bilder von verhafteten Entführern und das erschöpfte, aber glückliche Gesicht von Philipp Schultheiß zu sehen sein würden, der aus seinem Verlies befreit worden war. Dann hätte man telefonisch Kontakt aufgenommen, ihn und die australischen Kollegen zu seiner Befreiung beglückwünscht und den Mann in den nächsten Flieger Richtung Deutschland gesetzt. Aber nichts davon war geschehen. Stattdessen hatte sich das angepeilte Ziel, das mutmaßliche Versteck der Entführer, als absoluter Fehlgriff erwiesen.

Das war vor allem auch deswegen so fatal, weil sich keiner

der Anwesenden irgendwelche Gedanken darüber gemacht hatte, wie es denn in einem solchen Fall weitergehen sollte. Ihr Entführungsfall war nicht nur nicht gelöst, er hatte sich noch zusätzlich verkompliziert.

»Tja, Satz mit X«, sagte Lagerfeld schließlich lakonisch, um das unerträgliche Schweigen im Raum nicht länger ertragen zu müssen. Zu allem Überfluss klingelte nun auch noch sein Mobiltelefon. Als er ranging, hatte er Gerald Wozniak am Apparat. Der wollte aber nicht etwa wissen, wie denn die Befreiungsaktion auf Rottnest Island ausgegangen war, sondern wartete mit einer weiteren Wendung in diesem Fall auf.

»Du musst kommen, die Entführer haben ein neues Video geschickt. Es wird euch nicht gefallen«, informierte er Lagerfeld knapp und legte sofort wieder auf.

Bernd Schmitt stand da und schaute völlig entgeistert auf sein Handy. Gerade eben wollten sie die Gangster noch festnehmen lassen, jetzt hatten die eine neue Botschaft geschickt, es wurde immer verrückter. Die Kollegen schauten ihn erwartungsvoll an, doch er hatte keine wirklich befriedigende Auskunft zu geben.

»Das war Wozniak. Es gibt ein neues Video der Entführer. Er will, dass ich mir das ansehe. Es wird uns nicht gefallen, mehr hat er nicht gesagt. Ich werde mal hinfahren und das checken. Ich melde mich«, versprach er und war nach einem stummen Nicken seines sehr nachdenklichen Chefs auch schon verschwunden, während die restlichen Kommissare ernüchtert in Robert Suckfülls Büro zurückblieben.

»Also gut, wie geht's jetzt weiter?«, wollte César Huppendorfer wissen.

»Nun, wo hier der Fehler liegt, ist im Moment noch nicht zu begreifen, am ehesten muss sich da ja wohl ein gewisser Gerald Wozniak aus dem Rechenzentrum der Firma Brosst hinterfragen«, entgegnete Robert Suckfüll. »Alles, was er uns an Rechercheergebnissen präsentierte, klang sehr logisch und durchdacht, sonst hätte ich Interpol niemals eingeschaltet.«

Dem Leiter der Dienststelle war anzumerken, dass ihm die Sache einigermaßen peinlich war. Allzu oft brauchte man bei Interpol nicht aufzuschlagen und sie um Amtshilfe zu bitten, wenn sich dann herausstellte, dass irgendwo in der Ermittlungskette ein fataler Fehler gemacht wurde. Außer Spesen nix gewesen, das galt auch für die Kollegen von Interpol.

»Ehrlich gesagt, ist an dem ganzen Fall nicht viel Logisches zu finden«, hielt Kira Sünkel dagegen. »Das Entführungsopfer steigt freiwillig zu den mutmaßlichen Entführern ins Auto, die sich als eine Filmproduktionsfirma ausgeben, die es gar nicht gibt. Jetzt frage ich euch, wie hat Philipp Schultheiß diese Firma engagieren können, wenn es die Homepage nicht gibt und die Telefonnummer auch nicht?«

Fidibus und seine beiden verbliebenen männlichen Kommissare schauten Kira reichlich perplex an, denn dieses Argument war schlicht nicht von der Hand zu weisen.

»Das heißt«, klinkte sich nun auch der bislang sehr zurückhaltende Franz Haderlein in die Diskussion ein, »wir müssen langsam, aber sicher in Betracht ziehen, dass Philipp Schultheiß irgendwie in dieser Entführung mit drinhängt.«

»Sagen wir mal so«, wiegelte Kira ab. »Ich kann mir nicht vorstellen, dass der Brosst-CEO seine eigene Entführung vortäuscht, vor allem deswegen nicht, weil er dabei sicher nicht so weit gehen würde, sich sein Ohr abschneiden zu lassen. Da erscheint es mir wahrscheinlicher, dass die Entführer Herrn Schultheiß irgendwie getäuscht haben. Mich beschäftigen andere Fragen viel mehr. Zum Beispiel, dass die Entführer Schultheiß an den am weitesten von uns entfernten Ort geschafft haben, den es gibt. Mal ehrlich, was soll das? Ein Keller in Bamberg hätte es doch auch getan. Wieso musste es diese Insel am anderen Ende der Welt sein? Und dann wird der Ort mittels künstlicher Intelligenz zweifelsfrei lokalisiert, es ist aber niemand dort, wenn man nachschaut?«

Wieder trat ein nachdenkliches Schweigen ein, das diesmal von César Huppendorfer beendet wurde. »Vielleicht haben die Entführer ja nur das Video dort gedreht, halten Schultheiß aber an einem anderen Ort auf der Insel versteckt«, gab er zu bedenken und fügte hinzu: »Oder die in Australien haben einfach Mist gebaut und den Ort falsch berechnet. Ich meine, es geht doch hier nur um Wahrscheinlichkeiten und keine Zeugenaussagen mit Ortsangabe. Was, wenn deren komisches Programm einfach einen Fehler gemacht hat? Ich meine, dass Schultheiß auf dieser Insel sein muss, ist klar, das hat der Leiter des Rechenzentrums ja stichhaltig hergeleitet. Ich frage mich nur, ob es sich bei der Location auf dem Video wirklich um *diesen* Ort auf der Insel handelt, den die Australier da herausgefunden haben wollen.« Der Halbbrasilianer saß wie ein bockiges Kind mit vor der Brust verschränkten Armen auf seinem Stuhl und reckte das Kinn angriffslustig nach vorne.

»Alles schön und gut, César, aber was ist denn dann die Konsequenz? Willst du die ganze Insel absuchen lassen?«, knurrte Franz Haderlein den jüngeren Kollegen von der Seite an, was Huppendorfer aber nicht im Geringsten beeindruckte. Ihm ging die Hitze draußen auf den Senkel, die fränkische Wassernotstandsverordnung und dieser idiotische Entführungsfall sowieso.

»Ja, wieso denn nicht? Den Fährbetrieb nach Rottnest Island stoppen, den Flughafen sperren und dann mit Hausdurchsuchungsbefehlen an die Arbeit, bis jedes Haus, jedes Hotel durchsucht worden ist.«

Kira Sünkel schaute ihn ungläubig an, während Franz Haderlein den Kopf in seinen Händen vergrub und Robert Suckfüll die Rotationsgeschwindigkeit seiner Zigarre massiv erhöhte.

»›Nichts legt die Menschen so sehr im Irrtum fest wie die tägliche Wiederholung dieses Irrtums.‹ Johann Wolfgang von Rilke«, stellte der Leiter der Bamberger Dienststelle fest und fühlte sich in der ganzen Angelegenheit genauso ratlos wie alle anderen hier.

Als Heribert Ruckdeschl an die Bürotür der Dienststelle klopfte, machte zu seinem Erstaunen minutenlang niemand auf. Erst nach mehrmaligem Versuch wurde die Tür endlich von Honeypenny geöffnet, die ihn anschaute, als wäre er ein unerwünschtes Wesen aus einer anderen Welt. Außerdem sah die Dienststellensekretärin aus wie das missglückte Endergebnis von Frankensteins Gesellenstück. Müde, blass, vor allem die Oberlippe schien einen richtigen Treffer abbekommen zu haben, denn die eine Hälfte war auffällig nach oben gezogen, so als würde Marina Hoffmann an einer exotischen Nervenkrankheit leiden.

»Wapf wiff du?«, stieß sie hervor, aber Ruckdeschl kam nicht dahinter, was sie meinte. Also stellte er die in solchen Fällen allgemein übliche Gegenfrage.

»Hä?«

»Fag, wapf du wifft, anfonften fieh Leine, fu Gnilch.«

An dieser Stelle erging es dem Chef der Bamberger Spurensicherung ungefähr so wie Kommissar Schmitt kurz zuvor. Wieder hatte er kein Wort verstanden, die Stoßrichtung ihres Anliegens aber durchaus kapiert.

»Ich muss zum Franz, die Ermittlungsergebnisse sind da. Er wollte sie unbedingt noch vor Feierabend haben.«

Honeypenny atmete genervt durch und winkte Heribert Ruckdeschl herein. »Bibbe fön. Abba fein Gaffee und fein Honibbod«, meinte sie mit erhobenem Zeigefinger, was bei Ruckdeschl zu einem erneuten Totalausfall seines Begriffsvermögens führte. Also beschloss er, zu improvisieren und sich auf seine Ahnungen zu verlassen.

»Ach so, ja. Kaffee und ein Honigbrot wären sehr nett, Marina, herzlichen Dank.«

Der Blick, mit dem Honeypenny ihn bedachte, war derart feindselig, dass Heribert Ruckdeschl ohne weitere Verzögerung in die Tiefen des Büros entschwand, in der stillen Hoffnung, dort irgendwo Franz Haderlein zu finden, um ihm die Mappe mit den vorläufigen Ermittlungsergebnissen zu übergeben. Als er die Versammlung in Suckfülls Büro bemerkte, eilte er zu der Glasscheibe, die die Außenwand von Suckfülls Reich darstellte, klopfte laut und deutlich an das Glas, wedelte mit seinem Ordner und bedeute Franz Haderlein, herauszukommen.

»Du wolltest doch heute noch die Ergebnisse vom Staffelberg haben. Das, was irgendwie verwertbar war, habe ich dir hier zusammengeschrieben.« Er machte eine kurze Pause, dann deutete er mit dem Daumen in Richtung Honeypenny. »Was ist denn mit Marina los? Die hört sich ja an wie ein Waschlappen, der sprechen lernt.«

Über Haderleins Gesicht huschte seit langer Zeit mal wieder so etwas Ähnliches wie ein Lächeln, und er antwortete möglichst leise, damit das Sujet ihres Gesprächs es nicht hören konnte: »Marina war beim Zahnarzt. Und wenn du mich fragst, hat der es mit seiner Betäubungsspritze ein bisschen zu gut gemeint. Also sprich sie besser nicht drauf an und verschon sie mit irgendwelchen Bestellungen, das kommt gerade nicht so gut.«

Ruckdeschls Augen weiteten sich in plötzlicher Erkenntnis. Honeypenny in schlechter Stimmung? Da ging er ja lieber mit einem Gorilla zum Faschingstanz. Kommentarlos gab er Haderlein die Hand und sah zu, dass er möglichst schnell an Honeypenny vorbeikam. Aber erst als er die Tür der Dienststelle mit einem leisen Klicken hinter sich schloss, hielt wieder eine erleichterte Stimmung in seiner Seele Einzug. Franz Haderlein dagegen hatte Honeypenny bereits wieder vergessen und widmete sich der Mappe mit Ruckdeschls umfangreichen Ergebnissen vom Tatort Staffelberg.

Lagerfeld war dem Mann am Eingang des Rechenzentrums bereits bekannt, sodass dieser ihn ohne weiteren Verzug durchwinkte. Auch den Weg durch das hochmoderne Bürogebäude musste ihm niemand zeigen, sodass er wenig später vor der Tür zu Gerald Wozniaks Büro stand und kurz anklopfte, ehe er die Tür öffnete und eintrat. Wozniak störte sich nicht im Geringsten daran, hätte er selbst es doch genauso gemacht. Floskeln, die sinnlos Zeit verschwendeten, waren ihm zuwider.

Gerald Wozniak trug heute eine weiße Leinenhose, darüber ein kurzärmeliges Hawaiihemd von der grellen Sorte, mit orangegelben Blüten und Farben. Nur diese bescheuerte runde Kappe schien er nie zu wechseln oder gar abzulegen, denn die saß unverändert auf seinem Kopf, als wäre sie eine Art Fetisch der Hippiekultur.

»Hier, setz dich«, meinte Wozniak und deutete auf einen Stuhl, der neben seinem Drehsessel vor dem großen Monitor platziert war. Lagerfeld nahm darauf Platz und schaute Wozniak fragend an, der sogleich weitersprach. »Da das Handy noch hier lag, habe ich vor etwa einer Stunde den Eingang einer neuen Botschaft mitbekommen«, erklärte er, aber Lagerfeld unterbrach ihn sofort.

»Sag mal, willst du denn gar nicht wissen, wie die Polizeiaktion in Australien gelaufen ist? Immerhin haben wir die ja wegen deiner Videoanalyse angeleiert.«

Wozniak betrachtete den Bamberger Kommissar mit einem mitleidigen Lächeln. »Na ja, so wie ich das sehe, hat eure Polizeiaktion nicht so richtig funktioniert, würde ich sagen.«

Lagerfeld war ehrlich verblüfft, hatte der Mann jetzt hellseherische Fähigkeiten, oder wie?

»Und bevor du fragst, woher ich das weiß: Erstens schaust du wie sieben Tage Regenwetter, das würdest du sicher nicht tun, wenn ihr die Entführer geschnappt hättet. Wobei Regen den meisten Menschen im Moment eher ein Lächeln ins Gesicht zaubern würde, denke ich mal. Aber der eigentliche Grund, warum ich weiß, dass ihr niemanden festgenommen habt, ist das hier«, sagte Wozniak triumphierend, beugte sich über die Tastatur und ließ das Video ablaufen. Es zeigte im Grunde die gleiche Szenerie wie die letzte Botschaft, nur dass es diesmal dunkel war. Man sah den klaren Sternenhimmel und hörte in der Ferne das Meer rauschen. Philipp Schultheiß kniete auf der gleichen Holzveranda wie beim letzten Mal. Sein Hemd war auf der Schulter und im oberen Brustbereich blutverschmiert, um den Kopf trug er einen dicken Verband und sah ganz allgemein ziemlich fertig aus.

Aus dem Dunkel hinter ihm trat nun wieder ein Vermummter nach vorne, dasselbe große Bowie-Messer in der Hand, und beugte sich in Richtung der Kamera. Auch die Stimme war wieder die gleiche, als der Mann in akzentfreiem Hochdeutsch zu sprechen begann. »So, ihr habt also geglaubt, ihr hättet uns gefunden und könntet uns so einfach einkassieren. Könnt ihr nicht. Ihr werdet uns niemals finden. Aber damit habt ihr ausgespielt, ihr dürft euer dreckiges Geld behalten, wir haben kein Interesse mehr daran. Unsere Forderungen haben sich geändert. Ihr werdet zu gegebener Zeit davon in Kenntnis gesetzt werden. Zuvor werden wir jedoch wie versprochen bei unserem CEO hier die Symmetrie wiederherstellen.« Er richtete sich auf, packte Schultheiß' Kopf und schnitt dem CEO mit einer schnellen Bewegung auch noch das andere Ohr ab, das auf der unverletzten Kopfseite über dem Verband zu sehen gewesen war. Philipp Schultheiß kippte mit einem erstickten Schrei nach vorne und presste seine Hand auf die frische Wunde. Mit der anderen Hand stützte er sich am Boden ab, sodass sein schmerzverzerrtes Gesicht nur noch wenige Zentimeter von der Kamera entfernt war.

»Helft mir!«, krächzte er mit heiserer Stimme, dann war der Videomitschnitt zu Ende. Lagerfeld saß da und sagte kein Wort. Wozniak hatte das Video offenbar bereits hochskaliert, denn die Aufnahme war trotz der Dunkelheit ziemlich plastisch und klar. Das Ganze war einfach nur brutal, grausam und machte ihn ob der eigenen Hilflosigkeit unglaublich wütend. Wer waren diese Typen, und was wollten die eigentlich, verdammt?

Lagerfeld wähnte sich im falschen Film, denn nichts, was hier passierte, entsprach den grundsätzlichen Abläufen, die eine Entführung normalerweise auszeichneten. Gut, die Entführer hatten Forderungen gestellt, aber dann hatten sie das Geld nicht behalten, sondern zurücküberwiesen. Jetzt wollten sie gar keine Gegenleistung mehr, sondern ihr Opfer nur noch verstümmeln. Einen Grund dafür brauchten sie anscheinend nicht, sie taten es, weil sie es konnten. Er war wie betäubt, unfähig, sich irgendwie dazu zu äußern. Warum auch, das Filmchen war ja wohl ziemlich selbsterklärend.

Es kam ziemlich selten vor, dass ein Kommissar Bernd Schmitt in einem Fall nicht mehr weiterwusste, jetzt war es aber mal wieder so weit. Schweigend und emotionslos saß er da und betrachtete Gerald Wozniak, der auf seiner Tastatur herumtippte. Und dann sah er es. Direkt vor sich, nicht einmal einen halben Meter entfernt, auf Wozniaks linkem Unterarm. Dort befand sich ein Tattoo. Ein kleines Boot, über dem sich zwei Paddel kreuzten. Es war dunkelblau und sah genauso aus wie das Tattoo, das der kleine Aleks bei der Vernehmung für sie skizziert hatte.

Lagerfeld blinzelte irritiert. Von einem Moment auf den anderen war er von einem Fall in den nächsten geswitcht, und auch hier wusste er nicht so recht, was er mit der gewonnenen Information anfangen sollte. Fakt war jedoch, dass das Tattoo auf Gerald Wozniaks Arm genauso aussah wie das des mutmaßlichen Vierfachmörders vom Staffelberg.

Sequoiadendron giganteum

Franz Haderlein hatte Kira gebeten, das Leben der Mordopfer vom Staffelberg einmal näher unter die Lupe zu nehmen. Es war zum Schluss der Besprechung in Suckfülls Büro allgemeiner Konsens gewesen, dass der Background der Mordopfer abgeklärt werden sollte, um eventuelle Zusammenhänge oder wenigstens Berührungspunkte zwischen den toten Personen herauszufinden. César sollte sich weiter um diese ominöse Forchheimer Produktionsfirma kümmern, die ja angeblich gar nicht existierte. Er, Franz Haderlein, würde Kira weiter bei dem Fall unterstützen und hatte gerade damit angefangen, sich um die vorläufige Spurensammlung zu kümmern, die ihm Heribert Ruckdeschl vorhin schnell vorbeigebracht hatte. An oberster Stelle hatte Ruckdeschl die Namen der Mordopfer notiert. Uwe Kehl, Schreinermeister aus Watzendorf. Sonja Kehl, Erzieherin aus Watzendorf. Erich Seubert, Polizeibeamter aus Erlangen. Lena Glemm, Mitarbeiterin des Landratsamts Bamberg aus Bamberg. Die Spuren waren säuberlich jedem Mordopfer beziehungsweise dem Kreuz, an dem sie jeweils gefunden worden waren, zugeordnet.

Haderlein ging noch einmal die Namen durch, aber abgesehen von den Kehls sagte ihm auf die Schnelle keiner irgendwas. Es war ab jetzt sowieso Kiras Sache, Näheres über die Mordopfer herauszufinden. Dazu musste sie zum einen mit den Angehörigen reden, was mit Sicherheit nicht sehr angenehm werden dürfte, zum anderen Datenbankabfragen durchführen und das Internet bemühen. In den sozialen Medien konnte man heutzutage manchmal mehr über seine Mitbürger erfahren als von deren Familie. Aber damit beschäftigte sich der Kriminalhauptkommissar nicht weiter, das war jetzt wie gesagt Kiras Angelegenheit. Er würde sich mit den Details befassen, die der Fundort auf dem Staffelberg so hergegeben hatte, und davon gab es außerordentlich viele. Entweder als Beschreibung oder in Form von Fotos, die Heribert immer noch gerne mit einer Sofortbildkamera machte.

Bei der Untersuchung der Körper hatten die Kriminaltechniker an zwei der Toten Spuren eines Biozids gefunden, also eines Desinfektionsmittels. Welches genau, stand hier nicht, nur dass es chlorhaltige Bestandteile hatte. Des Weiteren stellte der Bericht fest, dass weder auf den Leichen noch an den Kreuzen irgendwelche Fingerabdrücke gefunden worden waren. Offenbar hatten der oder die Täter Handschuhe getragen und waren sehr sorgfältig vorgegangen. In jedes Kreuz war genau auf Höhe des obersten Querbalkens ein circa zehn Millimeter breites und zehn Zentimeter tiefes Loch gebohrt worden, in das man irgendetwas hineingeschraubt hatte. Diese geschraubte Vorrichtung war aber jeweils wieder entfernt worden und am Tatort nicht auffindbar gewesen. Des Weiteren konnten Reifenspuren gesichert werden, deren Zuordnung noch andauerte, die Ergebnisse sollten aber im Laufe des morgigen Tages verfügbar sein. Laut Spurensicherung war das benutzte Fahrzeug den normalen Fahrweg heraufgekommen, einmal in einem großen Bogen um das Gipfelplateau gefahren und hatte es dann an der Auffahrt bei der Staffelbergklause wieder verlassen. Mit vier Zwischenstopps an den Kreuzen, um die Leichen an die unteren Balken zu hängen.

Was dann folgte, war für Franz Haderlein ziemlich interessant, grenzte es die Anzahl der beteiligten Personen doch ziemlich ein: An jedem der Kreuze waren die grobstolligen Sohlenprofile von einem Paar Schuhe gefunden worden, und zwar von nur einem einzigen Paar. Also waren alle anderen Täter entweder während der ganzen Aktion im Auto sitzen geblieben, oder sie hatten es in diesem Fall tatsächlich mit nur einer einzigen Person zu tun, was Haderlein nach der Lage der Dinge und vor allem Kiras Einschätzung entsprechend für sehr wahrscheinlich hielt. In einem Schuhabdruck am Romansthaler Kreuz hatten die Spurensicherer zudem noch etwas ganz Besonderes gefunden. Haderlein nahm das Polaroidfoto und hielt es ins Licht, damit er das Motiv besser betrachten konnte.

Es war ein kleiner, etwa drei Zentimeter langer Stängel eines Gewächses. Haderlein konnte das Stängelchen, Ästchen, den Halm oder was auch immer es war, aber beim besten Willen nicht zuordnen, dazu fehlte ihm die entsprechende Fachkompetenz. Es war kein Blatt, von einem Nadelbaum aber auch nicht, ergo nichts, was der allgemeinen Schulbildung nach sofort einzuordnen gewesen wäre. In Ruckdeschls Aufzeichnungen stand dazu: »Unbekannter Pflanzenrest in Schuhprofil. Pflanzenart auf Staffelberg nicht auffindbar.« Wozu dieser Stängel gut sein sollte, erschloss sich Haderlein noch nicht, aber Spuren waren Spuren, sie wurden festgestellt und waren erst einmal da. Ob man sie brauchen konnte, ob sie zu irgendetwas führten, stellte sich meist erst später heraus.

Haderlein nahm das letzte Polaroidfoto, auf dem ein kaum wahrnehmbares Haar zu sehen war. Laut Ruckdeschl handelte es sich um ein Naturhaar, es stammte also von einem Lebewesen. Heriberts Mutmaßung nach könnte das Haar von dem Pinsel stammen, mit dem die 28 auf die toten Körper aufgebracht worden war. Aber auch hier blieb die genaue Laboruntersuchung abzuwarten.

Schließlich war da noch eine Auflistung des Zubehörs, das der oder die Täter benutzt hatten, um die Leichen an den Querbalken der Kreuze zu befestigen. Laut Ruckdeschl handelte es sich um Seile und Holzlatten, die man in jedem x-beliebigen Baumarkt kaufen konnte. Trotzdem würden auch sie näher untersucht werden.

Haderlein klappte Ruckdeschls Spuren-Ordner wieder zu, legte ihn vor sich auf den Schreibtisch und lehnte sich in seinem Bürostuhl zurück. Kira und César hatte er schon nach Hause geschickt, die mussten morgen früh raus. Er selbst wollte nach allem, was heute auf ihn eingestürmt war, erst einmal nachdenken und die Fakten sortieren. Also wartete er, bis Lagerfeld vom Rechenzentrum zurückgekehrt war und ihm von der neuesten Entwicklung im Entführungsfall Schultheiß berichtete, immerhin hatte es ja eine neue Nachricht von den Entführern gegeben. Dann, wenn das geklärt war, würde er auch nach Hause gehen und ab ins Bett, um diesen verrückten Tag sacken zu lassen. Morgen früh gab es vielleicht neue Erkenntnisse, neue Ideen und daraus folgend vielleicht den einen oder anderen Ansatz.

Lagerfeld versuchte, sich nichts anmerken zu lassen. Das bedeutete, dass er damit aufhören musste, auf dieses verdammte Tattoo zu starren. Seine Gedanken rasten, und es fiel ihm wirklich schwer, sich zu konzentrieren. Dieser Zustand hielt einige Zeit an, weshalb er froh war, dass Gerald Wozniak sich so intensiv mit seinem Computer beschäftigte, dass er seinen inneren Balanceverlust nicht mitbekam. Dann hatte er sich wieder im Griff und erinnerte sich an eine seiner stärksten Fähigkeiten, nämlich die zur Improvisation. Er hatte keine Ahnung, was er jetzt mit dem Tattoo dort anfangen sollte, aber er würde hier ganz sicher nicht hinausspazieren, ohne dass er irgendetwas darüber herausgefunden hatte.

Wozniak war mit seiner Bearbeitung der Datei fertig und überreichte Lagerfeld einen kleinen USB-Stick, der mit einer Art Tigerfell gemustert war. »Hier bitte, der Film ist auf 4K hochskaliert, so könnt ihr ihn auf jedem modernen Computerbildschirm betrachten.«

Lagerfeld nahm den Stick entgegen und steckte ihn lässig in seine Gesäßtasche, dann deutete er so beiläufig wie möglich auf die Tätowierung auf Wozniaks Arm. »Was soll das eigentlich sein? 'ne Höhlenmalerei oder so was?« Innerlich machte er sich auf alles Mögliche gefasst und spannte vorsorglich seine Muskeln an, aber seine Sorge war umsonst.

Wozniak blickte auf seinen Unterarm und meinte lachend: »Ach das, ach Gott, ja, das ist eine lange Geschichte. Es führt zu weit, die jetzt zu erzählen. Aber das können wir gerne mal bei einem Bier oder Glas Wein nachholen«, schlug er vor.

Lagerfeld lächelte zustimmend und hatte sich schon die nächste Frage überlegt, mit der er den Mann ein wenig antesten konnte.

»Wo wohnst du eigentlich?«, erkundigte er sich in der Hoffnung, sein Gegenüber damit ein wenig aus dem Gleichgewicht zu bringen. »Jemand mit deiner Gehaltsklasse wird ja sicher nicht in Bamberg in der Wunderburg hausen.« Lagerfeld konnte sich den gestylten Typen viel eher in einem feudaleren Viertel vorstellen, also Haingebiet oder Ähnliches. Womit er auch recht behalten sollte, allerdings anders als gedacht. Der Leiter des Rechenzentrums war zwar im Hain wohnhaft, jedoch nicht in einer schicken Villa, sondern an einem Ort, den Lagerfeld nicht für möglich gehalten hätte.

»Nein, tu ich tatsächlich nicht«, antwortete Wozniak schmunzelnd. »Ich habe mir vor knapp zwei Jahren den ersten Stock vom Bootshaus im Hain gekauft und zu meiner persönlichen Residenz umgebaut. Alle haben sich damals gefragt, wieso der Bootsclub das gemacht hat. Aber erstens bin ich dort jetzt schon seit vielen Jahren Mitglied, und zweitens hat der Verein, dem das Bootshaus gehört, Geld gebraucht. Da war ich anscheinend das kleinere Übel. Nun bin ich also Besitzer eines Appartements mit Blick aufs Wasser und einem Biergarten als Untermieter. Außerdem sind es nur ein paar Schritte bis zu meinem geliebten Hobby, dem Rudern. Ein perfektes Leben. Das ist auch der Grund, warum ich aus Bamberg nicht wegwill. Ich könnte zu jeder der großen Firmen wechseln, Microsoft, Apple oder Google, die würden mich alle mit Kusshand nehmen. Aber so was wie hier in Bamberg finde ich nie mehr. Ich bin hier geboren, und ich werde hier sterben. Dafür muss ich so jemanden wie unseren Seniorchef eben aushalten, das ist der Preis«, erklärte er Lagerfeld bereitwillig, und der hatte nicht den Eindruck, dass ihm eine frei erfundene Geschichte aufgetischt wurde. Trotzdem fragte er noch einmal nach, auch wenn das zu aufdringlich wirken konnte.

»Aha, sehr schön. Im Bootshaus also. Man gönnt sich ja sonst nichts. Und was hat das jetzt mit diesem Tattoo zu tun?«

Aber auch diesmal bekam er keine direkte Antwort.

»Mein Gott, das ist ein Schwank aus meiner Jugend, so 'ne Blutsbrüdergeschichte. Aber zu lang, um sie jetzt zu erzählen, sagte ich doch schon«, wiederholte Wozniak entspannt und winkte ab. Dann nahm er den vor ihm sitzenden Kommissar nachdenklich in den Blick und nickte. »Okay, Bernd. Morgen Abend, neunzehn Uhr nach Dienstschluss bei mir im Bootshaus. Du bist eingeladen, mein Chef Michael Brosst auch, und du bringst ebenfalls deinen obersten Boss mit. Da kriegst du dann haufenweise Erklärungen, das kann ich dir versprechen. Reicht dir das? So, und jetzt muss ich weiterarbeiten.« Wozniak erhob sich, ging zur Tür und öffnete sie.

Lagerfeld war jetzt verwirrter als vorher. Was zum Geier war denn nun los? Es sollte ein Treffen geben im Allerheiligsten von Wozniak? Mit Fidibus und dem alten Brosst? Bei dem miserablen Verhältnis der beiden würde Brosst doch niemals persönlich bei Gerald zu Hause erscheinen. Was zur Hölle hatte der Mann vor? Er erhob sich und ging in Richtung Bürotür, wo Wozniak immer noch die Tür für ihn aufhielt und vor sich hin grinste. Lagerfeld folgte seinem Bauchgefühl und beschloss, einen ziemlich prall gefüllten Testballon steigen zu lassen. Es war wirklich nur ein Gefühl und noch dazu ein ziemlich unbestimmtes. Er schaute Wozniak direkt ins Gesicht und meinte angriffslustig: »Gib's zu, du willst dich stellen, stimmt's? Nur halt mit Glanz und Gloria, weil du die Show brauchst, richtig?«

Zum ersten Mal wurde Wozniaks Lächeln etwas schmaler, und Lagerfeld hatte das Gefühl, der Mann fühlte sich irgendwie ertappt. Aber dann hatte Wozniak sich wieder im Griff, lachte laut auf und schob ihn mit Nachdruck aus der Tür.

»Genau, Bernd, ich stelle mich. Weswegen und weshalb, müssten wir halt noch klären. Ich kann dir versichern, ich bin nur auf dieser Welt, um sie besser zu machen. Dazu sind manches Mal ungewöhnliche Maßnahmen nötig. Ihr bei der Polizei habt eure Methoden, ich habe meine. Mal schauen, mit welcher man weiterkommt. Aber jetzt warte doch einfach mal ab, Bernd, morgen Abend werde ich mein dunkles Geheimnis lüften, und dann kannst du mich endlich verhaften, wenn du unbedingt willst.« Immer noch grinsend schloss er wortlos die Tür, vor der ein absolut konsternierter Bamberger Kriminalkommissar zurückblieb.

Honeypenny hatte ihren letzten Satz geschrieben, schloss das Schreibprogramm und schaltete den Computer aus. Für sie war das ein absolut gebrauchter Tag gewesen. Wurzelbehandlung plus Betäubungsspritze plus noch eine Betäubungsspritze, da die erste nicht so richtig an ihrem Ziel angekommen war. Dafür hatte sich die zweite dauerhaft in ihrer Gesichtsmuskulatur eingenistet. Sie würde jetzt Feierabend machen und einfach darauf hoffen, dass sich bis morgen jedweder zahnärztliche Betäubungseffekt aus ihrem Gesicht verzogen hatte, damit sie mit ihren Mitmenschen wieder normal kommunizieren konnte. So, in diesem Zustand, war es einfach nur schrecklich und für eine Frau ihrer Temperamentsklasse schlicht unerträglich, von ihrer Umwelt nicht verstanden zu werden. Dazu noch diese schwüle Luft, da war es besser, sie machte für heute Schluss und probierte morgen einen eleganten Neustart.

Sie schnappte sich ihre Handtasche und stand auf, um Franz Bescheid zu sagen, er kannte sie lange genug und würde es sicher verstehen. Als sie vor ihm stand, zog der Kommissar allerdings intuitiv die Augenbrauen hoch, offenbar erwartete er ein größeres Ungemach, was bei Marina Hoffmann sofort wieder den Puls hochtrieb. Franz also auch. Gab es denn niemanden hier, der ihre Gefühlstiefen sah?

»Wapf faufd du fo löd?«, knurrte sie ihn an. »Ich mapf Eieafnd, ie aweid ged mia afn Sag.« Aber wie zu erwarten war, verstand ihr ältester Dienstkollege nur Bahnhof.

»Marina, bitte … was?«

»Fie aweid ged mia afn Sag! Ich mapf Eieafnd!«, wiederholte Honeypenny, dieses Mal lauter und deutlich aggressiver, was Haderlein noch mehr in die Defensive drängte.

Aber er hatte keine Lust auf Stress mit dieser verdienten Dienststellenfee und machte einen Vorschlag zur Güte, um Schlimmeres zu verhindern. »Marina, ganz im Ernst, ich versteh kein einziges Wort. Das hat doch keinen Sinn so. Warum machst du jetzt nicht einfach Feierabend, und morgen früh sehen wir uns in aller Frische wieder.« Er lächelte unsicher, denn Marina Hoffmann sah ihn an, als wollte sie ihn in Kürze eigenhändig erwürgen.

Aber Honeypenny riss sich zusammen und konzentrierte sich auf ein paar wenige Abschiedsworte, damit sie im Guten mit dem Mann auseinanderging.

»Ich mapf Eieafnd un ümpfe eine gude acht, Hew Kowissa.« Sie deutete einen Knicks an und wollte sich endgültig aus diesem Irrenhaus davonmachen, als auf einmal ihrer beider Chef Robert Suckfüll in seiner Bürotür erschien.

»Ja, was denn, Frau Hoffmann, machen Sie schon Schluss für heute? Aber ich brauche noch mein Diktat wegen der Interpol-Sache, Sie können doch nicht so einfach gehen!« Suckfüll klang fast panisch, hatte er mit dem Diktat doch definitiv heute noch gerechnet.

Aber seine Sekretärin würde einen Teufel tun und auch nur eine Sekunde länger hier verweilen. »Mein, Fef, ich fin gangk, ich mapf Eieafnd. Digdad ach ich moggn.«

Fidibus schaute Marina Hoffmann entgeistert an, dann rutschte ihm ein gepflegtes »Hä?« über die Lippen, was Honeypenny aber nicht mehr kommentieren wollte.

Sie machte auf dem Absatz kehrt und eilte zum Ausgang, wo sie fast mit Lagerfeld zusammengerumpelt wäre, der soeben die Dienststelle betrat.

»Af em Weg, lu Dloddel!«, rief Honeypenny aufgebracht, woraufhin der angeschnauzte Kommissar ein ratloses »Was?«

hervorbrachte. Als direkte Konsequenz bekam er von Honeypenny deren Handtasche in den Unterleib gesemmelt, ehe sie endgültig durch die Bürotür nach draußen rauschte.

Lagerfeld schaute ihr einen Moment lang verblüfft hinterher, dann gab er sich dem dumpfen Schmerz zwischen seinen Beinen hin, denn so eine Damenhandtasche hatte ziemlich hart genähte Kanten. Als er die Sache im wahrsten Sinne des Wortes wieder im Griff hatte, setzte er sich zum Kollegen Haderlein an den Tisch und übergab ihm den Stick, den er von Gerald Wozniak erhalten hatte.

Franz Haderlein ließ die MP4-Datei auf seinem Computer ablaufen. Die Reaktionen am Ende des Videos fielen der Handlung entsprechend düster aus, und die Hoffnung, diesen Entführungsfall relativ zeitnah unter Kontrolle zu bekommen, sank erst einmal gegen null. Da half es auch nicht, dass Lagerfeld von der Einladung für ihn und Fidibus berichtete, die Gerald Wozniak ausgesprochen hatte. Was der Leiter des Rechenzentrums morgen Abend bekannt geben wollte und wieso das polizeilich relevant sein sollte, konnte sich hier im Raum keiner erklären, aber morgen um diese Zeit waren bestimmt alle schlauer. Bernd Schmitt setzte seinen Chef und den Kollegen Haderlein davon in Kenntnis, dass Gerald Wozniak auf seinem Unterarm exakt die Tätowierung hatte, die Max Fabian und Aleks am Unterarm des Mörders gesehen haben wollten. Das sorgte für Verwunderung, mehr aber auch nicht. Außerdem war Lagerfeld auf der Heimfahrt eingefallen, dass Max und Aleks die Tätowierung in schwarzer Farbe in Erinnerung hatten, die von Wozniak war aber definitiv blau. Es könnte also sein, dass es diese Tätowierung öfter gab. Nichtsdestotrotz sollten sie herausfinden, was sie eigentlich darstellte. Aber das war ja morgen Abend beim Treffen in Wozniaks Bootshaus in Erfahrung zu bringen, zumindest nahm sich Lagerfeld das fest vor.

»Und Sie haben überhaupt keine Ahnung, um was es bei dieser Besprechung gehen soll?«, fragte Robert Suckfüll noch einmal nach, denn er musste deswegen extra den Theaterabend mit seiner Frau ausfallen lassen.

Lagerfeld schüttelte den Kopf. Aber er ging einfach einmal davon aus, dass es wichtig war. Denn wenn Michael Brosst eingeladen war, konnte es nicht um Nichtigkeiten gehen, auch wenn die Art der Wichtigkeit derzeit noch in den Sternen stand. Also riet er Fidibus dringend dazu, diesen Termin besser wahrzunehmen.

In vierundzwanzig Stunden würden sie schlauer sein. Jetzt war Zeit für eine kreative Pause, für etwas Nachdenken und eine Mütze voll Schlaf.

Franz Haderlein saß am nächsten Morgen mit seiner Lebensgefährtin Martina Rast beim Frühstück und schlug seine geliebte Heimatzeitung auf. Die warmen Gefühle erkalteten aber schlagartig, als ihm der Aufmacher der Titelseite in die Augen sprang.

> *Skandal im Wassernotstand. Oberfranken versinkt im Sumpf des Verbrechens. Grauenhafte Leichenfunde auf dem Staffelberg. Einziger Augenzeuge: Kind aus dem Josefsheim in Bamberg. Polizei stochert hilflos im Nebel.*

Darunter folgte ein langes Interview mit einer gewissen Gräfin von Orlamünde aus Watzendorf, die angeblich Augenzeugin des kleinen Augenzeugen geworden war, wie der Reporter des Fränkischen Tages berichtete. Ja, waren die denn wahnsinnig, den kleinen Aleksander in die Zeitung zu setzen? Er wurde zwar nicht namentlich erwähnt, aber allein die Angabe des Heims konnte sich für den einzigen Zeugen für einen Mord als hochgefährlich erweisen. Natürlich konnte man nicht zwingend davon ausgehen, dass der Mörder die Bamberger Zeitung las, trotzdem würde er diesem Schreiberling einmal gehörig die Meinung geigen.

Haderlein überlegte noch kurz, ob sie Polizeischutz für

Aleksander anordnen sollten, aber seiner Erfahrung nach war das eher kontraproduktiv. Wenn der Kleine jeden Tag mit der Streife zur Schule gebracht und wieder abgeholt wurde, war es für Außenstehende ein Leichtes, ihn zu identifizieren. So blieb Aleksander eines von vielen Kindern im Josefsheim. Kein Name, kein Foto, dieses Stück Anonymität sollte als Schutz genügen.

In einem der Artikel wurde außerdem von einem Entführungsfall gemunkelt, der angeblich irgendetwas mit dem Automobilzulieferer Brosst zu tun hatte, aber von allen Beteiligten geheim gehalten wurde. Der Urheber ließ kein gutes Haar an der Bamberger Kripo, die sich laut Zeitungsartikel weigerte, eine Stellungnahme zu den Vorfällen abzugeben.

Auf Seite zwei wurde es noch besser, denn dort war ein weiteres Interview zu lesen, und zwar mit dem Wirt der Staffelbergklause, der sich bitterlich über die fränkische Notverordnung zur Wasserknappheit beschwerte, insbesondere über das strikte Toilettenverbot. Zusammen mit der Sperrung des Staffelberges durch die Polizei könne ihn das nach der knapp überstandenen Coronakrise endgültig den Kopf kosten, schimpfte er. Er sehe sich zudem außerstande, wegen dieser dämlichen Anordnung den ganzen Tag lang sein Klo zu überwachen. Diesen Job solle doch bitte schön Herr Polizeiobermeister Webhan übernehmen und sich höchstselbst in die Keramikabteilung der Klause stellen, um den illegalen Besucherverkehr dort zu regeln. Das wäre doch der ideale Ort für ihn, um Strafzettel zu verteilen. Oder noch besser, der Herr Polizeibeamte Webhan machte sich selbstständig und mietete das Klo der Klause im Sommer komplett an, denn im Zuge der Klimaerwärmung seien Wassernotstände ja bestimmt an der Tagesordnung und Bußgelder für die Toilettenbenutzung ein einträgliches Geschäft.

Der Kommissar klappte die Zeitung zu und schloss genervt die Augen. Da hatte er doch direkt keine Lust mehr, heute zur Arbeit zu gehen. Wahrscheinlich musste er sich durch einen Pulk von Kameraleuten kämpfen, um die Dienststelle betreten zu können. Das mit der Presse war Gott sei Dank Aufgabe seines Chefs, da hatte er nichts mit zu tun.

Von einer dunklen Vorahnung beseelt, blickte Haderlein nach unten, wo der Auszubildende Presssack gerade von seiner Lebensgefährtin gestreichelt wurde. Wobei der Terminus »Streicheln« hier nicht angebracht schien. Der Sonnenbrand des kleinen Ermittlerferkels war durch die konsequente Aloevera-Behandlung inzwischen abgeheilt, und die verbrannte Hautschicht hatte sich durch das Borstenwachstum am Rücken quasi am Stück abgelöst. Das »Streicheln« führte nun dazu, dass die vertrockneten Hautreste wie kleine Libellenflügel in die Luft katapultiert wurden und sich einem Algenteppich gleich auf dem Fußboden verteilten. Davon abgesehen war der Auszubildende Presssack jedoch voll einsatzfähig und wurde ehrlich gesagt auch dringend gebraucht.

César Huppendorfer schloss gerade die Tür seiner Dachterrassenwohnung ab, als ihm von hinten ein Satz wie ein Donnerhall in den ungeschützten Rücken geschleudert wurde. Buchstäblich, wie der hinterhältig geschleuderte Speer des Hagen von Tronje in die einzige verwundbare Stelle des heldenhaften Siegfried stieß, wurde er von diesem lautstarken Anwurf getroffen.

»Herr Huppendorfer, Sie haben gespült! Wir haben Toilettenverbot, und Sie waren trotzdem auf dem Klo.«

Langsam drehte sich der Beschuldigte um. Vor ihm stand dieses unmögliche Weibsbild aus der Wohnung unter ihm, das die Hausordnung wie eine Monstranz vor sich hertrug und anscheinend nichts Besseres zu tun hatte, als diese, ihr Allerheiligstes, zu verteidigen. Jetzt stand Amelie Kolbe mit anklagend ausgestrecktem Zeigefinger vor ihm und zeigte direkt auf seinen obersten Hemdknopf. Gespült? Ach Gott, ja, die Wassernotverordnung, die hatte er ja völlig vergessen. Da saß er jetzt aber so richtig in der Scheiße, denn diese Kolbe würde ihm bestimmt Tod und Teufel auf den Hals hetzen, da er jetzt ja in ihren Augen ein Verbrecher, ein Schwerstkrimineller war, der eine der heiligen gottgesandten Verordnungen zum Wassersparen missachtet hatte. Aber er war von der Kripo, Herrgott, da hatte man doch Sonderrechte, oder nicht?

»Das war im Zuge einer Ermittlung, ich musste Beweise vernichten. Ich weiß schon, warum Sie hier sind. Sie möchten, dass ich nachher auf der Dienststelle eine Selbstanzeige mache, mich in Handschellen abführen und in den Kerker für Wassernotverbrecher stecken lasse. Das können Sie sich aber abschminken, Sie Treppenwitz. Wie gesagt, diese Spülung war dienstlich, ich habe eine Genehmigung dafür, basta«, stieß er genervt hervor, was bei Amelie Kolbe aber nur ein noch größeres Misstrauen gegenüber diesem Mann und seiner Sozialkompetenz hervorrief.

»Na, die Ermittlung möchte ich sehen. Was haben Sie denn genau ermittelt? Etwa, wie viel Fleisch und Wurst von Ihrem feudalen Frühstück gestern verdaut war? Und dann wollten Sie die Beweismittel vernichten, Sie Tiermörder.« In ihrem orangefarbenen Oberteil und der weiten, geblümten Hippiehose stand sie da und fuchtelte wild mit ihrer Hand in der Luft herum, dass die daran befindlichen Perlenkettchen nur so klimperten.

Huppendorfer fiel es wie Schuppen aus den Haaren. Stimmt, die Schnecke war ja Veganerin, fiel ihm ein, und er verkniff sich eine scharfe Bemerkung zu ihrer kulinarischen Selbstbeschränkung. Der Vorsatz hielt jedoch nicht lange an, dann musste er sich Luft verschaffen.

»Wissen Sie, Frau Kolbe, wie man eine Gruppe Veganer nennt? Gemüseauflauf«, gab er in betont ruhigem Duktus bekannt. »Und Veganer sterben auch nicht, die beißen ins Gras«, verkündete er und wartete auf ihre Reaktion. Sein verbaler Giftanschlag zeigte bei Amelie Kolbe auch durchaus Wirkung. Ihr ausgestreckter Arm sank nach unten, sie sagte jedoch nichts, nur ihre Augen funkelten gefährlich.

»Arschloch«, brach es dann aus ihr heraus, und eine vegetarische Zornesröte begann, ihre Gesichtszüge zu erobern. Der Typ war so dermaßen arrogant, sie hasste ihn. Er stellte genau das Gegenteil von einem Mann dar, wie er ihrer Meinung nach sein sollte. Höflich, zuvorkommend, sensibel und umweltbewusst. Der Typ war nichts davon. Ein überheblicher Schnösel, der Frauen immer nur nächteweise zu Besuch hatte, länger hielten die es wahrscheinlich nicht bei ihm aus. Aber irgendwann würde sie ihm seine Unverfrorenheiten schon heimzahlen, irgendwann.

»Sie sind doch bestimmt bei den Grünen, Frau Kolbe, geben Sie es ruhig zu, sonst würde Ihnen diese Spülerei doch gar nicht so am Herzen liegen, oder nicht?«, fragte Huppendorfer, der sehr zufrieden darüber war, dass er das Treppenhausscharmützel fürs Erste gewonnen hatte. Seine Unternachbarin war über diese Vermutung jedoch mehr als entsetzt, dieser impertinente Kerl hatte ja keine Ahnung von gar nichts.

»Bei den Grünen, ja, für wen halten Sie mich denn? Mit diesen Kriegstreibern möchte ich nichts zu tun haben. Ich engagiere mich jetzt im BSW, der neuen Kraft der politischen Mitte«, stieß sie entrüstet hervor, und ihre Zornesröte erreichte eine neue, bisher ungekannte Farbintensität.

»Ach, schau an, das hätte ich jetzt gar nicht gedacht«, antwortete César Huppendorfer jovial und wirkte ehrlich überrascht. »Da hätte ich dann auch gleich einmal eine Frage dazu, Sie müssten das ja eigentlich wissen. Der Chauffeur der Vorsitzenden dieser neuen Partei, ist das dann eigentlich Sahras Wagenknecht?«

Mit diesem Flachwitz, natürlich als seriöse Frage getarnt, ließ der Kommissar die rot glühende Amelie Kolbe im Treppenhaus zurück und machte sich endlich auf den Weg in seine Dienststelle.

Es war jetzt Tag zwei nach seiner Aktion auf dem Staffelberg, und er hatte endlich mal wieder richtig gut geschlafen. Das war in seiner »Wohnung«, die man als solche eigentlich gar nicht bezeichnen konnte, nicht immer der Fall gewesen, vor allem kurz vor seiner großen Tat. Das hier war kein wirkliches Zuhause, andererseits hatte er hier alles, was er brauchte. Eine Toilette, fließendes Wasser und, was am allerwichtigsten war, seine Ruhe. Er besaß ein internetfähiges Mobiltelefon. Mehr Kontakt zur Außenwelt brauchte er nicht, um sich zu informieren. Zeitungen, Fernsehen und was es sonst noch alles an Lügenpresse gab, mied er schon seit längerer Zeit, denn er wollte sich nicht mehr von öffentlichen Medien verarschen lassen.

Aber auch ohne die konnte er sich ausmalen, in welcher heiklen Situation er sich gerade befand. Sie hatten definitiv Blutproben von ihm aus Watzendorf und einen Augenzeugen. Aber sie wussten trotzdem nicht, wer er war, und ganz sicher nicht, wo. Wahrscheinlich hatten sie außerdem die Beschreibung seines alten dunkelblauen Transporters, den ihm ein Freund aus der Community geschenkt hatte, und ein paar Reifenspuren, die zu vielen Transportern der Marke Fiat passen konnten. Der Transporter stand draußen in einem kleinen Innenhof, den außer ihm niemand benutzte. Seine Tagesaufgabe würde heute darin bestehen, die Folienbeschriftung der Reinigungsfirma, die irgendwann auf den Seiten aufgebracht worden war, mit einem Heißluftföhn zu entfernen und das Fahrzeug danach optisch etwas umzugestalten. Sobald er das erledigt hatte, war er raus aus jeglichem Fahndungsschema, denn die Bullen konnten ja nicht jeden Kleintransporter überprüfen, da hätten sie viel zu tun. Eigentlich war alles ganz einfach, wenn man ruhig und wohlüberlegt vorging.

Er griff sich die Kabeltrommel und den Heißluftföhn und ging damit nach draußen, denn es gab nur ein gewisses Zeitfenster, dann musste er fertig sein. Er hatte ja schließlich auch noch einen Job, der ihm seinen bescheidenen Lebensunterhalt sicherte. Es war nichts Offizielles, nur ein bisschen Schwarzarbeit. Für die Behörden dieses illegalen Staates war er quasi unsichtbar, auf jeden Fall erst einmal sicher vor jedwedem polizeilichen Zugriff. Er schob den Stecker der Kabeltrommel in die Steckdose, dann den des Föhns in die Kabeltrommel und schaltete ihn ein. Laut fauchend nahm der Heißluftföhn an Fahrt auf und begann seine mühselige, aber dennoch effektive Arbeit.

Die Nacht war keine wirkliche Erholung gewesen, und das gleich aus mehreren Gründen. Die Witterung schien immer mehr in ein schwüles Tropenklima umzuschlagen, was für das Herz-Kreislauf-System vieler Menschen eine ziemliche Belastung darstellte. Eben erwähnter Blutkreislauf wurde natürlich noch mehr beansprucht, wenn männliche Lebensabschnittsgefährten sich mit großer Begeisterung ihrem neuen Hobby der Kamasutratransformation ins Fränkische hingaben. So geschehen auch in der vergangenen Nacht, in der Kira von einem gewissen Bernd Schmitt mit dem erotischen Experiment des »Erpfelschleuderns« konfrontiert worden war. Eine überaus anspruchsvolle Unternehmung, die dafür, dass sie als Weltpremiere zum allerersten Mal durchgeführt worden war, als klarer Erfolg eingeordnet werden durfte. Im Nachhinein sortierte Kira Sünkel die »Erpfelschleuder« auf ihrer persönlichen Bewertungsskala in die Kategorie ein, in der sich beispielsweise schon die Haßfurter Landkreisdurchquerung mit dem Auto befand. Brauchte man nicht dauernd, musste man aber mal gemacht haben.

Auf jeden Fall war sie positiv angetan von Bernds Beharrlichkeit, die Aufgabe, die er sich ja im Prinzip selbst aufgebürdet hatte, auch umzusetzen. Kiras Widerwille, sich einer dauerhaften Beziehung zu verpflichten, begann allmählich, an der einen oder anderen Ecke zu bröckeln beziehungsweise aufzuweichen, was ihr missfiel, war es doch nichts, womit sie umgehen konnte oder gar wollte. Gefühle waren lästig, irrational, freiheitsbeschränkend und somit abzulehnen, eine Überzeugung, der sie so lange folgen wollte, wie es nur irgend ging.

Jetzt saß sie aber erst mal an ihrem Arbeitsplatz vor dem Computer und durchforstete das Internet und insbesondere die sozialen Medien nach Informationen über die Ermordeten, um eventuell einen Zusammenhang zwischen den vom Täter ausgewählten Personen zu finden. Bernd war unterdessen bei den Angehörigen, um sich auch persönlich ein Bild vom Privatleben der Opfer zu machen.

Als Erstes hatte sie sich die Eheleute Kehl vorgenommen, da sie ja am Tatort in Watzendorf gewesen war und zumindest ein bisschen was über den Tathergang in diesen zwei Fällen wusste. Neben ihrer ehrenamtlichen Tätigkeit als Pateneltern waren Sonja und Uwe Kehl anscheinend politisch sehr aktiv gewesen. Beide waren im Vorstand der Grünen in Oberfranken, Sonja Kehl sogar deren Vorsitzende. Die Parteiarbeit schien neben ihren Berufsausübungen als Schreiner und Erzieherin ihre Erfüllung gewesen zu sein, und das schon seit vielen Jahren.

Nun wandte sie sich der ermordeten jungen Frau aus Bamberg zu, einer gewissen Lena Glemm. In deren privatem Umfeld war nichts sonderlich Spannendes zu finden, insbesondere war sie offenbar nicht politisch aktiv. Interessant war allerdings Lenas berufliche Anstellung im Landratsamt in Bamberg, dort war sie nämlich in der Asyl-Koordinierungsstelle tätig gewesen. Diese Koordinierungsstelle steuerte übergreifend alle Aufgaben die Unterbringung von Asylbewerbern betreffend und beriet somit bei Anfragen zur Asylbewerberunterbringung unter Einbeziehung der Fachbereiche im Landratsamt Bamberg. Kurz gesagt, Lena Glemm hatte im Landratsamt darüber entschieden, wie, vor allem auf welche Gemeinden, die Asylbewerber im Landkreis Bamberg verteilt wurden.

Kira sträubten sich die Haare, als sie das las. Das war es also, die Flüchtlingsthematik. Wenn sie mit ihrer Vermutung recht hatte, und der Täter war Teil der rechtsextremistischen Szene, könnte das hier der Ansatzpunkt sein. Musste Lena Glemm sterben, weil sie in den Augen von Rechtsextremen den falschen Beruf ausübte?

Sie speicherte die Daten ab und begann mit den Recherchen zum letzten Opfer, einem gewissen Erich Seubert, Polizeibeamter aus Erlangen. Nun gut, ein Polizist war für manche Leute ja schon per se ein Feindbild, als Begründung für einen Mord war Kira das dann aber doch zu wenig. Der unbekannte Mörder hatte wahrscheinlich einen speziellen Grund, warum er gerade diesen Polizisten umgebracht hatte. Also ging sie vor wie gehabt und gab der Reihe nach die entsprechenden Stichwörter in die Suchmaske ein, bis sie nach längerem Hin und Her schließlich fündig wurde.

In dem Artikel ging es um die Laudatio zur Ehrung eines SEK-Beamten, der im Dezember vergangenen Jahres in Dillingen an der Donau angeschossen worden war. SEK-Beamte galten ja wegen ihrer Maskierung als »Männer ohne Gesicht«. Sie waren Elite-Polizeibeamte, die sich mit extremen Gewalttätern auseinanderzusetzen hatten und genau dann zum Einsatz kamen, wenn alle anderen polizeilichen Mittel wirkungslos waren. Erich S. war bei einem Polizeieinsatz gegen einen Reichsbürger schwer verletzt worden, konnte das Zielobjekt aber letztendlich ausschalten. Er quittierte nach diesem Einsatz seinen Dienst beim SEK und ging zurück in den normalen Polizeidienst in seiner alten mittelfränkischen Heimat. Der Fall hatte überregional Schlagzeilen gemacht, weil es sich bei dem Mann, der das Feuer auf Erich S. eröffnet hatte, um ein den Behörden bekanntes und extrem gewaltbereites Mitglied der Reichsbürgerszene handelte.

Sie fand noch zwei weitere Erwähnungen des Vorfalls im Internet, in einem wurde sogar explizit Erlangen als Heimatstadt des unbekannten SEK-Beamten genannt. Kira nickte wenig überrascht, als sie das las. So langsam formte sich ein Bild vor ihren Augen, und der Verdacht, es hier mit radikalen Reichsbürgern zu tun zu haben, erhärtete sich. Jetzt blieb ihr nur noch eins zu tun, und zwar das Rätsel der Zahl 28 in diesem Zusammenhang zu lüften. Aber da sie die Stoßrichtung ihrer Recherche jetzt ja eingrenzen konnte, wusste sie, wo sie suchen musste. Wenig später lag das Resultat ihrer Suche vor ihr.

Es war genau so, wie sie es Haderlein bereits geschildert

hatte. Die 28 war ganz eindeutig ein geheimes rechtsextremistisches Symbol. Sie stand für den zweiten und den achten Buchstaben im Alphabet, stellvertretend für »Blood and Honor«, Blut und Ehre, ursprünglich das Motto der nationalsozialistischen Hitlerjugend.

Mit grimmiger Zufriedenheit richtete sich Kira Sünkel in ihrem Stuhl auf, ungeduldig darauf wartend, dass Bernd von seinem Außeneinsatz zurückkam. Vielleicht hatte er ja noch ein paar Puzzleteilchen, die das Bild vervollständigten. Triumphierend sah sie zum Kollegen Huppendorfer hinüber, aber der war gar nicht mehr da. Sie war so auf ihre Internetrecherche fokussiert gewesen, dass sie nicht bemerkt hatte, dass César die Dienststelle zwischenzeitlich verlassen hatte. Sie war mit ihrem Chef allein im Büro, denn weder Honeypenny noch Franz hatten sich bisher blicken lassen.

Nun gut, dann würde sie sich ihren Kaffee eben ausnahmsweise einmal selber machen.

Sein frühmorgendlicher Disput mit Treppenfee Amelie Kolbe war längst vergessen, als Kriminalkommissar Huppendorfer an seinem Schreibtisch in der Bamberger Dienststelle sitzend nachdenklich die Visitenkarte der gefakten Produktionsfirma zwischen den Fingern hin und her drehte. Irgendwie wertete er das Nichtvorhandensein des Filmteams als persönliche Niederlage und wollte sich noch nicht geschlagen geben. Er hasste es einfach, verarscht zu werden, erst recht von Kriminellen. Außerdem war das eine der wenigen Spuren in diesem Entführungsfall, die sie überhaupt hatten. Nach dem grandiosen Fehlschlag auf der australischen Insel waren die Ermittlungen ja quasi wieder zurück auf Anfang.

In seiner Verzweiflung startete César einen wilden Schuss ins Blaue, die Methode Lagerfeld sozusagen, viel mehr blieb ja sowieso nicht übrig. »Filmproduktion in Oberfranken«, gab er bei Google ein und wartete, was da an Webseitenlinks aufploppte. Und siehe da, es gab im Oberfränkischen von

Rehau bis Burgebrach nicht wenige Firmen, die in diesem Bereich tätig waren. Über hundertfünfzig Einträge sprangen ihm entgegen, und er war fest entschlossen, sich durch alle durchzuarbeiten. Wenn er nichts Sachdienliches fand, hatte er sich wenigstens in diesem Bereich weitergebildet. So hangelte er sich von Homepage zu Homepage, bis er plötzlich erstarrte.

Filmproduktion Coburg – Sons of Emotion

Der Name der Produktionsfirma war der gesuchten so unähnlich, wie es nur ging, allerdings war die Aufmachung der Website exakt so wie auf der Visitenkarte, die er immer noch neben seinem Computer liegen hatte. Das gleiche Layout, die gleiche Schrift, sogar die gleiche Werbebotschaft.

»Willkommen in unserer Filmagentur. Wir vereinen das Beste aus zwei Welten. Traditionelle Filmproduktion und KI«, der gleiche Spruch stand auch auf der Visitenkarte der angeblichen Forchheimer Firma. Und bei den Referenzen, die in einer Dauerschleife am unteren Bildschirmrand von rechts nach links liefen, war neben anderen großen Firmen unter anderem auch Brosst Mechatronics aufgeführt.

Das waren nun endgültig genug Gründe, diesen Herrschaften umgehend einen Besuch abzustatten. Huppendorfer erhob sich von seinem Stuhl und sah zur Kollegin Sünkel hinüber. Die Gute starrte so konzentriert auf den Bildschirm ihres Computers, als wollte sie sich ins Internet hineinbohren. Na, dann wollte er sie mal nicht stören, diesen Firmenbesuch kriegte er auch allein hin.

Ohne sich zu verabschieden, machte sich César Huppendorfer heimlich, still und leise davon. Unten am Haupteingang traf er auf die Meute der Journaille, die hier schon seit dem frühen Morgen auf ein befriedigendes Statement zu den Mordfällen auf dem Staffelberg wartete. In einer Art Nahkampfübung drängte er sich durch die wartenden Medienvertreter, weshalb es ein wenig dauerte, bis er an seinem Wagen angelangt war. Am Hofbräuhaus 7 war die Adresse in Coburg, die er pflichtschuldigst in sein Navi tippte. Dann, endlich, konnte er den Motor starten und sich von diesem Tollhaus hier verabschieden, das sich Dienststelle der Bamberger Kriminalpolizei nannte. Er kalkulierte eine gute Dreiviertelstunde, dann würde er diesen Sons of Emotion mal auf den Zahn fühlen.

Nachdem er seinen Land Rover abgestellt hatte, traf Haderlein, der seinen wiedergenesenen Auszubildenden Presssack an der Leine führte, auf dem Parkplatz der Dienststelle auf Marina Hoffmann, die ebenfalls gerade angekommen war. Eigentlich hatte er gehofft, dass sich die Nachwirkungen von Honeypennys Zahnarztbesuch inzwischen gelegt hätten. Aber bei genauerer Betrachtung von Marinas Antlitz musste er feststellen, dass ihre rechte Gesichtshälfte immer noch aussah wie ein angeschossener Terminator aus einem Schwarzenegger-Film. Zwar trug sie zur Tarnung der Misere ein Kopftuch plus übergroßer Sonnenbrille, das unterstrich ihre verzerrten Gesichtszüge aber eher noch, als dass es sie verbarg. Er hätte sicherlich eine gehörige Portion Mitleid empfunden, wenn bei Marina nicht schon wieder die Hoffmann-typische aggressive Grundhaltung zu spüren gewesen wäre, bei der einem jedes Wort, mochte es auch noch so aufmunternd sein, im Halse stecken blieb. Honeypenny war schwer genervt, das konnte auch die provisorische Tarnung nicht kaschieren. Die Dienststellensekretärin war mit dem Charme eines Leopard-Panzers unterwegs, wodurch sich jedwede Mitleidsbekundung schon aus Sicherheitsgründen verbat. Franz Haderlein hegte also keinerlei Absicht, sie auf ihr verzogenes Äußeres anzusprechen, aber Honeypenny baute trotzdem schon einmal vor.

»Fag nix, Fanz, fag flos nix«, knurrte sie, noch ehe Haderlein einen Ton sagen konnte. Selbst Presssack spürte die Spannung, die auf einmal schwer in der schwülen Luft lag, und verkroch sich zwischen die hageren Beine Haderleins.

Und siehe da. Mochten Worte mitfühlender Menschen auch

nichts ausrichten, ein verschrecktes Schweinchen schaffte es, Honeypennys von einem stümperhaften Zahnarzt betäubtes Herz zu erweichen. Sie beugte sich nach unten, um ihrem kleinen, vom Sonnenbrand verseuchten Liebling beruhigend über den Rücken zu streichen. Als Ergebnis stieg eine Armee winziger sonnenvertrockneter Libellenflügel empor und verhüllte den Luftraum um Presssacks kugelförmigen Körper.

»Ach Godd, waf if daf denn?«, rief Honeypenny erschrocken aus, um Franz Haderlein gleich darauf mit einem strafenden Blick zu beschenken. »Mempf, Fanz. Fessack if ja dodal faubig. De Ame muff gedufft weden!« Mit dieser energischen Feststellung rupfte die Dienststellensekretärin Haderlein die Leine aus der Hand und stapfte so resolut mit Presssack mitten durch die Medienmenschenmenge hindurch, dass sich für kurze Zeit eine klar erkennbare Gasse bildete, durch die Franz Haderlein dem Duo ganz bequem zum Haupteingang folgen konnte. Honeypenny hatte ihn derweil längst vergessen, denn ihr ganzes Sinnen und Trachten war jetzt ausschließlich auf den kleinen Presssack gerichtet, um den sie sich zu kümmern hatte. Da musste sie nichts reden und nichts begründen, so ein Schweinchen war einfach der bessere Mensch – heute zumindest.

So gelangte Franz Haderlein relativ unbehelligt von Presse und Marina zu seinem Arbeitsplatz, wo er schon von Kira erwartet wurde. Kaum dass er hinter seinem Schreibtisch Platz genommen hatte, setzte sie sich zu ihm und schilderte, was sie über die Opfer herausgefunden hatte. Sie war sich nun zu einhundert Prozent sicher, dass sie es mit einem rechtsradikalen Motiv zu tun hatten. Also einem Täter, der aus der Naziszene oder einem Reichsbürgerumfeld stammte. Der nächste Schritt bestand ihrer Meinung nach darin, die in Frage kommenden Personen ausfindig zu machen und einzugrenzen.

Franz Haderlein stimmte ihr im Wesentlichen zu, wollte aber abwarten, was der Kollege Bernd Schmitt herausgefunden hatte, dann wurde es Zeit für eine intensive Planungssitzung.

Zuvor ergänzte Franz Haderlein noch etwas, das ihm nur in sehr seltenen Fällen über die Lippen kam: Er sprach Kira Lob und Anerkennung für ihre fachkundige und zielgerichtete Arbeit aus. Kiras Reaktion fand er allerdings leicht verstörend, denn die junge Kollegin schien gar nicht zu kapieren, was er damit sagen wollte. Der Begriff »Lob« war in ihrem Kommunikationsrepertoire überhaupt nicht vorhanden. Sie hatte ihre Arbeit so gemacht, wie es logisch war. Darum brauchte er jetzt kein großes Aufhebens zu machen, dachte Kira ein wenig irritiert.

Die Sache konnte nicht weiter erörtert werden, da in diesem Moment die Bürotür geöffnet wurde und ein allseits bekannter Kollege hereinkam. Nicht etwa Bernd Schmitt, wie Haderlein und vor allem Kira Sünkel gehofft hatten, sondern Heribert Ruckdeschl, einen freudigen Ausdruck im geröteten Gesicht. Der verschwand, als er auf dem Weg zu Haderleins Schreibtisch Honeypenny erblickte, die mit Kopftuch und Brille bei laufendem Wasserhahn ein kleines Schwein im Spülbecken der Miniküche mit einem Spülschwamm abschrubbte. Dieses absurde Bild verunsicherte ihn aber nur kurz, dann eilte er weiter zu Haderleins Schreibtisch, wo er von Franz und Kira in Empfang genommen wurde.

»Leute, es gibt ein paar Fortschritte mit unseren gesicherten Spuren zu vermelden«, schnaufte Ruckdeschl, denn die schwüle Luft bereitete ihm in seinem Alter langsam größere Schwierigkeiten. Er wartete keine Entgegnung ab, sondern zog ein Blatt Papier hervor, das unschwer als Laborbericht zu identifizieren war. »Also, die Jungs waren richtig gut und haben das Haar identifiziert, das an einer der Leichen haftete, direkt in der aufgemalten Zahl. Es ist, wie ich ja schon vermutete hatte, ein Naturhaar, und zwar stammt es von einem Sibirischen Feuerwiesel. Die Haare dieser Tiere werden für die Herstellung von teils sündhaft teuren Pinseln verwendet, Kolinsky genannt.«

Haderlein und Kira schauten sich ratlos an, keiner von

beiden hatte jemals etwas von einem Kolinskypinsel gehört, aber Ruckdeschl würde schon recht haben.

»Kolinskys sind bei Künstlern gefragt wegen ihrer langen Lebensdauer, hohen Elastizität und guten Farbaufnahme. Besonders aber wegen der sehr feinen und am Ende fast transparenten Spitzen«, klärte Ruckdeschl sie auf. »Die beste Kolinsky-Qualität stammt von Winterschweifen männlicher Wiesel aus mandschurischen oder sibirischen Gebieten, und um genau so ein Haar handelt es sich hier. Da kostet so ein Pinsel in der Größe 12 dann gerne einmal vierhundert Euro. Unser Täter hat auch garantiert keinen kleinen Pinsel benutzt. Also, ich würde sagen, diese Kolinskys werden sicher nicht allzu oft verkauft, da lohnt es sich bestimmt, einmal nachzuforschen, oder nicht?«

Natürlich hatte Ruckdeschl recht, und Haderlein schnappte sich auch sogleich den Laborbericht, um im Laufe des Tages jemanden darauf anzusetzen. Der Kolinsky war aber nicht der Erkenntnisse letzter Schluss, denn Ruckdeschl hatte noch eine weitere Überraschung auf Lager.

»So, das war das eine, es gibt aber noch eine andere Sache, in der ich fündig geworden bin.« Mit gewichtiger Miene präsentierte ihnen der Leiter der Spurensicherung ein kleines Plastiktütchen, in dem sich ein grüner Pflanzenrest befand. »Das habe ich gestern jeder Gärtnerei in Bamberg gezeigt, aber niemand konnte mir sagen, was das ist. Jedenfalls handelt es sich um nichts, was auf dem Staffelberg wächst, haben sie mir gesagt, wahrscheinlich nicht einmal in Deutschland, höchstens in einem Ziergarten. Also habe ich das Teil hochauflösend eingescannt und per Mail an ein paar botanische Gärten geschickt, in der Hoffnung, dass die dort vielleicht eine Ahnung haben, was für ein Gewächs das sein könnte. Und tatsächlich, vor einer Stunde hat sich jemand bei mir gemeldet und die Pflanze identifiziert.«

Heribert Ruckdeschl machte eine Pause, um seinen Triumph auszukosten, aber die Geduld seiner beiden Zuhörer war sichtlich begrenzt. Daher kam er lieber gleich auf den Punkt, bevor er hier noch ungute Gefühle ihm gegenüber auslöste. »Die Antwort kam vom botanischen Garten in Weinheim, das ist in Baden-Württemberg. Im dort befindlichen Exotenwald wachsen auf einer Fläche von etwa sechzig Hektar viele ungewöhnliche Bäume und Sträucher aus Europa, Nordamerika, Südamerika und Asien. Das Arboretum wurde 1872 von Freiherr Christian von Berckheim gegründet und beherbergt neben Ginkgo und Kuchenbaum auch die größte Zeder Deutschlands. Was dort vor allen Dingen aber auch wächst, sind Mammutbäume. Und Herr Demel vom Arboretum Weinheim hat mir versichert, dass wir es bei unserem Fund hier zu hundert Prozent mit einem kleinen Teil eines Triebes desselben, einem sogenannten ›Sequoiadendron giganteum‹, auf Deutsch Bergmammutbaum, zu tun haben. Er war sogar der Meinung, der gefundene Rest könnte ausreichen, um die DNA des Baumes zu bestimmen, von dem er stammt, sodass man am Ende exakt sagen kann, welcher Baum es ist … also, wenn wir ihn denn finden, diesen Mammutbaum.«

Franz Haderlein und Kira Sünkel hatten Ruckdeschls Ausführungen mit großer Aufmerksamkeit gelauscht und schauten nun erst sich an, dann wieder ihn. Ein paar logische Lücken waren aber noch zu schließen, so jedenfalls Kiras Ansicht.

»Also mal ganz langsam, Heribert. Du hast da etwas von einer Pflanze gefunden, die nicht auf dem Staffelberg wächst? Davon weiß ich ja noch gar nichts.« Vorwurfsvoll blitzte sie den Spurensicherer an.

Haderlein sah sich zur Schützenhilfe genötigt und informierte seine neue Kollegin darüber, dass in einem der Schuhabdrücke auf dem Staffelberg eben dieser kleine Pflanzenrest gefunden worden war.

»Aha«, entfuhr es der Kommissarin. »Und wenn ich das jetzt richtig verstanden habe, stammt dieser kleine Zweig von einem Mammutbaum? Ich dachte immer, die gibt es nur in Amerika und nicht bei uns. Wieso sollte dieser Umstand außerdem etwas mit unserem Fall zu tun haben, bitte schön? Wir können doch nicht alle botanischen Gärten in ganz Deutschland durchforsten.«

»Da hast du recht, Kira, aber eines habe ich während meiner langjährigen Polizeiarbeit gelernt. Die kleinsten Hinweise liefern oft die größten Erkenntnisse. Und zwar aus dem einfachen Grund, weil sie so leicht übersehen werden. Was den Täter mit einschließt. Man muss die Zeichen nur richtig zu deuten wissen. Mammutbäume sind seit der letzten Eiszeit bei uns in Europa ausgestorben. Trotzdem gibt es inzwischen wieder etliche Exemplare, und zwar wegen der berühmten Wilhelma-Saat. Mitte des 19. Jahrhunderts war die Entdeckung der riesigen Mammutbäume in Nordamerika eine ziemlich große Sensation, was König Wilhelm I. von Württemberg, ein ausgewiesener Naturliebhaber, zum Anlass nahm, sich Samen dieser Giganten direkt aus Kalifornien liefern zu lassen. Tausende Jungpflanzen wurden auf königliche Anweisung im Kalthaus der heutigen Wilhelma, des Stuttgarter Zoos, aufgezogen und anschließend systematisch an exponierten Standorten in den königlichen Wäldern und zahlreichen Schlossgärten und Parkanlagen angepflanzt, weswegen es in Baden-Württemberg bis heute die meisten Exemplare gibt. Aber auch hier in Oberfranken wachsen Mammutbäume aus dieser oder einer ähnlichen Saat. Meistens in Schlössern oder deren Parks. Schloss Callenberg bei Coburg, die Veste Coburg, Burg Hohenstein, Burg Lichtenstein und Schloss Schwarzenberg bei Scheinfeld in Mittelfranken gehören dazu.« Heribert Ruckdeschl atmete tief durch und fächerte sich mit einer Hand wenig erfrischende, da viel zu warme Luft zu. Diese Schwüle machte längere Vorträge zu einer ziemlichen Qual.

»So weit, so gut, Heribert. Aber was bringt es uns, wenn wir den Baum finden, von dem dieser Zweig stammt?«, wollte Kira wissen.

Beantwortet wurde ihre Frage vom Kollegen Haderlein, der schon längst wusste, worauf der Spurensicherer hinauswollte. »Was Heribert damit sagen will, ist Folgendes. Unser unbekannter Mörder trug bei seiner Untat auf dem Staffelberg grobstollige Schuhe, in deren Profilabdruck dieser Mammutbaumrest gefunden wurde. Also war der Mann zuvor mit denselben Schuhen an irgendeinem Ort, an dem ein solcher Baum wächst. Vielleicht hatte er dort beruflich zu tun, vielleicht hat er etwas abgeliefert oder gekauft. Was es auch war, ich bin dafür, dass wir nach diesem Baum suchen, denn die Chance, dass wir unserem Mann dadurch näher kommen, ist auf jeden Fall da. Wenn wir Pech haben, bringt es gar nichts, aber mit ein bisschen Glück können wir unseren Suchradius in allen Belangen eingrenzen. So ist das halt in der Polizeiarbeit, mühsam ernährt sich das Eichhörnchen. Ich würde daher vorschlagen, Kira, dass du dich zusammen mit unserem selbst ernannten Baumexperten Ruckdeschl hinsetzt und alle Mammutbäume im Umkreis von, sagen wir mal, hundert Kilometern um Bamberg herum lokalisierst. Dann schickst du Polizeistreifen hin, um von jedem Baum eine Probe zu nehmen. Die lassen wir bestimmen, und dann schauen wir weiter.«

Kira war noch nicht ganz einverstanden mit der Idee. »Wieso gerade Bamberg?«, fragte sie, könnte es sich doch um nahezu jeden Baum in ganz Deutschland oder sonst wo handeln.

Aber Haderlein hatte schon weitergedacht. »Ganz einfach, Kira. Weil der blaue Transporter, der in Watzendorf gesehen wurde, ein Bamberger Nummernschild hatte. Deswegen gehe ich davon aus, dass unser Mann irgendwo im Bamberger Landkreis zu finden ist, und zwar so lange, bis mir jemand etwas anderes beweist. Und jetzt an die Arbeit, wir haben keine Zeit zu verlieren.«

Das Hofbrauhaus Coburg beherbergte einst eine Brauerei, die jedoch 1982 geschlossen wurde, woraufhin verschiedene Pläne für die zukünftige Nutzung der Liegenschaft gemacht und wieder verworfen wurden. Der Schock saß tief, als im Februar 1999 ein Feuer im Hofbrauhaus wütete. Denn nach vielen Jahren des Leerstands hatte damals endlich der Umbau für eine neue Nutzung begonnen. Ein Happy End gab es trotzdem. Nach der Fertigstellung des Hauptgebäudes mit circa fünftausendneunhundert Quadratmetern Nutzfläche zog im Oktober 1999 die Hochschule Coburg mit dem Fachbereich Design als Mieter ein, Studiengänge wie Innenarchitektur und Integriertes Produktdesign wurden angeboten. Etwa vierhundertfünfzig Studenten und Fachkräfte waren heute in dem denkmalgeschützten Sandsteingebäude, dem angrenzenden Neubau und den kleineren Nebengebäuden tätig. Außerdem waren auf dem Gelände kleinere Firmen und Designwerkstätten untergebracht, eine davon die Filmproduktion Coburg – Sons of Emotion, deren Logo César bereits oben am renovierten Hauptgebäude der ehemaligen Brauerei sehen konnte. Auch hier hatte er wieder den seltsamen Effekt des Wiedersehens, denn das Firmenlogo entsprach exakt der Aufmachung der gefakten Visitenkarte. Huppendorfer stellte seinen Wagen auf der Rückseite auf einem Parkplatz der Hochschule ab und machte sich mit grimmiger Entschlossenheit auf den Weg.

Als er die Glastür des Firmeneinganges öffnete, empfing ihn ein modern und nüchtern gehaltener Raum, an dessen Wänden in edlen Rahmen befindliche Filmposter bisher erstellter Produktionen hingen. Eine junge Frau hinter einer Art Empfangstresen begrüßte ihn mit einem freundlichen Lächeln und erkundigte sich höflich nach seinem Anliegen. Der Bamberger Kommissar war aber gerade überhaupt nicht in der Stimmung für salbungsvolles Drumrumgerede, dazu war er einfach zu geladen. Stattdessen holte er seinen Dienstausweis heraus und hielt ihn mit einer ziemlich schroffen Ansage in die Höhe. »Huppendorfer, Kriminalpolizei Bamberg, ich möchte bitte den Chef des Ladens hier sprechen.«

Auf der Stelle verschwand das Lächeln der hübschen Empfangsdame, und ein erschrockenes »Oh« entschlüpfte ihren lila gefärbten Lippen. Zuerst schien sie nicht so recht zu wissen, was sie tun sollte, dann bot sie dem Kommissar einen

Platz auf der Besuchercouch an. »Bitte warten Sie doch hier, Herr Kommissar, nehmen Sie Platz, ich werde Herrn Ericsson Bescheid geben.« Sie wartete nicht ab, bis ihr Besucher sich gesetzt hatte, sondern verschwand sogleich eilig in einem Gang zur rechten Seite.

Huppendorfer war schlicht zu erregt, als dass er es in den flauschigen Tiefen eines Besuchersofas ausgehalten hätte, er tigerte durch den Vorraum und betrachtete die animierten Filmfiguren auf den Plakaten an den Wänden. Das tat er nicht lange, denn kurz nach ihrem Abgang war die Tresenschnecke bereits wieder da und setzte sogar wieder ihr überfreundliches Empfangsdamenlächeln auf.

»Herr Ericsson hat jetzt Zeit für Sie, Herr Kommissar, wenn Sie mir bitte folgen möchten«, flötete die junge Frau und ging auf dem blauen Teppichboden voraus, bis sie eine Art Büro erreichten, das jedoch keine Tür besaß. Zumindest dachte Huppendorfer das, bis sich hinter ihm eine Schiebetür schloss, die raffiniert in die Wand eingelassen worden war. Im Raum stand direkt vor einem Schreibtisch mit Glasplatte ein kleiner blonder Mann von geschätzt vierzig Jahren, der ihn mit ausgestrecktem Arm begrüßte und sich als Sven Ericsson vorstellte, Inhaber von Sons of Emotion.

César Huppendorfer schüttelte die ihm dargebotene Hand, musste sich aber sehr zusammenreißen, denn er hatte den Mann sofort wiedererkannt. Es handelte sich ganz eindeutig um den Fahrer der Fake-Filmproduktionsfirma, den er auf dem Überwachungsvideo der Brauns gesehen hatte. Mit Philipp Schultheiß hatte er vor dessen Grundstück noch lässig eine Zigarette geraucht, ehe der CEO zu ihm in den Transporter gestiegen war. Huppendorfer versuchte, sich möglichst nichts anmerken zu lassen, was ihm gar nicht mehr leichtfiel.

»Hallo, Herr Kommissar, bitte setzen Sie sich doch. Was verschafft mir denn die unerwartete Ehre Ihres Besuches?«, fragte Sven Ericsson leutselig.

César Huppendorfer verspürte nicht übel Lust, diesen

smarten Lackaffen, der in seinem schwarzen Rollkragenpulli vor ihm saß wie der selige Apple-Chef Steve Jobs persönlich, einmal richtig in die Mangel zu nehmen und ihn zu fragen, was er denn so Wichtiges bei der kleinen Zigarettenpause mit dem entführten Schultheiß zu besprechen gehabt hatte. Das konnte er natürlich nicht tun, vor allem aus dienstrechtlichen Gründen. Aber dem Mann mal so richtig auf den Zahn fühlen, das konnte er.

»Ja, vielen Dank, Herr Ericsson, dass Sie Zeit für mich haben. Um was es geht, kann ich Ihnen leider nicht sagen, ich habe aber auch nur ein paar Fragen an Sie, dann bin ich schon wieder weg. Vielleicht könnten Sie mir in einer Sache weiterhelfen«, säuselte er, während er einen kleinen Schreibblock plus Kugelschreiber herauskramte. Als Nächstes zog er die ominöse Visitenkarte von »New Media« aus der Tasche und reichte sie dem Firmenchef über den Schreibtisch. »Haben Sie diese Visitenkarte schon einmal gesehen, Herr Ericsson, oder kommt sie Ihnen anderweitig bekannt vor?«

Ericsson betrachtete die Karte erst von vorne, dann ihre Rückseite sehr genau. Dann gab er sie Huppendorfer mit einem entschiedenen Kopfschütteln zurück. »Nein, tut mir leid, Herr Kommissar, noch nie gesehen, diese Firma kenne ich nicht.«

»Ja, aber die Aufmachung, der Stil, das ist doch exakt wie die Präsentation Ihrer Firma. Es ist sogar das gleiche Logo verwendet worden. Ist Ihnen das nicht aufgefallen?«, hakte César ungeduldig nach.

»Ja, natürlich ist mir das aufgefallen, Herr Kommissar«, antwortete Ericsson relaxt. »Aber was soll ich denn Ihrer Meinung nach machen? Mich jedes Mal aufregen und einen Prozess anstrengen, wenn irgendein Feld-Wald-und-Wiesen-Unternehmen unsere Aufmachung oder Designelemente kopiert? Ganz ehrlich, Herr Kommissar, da habe ich Besseres zu tun. Wir sind ein junges Unternehmen, das von seinem technischen Know-how und seinen kreativen Fähigkeiten lebt. In der kurzen Zeit unseres Bestehens haben wir es bereits zu einem gewissen Standing in der Branche gebracht, das andere, die schon länger im Geschäft sind, nicht haben. Neid und Missgunst muss man sich hart erarbeiten in diesem Geschäft, Herr Kommissar. In unserer Branche ist es die größte Ehre, wenn man, wie in diesem Fall, so schamlos plagiiert wird. Dann weiß man, dass es jemand anders nicht besser machen konnte.«

Ericsson hatte mit einem leichten, kaum hörbaren skandinavischen Akzent gesprochen. Huppendorfer war sich sicher, dass der Mann zwar schon ziemlich lange in Deutschland lebte, geboren war er hier aber nicht. Außerdem wirkte der Typ ziemlich abgeklärt und war trotz seiner offensichtlichen Verstrickung in den Entführungsfall Philipp Schultheiß absolut Herr der Lage. Den aufs Glatteis zu locken dürfte keine leichte Übung werden.

»Okay, das heißt, von dieser Firma in Forchheim haben Sie noch nichts gehört? Ich meine, die sind doch aus Ihrer Branche, da kennt man sich doch?«

»Nein, Herr Kommissar, ich sagte ja schon, dieser Name ist mir nicht geläufig. Tut mir leid.« In einer bedauernden Geste hob Ericsson kurz die Schultern, dann legte er die Hände wieder entspannt in seinen Schoß.

»Gut, Herr Ericsson, das war das. Als Nächstes würde mich interessieren, ob beziehungsweise inwiefern Sie mit der Firma Brosst in Bamberg und Coburg zusammenarbeiten.«

»Nun, wir haben mit Brosst Mechatronics kontinuierlich, jedoch in unregelmäßigen Zeitabständen zu tun. Die Arbeit besteht im Wesentlichen darin, die Produkte der Firma sowie ihre Arbeit und die dahinterstehenden Persönlichkeiten filmisch darzustellen. Dafür bekommen wir regelmäßig Aufträge, und es wird auch gut bezahlt, anscheinend ist man in der Führungsetage ganz zufrieden mit unserer Arbeit. Zumindest in weiten Teilen davon.« Zum ersten Mal erlaubte sich Ericsson einen kleinen, winzigen Ausflug in die Untiefen des Sarkastischen, was Huppendorfer sogleich zu seiner nächsten Frage führte.

»Gut, dass Sie die Führungsetage erwähnen, Herr Ericsson. Kennen Sie einen gewissen Philipp Schultheiß?«

Ericsson blieb völlig entspannt, aber in seinen Augen meinte Huppendorfer eine gewisse Unruhe erkennen zu können, auch wenn die pure Hoffnung Mutter des Gedankens sein könnte. Trotzdem war er gewillt, die Gangart noch ein wenig zu verschärfen.

»Herrn Schultheiß? Ja, den kenne ich natürlich, von ihm beziehungsweise aus seinem Büro kommen ja die ganzen Aufträge für unsere Firma. Der neue CEO ist sehr zukunftsorientiert und engagiert, was unsere Geschäftsfelder anbelangt, vor allem die Arbeiten mit künstlicher Intelligenz. Ich vermute mal, dass das den Hauptanteil unserer zukünftigen Aufträge ausmachen wird.«

Beim Thema KI horchte Huppendorfer auf. »Wann haben Sie Herrn Schultheiß denn das letzte Mal gesehen, Herr Ericsson?«, fragte er jetzt ganz direkt und war auf die Antwort ziemlich gespannt, denn das war ja quasi die Frage des Tages. Doch obwohl er Ericsson geradewegs in die Augen blickte, log ihm der Mann mitten ins Gesicht.

»Oh, das kann ich gar nicht mehr so genau sagen, Herr Kommissar, aber es ist mit Sicherheit schon ein paar Wochen her. Ich glaube, es war eine Besprechung zu genau diesem Thema, Künstliche Intelligenz, und zwar in der Firma Brosst, wenn ich mich recht erinnere.«

So eine abgebrühte Bazille, dachte Huppendorfer und musste sich ein grimmiges Schnaufen verkneifen. Es ist genau drei Tage her, du Klugscheißer, korrigierte er Ericsson stumm. Es brodelte in ihm, er durfte sich aber nichts anmerken lassen. Er wollte mehr Informationen, da half nur weiteres Bohren. »Darf ich fragen, ob es sein kann, dass Herr Schultheiß die treibende Kraft in der Firma Brosst ist, was das Thema künstliche Intelligenz anbelangt?«

Sven Ericsson nickte. »Da könnten Sie recht haben, Herr Kommissar«, antwortete er knapp, anscheinend hatte er nicht das Bedürfnis, sich über dieses Thema noch länger auszulassen. Huppendorfer hingegen fand, es wurde jetzt erst richtig interessant.

»Und der Hauptanteilseigner, Michael Brosst?«

Zum ersten Mal zeigte Sven Ericsson leichtes Unwohlsein und rutschte etwas unmotiviert auf seinem Sessel herum. »Nun, der eher nicht, würde ich mal sagen. Aber mehr kriegen Sie von mir nicht zu hören, Herr Kommissar, das sind Firmeninterna unserer Geschäftsbeziehung, die ich nicht ausplaudern möchte. Sollten Sie dazu noch etwas wissen wollen, wenden Sie sich doch bitte an Herrn Schultheiß, er wird Ihnen bestimmt sehr gern Auskunft erteilen, da bin ich mir ganz sicher.«

Da war er wieder, der sarkastische Unterton. Der Mann wusste ganz genau, dass Huppendorfer mehr wusste, als er hier preisgab. Trotzdem blieb er absolut cool. Er wirkte nicht im Geringsten nervös. Eine gewisse Strenge in Ericssons Worten signalisierte dem Kommissar jedoch, dass er einen Nerv bei Sven Ericsson getroffen hatte. Na gut, wenn der Gegner wankte, gleich noch einen Haken hinterher, alte Boxregel.

»Diese Homestory, die Sie vor drei Tagen bei Herrn Schultheiß gedreht haben, war die privat beauftragt oder von der Firma Brosst?«

»Homestory? Filmaufnahmen? Ehrlich gesagt, ich habe keine Ahnung, wovon Sie da reden, Herr Kommissar. Meine Firma hat keine Filmaufnahmen bei Herrn Schultheiß gemacht, tut mir leid. Also gut, war's das?« Die lässige Freundlichkeit des Firmenchefs war einer kühlen Geschäftshaltung gewichen. Er hatte offenkundig keine Lust mehr auf Plaudereien mit der Bamberger Kripo.

Der Typ war ein wirklich guter, abgezockter Schauspieler, so viel stand fest. Die Frage nach den Filmarbeiten bei Schultheiß schien ihn äußerlich völlig kaltzulassen, aber Huppendorfer wusste ja, dass er log, so leicht ließ er ihn nicht vom Haken. Sven Ericsson war von seinen Fragen genervt? Gut.

»Noch nicht ganz, Herr Ericsson. Eine letzte Frage hätte

ich noch. Wo waren Sie vor drei Tagen am Vormittag bis zur Mittagszeit?« Huppendorfer betrachtete sein Gegenüber genau und stellte mit ehrlichem Bedauern fest, dass die eloquente Fassade des Jungunternehmers auch jetzt nicht im Geringsten zu bröckeln begann. Wieso fühlte sich der Mann so sicher?

»Entschuldigung, Herr Kommissar, werde ich etwa irgendeines Verbrechens beschuldigt?« Ericssons Auftreten war nach wie vor extrem beherrscht. Der angesprochene Bamberger Kommissar hob dennoch beruhigend die Hand. Eine genau kalkulierte Geste, die in der Regel das genaue Gegenteil von Beruhigung bewirkte. Bei Sven Ericsson verhielt es sich im Augenblick keinen Deut anders, da war sich Huppendorfer sicher, nur zeigte er es nicht.

»Herr Ericsson, ich versuche nur, Fakten und Aussagen abzugleichen. Niemand wird hier beschuldigt, ganz im Gegenteil, wir wollen eine mögliche Beteiligung früh ausschließen können, je früher, umso besser, verstehen Sie?«

Sven Ericsson hatte zu seinem Mobiltelefon gegriffen und stöberte nun demonstrativ ruhig in seinem Kalender, bis er den fraglichen Termin gefunden hatte.

»Da habe ich es, Herr Kommissar. An diesem Vormittag hatte ich einen Besprechungstermin mit meiner Projektleitung der KI, und zwar von zehn bis dreizehn Uhr. Also gibt es zwei Zeugen, die meinen Aufenthalt hier im Haus bestätigen können.« Ericsson legte sein Handy wieder zurück auf den Tisch und schaute Huppendorfer an. »Die Daten der beiden Personen bekommen Sie draußen am Eingang, meine Mitarbeiterin wird Ihnen die Namen und Adressen gerne ausdrucken.«

Das war ein höflicher, aber bestimmter Rausschmiss, dem Huppendorfer nun endgültig nichts mehr entgegensetzen konnte. Wozu auch, er hatte fürs Erste ja auch alles erfahren, was er wissen wollte. Er hatte jetzt eine Spur, und zwar eine ziemlich gute.

Die Stimmung im Hause Glemm war gedrückt, denn die furchtbare Tat, der die Tochter von Fritz und Helga Glemm zum Opfer gefallen war, grub tiefe Furchen der Trauer in die Gesichter der beiden Mittsechziger. Lagerfeld hatte einen Kaffee von Frau Glemm vor sich stehen sowie ein Stück Rhabarberkuchen, das sie dem Kommissar vor ihrem Gespräch im Wohnzimmer des Hauses am Grünen Markt angeboten hatte.

»Wissen Sie, Herr Kommissar, ich verstehe das alles nicht. Unsere Lena war der friedvollste Mensch, den man sich nur vorstellen kann. Sie war überall beliebt und hat auch in ihrem Freundeskreis stets versucht, anderen zu helfen. Lena ging es nur gut, wenn die Menschen um sie herum ebenfalls glücklich und zufrieden waren. Das Gleiche galt für ihre Arbeit im Landratsamt. Es wollte diese heikle Stelle ja zuerst niemand haben, aber Lena hat sich dann erbarmt und die Aufgabe übernommen. Einerseits, weil sie ein pflichtbewusster Mensch war, aber hauptsächlich, weil ihr die ukrainischen Flüchtlinge leidtaten.«

Lagerfeld hatte fleißig mitgeschrieben und gerade verstohlen an seiner Kaffeetasse genippt. »Das wäre jetzt eigentlich meine nächste Frage gewesen«, sagte er schnell. »Was genau hat Lena denn im Landratsamt gemacht, beziehungsweise worin bestand ihre Aufgabe?«

Zum ersten Mal schaltete sich jetzt auch Lena Glemms Vater in das Gespräch ein, bisher hatte er nur wortlos auf seinen inzwischen kalten Kaffee gestarrt. »Sie war, wenn man so will, die zentrale Anlaufstelle zur Anmeldung schulpflichtiger Kinder und Jugendlicher von Geflüchteten aus der Ukraine, und zwar ausschließlich im Landkreis Bamberg. Ihr Arbeitsplatz war gar nicht weit von hier, im Amtsgebäude vorne am Maxplatz. Bei ihr haben sich alle Neuankömmlinge aus der Ukraine gemeldet, und sie hat die dann im Landkreis umverteilt.« Fritz Glemm sprach tonlos, mechanisch, fast wie ein Roboter. Es lag keine Emotion in seiner Stimme, und Lagerfeld hoffte für ihn, dass der gute Mann irgendwann seine Trauer zulassen und seine Tochter innerlich gehen lassen konnte. Aber dafür war er als Vertreter der Polizei nicht zuständig, er hatte die Aufgabe, den Mörder seiner Tochter zu fassen.

»Na schön. Hat Ihre Tochter vielleicht irgendwann einmal erwähnt, dass sie angefeindet wurde, Drohbriefe erhielt oder sonst wie Schwierigkeiten wegen ihrer Tätigkeit bekam?«

»Ja, hat sie«, antwortete Helga Glemm wie aus der Pistole geschossen. »Fritz, erzähl du das, du kannst das besser«, forderte sie ihren Mann auf, während sie ihr gerade abgelegtes Tempotaschentuch vom Tisch nahm, da die Gedanken an ihre Tochter ihr erneut die Tränen in die Augen trieben.

Fritz Glemm schaute Lagerfeld mit leeren Augen an, ehe er mit tonloser Stimme die entsprechenden Vorkommnisse schilderte. »Es gab immer mal wieder irgendwelche Schmierereien, ›Flüchtlinge raus‹ oder Ähnliches. Aber es ist nie jemand persönlich bei ihr vorstellig geworden. Das hat sich erst geändert, als Lena beschloss, für die Grünen im Bamberger Stadtrat zu kandidieren. Sie war zwar ganz hinten auf der Liste, aber im Zusammenhang mit ihrer Arbeit hat es einen Zeitungsartikel über sie und ihre Arbeit gegeben, und dann ging's los. Telefonanrufe, anonyme Briefe, Beschimpfungen auf Facebook und Instagram und was weiß ich nicht alles. Der Höhepunkt war dann vor zwei Wochen dieser Mann, der sie am Maxplatz im Amt besucht hat.«

Lagerfeld hielt mit dem Schreiben inne und schaute Fritz Glemm überrascht an. »Mann? Was denn für ein Mann?«, fragte er und legte seinen Stift zur Seite.

Zum ersten Mal zeigte Fritz Glemm so etwas wie eine emotionale Reaktion, seine Stimme wurde lauter, und Lagerfeld bemerkte, dass Lenas Vater an einem Punkt rührte, der ihn wütend machte.

»Lena hat uns erzählt, der Typ sei ziemlich groß gewesen und habe einen unheimlichen Blick gehabt. Er hat nicht rumgeschrien oder so, er hat ganz ruhig zu ihr gesagt, dass das, was sie da mit den Flüchtlingen tut, illegal sei. Es sei nicht im Sinne des deutschen Volkes und dass sie dafür verurteilt werden könne. Und weil sie jetzt bei den Grünen sei, müsse sie mindestens aus dem behördlichen Dienst entfernt werden, da die Grünen ja nachgewiesenermaßen planen würden, die Deutschen umzusiedeln, um Platz für den Islam zu machen.«

»Aha«, brachte Lagerfeld nur heraus, denn so einen abgrundtiefen Blödsinn hatte er ja noch nie gehört. Die Geschichte war aber noch nicht zu Ende.

»Lena hat natürlich Angst bekommen und dem Mann gesagt, dass sie die Polizei ruft, wenn er nicht sofort verschwindet«, warf Helga Glemm ein, die sich wieder gefangen hatte. »Der Mann ist dann auch tatsächlich gegangen, aber anscheinend ist er ihr nach Arbeitsschluss bis hierher zu uns gefolgt, denn Lena kam völlig verängstigt in die Wohnung und hat uns von der Sache erzählt. Fritz ist dann nach unten, aber da war der Feigling anscheinend schon wieder weg.«

Lagerfeld hatte aufmerksam zugehört und sich alles notiert. Das passte ins Bild, das Kira ihnen allen so ans Herz gelegt hatte. Außerdem verdichteten sich die Hinweise, dass sie es mit einem Einzeltäter zu tun hatten, denn bei dem großen, kräftigen Mann könnte es sich um denselben Kerl handeln, den Aleks und Max beschrieben hatten. Lena Glemm hatte die letzte Begegnung mit ihm leider nicht überlebt.

Eigentlich hatte der Kommissar gedacht, die Geschichte sei jetzt zu Ende, aber Fritz Glemm schaltete sich wieder ein. »Herr Kommissar, das war noch nicht alles. Montag vor einer Woche war unsere Tochter bei uns zum Abendessen, als draußen vor dem Fenster wieder der übliche Krach am Neptunbrunnen losging. Da sind doch immer diese Querdenkerspinner unterwegs, die vom Bahnhof aus bis hierher laufen. Als Lena nach draußen geschaut hat, um sich das Spektakel anzusehen, hörten wir plötzlich einen Schrei von ihr, und sie hat ganz aufgeregt gerufen, dass der Mann, der sie auf dem Amt bedroht hat, dort unten in der vordersten Reihe steht. Ich hab mir den Kerl zeigen lassen und bin sofort runter zum

Gablmo, um den Mann zur Rede zu stellen. Er trug Armeeklamotten und hat den Spinnereien gelauscht, die dort am Brunnen halt so verbreitet werden. Ich bin also zu ihm hin und hab ihn direkt gefragt, ob er derjenige sei, der am Maxplatz auf dem Amt war und meine Tochter bedroht hat.«

»›Die grüne Schlampe?‹, hat er dann gefragt«, warf Helga Glemm aufgeregt ein, die so ein Vokabular offenbar nicht fassen konnte. »Stellen Sie sich mal vor, Herr Schmitt, eine Schlampe, meine Lena. Was ist nur mit der Welt los?« Wieder schossen ihr die Tränen in die Augen, und das nächste Papiertaschentuch kam zum Einsatz.

»Wie ging die Geschichte aus?«, fragte Lagerfeld gespannt.

»Was dann passiert ist, Herr Kommissar? Nichts«, sagte Fritz Glemm. »Der Mann war fast einen Kopf größer als ich, trotzdem hat er sich einfach umgedreht und ist gegangen. Ich hab ihm noch hinterhergerufen, er solle doch stehen bleiben, aber das hat ihn nicht interessiert. Er ist gegangen und in der Menge verschwunden. Aber die dort unten haben mich nicht etwa unterstützt, sondern nur gefragt, ob ich auch ein Grüner bin. Wenn ja, soll ich mich verpissen, weil ich ein Volksverräter bin. Das war's, ich bin dann nach oben, und wir haben gegessen, auch wenn Lena bestimmt noch gefühlt eintausend Mal zum Fenster gerannt ist, um zu schauen, ob der Mann nicht doch wieder da ist. Aber er kam nicht zurück, und soweit ich weiß, hat ihn Lena danach auch nicht mehr gesehen.«

Lagerfeld nahm einen kleinen Schluck von seinem stark abgekühlten Kaffee, was ihm aber gar nicht auffiel, denn seine Gedanken rasten. Dann zog er sein Handy aus der Tasche, um in seiner Fotosammlung nach zwei ganz bestimmten Bildern zu suchen.

Die Glemms waren eigentlich ganz dankbar für die kurze Pause, denn jedes Gespräch über ihre Tochter wühlte sie aufs Neue auf. Aber dann hatte der Bamberger Kommissar gefunden, was er suchte, und zeigte Fritz Glemm die Phantomzeichnung des Täters.

»Herr Glemm, schauen Sie sich das bitte einmal genau an. Könnte das der Mann sein, den Sie unten am Gablmo zur Rede stellen wollten?«

Fritz Glemm nahm Lagerfeld das Handy aus der Hand und starrte es sekundenlang schweigend an. Dann verhärtete sich sein Gesichtsausdruck, und er gab das Handy an den Kommissar zurück. »Ja, das könnte er sein. Nur das Gesicht ist ein wenig schmaler, und die Haare sind zu lang. Als ich ihn zur Rede stellte, hatte er so eine Kurzhaarfrisur wie diese Skinheads früher, falls Sie die noch kennen.«

Die kannte der Bamberger Kommissar durchaus noch und speicherte die Information sofort ab. Dann wischte er zum nächsten Bild, welches das Tattoo zeigte, das Aleks und Max auf dem Unterarm des Mannes gesehen hatten.

»Was ist damit? Ist Ihnen bei dem Mann vielleicht dieses Tattoo auf dem Unterarm aufgefallen, Herr Glemm?«

Wieder studierte Fritz Glemm das Foto ganz genau. Dieses Mal schien er sich nicht ganz sicher zu sein, als er Lagerfeld sein Telefon zurückgab. »Herr Kommissar, ich meine, mich an ein Tattoo auf dem Arm erinnern zu können. Ich kann Ihnen beim besten Willen nicht sagen, ob es dieses war, es könnte aber sein.«

Lagerfeld nickte, dann steckte er sein Mobiltelefon wieder weg und verabschiedete sich.

»Wann können wir denn zu unserer Tochter, um uns zu verabschieden?«, fragte Helga Glemm mit weinerlicher Stimme.

»Es tut mir wirklich leid, Frau Glemm, aber das wird so bald nicht möglich sein. Ihre Tochter ist noch in der Rechtsmedizin zur Obduktion. Wie lange, kann ich Ihnen nicht genau sagen, zwei Wochen kann es manchmal durchaus dauern. Ich gebe Ihnen selbstverständlich sofort Bescheid, sobald ich Genaueres weiß, versprochen.« Mit diesen Worten verließ er die Wohnung der Glemms und ging die Treppe hinunter, bis er wieder auf dem Grünen Markt, direkt neben dem Neptunbrunnen, stand. Bedrückt schaute er ein letztes Mal zur

Wohnung der Glemms im ersten Stock des Hauses hinauf, in der es seit dem Tod ihrer Tochter für die trauernden Eltern nie mehr so sein würde wie zuvor.

Elias Webhan hatte den Zweig zuerst nicht vom Baum abschneiden können, da sich die Äste dieses Mammutbaumes außerhalb seiner Reichweite befanden. Also hatte er jemanden im Park von Schloss Schwarzenberg im mittelfränkischen Scheinfeld suchen müssen, der ihm eine Leiter besorgen konnte. Er wollte sich gar nicht ausmalen, wie bescheuert das ausgesehen haben musste, als er als gestandener Polizist schließlich mit der kleinen Gartenschere auf der dritthöchsten Sprosse einer Leiter stehend an einem Baum herumgeschnippelt hatte. Dieser Auftrag ging ihm sowieso auf den Keks, denn in der Zeit, die er damit verschwendete, hätte er daheim in Bad Staffelstein etliche Verkehrsverstöße und Parksünden ahnden können, was ihm viel mehr Spaß machte. Stattdessen fuhr er nun schon den ganzen Tag durch Oberfranken, jetzt sogar nach Mittelfranken, um die Zweige von Mammutbäumen einzusammeln, die im Zuge einer Ermittlung überprüft werden sollten. Ja, ging's noch? Aber so war das eben im Beamtendasein, da musste man alles schlucken, da durfte man nicht streiken. Die Bauern hatten es in dieser Hinsicht wesentlich leichter, die gingen wegen jedem Scheiß auf die Straße. Die Landwirte hatten ja über den Winter nahtlos die ganzen Klimakleber abgelöst, die sich wahrscheinlich im Frühjahr wieder melden würden, wenn die Bauern auf den Acker mussten.

Denen geht's einfach noch viel zu gut, alles das gleiche Gesocks, dachte Elias Webhan verdrießlich, während er seinen Zweig in der Plastiktüte verstaute und von der Leiter stieg. Dabei nervten ihn die Bauern noch viel mehr als die Klimakleber, denn im Grunde war das ja eine bodenlose Frechheit. Jeder Klimakleber wurde irgendwann mit einem halben Kilo Bundesstraßenteer an der Hand aus der Straße geflext. Aber so ein Bauerntraktor auf der Demo war ja anscheinend unantastbar, heiliger als eine Kuh in Mumbai. Vielleicht sollte er einfach mal so einen Scheiß-Schlepper konfiszieren, mal sehen, was der Herr Bauer dann machen wollte. Andere Verbrecher gingen nie ohne ihre Waffe aus dem Haus. Ein Bauer brauchte das ja nicht, der hatte seinen Traktor. Ohne den war er quasi entmannt, kastriert, überlegte sich Webhan angefressen. Wenn er nicht Polizist wäre, dann hätte er sich schon längst privat einen Baseballschläger geschnappt und dem einen oder anderen Bauern erklärt, dass sein Traktor ab sofort keine Scheinwerfer mehr brauchte. Hätte, hätte, er war aber nun mal Polizeibeamter, also ließ er solche Gedanken lieber mal bleiben.

Immerhin war das jetzt der letzte Zweig gewesen, den er einsammeln sollte. Er hatte Proben von zwei verschiedenen Bäumen aus Schloss Callenberg und jeweils eine von der Veste Coburg, Burg Hohenstein und Burg Lichtenstein im Gepäck. Was das genau sollte und warum diese Zweige gebraucht wurden, hatte ihm natürlich keiner von der Bamberger Kripo gesagt. Da gab es nur die knappe Anweisung: Webhan, wir ham 'nen Job für dich. Wer Mountainbiker auf dem Staffelberg verknackt, der kann auch Zweige abschneiden. Dann hatte ihn dieser Haderlein noch genötigt, die Bußgelder für die zwei Mountainbiker-Zeugen zurückzunehmen, zack, das war's. Und nachher durfte er die Ausbeute seiner Gärtnerarbeit auch noch in Bamberg in der dortigen Dienststelle abgeben, angeblich sollten die Dinger auf ihre DNA hin untersucht werden. Die Welt wurde eben immer verrückter. Da lobte sich Webhan doch den gemeinen Strafzettel. Parkzeit überschritten, Profiltiefe auf Cellulite-Niveau oder Raser, die mit fünfundzwanzig Kilometern pro Stunde durch die Staffelsteiner Fußgängerzone donnerten. Das war seine Welt, da kannte er sich aus. Das ganze moderne Zeugs dagegen, das neuerdings in der Polizeiarbeit auftauchte, war ihm höchst suspekt. Aber bitte, sollten doch die Bamberger mit ihren Zweigen machen, was sie wollten, ihn focht das alles nicht an.

Er beschriftete die Plastiktüte mit einem schwarzen Filzstift und warf sie dann zu den anderen auf den Rücksitz seines Streifenwagens. Sobald er die Mammutbaumsammlung an Franz Haderlein übergeben hatte, wollte er davon bitte schön nichts mehr wissen, dann wollte er nur noch zurück nach Bad Staffelstein zu seinen zu überwachenden Behindertenparkplätzen.

Mit einem genervten Schnaufen warf er sich auf den Fahrersitz und steckte den Schlüssel ins Zündschloss. Allein diese Bewegung führte bei Elias Webhan bereits wieder zu einem Schweißausbruch, und er verfluchte zum wiederholten Mal diese abartig schwüle Luft. Seine nicht mehr vorhandene Haarpracht ließ ihn bar jeden Schutzes gegen die Sonneneinstrahlung. So konnte er nur versuchen, einen Sonnenbrand zu verhindern und regelmäßig die Glatze zu wischen. Aber er hatte ja sowieso das Gefühl, dass sich die brüllende Hitze demnächst in einem gewaltigen Gewitter entladen würde, denn sein rechter kleiner Zeh juckte wie blöde. Und wenn der Zeh juckte, war schlechtes Wetter im Anflug, das war so sicher wie das Amen in der Kirche.

Eigentlich war der Zeh komplett taub, seit Elias Webhan als Sechzehnjähriger mit dem Vollspann einen runden, kopfgroßen Stein auf dem Sportplatz weggekickt hatte, weil er dachte, das wäre der Ball. Der Stein war nicht sehr weit geflogen, dafür aber er. Damals hatte er sich alles Mögliche in dem Fuß gebrochen, unter anderem auch diesen Zeh, der ihn seither über jede dramatische Wetterumstellung verlässlich kribbelnd informiert hatte. Was das Gewitter anbelangte, das vor der Tür stand, so wünschte sich jeder in Franken, Mensch wie Tier, mit Sicherheit nichts sehnlicher als das.

Von der beruhigenden Kenntnis der baldigen Wetterumstellung beseelt, startete der Polizist den Motor und machte sich hoffnungsfroh auf den Weg.

Teil 4

Das Heim

Die Offenbarung

Er legte die Spritzpistole zur Seite und nahm die Schutzmaske ab. Zufrieden betrachtete er sein Werk, das er als Neuling im Gewerbe der Lackierer als ziemlich gelungen erachtete. Aus dem dunkelblauen Transporter mit der Werbeaufschrift einer Reinigungsfirma war ein dunkelgrauer Transporter geworden, der unten herum noch einen zwanzig Zentimeter breiten blauen Rand aufwies. Kein Mensch würde dieses Fahrzeug mit seiner Aktion auf dem Staffelberg in Verbindung bringen, zumindest nicht farblich.

Gerade konnte er nichts weiter tun, die Farbe musste mindestens ein paar Stunden trocknen. Aber morgen würde er den Bus das erste Mal ausführen, denn dann musste er wieder auf die Arbeit. Bis dahin stöberte er vielleicht noch ein wenig im Internet und in den sozialen Medien. In seinen Kreisen wurde er regelrecht gefeiert. Natürlich schrieben sie die Tat nicht ihm persönlich zu, er hatte schließlich niemanden in seine Pläne eingeweiht. Dennoch war allen in der Szene klar, dass das auf dem Staffelberg einer der ihren vollbracht haben musste, und sie waren voll des Lobes für ihn. Er hatte sich die Sporen auch redlich verdient, er konnte stolz auf sich sein. Das Projekt der völkischen Säuberung war von ihm auf eine neue Ebene gehoben worden und hatte alles bisher Dagewesene weit übertroffen.

Seit einiger Zeit schon konnte man auf ihren Webseiten eine Liste mit Namen und beruflichen Funktionen von Gegnern der HfD finden. Dies löste bei den benannten Personen und deren Umfeld zwar erst einmal ziemliche Unsicherheit und Angst aus, aber das war ihm nicht genug gewesen, denn am Verhalten dieser Volksverräter änderte sich dadurch rein gar nichts. Trotzdem, wer sich öffentlich als Gegner der HfD oder anderer rechter Gruppierungen präsentierte, musste damit rechnen, zum Ziel von Anfeindungen zu werden. In letzter Zeit hatten sie es auch schon des Öfteren geschafft, sich unter protestierende Bauern zu mischen und die Zusammenrottungen dieses grünen Drecks zu verhindern. Das hatte ziemlich gut geklappt, die Bauern waren mit ihren Aktionen größtenteils einverstanden gewesen. Aufgrund des großen Erfolges würden sie diese Aktionen in Zukunft verschärfen und, wenn es nach ihm ginge, immer mehr menschliche Ziele auf Feindeslisten zur Vollstreckung ausschreiben.

Angriffe auf die Privatsphäre und die körperliche Unversehrtheit ihrer erklärten Feinde hatte es in der Vergangenheit durchaus schon gegeben, aber so richtig getraut, die Nummer bis zum Ende durchzuziehen, hatte sich niemand. Ziel solcher Aktionen war es, Aufmerksamkeit für ihre Sache zu erregen, Verunsicherung bei den Betroffenen zu schüren und in der Öffentlichkeit ein Thema zu setzen. Und genau das hatte er jetzt in einem Ausmaß vollbracht, wie es zuvor von niemandem gewagt worden war.

Natürlich zerriss ihn die Lügenpresse in der Luft, aber alles, was er im Netz zu seiner Person lesen konnte, war viel zu vage, viel zu ungenau, als dass er sich ernsthafte Sorgen machen musste. Er mied die Öffentlichkeit sowieso, und auch an seinem Arbeitsplatz hatte er nur Kontakt zu wenigen Menschen. Nein, sein einziger Schwachpunkt war dieses Kind, das ihn gesehen hatte, und um das würde er sich zu gegebener Zeit kümmern.

Jetzt würde er aber erst einmal zurück in seine »Küche« gehen und sich etwas zu essen machen, denn er hatte einen Bärenhunger. Mit langen Schritten durchquerte er die unbeleuchteten Gänge, denn Strom gab es hier keinen mehr, den hatten sie schon vor langer Zeit abgeschaltet. Aber Strom brauchte er auch nicht, viel wichtiger war das fließende Wasser, das witzigerweise nicht abgestellt worden war. Also konnte er sich waschen und die Toilette benutzen, wann immer er wollte. Das Schöne an diesen »Lost Places« war ja der

Umstand, dass man in jeglicher Hinsicht sein eigener Herr war. Der Komfort war ziemlich beschränkt, aber das war ihm persönlich scheißegal. Ihm reichte eine alte Matratze, ein Tisch, ein Stuhl. Dazu hatte er sein Handy, welches er ja auf der Arbeit aufladen konnte. Und mit dem er in den nächsten Stunden das Netz nach Beifallskundgebungen zu seiner Aktion durchforsten konnte.

Er belegte ein paar Brotscheiben mit Emmentaler Käse, schmiss sich kauend auf die alte Matratze und betrachtete einige Sekunden lang die alten, dreckigen Fliesen an den Wänden, dann schaltete er sein Mobiltelefon ein.

Lagerfeld kam just in dem Moment in die Dienststelle zurück, da der Kollege Webhan von der Streife aus Bad Staffelstein unten am Eingang vor dem Haus stand. Als Webhan den Kommissar erblickte, wurden seine Augen ungefähr so groß wie Golfbälle, denn ihr letztes Zusammentreffen war ein ziemlich harsches in dem schönen kleinen Städtchen Ebern gewesen. Aber bitte, das war Schnee von gestern. Trotzdem konnte ihm dieser Kommissar Schmitt aufgrund der alten Zeiten doch einen kleinen Gefallen tun.

»Ah, der Herr Kommissar Schmitt, so ein Zufall. Könnten Sie vielleicht dem Kollegen Haderlein diese Tüten da mitbringen, dann muss ich nicht extra hoch.«

Lagerfeld wusste natürlich sofort, wen er da vor sich hatte. Den größten Strafzettelfetischisten, den die Welt jemals gesehen hatte. Elias Webhan hatte sich bis weit über die Grenzen Frankens hinaus als »Profil-Webhan« einen Namen gemacht. Wahrscheinlich war selbst das zu kurz gedacht, und Webhans glanzvoller Ruf hatte bereits die Meere überquert, womöglich sogar schon die Erde verlassen, um auf fremden Planeten von seinen großen Taten zu künden. Aber Lagerfeld wollte mal nicht so sein, immerhin hatte der geschätzte Kollege ja gerade der Bamberger Kriminalpolizei zugearbeitet.

»Also gut, Webhan. Aber nur wegen der alten Zeiten.

Und nur dass des gleich amal klar ist. Du bist hier mitten im Feindesland, da gehn dich fremde Profiltiefen einen feuchten Kehricht an, vor allem wenn sie sich auf einem offiziellen Parkplatz der Polizei befinden, kabierd?«

Webhan hatte »kabierd« und machte sich ohne weiteren Kommentar auf zu seinem Auto, allerdings nicht, ohne einen sehnsüchtigen Blick auf das nur noch ahnungsweise vorhandene Profil von Lagerfelds Cabrio zu werfen. Commissario Bernd Schmitt, der allein bei Webhans Anblick bereits wieder einen dicken Hals bekommen hatte, eilte mit den eingepackten Zweigen unter dem Arm zum Büro im ersten Stock hinauf, wo er die Tüten feierlich Franz Haderlein überreichte.

»Hier, bitte, Franz, deine botanische Anfrage. Soll ich dir geben, vom Webhan«, gab er bekannt und legte die Tüten auf den Schreibtisch seines Kollegen.

Als sein Blick zur Seite schweifte, sah er Kira, die sich gerade mit Honeypenny unterhielt, welche einen geduschten und geföhnten Presssack in ihrem Arm hielt. Er wollte eben zu den beiden rübergehen, da warf ihm Kira einen bedeutungsvollen Blick zu, der mit hoher Wahrscheinlichkeit ein »Bleib wo du bist, Bernd, ich hab Marina im Griff, die muss sich ausquatschen. Ich versteh zwar kein Wort mit ihrer getackerten Oberlippe, aber ich hör einfach zu und nicke ein wenig, das reicht schon, weil sie sich dann verstanden fühlt«-Blick war. Also ging Lagerfeld wieder zu seinem älteren Kollegen zurück, um sich nach dem genauen Zweck von Webhans Auftrag zu erkundigen.

»Sag mal, Franz, was willst du denn mit diesen Zweigen? Gibt's irgendeine Feier, von der ich noch nichts weiß und die du dekorieren willst?«

Haderlein erklärte ihm die genauen Umstände der Aktion und dass er jetzt gleich wegmüsse, um Siebenstädter noch vor dessen Feierabend zu erwischen.

»Na, dann viel Erfolg«, meinte Lagerfeld und klopfte seinem älteren Kollegen aufmunternd auf den Rücken. »Ich kann dich zu meinem größten Bedauern leider nicht begleiten, denn ich hab ja nachher noch den Termin mit Fidibus und dem alten Brosst bei Wozniak zu Hause. Bin schon gespannt, wofür der ungewöhnliche Event gut sein soll. Davon einmal abgesehen, Franz, habe ich womöglich einen weiteren Augenzeugen, wenn es darum geht, unseren Staffelbergmörder zu identifizieren. Anscheinend hat er sich bereits vorher mit einem seiner Opfer angelegt, und zwar mit der getöteten Lena Glemm. Ihr Vater hat ihn zur Rede stellen wollen, da ist er aber einfach abgehauen. Das war letzte Woche Montag am Gablmo, wo die Spinner, die jeden Montag diese Demo veranstalten, immer ihre Schlusskundgebung abhalten. Auf jeden Fall hat er also irgendwas mit der Bamberger Querdenkerszene zu tun. Ich hab dem Vater von Lena Glemm unser Phantombild gezeigt, und er hat ihn erkannt. Ich glaube, wenn wir das Phantombild mit ihm zusammen noch etwas abändern, dann können wir es ruhigen Gewissens veröffentlichen, um –«

Die launige Rede wurde unversehens von César Huppendorfer unterbrochen, der mit grimmigem Gesichtsausdruck die Dienststellentür öffnete. Ohne jegliche Begrüßung, wie es eigentlich sonst nicht seine Art war, eilte er zu seinem Platz und schmiss den eleganten Sommermantel so heftig auf seinen Schreibtisch, dass sich alle Anwesenden, Ausbildungsferkel eingeschlossen, neugierig zu ihm umdrehten.

»Dieser Drecksack!«, rief er aufgebracht, was seine Kollegen noch hellhöriger werden ließ, als sie sowieso schon waren.

Was war denn in den Kollegen Huppendorfer gefahren? César war doch eigentlich immer so zurückhaltend und eloquent. Da war so ein unkontrollierter Gefühlsausbruch ja rot im Kalender anzustreichen. Auf jeden Fall versprach eine derart ungeordnete Emotionalität bei ihrem Kollegen eine ziemlich interessante Auskunft über dessen Tagesergebnisse, womit die Gemeinschaft der interessiert Wartenden gar nicht so falschlag.

»Ich hab, glaube ich, eine ziemlich heiße Spur, was unseren

Entführungsfall angeht, auch wenn ich mir nicht sicher bin, was ich davon halten soll!«, schnauzte Huppendorfer aufgebracht in die Runde, bevor er das benötigte Maß an Ruhe und Beherrschung aufbringen konnte, um zu schildern, was ihm in der Coburger Filmproduktionsfirma widerfahren war. Als er am Ende angelangt war, setzte er sich mit einem entrüsteten Schnaufen an seinen Schreibtisch und schaute wild um sich.

Haderlein teilte seine Entrüstung und winkte Kira zu sich, die sich nun endgültig von Honeypenny und dem hochgestylten Presssack lösen musste.

»Kira, du wirst dich jetzt mit César zusammentun und alles über diese Produktionsfirma in Coburg herausfinden. Außerdem schaut ihr euch noch einmal das Überwachungsvideo der Brauns an, ob die Plaudertasche am Entführungstag tatsächlich identisch mit diesem Ericsson ist. Und sollte das zutreffen, César, dann macht ihr nicht lange rum, sondern besorgt euch umgehend einen Haftbefehl für den Kerl. Wir werden schon sehen, ob wir den nicht weichkochen können.« Haderlein war jetzt ebenfalls wütend, aber auch ungeduldig, weil er schleunigst nach Erlangen musste, um Siebenstädter nicht zu verpassen. »Und du, Bernd, kümmerst dich morgen als Erstes um die Überarbeitung des Phantombilds und zeigst es dem Jungen im Josefsheim, damit wir es zügig an die Medien rausgeben können. Außerdem werden wir morgen eine längere Pressekonferenz geben müssen, damit die ganze Journaille dort draußen endlich etwas zum Verarbeiten hat, sonst treten die uns noch die Tür ein. Im Übrigen, Bernd, kannst du heute noch jemanden von der Bereitschaftspolizei zum Staffelberg schicken, Ruckdeschl hat gemeint, wir können den Berg jetzt wieder freigeben, sie sind fertig mit ihrer Arbeit dort. Nicht dass uns der Wirt noch arbeitsrechtlich verklagt. Ich muss jetzt aber endlich fort, Herrgott.« Franz Haderlein wandte sich um, schaffte aber nur einen Schritt in Richtung der Ausgangstür, ehe er von links hinten eine wohlbekannte Stimme vernahm.

»Ja nun, was ist denn hier los? Aufruhr, Unordnung und Eile?« Robert Suckfüll war aus seinem gläsernen Büro herausgetreten, einen Blick der Verwunderung im Gesicht und einen Mantel über dem Arm.

»Chef, das kann ich Ihnen alles auf dem Weg zu unserer Verabredung erklären, das dauert jetzt zu lange, weil Franz fortmuss«, erklärte Lagerfeld hektisch und deutete auf seinen älteren Kollegen. Der wedelte noch kurz mit seinen Mammutbaumtüten und eilte dann zum Ausgang, während sich César Huppendorfer und Kira Sünkel vor Césars Computer gruppierten, um sich erneut die auf der Festplatte gespeicherte Aufnahme von der Überwachungskamera der Brauns anzusehen.

Fidibus schaute fragend zu Bernd Schmitt, der aber keine Zeit mehr für längere Erklärungen hatte.

»Kommen Sie, Chef, wir fahren Cabrio, das wird Ihnen gefallen«, verkündete er mit einem lässigen Grinsen, das von Robert Suckfüll aber nicht erwidert wurde. Cabrio? Waren das nicht diese Fahrzeuge, die oben offen waren? Er persönlich hatte ja immer Bedenken, dass man in engen Kurven aus so einem Automobil herausfallen konnte. Aber bitte, er würde es schon ertragen, bis zum Bamberger Bootshaus war es ja nicht so weit, sie mussten nur einmal quer durch die Bamberger Innenstadt, und da konnte man ja eh nicht so schnell fahren.

Mit diesen optimistischen Gedanken grundausgestattet, folgte der Leiter der Bamberger Dienststelle seinem Angestellten Schmitt zu dessen luftigem Automobil.

Lagerfelds Anruf ereilte Polizeimeister Webhan ungefähr einhundert Meter vor der heimatlichen Staffelsteiner Polizeistation. Das war ja nicht zu fassen. Der vogelwilde Typ hatte soeben seinen wohlverdienten Feierabend gekillt. Nicht nur das, dieser Kommissar Schmitt hatte seinen Arbeitstag auch noch auf unbestimmte Zeit verlängert, denn jetzt musste er natürlich selbst auf den Berg hinauffahren und die Sache persönlich regeln. Das konnte aber dauern, bis die Sperren alle ordnungsgemäß beseitigt waren und das ganze Absperrband eingerollt war. Einigermaßen genervt rief er schon einmal einen Kollegen am Staffelberg an, sie sollten ihre Sachen packen und sich dort umgehend vom Acker machen, der Einsatz sei offiziell beendet. Das wurde mit großer Freude aufgenommen, denn den ganzen Tag dort oben in der schwülen Hitze herumzustehen war nun wirklich kein Vergnügen.

Auf halbem Weg nach Romansthal hinauf kam ihm bereits ein Kollege im Streifenwagen entgegen, der mehrfach mit Lichthupe grüßte. Als Webhan anhielt, um ihn zu fragen, was los sei, bekam er eine ausgesprochen kryptische Antwort.

»Bass auf, Elias. Die Sperren sin scho fast alle weg, zumindest die bolizeilichen. Bloß am Romansthaler Parkplatz is noch eine, aber für die sin mir definidiv net zuständig. Die is ab sofort dei Broblem, viel Spaß noch.« Sprach's, ließ das Fenster wieder hoch und fuhr mit einem undefinierbaren Ausdruck im Gesicht davon.

Elias Webhan hatte langsam genug. Was sollte diese seltsame Botschaft? Die Schwüle war allmählich unerträglich, und über ihm schien sich in der aufgeheizten Atmosphäre das erwartete Gewitter zusammenzubrauen. Eine leicht schwefelgelbe Aura lag in der Luft, und der Himmel über dem Berg der Franken verdunkelte sich immer mehr. Alles in allem also beste Voraussetzungen für einen unentspannten Feierabend. Mit einem unguten Bauchgefühl fuhr er weiter den Berg hinauf und harrte der Dinge, die da kommen sollten.

Als Webhan schließlich das fränkische Bergdorf Romansthal durchquert und den Wandererparkplatz erreicht hatte, traute er seinen Augen nicht. Jetzt endlich verstand er, was sein Kollege ihm hatte sagen wollen. Die Polizei war zwar komplett abgezogen, die Zufahrt zum Staffelberg aber dennoch nicht frei. Statt der Einsatzwägen der Staffelsteiner Ordnungshüter waren dort nun landwirtschaftliche Gerätschaften positioniert. Am Fußweg, der vom Parkplatz recht steil zum Plateau hinaufführte, stand ein quer gestelltes Güllefass. Daneben, mitten auf dem offiziellen Weg für die motorisierten Fahrzeuge, war ebenfalls kein Durchkommen, dort parkte ein Traktor, der vorne an der Front einen riesigen Heuballen auf seinem Träger deponiert hatte. Auf das Güllefass war mit einer Spraydose der Satz »Bauerntod bringt Menschennot« aufgesprüht worden, während am Schlepper ein riesiges selbst gebasteltes Plakat hing: »Der Bauer macht den ersten Zug, dann fällt der König.« Vor diesem Pamphlet stand ein dem Polizisten leidlich bekannter radikaler Vertreter seiner Zunft, nämlich Rupprecht Leitner aus Weisbrem.

Webhans Geduld war sowieso schon am absoluten Nullpunkt angelangt, da hatte er diesen landökonomischen Radikalinski gerade noch gebraucht. Er stieg aus seinem Streifenwagen und schritt energisch auf Leitner zu. Seine Glatze war schweißnass, ob von der inneren Hitze oder der drohenden Gewitterstimmung, konnte keiner seriös sagen, aber die wetterbedingte Feuchtigkeitsabscheidung drohte eine baldige menschengemachte Verstärkung zu erfahren. Dennoch versuchte Webhan es, trotz besseren Wissens, zunächst mit dem Mittel der Vernunft.

»Du horch amal, Rupprecht. Wenn du dein Schlepper und dei Jauchefass net ganz schnell zurück nach Weisbrem beförderst, dann griechen mir zwaa fei gleich an richtichen Ärcher. Und mit richtich Ärcher mein ich aach richtichen Ärcher.« Webhans erzürnter Zeigefinger schwebte nur wenige Zentimeter vor Leitners Nase, bereit, jederzeit als Dienstwaffe eingesetzt zu werden.

Rupprecht Leitner erkannte die Brandgefährlichkeit der Situation jedoch nicht. Das lag zum Teil an der wirklich unerträglichen Schwüle, die jeglichen Denkvorgang verlangsamte, zum weit größeren Teil aber an der begrenzten Rechenleistung von Leitners Gehirn. Der Landwirt war zwar chronisch renitent und auf quasi jeder Bauerndemo zwischen

Franken und Berlin zu finden, aber in seinem Oberstübchen brannte nicht immer Licht. Und wenn doch, dann rußte die kleine Kerze ziemlich stark, was man an seiner der angespannten Lage nicht wirklich angepassten Antwort erkannte.

»Du machst gar nix, Webhan. Des is eine angemeldete Demonstration hier, damit mir Bauern unnera Rechte durchsetzen könna. Ohne Bauern gibt's nämlich keine Zukunft, Webhan. Wer's Land verkauft und Bauern fängt, is wert, dass er am Galgen hängt, kabiert! Ohne uns Bauern, Webhan, da wärst du hungrig, naggerdt und ganz sicher nimmer nüchtern!« Den letzten Satz seiner Parole hatte Leitner laut gebrüllt, damit auch jeder in Romansthal an seinem bäuerlichen Anliegen teilhaben konnte.

Polizeimeister Webhan war aber weder nackt noch hungrig, sondern von dieser singulären Bauerndemo so was von angepisst und mit den Nerven sowieso schon seit Längerem am Ende. Er packte den kleinen, dicken Lautsprecher der bayerischen Landökonomie und stieß Leitner mit dessen beleibter Front ziemlich unsanft gegen das selbst gebastelte Plakat.

»Schluss jetzt, mir langt's. Du bist verhaftet, Rupprecht, und zwar wegen Erregung öffentlichen Ärgernisses und Widerstand gegen die Staatsgewalt. Du hast das Recht zu schweigen, ansonsten kann alles vor Gericht gegen dich verwendet werden. Du hast außerdem das Recht, zu jeder Vernehmung einen Verteidiger hinzuzuziehen.« Dann klickten die Handschellen. Elias Webhan führte den wild protestierenden Leitner zum Streifenwagen und verstaute ihn mit auf dem Rücken gefesselten Händen auf dem Rücksitz, was dem Landwirt überhaupt nicht passte. Dann setzte er sich hinter das Steuer und startete den Motor, während Rupprecht Leitner fleißig weiter von hinten seine Parolen skandierte.

»Ohne Zukunft keine Bauern! Mir Bauern haben den Verstand, erst sterben die Eier, dann das Land! Alle Ampeln müssen weg! Es sind die rechten Rüben, die uns nicht betrügen! Bei dieser Politik sehen wir irgendwann alle Blau!«

Webhan konnte es nicht mehr hören. Um die kleinbäuerliche Nervensäge zum Schweigen zu bringen, gab es nur noch ein einziges Mittel, wenn auch ein radikales. Er schaltete in den ersten Gang und gab Vollgas. Als er das Güllefass jetzt auf einem Weg umrundete, wo eigentlich gar keiner war, begann der Streifenwagen, entsprechend der buckligen Fahrunterlage auf den Wurzeln und Steinen so heftig auf und ab zu hüpfen, dass sich zuerst das Bodenblech mit mehrmaligem lautem Kreischen, dann sein Fahrgast auf der Rückbank mit dem plötzlichen Gejammer meldete, er habe sich den Kopf am Dach des Autos angeschlagen. Aber der zu allem entschlossene Webhan kannte keine Gnade und auch keine Geschwindigkeitsbegrenzung. Er donnerte wie in einer Verfolgungsjagd à la Blues Brothers den Staffelberg hinauf, bis er direkt vor der Klause zum Stehen kam. Er stieg aus dem Wagen mit dem verbeulten Insassen, der weiter lautstark vor sich hin zeterte, und klopfte energisch an die Tür.

Erst nach mehrmaligem Klopfen konnte er hören, wie sich ein Schlüssel umdrehte, und in der sich öffnenden Tür erschien das missmutige Gesicht des langjährigen Hüttenwirtes. Webhan schlug eine mittelprächtige Bierfahne entgegen, was darauf hindeutete, dass sich der Pächter der Klause mit seinen flüssigen Lagerbeständen über die Staffelbergsperrung hinweggetröstet hatte. Der Mann hatte offensichtlich die Lampe an, sprich, der Alkoholpegel schien der abendlichen Schwüle angemessen.

»Ich wollt bloß Bescheid geben, dass die Sperrung aufgehoben is, der Berg is ab sofort wieder frei«, gab Webhan feierlich bekannt, was dem Hüttenwirt ein erleichtertes Grinsen ins Gesicht trieb.

»Mensch, Elias, des is doch amal a gude Nachricht. Komm rei, ich geb dich aans aus. Hol ruhich dein Kollech, der gricht a was«, flötete der Wirt konziliant, worauf Elias Webhan aber nicht einging.

Er folgte dem Mann in die Gaststube, wo es etliche Grad

kühler war als draußen in der Sonne und der schwülen Luft. Kurze Zeit später saßen die beiden Männer in trauter Zweisamkeit vor ihrem Bier, um die Dinge der Welt zu erörtern. Hauptthema waren natürlich die schrecklichen Mordfälle hier auf dem Staffelberg, zu deren noch ausstehender Aufklärung Elias Webhan aber nichts beitragen konnte beziehungsweise durfte. Nach ungefähr dreißig Minuten war auf einmal ein fernes Grollen im Maintal zu hören, und der Himmel draußen verfinsterte sich zusehends. Das war der Moment, in dem Elias Webhan schlagartig einfiel, dass Leitner ja noch draußen im Streifenwagen saß. Der Buße war jetzt eigentlich genug getan, und es war an der Zeit, den Mann hereinzuholen und ihm seine fatale Lage noch einmal zu erläutern. Irgendwann musste doch selbst ein Ignorant wie er einsehen, dass man seinen Schlepper nicht andauernd hinstellen konnte, wo man wollte. Er entschuldigte sich kurz, ging nach draußen zum Streifenwagen und öffnete die Tür zu den hinteren Sitzen.

Aus dem Fond schlug Webhan ein Schwall unangenehmster feuchtwarmer Gerüche entgegen. Von einem aufmüpfigen Bauernhäuptling war nichts mehr zu sehen, stattdessen saß auf der Rückbank ein stilles, schweißüberströmtes Häufchen Elend, das einer runzligen Kartoffel glich, die zu lange in der Mülltonne gelegen hatte. Die Sonne war verschwunden, stattdessen waren dunkle Wolken allüberall, und das ferne Grollen schien allmählich näher zu kommen. Webhan griff sich die müffelnde Faltenkartoffel und stieß den leise stöhnenden Leitner in Richtung der Klause, wo er ihn unter den erstaunten Blicken des Klausenwirtes am Tisch platzierte. Ein leises »Durscht« war zu hören, was Webhan aber geflissentlich ignorierte. Nach einer kurzen Erklärung bezüglich der Identität des Gefesselten verdunkelte sich auch das Gesicht des Gastgebers.

»So, der is des. Wechen dem Orschloch komm ich seit zwaa Tach nimmer ham nach Romansthal. Stellt sich mit seim Schlepper einfach quer, der Dreggsagg!«, fluchte der

Wirt grimmig und wünschte Leitner innerlich alle Dämonen der sieben Höllen an den Hals. Aber eine Sache verstand er trotzdem nicht. »Du, horch amal, Elias. Widerstand gechen die Staatsgewalt, des is doch nix Schlimmes, da rendiert sich a Verhaftung doch gar ned. Waaßt was, der bräuchert a richtig schlimmes Vergehen, damit der amal a längere Zeit im Bau is. In seim Gnast kanner dann demonstrieren und Schilder schreiben, so viel er will. Also, mei Guder, hast du kaa Idee, wie mer den amal länger wegsperren könnt?«

»Durscht«, konnte man den schweißnassen, dehydrierten Leitner nun wieder leise flehen hören, den gierigen Blick sehnsüchtig auf Webhans Bierkrug gerichtet. Der wälzte zwischenzeitlich die Argumente seines Gastgebers hin und her, denn an dessen Argumentation war tatsächlich etwas dran. Es bräuchte eine schwere Straftat, am besten noch in flagranti ertappt, dann wäre dieser Bauernpräsident für Arme erst einmal weg vom Fenster. Und tatsächlich, er hatte eine spontane Idee.

Als Erstes löste er die Handschellen seines Delinquenten, der mit den befreiten Händen sofort nach Webhans Bier griff. Der Polizist ließ ihn gewähren, woraufhin der ausgedörrte Bauer das halbe Seidla in Rekordzeit in sich hineinschüttete. Unterdessen bedeutete Webhan dem Wirt, er solle doch gleich noch eins bringen, was der auch gerne tat. Nicht nur ein Seidla, Leitner bekam jetzt eine ganze Maß St. Georgen Bräu spendiert. Auch die trank der Bauer schneller aus, als er mit seinem Güllefass die heimatliche Jauchegrube leer gepumpt hätte. Dann stellte Rupprecht Leitner den Maßkrug mit einem lauten, ausdauernden Rülpser auf den Tisch zurück und schien ein paar Sekunden lang in sich hineinzuhorchen. Er musste dort in den hohlen Räumlichkeiten auch tatsächlich etwas gehört haben, denn Leitner tat seinen nächsten Wunsch kund.

»Ich muss brunsen«, entfuhr es ihm, war das plötzliche Bierangebot doch in ihn gefahren wie Wasser in einen trockenen Schwamm. Elias Webhan lächelte geheimnisvoll, als er auf die Tür des Gastraumes deutete.

»Zum Glo geht's die Dreppe nunner, aber mir helfen dir.« Mit diesen Worten packten Polizist und Wirt den wankenden Leitner rechts und links am Arm und beförderten ihn, so schnell es ging, einen Stock tiefer, wo sich die Keramikabteilung mit den Toiletten befand. Sie schlossen die Tür und warteten genüsslich ab.

Die Entleerung der bäuerlichen Blase zog sich etwas hin, sodass erst nach längerer Zeit das ersehnte Geräusch zu hören war.

»Hörst du des, Gottfried?«, fragte Webhan den Wirt der Klause grinsend.

»Laut und deutlich«, gab dieser mit einem spitzbübischen Lächeln zurück.

Dann war es endlich so weit. Die Tür der Verrichtungsanstalt wurde geöffnet, und Rupprecht Leitner kam sichtlich erleichtert mit erhobenem Zeigefinger heraus.

»Wenn der Bauer uriniert, wird das Essen importiert, oder so ähnlich!«, schwadronierte er, es schien ihm tatsächlich wieder besser zu gehen. Das war Elias Webhan aber völlig egal, er packte die Arme des Bauern und ließ die Handschellen ein weiteres Mal klicken.

»Du bist verhaftet, Rupprecht. Zum Widerstand gegen die Staatsgewalt kommt jetzt noch der Straftatbestand des Verstoßes gegen die Wassernotstandsverordnung in Franken hinzu. Und zwar Betätigen der Klospülung in einem besonders schweren Fall. Du hast das Recht zu schweigen, ansonsten kann jeder Schwachsinn, den du so daherbabbelst, vor Gericht gegen dich verwendet werden. Du hast das Recht, zu jeder Vernehmung einen Verteidiger hinzuzuziehen, aber ich vermut mal, Rupprecht, es wird sich kaaner finden, der des macht. Butter, Brot und Bier fehlen bald auch dir, du geistiger Tieffliecher, weil du nämlich jetzt erscht amal im Knast hockst, du größter aller Kartoffelbauern aus Weisbrem.« Mit diesen Worten führte er den völlig verdatterten Delinquenten zum Streifenwagen ab. Über ihnen war es inzwischen dunkel und schwarz geworden, und erste dicke Regentropfen fanden ihren Weg auf den ausgedörrten Boden des Gipfelplateaus. Zeit für eine zügige Beendigung dieses Arbeitstages, dachte der Staffelsteiner Polizeibeamte und startete seinen Dienstwagen.

Er blickte auf die Zeile und konnte es nicht glauben. Aber da stand es, schwarz auf weiß in der Online-Ausgabe einer Zeitung. Es gab einen Zeugen, der den Staffelbergmörder identifizieren konnte. Einen kleinen Jungen aus dem Josefsheim in Bamberg. Kein Name, keine Beschreibung, nur das Interview mit einer gewissen Gräfin von Orlamünde aus Watzendorf. Eine tiefe Befriedigung breitete sich in ihm aus. Zwar war in Watzendorf einiges schiefgelaufen, aber jetzt half ihm ausgerechnet diese Frau aus dem Kaff am Ende der Welt, den kleinen Bastard wiederzufinden. Natürlich gab es im Josefsheim bestimmt Hunderte von Kindern, da musste ihm eben was einfallen, wie er den Kleinen irgendwie aussortierte. Zumindest wusste er jetzt, wo er suchen musste. Und er sollte besser schnell handeln, bevor es der Polizei einfiel, den Zeugen woandershin zu verlegen. Natürlich konnte das schon passiert sein, ein Grund mehr, sich so schnell wie möglich zu vergewissern, dass der Junge auch wirklich noch in diesem Heim war. Und sollte das der Fall sein, würde er sich heute Nacht einen Plan zurechtlegen, wie er ihn beseitigen konnte.

Das Auto würde er stehen lassen, der Lack musste schließlich noch trocknen, und zum Josefsheim konnte er ja hinauflaufen. Natürlich wusste er, dass er in das Heim nicht einfach so hineingehen konnte, er würde jedem sofort auffallen. Erst recht konnte er dort nicht mit einer Waffe herumlaufen, das wäre viel zu auffällig. Nein, er musste erst einmal abchecken, ob und wo genau der kleine Bastard dort untergebracht war.

Er machte sich keine Sorgen, dass er im Josefsheim nicht an ihn herankommen könnte. Denn irgendwann musste der Kleine das Heim ja mal verlassen. Zu einer Schule, ins Schwimmbad oder zu einem Sportunterricht. Etwas würde sich schon ergeben.

Vorsichtig betastete er die Wunde an seinem Kopf, die immer noch ordentlich schmerzte. Aber mit der Baseballkappe war sie Gott sei Dank nicht zu sehen. Also setzte er die Schirmmütze auf, packte eine Flasche Wasser und einen Feldstecher in seinen Rucksack und machte sich auf den Weg in Richtung Domberg. Denn hinter dem Dom und der alten Hofhaltung lag das Josefsheim, das Ziel seines kleinen Ausfluges.

Als er vor die Tür trat, hörte er ein fernes Donnern und Grollen über den Dächern der Stadt. Die Wolken hatten sich zu einem grauen Brei zusammengezogen. Es konnte nicht mehr lange dauern, bis die Hitze der vergangenen Wochen in einem richtig üblen Gewitter explodieren würde.

Also gut, dann eine spontane Planänderung. Im triefenden Regen hatte es keinen Sinn, draußen vor einem Kinderheim herumzustreifen, da würde er keine Kinder antreffen. Also verschob er seine Aktion auf morgen Vormittag, dann sollte aber endlich alles klappen.

Franz Haderlein hatte es gerade noch geschafft, in der Rechtsmedizin in Erlangen brannte Licht. Er schnappte sich seine Plastiktüten und eilte mit den gesammelten Zweigen durch die dunklen, kahlen Gänge, bis er vor Siebenstädters Allerheiligstem stand, dem Sezierraum. Er atmete tief durch, klopfte kurz, drückte die Klinke der schweren Metalltür nach unten und trat ein. Bei einem Besuch in der Erlanger Rechtsmedizin war es immer ratsam, mit dem Schlimmsten zu rechnen und sich innerlich auf alles vorzubereiten, denn im Grunde war eine Begegnung mit dem Professor ein permanentes Worst-Case-Szenario. Mit dieser Einstellung gerüstet, betrat man dessen Räumlichkeiten und wurde dann meistens trotzdem noch unliebsam überrascht.

Das Erste, was dem Bamberger Kommissar auffiel, war eine Stimme, die lautstark irgendwelche Anweisungen oder Belehrungen von sich gab. Das war befremdlich, denn in der Regel war in diesem Raum entweder klassische Musik oder schlicht gar nichts zu vernehmen. Von Siebenstädter war außerdem nichts zu sehen, erst als Haderlein einmal um die Ecke ging, konnte er den Professor auf einem Stuhl sitzend entdecken. Er starrte regungslos auf ein Schachbrett, das er auf einem kleinen Tisch aufgebaut hatte, der eigentlich für die Ablage von elektrischen Schnittwerkzeugen der Pathologie gedacht war. Im Angesicht dieses Stilllebens entschlüsselte der Kommissar endlich auch die »Anweisungen«, die von einem Kassettenrekorder stammten, der auf einer weiteren Ablage an der Wand vor sich hin schepperte. Es waren Schachzüge, mutmaßlich von berühmten Großmeistern, die man der Übung halber akustisch nachspielen konnte. Modernere Techniken als dieses Abspielgerät aus den Neunzigern des letzten Jahrhunderts hatten bei Siebenstädter anscheinend noch nicht Einzug gehalten. Haderlein hatte keine Ahnung, was das alles sollte, aber er würde ganz sicher nicht auf das Ende dieser Schachpartie warten, dazu war ihm seine Zeit wirklich zu schade. Also schaltete er kurzerhand den Kassettenrekorder aus und räusperte sich.

»Ähem. Entschuldigen Sie die Störung, Herr Professor, aber ich bin in einer eiligen Angelegenheit hier. Wir haben bei einer Ermittlung ein Problem, das nur Sie mit Ihren überlegenen Fähigkeiten lösen können«, erklärte er in vorauseilender Demut, um Siebenstädter von vorneherein den Wind aus den Segeln zu nehmen. Aber der Professor hatte gar nicht die Absicht zu segeln, er wollte entern und Schiffe versenken. Siebenstädter sprang auf und blitzte den Kommissar aus zusammengekniffenen Augen an.

»Schau an, der billige Abgesandte der Staatsmacht schleicht

sich heimlich hier herein. Um mich bei meinen Lektionen zu stören, einfach dumm daherzureden oder gar um halbintellektuelle Attentate zu verüben?« Dann hob er beide Arme und begann, feierlich zu rezitieren.

»Zu Dionys, dem Tyrannen, schlich
Damon, den Dolch im Gewande,
ihn schlugen die Häscher in Bande.
›Was wolltest du mit dem Dolche, sprich!‹,
entgegnet ihm finster der Wüterich.
›Die Stadt vom Tyrannen befreien!‹
›Das sollst du am Kreuze bereuen.‹«

Wie ein Racheengel aus der Unterwelt stand der Professor da, bereit für den nächsten Akt seiner dramatischen Aufführung. Aber Haderlein war nicht gewillt, reimende Vorträge der deutschen Klassik über sich ergehen zu lassen. Da hätte er nicht nach Erlangen fahren müssen, das bekam er schon in unregelmäßigen Abständen von Fidibus geboten.

»Entschuldigen Sie, Herr Professor, aber das mit dem Kreuz und dem Bereuen, das haben wir schon hinter uns, deswegen liegen ja die vier Ermordeten bei Ihnen. Also bitte, meine Zeit ist knapp. Haben Sie schon etwas Sachdienliches zu den Opfern vom Staffelberg zu sagen?«

Der Leiter der Erlanger Rechtsmedizin schaute ihn lange an, bevor er so etwas Ähnliches wie eine Antwort absonderte.

»Wissen Sie was, Haderlein, Sie können von Glück reden, dass Sie so eine raffinierte neue Mitarbeiterin haben. Ich bin diesem Weibsbild leider ausgeliefert, weil ich einer mir noch unbekannten Trickserei erlegen bin. Sie hat mich in der Hand, und Sie, Haderlein, haben das Glück des Einfältigen, dass ich Sie jetzt nicht des Raumes verweise. Sie wissen schon, dass Sie sich hier außerhalb ordnungsgemäßer Arbeitszeiten eingefunden haben und dann auch noch polizeiliche Ansprüche stellen, die Ihnen arbeitsrechtlich gar nicht zustehen, nicht wahr, das wissen Sie schon?«

Haderlein schluckte seinen aufkeimenden Ärger hinunter und versuchte es noch ein letztes Mal mit Demut, bevor er dann wirklich abdampfte und die ganze Sache über einen Anwalt regelte, so wahr ihm der Herrgott helfe. »Ja, das weiß ich, Herr Professor, aber Sie würden Kira wirklich sehr helfen, wenn Sie unser Gespräch ausnahmsweise auf ein fachliches Niveau herunterregeln könnten.«

Bei der Erwähnung von Kiras Namen zuckte Siebenstädter zusammen, bevor er auf Haderlein zukam und ihm von Angesicht zu Angesicht tief in die Augen blickte. »Tun Sie mir einen Gefallen, Haderlein, Sie Ermittler von fremden Gnaden. Benutzen Sie in meiner Anwesenheit bitte niemals wieder den Terminus ›Niveau‹. Aus Ihrem Munde klingt das wie eine allgemein bekannte Hautcreme in blauer Schachtel. Dieser Begriff passt nicht zu Ihnen, nicht zur Bamberger Polizei, ist sozusagen die verkörperte Unaussprechlichkeit an sich. Niveau ist ein Ausdruck des Edlen, Höhergestellten, verstehen Sie, Haderlein? Nein, natürlich tun Sie das nicht.« Der Leiter der Erlanger Rechtsmedizin fasste sich in einer dramatischen Geste mit der rechten Hand an die Schläfe, als wollte er den dramatischen Abgang aus einer Shakespeare-Aufführung vorbereiten. Aber dann drehte er sich einfach um, ging drei Schritte zur Seite und deutete auf die vier Leichen, die sauber aufgereiht auf ihren Edelstahltischen ruhten. Zu Haderleins Erstaunen faltete er die Hände und erhob feierlich seine Stimme.

»O Gott, von dem wir alles haben,
wir preisen dich für deine Gaben.
Du speisest uns, weil du uns liebst;
so segne auch, was du uns gibst.«

Siebenstädter bedachte den Kommissar mit einem scharfen Blick, der wohl so viel heißen sollte wie: Ein falsches Wort, und ich schmeiß dich raus, Haderlein. Aber Franz Haderlein war einfach viel zu verdattert, als dass er auch nur einen einzigen Ton herausgebracht hätte, also legte der Professor los.

»Die vier Abgelebten hier haben etliche Gemeinsamkeiten aufzuweisen, Haderlein. Passen Sie jetzt gut auf, Sie Kriminalist, ich werde alles nur ein Mal sagen, schließlich befinden wir uns alle beide arbeitstechnisch im Feierabend, der freiwilligen Zugabe meiner hochfachlichen Arbeitsleistung.«

Haderlein nickte nur, das musste reichen.

»Allen vier Opfern wurde mit einer äußerst scharfen Klinge die Kehle durchtrennt. Und das auf eine so fachmännische, immer exakt gleiche Art und Weise, dass man fast an eine Maschine denken könnte, aber nur fast. Ich würde sagen, wir haben es hier mit einem geübten Pedanten zu tun, der seine Arbeit so genau macht, wie es nur geht. Berufsethos sozusagen. Der Mörder ist interessanterweise Linkshänder und hat jedes einzelne Opfer bis zum letzten Tropfen ausbluten lassen. Verzeihen Sie den Vergleich, Haderlein, genauso wie ein Schwein im Schlachthof. Die Zahl 28 auf den Körpern wurde mit menschlichem Blut, wahrscheinlich dem der Opfer, geschrieben, aber das werden Sie sich ja schon gedacht haben, vorausgesetzt, dass ich die Fähigkeit des selbstständigen Denkens bei Ihnen vermuten darf. Jetzt noch ein paar interessante Details.«

Siebenstädter machte eine bedeutungsvolle Pause, dann nahm er einen DIN-A4-großen Zettel aus einer der Ablagen an der Wand und zeigte ihn Haderlein. »Hier, das sind die Ergebnisse eines Spektrometers. Es gab ein paar Substanzen auf einer der Leichen, die ich dort nicht vermutet hätte. Da wäre zum einen ein hochwirksames Biozid auf Chlorbasis, wie es nur an Plätzen verwendet wird, an denen wirklich alle Keime, gute wie schlechte, abgetötet werden sollen. Eingesetzt werden solche Desinfektionsmittel beispielsweise bei der Seuchenbekämpfung und in der Lebensmittelindustrie. Des Weiteren gab es an einem der Körper Spuren von Octan und Decansäure. In geringen Dosen werden diese Substanzen in der Kosmetikindustrie eingesetzt, in hoher Konzentration dagegen zur Desinfektion von Maschinen und Fahrzeugen, die beispielsweise verderbliche Lebensmittel transportieren. Abschließend bliebe also zu sagen, Todesursache war ein absoluter Blutverlust durch professionellen Kehlschnitt, und zwar an einem Ort, der mutmaßlich vorher gründlich desinfiziert worden ist. Ende der Durchsage. Auch wenn Sie von der Polizei sind, Haderlein, war das jetzt nicht so kompliziert, als dass Sie sich meine kurzen, aber exakten Ausführungen nicht merken könnten. So, war's das, kann ich jetzt wieder zu meinen königlichen Aufgaben zurück?«

Siebenstädter legte den Zettel weg und sah Haderlein triumphierend an. Der hatte alles säuberlich notiert, sagte aber nichts zu den Ergebnissen, die der Professor eruiert hatte. Er verzichtete auch darauf nachzufragen, was es mit den gefundenen chemischen Stoffen außer den paar Andeutungen genau auf sich hatte, das konnte César in einer Online-Recherche erledigen. Er enthielt sich jeglichen Kommentars und hob stattdessen nur die Tüten mit den darin befindlichen Zweigen in die Höhe. Siebenstädters Blick klebte regelrecht an den durchsichtigen Plastiktüten, so als wollte er aus der Entfernung ergründen, wozu er ihm abgeschnittenes Gesträuch mitgebracht hatte. Haderlein ließ den Professor ein paar Sekunden lang zappeln, quasi ein stilles Duell auf Augenhöhe. Dann erklärte er dem Leiter der Erlanger Rechtsmedizin, was er von ihm wollte.

»Es ist so, Herr Siebenstädter. Sie haben doch dieses halb private Labor im Haus, in dem Sie DNA bestimmen können. Nun haben wir dieses Labor noch nicht wirklich oft in Anspruch genommen, da Sie ja Wert darauf legen zu betonen, dass Sie es eigentlich als private Einrichtung betrachten, die auch weitestgehend von Ihnen privat finanziert wird. Es gibt jedoch ein Problem von hoher Dringlichkeit, einen absoluten Notfall sozusagen, bei dem Sie uns mit Ihrem Labor einen großen Dienst erweisen könnten.«

Haderlein hatte während der ganzen Zeit die Tüten in die Höhe gehalten, damit sich der Professor sowohl optisch als auch inhaltlich mit der zu bewältigenden Aufgabe auseinandersetzen konnte. Allerdings hatte Siebenstädter trotz Haderleins vorbereitenden Worten, die quasi den Teppich für den Kern seines Anliegens ausgerollt hatten, immer noch nicht herausgefunden, was dieser Bamberger Polizist eigentlich von ihm wollte. Ihm schwante zwar, dass er womöglich gemeint haben könnte, er solle die DNA von abgeschnittenen Zweigen bestimmen, aber das konnte beziehungsweise wollte er nicht in Betracht ziehen. Das wäre Blasphemie seiner Berufsausbildung gegenüber und eine derart unvorstellbare Vorstellung, dass er sich innerlich weigerte, auch nur dran zu denken. Da Siebenstädter in diesem Zustand innerlicher Paralyse zu einer gewissen körperlichen wie geistigen Ortsfestigkeit neigte und daher nicht in der Lage war, sich vor- oder zurück- oder gar in irgendeine andere Richtung zu bewegen, machte Haderlein einfach weiter im Text. Schweigen bedeutete Zustimmung, zumindest vor Gericht. Außerdem war der enorme und höchst seltene Glücksfall eingetreten, dass der Professor schwieg und keine Anstalten machte, ihn mit den üblichen herabwürdigenden Phrasen zu unterbrechen. Und das musste man ausnutzen.

»Um es kurz zu machen, Herr Professor, ich habe hier die Zweige von diversen Mammutbäumen aus ganz Franken und zusätzlich eine kleine Probe, ein Beweisstück, ebenfalls von einem Mammutbaum stammend, mit der diese Zweige genetisch verglichen werden sollen. Es wäre für uns wirklich von allergrößter Wichtigkeit, Herr Professor, dass Sie herausfinden, ob dieses kleine Beweisstück genetisch zu einem der eingesammelten Zweige passt, sprich, von einem dieser Bäume stammt. Und bevor Sie mich fragen, ob das Ganze eilig ist – nun, wir bräuchten die Ergebnisse eigentlich schon gestern, Herr Professor.« Inzwischen hatte Franz Haderlein die Tüten auf einer der zugenähten Leichen abgelegt, nur das kleine Tütchen mit der Probe vom Staffelberg hielt er noch in die Höhe, damit Siebenstädter sie besser sehen konnte. Doch der hatte genau damit so seine Probleme. Sein Blick versuchte zwar, sich an dem Beweismittelbehältnis irgendwie festzuklammern, doch seine innere Verfassung war durch Haderleins blasphemische Bitte stark in Mitleidenschaft gezogen worden. So mangelte es ihm an einer gewissen Konzentrationsfähigkeit, und sein Blick rutschte trotz intensiver Bemühung immer wieder an den glatten Rändern des winzigen Tütchens ab, unfähig, sich mit dem Inhalt zu befassen, und stürzte schließlich im freien Fall in die Tiefe, wo er auf einer nackten Bodenfliese zerschmettert liegen blieb. Mit gesenktem Kopf versuchte die emotional aus dem Tritt geratene Koryphäe der fränkischen Rechtsmedizin, den vorgebrachten Wunsch noch einmal fürs eigene Protokoll zusammenzufassen.

»Sie, äh, möchten, äh, Sie wollen, also Sie verlangen tatsächlich von mir, Haderlein, dass ich meine wertvollen Geräte dazu benutze, die DNA von diesem Gebüsch dort in Ihren Tütchen zu bestimmen?« Endlich war Siebenstädter innerlich wieder einigermaßen gefestigt, konnte seinen Blick heben und etwas komplexere Satzgebilde artikulieren. »Sie … Sie stellen es mir ernsthaft anheim, mich als eine Art Gärtner zu betätigen, als ein Mitglied der Zunft der Bodenpfleger und Beetgestalter? Aber sicher, warum denn nicht? Vielleicht kann ich ja auch gleich noch den Rasen in Ihrem Vorgarten begrünen, Haderlein, oder mich um die Topfpflanzen in Ihrer bemitleidenswerten Polizeistation kümmern. Sagen Sie mal, sind Sie noch zu retten? Ich habe doch nicht die vielen Jahre des Studiums und der professionellen Weiterbildung betrieben, um dann wie ein Erstklässler zu enden, der getrocknete Blätter in sein Biologiebuch legt. Das ist doch wirklich nicht Ihr Ernst, Haderlein. Geben Sie mir einen Grund, nur einen einzigen, warum ich mich ausgerechnet für die Bamberger Polizei so derart erniedrigen sollte?« Siebenstädters Kommunikationsfähigkeit war noch nicht vollends auf der Höhe, aber für ein Mindestmaß an Renitenz reichte es bereits wieder.

Aber Haderlein kannte ja seinen Pappenheimer und hatte argumentativ vorgesorgt. »Ganz einfach, Herr Professor, weil diese Bitte von höchster Stelle kommt. Und jene höchste Stelle hat mir gesagt, dass dies ein Angebot ist, das Sie nicht ablehnen können«, gab er bekannt und legte nun auch das kleine Tütchen auf der als Tisch fremdgenutzten Leiche ab.

Der Professor schnappte kurz nach Luft, dann folgte die unweigerlich zu erwartende Frage. »Wer? Wer sollte denn diese höchste Stelle sein, die sich einbildet, es gebe Tätigkeiten, die ein Mensch mit meinen Qualifikationen nicht ablehnen kann?«

Haderlein genoss diesen Moment sichtlich. »Es handelt sich hierbei um meinen Chef, Robert Suckfüll. Sie wissen schon, der große Mann mit der Philosophie des sanften Weges. Es wäre ihm ein außerordentlich wichtiges Anliegen, ansonsten könnte er aber auch gerne selbst vorbeikommen, um die Sache mit den Zweigen persönlich vorzutragen.«

Wieder zuckte Professor Thomas Siebenstädter zusammen. Daher wehte also der Wind. Von wegen, sanfter Weg. Das bedeutete natürlich nichts anderes, als dass dieser polizeiliche Judoka Suckfüll drohte, ihm wieder mit seiner gewaltsamen Sportausbildung auf den Leib zu rücken. Eine ungünstige Aussicht, die sich erkennbar dämpfend auf das Erregungsniveau des sonst so renitenten Rechtsmediziners auswirkte, der erneut ein paar Sekunden brauchte, um sich zu sammeln. Haderlein sagte erst einmal nichts, sondern ließ die Suckfüll'sche Medizin wirken. Schließlich hatte der Professor eine Entscheidung getroffen, die er mit versteinerter Miene kundtat.

»Also gut, ich beuge mich der Gewalt, ich willige ein. Ich werde diesen Weg gehen. Aber nicht einfach so, ich fordere von der Bamberger Polizei eine Gegenleistung, es gibt eine Bedingung.«

Haderlein hob eine Augenbraue. »Eine Bedingung, was für eine Bedingung?«

»Ich verlange eine Revanche, ein Rematch.«

Franz Haderlein stand da und betrachtete den Professor, als hätte der sich gerade in einen kleinen lila Affen verwandelt, denn er hatte keine Ahnung, wovon er sprach. Aber Siebenstädter half ihm sehr gerne auf die Sprünge.

»Fragen Sie doch Ihre neue Kollegin, Haderlein, sie wird es verstehen. Entweder eine Revanche, oder Sie können sich mit Ihren Büschen in die Gartenabteilung vom Obi verabschieden, die helfen Ihnen bestimmt.«

Haderlein kapierte immer noch nichts, aber er holte sofort sein Handy heraus, um Kira anzurufen. Was der Professor auch von ihr wollte, in diesen sauren Apfel würde sie wohl beißen müssen.

Lagerfeld stand auf einem Parkplatz am Bamberger Bootshaus und zog seinen Zündschlüssel aus dem Schloss. Als er sich zu seinem Chef umdrehte, erfassten seine Augen ein eher unerwartetes Bild. Der Chef der Bamberger Polizeidienststelle saß mit bleichem Gesicht kerzengerade auf dem Beifahrersitz und hatte den Blick aus seinen weit aufgerissenen Augen auf einen in unendlicher Entfernung liegenden Punkt gerichtet. Vielleicht hatte Fidibus ja zu viel Zugluft bekommen, überlegte der Kommissar, immerhin war der Dienststellenleiter einen ganzen Kopf größer als er und ragte zur Hälfte über die Windschutzscheibe hinaus. Die Hände von Robert Suckfüll umkrampften einerseits die Oberkante der Beifahrertür, auf der anderen Seite den Oberschenkel seines jungen Untergebenen Bernd Schmitt, was dieser normalerweise nur hübschen weiblichen Mitfahrerinnen durchgehen ließ. Lagerfeld versuchte vorsichtig, die schweißnasse Hand seines Chefs zu entfernen, was sich aber als kraftraubend erwies, da sich Suckfülls Finger bärenfallenartig in seinen Oberschenkel gekrallt hatten. Schließlich gab er es auf und beschloss, Fidibus einfach darauf anzusprechen, vielleicht reagierte er ja auf akustische Signale und erwachte dann endlich aus seiner unerklärlichen Schockstarre.

»Chef, ist alles in Ordnung, oder soll ich einen Chiropraktiker rufen?« Bernd Schmitt wartete auf eine Antwort, die aber nicht kam.

Stattdessen drehte sich Robert Suckfülls Kopf ganz langsam in seine Richtung. Die Bewegung erinnerte Lagerfeld stark an die eines Krans, dessen Turmausleger zur Baustelle schwenkte, um dort eine ziemlich schwere Kiste Backsteine abzuladen. Der leere Blick seines Chefs traf auf seinen, dann begann Fidibus, zu ihm zu sprechen.

»In meinem ganzen Leben habe ich noch nie eine solche Höllenfahrt in einem Automobil mitgemacht. Lebe ich tatsächlich noch, waren die Götter auf meiner Seite? Oder war es eine Aufgabe, eine Prüfung, die ich bestehen musste? ›Die höchste Krone des Helden ist die Besonnenheit mitten in den Stürmen der Gegenwart‹, von Jean Paul«, erklärte er mit hohlem Blick, dem das blanke Entsetzen über das gerade Erlebte innewohnte.

Erst jetzt sah Lagerfeld den kalten Schweiß, der auf dem aschfahlen Gesicht seines Chefs perlte. Er drehte sich kurz nach hinten um und angelte ein vergilbtes, ausgewaschenes Stück Stoff von der Rückbank, das seinem Auszubildenden Presssack als Unterlage für den Transport diente. Diesen großen Lappen reichte er Robert Suckfüll, der ihn dankbar annahm und sein Gesicht damit trocknete.

»›Das hier ist eine verdammt harte Galaxis. Wenn man hier überleben will, muss man immer wissen, wo sein Handtuch ist‹, von Douglas Adams«, konterte Lagerfeld das Zitat seines Chefs und wartete darauf, dass der sich wieder einkriegte.

So ganz verstand er die Reaktion nicht, denn er war nur geringfügig schneller gefahren als sonst. Dabei war ein Mindestmaß an Eile geboten, sie waren immerhin drauf und dran gewesen, zu spät zu dieser Besprechung zu kommen. Und Lagerfeld hasste so etwas, auch wenn es ihm ab und an passierte. Seines Erachtens hatten auch nicht die maximal siebzig Kilometer pro Stunde in der geschlossenen Ortschaft Suckfülls

Unwohlsein verursacht, sondern die halb oder ganz roten Ampeln, die er in der Bamberger Innenstadt hatte überfahren müssen. Da hupte halt der eine oder andere, mein Gott, aber gefährlich war das doch nicht. Wenn überhaupt, waren bei überfahrenen roten Ampeln Taxifahrer das eigentliche Gefahrenpotenzial, da die sich ebenfalls nicht an irgendwelchen Lichtsignalen orientierten und dann von links an einem vorbeischossen. Offenbar war eine solche Methode der innerstädtischen Fortbewegung für Fidibus ungewohnt, etwas, woran er sich erst noch gewöhnen musste. Na ja, das Training für heute war ja noch nicht zu Ende, es gab schließlich noch eine Rückfahrt. Aber jetzt mussten sie los, sonst kamen sie tatsächlich noch zu spät zu ihrem Treffen.

Lagerfeld stieg aus und öffnete seinem Chef die Beifahrertür. Dabei bemerkte er, dass der Sommermantel, den sein Chef über dem Arm getragen hatte, nicht mehr da war. Sicherheitshalber schaute Lagerfeld auf den Rücksitz, da war er aber auch nicht. Sehr seltsam.

»Chef, wo ist denn Ihr Mantel? Haben Sie den vielleicht in der Dienststelle liegen lassen?«, fragte Lagerfeld, und Suckfüll, der ebenfalls aus dem Honda Cabriolet gestiegen war, winkte ab.

»Der Mantel? Geflogen, vom Fahrtwinde verweht. Aber wie heißt es so schön, ohne Verluste bildet sich kein Charakter. Also los jetzt, die Pflicht ruft.« Entschlossen stiefelte Robert Suckfüll los, seine Schockstarre war wie weggeblasen.

Lagerfeld folgte ihm, verblüfft über die ruckartige Wandlungsfähigkeit seines Chefs. Gerade noch zu Eis erstarrt vom Weg durch die Stadt, jetzt schon wieder gefasst und bereit für eine Besprechung. Er schob das einfach einmal auf die Benutzung von Presssacks Sitzgelegenheit, die schien eine gewisse Gelassenheit ausgestrahlt zu haben.

So gingen die beiden Männer in Richtung des belebten Biergartens, ließen diesen aber linker Hand liegen und stiegen stattdessen die Treppenstufen zu Wozniaks Wohnung im

Bootshaus hinauf. Früher war diese Etage des Bootshauses eine Ebene für Gastronomie und Veranstaltungen jeglicher Art gewesen. Jetzt hatte die Bamberger Rudergesellschaft das gesamte Stockwerk an ihr langjähriges Vereinsmitglied Gerald Wozniak verkauft, der wohl eine ziemliche Summe dafür hingeblättert und alles in ein luxuriöses Appartement umbauen lassen hatte. Lagerfeld war schon gespannt auf das Interieur in diesem romantischen alten Schuppen. Vor allem war er aber neugierig auf das, was Wozniak ihnen mitzuteilen hatte.

Kaum hatten sie geklingelt, öffnete sich auch schon die Tür, und der Hausherr persönlich begrüßte sie. Lagerfeld stellte seinen Chef kurz vor, und sie betraten, vom Hausherrn Gerald Wozniak angeführt, das Innere der Bootshausetage. Es ging zweimal um die Ecke, dann standen sie in einem großen, modern eingerichteten Appartement, dessen geöffnete Glasschiebetüren zum Balkon den Blick hinaus auf die Regnitz freigaben. Eigentlich ein Grund, um kurz innezuhalten und die Atmosphäre des pittoresken Anblickes zu genießen, aber jegliche Romantik war auf einmal sowohl Kriminalkommissar Bernd Schmitt egal als auch seinem Chef, der ebenfalls aufgrund dessen, was sie hier zu sehen bekamen, wie angewurzelt stehen geblieben war.

In der Mitte des Wohnraumes befand sich eine Sitzgruppe aus dunkelbraunem Leder, die einen eleganten ovalen Couchtisch aus Glas einfasste. Alles wunderbar angeordnet, und das Sitzmöbel war auch nicht der Grund für das überraschte Innehalten der beiden Vertreter der Staatsgewalt, sondern der Anblick der drei Personen, vielmehr einer ganz besonderen, die auf diesem Ledersofa Platz genommen hatten. Der Chef der Firma Brosst war natürlich nicht gekommen, dafür saß sein Anwalt Dr. Ludwig Vogel in einem der edlen Ledersessel. Daneben ein etwas kleinerer, schlanker Mann mit strohblonden Haaren, den Lagerfeld aber nicht kannte. Ihm gegenüber, und das war das eigentlich Schockierende und der Auslöser für die plötzliche Bewegungsunfähigkeit der beiden Beamten der Bamberger Polizei, saß putzmunter, als wäre er gerade im Urlaub und allerbester Dinge, der CEO der Firma Brosst, Philipp Schultheiß. Und zwar ohne jegliches Stress- oder gar Verletzungssymptom, sogar die beiden Ohren waren noch dran. Jetzt stand er auf, kam auf sie zu und gab ihnen mit einem Lächeln die Hand.

»Hallo, Herr Suckfüll, hallo, Herr Schmitt, ich habe schon viel von Ihnen gehört, bitte setzen Sie sich doch.« Mit diesen Worten ging er wieder zurück zum Sofa und ließ sich lässig in die dunkelbraunen Polster fallen.

Bernd Schmitt und Robert Suckfüll sahen sich schweigend an, dann gingen sie leicht verunsichert zu der Sitzgruppe und nahmen ebenfalls Platz.

»Schön, dass ihr da seid. Herrn Vogel, den Anwalt unserer Firma, kennt ihr ja bestimmt schon, der Herr daneben ist Sven Ericsson von der Firma Sons of Emotion in Coburg«, erklärte Gerald Wozniak, der in einem eiergelben T-Shirt auf dem Sofa lümmelte.

Bevor er jedoch weiterreden konnte, platzte Lagerfeld der Kragen. »Das ist ja wohl die allergrößte Scheiße, die ich jemals erlebt habe«, fluchte er erbost. »Was soll das? Was für eine Nummer zieht ihr hier ab? Haben Sie davon gewusst?«, fauchte Lagerfeld und deutete wütend auf Dr. Ludwig Vogel, der aber sofort vehement den Kopf schüttelte.

»Nein, natürlich nicht, Herr Kommissar. Glauben Sie mir, ich bin genauso überrascht wie Sie. Ich hoffe sehr, dass wir ganz schnell eine halbwegs plausible Erklärung erhalten, sonst sehe ich mich gezwungen, einige sehr drastische juristische Schritte einzuleiten.«

»Also, um es gleich vorweg zu sagen, das Ganze war meine Idee«, erklärte Philipp Schultheiß. »Herr Wozniak und Herr Ericsson haben mich bei der Durchführung dieses … nun, nennen wir es doch einfach mal … Experiments, unterstützt. Wie Sie sich bereits denken können, hat es keine Entführung gegeben. Die Videos der Entführer sind ein Produkt der Firma Sons of Emotion, sie wurden mit Hilfe künstlicher Intelligenz und sehr spezieller Programme produziert. Herr Wozniak hat Herrn Ericsson dazu dankenswerterweise die Rechenleistung des Brosst-Supercomputers zur Verfügung gestellt, sonst wäre die Produktion der Filmdateien in der knapp bemessenen Zeit nicht möglich gewesen.«

Der CEO hielt kurz inne, und Bernd Schmitt realisierte plötzlich, dass es sich bei diesem Ericsson um den Chef der Coburger Filmfirma handelte, über den César sich heute so aufgeregt hatte.

»Das heißt, Sie haben das alles am Computer zusammengebastelt, um die Firma Brosst und uns, die Polizei, zu verarschen?«, regte sich Lagerfeld auf. Er konnte es immer noch nicht fassen, so gründlich hinter die Fichte geführt worden zu sein. Von ein bisschen Software und einem Scheiß-Computer.

Sven Ericsson nickte und versuchte sichtlich, seine Beteiligung zu relativieren. Für ihn war das ein Auftrag gewesen, mehr nicht. Eine strafbare Handlung im eigentlichen Sinne hatte er ja nicht begangen, er hatte nur eine computeranimierte Filmsequenz erstellt. »Was wir gemacht haben, entspricht in etwa dem, was technisch zurzeit möglich ist, und wie Sie nun wissen, ist das ja ziemlich viel. Ohne technische Hilfsmittel und spezielle Programme, natürlich auch nicht ohne entsprechende Erfahrung in diesem Bereich, wird ein Normalsterblicher ein solches Deepfake nicht mehr erkennen können. Das Einzige, was wir dafür benötigten, war ein Foto dieser australischen Insel, das wir von einer Facebookseite heruntergeladen haben. Dann haben wir noch diese angebliche Homestory bei Herrn Schultheiß zu Hause gedreht, die nur dazu dient, ein haargenaues Profil von seinem Körper, seinen Bewegungsmustern und seiner Stimme zu erstellen. Der Rest war dann gar nicht so schwer und offenbar auch ziemlich überzeugend. Sie müssen sich eines einmal klarmachen, Herr Schmitt. Sie werden einem Bild, sei es analog oder digital, nie mehr trauen können. Nichts von dem, was Ihnen nicht leibhaftig gegenübersteht, muss zwingend der Realität entsprechen. Keine Stimme am Telefon, sei sie Ihnen auch noch so vertraut. Ab sofort kann alles verändert, gefälscht oder sogar neu erfunden werden. Es zählt nur noch das Analoge, das, was wir anfassen können. Der Rest kann blanke Illusion sein, und wenn es Ihnen noch so authentisch vorkommt.«

Philipp Schultheiß hob die Hand und unterbrach Ericsson an dieser Stelle. »Ja, das war wirklich eine überzeugende Arbeit, Sven. Ich denke, jeder hier hat begriffen, was das bedeutet. Eine computertechnisch animierte Illusion hat es geschafft, Sie alle hinters Licht zu führen. Dieser komplett konstruierte Entführungsfall hat Michael Brosst fünfzig Millionen Euro überweisen lassen, eine weltumspannende Polizeiaktion ausgelöst und war sogar in der Lage, eine andere künstliche Intelligenz, die von der australischen Polizei eingesetzt wurde, zu täuschen. Jetzt stellt sich natürlich die Frage: Wozu das alles? Warum haben wir uns diesen Irrsinn ausgedacht? Soll das ein missratener Aprilscherz im Juni gewesen sein oder eine spätpubertäre Spielerei zweier übermütiger, aber hochrangiger Mitarbeiter eines weltbekannten Autozulieferers? Mitnichten. Seit einiger Zeit liegen Herr Wozniak und ich mit Herrn Michael Brosst im Streit über die Ausrichtung der Firma das Rechenzentrum betreffend. Wir sind beide der felsenfesten Überzeugung, dass die Zukunft der Automobilität nicht mehr in der Hardware, also den Fahrzeugen selbst, sondern der Software, genauer einer künstlichen Intelligenz liegt, welche die Fahrzeuge der Zukunft, ja sogar den Verkehr im Allgemeinen steuern wird. Ein Automobil wird künftig nichts anderes mehr sein als ein fahrbarer Computer auf vier Rädern. Weshalb sich die Firma Brosst meiner und Herrn Wozniaks Meinung nach schleunigst neu aufstellen muss, was die Erweiterung des Rechenzentrums der Firma anbelangt. Wir brauchen Rechenleistung, Rechenleistung und noch einmal Rechenleistung. Es kann nicht sein, dass unser Computer mit der Berechnung einer Aufprallsimulation eine Woche lang beschäftigt ist. Es braucht massive Investitionen in die Entwicklung von Software und Programmen, basierend auf dem massiven Einsatz künstlicher Intelligenz. Wie schwierig die Konkurrenzsituation auf diesem Markt ist, erkennt man auch daran, dass die Firma Apple ihre Arbeit auf diesem Gebiet bereits aufgegeben hat. Und Apple ist ja nun wirklich nicht irgendwer in diesem Geschäft.«

Schultheiß machte eine kurze Pause, was Wozniak für einen Einwurf nutzte.

»Mit Verlaub, ich hatte bereits eine Zusage ebenjener Firma, als leitender Angestellter an dem Projekt selbstfahrendes Auto mitzuarbeiten. Mein Gehalt in Cupertino hätte das bei der Firma Brosst um ein Vielfaches überstiegen. Dann hörte ich Gerüchte, das Projekt solle eingestampft werden, und zwar wegen der mangelnden Erfahrung im Automobilbereich, die nicht mehr aufzuholen sei. Also habe ich es gelassen und bin hiergeblieben, denn diese Branche ist meine Leidenschaft, mein Leben. Und die Firma Brosst ist in ihrem Marktsegment immer noch ganz vorne mit dabei. Aber wenn die Zeichen der Zeit in dieser Firma nicht begriffen werden, dann muss man eben zu drastischen Methoden greifen. Es war eine verrückte Idee, aber wie hat Einstein einmal so schön gesagt: Eine Idee, die nicht verrückt genug klingt, ist es nicht wert, weiterverfolgt zu werden.« Auffordernd schaute er in die Runde, aber niemand traute sich, etwas zu sagen.

Also ergriff Philipp Schultheiß wieder das Wort. »Das war's. Es tut uns leid, dass die Aktion einiges an Aufregung und Kosten verursacht hat, das soll natürlich auf Heller und Pfennig ersetzt werden. Es ist uns auch klar, dass wir für die Vortäuschung einer Straftat nun ins Gefängnis wandern können, aber das liegt nicht mehr in unserer Hand.« Schultheiß hatte seines Erachtens alles gesagt, was es zu sagen gab, und ließ sich, froh, dass das Täuschungsmanöver endlich vorbei war, in die Polster fallen.

Das war der Moment, in dem sich Robert Suckfüll in die Diskussion einschaltete. »Ja nun, wenn ich mich einmal als Vertreter der Staatsmacht dazu äußern dürfte, das mit der Strafbarkeit ist in diesem Fall so eine Sache. Eine Bestrafung ist hier nicht in Zement gemeißelt, wenn Sie verstehen, was ich meine. Das Vortäuschen einer Straftat ist nur gegenüber den Strafverfolgungsbehörden, also gegenüber Polizei und Staatsanwaltschaft, möglich, denn sie sind für die Annahme von Anzeigen zuständig. Es bedarf also einer falschen Strafanzeige, die geeignet ist, diese Behörden zur Aufnahme von Ermittlungen zu veranlassen. Es wurde aber keine Straftat fälschlich zur Anzeige gebracht, und nach meinem derzeitigen Kenntnisstand gibt es auch keine durch Ihre filmische Täuschung geschädigte Person, wegen der die Staatsanwaltschaft ohne eine offizielle Anzeige zwingend tätig werden sollte. Natürlich besteht immer die Möglichkeit einer zivil- oder arbeitsrechtlichen Klage, aber die wären nicht strafrechtlich relevant. Kurz gesagt heißt das, wo kein Kläger, da kein Richter.«

Das hatte Lagerfeld bei aller Juristerei jetzt sogar mal kapiert. Seine Fassung hatte er aber trotzdem noch nicht zur Gänze wiedergefunden. Diese beiden Idioten hatten das alles also nur arrangiert, um den alten Brosst zu beeindrucken? Wie krank war das denn?

»Das heißt, diese beiden Irren kommen im Zweifel ohne eine Bestrafung davon?«, erregte sich Lagerfeld, dessen Gerechtigkeitsempfinden gerade massiv in Schieflage geriet.

»Nun, so kann man das auch nicht sagen«, meinte Fidibus. »Das entscheidet am Anfang der Kläger, beispielsweise die Firma Brosst, und am Ende das Gericht. Und vor Gericht gibt es nicht zwingend eine einhundertprozentige Gerechtigkeit, sondern ein Urteil. Zumal es von Herrn Schultheiß und Herrn Wozniak zwar eine Täuschungsabsicht gab, aber keine Motivation, sich selbst zu bereichern. Eine wirklich knifflige Rechtslage.«

Lagerfeld gab es auf. Er war kein Jurist und würde das auch

nie werden. Er hätte die beiden Herrschaften am liebsten in Untersuchungshaft gesteckt und bei Wasser und Brot drei Nächte lang vernommen, und zwar völlig ohne künstliche Intelligenz, nur mit seinem bescheidenen Polizistenintellekt. Andererseits wurden durch diese unerwartete Offenbarung natürlich jede Menge Ressourcen freigesetzt oder, um im Jargon zu bleiben, mehr Rechenleistung, damit sich die Bamberger Polizei jetzt mit ihrer ganzen Kraft auf die Morde am Staffelberg konzentrieren konnte. Und noch während Lagerfeld über diese neuen Möglichkeiten sinnierte, fiel sein Blick auf Geralds hinter dem Kopf verschränkte Unterarme.

Also gut, wenn das der Moment für offene Worte war, dann konnte er dieses kleine Verdachtsmoment ja by the way ebenfalls abräumen. Lagerfeld war auf hundertachtzig und deswegen auch wild entschlossen. Vielleicht konnte er in der Causa Entführung niemanden verhaften, aber einen Mordfall lösen, das konnte er sehr wohl.

»Gerald, kann ich dich vielleicht einmal sprechen, und zwar allein?«, knurrte er in Richtung des Gastgebers und deutete auf die offen stehenden Balkontüren. Gerald Wozniak war zwar einen Moment lang unschlüssig, erhob sich aber und folgte Lagerfeld hinaus auf den Balkon des Bootshauses. Als Lagerfeld hinaustrat, hatte er keinerlei Sinn für die gigantische Aussicht hinaus aufs Wasser der Regnitz, auch linker Regnitzarm genannt, auf dem die Bamberger Rudergesellschaft seit über hundert Jahren ihre Boote ins Wasser setzte.

»Jetzt krieg dich erst einmal wieder ein«, hörte er Wozniak sagen. Als er sich umdrehte, stand Gerald hinter ihm und hatte zwei Bier in der Hand, von dem er ihm eines entgegenstreckte. »Hier bitte, Bernd, das Bier. Braut der Wirt vom Biergarten unten selber, ist echt gutes Zeug.«

Lagerfeld überlegte einen Moment, dann schluckte er seinen Ärger hinunter und nahm Wozniak widerstrebend das Bier aus der Hand.

»Du bist sauer, oder?«, stellte Wozniak fest.

»Nein, Gerald, mir geht's super. Mir scheint die Sonne aus dem Arsch, danke der Nachfrage.«

Sofort war da wieder das breite Grinsen in Wozniaks Gesicht, das Lagerfeld schon bei ihrem ersten Zusammentreffen als ziemlich ansteckend empfunden hatte. Aber so weit, zurückzugrinsen, war er im Moment noch nicht. Immerhin stieß er jetzt mit ihm an. Denn in der Männerwelt musste nicht lange rumgequatscht werden, da brauchte es nicht viele Worte. Wenn zwei Kerle ein Bier hatten und anstießen, war erst einmal alles gesagt.

»Also gut, ich will von dieser Scheiß-Entführung nichts mehr hören, da sollen sich ab jetzt die Juristen drum kümmern. Ich wünsche nur viel Vergnügen beim nächsten Zusammentreffen mit deinem Firmenpatron, Herrn Michael Brosst. Das wird ein Clash sondergleichen, und ich wäre gerne ein Mäuschen in der Ecke, wenn das passiert.«

Das Grinsen von Wozniak wurde noch etwas breiter. Er legte den Kopf schief und meinte: »Ach, warten wir es doch einfach mal ab. Ich glaube, der Mann ist noch durchgeknallter als ich, bei dem ist es nur nicht so offensichtlich. Ich beurteile die ganze Angelegenheit als ergebnisoffen, ehrlich gesagt.«

Jetzt musste Lagerfeld doch noch lachen, so viel Optimismus wohnte selbst seinem Gemüt nicht inne. Er hatte den alten Brosst ja kürzlich kennengelernt und wollte gern alles glauben, aber nicht, dass Seine Eminenz das Vorgehen seines CEOs in Zusammenarbeit mit Rechenmeister Wozniak wohlwollend billigen würde.

»Der Herr bewahre dir deine kindliche Einfalt«, sagte er, dann deutete er wie beiläufig auf das Tattoo auf Wozniaks Unterarm. »Eine Frage hätte ich trotzdem noch, Gerald. Dieses Tattoo, woher hast du das?« Aufmerksam beobachtete er das Gesicht seines Gegenübers, aber Wozniak zeigte keine besondere Reaktion. Er strich nur kurz mit der Hand über die Stelle, an der sich das Tattoo befand.

»Ach, das stammt aus längst vergangenen Zeiten, ist wirklich lange her. Warum fragst du schon wieder, was ist denn damit?«

»Weil wir einen Mordfall bearbeiten, und zwar den Mehrfachmord auf dem Staffelberg, falls du davon gehört hast. Und laut unserem Augenzeugen hat der Mörder genau dieses Tattoo auf seinem Unterarm. Nur nicht in Blau wie du, sondern in Schwarz. Trotzdem bin ich etwas irritiert. Ich kann mir zwar nicht vorstellen, dass du der Staffelbergmörder bist, eine Erklärung für deinen Hautschmuck hätte ich aber trotzdem gern«, erklärte Lagerfeld, und mit einem Schlag veränderte sich Gerald Wozniak von einem lässigen, lebenslustigen Menschen in ein misstrauisches Gegenüber mit stahlhartem Blick. Der Himmel über dem Bamberger Hain hatte sich inzwischen verdunkelt, und ein leichter Wind war aufgekommen, der durch Lagerfelds dünnes Haar strich. Die Schwüle war extrem drückend geworden, und ein baldiges Gewitter lag zum Greifen nah in der Luft.

»Was? Was sagst du da?«, entfuhr es Wozniak, und Bernd Schmitt beschloss, sofort noch einen draufzulegen.

»Warte mal, wir haben ja sogar ein Phantombild von dem Kerl. Vielleicht hilft dir das ja weiter.« Er zog sein Handy aus der Jackentasche, wischte ein paar Sekunden in seinen Bilddateien herum, bis er fand, was er gesucht hatte. Bevor er Wozniak das Phantombild zeigte, sah er es noch einmal kurz an und verglich es mit der versteinert wirkenden Miene seines Gegenübers. Irgendwie waren sich die Gesichtszüge tatsächlich ein wenig ähnlich, aber das von Gerald war viel runder, weicher, ohne die ganzen eingegrabenen Falten. Nein, der Mann auf dem Phantombild musste ein anderer sein.

Also reichte er Wozniak das Smartphone, der es schweigend entgegennahm und das Phantombild lange betrachtete. Erst sagte er lange nichts, dann gab er Lagerfeld das Mobiltelefon schweigend zurück, bevor er einen ordentlichen Schluck von seinem Bier nahm. Ein erster Tropfen fand seinen Weg auf den hölzernen Balkon und plitschte als nasser Vorbote auf eine der Holzdielen.

»Es gab einmal eine Zeit in meiner Jugend, da gab es für mich nur das Rudern, und zwar hier auf der Regnitz in diesem Ruderverein«, hob Wozniak an. »Mein Partner und ich trainierten wie die Verrückten, denn wir waren uns sicher, dass wir im Rudersport zu Höherem berufen waren. Also haben wir alles gegeben und auch irgendwann alle geschlagen und mehrfach im Zweier die Bayerischen Meisterschaften gewonnen. Der Zweier ist eine Bootsklasse im Rudersport. Im Boot sitzen zwei Ruderer, die mit jeweils einem Riemen das Boot antreiben. Die Bootsklasse wird alternativ auch als Zweier-ohne bezeichnet, da kein Steuermann an Bord ist. Wir hatten uns ganz bewusst für diese Bootsklasse entschieden, denn der Zweier-ohne ist rudertechnisch am anspruchsvollsten. Das liegt vor allem an der Schwierigkeit, durch die Ruder das Gleichgewicht zu halten. Im Riemen-Zweier ist jeder Ruderer allein für eine Seite verantwortlich und muss daher gut mit seinem Partner harmonieren. Aber wo es schwierig und anspruchsvoll wird, schrumpft die Konkurrenz. Wir waren richtig gut und quasi unzertrennlich. Nach der dritten Bayerischen Meisterschaft haben wir uns dann dieses Tattoo stechen lassen, als Zeichen unserer unverbrüchlichen Freundschaft. Irgendwann bin ich zum Studium fort, und unsere Ruderkarriere war erst mal beendet. Trotzdem sind wir immer in engem Kontakt geblieben und haben uns in unregelmäßigen Abständen zu einem Bootstrip getroffen. Aber wie gesagt, das ist lange her.« Wozniaks Stimme war immer leiser geworden und stockte an dieser Stelle endgültig. Er blickte Lagerfeld an und nahm erneut einen Schluck aus seiner Bierflasche.

»Das heißt, dieses Tattoo gibt es nicht öfter, das Motiv ist sozusagen eine Spezialanfertigung?«, wollte Lagerfeld aufgeregt wissen, denn er spürte, dass er womöglich unverhofft einen großen Schritt hin zur Lösung ihres Mordfalles machen konnte.

Ein erstes Grollen und dumpfes Rumpeln war in den Wolken zu hören, und dicke Tropfen begannen, vom Himmel zu fallen, was die beiden Männer aber im Moment nicht tangierte. Gerald Wozniak hielt seine inzwischen leere Bierflasche so fest umkrampft, als wollte er sie jeden Moment so weit wie möglich über den Regnitzarm werfen, als er Lagerfelds Frage beantwortete.

»Nein, dieses Tattoo gibt's nur zwei Mal. Eines habe ich hier auf meinem Arm, und das andere ist auf dem Unterarm meines Bootspartners.« Wozniak stockte erneut, dann löste sich langsam die Versteinerung in seinem Gesicht und Körper und wich einer schier unendlich scheinenden Traurigkeit. »Mein Bootspartner war Hagen Wozniak, mein jüngerer Bruder«, sagte er leise.

Ein Krachen in unmittelbarer Nähe ließ die beiden Männer zusammenfahren, während der Himmel seine Schleusen von einer Sekunde zur nächsten sperrangelweit öffnete. Es fing zu schütten an, als ob es kein Morgen mehr geben sollte. Eigentlich der ideale Augenblick, um sich nach drinnen zu begeben und die Konversation dort fortzusetzen, aber Gerald Wozniak rührte sich nicht. Er stand da, völlig durchnässt, den Blick fast verzweifelt hinüber auf das andere Regnitzufer gerichtet. Lagerfeld, selbst nass bis auf die Knochen, konnte seine Betroffenheit natürlich nachvollziehen, allein er hatte diesen Mordfall zu lösen und konnte darauf keinerlei Rücksicht nehmen.

»Wo ist dein Bruder?«, schrie er Wozniak an. Blitze zuckten über ihnen, und der Donner rollte unentwegt über die Stadt.

»Ich habe keine Ahnung, wir haben seit über drei Jahren keinen Kontakt mehr!«, schrie Gerald Wozniak zurück. »Seit Corona ist er durchgeknallt, denkt quer und so. Er glaubt, wir leben in einer Diktatur und die Impfungen dienen dazu, uns kleine Roboter zu spritzen, die uns unterjochen sollen. Ich habe lange mit ihm diskutiert, aber irgendwann war nicht mehr mit ihm zu reden. Komm mit!«

Sie gingen zurück in die Wohnung, wo sich Fidibus und Dr. Vogel leidenschaftlich über juristische Fragen austauschten. Mitleidig betrachteten sie die beiden tropfnassen Balkonbesucher, während Gerald Wozniak ein gerahmtes Foto von der Wand nahm. Es zeigte zwei Männer mit Rudern in der Hand, die fröhlich in die Kamera lächelten.

»Das ist er, Hagen, mein Bruder. Ein Bild aus glücklichen Tagen«, sagte er leise und reichte Lagerfeld das Bild. Der wunderte sich ein wenig, dass Gerald Wozniak gar nicht nachfragte, ob sich die Bamberger Polizei mit seinem Bruder wirklich sicher sei. Er schien die Tatsache, dass sein Bruder Hagen wegen Mordes gesucht wurde, einfach akzeptiert zu haben. »Draußen vor der Tür ist ein Briefkasten mit seinem Namen, da er offiziell noch hier gemeldet ist, den hat er aber schon seit Ewigkeiten nicht mehr geleert.«

Lagerfeld nickte. So langsam ergab sich bei ihm ein Bild, mit welcher Sorte Mensch sie es hier zu tun hatten. »Was ist denn dein Bruder von Beruf? Etwa auch Informatiker?«

Wozniak schüttelte den Kopf. »Nein, wir sind ja keine Zwillinge. Hagen hat Quali und ist gelernter Metzger. Zuerst hat er lange im Bamberger Schlachthof gearbeitet. Als der zugemacht hat, habe ich ihm unten im Biergarten eine Stelle als Koch verschafft. Da hatten wir dann wieder etwas mehr Zeit zum Rudern, auch wenn unsere Arbeitszeiten nicht gerade deckungsgleich waren. Dann kam Corona, und auch der Biergarten musste schließen. Das hat ihn irgendwie aus der Bahn geworfen. Er hat immer verrückteres Zeug erzählt und wurde auch extremer mit seinem rechtsradikalen Quatsch. Und vor etwa drei Jahren hat er schließlich den Kontakt abgebrochen, und ich habe nie mehr etwas von ihm gehört. Also noch mal, ich habe keine Ahnung, wo er ist, vielleicht will ich es auch gar nicht mehr wissen.«

»Hast du noch irgendetwas, das einmal deinem Bruder gehört hat? Am besten ein Kleidungsstück oder etwas Ähnliches«, hakte Lagerfeld in weiser Voraussicht nach.

Wozniak überlegte kurz und ging nach draußen. Wenig später kam er mit einem alten Muscle-Shirt zurück, das einen ziemlich erbärmlichen Eindruck machte. »Hier, das hat Hagen immer unten in der Küche getragen«, meinte er und gab es Lagerfeld.

Der erbettelte sich noch eine Plastiktüte, in die er das alte, verschwitzte Shirt hineinsteckte. »Danke«, sagte er nur, dann drehte er sich mit dem Bild und der Tüte in der Hand um und zerrte seinen Chef vom Sofa hoch. »Los, Chef, wir müssen sofort zurück in die Dienststelle und eine Fahndung rausgeben«, drängelte er, während Robert Suckfüll sich umständlich aus den tiefen Polstern quälte.

»Ja gut, nun dann. Hat mich sehr gefreut, Herr Wozniak. Ist das jetzt eigentlich Ihre Wohnung, oder haben Sie sich hier ein lebenslanges Lebensrecht eintragen lassen?«

Gerald Wozniak runzelte irritiert die Stirn, da er den Verdacht hatte, dass irgendetwas an diesem Satz nicht stimmte, er kam aber nicht drauf, was. Das Rätsel wurde auch nicht mehr gelöst, denn Bernd Schmitt zerrte Fidibus unbarmherzig hinaus in den Regen und zu seinem Cabrio. Hektisch versuchte er, das Verdeck händisch zu schließen, aber wie üblich klemmte es.

Robert Suckfüll hatte unterdessen mit einer gewissen dunklen Vorahnung auf dem Beifahrersitz Platz genommen, wo die Pfütze, die sich auf den alten Kunstledersitzen gebildet hatte, seinen Hosenboden durchweichte. Dieser Feuchtigkeitsüberschuss in seiner Kleidung wurde aber binnen kürzester Zeit durch den prasselnden Regen ausbalanciert, der Fidibus unerbittlich von oben durchnässte. Die Bemühungen, das Verdeck analog zu schließen, waren irgendwann endgültig zum Scheitern verurteilt, und Lagerfeld schmiss sich resigniert auf den Fahrersitz.

»Das Verdeck klemmt, wir müssen offen fahren!«, rief er grimmig und startete den Motor. »Ich beeil mich, sonst werden wir nass!«, fügte er unnötigerweise hinzu, was bei seinem Chef eine panikartige Grundstimmung auslöste.

»Bringen Sie mich bitte einfach nur sicher nach Hause, mein lieber Schmitt, nass bin ich sowieso schon!«, entgegnete Fidibus. Ein Ansporn für den durchnässten Kommissar, sich dieses Mal ganz besonders zu beeilen. Geschwindigkeit war Sicherheit.

Kriminalhauptkommissar Haderlein saß mit seiner Lebensgefährtin Manuela Rast vor dem geöffneten Küchenfenster und schaute hinaus in den prasselnden Regen in der Dämmerung. Er empfand das Gewitter als eine absolute Wohltat. Endlich hatte sich diese permanente Schwüle entladen, und die nach der wochenlangen Dürre ausgetrockneten Böden bekamen den so lange ersehnten Regen. Vermutlich war dieser wolkenbruchartige Niederschlag jetzt sogar zu viel des Guten, aber das waren die Probleme von morgen, Hauptsache, es regnete wieder in Franken.

Ein weiterer Blitz und darauffolgender Donnerschlag ließen die Fensterscheiben erbeben, und der kleine Presssack verkroch sich noch weiter in sein gepolstertes Hundekörbchen. Haderlein hingegen blieb völlig ruhig und beobachtete fasziniert das Wüten der Natur draußen vor seinem Fenster, als auf einmal sein Handy klingelte. Er schaute auf das Display und war bass erstaunt. Er hatte ja mit vielem gerechnet, aber nicht dem Leiter der Erlanger Rechtsmedizin. Es war ja gerade mal ein paar Stunden her, dass er bei Siebenstädter gewesen war, also musste etwas Bedeutsames passiert sein. Entweder war der Professor besonders schnell oder besonders verärgert, was wesentlich wahrscheinlicher war. Oder es war ihm ein Grund eingefallen, warum es jetzt doch unter seiner Würde war, sich um die DNA ordinärer Pflanzen zu bemühen. Was es auch sein mochte, Haderlein würde es sich im Dienste der Sache anhören und weiter um Siebenstädters Mitarbeit buhlen, da blieb ihm leider gar nichts anderes übrig.

»Kriminalhauptkommissar Haderlein«, meldete er sich

pflichtschuldigst in der stillen Hoffnung, bei Nennung von Rang und Namen wenigstens ein Mindestmaß an Respekt einfordern zu können.

Aber Professor Thomas Siebenstädter war gar nicht wie sonst mit einem Messer zwischen den Zähnen unterwegs. Nein, das Gespräch nahm unerwartet einen anderen Verlauf, als Haderlein sich das gedacht hatte.

»Ich sage nur General Sherman Tree«, bekam er vom Professor als Eröffnungssatz zu hören, und im gleichen salbungsvollen Duktus ging es weiter. »Unsere Bäume, unsere Pflanzen, unsere Flora. Die Bezeichnung Flora leitet sich ja vom lateinischen Namen Flora der römischen Göttin der Blumen und der Jugend ab, Haderlein. Dazu müsste man halt Latein können, was ich bei einem Bamberger Polizeibeamten jetzt nicht zwingend voraussetzen möchte. Spätestens seit dem Ende des 16. Jahrhunderts wird diese Göttin Flora metonymisch zunächst in der Dichtung, später auch in anderen Texten für die Pflanzenwelt einer bestimmten Region verwendet. Und als gewaltigster Vertreter der Flora auf unserem Erdenrund: General Sherman Tree, die größte Pflanze der Welt, auch als ›largest living thing‹ bezeichnet. Der General Sherman steht im kalifornischen Giant Forest, ist in etwa tausendneunhundert bis zweitausendfünfhundert Jahre alt und wird regelmäßig von beeindruckten Touristen besucht. Sollten Sie vielleicht auch mal machen, so als polizeiliche Fortbildung, Haderlein. Aber wie ich die Bamberger Polizei kenne, scheitert das wieder an den Fahrtkosten. Doch zurück zu unserer Pflanze. Die Stammeshöhe des Riesen beträgt 81,8 Meter und der Durchmesser achthundertfünfundzwanzig Zentimeter. Wie können wir diese stillen Lebewesen, diese grünen Giganten nur so gering schätzen? Fällt mir gerade so ein.«

Der Kommissar war völlig baff. Hatte ein gewisser Siebenstädter es nicht noch vor wenigen Stunden als unter seiner Würde betrachtet, sich mit ebendieser Flora, der verabscheuungswürdigen Pflanzenwelt, zu beschäftigen? Als unter seinem Stand? Und jetzt plötzlich diese überbordende Lobhudelei? Haderlein hatte keine Ahnung, wo das hinführen sollte, aber er unterbrach den begeisterten Vortrag des Professors mit Rücksicht auf sich, die Bamberger Polizei, ja das ganze Erdenrund besser nicht.

»Trotz seiner beeindruckenden Höhe und seines Volumens ist der General Sherman weder der höchste Baum der Welt noch der mit dem größten Umfang. Der höchste Baum der Welt, der Hyperion im Redwood National Park in den USA, misst sogar hundertfünfzehn Meter, und der dickste grüne Gigant, ein afrikanischer Affenbrotbaum, weist einen Durchmesser von 8,98 Meter auf. Der älteste Baum der Welt wurde mit viertausendachthundertvierundvierzig Jahren datiert, der Baum mit der größten Krone nimmt zweihundertsiebzig Hektar Luftraum ein und steht in Indien. Die Banyan-Feige, ebenfalls Indien, ist ein ganz besonderer Baum, der immer wieder neue Wurzeln produziert, auch wenn der eigentliche Stamm bereits abgestorben ist. So kann es passieren, dass dieser regelrecht zu wandern beginnt und sich immer weiter ausbreitet. Haben Sie das verstanden, Haderlein? Ein Baum, der wandert. Eine indische Wanderfeige, welche Laune der Natur. Dennoch ist der General Sherman, ein Sequoiadendron giganteum, der größte Baum der Welt, da er das größte Volumen an Holz unter seinen Mitbewerbern aufweist. Die Natur ist und bleibt faszinierend, deshalb Augen auf beim nächsten Spaziergang im Garten oder im Wald, Haderlein. Vor allem vor der Baumbeschneidung ist es wichtig, dass sich Mitmenschen über ihre Bäume und Sträucher erkundigen. Nicht nur aufgrund des Naturschutzes, sondern um dem Baum ein optimales Wachstum zu ermöglichen, ist es wichtig, diesen richtig zu beschneiden.«

Der Professor machte eine kurze, bedeutungsvolle Pause, um dann endlich auf den Punkt zu kommen. »Beschneidung, genau, da wären wir doch beim Thema. Nachdem ich mich nun eingehend mit der speziellen Pflanzengattung der Mammutbäume beschäftigt habe, die Sie, wie es Ihnen beliebte, mir ungefragt vorbeigebracht haben, war ich dann doch von der Komplexität und der Außerordentlichkeit Ihres Anliegens überzeugt, Haderlein. Ich habe mich selbstverständlich sofort an die Arbeit gemacht und kann Ihnen somit jetzt ein Ergebnis präsentieren.«

Franz Haderlein war geplättet, denn eine so dramatische Wendung um hundertachtzig Grad hatte er in diesem Leben noch nicht mitgemacht. Das war völlig unerwartet, aber umso erfreulicher.

»Herr Professor Siebenstädter, ich bin wirklich zutiefst beeindruckt und möchte mich an dieser Stelle –« Weiter kam er nicht, denn er hatte mit seinen Worten wohl irgendeinen Knopf gedrückt, der den Professor sogleich wieder in alte, unliebsame Verhaltensmuster zurückfallen ließ.

»Ob Sie beeindruckt sind oder nicht, ist für den Fortlauf dieser Welt unerheblich, Haderlein. Wohingegen meine Leistungen, neuerdings auf dem Gebiet der experimentellen Botanik, noch in einem Jahrhundert Gegenstand wissenschaftlicher Diskussion in den entsprechenden Fachbüchern sein werden. Also seien Sie von mir aus beeindruckt, Sie Polizist von staatlichen Gnaden, mir brauchen Sie Ihren selbst gemachten Honig jedenfalls nicht um den Bart schmieren.«

Haderlein hielt kurz die Luft an und zählte langsam bis drei, bevor er etwas erwiderte, das hatte bis jetzt immer geholfen.

»Das Ergebnis, einfach nur ein Resultat. Sagen Sie mir, was Sie herausgefunden haben, Siebenstädter«, knurrte er.

»Bevor ich Ihnen das Ergebnis meiner Arbeit mitteile, Haderlein, hätte ich noch gerne gewusst, ob sich Frau Sünkel, Ihre neue Ermittlungsschnecke, zu einem Rematch im königlichen Spiel bereit erklärt hat?«

Haderlein hatte Kira leider noch nicht erreicht. Anscheinend verbrachte sie den Abend mit dem Kollegen Schmitt und war schon längere Zeit telefonisch nicht erreichbar. Also beschloss er ganz gegen seine sonstige Gewohnheit, ausnahmsweise zum Mittel der Notlüge zu greifen. »Ja, es wird sich ein Gegner für Ihre Revanche finden, Herr Professor, das habe ich bereits geklärt.«

Es entstand eine kleine Pause, Siebenstädter schien abzuwägen, ob er dem Bamberger Kriminalisten glauben sollte oder nicht. Schlussendlich entschied er sich dafür, denn die Bamberger Polizei war aus seiner Sicht zwar völlig verblödet, unehrlich waren sie bisher aber noch nie gewesen.

»Veste Coburg«, tönte es unvermittelt aus Haderleins Telefon. »Ich habe bezüglich des Pflanzenrestes in Ihrer Schuhprofilprobe eine achtundneunzigprozentige Übereinstimmung mit dem Mammutbaum auf der Veste Coburg nachweisen können. Wobei, da muss ich mich einschränken, bei diesem im Verhältnis zum General Sherman Tree doch eher winzigen Gewächs von nicht einmal fünfzig Metern von einem Mammutbaum zu sprechen wäre dann doch etwas vermessen, finden Sie nicht? Vielleicht treffen wir uns ja noch einmal in ein paar hundert Jahren, um –«

Haderlein legte einfach auf. Der Mörder war also vor Kurzem am Mammutbaum auf der Coburger Veste vorbeigelaufen. Das war doch mal eine verwertbare Spur. Er schaute nach hinten, wo sich der kleine Presssack immer noch ängstlich in seiner Behausung verkroch. Heute hatte der Azubi gewitterfrei, aber morgen dafür einen sehr wichtigen Einsatz, so wie es aussah. Das war dann ziemlich anspruchsvoll nach all dem Regen, aber Presssack war ja alles andere als ein Anfänger. Trotz seiner jungen Jahre wurde es ohnehin einmal Zeit für seine Gesellenprüfung, da wäre der morgige Tag doch eine wirklich wunderbare Gelegenheit. Aber vorher musste es in der Dienststelle erst noch ein gemeinsames Briefing geben nach all den überraschenden Informationen, die er vorhin telefonisch von Lagerfeld erhalten hatte. Überhaupt ein seltsamer Anruf, dachte Franz Haderlein im Nachhinein, denn normalerweise war ja Fidibus für die Einberufung eines solchen Meetings zuständig. Der sei aus automobilen Gründen jedoch temporär nicht kommunikationsfähig, hatte Lagerfeld ziemlich nebulös gemeint. Aber wie auch immer, es musste dringend geredet werden.

Der Zeuge

Als Kira und Lagerfeld am Morgen ins Büro kamen, waren sie die Letzten, alle anderen saßen schon mit ihren Honigbroten da und kauten. Lediglich Honeypenny hatte sich wieder in ihre Miniküche verkrochen, und selbst von hier aus konnte Lagerfeld erkennen, dass sich in ihrem Gesicht exakt null Komma nichts zum Besseren gewendet hatte. Die Dienststellensekretärin schaute immer noch reichlich asymmetrisch aus der Wäsche, was ganz sicher nicht zu einer positiven Arbeitsstimmung beitrug. So langsam fragte er sich, ob das, was Honeypennys Gesicht so verzogen hatte, wirklich ein Zahnarzttermin gewesen war oder eine missglückte Schönheitsoperation.

Lagerfeld machte auch nicht den allerfrischesten Eindruck, noch übler kam heute aber Kira daher. Gestern Abend hatten sie bei Wein und dann noch mehr Wein lange über den Pseudo-Entführungsfall diskutiert und natürlich über das weitere Vorgehen im sich zuspitzenden Staffelbergmordfall. Ihre dezenten Übermüdungserscheinungen hatten aber nicht wirklich etwas mit der Diskussion, sondern mehr mit dem darauffolgenden erotischen Konstrukt zu tun, das Lagerfeld in der Betaversion erst einmal »Gegrillder Göger« genannt hatte. Dieses anspruchsvolle Geflügel erwies sich besonders für Kira als weiblichen Teilnehmer des kamasutrischen Experiments als superbe Mischung aus sowohl schön als auch schrecklich, wodurch seine Kollegin erst zum Ende der Nacht etwas Schlaf gefunden hatte. Nach eigener Aussage fand sie den neuesten Eintrag im Buch des fränkischen Kamasutras zwar durchaus gelungen, aber sehr anstrengend. Entsprechend zurückgenommen und schweigsam gab sie sich heute.

Das hinderte die beiden jedoch nicht daran, sich von der

bemitleidenswerten Honeypenny jeweils ein Honigbrot schmieren zu lassen, denn sie hatten ja noch nicht gefrühstückt. Kira versuchte sogar, ein paar freundliche Worte mit Marina Hoffmann zu wechseln, merkte aber bald, dass ihr Bemühen auf keinen fruchtbaren Boden fiel. Also ließ sie es auch gleich wieder sein und setzte sich zwecks Nahrungsaufnahme zu den anderen. Als ihrer aller Chef schließlich aus seinem Büro kam, verstummten sämtliche privaten Gespräche, denn Robert Suckfüll hatte eine Ansage zu machen.

»Liebe Mitarbeiter. Wie Sie sicher inzwischen alle wissen, waren der Kollege Schmitt und ich gestern Abend auf einem sehr interessanten, nun, sagen wir mal, Meeting. Dort hat sich herausgestellt, dass die sogenannte Entführung von Herrn Schultheiß gar keine ist, sondern eine Täuschung im groß angelegten Stil. Gewissermaßen eine interne Angelegenheit der Firma Brosst. Wie das juristisch zu bewerten ist, bleibt bis auf Weiteres strittig, geht uns nun aber sowieso nichts mehr an. Ganz anders sieht der Sachstand bei unserem Mehrfachmord auf dem Staffelberg aus. Durch die Geistesgegenwart und den Scharfsinn unseres Kollegen Schmitt konnten wir gestern einen großen Schritt nach vorne machen und mit hoher Wahrscheinlichkeit die Identität des Mörders feststellen. Demnach haben wir es mit einem versteckten Menschen zu tun, einem gefährlichen, ähem, Einzelbrötler. Aber Schluss der langen Vorrede. ›Wo Worte selten sind, da haben sie Gewicht‹, William Shakespeare. Ich übergebe nun an unseren geschätzten Kollegen, meinen lieben Franz, einen Mann der Praxis und der Tat, der sich sicher schon einige seiner Gedanken über das weitere Vorgehen gemacht hat.«

Ja, das hatte Franz Haderlein tatsächlich, wenn er den letzten Worten seines Chefs auch nicht so recht folgen konnte. Zuallererst verkündete er die guten Nachrichten aus der Erlanger Rechtsmedizin, vergaß aber auch nicht, den darin enthaltenen Wermutstropfen zu erwähnen.

»Unser heiß geliebter Professor hat den Pflanzenrest, den

Ruckdeschl im Schuhabdruck auf dem Staffelberg gefunden hatte, tatsächlich einer unserer eingesammelten Mammutbaumproben zuordnen können. Und zwar stammt der Pflanzenrest von einem Mammutbaum auf der Veste Coburg. Also werde ich später mit Presssack nach Coburg fahren und schauen, ob er vielleicht noch eine Spur unseres Verdächtigen finden und aufnehmen kann. Vielleicht bringt das ja ein wenig Licht ins Dunkel bezüglich Arbeitsstelle, Wohnort und sonstiger Aufenthaltsorte unseres mutmaßlichen Mörders. Nur zu schade, dass wir kein Geruchsmuster von unserem Verdächtigen haben, das wäre für Presssack schon sehr hilfreich«, erklärte Haderlein der versammelten Gemeinde.

»Aber nach dem massiven Regen letzte Nacht sind die Spuren doch sicher von dem ganzen Wasser weggeschwemmt«, wandte Huppendorfer ein. »Bist du sicher, dass Presssack da überhaupt noch eine Spur findet? In Coburg sollen die Gewitter ja sogar noch heftiger gewesen sein als hier bei uns in Bamberg.«

Ohne etwas dazu zu sagen, war Lagerfeld aufgestanden und hatte eine zusammengewickelte Einkaufstüte von seinem Schreibtisch geholt, die er nun Haderlein übergab. »Das ist ein altes T-Shirt unseres Verdächtigen, vielleicht hilft es dir und Presssack ja weiter. Ich habe übrigens das Foto von Hagen Wozniak eingescannt und jedem aufs Handy geschickt, damit ihr wisst, mit wem wir es hier zu tun haben«, gab er bekannt, dann setzte er sich wieder zurück auf seinen Stuhl. In nächtlicher Gewohnheit legte er seine Hand auf Kiras Knie, die aber sofort von ihr weggeschoben wurde, was keinem weiter auffiel, da Haderlein mit seinem Vortrag weitermachte.

»Ich glaube, ihr unterschätzt Presssack. Ich traue dem kleinen Kerl so einiges zu, mit dem T-Shirt hier umso mehr. Dann würde ich vorschlagen, dass Kira gleich zum Josefsheim hinauffährt und unserem einzigen echten Zeugen das Foto von Hagen Wozniak zeigt. Tattoo hin oder her, ohne direkten Beweis haben wir keinen Mörder. Sobald Aleksander die Identität bestätigt hat, können wir den Mann zur Fahndung ausschreiben. Und du, César, übernimmst bitte die Aufgabe, in unseren Datenbanken sowie im Netz alles über Hagen Wozniak herauszufinden. Ich will jedes Detail, das auch nur ansatzweise auf den Aufenthaltsort des Mannes hindeuten könnte. So. Das war's eigentlich, ich möchte bis heute Abend greifbare Ergebnisse sehen, verstanden?«

Alle nickten, nur Fidibus schaltete sich noch einmal ein.

»Aber das heißt ja, mein lieber Franz, dass der Kollege Schmitt frei und verfügbar ist, nicht wahr? Dann könnten Sie, mein lieber Schmitt, nachdem unser junger Zeuge die Identität des Verdächtigen bestätigt hat, doch mit mir zusammen draußen die Pressekonferenz abhalten, nicht wahr?«

Bernd Schmitt verzog angewidert das Gesicht und meinte: »Was, Pressekonferenz? Das können Sie mir nicht antun, Chef. Sie wissen doch, wie ich das hasse. Ich bin ein Mann der Tat und nicht der freien Rede.«

Aber auf diesen Einwand hatte Fidibus nur gewartet. »Ach, ein Mann der Tat, und Sie hassen das? Nun, dann werden Sie einmal merken, wie das ist, mein lieber Schmitt. Ich hasse zum Beispiel permanente Verkehrsverstöße mit überhöhter Geschwindigkeit in der Bamberger Innenstadt, noch dazu im strömenden Regen. Deswegen werden Sie mich heute Mittag bei meinem Auftritt vor der versammelten Presse unterstützen und die Fahndungsfotos verteilen, verstanden? Wie heißt es doch so schön, wie man in den Wald hineinruft, das füg auch keinem andern zu, nicht wahr?«

Das Letzte hatte Lagerfeld zwar nicht verstanden, aber sehr wohl begriffen, was am heutigen Tag für ihn anstand.

»Also auf jetzt, alle an die Arbeit!«, rief Haderlein laut, und sämtliche Mitarbeiter der Bamberger Dienststelle liefen in verschiedene Richtungen davon. Haderlein schnappte sich Presssacks Hundeleine und war bereits unterwegs in Richtung Bürotür, als ihn jemand vehement am Ärmel packte und in die Miniküche der Dienststelle zog. Marina Hoffmann würgte mit verzweifeltem Blick ein gequältes »Flag wich« heraus, was Haderlein aber beim besten Willen nicht einordnen konnte.

»Marina, tut mir leid, du musst deutlicher sprechen, ich versteh dich nicht.« Entschuldigend hob der Kommissar die Hände, aber Honeypenny ließ nicht locker.

»Lof, flag wich. Didde, Fanz.«

Haderlein hätte seiner langjährigen Kollegin im Amt ja sehr gerne weitergeholfen, aber er verstand kein Wort. Also blieb Marina Hoffmann nichts anderes übrig, als ihr Anliegen mit einem auf der Küchenzeile herumliegenden roten Filzstift auf die weiße Ablage der Miniküche zu schreiben. Als Haderlein die Botschaft las, wurde er blass, was ihm im Dienst tatsächlich noch nie passiert war.

»Also gut, Marina, ich mach's. Aber wenn du dann sauer wirst, werd ich's auch, verstanden?«

Honeypenny nickte, während sich Haderlein vorsichtig umschaute, nicht dass sie bei ihrem obskuren Tun auch noch beobachtet wurden. Dann schaute er Marina tief in die Augen – und schlug zu. Mit einem lauten Patschen landete eine prächtige fränkische Maulschelle auf Honeypennys linker Backe, was einen sich deutlich abzeichnenden roten Abdruck auf derselben hinterließ.

Wie zum Beweis ihrer impulsiven Natur holte Marina Hoffmann trotz der gewalttätigen Einladung jetzt ihrerseits aus und fauchte erbost: »Eins sag ich dir Franz, mach das bloß nie wieder, sonst werde ich ...« Sie hielt abrupt inne, griff sich verdutzt ins Gesicht, wo sich ihre Oberlippenverkrampfung von jetzt auf gleich verabschiedet hatte. Nichts mehr zu spüren von hochgezogenen Lefzen und biologischen Sprachbarrieren. Ihre radikale Idee zur Behebung der hinderlichen Muskelverspannung schien gewirkt zu haben. Zur Überprüfung kramte Honeypenny in der Handtasche hektisch nach ihrem Spiegel, den sie sich ungläubig vors Gesicht hielt. Der schräg-schreckliche Zombieausdruck war verschwunden, dafür blühte eine große rote Hand auf ihrer linken Gesichtshälfte, was die Dienststellensekretärin aber liebend gerne in Kauf nahm.

»Keine Ursache, Marina«, meinte Franz Haderlein lächelnd, dann ging er mit dem schwer beeindruckten Presssack in Richtung Bürotür davon.

Hagen Wozniak hatte den Gewitterabend mit seinem Handy verbracht und alle Meldungen in sich aufgesaugt, die irgendwie mit den Vorgängen auf dem Staffelberg zu tun hatten. Wie er es sich schon gedacht hatte, tappte die Polizei im Dunkeln, denn es gab immer noch kein offizielles Statement zu Fortschritten bei den polizeilichen Ermittlungen. Einzig die permanente Verlautbarung, man habe noch keine heiße Spur, war überall im Netz zu lesen und zu hören.

Das war ja das Schöne an seinem einfachen, zurückgezogenen Leben, dass so gut wie keine Spuren zu ihm führten, was ihm ein Gefühl der Sicherheit vermittelte. Aber er war auch nicht blöd, ihm war klar, dass die halbe Welt dort draußen nach ihm suchte und hoffte, dass es dem kleinen Bastard aus dem Josefsheim gelingen würde, ihn zu identifizieren. Um ebenden würde er sich heute aber kümmern.

Als gebürtiger Bamberger wusste er natürlich, wo das Josefsheim zu finden war. Der Jakobsplatz, an dem sich der offizielle Eingang befand, lag weit oben über der Stadt, noch oberhalb des Doms. Wenn man den Domberg gemeistert hatte und einfach der Karolinenstraße weiter in Richtung Jakobsplatz folgte, kam man am »Torschuster« vorbei, einer der abgedrehtesten kleinen Kneipen, welche die Bischofsstadt jemals gesehen hatte. Jetzt war die einstige Gaststätte aber in der Hand der Josefsheim-Stiftung, und die ehemaligen Gäste waren somit bar jeglicher Möglichkeit, sich alkoholisch zu vergnügen. Wenn man knapp dahinter eine viel befahrene Bergkreuzung passierte, konnte man sich linker Hand zu einer

Bushaltestelle begeben und einen wunderbaren Blick auf die Umgebung ringsherum genießen – oder durch die gläsernen Wände hindurch den Eingang zum Josefsheim beobachten. Jeder Bewohner des Heims musste früher oder später hier vorbei, völlig egal, ob er den Bus in die Stadt nahm oder zu Fuß gehen wollte. Und genau hier, im Wartehäuschen der Bushaltestelle, ließ sich Hagen Wozniak jetzt nieder. Er stellte seinen Rucksack neben sich, zog die Baseballkappe tief ins Gesicht und beobachtete durch seine Sonnenbrille hindurch die Menschen, die an ihm vorbeikamen oder sich zu den Wartenden für den Bus gesellten. Es war früher Vormittag, das Gewitter hatte sich in der Nacht verzogen, und nun schien wieder die Sonne. Ein durchaus angenehmes Wetter, um hier ein paar Stunden zu verbringen. Er würde hier warten, bis der Junge auftauchte. Wenn nicht heute, dann morgen oder übermorgen. Er hatte alle Zeit der Welt, wenn es sein musste, bis die Hölle zufror.

Der Besucherparkplatz lag etwa dreihundert Meter vom Eingang der Coburger Veste entfernt an der Zubringerstraße. Franz Haderlein parkte seinen Land Rover und hob den Auszubildenden Presssack von der Rückbank. Er stellte ihn auf den vom nächtlichen Gewitterregen immer noch leicht feuchten, kiesigen Untergrund des Parkplatzes, schnappte sich die Plastiktüte mit dem darin befindlichen Shirt und legte seinem kleinen Azubi die Hundeleine an. Bevor sie losliefen, betrachtete der Kriminalhauptkommissar allerdings noch voller Respekt das gewaltige Bauwerk, die Coburger Veste, die er bisher nur aus der Ferne, nämlich von unten aus der Stadt, kannte.

Im Volksmund wurde sie auch »Fränkische Krone« genannt, weil sie wie ein riesiger Kopfschmuck auf dem vierhundertvierundsechzig Meter hohen Festungsberg über Coburg thronte. Von dort hatte man eine wunderschöne Aussicht über Stadt und Landkreis, was Haderlein bereits hier, außerhalb der Festungsmauern, feststellen konnte. Ein Gut, aus dem die Burg einmal hervorgegangen war, wurde erstmals 1056 urkundlich erwähnt. Aufgrund ihrer strategischen Bedeutung hatte man die Veste Coburg in den folgenden Jahrhunderten immer wieder umgebaut und mit Verteidigungsringen und Bastionen verstärkt. Und tatsächlich, ähnlich wie die Festung Rosenberg in Kronach wurde sie niemals durch Kriegshandlungen eingenommen. Es bedurfte schon hinterhältiger Tricks wie gefälschter Briefe oder Befehle, um dieses Bollwerk in Besitz nehmen zu können. Ihre Blüte erlebte die Coburger Veste als kursächsisches Schloss zu Beginn des 16. Jahrhunderts, selbst der unter der Reichsacht stehende Reformator Martin Luther hielt sich dort 1530 ein halbes Jahr lang auf. Der spätere Stammsitz der Herzöge von Sachsen-Coburg beherbergte heute international bedeutende Kunstsammlungen, für die Haderlein bei seinem Besuch allerdings kein Auge und kein Ohr haben würde.

Er löste seinen Blick von den alten Mauern und folgte dem gepflasterten Weg, der zum offiziellen Eingang der Veste führte.

Als er der gewaltigen Ausmaße des Bauwerkes gewahr wurde, überkamen den Kommissar bereits ernsthafte Zweifel. Wie lange würde es wohl dauern, bis er den Mammutbaum gefunden hatte? Das war ja ein riesiges Areal. Der Baum konnte praktisch überall stehen, und Bäume gab es hier bestimmt sowieso mehr als genug. Andererseits war der über einhundert Jahre alte Baum bestimmt schon so hoch, dass er zu den größten Bäumen auf dem Gelände zählte, auch wenn er sich im Vergleich zu seinen Verwandten in Nordamerika ja noch in der Pubertät befand. Dort, wo die Krone des Mammutbaums auf der Coburger Veste endete, begannen bei seinen Verwandten in Übersee gerade einmal die untersten Äste. Aber das sollte erst einmal nicht seine Sorge sein.

Der Kriminalhauptkommissar scherte sich nicht um die neugierigen Blicke, die ihm und Presssack zugeworfen wurden, sondern folgte seinem ihn energisch nach vorne zerrenden Auszubildenden in Richtung des Einganges, der sich in einer scharfen Rechtskurve nach oben wand, über eine Brücke, dann durch einen steinernen Torbogen. Vor jenem Steintor stand ein Fotograf, der mit großer Konzentration und noch größerer Kamera irgendetwas ablichtete, das für ihn von allergrößtem Interesse zu sein schien. Eine ideale Gelegenheit für Haderlein, nach dem Baum zu fragen, denn Fotografen kannten sich mit touristischen Highlights meist ziemlich gut aus.

»Entschuldigung, könnten Sie mir vielleicht helfen?«, bat der Kommissar den Mann in der schwarzen Lederjacke, der sich sofort neugierig zu ihm umdrehte.

»Ja, gerne, um was geht's denn? Wenn Sie die Veste suchen, Sie stehen direkt davor. Mit dem Eingang sieht's genauso aus, Sie müssen nur da durchgehen«, scherzte der Fotograf und deutete lachend auf den Steinbogen über dem Tor. Anscheinend musste der Mann des Öfteren irgendwelche seltsamen Fragen von minderbemittelten Touristen beantworten, hatte sich seine gute Laune aber trotzdem bewahrt.

»Ja, danke, dass das hier die Veste ist, habe ich mir schon gedacht. So viele Vesten stehen ja in Coburg auch wieder nicht herum, dass man sich zwischen ihnen entscheiden müsste«, erwiderte Haderlein mit einem verkniffenen Lächeln. »Nein, ich wollte eigentlich gerne wissen …«

Der Fotograf hörte aber schon gar nicht mehr zu, sondern hatte sich auf den Bauch gelegt, um Presssack von vorne, also der attraktiven Rüsselseite, zu fotografieren.

»So, und jetzt bitte lächeln«, rief er, was der kleine Presssack anscheinend auch zu kapieren schien, denn er versuchte tatsächlich, sich in eine fotogene Positur zu stellen, zumindest kam es Haderlein so vor. Der Fotograf erhob sich wieder und schaute sich seine schweinischen Schnappschüsse sehr zufrieden an. »Na, der Kleine macht das aber auch nicht zum ersten Mal, oder? Vielleicht sollte ich das Ferkelchen mal zu 'nem professionellen Shooting einladen, so mit Schminke, Möbeln und Blitzlicht und so.« Er bedachte bereits die phantastischen Optionen, die ein solches Schweineshooting mit sich bringen konnte, wurde jedoch von Franz Haderlein jäh aus seinen kreativen Träumen gerissen.

»Vergessen Sie es, mein Lieber, das ist ein Polizeischwein, das kann sich keine unseriösen Angebote leisten.«

»Ach, Sie sind von der Polizei und denken, das sei ein unseriöses Angebot? Etwa weil ich das Schweinchen nackt fotografieren will? Oder ist es womöglich minderjährig? Sie sind ja ganz schön verklemmt, mein Lieber. Aber ich kann Sie beruhigen. Es gibt keinen Schweineplayboy und auch keinen Markt für Ferkelpornos. Ich wollte einfach nur Fotos machen.«

Jetzt musste auch Haderlein lachen, er hatte aber keine Zeit, mit diesem launigen Fotografen zu flachsen, schließlich hatten sie einen Mordfall zu lösen. Also zurück zum Thema. »Nette Ideen haben Sie ja, aber ich wollte eigentlich nur fragen, ob Sie als Fotograf vielleicht wissen, wo hier auf dem Gelände ein großer Mammutbaum zu finden ist. Sie wissen schon, der größte Baum der Welt, nur eben noch im Anfangsstadium seiner Karriere.«

Der Fotograf schaute Haderlein mit einem eigentümlichen Gesichtsausdruck an, deutete mit seiner Hand über die Brückenmauern und meinte verwundert: »Na, was meinen Sie denn, was ich die ganze Zeit fotografiert habe. Dort unten steht er, nicht mal fünfzig Meter entfernt.«

Haderlein wandte den Kopf zur Seite, und dann sah er ihn auch, den ersten Mammutbaum seines Lebens.

»Tja, wenn man direkt davorsteht, wird einem sofort alles klar, aber bis dahin ist der Mensch ja gerne vernagelt«, sagte er entschuldigend und schüttelte belustigt den Kopf. »Danke für den Tipp, zu ebendem müssen wir jetzt«, erklärte er dem Fotografen, verabschiedete sich und machte sich mit Presssack auf den Weg zu den Treppen, die linker Hand der Brücke zu dem Baum hinabführten. Die Stufen waren sogar relativ ferkelfreundlich, weshalb Presssack sie allein bewältigen konnte.

Bei den anderen Besuchern der Veste löste die turnerische Stufenbewältigung reichlich Heiterkeit aus, da das übergewichtige Ferkel mehrfach mit Überschlagsgefahr zu kämpfen hatte. Am Ende war die steinerne Treppe aber unfallfrei bewältigt, und sie standen an dem gesuchten Baum. Ein wirklich imposanter Anblick. Der Baum hatte nach Haderleins Schätzung schon locker eine Höhe von dreißig Metern und einen Stammumfang von über drei. Dabei war er gerade einmal hundert Jahre alt, also ein ziemlicher Frischling. Er ballte seine Hand zur Faust und drückte sie probehalber in die dicke, weiche Rinde. So etwas gab es nämlich bei den europäischen Baumarten nicht, so ähnlich bestenfalls noch bei den Korkeichen im Mittelmeerraum. Ein ausgewachsener Mammutbaum brauchte einen Waldbrand, um sich fortzupflanzen. Die Flammen erreichten die hohen Äste kaum, und die unbrennbare Rinde wirkte wie eine Isolierung gegen die wütenden Flammen. War das Feuer erloschen, öffneten sich die Zapfen der Bäume, und die Samen fielen nach unten in die Asche der übrigen Flora, um in der Sonne und den fruchtbaren Ascheböden zu keimen. Ein wunderbares Beispiel für das Geben und Nehmen in der Natur.

Franz Haderlein öffnete die mitgebrachte Plastiktüte und holte das alte, verschwitzte Muscle-Shirt heraus. Er beugte sich nach unten und hielt es dem neugierig und ein wenig aufgeregt schnuppernden Presssack vor die Nase. »Such, Presssack, such!«, befahl er seinem kleinen Auszubildenden, woraufhin dieser sogleich seinen kleinen Rüssel senkte und laut pfeifend die Luft rings um den Baum herum einzusaugen begann. Mit der Nase knapp über dem Boden umkreiste Presssack den Mammutbaum, bis er schließlich an einer Stelle stehen blieb. Erneut sog er laut vernehmbar die Luft ein und machte sich schließlich mit einem aufgeregten Grunzen auf den Weg. Der führte sie zu Haderleins Überraschung wieder dorthin zurück, woher sie eben gekommen waren, nämlich die Steinstufen der Treppe hinauf, die zum Eingangstor der Coburger Veste führte. Auch aufwärts waren die Stufen für das kleine Ferkel ziemlich beschwerlich, aber wenigstens bestand nicht die Gefahr, sich zu überschlagen und zehn Meter wie ein Stuntschwein nach unten zu rollen. Oben an der Treppe angekommen, schüttelte sich Presssack, um dann schnurstracks den Weg durch den steinernen Torbogen hindurch ins Innere der Veste anzutreten.

Der Fotograf war immer noch da und machte voller Begeisterung seine Fotos, während Haderlein größte Mühe hatte, Presssack in dessen vehementem Vorwärtsdrang zu folgen. Hinter dem Tor machte der schweinische Azubi allerdings eine scharfe Rechtskurve und steuerte den kleinen Biergarten der Burgschänke an, die außen an die Mauer der Veste quasi angebaut war. Aber der Garten mit seinem superben Blick über die Stadt interessierte Presssack nicht im Geringsten, er wollte in die Gasträume der Burgschänke hinein.

Also gut, mein Kleiner, wenn du dir so sicher bist, dann mal hinein in die Höhle des Löwen, dachte Kriminalhauptkommissar Haderlein grimmig und öffnete die Tür zur Gaststube.

Kira Sünkel parkte ihren elektrischen Fiat auf der Rückseite des Josefsheims, wo sich der Fußballplatz und das große Zirkuszelt befanden. Bereits seit 1994 nutzte das Don Bosco Jugendwerk Bamberg den Zirkus Giovanni erfolgreich in der pädagogischen Arbeit mit jungen Menschen, und viele Bamberger sahen sich die Vorstellungen der jugendlichen Künstler mit großer Begeisterung an. Die Manege lag aber heute nicht im Mittelpunkt ihres Interesses, denn Kira musste zu Aleks, um sich von ihm die Identität von Hagen Wozniak bestätigen zu lassen. Sie hatte sich bei Egidius Hartmann angemeldet, in dessen Büro sie sich einfinden sollte. Als sie eintrat, saß

Hartmann hinter seinem Schreibtisch und davor, auf einem Besucherstuhl, Aleks Kovalenko, dessen Gesicht sich erhellte, als er sie erkannte.

»Kira!«, rief er laut, sprang auf und stürmte auf die Kommissarin zu, die mit einer solchen Sympathiebekundung allerdings nichts anfangen konnte. Sie hatte schon bei der Befragung des Jungen bemerkt, dass der irgendwie einen Narren an ihr gefressen hatte. Auch jetzt hing er an ihr wie eine Klette und hielt ihre Hüfte mit beiden Armen umfangen. Kira klopfte ihm unbeholfen auf den Rücken und schob ihn dann aber wieder zurück auf seinen Stuhl. Egidius Hartmann verkniff sich ein amüsiertes Lächeln und bot der Kommissarin einen Stuhl neben Aleks an, der sie weiter begeistert anstrahlte. Vielleicht hätte sie ihm nicht ihre Dienstwaffe zeigen sollen, die er unbedingt sehen wollte, das schien ihm irgendwie gefallen zu haben.

»Es dauert eigentlich gar nicht lange«, sagte Kira nach der Begrüßung und holte ein gefaltetes DIN-A4-Blatt heraus, auf dem das Konterfei von Hagen Wozniak zu sehen war, ein vergrößerter Ausdruck des Fotos, das Bernd von Gerald Wozniak erhalten hatte. Als Kira das Papier auseinanderfaltete und dem Jungen zeigte, verschwand der fröhliche Gesichtsausdruck, und Aleks Kovalenko versteifte sich. »Ist das der Mann, den du in Watzendorf im Haus der Kehls gesehen hast?«, fragte Kira, und Aleks nickte, ohne zu zögern. Der Kleine kämpfte mit seinen Gefühlen, das war sogar für Kira überdeutlich.

Also steckte sie das Foto wieder weg und holte stattdessen ihr Mobiltelefon heraus. Sie wählte Bernds Nummer und gab wenig später das Okay zur Freigabe des Fahndungsfotos an Lagerfeld durch. Der konnte jetzt mit Fidibus die Öffentlichkeit über Hagen Wozniak informieren und die Fragen der Journalisten beantworten. Ehrlich gesagt konnte sie Lagerfelds Abneigung verstehen, an der Pressekonferenz mitwirken zu müssen. Sie selbst hatte dazu ganz sicher noch viel weniger

Lust als er. Da war sie doch froh, heute diesen Außentermin wahrnehmen zu dürfen.

»Läufst du mit mir zur Schule?«, fragte Aleks, und seine Stimme schien ein wenig zu zittern. Unbestritten war ihm bei Wozniaks Anblick die altbekannte Panik in die Glieder gefahren.

Egidius Hartmann schaute Kira bittend an und meinte: »Aleks muss gleich zum Canisiusheim hinunterlaufen, er hat heute Förderschule. Die Bartolomeo-Garelli-Schule ist ein privates Förderzentrum für emotionale und soziale Entwicklung, und Aleks geht da inzwischen sehr gerne hin.«

Kira nickte. Sie hatte sowieso keine Lust auf diese Pressekonferenz, da begleitete sie Aleks doch lieber auf seinem Schulweg, obwohl die Konversation mit Kindern eigentlich nicht zu ihren Stärken gehörte. Sie fand sie nervig, unberechenbar und im hohen Maße unlogisch. Warum dieser kleine Kovalenko sie so ins Herz geschlossen hatte, war ihr schleierhaft.

»Also gut, dann begleite ich dich, Aleks. Das hast du dir als Zeuge für die Polizei schließlich auch verdient«, erklärte sie, und Aleks Kovalenko entspannte sich ein wenig.

Dann sprang er auf, nahm ihre Hand und rief: »Wir müssen los, Kira, wir müssen los!«

»Da hat er recht, Frau Sünkel. Wenn ihr euch nicht beeilt, kommt ihr zu spät«, bestätigte Egidius Hartmann lächelnd. Wenig später war sein Heimkind mit der Kommissarin durch die Tür verschwunden, und der Leiter des Bamberger Josefsheims widmete sich wieder seinen eigentlichen Aufgaben.

Presssack hielt sich nicht lange in der Gaststube der Burgschänke auf, sondern steuerte schnurstracks auf eine Tür zu, auf der »Küche, Zutritt verboten« stand. Haderlein hoffte inständig, dass sein Auszubildender deswegen in die Küche wollte, weil er eine konkrete Spur verfolgte, und nicht, weil es dort so gut roch. Mit der freien Hand fingerte er bereits nach dem Dienstausweis in seiner Jackentasche, denn er wusste schon, was gleich unweigerlich passieren würde. Er öffnete die Tür zur Küche, und Presssack schlüpfte hindurch.

Das Erscheinen des Kommissars beziehungsweise eines kleinen Schweines löste binnen Sekunden aufgeregten Protest der beiden Männer aus, die hier anscheinend fürs Kochen zuständig waren. Aber Haderlein hatte gerade noch rechtzeitig den Dienstausweis in seiner Wildlederjacke erwischt und hielt ihn demonstrativ in die Höhe. »Polizei, bitte bleiben Sie ruhig, es ist alles in Ordnung. Machen Sie einfach weiter und kümmern Sie sich nicht um uns, ich erkläre alles später.«

Mit großen Augen wurde der Dienstausweis betrachtet, während Haderlein von seinem Auszubildenden noch knapp drei Meter weitergeführt wurde, woraufhin Presssack plötzlich stehen blieb und Laut gab. Offenbar endete die Spur an einem etwas abseitigen Tischchen, auf dem eine große Schüssel gekochter Kartoffeln stand. Haderlein starrte die Schüssel an, dann Presssack, und ein schrecklicher Verdacht stieg in ihm hoch. Hatte das verfressene Ferkel ihn etwa nur zu diesen Kartoffeln geführt? Das wäre eine Blamage allererster Ordnung und das definitive Ende von Presssacks Ausbildung, von einer bestandenen Gesellenprüfung ganz zu schweigen. Aber noch wollte er die Hoffnung nicht begraben, Presssack hatte ihn doch noch nie enttäuscht.

»Was ist mit diesem Tisch hier? Wer arbeitet da?«, wollte er von dem Koch und dessen blondem Lehrling wissen.

»Da arbeitet normalerweise unsere Küchenhilfe, der Hagen. Aber der ist diese Woche nicht da, hat sich freigenommen, weil er irgendwas Wichtiges vorhatte.«

Haderlein schaute den jungen Mann an. »Wer?«

»Na, der Hagen, Hagen Wozniak aus Bamberg, unsere Küchenhilfe. Aber der ist heut nicht da. Warum, was ist mit dem?«, fragte der Kochlehrling und schaute verunsichert zu seinem Chef.

Zu einer weiteren Konversation kam es allerdings nicht

mehr, denn der Geschäftsführer der Burgschänke, Wilfried Glos, stürmte in die Küche und fauchte den unbefugten Eindringling an. »Was ist hier los? Was machen Sie mit einem Schwein in meiner Küche? Sehen Sie bloß zu, dass Sie hier rauskommen, sonst rufe ich die Polizei!«

Haderlein hielt kommentarlos den Ausweis hoch und meinte: »Das können Sie sich sparen, mein Lieber, die ist schon da. Aber ich hätte ein paar Fragen an Sie, wenn es Ihnen nichts ausmacht.«

Verblüfft bat der Geschäftsführer Haderlein daraufhin nach draußen in die Schänke. Franz Haderlein nickte, versäumte es aber nicht, seinem kleinen Auszubildenden zuvor ein paar lobende Worte hinter die Ohren zu streicheln, denn Presssack hatte sich als außerordentlich pflichtbewusst und zielstrebig erwiesen. Haderlein schämte sich fast für sein kurzes Misstrauen dem kleinen Ferkel gegenüber. Er strich ihm noch einmal lobend über den Kopf, dann folgte er dem Geschäftsführer.

Im Vorbeigehen schnappte sich Haderlein noch schnell die Schüssel mit den Kartoffeln und meinte zu dem verunsicherten Kochlehrling: »Das ist ein Beweismittel, das ist konfisziert«, dann ging er mit Presssack im Schlepptau zu Wilfried Glos in die Gaststube.

Der Innenbereich der Burgschänke war nahezu leer, die allermeisten Gäste saßen draußen auf der Terrasse. Nach dem nächtlichen Gewitterregen hatte sich die Luft merklich abgekühlt, aber trotzdem nahm die Schwüle bereits wieder Anlauf, und um die Mittagszeit waren weitere lokale Gewitter angesagt. Trotzdem saßen die Besucher lieber draußen, da man die Luft im Freien seit langer Zeit wieder ertrug. So hatten Wilfried Glos und Haderlein keine Mühe, in der Gaststube einen abgelegenen Tisch zu finden, an dem sie sich in Ruhe unterhalten konnten. Kaum dass sie Platz genommen hatten, stellte der Bamberger Kommissar die Schüssel mit den Kartoffeln auf den Tisch, nahm die oberste und reichte sie

Presssack hinunter, der unter den missbilligenden Augen des Geschäftsführers wie ein halb Verhungerter darüber herfiel.

»Wie lange arbeitet Hagen Wozniak schon bei Ihnen?«, fragte Haderlein ohne lange Vorrede, was seinem Gegenüber mittelgroße Fragezeichen ins Gesicht zauberte.

»Der Hagen? Vielleicht einen Monat, warum? Ist was mit ihm, hat er was angestellt? Ich hab mich schon gewundert, warum er nicht da ist, denn eigentlich sollte er heute arbeiten«, äußerte sich Wilfried Glos missmutig, die Abwesenheit seiner Küchenhilfe war ihm sichtlich unangenehm. Als er Haderleins fragenden Blick bemerkte, wurde er genauer. »Ich weiß schon, was Sie denken, Herr Kommissar: Wieso schmeißen Sie den Kerl nicht einfach raus, wenn er so unzuverlässig ist? Das kann ich Ihnen sagen: Weil ich ihn brauche. Wissen Sie eigentlich, wie lange ich schon von Pontius zu Pilatus renne und einen zweiten Koch suche? Seit über einem halben Jahr. Aber es gibt keine. Also muss ich nehmen, was ich kriegen kann, und wenn es nur eine äußerst unzuverlässige Küchenhilfe ist. Davon abgesehen werde ich den aber sowieso nicht behalten. Er hat gemeint, er braucht dringend Geld und nimmt auch jede Arbeit an. Dazu ist er ja gelernter Metzger, ideal für so einen Küchenjob. Aber irgendwas stimmt mit dem nicht. Schon am ersten Tag hat er hier in der Küche herumlamentiert, es würde Deutschland eigentlich gar nicht geben, weil das Grundgesetz gar keine Verfassung sei und wir eigentlich noch von den Amis besetzt sind. Außerdem wäre das eine Diktatur hier und er ein Krieger gegen das Unrecht. Dann kam noch der übliche Mist wegen Corona, Impfung und so weiter, auf Dauer hält dieses Geschwafel ja kein Mensch aus. Ich hab gedacht, lass ihn doch reden, aber meine beiden Mitarbeiter in der Küche meinen, dass Hagen einen an der Klatsche hat und sie ihn nicht mehr in der Küche haben wollen. Also werde ich ihn sowieso nicht behalten, ob er nun zur Arbeit kommt oder nicht.«

Von den Nöten der Gastronomie hatte Haderlein zwar schon gehört, die interessierten ihn aber gerade nur äußerst peripher. Was Wilfried Glos da über seinen Schwarzarbeiter geäußert hatte, dafür umso mehr. Hagen Wozniak musste gefunden werden, und zwar möglichst schnell, bevor er in seinem Wahnsinn weitermordete.

»Ich kann Ihnen nicht sagen, was mit Herrn Wozniak ist, ich muss allerdings dringend herausfinden, wo er wohnt beziehungsweise wo er sich aufhält. Wir müssen ihm ein paar Fragen stellen. Können Sie mir dazu vielleicht etwas sagen?«

Wilfried Glos überlegte einen kurzen Moment, dann blies er die Backen auf und senkte betreten den Blick. »Herr Kommissar, der Hagen ist noch nicht offiziell hier, quasi nur zur Probe, wenn Sie verstehen, was ich meine. Der ist nicht angemeldet, also habe ich auch keine Adresse. Das Einzige, was ich von ihm habe, ist eine dünne Mappe mit Bewerbungsunterlagen, die er mir gebracht hat. Warten Sie kurz, ich hol sie.« Er erhob sich von seinem Stuhl und eilte davon.

Franz Haderlein nutzte die Pause, um seinen rosa-schwarz gefleckten Schützling weiter mit frisch konfiszierten Kartoffeln aus der Burgschänkenküche zu versorgen. Zwei weitere Kartoffeln hatte er unter den Tisch gereicht, da kam der Geschäftsführer auch schon wieder zurück und legte eine Mappe vor ihn auf den Tisch. Es war eine alte Präsentationsmappe des Bamberger Schlachthofes, in der sich säuberlich geordnet ein paar wenige DIN-A4-Ausdrucke befanden. Kopien von Abschlusszeugnissen und die bestandene Gesellenprüfung des Metzgerhandwerks. Abschlussnote war eine glatte Eins gewesen. Auch die Kopien waren äußerst akkurat und ohne jeglichen Knick oder jegliche Verschmutzung in der Mappe abgelegt worden, sogar in einer ordentlichen Reihenfolge nummeriert.

Bei kurzer Betrachtung des Werdegangs fielen dem Kommissar zwei Dinge ins Auge. Erstens war im Lebenslauf eine dreimalige Bayerische Meisterschaft im Rudern erwähnt, was ungewöhnlich war, da sportliche Erfolge in einer Bewerbung eigentlich nichts zu suchen hatten, zumindest nicht als Küchenhilfe. Zweitens war am unteren Rand des Papiers in einem sehr hellen Grauton etwas aufgedruckt: »Schlachthof Bamberg GmbH, Lichtenhaidestraße 1.«

Haderlein hatte die Adresse halblaut vor sich hingemurmelt, dann fiel bei ihm der Groschen. »Der Bamberger Schlachthof, der is ja schon ein paar Monate zu, da ist keiner mehr. Da hat er sich also verkrochen«, sagte er, und Wilfried Glos horchte auf.

»Ach so, ja, das hat er anfangs einmal erwähnt, dass er an seinem alten Arbeitsplatz wohnt, zumindest übergangsweise. Eine Adresse hat er mir zwar nicht gegeben, aber eine Handynummer, warten Sie.« Glos wischte eine ganze Zeit lang auf seinem Mobiltelefon herum, dann schrieb er die Handynummer auf einen Bierdeckel und reichte ihn Haderlein. »Aber ich sag Ihnen gleich, Sie brauchen Hagen gar nicht anrufen, das hat keinen Sinn, er geht nie ran. Er betrachtet Anrufe als Einschränkung seiner Privatsphäre.«

Haderlein probierte es trotzdem und ließ es bestimmt zwanzig Mal klingeln. Wozniak ging nicht ran, aber auch keine Mailbox. Also legte Haderlein auf und überlegte. Der Wirt der Burgschänke konnte beobachten, wie plötzlich ein kaltes Glitzern in den Augen des Kommissars auftauchte.

Dann griff Kriminalkommissar Franz Haderlein erneut zu seinem Mobiltelefon, denn er hatte eine Entscheidung getroffen. »César, pass auf. Du forderst sofort das SEK an und lässt parallel den Bamberger Schlachthof abriegeln. Alles im Dreieck zwischen Lichtenhaidestraße und Jäckstraße wird gesperrt. Dann durchsuchen, Haus für Haus, Raum für Raum. Wahrscheinlich hält sich unser gesuchter Mörder dort auf, Hagen Wozniak. Vorsicht, der Mann ist äußerst gefährlich und wahrscheinlich bewaffnet. Ich seh zu, dass ich so schnell wie möglich auch dorthin komme, bin aber gerade noch in Coburg.« Haderlein legte auf.

Derweil hatte der Schreck über das eben Gehörte Wilfried Glos eine merkliche Blässe ins Gesicht getrieben.

Es hatte nicht einmal zwei Stunden gedauert, dann hatte er ihn schon kommen sehen. Leider nicht allein, eine Erwachsene, mutmaßlich eine Erzieherin, Lehrerin oder Ähnliches, hielt den Kleinen an der Hand. Hagen Wozniak hatte ihn auf Anhieb wiedererkannt und seinen Kopf gesenkt, so gut es ging, denn der Kleine beobachtete seine Umgebung sehr genau. Das war ein aufgeweckter, schlauer Knabe, das hatte er schon gemerkt. Trotzdem würde ihm der Junge nicht noch mal entkommen, jetzt hatte er ihn. Es war nur ein wenig Geduld gefragt, irgendwann musste der Kleine ja irgendwo ankommen. Und wenn er ein Gebäude betrat, würde er ihm folgen und im Schutz der Mauern tun, was getan werden musste. Die Frau mit den kurzen schwarzen Haaren ging mit dem Jungen an der Hand in nicht einmal fünf Metern Entfernung an ihm vorbei. Sie passierten die Bushaltestelle, dann bogen sie nach links ab, in Richtung des Klosters am Michaelsberg, in die Michelsberger Straße.

Hagen Wozniak hatte zwar keine Ahnung, wohin die beiden wollten, aber er würde ihnen in respektvollem Abstand folgen und den richtigen Moment abwarten. Er griff noch einmal kurz in seinen Rucksack, in dem er die Pistole verstaut hatte, und befühlte sie. Eine Patrone steckte im Lauf, sie war einsatzbereit. Sobald sich eine Gelegenheit ergab, würde er den Kleinen erschießen, da führte jetzt kein Weg mehr dran vorbei. Er zog den Reißverschluss an seinem Rucksack wieder zu und warf ihn sich auf den Rücken. Dann überquerte er die Straße und folgte seinem Ziel die Straße hinunter.

Die Kommissarin hatte befürchtet, dass Aleksander ihr die ganze Strecke ihres Weges Löcher in den Bauch fragen wollte, denn Gespräche mit Kindern waren eigentlich gar nicht ihr Ding. Aber das genaue Gegenteil war der Fall. Das ukrainische Flüchtlingskind hielt einfach nur ihre Hand und lief schweigend neben ihr her. Also war es sogar an Kira, irgendwie ein Gespräch mit Aleks anzufangen, was sie auch tat. Und dabei stellte sich heraus, dass einige Parallelen zwischen ihnen existierten, mit denen die Kommissarin gar nicht gerechnet hatte. So erzählte er ihr beispielsweise, dass er genau wie sie eine große Vorliebe für das Fach Mathematik hatte. Dort schrieb er nur Einser, wohingegen es im sprachlichen oder gar kreativen Bereich eher mau bei ihm aussah. Außerdem machte er mit großer Begeisterung Sport und war unter anderem der schnellste Läufer in seinem Jahrgang in der Ukraine gewesen. Sein großes Vorbild war der Fußballer Oleg Blochin, der in den Siebzigern bei Dynamo Kiew gespielt hatte, seinerzeit der schnellste Fußballer. So wie Oleg Blochin wollte er auch einmal werden, mit einem Beruf, in dem man viel rechnen durfte.

So liefen sie gemeinsam von der Domstadt hinunter in den bürgerlichen, vom geistlichen streng getrennten Teil Bambergs. Die Domstadt hatte ihren Namen vom Kaiserdom und war seit jeher das geistige Zentrum von Bamberg. Den Mittelpunkt der Bürgerstadt bildet der Grüne Markt, der als Hauptfußgängerzone ebenfalls eine hohe Bekanntheit genoss. Vorher liefen sie noch am Aufseesianum vorbei, einem katholischen Schülerinternat, in dem vor vielen Jahren einmal »Das fliegende Klassenzimmer« von Erich Kästner mit Joachim Fuchsberger verfilmt worden war. Kurz danach erreichten sie die Regnitz und damit auch die Markusbrücke, die sie über den Markusplatz zum Canisiusheim in der Hornthalstraße führte.

Sie waren so in ihre Plauderei vertieft, dass sie den Verfolger nicht bemerkten, der ihnen die ganze Zeit in gleichbleibendem Abstand folgte und sehr darauf achtete, nicht entdeckt zu werden. Das blieb auch so, als sie über den Haupteingang in der Hornthalstraße das Canisiusheim betraten. Kira ging mit Aleks noch die letzten Treppenstufen nach oben und blieb stehen, um sich von ihm zu verabschieden. Sie bückte sich, woraufhin Aleks ihr regelrecht um den Hals fiel. Damit brachte er Kira erneut in eine missliche, da verwirrende Lage.

Sie klopfte Aleks leicht genervt mit der flachen Hand auf den Rücken und meinte: »Ist ja gut, Aleksander, wir sehen uns bestimmt demnächst wieder. Ansonsten kannst du mich ja gerne mal in der Dienststelle besuchen.«

Aleks lächelte sie an, dann fiel sein Blick über ihre Schulter hinweg auf etwas oder jemanden, und er wurde auf einen Schlag leichenblass. Kira konnte erkennen, dass der kleine Kerl eine regelrechte Panikattacke hatte, während er an ihr vorbeisah. Sie richtete sich auf und drehte sich um, weil sie wissen wollte, was Aleksander so erschreckte. Sie erkannte gerade noch, wie sich ihnen ein Mann mit erhobener Waffe näherte, dann traf sie ein fürchterlicher Schlag gegen die Brust, und sie ging sofort zu Boden.

Kommissar Lagerfeld und sein Chef Robert Suckfüll hatten alle Hände voll zu tun. Die aufgeregten Fragen der anwesenden Medienvertreter draußen vor der Dienststelle prasselten auf sie ein. Dabei hatten sie außer der kürzlich ermittelten Identität des Hauptverdächtigen relativ wenig vorzuweisen, was Motiv und Umfeld des mutmaßlichen Täters anbelangte. Trotzdem wollten vor allem die beiden hartnäckigen Reporter des fränkischen Rundfunks, Charly Holpert und Dagmar Luchs, mehr über den Ermittlungsstand und das weitere Vorgehen erfahren. Aber sie konnten ja nicht mehr erzählen, als sie selbst wussten.

Die ganze Versammlung löste sich erst auf, als auf einmal der Kollege Huppendorfer aus der Dienststelle gerannt kam und im Alarmstart mit seinem Auto davonfuhr. Kurze Zeit später folgten ihm einige Streifenwagen, und dann waren aus der ganzen Stadt die Sirenen von Einsatzwägen der Bamberger Polizei zu hören. Etliche Mobiltelefone der anwesenden Journaille begannen zu klingeln, und ein Medienvertreter nach dem anderen brach hektisch seine Zelte vor der Bamberger Polizeidienststelle ab, denn irgendwo in der Bamberger Innenstadt schien sich etwas weitaus Erquicklicheres zu ereignen als hier.

Lagerfeld und Fidibus schauten den abziehenden Medienvertretern noch ratlos hinterher, als Honeypenny aus dem Gebäude gerannt kam und wild mit den Armen fuchtelte.

»Schönen Gruß von Franz, er hat einen Polizeieinsatz plus SEK im Bamberger Schlachthof angeordnet. Ich wollte euch nicht stören, weil ihr doch die Pressekonferenz hattet, deswegen leitet César jetzt die ganze Aktion. Er hat schon das SEK und die Bundespolizei angefordert.«

Robert Suckfüll hatte zwar alles verstanden, deutete aber erst einmal entsetzt auf das Gesicht seiner Sekretärin, in dem immer noch der Abdruck einer menschlichen Hand erkennbar war. Dafür hatte sich Honeypennys Gesichtslähmung komplett verabschiedet, und sie war wieder so deutlich zu verstehen wie eh und je.

»Was ist mit Ihrem Gesicht passiert, Frau Hoffmann, was macht diese Hand da?«, wollte Fidibus wissen, aber Honeypenny winkte ab.

»Ach das, das war Franz, der hat mich geschlagen. Ich bin ihm aber sehr dankbar dafür, und er hat es ja auch nur gut gemeint«, entgegnete sie, ehe sie wieder in die Dienststelle zurückrannte.

Robert Suckfüll eilte sogleich hinterher, denn da schienen sich ja außerordentliche Dinge in seinen Räumlichkeiten ereignet zu haben, während sie hier mit der Presse geredet hatten.

Lagerfeld hatte sprachlos danebengestanden, wollte es seinem Chef aber gleichtun und zurück ins Gebäude gehen, als sein Mobiltelefon klingelte. Es war aber nicht Franz Haderlein, sondern Kira, die seiner Kenntnis nach oben im Josefsheim war.

»Ja, du mein inoffizielles Weib, was gibt's?«, fragte er süffisant, doch die eigentlich von Kira zu erwartende strenge Antwort blieb aus.

Stattdessen hörte er ein leises Stöhnen, dann die mühsam ausgesprochenen Worte: »Canisiusheim, Wozniak, Hilfe …« Dann herrschte Stille. Lagerfeld lief es eiskalt den Rücken hinunter, denn so redete Kira in der Regel nicht. Er rief noch mehrfach ihren Namen ins Telefon, es kam aber nur noch ein einzelnes »Canisiusheim, Hilfe« zurück, dann war von Kira endgültig nichts mehr zu hören.

In Lagerfelds Innerem breitete sich eine unbestimmte Angst um seine Freundin aus, während er die Informationen zu verarbeiten suchte. Canisiusheim? Was zum Geier machte Kira denn im Canisiusheim? Und was war ihr dort widerfahren? Der Kommissar zögerte nicht länger und stieg in sein Cabriolet, während über ihm bereits wieder ein dumpfes Grollen am Himmel zu hören war. Er startete den Wagen und fuhr mit quietschenden Reifen vom Hof, während er mit einer Hand den Notruf wählte, um in dunkler Vorahnung einen Notarztwagen zum Canisiusheim zu beordern.

Aleks erkannte den Mann, den er zuletzt in Watzendorf im Haus seiner Pateneltern gesehen hatte, als sich die nette Kommissarin zu ihm nach unten bückte, um sich von ihm zu verabschieden. Er wusste nicht, was er machen sollte, Angst flutete seinen Körper, als der Mann eine Pistole hob und auf einmal dieses fürchterliche dumpfe »Plopp« zu hören gewesen war. Kira stürzte nach hinten, auf den Rücken, und ein roter Fleck breitete sich auf ihrer Brust aus. Dann rannte er los. Er rannte wie noch nie in seinem Leben, die Treppen hinauf und durch eine Glastür hindurch, hinein in die nächste Etage. Dann hörte er wieder dieses »Plopp«, und neben ihm zersprang die Glasscheibe, und große Glasstücke brachen heraus. Er stolperte, stürzte und fiel zu Boden. Seine rechte Hand ertastete die länglichen Umrisse einer langen Glasscherbe, und die Finger schlossen sich intuitiv um das spitze Stück Glas. Dann rappelte er sich auf und rannte weiter. Er hatte die Bomben in der Ukraine überlebt, er hatte den Tod seiner Eltern überlebt, und er hatte es allein bis hierher nach Deutschland geschafft. Das hatte er doch nicht alles bewältigt, um jetzt aus für ihn unerklärlichen Gründen in einem deutschen Kinderheim zu sterben? Nein, zwar hatte er panische Angst vor diesem Mann, aber er würde kämpfen, und zwar mit allem, was er hatte, auch wenn er nur ein Kind war. Und so stürmte er weiter, durch die nächste Tür, und stand urplötzlich in einer kleinen Manege. Er wusste, wo er war, er stand in der Manege des kleinen Zirkus Giovanni, in dem die Schüler des Canisiusheims immer ihre Aufführungen hatten. Hier gab es eine kleine Arena und stufenartige Zuschauerplätze für die Gäste der Vorstellungen. Und plötzlich wusste Aleksander Kovalenko, wo er sich verstecken konnte.

Hagen Wozniak war den beiden bis in den Eingangsbereich des Heims gefolgt, dann die breiten Stufen des Treppenhauses hinauf, bis die Frau und der Junge plötzlich stehen geblieben waren. Er hatte einen Moment zu spät reagiert und war von dem kleinen Bastard bemerkt worden. Er konnte genau sehen, wie er hinter dieser Frau stand und ihn beobachtete. Hagen riss die Pistole nach oben, aber im selben Moment drehte sich die Frau um und schob sich dadurch zwischen ihn und sein Ziel, genau in dem Augenblick, als er den Abzug betätigte. Sie wurde in die Brust getroffen und fiel nach hinten, während der Knirps davonlief.

Hagen Wozniak war durchtrainiert und wahrlich nicht langsam, aber der Kleine hängte ihn auf der kurzen Strecke ab. Er sah gerade noch, wie er durch eine Glastür verschwand, und schoss. Erst dachte er, er hätte ihn erwischt, aber dann stand der Kleine wieder auf und rannte weiter.

Zum Glück hatte er noch daran gedacht, den Schalldämpfer aufzuschrauben, ansonsten hätte er sich wegen der Schüsse schon wieder aus dem Heim hier verabschieden müssen. Aber so hielt sich der verursachte Lärm in Grenzen. Er öffnete die zerschossene Glastür, in der sich ein spinnenwebartiges Muster gebildet hatte, einige Glassplitter waren herausgebrochen und knirschten, als das Türblatt darüberfuhr. Eine Tür öffnete sich, und ein junger Mann kam heraus und fragte ihn, was er denn hier verloren habe, das sei eine pädagogische Einrichtung und nicht öffentlich zugänglich. Er schoss dem Spinner in den Kopf und begann, gründlich jede Tür zu öffnen und Raum für Raum zu inspizieren. Sie waren alle kahl und leer, so als sollte hier demnächst umgebaut werden. Der Junge war in keinem zu finden. Das ging so weiter, bis er schließlich die letzte Tür auf dem Stockwerk öffnete und in eine Art Zirkusarena im Kleinformat blickte. Bunte Tücher hingen von den Decken, der Boden war bemalt, und man hatte Zuschauerränge an die Seiten des Raumes gebaut. Hagen Wozniak wusste sofort, dass sein gesuchter Zeuge irgendwo in diesem Raum sein musste. Nirgendwo sonst hätte er die Möglichkeit, sich irgendwie zu verstecken. Einen Moment lang überlegte er, ob er nicht doch besser verschwinden und den Jungen später holen sollte, immerhin hatte er gerade zwei Menschen erschossen, die würden nicht ewig unentdeckt bleiben. Andererseits würde er seinem Ziel vielleicht nie mehr so nah kommen wie jetzt. Er musste das jetzt erledigen, sonst brauchte er es gar nicht mehr zu versuchen.

»Ich weiß, dass du hier bist«, rief Wozniak laut und schoss zur Bekräftigung zweimal in die hölzernen Sitze der Tribüne, aber nichts und niemand rührte sich, der Kleine ließ sich nicht aufscheuchen. Also setzte er sich auf eine Stufe der Zuschauerränge und schaute sich um. »Wo bist du?«, überlegte er laut und scannte den ganzen Raum von oben bis unten. Er war schon immer sehr genau und exakt gewesen im Leben. Das hatte er beim Rudern gelernt. Wenn das Ruder nicht exakt geführt wurde, lief das Boot sofort aus der Spur. Man musste ruhig, penibel, aber auch konsequent agieren, dann kam man auch ans Ziel. Und genau das würde jetzt passieren, er würde ans Ziel kommen. Sinnlose Eile war fehl am Platz.

Also, mein Kleiner, wo bist du?, wiederholte er noch einmal in Gedanken und wartete.

Aleksander Kovalenko lag in seinem Versteck und versuchte verzweifelt, seine Panik zu unterdrücken. Eine Übung, die er inzwischen ziemlich gut beherrschte, der Krieg in der Ukraine hatte ihn schlicht dazu gezwungen. Beherrsche dich, bleib diszipliniert, sonst stirbst du, das war die bittere Lektion, die er seit seiner Flucht aus Cherson hatte lernen müssen. Also verhielt er sich so still wie möglich und kauerte sich, so gut es ging, in seinem engen Versteck zusammen. Dann hörte er ihn. Er konnte förmlich fühlen, wie der Mann den Raum betrat.

»Ich weiß, dass du hier bist«, hörte er ihn rufen, dann schlugen zwei Kugeln direkt neben seinem Versteck ein. Fast hätte er vor Schreck aufgeschrien, aber der Krieg war ein verdammt guter Lehrer gewesen. Dann war der Mann über ihm, er konnte ihn durch eine schmale Ritze sehen. Er stand erst ein paar Sekunden da und sah sich um, dann setzte er sich. Er hockte sich genau über ihm auf eine der Stufen der Tribüne, unter der er versteckt lag. Sein Herz schlug ihm bis zum Hals, und er musste sich sehr zusammenreißen, damit er nicht zu heulen anfing. Seine Nase fing an zu laufen, der Rotz tropfte ihm auf die Backe, und er konnte nichts dagegen tun. Dann, nach endlos langer Zeit, erhob sich der Mann wieder, und Aleks hoffte inständig, er würde endlich verschwinden, als die Holzklappe, welche die Oberseite seines Versteckes bildete, aufgerissen wurde und das Gesicht des Mörders drohend über ihm schwebte.

»Hab dich«, hörte er ihn triumphierend sagen.

Alles in Aleks schien zerspringen zu wollen, und die Angst übernahm das Kommando. Seine Finger schlossen sich fest um die aufgesammelte Glasscherbe, und er nahm all seinen Mut und alle Kraft zusammen und stieß zu. Er spürte, wie die lange Spitze in irgendetwas Weiches eindrang und dann abbrach. Er vernahm einen Schrei, und das Gesicht über ihm verschwand. Als er sich ein wenig aufrichtete und vorsichtig über den Rand seines Versteckes hinauslugte, konnte er sehen, wie der Mann in der Mitte der Manege stand und versuchte, das Glas aus seinem rechten Auge zu ziehen, aus dem reichlich Blut floss. Als es gelungen war, schmiss der Mann die Scherbe auf den Boden und hob brüllend vor Wut seine Pistole, mit der er direkt auf ihn zielte. Aleks war zu erstarrt, um sich zu ducken. Zwei schnell aufeinanderfolgende laute Schüsse peitschten durch den Raum, und Hagen Wozniak fiel wie ein gefällter Baum nach vorne, wo er mit dem Kopf nach unten, etwa einen Meter von seinem Versteck entfernt, liegen blieb. In der Tür des Zirkus Giovanni stand Kriminalkommissar Bernd Schmitt mit erhobener Dienstwaffe und rannte auf den Jungen in seinem Stufenversteck zu, der nun endlich hemmungslos zu weinen anfing.

Es hatte wolkenbruchartig zu regnen begonnen, als die Sanitäter die bewusstlose Kira Sünkel in den Rettungswagen schoben. Lagerfeld blieb die ganze Zeit, während der Wagen mit eingeschalteter Sirene zum Bamberger Klinikum hinauftobte, neben ihr und hielt ihre Hand. Als sie in den Operationssaal geschoben wurde, blieb ihm nichts anderes übrig, als draußen zu warten. Nach über zwei Stunden kam dann schließlich der behandelnde Chirurg heraus, um ihm mitzuteilen, dass die Operation schwierig, aber erfolgreich verlaufen sei und die Ärzte Kira in ein künstliches Koma versetzt hätten. So schwer es ihm auch fiel, er konnte erst einmal nichts mehr tun und fuhr zurück in die Dienststelle.

Das Areal des Bamberger Schlachthofes blieb bis in den späten Abend hinein abgesperrt und wurde Meter für Meter vom SEK durchkämmt. Die Beamten fanden schließlich in einem stillgelegten Nebengebäude die provisorische Unterkunft

Wozniaks, in der er auch seine sämtlichen Habseligkeiten abgelegt hatte. Dazu gehörten allerlei Hetzschriften aus dem rechtsradikalen Milieu, Fahnen und Symbole aus der Reichsbürgerszene, Werkzeuge zur Holzbearbeitung, ein paar Malersachen und Waffen jeglicher Art, die den Beamten Rätsel aufgaben, da sie sich deren Herkunft nicht erklären konnten. Ansonsten waren die Räumlichkeiten leer und kahl. Wäre Hagen Wozniak bei der Stürmung seiner Unterkunft anwesend gewesen, so hätte es mit Sicherheit ein blutiges Feuergefecht gegeben. Verletzte oder gar Tote nicht ausgeschlossen. Aber so fand der Einsatz ein unblutiges Ende, nichts und niemand kam wirklich zu Schaden. Einzig ein kleines gerahmtes Bild von zwei Männern mit einem Ruderboot zu ihren Füßen lag mit zersprungener Scheibe und gebrochenem Rahmen auf dem gefliesten Boden.

Kira öffnete ihre Augen, und das Erste, was sie sah, war der Kollege Schmitt. Ein Leuchten strahlte aus seinen Augen.

»Wurde auch Zeit, du Schlafmütze. Eineinhalb Tage warst du jetzt weg, das hält ja keiner so lange aus ohne dein Gemecker«, bekam sie von ihrer Pseudobeziehung zu hören. Auch ein Arzt stand daneben, ein kleiner Kerl mit Brille und Halbglatze. Vom äußeren Habitus her stammte er bestimmt aus dem Iran, der Türkei, Syrien oder so etwas, äußerte sich aber in perfektem Hochdeutsch.

»Mein Name ist Ibrahim Kalawi, ich bin der Stationsarzt hier. Da haben Sie aber noch einmal richtig Glück gehabt, Frau Sünkel. Die Kugel hat das Herz und eine lebenswichtige Arterie nur knapp verfehlt. Trotzdem hätte es böse enden können, wenn Ihr Kollege hier nicht so geistesgegenwärtig gewesen wäre, sofort nach Ihrem Anruf den Notruf zu wählen. Aber die Operation ist richtig gut verlaufen, Sie werden wieder ganz gesund werden. Eine Woche werden wir Sie auf jeden Fall noch hierbehalten, danach schauen wir mal.«

»Sehr schön, dann können wir uns ja nach der Genesung

von Frau Sünkel mit einem Werk aus unserem neuen Buch namens ›Bombombabierla‹ beschäftigen«, meinte Lagerfeld und lächelte Kira schelmisch an.

Der Arzt kapierte überhaupt nichts, denn er konnte kein Fränkisch. »Bombombabierla? Was soll das sein, strengt das an?«, fragte er ärztlich besorgt, aber Lagerfeld winkte ab.

»Keine Sorge, Herr Doktor, das Bombom wird eingewickelt, von oben bis unten verwöhnt und dann ganz langsam gezullt. Das strengt überhaupt nicht an, jedenfalls nicht, wenn man das Bombom ist.«

Der Arzt drehte sich um und ging kommentarlos hinaus, während Kira bloß den Kopf schüttelte. Irgendwie hatte der Mann was, das war überhaupt nicht abzustreiten, aber es gab Momente, da war Bernd einfach nur peinlich.

Ende

Epilog 1

Robert Suckfüll hatte zu einer Nachbesprechung der Staffelbergmorde gebeten, die in ausgesprochen launiger Stimmung stattfand. Die Kollegin Sünkel konnte leider nicht teilnehmen, da sie noch nicht aus dem Bamberger Klinikum entlassen worden war. Es ging ihr jedoch ausgesprochen gut, und sie befand sich auf dem Weg der Besserung. Sie hatte heute sogar Besuch bekommen, und zwar von Egidius Hartmann, dem Leiter des Josefsheims, und ihrem kleinen Schützling Aleksander Kovalenko, der aufgrund seines mutigen Verhaltens ebenfalls an der kleinen Feier in der Dienststelle teilnehmen durfte. Die Einzige, die etwas weniger euphorisch war als sonst, war Marina Hoffmann, die schon seit Tagen in mehr oder weniger kurzen Abständen nur bedingt seriöse Angebote von Mitarbeitern der Dienststelle bekam, bei der künftigen Behebung zahnärztlicher Kunstfehler für sie Hand anzulegen. Besonders der Kollege Schmitt war diesbezüglich ziemlich engagiert. Sie lehnte derartige Ansinnen aber dankend ab und fand diese Hilfsangebote auch nur mäßig witzig. So war sie in der allgemein lockeren Stimmung hauptsächlich mit dem Schmieren von Honigbroten beschäftigt, weswegen sie auch zuerst bemerkte, dass sich die Tür der Dienststelle öffnete und ein unerwarteter Gast die Räumlichkeiten betrat. Wie sich im Nachhinein herausstellte, war der Leiter der Erlanger Rechtsmedizin aber tatsächlich eingeladen, und zwar von Franz Haderlein persönlich, da Professor Thomas Siebenstädter mit seiner prompten DNA-Analyse maßgeblich zur Lösung des Falles beigetragen hatte. Die Ausgelassenheit sackte dennoch merklich in Richtung des negativen Bereiches, denn als Stimmungskanone war der Professor ja nicht gerade bekannt. Und seine Begrüßungsworte ließen auch nichts Gutes vermuten.

»So, meine ungeliebten polizeilichen Herrschaften, ich

fordere hiermit die mir zugesagte Schachpartie, um meine Scharte vom ersten Mal ausmerzen zu können. Also, wo ist diese neue weibliche Kommissarin, die es geschafft hat, einen ausgewiesenen Meister seines Fachs mit ihren Taschenspielertricks hinters Licht zu führen?« Herausfordernd schaute er sich um, aber die angedachte Gegnerin war nirgends zu entdecken. Hatte sie sich etwa verkrochen? Musste er dieser charakterschwachen Kommissarin Feigheit vor dem Feind attestieren?

Franz Haderlein übernahm es dann, dem Professor zu erklären, was mit Kira passiert war, weshalb sie für diese Revanche quasi eine ärztliche Krankschreibung besaß. Siebenstädter wollte das aber nicht akzeptieren und unterstellte der Bamberger Polizei, sich vor Abmachungen drücken zu wollen.

»Jetzt reicht's, ich rufe Kira an«, knurrte Haderlein genervt, während der Professor wie ein Kontrolleur der Gewerbeaufsicht durch das Büro stolzierte, um Baumängel zu entdecken. Haderlein wechselte ein paar Sätze mit seiner Kollegin, dann gab er das Handy mit den Worten »Aleksander, Kira möchte dich sprechen« an den jüngsten Gast ihrer Zusammenkunft.

Die Überraschung war dem kleinen Aleksander ins Gesicht geschrieben, als er plötzlich im Mittelpunkt des Interesses stand. Er nahm das Telefon entgegen und hörte sich genau an, was Kira ihm zu sagen hatte, nickte und beendete das Gespräch mit einem lauten »Ja, mach ich«, dann legte er auf und gab Franz Haderlein das Handy zurück.

»Ich werde spielen«, verkündete Aleks Kovalenko leise und schaute schüchtern zu dem aufgeplusterten Professor hinüber, der sich mit ungläubigem Gesichtsausdruck umdrehte und seinen kleinen Gegner betrachtete.

»Das? Das da soll mein Gegner sein? Ich soll gegen ein Kind antreten? Die Bamberger Dienststelle der Kriminalpolizei hat nicht mehr aufzubieten als ein Kind im Kindergartenalter? Ich fasse es nicht!«

Aleks wollte protestieren, denn natürlich war er dem Kindergarten schon längst entwachsen, aber er sagte lieber nichts in dieser einschüchternden Runde von lauter Erwachsenen. Allerdings mussten auch die anwesenden Polizisten dem Professor zumindest ansatzweise recht geben. Ein Kind gegen einen Professor, das sah nicht gerade nach einem fairen Wettbewerb aus, aber es war, wie es war.

Siebenstädter war sich seiner Sache so sicher, dass er sogar darauf verzichtete, sich noch weiter abschätzig über seinen heutigen Schachgegner zu äußern. Er zauberte ein kleines klappbares Reiseschach mit inkludierten Spielfiguren aus seiner Manteltasche, schaute sich theatralisch um und meinte: »Ein Tisch, ein Königreich für einen Tisch. Und den Tisch nicht zu hoch, bitte, sonst kann mein Gegner nicht auf das Schachbrett sehen.«

Lagerfeld stellte daraufhin seinen Schreibtisch demonstrativ in die Raummitte. Der Professor platzierte das kleine Schachspiel in der Mitte des Tisches und schaute auf seine Uhr, wahrscheinlich ging er davon aus, in Rekordzeit wieder zu Hause zu sein.

»Sag mal, kannst du eigentlich Schach spielen?«, fragte Haderlein Aleksander leise, woraufhin der Siebenjährige nickte.

»In Ukraina alle können Schach spielen. Ist wie in Russland, alle spielen Schach. Drinnen, draußen, immer.«

»Aha«, meinte Franz Haderlein wenig überzeugt, trotzdem klopfte er ihm aufmunternd auf den Rücken. »Na, dann viel Glück, Aleksander.« Er lächelte aufmunternd, und Aleksander Kovalenko lächelte zurück. Franz Haderlein hoffte nur, dass die Stimmung des Jungen auch nach dem Spiel noch so positiv sein würde.

»Um was geht's denn eigentlich, was ist so wichtig an diesem Scheiß-Spiel?«, wollte Lagerfeld von Siebenstädter wissen, dem er den zu erwartenden Sieg überhaupt nicht gönnte, und das durfte der auch gerne merken.

»Wenn ich verliere, was eine äußerst unwahrscheinliche hypothetische Annahme darstellt, verdoppelt sich mein Strafdienst hier in der Dienststelle auf zwei Tage. Ich soll dann bei irgendeiner dämlichen Sekretärin Küchendienst leisten. Sollte ich jedoch gewinnen, bin ich mit Fräulein Sünkel wieder quitt, Égalité, dann ist es, als wäre nie etwas geschehen.«

Marina Hoffmann schaute den Professor an wie ein Metzger, der ein Stück Fleisch zur Wurstherstellung durch den Fleischwolf zu drehen beabsichtigte, wovon der Professor allerdings nichts mitbekam. Siebenstädter saß bereits auf einem Stuhl am Schachtisch, an dem jetzt auch Aleks Platz nahm. Er erhielt die weißen Figuren und durfte beginnen, während die gesamte Belegschaft der Dienststelle unsortiert um den Tisch herumstand und gespannt den Spielverlauf verfolgte.

Eine knappe halbe Stunde später war alles vorbei. Professor Siebenstädter saß kreidebleichen Gesichtes da und starrte fassungslos auf das Schachbrett, auf dem ein umgelegter schwarzer König zu sehen war. Die Umstehenden klatschten begeistert, und Franz Haderlein fragte Aleksander, wie er das Spiel denn so überlegen gewinnen konnte.

Die Antwort des kleinen Ukrainers kam mit einem Achselzucken. »War gar nicht so schwer. Habe gespielt wie Anderssens Damenopfer, Anderssen gegen Kieseritzky, London 1851. Diese Begegnung, bekannt unter Name ›Unsterbliche Schachpartie‹, zählt zu berühmteste Partien in Geschichte von Schach. Ich habe gespielt wie Anderssen, voll auf Mattangriff, und am Ende schwarzer König kaputt.«

Ein weiblicher Zeigefinger tippte Professor Siebenstädter energisch auf die Schulter, und Marina Hoffmann verkündete so laut, dass es auch wirklich jeder in der Dienststelle hören konnte: »Die dämliche Sekretärin lässt bitten, Herr Professor. Tag eins Ihrer abzuleistenden Wettschulden beginnt jetzt!« Honeypenny überreichte dem Verlierer der Schachpartie feierlich Schürze und Geschirrtuch, während Siebenstädter am liebsten in einem sehr tiefen Loch verschwunden wäre.

Epilog 2

Philipp Schultheiß und Gerald Wozniak wurden von Michael Brosst nicht angezeigt, geschweige denn entlassen. Die Firma Brosst beglich sämtliche entstandenen Unkosten, darunter auch die für den Einsatz der australischen Polizei in Perth und auf Rottnest Island.

Gerald Wozniak bekam ungefragt eine drastische Gehaltsaufbesserung, vor allem aber die angeforderten Mittel zur Erweiterung des Bamberger Rechenzentrums. Nach übereinstimmenden Aussagen aus Firmenquellen soll der neue Computer den offiziellen Namen Speedy Gonzales erhalten.

Wenige Wochen nach dem Ende der vorgetäuschten Entführung legte Michael Brosst alle Tätigkeiten in der Firma nieder und übergab sein Amt an Philipp Schultheiß mit dem Hinweis, dass dieser den kommenden Herausforderungen weitaus besser gewachsen sei als er alter Knochen.

Epilog 3

Rupprecht Leitner, Bauer aus Weisbrem in Oberfranken, wurde wegen krimineller Wasserverschwendung zu drei Jahren Haft auf Bewährung verurteilt. Er betätigte in seinem Leben nie mehr eine Toilettenspülung, sondern wanderte nach Norwegen aus, um sich an der Entwicklung des ersten Trockenklos der Welt zu beteiligen. Er nahm nie mehr an einer Demonstration teil.

Epilog 4

Kommissar Bernd Schmitt stattete dem Rechenzentrum der Firma Brosst beziehungsweise dessen Leiter Gerald Wozniak einen abschließenden Besuch ab, in dessen alkoholischem Verlauf zwischen den beiden Männern diskutiert wurde, ob eine künstliche Intelligenz einer anderen künstlichen Intelligenz eigentlich einen Witz erzählen könne und wie dieser wohl konstruiert sein müsste. Der firmeneigene Computer bekam die Aufgabe übertragen, mit Hilfe künstlicher Intelligenz einen Witz zu erfinden, den eine andere künstliche Intelligenz zum Brüllen komisch fand. Das Ergebnis dieser Rechenleistung bietet wahrscheinlich bis zum Ende aller Tage Generationen von Informatikern einen Anlass zur Diskussion.

Die Öggldose, von Kojote Karl

Achtung: Das Lesen dieser Zeilen kann bei Nichtcomputern zu emotionalen Reizungen, Angstzuständen und schweren Depressionen führen. Dieser Witz ist für Kinder unter drei Jahren nicht geeignet.

Das Konstrukt einer Öggldose war nur den wenigsten bekannt, da ihre Form und Funktion im digitalen Zeitalter wie so vieles andere auch im Aussterben begriffen war. Die wenigsten Menschen auf der Welt hatten je von einer Öggldose gehört, geschweige denn, dass sie wussten, wie sie aussah. Nun, kurz, aber umfassend beschrieben war eine Öggldose circa zwei Meter hoch, ganz aus Metall, oben spitz, in der Mitte rund und unten viereckig. Außerdem hatte sie an der Unterseite zwei kleine Löcher.

So war es wenig verwunderlich, dass es zu einem massiven Auftragseinbruch kam und einer der letzten Ögglдosenbauer, Hans Peter Schönlein aus der kleinen Ortschaft Oettingshausen in Oberfranken, seinen Betrieb aufgeben musste und auf einem Kreuzfahrtschiff eine Umschulung zum Maschinenbauingenieur machte. Bevor er ging, lieferte er noch seine letzte Ögglдose aus, und zwar in das benachbarte Thüringen, wo Ögglдosen eine Zeit lang noch ziemlich begehrt gewesen waren. Aber das war jetzt auch vorbei, und so stellte er seine letzte selbst gebaute Ögglдose ihrem neuen Besitzer in den Garten. Eine wunderschöne Ögglдose. Zwei Meter hoch, ganz aus Metall, oben spitz, in der Mitte rund und unten viereckig. Außerdem hatte sie an der Unterseite zwei kleine Löcher. Dann verabschiedete er sich mit Wehmut im Herzen aus seiner oberfränkischen Heimat und machte sich auf den Weg zu seinem neuen Arbeitgeber, der »Icon of the Seas«, dem größten Kreuzfahrtschiff der Welt.

Während der langen Zugfahrt nach Hamburg ließ er im Geiste noch einmal die Fertigstellung aller von ihm angefertigten Ögglдosen Revue passieren. Wunderschöne Ögglдosen. Circa zwei Meter hoch, ganz aus Metall, oben spitz, in der Mitte rund und unten viereckig. Außerdem hatten sie an der Unterseite zwei kleine Löcher. Eine schöner als die andere, aber er würde sie allesamt nicht mehr wiedersehen. Die Zeit der Ögglдosen war vorbei und würde niemals wiederkehren. Es war wohl am besten, er vergaß die Berufsausbildung zum Ögglдosenbauer so schnell wie möglich und konzentrierte sich auf seine neue Aufgabe. Das war eine lobenswerte Herangehensweise, aber letztendlich blanke Theorie, denn wie der Zufall es wollte, wurde er andauernd auf seine Berufsausbildung angesprochen. Der Schaffner im Zug fragte ihn zum Beispiel, wo er denn hinwolle und was er denn bisher so gemacht habe. Als er antwortete, er sei Ögglдosenbauer, kam natürlich sofort die Frage, was denn bitte schön eine Ögglдose sei, davon habe er ja noch nie etwas gehört. Natürlich gab er bereitwillig Antwort. Eine Öggldose war circa zwei Meter hoch, ganz aus Metall, oben spitz, in der Mitte rund und unten viereckig. Außerdem hatte sie an der Unterseite zwei kleine Löcher. »Aha«, bekam Peter Schönlein dann meistens nur zu hören, und niemand wollte genauer wissen, wozu eine Öggldose denn eigentlich gut sein sollte.

Als er in Hamburg im Taxi saß und seinen Seesack auf dem Rücksitz verstaute, das Gleiche wieder. Der Taxifahrer fragte natürlich, was er auf diesem riesigen Kreuzfahrtschiff wolle und was er denn vorher in seinem Leben so gelernt habe. Also erzählte er ihm, dass er gelernter Öggldosenhersteller sei. Auch dem Taxifahrer musste er erklären, dass eine Öggldose circa zwei Meter hoch war, ganz aus Metall, oben spitz, in der Mitte rund und unten viereckig. Außerdem hatte sie an der Unterseite zwei kleine Löcher. »Aha«, meinte der Hamburger Taxifahrer daraufhin und fuhr ihn schweigend zu seinem Ziel. Aber er war noch nicht einmal auf dem Schiff, sondern unten am Kai an der kleinen Treppe, die nach oben auf ein Deck der »Icon of the Seas« führte. Dort stand der Kreuzfahrtdirektor, bei dem er sich zum Einchecken melden sollte. Der Mann war zwar recht freundlich, aber als er in seinen Unterlagen las, dass er in seinem früheren Leben den Beruf des Öggldosenbauers erlernt hatte, wurde er natürlich auch hellhörig und wollte wissen, was denn bitte eine Öggldose sei. Also erklärte er ihm, dass eine Öggldose circa zwei Meter hoch war, ganz aus Metall, oben spitz, in der Mitte rund und unten viereckig. Außerdem hatte sie an der Unterseite zwei kleine Löcher. Der Kreuzfahrtdirektor nahm die Antwort zwar zur Kenntnis, wollte sich aber keine Blöße geben und nicht mit einer Nachfrage zeigen, dass er keine Ahnung hatte, was eine Öggldose war und wozu die eigentlich gut sein sollte. Wahrscheinlich dachte sich dieser Norddeutsche, dass sein neuer Maschinenbauingenieur ja aus Franken kam, und die Menschen dort hatten bekanntermaßen etwas übrig für verrückte Ideen. Da passte eine Öggldose bestimmt gut hin, die circa zwei Meter hoch war, ganz aus Metall, oben spitz, in der Mitte rund und unten viereckig. Außerdem hatte sie an der Unterseite zwei kleine Löcher.

Nachdem er eingecheckt hatte, wurde Peter Schönlein von einer Frau abgeholt und ins Personalbüro gebracht, wo er endlich seine Kajüte zugewiesen bekam. Die Frau zeigte ihm netterweise gleich den Weg zu seiner Unterkunft und erklärte ihm die ganzen Decks und Sensationen auf dem riesigen Schiff. Immerhin waren hier auf der »Icon of the Seas« über siebentausend Menschen untergebracht. Das war eigentlich schon kein Schiff mehr, sondern eine schwimmende Stadt. Aber da sie jetzt ja wochenlang auf den sieben Weltmeeren unterwegs wären, hätte er bestimmt genug Zeit, dieses Schiff genauestens zu erkunden. Ein paar schöne Ecken hatte er auch schon entdeckt, wo eine seiner Öggldosen wunderbar hingepasst hätte. Zwei Meter hoch, ganz aus Metall, oben spitz, in der Mitte rund und unten viereckig. Außerdem hatte sie an der Unterseite zwei kleine Löcher. Aber wahrscheinlich wären das Perlen für die Säue gewesen, da keiner hier an Bord wusste, was er mit einer solchen Dose hätte anfangen sollen.

Wie auch immer, das Schiff stach in See, und nach wenigen Tagen fuhren sie über den Atlantik nach Miami. Fast hatte Peter Schönlein mit seinem alten Beruf des Öggldosenbauers abgeschlossen, als urplötzlich der Kreuzfahrtdirektor in Begleitung des Kapitäns höchstpersönlich vor seiner Kajüte stand.

»Sind Sie dieser Öggldosenhersteller, von dem mir mein Kreuzfahrtdirektor andauernd erzählt?«, fragte der Schiffskapitän, und Peter Schönlein nickte.

»Ja, sehr fein, Herr Schönlein. Ich habe leider überhaupt keine Ahnung von diesem Berufsbild«, meinte der Kapitän jovial. »Könnten Sie mir vielleicht einmal freundlicherweise erklären, was eine Öggldose bitte schön ist? Ich habe davon noch nie etwas gehört.«

»Aber gern«, erwiderte Schönlein dienstbeflissen. »Eine Öggldose ist circa zwei Meter hoch, ganz aus Metall, oben

spitz, in der Mitte rund und unten viereckig. Außerdem hat sie an der Unterseite zwei kleine Löcher.«

Der Kapitän schaute ihn an, als hätte er ihm gerade die Funktionsweise eines Düsentriebwerks zu erklären versucht. »Aha, und was macht man dann damit?«, fragte er nach, aber genau diese Frage war für den Ögglåosenbauer nicht so leicht zu erklären.

»Ich fürchte, Herr Kapitän, dass ich Ihnen das anhand einer Ögglåose zeigen müsste, da eine Erklärung nur mit Worten fast nicht möglich ist, das funktioniert einfach nicht«, musste Schönlein zu seinem größten Bedauern mitteilen.

»Gut, wenn Sie meinen, dann mache ich Ihnen einen Vorschlag, Herr Schönlein«, erwiderte der Kapitän kurz entschlossen. »Wir sind ja immer auf der Suche nach neuen Sensationen und Unterhaltungsmöglichkeiten auf dem Schiff, da käme eine exotische Veranstaltung wie diese Ögglåosenvorführung gerade recht. Sie haben doch jetzt sowieso frei, mein Lieber, unsere Maschine läuft ja wie geschmiert. Ich gebe Ihnen eine Woche Zeit, eine dieser Ögglåosen zu bauen. Zwei Meter hoch, ganz aus Metall, oben spitz, in der Mitte rund und unten viereckig. Außerdem hat sie dann bitte an der Unterseite zwei kleine Löcher, glaube ich. Und wenn Sie fertig sind, führen wir dieses Ding den versammelten Kreuzfahrtgästen vor, einverstanden?«

Peter Schönlein war sehr einverstanden und machte sich sofort an die Arbeit.

Auf einem so riesigen Schiff war natürlich alles vorhanden, was er für die relativ einfache Konstruktion einer Ögglåose brauchte. Er kramte sein lebenslanges Wissen wieder hervor und baute eine Ögglåose, wie sie im Buche stand. Zwei Meter hoch, ganz aus Metall, oben spitz, in der Mitte rund und unten viereckig. Außerdem hatte sie an der Unterseite zwei kleine Löcher.

An besagtem Tag ließ der Kapitän die gesamte Mannschaft antreten, und auch den über siebentausend Gästen wurde eine außergewöhnliche Vorführung mit einer unerwarteten Sensation versprochen. Das Schiff neigte sich sogar um fast sieben Grad nach Backbord, da kein einziger Kreuzfahrer dieses Ereignis verpassen wollte und alle auf derselben Schiffsseite standen. Dann war es endlich so weit, und Peter Schönlein ordnete an, dass die Öggldose an Deck gebracht werden sollte. Eine wunderschöne Öggldose, circa zwei Meter hoch, ganz aus Metall, oben spitz, in der Mitte rund und unten viereckig. Außerdem hatte sie an der Unterseite zwei kleine Löcher. Zwei Matrosen nahmen die Öggldose, einer an jedem Ende, und Peter Schönlein blickte gespannt zum Kapitän, der einmal kurz nickte. Auf allen Decks war es gespenstisch ruhig, denn jeder wollte jetzt nur noch diese Öggldose in Funktion sehen, und wenn es das Letzte war, was man sah, bevor man starb. Also gab der gelernte Öggldosenbauer Peter Schönlein aus Oberfranken den beiden Matrosen den Befehl, und diese taten, was getan werden musste. Die Öggldose flog in hohem Bogen über Bord, dabei glitzerte und funkelte sie im Sonnenlicht, dass es eine wahre Freude war. Eine Zierde ihrer Art, zwei Meter hoch, ganz aus Metall, oben spitz, in der Mitte rund und unten viereckig. Außerdem hatte sie an der Unterseite zwei kleine Löcher. Unter kollektivem Aufstöhnen der über siebentausend Zuschauer fiel die Öggldose ins Meer und wippte langsam auf den Wellen des Atlantiks hin und her. Ein paar Sekunden lang tat sich absolut nichts, doch dann begann das Wasser durch die beiden raffiniert angeordneten Löcher in die Öggldose einzudringen, und auf der »Icon of the Seas« konnte man es dann endlich hören. Ein leises, in der absoluten Stille des historischen Momentes aber auch unendlich lautes »Öggl, öggl, öggl«.

Hier mein persönlicher Dank

Ohne die Hilfe folgender Menschen und Organisationen wäre dieses Buch so nicht möglich gewesen:

Emil Hartmann, Don Bosco Jugendwerk Bamberg, Canisiusheim, Uwe Schierling, Nicolai Tremel, Bayerische Schlösserverwaltung, Uwe Beier, Roland Zschorn, Veste Coburg, Bauernverband Weisbrem, Bootshaus Bamberg, Bamberger Rudergesellschaft, Projekt Mammutbaum e.V., Schlachthof Bamberg, Hildegard Wächter, Staffelbergklause, Ulla und ihre Leseinsel, Polizeidienststelle Bad Staffelstein, Greifenklau Bamberg, Emons Verlag und natürlich meine unersetzliche Lektorin Marit.

Spezieller Dank geht an das »La Stazione« in Kaltenbrunn, vor allem Josef mit all seinen Mitarbeitern und Mitarbeiterinnen, für die Bereitstellung der Räumlichkeiten, des Essens und der exotischen Getränke für mein ganz privates Homeoffice.

Gaby, ohne dich wäre ich so was von aufgeschmissen, I love you!

Besonders danke ich natürlich meinen absolut unersetzlichen und tapferen Probelesern und Probeleserinnen, ohne die gefährliche Irrungen und Wirrungen im Text auf ewig unentdeckt bleiben würden: Martin, Martina, Denise, Gaby, Stefan, Beate und Uwe.

Ihr seid die Größten!

Wetterkreuz Staffelberg

Mammutbaum
Veste Coburg

Veste Coburg

Kirche Watzendorf

Die Romane von Bestsellerautor Helmut Vorndran im Überblick

Alle Titel sind auch als eBook erhältlich.

Franken Krimis:

Das Alabastergrab
ISBN 978-3-89705-642-8

Das Alabastergrab
Hörbuch, gelesen von Helmut Vorndran
ISBN 978-3-89705-804-0

Blutfeuer
ISBN 978-3-89705-728-9

Der Colibri-Effekt
ISBN 978-3-89705-953-5

Drei Eichen
ISBN 978-3-95451-123-5

Das fünfte Glas
ISBN 978-3-95451-311-6

Habakuk
ISBN 978-3-95451-693-3

Der Jade-Sauropsid
ISBN 978-3-7408-0216-5

Die Kamuelsfeder
ISBN 978-3-7408-0398-8

Lupinenkind
ISBN 978-3-7408-0690-3

Das Makarov-Puzzle
ISBN 978-3-7408-0959-1

Natternsteine
ISBN 978-3-7408-1340-6

Obsidiangold
ISBN 978-3-7408-1584-4

PHI
ISBN 978-3-7408-1949-1

Weitere:

Tot durch Franken
48 Mordsgeschichten
ISBN 978-3-89705-895-8

Isarnon – Stadt über dem Fluss
Ein Kelten-Roman
ISBN 978-3-95451-941-5